Ägypten 1875: Das junge Ehepaar Annie und Jonathan Tremayne ist auf der Heimreise nach England. Da überfallen Piraten das Schiff. Jonathan und Annie werden getrennt. Sie wird nach Dschidda verschleppt: in den Palast des Beys. Aber Jonathan glaubt, sie sei tot. Annie kämpft um ihre Freiheit. Mit einer Gruppe fahrender Puppenspieler entkommt sie den Fängen des Beys. Aber auch im Pilgerzug nach Mekka ist sie in Gefahr. Kann sie darauf hoffen, dass Jonathan sie in der riesigen Wüste Arabiens wiederfindet? Und wie kann er überhaupt wissen, dass er nach ihr suchen muss?

Katherine Richards stammt aus New England und studierte an der Cornell Universität. Sie arbeitete für eine Großbank in Indien, Hong Kong und Afrika und schrieb ein historisches Sachbuch, für das sie ausgezeichnet wurde. 1995 kehrte sie für sieben Jahre nach Indien zurück und schrieb dort den Roman »Der Seidenpalast« (FTV Bd. 16132). Dann lebte sie mehrere Jahre in Kairo, wo der »Granatapfelgarten« entstand. Mit ihrem Mann wohnt sie inzwischen an der Ostküste der USA.

Unsere Adresse im Internet: www. fischerverlage.de

Katherine Richards

Der Granatapfelgarten

Roman

Aus dem Amerikanischen
von Marion Balkenhol

Fischer Taschenbuch Verlag

Alle Zitate an den Kapitelanfängen stammen aus Omar Khayams »Rubaiyat«.
Die Übersetzung der Zitate stammt von Klabund, »Das Sinngedicht des persischen Zeltmachers«.

Veröffentlicht im Fischer Taschenbuch Verlag,
einem Unternehmen der S. Fischer Verlag GmbH,
Frankfurt am Main, Dezember 2008

Lizenzausgabe mit Genehmigung des Krüger Verlags
Die Originalausgabe hat den Titel »Cities of Coral«

Für die deutschsprachige Ausgabe:
Erschienen im Krüger Verlag,
einem Unternehmen der S. Fischer Verlag GmbH

Innenkarte: Kartengrafik Thomas Vogelmann, Edingen
Druck und Bindung: Norhaven A/S, Viborg
Printed in Denmark
ISBN 978-3-596-17579-6

Richard und Elizabeth gewidmet

Ägypten und Arabien im Jahr 1875

Kapitel eins

Erhebt euch, Brüder, tanzt mit meinem Wort,
Ich will die Verse schön wie Frauenfüße setzen.
Ach, ich bin hier und dort
Von Sternen nur ein Pfützenglanz, vom Himmel nur ein Fetzen.

Juli 1875

Rubinrote und karneolfarbene Bänder zogen sich über den Himmel von Aden, als die *Oriental* in den Hafen dampfte. Das kleine Schiff schlängelte sich durch einen Wald aus Masten, eisernen Schiffsrümpfen aus Southampton und Marseille und hölzernen arabischen Dhaus. Noch während Annie an der Reling stand, verdunkelten die Schatten der schwarzen Klippen, die rings um Aden aufragten, langsam den Hafen. Ein ganzer Haufen junger, lebhaft redender Somalis, beladen mit Straußenfedern und Tierfellen, strömte aus dem Dunst auf das Schiff zu. Annie, nach sieben langen Tagen auf See für Ablenkung dankbar, sog jede Einzelheit in sich auf.

»Jon, Liebling«, fragte Annie und wandte sich aufgeregt ihrem jungen Ehemann zu, der über Deck schlenderte und sich zu ihr gesellte. »Meinst du, deine Mutter hätte gern eine Straußenboa? Soweit ich weiß, sind sie in London derzeit der letzte Schrei.«

»Bitte, lass uns nicht noch mehr Plunder kaufen. Wir werden so beladen sein, wenn wir in Southampton ankommen, dass wir ohnehin schon zwei Kutschen brauchen«, brummte Jonathan liebevoll und ergriff ihre Hand. Dann drehte er den Kopf, um den Anblick des Hafens im letzten Sonnenlicht zu genießen, und sein Tonfall wurde wärmer. »Schau dir diese Basaltformation an, von der die Stadt umgeben ist. Weißt du, dass Aden im Krater eines erloschenen Vulkans gebaut ist? Es ist der ideale Hafen …«

»Mir ist, als hättest du es das eine oder andere Mal erwähnt …«, antwortete Annie mit schiefem Lächeln. »Ich hätte dir diesen Baedeker in Bombay niemals kaufen sollen. Ich glaube wirklich, du hast das ganze Buch auswendig gelernt.«

»Eigentlich ist der Lewis viel ausführlicher hinsichtlich der Topographie als der Baedeker«, meinte Jonathan nachdenklich. »Aber sie ergänzen sich.«

»Ja, Liebling. Wir beide ergänzen uns auch«, sagte Annie seufzend und lehnte in der aufziehenden Dämmerung ihren dunklen Haarschopf an seine große, schlanke Gestalt. Sein Leinenjackett an ihrer glatten, blassen Wange fühlte sich kühl an. Sie spähte zu seinen schön geschwungenen Lippen und den dunklen Augen auf und bemerkte eine kastanienbraune Locke, die ihm in die Stirn hing. Sie stellte sich auf Zehenspitzen und strich sie ihm aus dem Gesicht. Jonathan schaute lächelnd in die verblüffend blauen Augen seiner liebreizenden Frau, bevor er den Blick wieder auf das Schauspiel der granatrot flammenden Wolken im Westen richtete.

Plötzlich lief ein Beben durch das Schiff, und unterhalb des Bugs splitterte Holz. Laute Stimmen erhoben sich. Annie und Jonathan eilten an die Backbordreling und sahen das Wrack einer Dhau, von deren abgeknicktem Mast das Segel ins Wasser hing. Es sah aus wie ein verwundeter Seevogel mit gebrochenem Flügel. Die Überreste des Holzbootes trieben um den Rumpf der *Oriental*, während die mit Turbanen versehene Mannschaft ihre Galabeyas bis an die Hüften hochgezogen hatte, sich an die Wrackteile klammerte und zu dem schwarzen Schiff hinaufschrie, das über ihnen aufragte.

Der stämmige, schwarz gekleidete Kapitän Regan stürmte von der Brücke und eilte an die Reling zu Annie und Jonathan.

»Wo zum Teufel kam diese Dhau her?« Fluchend schaute er zu den Wrackteilen hinunter. »Gerade noch hatten wir freie

Durchfahrt, und wie aus dem Nichts taucht das verdammte Boot auf! Verzeihung, Mrs. Tremayne«, brummte Regan, vor Wut kochend, als er sich plötzlich Annies Gegenwart bewusst wurde.

»Keine Ursache …«, sagte Annie.

»Jetzt müssen wir eine Stange Geld bezahlen. Der Besitzer der Dhau, wer es auch sein mag, wird uns nicht ungeschoren davonkommen lassen«, stöhnte Regan, wandte sich von der Reling ab und rief seinen Seeleuten Befehle zu.

Ein Rettungsboot wurde über die Backbordseite geviert, Matrosen stellten sich an die Handkurbeln und ließen es rumpelnd zu Wasser. Regan brüllte auf, als der Bug des Rettungsbootes schneller war als das Heck, und die Seeleute gaben Leine. Als es auf dem Wasser auftraf, kletterten die arabischen Seeleute, die an den im Hafen dümpelnden Wrackteilen hingen, an Bord; kurz darauf drängte sich eine Gruppe durchnässter, verwahrloster Araber an Deck zusammen.

Auf der Steuerbordseite wurde es unruhig, sodass Annie und Jonathan wieder an ihren ursprünglichen Platz an der Reling zurückkehrten. Ein massiger Araber in wallenden Gewändern, dessen karierte Kopfbedeckung im Wind flatterte, rief und gestikulierte aus einer Dhau herauf, die an der Schiffsleiter festgezurrt war. Fluchend packte der Mann die Leiter und hievte sich schwankend an Deck.

Regan eilte an die Reling, an der Jonathan und Annie bereits standen, und seufzte, als er den Mann erblickte, der die Leiter hochkam.

»Ach, das ist Abdullah bin Karim. Wo kommt der jetzt in drei Teufels Namen her?«, knurrte Regan und wandte sich an die Tremaynes. »Und wenn mir vorher jemand gesagt hätte, dass er so rasch eine Leiter erklimmen könnte, hätte ich ihn einen Lügner genannt. Was hat er vor, im Namen des Allmächtigen, dass er so an Bord kommt? Sagen Sie bloß nicht, dass es sein Boot war …«

Die Leiter ächzte und stöhnte, als der wuchtige Mann an Bord kletterte. Glättend strich er über die schwarzen Kordeln, die sein Kopftuch hielten, und ließ eine arabische Schimpftirade auf Kapitän Regan vom Stapel. Die bärtigen Wangen ließen seine schwarzen Augen schmal wirken. Dann beruhigte er sich und begann auf Englisch mit schwerem Akzent:

»Sie haben meine Dhau zerstört! Wie können Sie es wagen, mein Boot zu versenken! Gepriesen sei Allah, dass niemand dabei umgekommen ist! Für meinen Verlust verlange ich Wiedergutmachung von der P&O Dampfschifffahrtsgesellschaft!«

»Und was hatte Ihr Boot so nahe an unserem Rumpf zu suchen?«, entgegnete Regan. »Es ist viel wendiger als mein Schiff, und ihre Leute hätten aufpassen sollen, wohin sie fahren.«

»Meine Dhau lag vor Anker, friedlich im Hafen. Sie haben sie überfahren!«, erwiderte Karim.

»Ach ja? Sie lag in der Fahrrinne vor Anker? Das wüsste ich aber!«, schleuderte Regan ihm ins Gesicht.

»Sie haben mein Boot versenkt und werden dafür bezahlen!«

»Wir werden für Ihr stinkendes Boot bezahlen, obwohl es nicht unsere Schuld war, dass Sie unter unseren Bug gekrochen sind. Kommen Sie mit hinunter, und wir werden die Einzelheiten verhackstücken, ohne meine Passagiere damit zu belästigen.« Regan drehte sich um und ging dem Araber voraus auf die größte Luke zu. Dann ließ er besorgt seinen Blick über das Deck schweifen. »Wo zum Teufel stecken die Kerle, die wir an Bord genommen haben? Wohin sind Ihre Männer gegangen?«

Die Offiziere, die sich um Regan und bin Karim geschart hatten, wirbelten herum. Die zusammengedrängten Araber waren verschwunden.

»Schafft mir diese Männer vom Schiff – auf der Stelle –, sonst gibt es hier kein Geld zu holen, bin Karim!«, rief Regan.

»Vielleicht sind sie unter Deck gegangen, um sich aufzuwärmen. Was weiß denn ich, wohin sie gegangen sind?«, schnurrte bin Karim unschuldig.

»Um sich aufzuwärmen? Mann, hier draußen herrscht eine Temperatur von fünfunddreißig Grad. Schaffen Sie Ihre Diebe von meinem Schiff!«, forderte Regan verärgert, denn er war sich sehr wohl bewusst, welche Schäden bin Karims Männer anzurichten imstande waren.

Bin Karim klatschte in die Hände. Ein paar Minuten lang herrschte unheimliches Schweigen, während Kapitän Regan vor Wut schnaubte. Dann kamen die Araber allmählich aus den vorderen und hinteren Luken. Bin Karim bedeutete ihnen durch flüchtige Gesten, zur Leiter zu gehen und in sein Boot zu steigen. Dann begleitete er Regan in aller Ruhe zur größten Luke.

Regan schüttelte den Kopf und verzog das Gesicht. »Stevens«, sagte er zum Ersten Offizier, »durchsuchen Sie diese Männer, bevor sie das Schiff verlassen. Bin Karim, ich behalte einen Teil der ›Wiedergutmachung‹ ein, um alles abzudecken, was diese Diebesbande womöglich hat mitgehen lassen.«

»Ich kann Ihnen versichern, Kapitän, dass sie nichts mitgenommen haben. Sie beleidigen meine Ehre, wenn sie meine Männer des Diebstahls bezichtigen.«

»Der Himmel möge verhüten, dass ich die Ehre des größten Piraten am Horn von Afrika beleidige«, knurrte Regan und verschwand mit seinem Gast in der Luke.

Jonathan führte Annie an die andere Reling, um dem Tumult zu entgehen, der entstand, als die Schiffsbesatzung die nassen arabischen Seeleute durchsuchte und einen nach dem anderen die Leiter hinunter ins Boot schickte. Plötzlich kletterten Adens Wasserpolizisten über die Außenwand, aufrechte, mokkafarbene Männer in weißen Baumwolluniformen und hellroten Turbanen. Sie bliesen ihre Trillerpfeifen, um wenigstens den Anschein von Ordnung herzustellen. Nach einem hastigen Wortwechsel mit Stevens übernahmen sie die Durchsuchung der Seeleute und beförderten die restlichen von Bord.

Inzwischen waren einige junge somalische Straßenhändler an Backbord heraufgeklettert. Sie trugen Boas aus Straußenfedern und aufgefädelte schwarze Korallen um den Hals. Einige unter ihnen hielten tote Hühner an den Beinen und hatten Körbe voller Eier mitgebracht. Fasziniert beobachtete Annie die Somalis, die ihr dickes Haar mit Kalk bestrichen hatten, was einen scharfen Kontrast zu ihrer schwarzen Haut bildete. Ein geschäftstüchtiger junger Mann rollte ein Zebrafell aus, in das er silberne Ketten, Dolche und Speerköpfe sowie eine glänzende Schmucksammlung aus weißen und schwarzen Korallen eingewickelt hatte.

»Löwenfelle – dreißig Rupien!«, rief er. »Pantherfelle – sehr schön – nur zwanzig Rupien. Affenhaut – mit Kopf – nur zehn Rupien.«

»Zeigen Sie mir ein Löwenfell, junger Mann«, forderte Colonel Hawkings, einer der Passagiere, beugte sich über die ausgestellten Waren an Deck und nahm einen Spazierstock mit Silberknauf, dick wie sein Handgelenk, in die Hand. Der Colonel, der sich als alter Indienkenner für einen ausgezeichneten Feilscher hielt, handelte den Jungen auf fünfzehn Rupien herunter.

»Danke, guter Herr«, sagte der Junge und schnappte sich das Geld, bevor er dem Colonel den Stock in die Hand gab. »Das Löwenfell bringe ich morgen mit. Wie viel zahlen Sie?«

»Das hängt selbstverständlich ganz von der Qualität des Fells ab«, erwiderte Colonel Hawkings streng, klemmte sich den Spazierstock unter den Arm und schlenderte davon. Annie schmunzelte. Eine ähnliche Szene hatte sich bereits in allen bisher angelaufenen Häfen abgespielt – Madras, Colombo und Bombay. Für sie stand fest, dass sie den Stock für acht Rupien bekommen hätte.

Sobald die Wasserschutzpolizei mit den arabischen Seeleuten fertig war, ließ sie die Trillerpfeifen ertönen, um die Händler von Bord zu scheuchen. Die jungen Somalis bündelten ihre Waren und kletterten ebenso schnell über die Reling, wie sie gekommen waren. Der Hauptmann der Wasserschutzpolizei, ein fesch gekleideter Mann mit flottem Schnurrbart, ging hinunter, um Kapitän Regan mit Karim zu helfen. Stevens begleitete die anderen Männer wieder an die Reling, und nach Ehrenbezeigungen und der Zusicherung gegenseitiger Hilfe stiegen sie die Leiter zu ihrem Boot hinunter.

Jonathan wandte sich mit verwirrtem Lächeln an Annie. »Seit Bombay hast du dich doch nach Aufregung gesehnt, Liebling. Du solltest Acht geben, was du dir wünschst.« Wochen später sollte er die Worte, die er an jenem Abend ausgesprochen hatte, als eigenartig prophetisch empfinden.

Später in ihrer Kabine, während sie sich bückte, um ihre Seidenstrümpfe anzuziehen, schaute Annie zu Jonathan auf. »Morgen Abend findet ein besonderes Dinner statt mit anschließender Musikdarbietung. Ich überlege gerade, was ich singen soll. Was meinst du, Liebling? Was ist dein Lieblingsstück?«

Jonathan schaute auf Annies perfekte Brüste hinab, die von dem Korsett hochgedrückt wurden. Die dunklen Haare hingen ihr in Ringellöckchen auf die Schultern. »Ach, Annie, alles, was du singst, ist wunderschön. Aber müssen wir denn wieder an einer dieser endlosen Veranstaltungen teilnehmen? Ich würde den Abend lieber allein mit dir in der Kabine verbringen …« Er strich ihr über den Nacken, streifte ihren Hals mit seinem Mund und ließ die Hände über ihre Taille gleiten. »Im Übrigen würde ich gern morgen früh aufstehen, um Aden zu erkunden.«

»Jonathan, bitte … Sprich nicht so laut. Am Ende hört dich noch jemand!«, kicherte sie, drehte sich um und legte ihm die schlanken Arme um den Hals. Sie lächelte in sein gebräuntes Gesicht und drückte ihm sanft einen Kuss auf die Lippen. Kurz darauf seufzte sie und legte den Kopf an seine Brust. »Aber Liebling, musst du denn so ungesellig sein?«, flüsterte sie. »Du weißt, dass mir diese Überfahrt sehr gefällt. Nachdem wir zwei Jahre in Assam festgesessen haben, bietet sich mir endlich eine Möglichkeit, mich fein herauszuputzen und ein bisschen zu amüsieren. Die Musik und der Gesang … Das hat mir auf dem Außenposten so gefehlt«, sagte sie, küsste ihn noch einmal und trat zurück, um sich ihr Kleid überzuziehen.

»Du warst eine gute Gefährtin, Annie, das kann ich dir versichern. Du hast dich nie beklagt, die einzige junge Frau unter dem elenden Haufen von Kolonialbeamtengattinnen zu sein. Wenn ich an ihre säuerlichen Gesichter auf deiner Abschiedsparty denke … Jedenfalls hast du verdient, dass du es dir gut gehen lässt. Aber hier auf diesem Schiff findet andauernd etwas statt – schicke Kostümbälle, Wurfringspiele, Eierlaufen, Cribbage-Turniere –, ich komme kaum dazu, ein Buch zu lesen, wenn draußen an Deck Rackett gespielt wird«, sagte Jonathan kopfschüttelnd. »Können wir nicht einfach einen ruhigen Abend in unserer Kabine verbringen? Das Leben besteht nicht nur aus Unterhaltung, verstehst du. Ich mache mir langsam Gedanken, wie du nach all diesen Zerstreuungen das Leben in Cornwall bewältigen willst.«

»Wenn du dich in Cornwall weiterhin so als brummiger Einsiedler gebärdest, dann werde ich mich von den Klippen stürzen, von denen du immer erzählst«, spottete sie. »Endlich entdecke ich Gesellschaft, und du willst mich einsperren und den Schlüssel fortwerfen. Wenn du nicht aufpasst, werde ich eine Truppe wandernder Minnesänger finden und verschwinden. Wenn ich nur geahnt hätte, dass du so langweilig bist …« Annie schaute in gespielter Missbilligung finster zu ihm auf.

»Meine Mutter hat tatsächlich ein- bis zweimal im Jahr Musikabende veranstaltet, bevor sie das große Haus aufgaben.«

»Ein- oder zweimal im Jahr?«, wiederholte Annie betrübt.

»Ja, und ich bin sicher, wir können die Tradition wieder aufleben lassen. Vielleicht gibt es noch andere Damen im Ort, die gern einen Musikzirkel ins Leben rufen würden, wenn es so etwas nicht schon gibt«, sagte er und warf einen Blick auf ihre gefurchte Stirn. »Bereust du, so einen alten Langweiler geheiratet zu haben?«, fragte Jonathan, schlang die Arme wieder um sie und zog sie zu sich heran.

»Na ja, es gibt durchaus einen Ausgleich«, flüsterte sie, und über ihre betrübte Miene huschte ein Lächeln. Voller Verlangen drückte sie ihren Mund auf seine Lippen. Sie schmiegte sich an seine Schulter und seufzte, während sie zusahen, wie die letzten zinnoberroten Streifen im Westen verschwanden und die Dämmerung alles versinken ließ.

Kurz darauf, als Annie sich das dunkle Haar am Frisiertisch bürstete, dachte sie über das Leben nach, das sie in Indien zurückgelassen hatten. Jonathans erste Stelle als kolonialer Verwaltungsbeamter hatte sie auf einen Außenposten in Assam verschlagen. Kurz nach ihrer Hochzeit waren sie aufgebrochen und nach einer dreiwöchigen Reise von Kalkutta an flussaufwärts nach Assam gefahren. Der stattliche Bungalow stand inmitten vieler Morgen gepflegter Teebüsche, die sich bis an den Rand des Dschungels erstreckten. Die ordentlich beschnittenen Teeplantagen, die sich am Bramaputra entlangzogen, hatten in den folgenden beiden Jahren ihr Leben bestimmt. Nur fünf englische Familien bildeten den Mittelpunkt ihres gesellschaftlichen Kreises. Die Männer verwalteten die Plantagen, und die Frauen verbrachten die meiste Zeit damit, sich über ihre Kinder an Schulen und Universitäten in England zu unterhalten. Als kinderlose Braut hatte Annie den Müttern nichts zu sagen, die ihr ganzes Tun darauf ausrichteten, trotz des gebrochenen Herzens eine tapfere Miene aufzusetzen. Endlose Kartenspiele und Trinkrunden konnten nicht darüber hinwegtäuschen, dass sie alle insgeheim lieber woanders wären. Annie und Jonathan blieb nichts anderes übrig, als sich gegenseitig Gesellschaft zu leisten, was eine ungewöhnliche Nähe zwischen ihnen entstehen ließ. Jonathan lehrte Annie auf langen Wanderungen durch den Dschungel seine Liebe zur Vogelwelt, und Annie sang und spielte auf dem Klavier, um ihn an den Abenden zu unterhalten. Sie tauschten ihre verborgensten Geheimnisse aus und knüpften ein festes, unverbrüchliches Band, auf das sie sich beide verlassen konnten.

Das Leben an Bord mit seiner unablässigen Geselligkeit war für sie beide wie ein Schock. Annie, der die Flüchtigkeit ihres derzeitigen Zustands bewusst war, hatte beschlossen, die Schiffsreise rundum zu genießen. Jonathan hingegen war zwar immer sehr charmant und kannte tatsächlich alle Passagiere der ersten Klasse beim Namen, steckte jedoch die meiste Zeit die Nase in ein Buch oder machte seinen Spaziergang an Deck. Damit man sie nicht für ein vollkommen ungeselliges Paar hielt, fühlte Annie sich verpflichtet zu tanzen, eine Rolle im Laientheater zu übernehmen und bei jeder Musikdarbietung zu singen. Außerdem hatte sie ein offenes Ohr für den Klatsch an Bord und beteiligte sich an dem Versuch, alleinstehende Passagiere zu verkuppeln. Sie lernte Flöte spielen, brachte Mrs. Thompson dafür Bengali bei und war Expertin in Shuffleboard geworden. Unterdessen schrieb Jonathan die Namen von Vögeln, die er entdeckte, in seinem Ledernotizbuch auf und hielt sich geflissentlich von den Aktivitäten an Deck fern.

Dass Jonathan sich dem Geist der Leichtfertigkeit an Bord nicht anschließen wollte, überraschte sie. Schließlich wurde Annie klar, dass Jonathan sie einfach nicht mit anderen teilen wollte. Er ärgerte sich, wenn sie nicht bei ihm war, und betrachtete ihre Freundschaften an Bord als Verrat an ihrer Nähe. Annie versuchte vergeblich, ihn mit Spott aus seinem Unbehagen zu locken. Er war eifersüchtig, was ihr schmeichelte und sie zugleich einengte.

Am nächsten Morgen weckte Jonathan sie um sechs Uhr. Auf seiner Fahrt nach Indien hatte eine Magenverstimmung ihm den Landgang in Aden vereitelt, und diesmal war er wild entschlossen, die Gegend zu erkunden. Im Vorgefühl der grausamen Julihitze, verstärkt durch die schwarzen Basaltklippen, zog Annie ein leichtes Musselinkleid an und setzte einen breitrandigen Hut auf. Nach einem schnellen Frühstück kletterten sie über die Reling in eine Barkasse, die sie an den Strand bringen sollte. Das Boot schlängelte sich durch den Hafen, der nach dem Tumult am Abend zuvor sehr still wirkte. Der sonnengebleichte Kai, an dem sie anlegten, lag einsam und verlassen da, bis auf ein paar dunkle, schlafende Gestalten unter gestreiften Tüchern, die sich in einem Gewirr aus Tauen und Fischreusen eingerollt hatten. Hand in Hand gingen sie über den knirschenden schwarzen Kies am Strand, um eine überdachte Kutsche mit somalischem Fahrer zu mieten, der sie um den Hafen fahren sollte.

Jonathan zeigte auf die riesigen Felsabbrüche, die wie die Klauen einer gigantischen Krabbe aus dem Berggipfel ragten, Überreste des vulkanischen Atolls, aus dem Aden entstanden war. Während sie fünf Meilen über eine ungeschotterte Straße ans östliche Ende der Kolonie fuhren, hing eine Staubwolke über ihnen und legte einen grauen Film über ihre Kleidung und ihre Gesichter. Ihr Fahrer schlug immer wieder auf das kleine Pferd ein, dessen Rippen deutlich hervortraten, bis Annie es nicht länger aushielt und ihm die Peitsche aus der Hand nahm.

Schließlich kamen sie an die antiken Zisternen, deren Besuch der Baedeker unbedingt empfohlen hatte. Die vorislamischen Zisternen in den Felsspalten fingen den Regen auf, der von den Bergen herabfloss. Sie bildeten ein Wasserreservoir hoch oben am Berghang und versorgten die Stadt über einen Aquädukt mit Wasser, wodurch das Leben an Adens öder Küste erst möglich wurde. Annie und Jonathan, vor Schweiß triefend, stiegen den steilen Abhang hinauf, um das Werk der antiken Völker zu bewundern, die sich zuerst hier angesiedelt hatten. Von ihrem Aussichtspunkt hoch oben auf dem Berg erschien ihr Schiff im schimmernden Hafen in der Ferne wie ein kleiner Fleck. Staunend betrachteten sie die alte türkische Mauer, die die Grenze zwischen dem britischen Außenposten und der Wildnis Arabiens bildete. Die hohe Steinmauer umschloss auch das Militärlager, in dem zwei Regimente, drei Batterien Artillerie, eine Kompanie Sappeure und Minenleger und eine Truppe Kavallerie stationiert waren, um die Einheimischen vom inneren Bereich fernzuhalten. Jonathan schaute über die Mauer auf die zerklüfteten Berge Arabiens.

»Sieh nur, wie schön, wie erhaben Arabien von hier aussieht. Ich wollte die Wüste immer einmal erforschen«, sagte Jonathan wehmütig.

Annie betrachtete das öde Land, das sich bis an den Horizont erstreckte. »Ich kann mir nichts Schrecklicheres vorstellen, Liebling. Da gibt es doch nichts zu sehen, und man kommt um vor Durst, ehe man sich's versieht.«

Jonathan lächelte Annie schief an, als sie sich umdrehten, um zur Kutsche hinabzusteigen. Sie hatten vereinbart, sich mit Mr. Schmidt, dem britischen Kommandanten des Stützpunkts, zum Lunch auf der Veranda des Hôtel de l'Europe zu treffen. Vor dem lang gestreckten, weißen zweistöckigen Steingebäude führten ein paar knarrende Stufen zu einer Säulenveranda hinauf, die an der gesamten Front entlanglief. Das Hotel bedurfte dringend eines Anstrichs, dachte Annie mit Blick auf die abblätternden Stufen und den abgenutzten Boden. Als sie sich setzte, schaute sie über die menschenleere, von der Sonne versengte Esplanade zum schwarzen Rumpf ihres P&O-Schiffes hinüber, das im Hafen vor Anker lag.

Annie kam es so vor, als repräsentierten die Kellner des Hotels alle möglichen Schattierungen menschlicher Hautfarbe, von schwarzen Nubiern über dunkelbraune Hindus, mokkafarbene Abessinier, helle Araber bis hin zu bleichen Persern, alle in schmuddeliger, einst weißer Livree. Überraschenderweise sprachen alle Hindi, und Annies Kellner war verblüfft, dass sie die Umgangssprache beherrschte.

Für Annie, als Tochter britischer Eltern in Indien geboren, war das nicht ungewöhnlich. Überraschend war nur, dass sie im Gegensatz zu den meisten in Indien geborenen britischen Kindern für ihre schulische Erziehung in Kalkutta geblieben war. Ihre blonde, stattliche Mutter hatte eine Vorliebe für einen gut aussehenden, aber mittellosen jungen Engländer entwickelt. Hochmütig setzte sie sich über den Klatsch in Kalkutta hinweg und stellte ihn ein, um die siebenjährige Annie zu Hause zu unterrichten. Infolgedessen wurden die Kinder der Dienerschaft Annies beste Freunde, als ihre Spielkameradinnen nach England zur Schule geschickt wurden, und von ihnen lernte sie Bengalisch und Hindi. Annies Vater, der in der Forstwirtschaft arbeitete und viel unterwegs war, merkte nie, was in seinem Haus vor sich ging, und freute sich anscheinend nur, dass Annie zu Hause bleiben durfte. Jahre später, als sie Jonathan kennenlernte, war sie doppelt dankbar, dass er über ihre unorthodoxe Erziehung und den ziemlich skandalösen Ruf ihrer Mutter einfach hinwegsah.

Mr. und Mrs. Schmidt trafen kurz nach ihnen ein. Sie sahen in ihrer Leinenkleidung trotz der mittäglichen Sonne bemerkenswert frisch aus. »Die Hitze hier ist unerträglich. Wie halten Sie das nur aus?«, stöhnte Annie, als sie sich erhob, um ihnen die Hand zu reichen.

»Man gewöhnt sich irgendwann daran.« Mrs. Schmidt lächelte und ließ sich in den Korbstuhl fallen.

Ihr Mann, ein grauhaariger Herr mit Tropenhelm, streckte die Hand aus und sagte: »Seien Sie nur froh, dass wir an der Küste sind. In der Wüste hinter den Bergen wäre das Leben wirklich unmöglich. Freut mich, Sie kennenzulernen.«

Nach den einleitenden Höflichkeiten fragte Jonathan: »Im Landesinnern gibt es aber keine britischen Außenposten?«

»Nein, wir Briten halten uns an der Küste und folgen größtenteils den Schiffsrouten. Das hier ist nicht mehr als eine Bunkerstation für unsere Schiffe. Immerhin ist es allein schon eine Herausforderung, in Aden ein Standbein zu behalten. Wir befinden uns hier beständig im Belagerungszustand. Direkt dort hinter den Bergen gibt es ein Dutzend wilder Stämme, die nur durch unsere hohen Mauern und die von uns gezahlten Bestechungsgelder im Zaum zu halten sind. Hilfe ist im Osten, eine Woche entfernt in Bombay. Natürlich gibt es im Westen noch Dschidda an der arabischen Küste, doch auch dort werden wir nur geduldet. Das Küstengebiet des Hedschas steht noch immer unter osmanischer Herrschaft, obwohl der Griff der Türken bestenfalls lasch ist.«

»Aber die Türken haben Arabien seit dem frühen sechzehnten Jahrhundert beherrscht. Wie kommen Sie darauf, dass ihre Herrschaft auf tönernen Füßen steht?«, fragte Jonathan interessiert.

»Die Türken beherrschen den Hedschas nunmehr seit Jahrhunderten, wie Sie sagen, doch nie das Innere Arabiens. Die Beduinenkönige üben noch immer vollständige Kontrolle über alles aus, was außerhalb des schmalen Streifens entlang des Roten Meeres liegt. Die osmanischen Soldaten halten die Städte Janbu und Dschidda an der Küste besetzt und erheben Steuern von den Pilgern, die nach Mekka und Medina reisen, doch die Gegend zwischen den Städten ist noch immer recht gefährlich, trotz aller militärischer Außenposten. Und im Jahre '58 wurden sie während des Aufstands beinahe samt und sonders hinausgeworfen.«

»Was war die Ursache für die Revolte?«, fragte Annie.

»Hauptsächlich Sklaverei, gnädige Frau«, erwiderte Schmidt. »Wir haben den osmanischen Sultan gedrängt, den Sklavenhandel in Ägypten und im Hedschas zu beenden. In Ägypten waren wir einigermaßen erfolgreich, bis auf den nubischen Handel, der sich der osmanischen Kontrolle entzieht. Doch die Einwohner von Dschidda lehnten sich lieber auf, als den Handel einzustellen. Die Sklaverei hat es in Arabien immer gegeben. Die Kaaba in Mekka, wissen Sie, das oberste Heiligtum, wird von zwei schwarzen Eunuchen bewacht. Sklaverei wird im Koran erwähnt, wobei die Pflichten der Besitzer klar definiert sind. Die osmanischen Türken mussten klein beigeben und die Fortsetzung der Sklaverei im Hedschas erlauben. Darum sage ich, sie sind dort nur geduldet.«

Nach gebratenem Fisch gab es Omeletts und Röstkartoffeln, die in Öl schwammen. »Hat es deshalb den Anschein, als kämen die Arbeiter hier aus so vielen Ländern?«, fragte Annie. »Ich meine, ihre Hautfarbe changiert von Schwarz zu Gelb. Eine solche Mischung habe ich noch nie gesehen.«

»Ja, Aden war jahrhundertelang ein wichtiger Umschlagplatz

für Sklaven. Arabische Dhaus brachten Sklaven aus Somalia und Abessinien hierher und sorgten für Arbeitskräfte, die vor über tausend Jahren die Zisternen und den Aquädukt bauten. Der Handel ist heute in den Gebieten, in denen die Europäer das Sagen haben, gesetzlich verboten. Doch die Sklavenschiffe, die Bauarbeiter und Domestiken für Kunden in Arabien und rund um das Rote Meer in Suakin und Massaua an Bord haben, halten hier auf ihren Reisen nach Afrika noch immer an, und ich kann nichts dagegen tun«, erwiderte Schmidt.

Nachdem sie ihren Tee getrunken hatten, verabschiedeten sich die Schmidts von ihnen. Da sie noch zögerten, sich in die sengende Sonne außerhalb der geschützten Veranda zu begeben, bestellten Annie und Jonathan ein kaltes Fruchtgetränk. Sie erblickten Mrs. Blake und ihre schüchterne Tochter Priscilla, Freundinnen vom Schiff, die sich die Stufen hinaufschleppten, und luden sie ein, sich zu ihnen zu setzen.

»Wir kommen gerade aus Dinshaws Laden«, sagte Mrs. Blake und wischte sich mit einem übergroßen Männertaschentuch über die Stirn. »Er ist der Handelsvertreter der Reederei und hat alles von einer Nadel bis zum Anker, meine Lieben, falls Sie etwas benötigen. Es gebe eine große Gemeinde aus Indien, die sich hier angesiedelt habe, sagte er mir. Diese Parsen kommen überall hin, wissen sie.« Mrs. Blake und ihre blasse Tochter sanken dankbar in die angeschlagenen weißen Rattansessel.

»Trinken Sie einen Fruchtsaft mit uns, Mrs. Blake?«, fragte Annie in der Hoffnung, den Lunch im Schatten der Veranda noch auszudehnen. Die anderen Gäste des Hotels hielten es allem Anschein nach genauso. Ein übergewichtiges Paar von einem anderen Schiff rekelte sich am Nachbartisch und tuschelte auf Französisch miteinander. Der Mann hatte sein Leinenjackett ausgezogen und zeigte nun sein verschwitztes Hemd; er hatte die Krawatte gelockert, die schief herabhing. Auf der anderen Seite schlürfte eine Gruppe wohlhabender Araber Tee. Zwei ausgemergelte, weiß gekleidete Männer saßen ihnen gegenüber, und Annie konnte den Rücken eines weiß gewandeten großen Arabers mit gelb kariertem und durch schwarze Kordeln befestigten Kopftuch sehen, der sich mit einem geflochtenen Fächer bewedelte.

»Danke, gern, meine Liebe. Fruchtsaft ist genau das Richtige. Diese Hitze ist ja so stark. Ich habe gehört, das Rote Meer ist noch schlimmer. Ich fürchte, wir haben die heißeste Jahreszeit für unsere Reise ausgesucht, nicht wahr?« Mrs. Blake seufzte.

»Es ist bald vorbei«, versuchte Jonathan sie zu trösten. »Morgen werden wir den Bab al Mandab erreichen, die Durchfahrt zum Roten Meer. In nur fünf Tagen haben wir es hinter uns und laufen in den Suezkanal ein, und dann sind es laut Fahrplan nur noch zwölf Tage bis Southampton.«

»Was heißt Bab al Mandab?«, fragte Priscilla schwach.

»Das weiß ich auch nicht genau«, erwiderte Jonathan verblüfft. »Du, Annie?«

»Ich glaube, Bab bedeutet ›Tor‹ auf Arabisch. Aber ich weiß nicht, was ›Mandab‹ heißt«, erwiderte Annie, die kaum von ihrem Fruchtgetränk aufschaute.

»Na, zum Glück ist die Heimat in Sicht!« Mrs. Blake erhob sich. »Priscilla, wir wollen uns die Hände waschen.«

»Das ist mir zu viel, Mutter. Geh du«, erwiderte Priscilla matt.

»Also wirklich, Kind«, hob Mrs. Blake an, doch als sie Priscillas störrische Weigerung sah, verließ sie den Tisch, um sich die Nase zu pudern.

»Priscilla, freust du dich, nach Hause zu kommen?«, frage Annie das scheue Mädchen, um sie aus der Reserve zu locken. Priscillas feuchtes braunes Haar hing ihr in die Stirn, und sie lugte zögernd unter ihrem Pony hervor.

»Nein«, antwortete sie leise.

»Aber warum nicht?«, fragte Annie überrascht.

»Einfach so«, sagte sie unerbittlich. Schmerzhafte Röte stieg ihr ins Gesicht.

»Aber Priscilla, warum willst du nicht zu deiner Familie zurück?«

»Ich fürchte, sie zählen mich zu denen, die unverrichteter Dinge zurückgekehrt sind!«, flüsterte sie Annie zu und versuchte, sich unter ihrem Pony vor Jonathan zu verbergen.

»Priscilla ...«, murmelte Annie mitfühlend.

»Mutter hat mir gesagt, ich müsste meinen Vetter Timothy heiraten, wenn ich in Kalkutta keinen Mann fände. Timothy ist zwei Jahre jünger als ich, und ich kann ihn nicht ausstehen. Das war schon immer so. Er hat die Hunde gepiesackt und den Libellen immer die Flügel ausgerissen, als wir noch klein waren. Er ist furchtbar.«

Jonathan wirkte verlegen und zog abrupt sein Notizbuch heraus, um seine Liste durch einen weiteren Vogelnamen zu ergänzen. Annie lächelte und schlug vor: »Es muss doch eine Alternative zu dem furchtbaren Vetter Timothy geben, Priscilla. Du darfst niemanden heiraten, den du nicht ausstehen kannst.«

»Mutter hat gedroht, mich als Gouvernante wegzuschicken, wenn ich nicht ... Und ich kann mit Unterrichten nichts anfangen.«

»Ich habe in einer Mädchenschule in Kalkutta unterrichtet. So habe ich Mr. Tremayne kennengelernt«, gab Annie mit lächelndem Seitenblick auf Jonathan zum Besten, der die beiden geflissentlich übersah. »Ich habe gern mit Kindern gearbeitet. Sie sind wie Schwämme, wenn sie noch jung genug sind. Der helle Verstand, die bezaubernden Gesichter, die leuchtenden Augen, die an jedem Wort hängen, das man ausspricht ... Es gibt Schlimmeres als Unterricht geben.«

»Wirklich, Mrs. Tremayne? Ich hätte mir Sie nie als Lehrerin vorgestellt. Vielleicht wäre es am Ende doch nicht so schlecht ...«, sagte Priscilla, deren Blick müßig zu Jonathan driftete.

In diesem Augenblick kam Mrs. Blake wieder an den Tisch. Sie erhoben sich, um die Veranda zu verlassen, und nahmen ihre Sonnenschirme und Pakete. Als sie in die brennende Sonne auf den Stufen zur Straße hinuntertraten, bemerkte keiner von ihnen den durchdringenden Blick des wuchtigen Arabers, der am Nachbartisch saß, und die Art und Weise, wie seine Augen Annie verfolgten, als sie zu ihrer Kutsche ging.

Auf der Fahrt über den Damm, der den Krater mit dem Hafen verband, betrachtete Annie die Dürre ringsum. Außerhalb der wenigen gepflegten Gärten wuchsen keine Bäume, an den brennenden Felsen hingen ein paar verkümmerte Sträucher, und die Salzmarsch hatte eine braune Kruste. Neben wenigen struppigen Flamingos, die auf der Suche nach Nahrung durch die Marsch wateten, und ein paar Pelikanen gab es kaum Vögel. Annie, die sich mit dem Taschentusch den Hals abtupfte, hatte das Gefühl, noch nie eine derart öde Landschaft gesehen zu haben.

Annie und Jonathan schauten noch in Dinshaws Laden am Rand des Hafens vorbei, bevor sie auf das Schiff zurückkehrten. Der große, schlanke Ladenbesitzer erinnerte Annie an die ruhigen, hakennasigen Parsen, die sie in Kalkutta gekannt hatte. Der Laden war voll gestopft mit Seilen und Laternen, Truhen mit indischen Armreifen aus Elfenbein und Schachteln mit Pears-Seife aus England. Annie sah sich die Sammlung von Haarspangen an, während Jonathan eine zerlesene Ausgabe von Edward Fitzgeralds Übersetzung *Das Rubaiyat des Omar Khayyam* erstand.

Während sie an dümpelnden Dhaus und Dampfschiffen vorbeiruderten, bestaunten sie die unterschiedlichen Schiffstypen ringsum und versuchten die grellen Zurufe der Händler zu überhören. Zurück an Bord, verstauten sie ihre Pakete in der stickigen Kabine und gingen wieder an Deck.

Dort war eine Schatten spendende Persenning gespannt worden. Darunter standen Tische, an denen man Tee trinken konnte. Annie und Jonathan setzten sich zu Colonel Hawkings und einer älteren Dame, Miss Templeton, die zehn Jahre lang ein Missionskrankenhaus in Ceylon geführt hatte und nun nach England zurückkehrte.

»Colonel Hawkings, haben Sie ein Löwenfell nach Ihrem Geschmack gefunden?«, fragte Annie, als sie Platz genommen hatten.

»Ja, bei Jupiter. Von einem dieser somalischen Burschen habe ich ein wahres Prachtstück bekommen. Und für nur fünfundzwanzig Rupien. Er hat mir versichert, es sei ein Löwe aus Nubien gewesen – es wird eine Zierde an der Wand in meinem Arbeitszimmer in Kent sein.«

Annie runzelte besorgt die Stirn. In Dinshaws Laden hatte sie Löwenfelle für fünfzehn Rupien gesehen. Sie warf Jonathan einen Blick zu, der unmerklich mit dem Kopf schüttelte, und erkannte, dass sie die Gefühle des Colonels nicht verletzen durfte, wenn sie es erzählte. »Was ist mit Ihnen, Miss Templeton? Haben Sie Ihren Aufenthalt in Aden genossen?«

»Ach, meine Liebe, ich habe das Schiff gar nicht verlassen! Die Hitze – wie halten Sie das nur aus?« Miss Templeton seufzte und wedelte sich mit einem Strohfächer Luft zu.

»Aber Miss Templeton, Sie waren doch all die Jahre in Ceylon. Da wird Ihnen doch ein bisschen Hitze nichts ausmachen?«, fragte Jonathan.

»Ich muss zugeben, dass ich die Hitze Jahr für Jahr schwerer ertrage, Mr. Tremayne. Doch wie können Sie die üppige grüne Schönheit von Ceylon mit dieser unwirtlichen Umgebung vergleichen?«

»Tut mir leid, Miss Templeton, aber ich habe gehört, die Hitze wird noch schlimmer, bevor es besser wird. Das Rote Meer, heißt es, ist die Hölle. Legen wir heute Abend oder morgen früh ab, Colonel Hawkings?«, fragte Jonathan.

»Kapitän Regan hat mir gesagt, morgen. Die Korallenriffs in dieser Gegend seien zu gefährlich für nächtliche Navigation, sagte er. Wir müssen Steamer Point umschiffen und durch den Kanal bei Slave Island fahren, bevor wir Kurs auf Bab al Mandab und das Rote Meer nehmen. Sobald wir das Meer erreicht haben, werden wir uns in der Mitte halten, da die Riffs entlang der arabischen Küste ziemlich heimtückisch sind. Viele Schiffe sind an den Riffs gesunken und Mannschaft und Passagiere in die Sklaverei verkauft worden. Einen Mann hat es zwölf Jahre gekostet, seinen arabischen Häschern zu entkommen und nach England zurückzukehren ... Außerdem müssen wir uns vor den Piraten im Roten Meer hüten«, fügte Colonel Hawkings mit gesenkter Stimme hinzu.

»Doch bestimmt keine Piraten, Colonel Hawkings?«, fragte Miss Templeton besorgt.

»Wir haben doch keine Ladung an Bord, die Piraten in Versuchung führt, oder?«, fragte Jonathan.

Hawkings schaute kurz auf. »Immerhin haben wir in Bombay einen ungeplanten Zwischenstopp eingelegt. Wissen Sie denn nicht, was wir dort aufgenommen haben?«

»Man hat es mir natürlich nicht gesagt. Eine bewaffnete Garde von der Chartered Bank hat etwas angeliefert ...«, erinnerte sich Jonathan.

»Ganz unter uns, ich habe gehört, dass wir eine Ladung Diamanten aufgenommen haben«, raunte Hawkings verschwörerisch.

»Aber es ist schon lange her, seit ein Schiff der P&O gekapert wurde, nicht wahr, Colonel Hawkings?«, warf Jonathan ein.

»Eigentlich erst zwei Jahre, Mr. Tremayne. Doch das Schiff war auf dem Rückweg von Kalkutta mit einer Ladung Gold. Es soll die Tat eines Eingeweihten gewesen sein«, brummte Hawkings. »Und noch im vorigen Jahr ging die *Dunraven*, ein britisches Handelsschiff, mit einer Ladung Teak aus Bombay unter. Niemand weiß, warum sie sank, nur dass sie an den Riffs am östlichen Ufer scheiterte.«

»Übrigens, Colonel Hawkings, wissen Sie, was der Name für die Meeresstraße zum Roten Meer, Bab al Mandab, bedeutet? In unserem Reiseführer ist er nicht übersetzt«, fragte Annie.

»Ja, Verehrteste, ich glaube, es heißt ›Tor der Tränen‹«, antwortete Hawkings.

Nach dem Lunch, als sich die meisten Passagiere für ein Nickerchen auf ihre Liegestühle zurückzogen, ging Annie unter Deck, um nach Pegasus zu sehen. Ihr Pferd und langjähriger Gefährte war auf dem mittleren Deck in einer Box untergebracht. Um dorthin zu gelangen, musste Annie an den Verschlägen mit lärmenden Truthähnen, Enten, Gänsen, Hühnern, Schweinen und Lämmern vorbeigehen, die an Bord lebten, bis sie verspeist wurden. Tonnenweise Heuballen und Futter waren unter Deck verstaut, um die schwimmende Menagerie zu versorgen, sodass es der Schiffsbesatzung keine Umstände bereitet hatte, ein Pferd zusätzlich zu füttern. Annie versuchte den offenen Bereich in der Mitte zu meiden, wo geschlachtet wurde. Obwohl das Deck sorgfältig geschrubbt war, hing der Gestank nach Blut und Tod schwer in der heißen Luft.

Weiter vorn erblickte sie die dunkle Gestalt ihres Pferdes in der schattigen Box. »Pegasus«, rief Annie. Er gab mit peitschendem Schwanz zu verstehen, dass er sie erkannte, und rollte mit den Augen, als er ihr vertrautes Gesicht sah. Sie streichelte ihm den Hals. »Ist dir nicht auch entsetzlich heiß, mein Liebling? Haben die Jungs dir genug Wasser gegeben?« Annie schaute in seinen Eimer, dann prüfte sie, ob das Stroh sauber war. Sie musste zugeben, dass der Tierpfleger auf dem Schiff sich gut um ihn gekümmert hatte. Die Mannschaft führte ihn sogar jeden Morgen über das Deck, damit er Bewegung hatte. Dabei hielten sie ihn an zwei Zügeln, wenn Seegang war. Annie fehlten die Ausritte auf ihm. »Bald sind wir in England.« Annie setzte sich auf einen umgedrehten Eimer an den Balken seines Stalls, und Pegasus knabberte an ihren Haaren. Als sie in ihrer Tasche nach einem Buch kramte, stieß sie auf eine Zuckerstange, die Jonathan bei Dinshaw hineingesteckt haben musste. »Er ist so ein lieber Kerl, nicht wahr, Pegasus?«, sagte sie wehmütig, zerbrach die Stange und verfütterte die Stücke an das Pferd. Sie lehnte den Kopf an sein Bein.

Annie dachte an den Tag zurück, an dem sie zwölf wurde und

von ihrem Vater das langbeinige Fohlen geschenkt bekommen hatte. Sie hatte es auf Anhieb gemocht, und seither waren sie unzertrennlich. Annie lächelte, als ihr einfiel, wie sie und Pegasus zum ersten Mal Jonathan begegneten. Das geschah, nachdem ihr Vater gestorben und sie gezwungen war, eine Anstellung als Lehrerin zu suchen, um ihre Mutter und sich durchzubringen. Sie war durch eine finstere Gegend von Kalkutta geritten und hatte eine verbotene Abkürzung für den Heimweg von der Schule genommen. Sie saß im neuen Damensattel, den die Schulleiterin ihr aufgedrängt hatte, um etwaiger Kritik aus dem Weg zu gehen. Annie schimpfte gerade auf den Sattel, weil sie das Pferd in diesem Sitz nicht mehr so gut beherrschte, als ein aggressiver Bettler aus einer Gasse sprang und sie am Rock festhielt. Sie geriet ins Rutschen und versuchte verzweifelt sich festzuhalten, als der Bettler sie plötzlich losließ und Annie in die schönen, haselnussbraunen Augen ihres Retters schaute. Nach einem halben Jahr waren Jonathan und sie verheiratet, und seither hatte er sich um sie gekümmert. Zu den wenigen Freuden in den beiden Jahren in Assam hatten die Ausritte auf Pegasus durch die Teeplantagen gehört, und sie war dankbar und erleichtert gewesen, als Jonathan damit einverstanden war, das Pferd mit auf die Reise in ihre neue Heimat Cornwall zu nehmen.

Annie strich dem Pferd über die Nüstern und kramte in ihrem Beutel nach weiteren Zuckerstücken. Ihre Hand streifte das Notizbuch, das sie benutzt hatte, um ihre Flötenlektionen festzuhalten. Sie blätterte in dem kleinen grünen Heft und sah sich noch einmal die Tonhöhen der einfachen Melodien an, die sie in ihren kurzen Sitzungen bei Mrs. Thompson gelernt hatte. Mrs. Thompson kehrte mit ihrem Mann, einem Diplomaten auf Heimaturlaub, nach England zurück. Annie fragte sich, ob sie den Mut aufbrächte, ihre neu erlangten Kenntnisse bei einer Hausmusik an Bord vorzuführen. Pegasus beugte sich vor und knabberte am Notizbuch, während Annie ihm die Melodien vorsummte.

Als sie wieder an Deck kam, wurde gerade unter der Persenning Tee gereicht. Kinder saßen im Kreis auf den Teakholzplanken des Schiffes, spielten unter der Aufsicht ihrer Mütter oder Kindermädchen und hüpften zurück an den Teetisch, um sich noch ein Stück Kuchen zu holen. Familien rekelten sich auf den Liegestühlen, die zwischen den drei Masten und dem riesigen Schornstein aufgestellt waren, hielten Teetassen und Teller in den Händen und plauderten über Belanglosigkeiten. Annie entdeckte Jonathan an der Reling. Er schaute hinunter, und als sie neben ihn trat, sah sie die Kohleflöße, die seitlich am Schiff angelegt hatten. Rußverschmierte, halbnackte Männer standen breitbeinig auf den schwarzen, schwankenden, mit Bergen von Kohle beladenen Teakholzflößen und verstauten ihre Ladung im Bauch des Schiffes, das am nächsten Tag ablegen sollte. Sie schlenderte zum Teetisch und wunderte sich wie schon so oft über die Vorliebe der Engländer für heiße Getränke trotz der herrschenden Temperaturen. Sie holte sich zwei Tassen und zwei Teller mit Gebäck und gesellte sich wieder zu Jonathan. Er zeigte auf eine britische Marinefregatte unter der Flagge der Kriegsmarine, die neu in den Hafen eingelaufen war. Sie beobachteten, wie sie beladen wurde, während der Himmel sich blutrot färbte und schwankende Öllampen die Sonne ersetzten und den Männern Licht spendeten, die über Nacht Kohle in den Laderaum schaufelten.

An jenem Abend stiegen Annie und Jonathan in den Speiseraum der ersten Klasse hinab und schlängelten sich Hand in Hand durch den Wald aus verzierten Säulen und eingetopften Palmen zum Kapitänstisch. Nach der langen Einsamkeit Assams genoss Annie die Eleganz der glänzenden Dinner. Schwere, raschelnde Seide und schwarze Abendanzüge schimmerten im flackernden Lampenlicht. Hochgestecktes Haar, zierliche Abendhandschuhe und mit Perlen bestickte Abendtäschchen verliehen jedem Abend einen Hauch anmutiger Schönheit. Tropische Blumen auf den Tischen verströmten einen durchdringenden Duft.

Ein Unbekannter tauchte an ihrem mit kostbaren Servietten und Tafelsilber gedeckten Tisch auf. Erfreut, eine neue Bekanntschaft zu machen, setzte Annie sich in den Lehnstuhl neben ihm, während Jonathan sie beide vorstellte. Er machte den Fremden auch mit Mrs. Blake und Priscilla, Colonel Hawkings und den Thompsons bekannt.

»Ich bin Kapitän Jeffers von der Königlichen Marine«, sagte er. »Ich bin nur zu Besuch bei Kapitän Regan, meinem alten Freund, während mein Schiff im Hafen liegt.«

»Oh, ist das Ihre Fregatte, die wir im Hafen sahen? Was führt die Marine nach Aden, Kapitän Jeffers?«, fragte Jonathan.

»Wir sind wie üblich Patrouille gefahren, um nach Sklavenhändlern zu suchen, wenn es auch nicht viel bringt.«

»Warum sagen Sie das, Kapitän Jeffers?«, fragte Annie.

»Wir können sie nicht inhaftieren, solange wir sie nicht auf frischer Tat ertappen, und dafür sind sie zu gerissen. Ich habe sogar Abdullah bin Karim gesehen, einen der bekanntesten Sklavenhändler im Roten Meer, der im Salon des Hôtel de l'Europe saß und rauchte. Aber wir können ihn nicht anrühren.«

In diesem Augenblick setzte Kapitän Regan sich neben Kapitän Jeffers an den Tisch. »Wir hatten gerade gestern noch einen Zusammenstoß mit bin Karim. Er hat dafür gesorgt, dass eine seiner alten Dhaus unter unseren Bug geriet. Musste dem Mistkerl hundert Rupien zahlen, damit er mein Schiff wieder verließ.«

»Der alte Gauner! Was führte er wohl im Schilde?«

»Ich weiß nicht, aber seine Männer waren überall auf dem Schiff. Nichts wurde als gestohlen gemeldet, aber ich habe ein mulmiges Gefühl bei der Sache.«

»Warum können Sie ihn nicht einfach festnehmen, Kapitän Jeffers, wenn Sie doch wissen, dass er Sklavenhändler ist?«, fragte Annie.

»Es ist eine unerfreuliche Sache. Wir brauchen Beweise. Die arabischen Dhaus fliegen wie der Wind, und bis wir ordentlich eingeheizt haben, sind sie für gewöhnlich längst verduftet. Außerdem stellt die Admiralität uns Kapitänen den Kohleverbrauch in Rechnung, wenn er nicht in einer Gefangennahme mündet. Es gibt also keinen Anreiz, die Schnellen zu verfolgen. Wenn es uns tatsächlich gelingt, eine Bootsladung Gefangener zu befreien, nehmen wir die armen Kerle auf, aber was sollen wir mit ihnen anstellen, sobald wir ihnen zu essen und zu trinken gegeben haben?«

Annie überraschte seine Schimpftirade, und sie fragte: »Können Sie sie nicht in Afrika freilassen?«

»Damit würden wir sie dem sicheren Tod aussetzen oder dem Risiko, vom nächsten Räuber aufgegriffen zu werden. Es sind noch Kinder! Die meisten von ihnen nicht älter als neun oder zehn Jahre. Sie wurden aus Dörfern weit im Landesinnern verschleppt und haben keine Möglichkeit, wieder nach Hause zu kommen«, antwortete Jeffers.

»Was wird dann aus ihnen?«, fragte Jonathan.

»Es kommt häufig vor, dass sie unbedingt an Bord des Sklavenschiffs bleiben wollen und schwören, sie seien aus Arabien. Die älteren Sklaven auf den Dhaus erzählen ihnen, wie schön das Leben in Dschidda ist, und warnen sie, wir Briten seien Kannibalen, die sie im Eintopf kochen wollen!« Jeffers lachte freudlos.

»Nein!«, stießen die anderen am Tisch überrascht aus.

»Wenn wir sie ausladen, dann auf Slave Island, direkt hinter Steamer Point, wo sie in Strohhütten untergebracht werden, bis sie nach Bombay verschifft werden, um dort als Kulis zu arbeiten.« Jeffers seufzte. »So oder so, sie sehen ihre Heimat nie wieder, und wir machen uns die arabischen Kapitäne zu Feinden, die nur versuchen, sich ihren Lebensunterhalt zu verdienen. Sobald sie nach Arabien kommen, werden die Sklaven in die Familien eingegliedert. Das Leben ist zwar hart, aber wahrscheinlich immer noch besser, als Eisenbahnlinien in Indien zu bauen.«

Kapitän Regan schaltete sich in die Diskussion ein.

»Du solltest zur P&O kommen, Jack. Jedes Mal, wenn wir uns

treffen, widert dich dieses Sklavengeschäft noch mehr an. Du wirst den Krieg gegen die Sklaverei nie gewinnen, solange sie im Hedschas legal ist, du musst den Tatsachen einfach ins Auge sehen.«

»Du hast ja recht. Ich habe Sally, meiner Frau, geschrieben und ihr vorgeschlagen, dass ich vielleicht in die Handelsmarine eintrete, aber sie will davon nichts wissen. Sie kommt sich als Frau eines Kapitäns der Kriegsmarine sehr wichtig vor«, seufzte er.

»Wer hat denn eigentlich in deiner Familie die Hosen an, möchte ich mal wissen?« Regan lachte.

»Ja, stimmt. Höchste Zeit für einen Wechsel, und sei es nur wegen der Schlemmerei an Bord«, gab Jeffers zu und griff schmunzelnd nach seiner Gabel. Das Dinner an jenem Abend bot eine Auswahl aus Truthahn, gebratenem Spanferkel oder gegrilltem Vorderviertel vom Hammel, Nierenragout, geschmortem Schafskopf, gekochten Schweinefüßen, sautierten Hühnern, Corned Beef oder ein Currygericht mit Reis. Als Dessert wurden eine Reihe von Obsttörtchen angeboten sowie eine mit schwarzer Johannisbeermarmelade gekrönte Süßspeise, Apfeltaschen, Pfannkuchen, »Brighton Rocks« und Milchreis. Annie mochte die Currygerichte sehr gern. Sie vermutete, dass mehr als ein Bengale in der Schiffsküche tätig war.

Colonel Hawkings ihr gegenüber langte nach dem Portwein. »Vor dieser Fahrt hatte ich an Bord nie für den Portwein zu bezahlen. Spirituosen, Rotwein – alles war auf den Schiffen der P&O immer inklusive. Ich weiß nicht, was aus der Welt noch werden soll, wenn wir für die Getränke beim Essen zahlen müssen«, brummte er.

Annie hatte diese Beschwerde nun bei jeder Mahlzeit an Bord zu hören bekommen. Die von den Engländern konsumierten Mengen an Alkohol hielt sie gelinde gesagt für erstaunlich – Rotwein zum Frühstück, Bier zum Lunch, Wein und Spirituosen zum Dinner, Champagner für besondere Anlässe und Weinbrand und Gin vor dem Schlafengehen. Nicht auszudenken, dass es bisher immer gratis gewesen war. Sie wunderte sich nur, dass sie nicht alle über Bord gespült wurden, denn am Ende eines Tages waren alle betrunken. Zu ihrer Erleichterung rührte Jonathan harte Sachen nicht an, nur zum Dinner trank er gern Wein. Erstaunlich war bei all dem Alkohol nur, dass die Engländer an Bord praktisch nie die Haltung verloren. Steife Oberlippe war auch hier das Gesetz.

Nach dem Dinner gesellten sich Annie und Jonathan zu der Gruppe im Musikzimmer. Mrs. Thompson, eine ausgezeichnete Pianistin, spielte »Dans les Bois« und begleitete Kapitän Jeffers anschließend zu einer Interpretation von »The Mighty Deep«. Es gelang ihr sogar, Annie zu überreden, Flöte zu spielen. Dann erklärte Annie sich bereit, »Liebestraum« zu singen, das Lieblingsstück ihres Vaters. Jonathan entschuldigte sich nach ihrem Lied und kehrte in die Kabine zurück. Annie war ein wenig pikiert und blieb noch bis zum Ende der musikalischen Darbietungen und einer abschließenden Lesung aus »The Death of Nelson«, vorgetragen von Kapitän Regan.

Nach dem Musikabend ging sie in die Kabine. Jonathan las im Schein der Öllampe und hatte die Decken aufgrund der heißen Nachtluft zurückgeschlagen. Als sie eintrat, hellte sich seine Miene auf.

»Wir haben dich vermisst, mein Liebling ...«, sagte sie und küsste ihn sanft auf die Stirn. Er streckte die Hand nach ihrem Arm aus, doch sie entzog sich ihm geschickt. »Musst du die Kabine unbedingt mit der stinkenden Öllampe aufheizen?«, nörgelte sie nicht unfreundlich, schlüpfte aus ihrem Abendkleid und hängte es auf einen Bügel im Schrank. Sie hakte ihr Korsett auf, verstaute ihre Abendschuhe, zog sich einen Satinmorgenmantel über und begann, sich die schweren Haare auszubürsten. Jonathan betrachtete seine reizende junge Frau.

»Weil du nicht hier warst, um mich zu unterhalten, deshalb«, sagte Jonathan lächelnd und genoss ihren Anblick im Spiegel.

»Aber du hast eine aufwühlende Darbietung aus ›The Death of Nelson‹ verpasst«, sagte Annie.

»Wenn ich nie wieder was über Nelson höre, ist es schon zu bald.« Jonathan lachte. »Kann ich helfen? Gib mir die Bürste.«

»Wenn du die rußige Lampe ausmachst, könnte ich mir deine Bitte überlegen«, antwortete Annie spielerisch.

»Wie soll ich denn dann dein schönes Haar bürsten?«, neckte Jonathan und blies die neben der Koje hängende Lampe aus.

»Das wird dir schon irgendwie gelingen, mein Schatz«, flüsterte Annie, ließ sich neben ihn auf das Bett sinken und reichte ihm die Bürste.

»Das will ich meinen, Liebling«, flüsterte Jonathan, küsste ihren Hals über dem Morgenrock und streifte ihn über ihre Schultern auf die Hüfte. Das Mondlicht, das zum Bullauge hereinschien, spielte auf ihren prächtigen Brüsten und liebkoste die sanften Rundungen ihres Rückens. Er bürstete ihr dichtes, schimmerndes Haar, bis er es nicht länger aushalten konnte. »Ich liebe dich, Annie …«, flüsterte er. Dann küsste er sie drängend. Annies Lippen erwiderten sein Drängen, und ihr Atem beschleunigte sich, als sie die Arme um seinen Hals schlang. Jonathan hielt die Luft an, als ihre Brüste sich an seinen Brustkorb drückten. Er legte Annie auf das Bett, und die Lichtstrahlen ließen die Haut ihrer Gliedmaßen aufleuchten. Sie streckte ihm beide Arme entgegen. »Ich liebe dich auch, mein Schatz«, erwiderte sie. Er überließ sich ihrer Umarmung, und ihre Körper vereinten sich in Leidenschaft, während das Schiff im Mondlicht schaukelte.

Am nächsten Morgen rasselte um halb sechs die Ankerkette, und schon bald zog das Ufer an Backbord vorbei. Vom Lärm geweckt, reckte Annie sich zufrieden, streckte die Hand aus und streichelte Jonathans Rücken. Sie wickelte sich aus den unordentlich gebauschten Laken und errötete, als ihr das Liebesspiel vom Vorabend einfiel. Dann hob sie ihren Morgenmantel vom Teppich der Kabine.

Erneut dankte sie den Schicksalsgöttinnen und P&O für das Bad mit WC und kleiner Dusche, das zu ihrer Kabine gehörte. Besonders gefiel ihr die kleine Porzellanschüssel, fest angebracht auf einem Marmorregal, über dem vernickelte Seifenschalen und ein Wasserhahn angebracht waren. Darüber hing ein Schild mit der Aufschrift »ZIEHEN«. Wenn sie es mit den uralten Bädern verglich, mit denen sie in Kalkutta aufgewachsen war, staunte sie über diese Raffinesse und den Komfort.

In Vorbereitung auf die Sonntagsmesse an Deck zog Jonathan einen schwarzen Gehrock und die dazu passende Hose an, und Annie kleidete sich in ein blaugraues Seidenkleid mit Reifrock und Volants am Saum und verwünschte bereits die Hitze. Sie legte sich gerade eine Perlenkette und Ohrringe zurecht, als sie ihren Geldbeutel vom Tag zuvor erblickte.

»Jonathan, was soll ich mit dem Geld machen, das ich gestern aus dem Safe des Zahlmeisters geholt habe? Soll ich es in der Truhe verstecken?«

»Mach das nicht, Liebling«, riet Jonathan ihr. »Ich halte es nicht für richtig, Wertsachen in der Kabine zu lassen. Wir hätten es gestern Nachmittag zurückbringen sollen, aber ich habe nicht mehr daran gedacht. Trage deinen Geldbeutel heute mal unter deinen Röcken, und ich behalte meinen Geldgurt an. Der Safe des Zahlmeisters ist morgen wieder offen.«

Annie griff nach dem zum Kleid passenden Glockenhut mit Netzschleier, den sie in Madras gefunden hatte, und beide gingen ans Oberdeck, um das Auslaufen des Schiffes aus Aden zu betrachten. Über dem Meer hing noch der Morgendunst, und eine verhangene Sonne wärmte sie, als sie Steamer Point umfuhren, auf dem alles überragend das Rathaus stand. Auf der Fahrt durch den Kanal vor Slave Island erblickte Annie schwarze Kinder, die aus Strohhütten auftauchten, manche balancierten Messingeimer auf dem Kopf, andere liefen am Stand entlang und winkten dem Schiff zu. Das mussten die befreiten Gefangenen sein, von denen Kapitän Jeffers gesprochen hatte, dachte sie, erstaunt und erschrocken, wie jung sie aussahen. Als eine Brise ihren Schleier erfasste, schaute Annie auf und sah die Flagge von P&O am Fockmast wehen sowie den Ausguck, der auf der Laufbrücke das Meer nach Riffen absuchte.

Bärtige Stewards trugen bereits in Vorbereitung auf die Sonntagsmesse das Klavier an Deck und spannten eine Persenning auf. Da an Sonntagen weder Kartenspiel noch Rauchen oder das Vorlesen von Romanen erlaubt war, wusste Annie, dass die Beteiligung an der Messe groß sein würde. Die Männer in ihren schwarzen Röcken standen in scharfem Kontrast zu den Frauen mit ihren Kleidern in allen Regenbogenfarben, gekrönt von kleinen Schleierhüten. Kapitän Regan hielt den Gottesdienst ab, wie er es nannte, und Passagiere und Mannschaft folgten ihm anhand der kleinen Gebetbücher, die ausgeteilt worden waren. Als die Versammlung die Stimmen zu den einfachen englischen Liedern erhob, überlief Annie unwillkürlich ein Schauer. Die Worte kamen ihr in der exotischen Umgebung so schlicht vor. Ihre kläglichen Bitten klangen so unzulänglich angesichts der Aufgabe, den englischen Gott so fern der Heimat anzurufen. Kapitän Regan schloss mit einem Dankgebet dafür, dass sie an das Tor zwischen Afrika und Asien gelangt waren, und mit der Bitte um eine sichere Heimfahrt nach England.

Den Rest des Vormittags verbrachten Annie und Jonathan an Deck. Sie unterhielten sich leise mit den Thompsons. Ringsum saßen Bibelleser, die ihnen beredte Blicke zuwarfen, bevor sie sich schnaubend in ihre Gebetbücher vertieften. Die Anspannung an Bord stieg mit der Hitze des Tages, als das Schiff sich der lang ersehnten und gefürchteten Durchfahrt zum Roten Meer näherte.

Gegen Mittag kam an Backbord das hoch aufragende, purpurne Vorgebirge des Bab al Mandab, des »Tors der Tränen«, das den Eingang markierte, in Sicht. Annie und Jonathan hielten sich an der Reling fest, als das Meer in der felsigen Durchfahrt zwischen afrikanischer und arabischer Küste plötzlich rau wurde. Annie fragte sich, warum die Engstelle »Tor der Tränen« hieß – wie kam es, dass sie mit Leid in Verbindung gebracht wurde? Sie ahnte nicht, dass ihr die Angemessenheit des Namens schon in kürzester Zeit nur allzu deutlich werden würde.

Durch die plötzlich aufkommenden Winde entstanden weiße Schaumkronen auf dem Wasser, während das Schiff auf die Mitte des schmalen Kanals zuhielt. Ein kalter, wirbelnder Nebel aus dem Norden umhüllte das Schiff. Annie und Jonathan blieben auf dem stark schwankenden Schiff an der Reling stehen, während die meisten anderen Passagiere nach und nach unter Deck verschwanden. Nach dem Lunch, der kaum Zuspruch fand, kehrte das Paar wieder ans schlingernde Oberdeck zurück. Zwei Stunden später tauchte Perim Island aus dem Nebel auf.

Als sie um das äußere Ende des Vorgebirges navigierten, geschah es: Plötzlich schossen drei arabische Dhaus, die Lateinsegel straff im Wind gespannt, hinter der Insel hervor. Annie sah mit Bestürzung, wie die Dhaus direkt vor das dahindampfende P&O-Schiff in den Kanal einfuhren. Es hatte den Anschein, als wären sie auf Kollisionskurs mit der *Oriental*.

Das Dampfschiff behielt seinen Kurs bei, unfähig, zu den felsigen Ufern auf beiden Seiten abzudrehen, und seine Geschwindigkeit ließ nicht nach. Beunruhigt wechselten Jonathan und Annie nach Steuerbord, um die Dhaus zu beobachten. Sie rechneten damit, dass sie vom großen Bug des Schiffes zermalmt würden, und erschraken, als sie die Dhaus nahe am Bug sahen, wo sie scheinbar in Gefahr waren, in der Bugwelle zu kentern. Dann wendeten die Dhaus geschickt, passten sich der Geschwindigkeit des riesigen Schiffes an und steuerten nah an seinen Bug. Sie umschwärmten es wie bedrohliche Haie. Plötzlich schleuderten die Araber von den Dhaus Enterhaken über die Reling an Steuerbord und begannen, an den Seilen hinaufzuklettern.

Auf der Brücke schien niemand zu merken, was da vor sich ging. Schockiert riefen Jonathan und Annie zum Ausguck hinauf, das Schiff werde geentert, doch der Mann mit dem dunklen Bart beachtete sie nicht. Vielleicht wurden ihre Worte vom Wind verweht, und nach hastiger Beratung eilten sie die Treppe zur Kommandobrücke hinauf. Als sie die Tür zur Brücke erreicht hatten, tauchte bereits ein dunkler Kopf über der Steuerbordreling auf. Sie stürmten auf die Brücke und warnten den Steuermann vor der drohenden Gefahr. Inzwischen waren zwei weitere Männer über die Reling gesprungen und hatten ihre Gewehre auf die Brücke gerichtet.

Plötzlich wurde das Schiff von einer lauten Explosion erschüttert. Der Bug war sofort in Rauch gehüllt, und als Annie und Jonathan sich in die Richtung drehten, aus der der Lärm kam, sahen sie Besatzungsmitglieder in brennender Kleidung aus der vorderen Luke strömen. An Deck brach die Hölle aus, Passagiere schrien und versuchten, die Flammen zu ersticken, kauerten sich dann verwirrt nieder, als immer mehr bewaffnete Araber über die Bordwand kletterten. Kapitän Regan tauchte hemdsärmelig und mit einer Pistole aus dem größten Niedergang auf, wurde jedoch im Nu von einem wuchtigen Araber von hinten angegriffen, der ihm die Waffe aus der Hand riss und ihm damit auf den Kopf schlug. Entsetzt sahen Annie und Jonathan, wie der Kapitän an Deck zusammenbrach. Der Steuermann schrie verzweifelt in das Sprachrohr zum Kesselraum und forderte bewaffnete Verstärkung an, doch aus dem Kesselraum kam keine Antwort.

Plötzlich platzte ein dunkelhäutiger Mann mit einem Gewehr auf die Brücke und bedeutete den dreien mit Handbewegungen, sich zu den anderen Passagieren auf dem Hauptdeck zu stellen. Verängstigt und unbewaffnet blieb ihnen nichts anderes übrig, als sich zu fügen. Durch die Rauchwolken, die aus dem Laderaum aufstiegen, konnten sie fast nichts sehen. Annie ging zitternd vor Angst an Deck hinunter. Jonathan reichte ihr die Hand und hielt sie fest. Sie klammerte sich an ihn, ihr war, als ginge sie durch Sirup – jeder einzelne Schritt schien Minuten zu dauern. Wie betäubt vor Entsetzen schob man sie als Nächstes an die Steuerbordreling neben den Ausguck. Erstaunt stellte sie fest, dass er jetzt bewaffnet war und den Arabern offensichtlich half. Er zeigte mit der Waffe auf Jonathan, doch sie klammerte sich an seine Hand. Als der Uniformierte Jonathan das Gewehr in die Rippen stieß, schaute sie ihm flehend in die Augen.

»Tu, was sie sagen, Annie. Ich bin gleich wieder da, Liebling. Mir wird nichts passieren.« Mit Tränen in den Augen sah sie zu, wie Jonathan, ein Gewehr im Rücken, zum großen Niedergang getrieben wurde.

»Jonathan«, rief sie ihm nach.

»Wehr dich nicht! Tu, was sie sagen«, rief er zurück.

»Geh nicht!«, jammerte sie.

Als er in der Luke verschwand, drehte er sich noch einmal zu ihr um. »Ich liebe dich. Ich werde dich immer lieben«, rief er. Kapitän Regan war an den Rand des Niedergangs gekrochen, und als Jonathan sich bückte, um ihm zu helfen, rammte der Araber ihm den Gewehrkolben in den Bauch und zwang ihn, vornüber gebeugt, unter Deck zu gehen. Kapitän Regan rutschte hinter ihm die Treppe hinab.

Annie versuchte, ihm zu folgen, doch ein Araber in weitem Gewand stellte sich ihr in den Weg und deutete mit seinem Gewehr an, sie solle an die Steuerbordseite zurückkehren. Er drehte sich zu Colonel Hawkings um, der mühsam versuchte, an Deck zu kommen, und schlug ihm den Gewehrkolben ins Gesicht. Vor Schmerz aufschreiend griff sich der Mann an sein blutendes Gesicht und fiel in die Lukenöffnung zurück. Entsetzt wich Annie zurück und packte die Reling, um sich abzustützen, da ihre Kraft sie verließ. Tränen rannen ihr über das Gesicht. Entsetzen und Fassungslosigkeit überwältigten sie. Planlos schaute sie auf und sah einen mächtigen Araber über die Steuerbordreling steigen, der die Gesichter der Frauen absuchte. Seine dunklen Augen und die aufgedunsenen Wangen kamen ihr bekannt vor, doch in ihrer tiefen Verzweiflung fiel ihr nicht ein, warum. Einige Frauen an Bord stolperten weinend und verwirrt an Deck, strichen sich das Haar aus den rußigen Gesichtern und hielten ihre Kinder umklammert, bevor sie an die Steuerbordseite gescheucht wurden. Aus der vorderen Luke stieg Rauch, als drei Kinder aus dem Laderaum kamen. Ihre entsetzten Schreie hallten durch die Luft. Weinend und klagend stützten sich zwei ältere Frauen gegenseitig, die aus dem rauchigen Laderaum stiegen. Man schickte sie zu den anderen Frauen und Kindern an der Reling. Annie sah, wie Miss Templeton von einem bewaffneten Araber geschubst wurde, und eilte ihr zur Hilfe, als sie auf Deck ausrutschte. Der Araber wandte sich ihr mit unverständlichen Flüchen zu und bedeutete ihr, wieder an ihren Platz zu gehen. Als er den Gewehrkolben hob, um seinen Drohungen Nachdruck zu verleihen, hielt ihm der mächtige Araber die Hand fest und sah Annie durchdringend an. Rasch redete er auf den Bewaffneten ein und nickte in ihre Richtung. Plötzlich wurde Annie am Arm gepackt und von den anderen weggezerrt. Ein Mann mit einem Seil, der an der Schiffsleiter wartete, umwickelte sie rasch mit dem rauen Tau, als wäre sie ein Stoffbündel, die Arme an die Seiten gepresst, schnürte das Seil unten zu, und mit Hilfe des ersten Mannes begann er sie über die Reling zu schieben.

Als Annie über die Bordwand glitt, nahmen ihr die Höhe über dem Wasser und die Geschwindigkeit, mit der man sie abließ, den Atem. Sie schrie auf und dachte, sie müsse die Luft anhalten, damit sie an Land schwimmen könne, sobald sie im Wasser wäre. Doch dann fiel ihr ein, dass sie zu fest zusammengeschnürt war, um zu schwimmen, und dass sie wie ein Stein versinken würde.

Das ist das Ende, dachte sie. Ich werde sterben. Dann merkte sie, dass sie nicht fiel. Man ließ sie an einem Seil in die wartende Dhau hinab.

Kapitel zwei

Lasst uns die Segel nach den Winden hissen!
Und achtet auf der Möwen Flug!
Sie ahnen nicht: Sie wissen …
Und ihnen dünkt ihr weißes Sein genug …

Qualmwolken stiegen von unten herauf, als Jonathan die Treppe hinunterstolperte, vornübergebeugt vor Schmerz nach dem Kolbenstoß des Piraten. Über ihm schlugen polternd Eisenluken zu, und er hörte, wie die Riegel vorgeschoben wurden, unterstrichen von den gutturalen arabischen Befehlen der Angreifer. Die Schreie der Besatzung und der Passagiere hallten durch das Unterdeck. Der Kapitän, der mit blutüberströmtem Gesicht direkt hinter ihm stand, rief um Ruhe.

»Kehren Sie in Ihre Kabinen zurück! Tun Sie, was ich sage!«, stieß Regan mühsam hervor und hielt sich am Schott fest, als er versuchte, den Gang entlangzugehen.

Wieder ließ ein enormer Donnerschlag das Schiff erzittern. Die verängstigten Passagiere schrien um Hilfe. Jonathan überlegte hastig: Er wollte lieber nicht in seiner Kabine in der Falle sitzen, wenn das Schiff sank. Also ging er weiter die Treppe hinunter in der Hoffnung, das mittlere Deck zu erreichen. Auf den Treppen, die an den niedrigeren Kabinendecks vorbeiführten, begegnete er Männern, die sich durchkämpften, um ans Oberdeck zu gelangen.

»Die Deckluken sind geschlossen! Sie kommen da nicht raus! Kommen Sie hier entlang, zum Mitteldeck!«, rief er allen entgegen, die er traf, doch sie schoben sich hektisch an ihm vorbei, um der Hitze und dem Qualm zu entkommen, der von unten aufstieg. »Die Luken sind dicht! Zurück!«, rief er entsetzt, doch sie achteten nicht auf seine Warnung. Jonathan bedeckte die Nase mit einem Taschentuch und tastete sich die Treppe hinunter in die beißenden schwarzen Wolken vor. Schließlich sah er sich gezwungen, unter dem schwarzen Qualm hindurchzukriechen, der die Treppe heraufzog. Gott sei Dank ist Annie an Deck, dachte er erleichtert. Wenn das Schiff untergeht und ich aus dem Mitteldeck ins Freie gelange, kann ich Annie noch erreichen. Im Gegensatz zu anderen Passagieren, die wahrscheinlich nie unter der Kabinenebene gewesen waren, hatte er mit Annie zusammen oft das Mitteldeck aufgesucht, um nach Pegasus zu sehen. Er wusste, dass das Achterdeck der mittleren Ebene offen war.

Auf seinem Weg nach unten vernahm er allmählich das Stöhnen und Knarren der Schiffsplanken. »Wenn ich es nur rechtzeitig schaffe«, dachte er und versuchte, die aufsteigende Panik zu unterdrücken. Das schreckliche Geräusch des auseinanderbrechenden Schiffes beschleunigte seine Schritte. Auf dem nächsten Treppenabsatz hörte er das wilde Muhen und Blöken der Kühe und Schafe auf dem Mitteldeck. Ihre Schreie führten ihn durch den Rauch, der jetzt durch den Gang zog. Seine Lungen schmerzten, und er versuchte, den Todeshauch, der ihn umgab, nicht einzuatmen. Schließlich stießen seine Hände auf den Riegel. Er schob die Luke auf, erleichtert, dass ihn weder Feuer noch Rauch empfingen, als die Klappe nach innen aufschwang. Dankbar atmete er die frische Luft ein und schloss die Luke hinter sich vor dem Rauch, wobei er sicherstellte, dass er sie nicht verriegelte, falls jemand aus der Mannschaft oder von den Passagieren den Weg nach unten fände. Er folgte dem Lärm der verängstigten Tiere durch die Lagerräume für Futter und fragte sich, wo die Besatzung sein mochte. Vielleicht waren sie bereits auf dem Hauptdeck, dachte er flüchtig. Vorbei an Strohballen und Jutebeuteln mit Korn schob er sich auf das äußere Deck, auf dem die Tiere untergebracht waren, und packte ein Messer mit krummer Klinge, das er auf einem Sack entdeckte.

Als er ins Freie trat, vernahm er über sich Schüsse und sah, dass Rauch aus dem Bug drang; das Schiff krängte rasch nach Backbord. Die muhenden, blökenden Tiere taten ihm leid – er öffnete ihre Verschläge im Vorbeilaufen und hoffte nur, dass sich Schafe und Kühe nicht auf dem sich neigenden Deck die Beine brächen. Er rannte zu Pegasus' Box und stellte fest, dass er gegen die Balken schlug und ängstlich mit den Augen rollte. Jonathan redete beruhigend auf ihn ein. Er zögerte noch, das Pferd freizulassen, denn er fürchtete, es könnte auf dem schrägen Deck ausrutschen.

Jonathan hielt sich fest und schaute über Bord in der verzweifelten Hoffnung, der Schaden am Rumpf würde das Schiff nicht zum Kentern bringen. Aus den Bullaugen am Bug strömte Rauch, und das Schiff, das sich unter Stöhnen wehrte, neigte sich immer mehr nach Backbord. Die unteren Bullaugen lagen bereits unter Wasser, das Meer erzwang sich durch jede Lücke im Bug einen Zugang, drang in das Klüsenrohr und suchte sich mit seinen Tentakeln jede Bresche, ob klein oder groß. Die Lenzpumpen, die das Schiff über Wasser halten sollten, waren bald überfordert. Das Wasser stieg immer höher. Das Schiff sank.

Hektisch schaute er sich nach Gegenständen um, die schwimmen würden, sodass er ein Floß bauen konnte. Er lief zu den Holzkäfigen mit Hühnern und anderem Geflügel, entriegelte die Türen und befreite die Insassen. Er versuchte die Holzverkleidung der leeren Ställe auseinanderzubrechen, und es gelang ihm, einige Teile frei zu bekommen, bevor sein Messer entzweiging. Er griff nach Tauen, band drei Lattenteile zusammen und schleppte sie an die Reling. Er stieß sein primitives Floß über Bord und hoffte, es später wiederzufinden. Dann warf er auch die anderen Hühnerställe über Bord. Wer wusste schon, was überleben würde?, dachte er.

Als das Wasser Zentimeter um Zentimeter stieg, fragte er sich besorgt, ob die Strömung der Wasserflut ihn daran hindern könnte, mit Pegasus wegzuschwimmen. So ruhig wie möglich trat er in den Stall des Pferdes und versuchte, einen Zügel an seinem Zaumzeug zu befestigen. Pegasus verdrehte die Augen und warf immer wieder den Kopf zurück. Das schräge Deck erschwerte das Gehen, doch Jonathan schaffte es, das scheuende Pferd auf das offene Achterdeck zu führen. Er entriegelte die Heckluke, durch die Vorräte an Bord geschafft wurden, und hoffte, er würde mitsamt dem Pferd vom Schiff weggespült. Dann hielt er sich an der Heckreling fest, um nicht zu fallen, hielt Pegasus' Zügel in den verschwitzten Händen und redete auf ihn ein. Das Pferd scheute, als das Deck unter ihnen wegrutschte, und Jonathan wusste, er konnte es nicht mehr bändigen.

Was geschah mit Annie?, fragte er sich gequält. Seine Augen wanderten suchend über die Steuerbordseite des qualmenden Schiffes, und er glaubte die Segel der drei Dhaus in der Ferne verschwinden zu sehen. Hoffentlich hatten sie gestohlen, was sie haben wollten, und waren abgezogen, dachte er zornig. Solange wir uns vom Druck nicht in die Tiefe ziehen lassen, werden wir überleben, sagte er zu Pegasus. Dann werden wir Annie finden und an Land schwimmen.

Als das Wasser an Deck etwa zwei Fuß tief war, stieg Jonathan mühsam auf das Pferd, das panisch im Kreis tänzelte. Allmählich begann sich das Wasser über das Heck zu ergießen. Mit zitternder Stimme versuchte Jonathan das Tier zu beruhigen, das auf dem schrägen Deck ins Rutschen geriet. Jonathan hoffte inständig, dass sie nicht fielen. Als das Wasser Pegasus' Widerrist erreichte, drängte Jonathan ihn durch die Lücke in der Reling. Das Pferd, nervös von den wirbelnden Wellen, sprang sofort ins Wasser. Das kalte Nass traf Jonathan wie einen Schock, er presste die Knie fest zusammen und hielt die Zügel fest, um Pegasus vom sinkenden Schiff fortzutreiben. Das Pferd schwamm kräftig los und ließ das strudelnde Durcheinander aus gackernden Hühnern und schwimmenden Ballen hinter sich. Erleichtert und kraftlos wandte Jonathan sich um, sobald er den Sog nicht mehr spürte, und schaute zum Schiff zurück.

Das Wasser stieg inzwischen rasch am ächzenden Schiffsrumpf empor und begann den flammenden Bug zu umfluten. Kühe und Schafe vom Mitteldeck entfernten sich vom Schiff und schwammen auf einen kleinen Landstrich im Norden zu. Jonathan konnte ein paar Frauen an Deck sehen, vermochte aber ihre Gesichter nicht zu erkennen. Bestimmt setzte man gleich die Rettungsboote ein, dachte er. Die *Oriental* hatte vier Rettungsboote an Deck. Doch aus unerfindlichen Gründen waren sie nicht zu sehen. Hatten die Araber sie versenkt? So grausam konnten sie doch nicht sein, dachte er wütend.

»Springt! Springt!«, rief er ihnen zu, doch seine Worte wurden vom Wind hinweggeweht. Einige Frauen hingen über der Heckreling und schauten verzweifelt nach unten. Jonathan winkte ihnen zu und drängte sie, ins Wasser zu springen. Vielleicht konnte Annie nicht schwimmen, ging es ihm plötzlich durch den Sinn. Von Panik ergriffen wurde ihm klar, dass er sich nicht erinnern konnte, jemals mit seiner jungen Frau über das Thema Schwimmen gesprochen zu haben.

Plötzlich erschütterte eine gewaltige Explosion das Schiff. Flammen schlugen hoch, und unter lautem Röhren begann das Schiff mit dem Bug zuerst ins Meer zu gleiten. Ein schreckliches Stöhnen erfüllte die Luft, als die dampfenden Metallplatten des Bugs auf das kalte Meerwasser trafen. Schneller, immer schneller sank die *Oriental*. Die Schreie der Frauen an Deck vermischten sich mit dem Rauschen der Wellen und dem entsetzlichen Krachen der Schiffsplanken. Entgeistert sah Jonathan zu, wie das hoch aufragende Heck in rasender Geschwindigkeit in den Wogen verschwand.

Hilflos saß Jonathan auf Pegasus und konnte nicht glauben, was geschehen war. Er starrte auf die Wasserwirbel an der Stelle, an der zuvor noch das Schiff gewesen war. All das war so rasch geschehen! Kurz darauf hüpften ein paar Liegestühle und das Skelett eines verkohlten Rettungsboots im Strudel an die Oberfläche. Eine Reihe hoher, konzentrischer Wellen hob Jonathan und Pegasus in die Höhe. Dann schloss sich das Wasser über der Bresche, und schaumgekrönte Wellen nahmen ihren Weg über das freie Meer wieder auf.

Jonathan starrte auf die Wasserwirbel, die das Schiff hinterlassen hatte, und versuchte kraft seines Willens, Annie zum Vorschein zu bringen. Die plötzliche Stille nach dem Untergang des Schiffes erfüllte ihn mit Entsetzen. Lange Zeit wartete er darauf, dass Annie an die Oberfläche schwamm. Seine Panik wuchs, während die Minuten verstrichen, der angehaltene Atem brachte seinen Brustkorb schier zum Platzen, so wie es wohl bei Annie sein musste. Das dunkle Meer gab keine Überlebenden preis.

Nach fünf Minuten, die ihm wie eine Ewigkeit vorkamen, wurde ihm allmählich klar, dass niemand den mächtigen Sog des Schiffes überlebt hatte. Er konnte nicht glauben, dass es keine Überlebenden gab. Vielleicht war er zu tief im Wasser, um sie zu sehen, überlegte er verzweifelt. Er zog seine Stiefel aus und band sie dem Pferd an den Hals, ließ sich von Pegasus gleiten und drängte das Pferd, an seiner Seite zu der Untergangsstelle zurückzuschwimmen. Sie kamen durch eine Ansammlung von Körben und Strohballen. Auf einem davon saßen ein paar Hühner. Eine Kuh schwamm vorbei. Dann kamen sie durch brennende Holzspiere und Möbel, und schließlich trieben die verkohlten Leichen einiger Seeleute vorbei. Völlig kopflos rief Jonathan nach Annie, aber es kam keine Antwort.

Es kann nicht sein, dachte er bei sich. Es ist unmöglich. Er hatte die Frauen an Deck gesehen. Warum hatten sie die Rettungsboote nicht ausgesetzt? Wie konnten all die Männer verbrannt oder unter Deck erstickt sein? Wo waren sie alle?

»Annie! Annie!«, rief er immer wieder. Doch seine Worte schwebten auf dem Wind davon. Er zog eine größere Kreisbahn um die Stelle, an der das Schiff untergegangen war, sah aber nichts. Dann glaubte er etwas auf sich zutreiben zu sehen. Er griff danach, doch es war nur eine weitere scheußlich verbrannte Leiche. Jonathans Hand zuckte entsetzt vor dem verkohlten Arm des Mannes zurück. Wie betäubt schwamm er, solange er konnte, kreuz und quer über die Stelle, immer wieder rufend, bis Pegasus ihn schließlich anstieß, begierig, den Kühen hinterherzuschwimmen. Jonathan ließ sich ziehen, zu schockiert, um zu reagieren.

Als sie ein letztes Mal die unheimlich ruhige Stelle über dem Wrack querten, kamen sie an ein paar verkohlten Liegestühlen vorbei, die auf der Wasseroberfläche trieben. Da fiel Jonathans Blick auf die drei Holzgitter, die er an Bord zusammengebunden hatte. Wie in Trance griff er nach dem provisorischen Floß und zog sich hinauf. Seither schien ein ganzes Leben vergangen, dachte Jonathan dumpf und legte sich mit dem Oberkörper auf die Latten. Pegasus zog hinter den Schafen und Kühen her, die von der Strömung nach Norden gezogen worden waren. Jonathan lag auf dem Floß, das Wasser spritzte durch die Zwischenräume. Er hielt sich an den Zügeln fest. Mit wundem Herzen starrte er noch einmal auf die Stelle, an der das Schiff verschwunden war. Annie, dachte er, wo bist du?

Die Tiere strebten auf eine Landspitze im Nordwesten zu. Als sie sich dem flachen Strand näherten, der kaum höher als eine Sandbank war, fürchtete Jonathan, sie würden in der dichten Masse von Mangroven, die sich vom Ufer her ins Wasser erstrecken, keine Stelle zum Landen finden. Sie suchten die Küste ab, bis Jonathan merkte, dass sie um eine Insel herumschwammen, und entdeckten schließlich eine Lücke in den Mangroven, die ihnen ermöglichte, an einem kleinen, rauen Strand aus dem Wasser zu steigen. Jonathan zog das Floß auf das graue Gestein über den Wellen und brach neben einem durchnässten Schaf und einer verwirrten Kuh zusammen. Pegasus stand am Strand und sah wiehernd auf das Wasser, als riefe er nach Annie.

Die sengende Julisonne brannte auf sie hernieder, ließ die nassen Tiere und Jonathans Wollanzug dampfen, den er auszog und zum Trocknen auslegte. Beim Schwimmen waren sein Hemdkragen und seine Krawatte abhanden gekommen. Er legte das Hemd ab und hängte es an den Ast einer Mangrove. Das Land, auf dem sie saßen, bestand anscheinend aus uralten Korallen. Ihre versteinerten Fächer und Spitzen bildeten eine körnige, unebene Oberfläche. Bis auf die Mangroven, die sich an die Korallen klammerten, war die Gegend nur von Strandvögeln bewohnt, die lautstark gegen die Eindringlinge auf der Insel protestierten.

Jonathan barg den Kopf in den Händen und begann aus tiefstem Herzen zu schluchzen. Seine abgrundtiefe Verzweiflung brach sich Bahn. Annie, Annie, wo bist du? Er schrie es über das Meer und in den Himmel, eine Antwort fordernd. Die Tiere und die Strandvögel wichen vor der wahnsinnigen Gestalt zurück, die gegen die Gewalten tobte. Das Schluchzen laugte seinen Körper aus, bis er zum Schluss tränenlos weinte.

Am späten Nachmittag zogen dunkle Wolken auf, und ein plötzlicher Regenguss weckte ihn. Nur in seinen Schuhen und einer kleinen Vertiefung in den Korallen sammelten sich ein paar Schlucke brackiger Flüssigkeit. Jonathan stellte fest, wie durstig er war, trank den Inhalt seiner Schuhe und führte Pegasus zu der Vertiefung im Boden. Wie betäubt umrundete Jonathan die Insel auf der Suche nach einer besseren Wasserquelle, fand jedoch nichts, was darauf hindeutete. Schließlich wurde ihm klar, dass er seine kleine Menagerie woanders hinbringen musste, wenn sie nicht verdursten wollten.

Gegen Abend überzog sich der Himmel im Westen mit einem leuchtend roten Schimmer. Pegasus, die Kühe und Schafe zogen ziellos über die öde Insel auf der Suche nach Futter, gaben dann auf und ließen sich neben ihm auf dem offenen Schelf über dem Meer nieder. Trotz seiner Dumpfheit taten ihm die armen Tiere leid, die mit ihm an den Strand geworfen worden waren. Wenigstens hatten sie Land gefunden, dachte er.

»Annie! Annie!«, rief er in die untergehende Sonne und suchte die Oberfläche der gnadenlosen Wellen ab. Sie musste da draußen irgendwo sein. Sie musste … Selbst die Sonne ließ sie nun im Stich.

Jonathan versuchte seine Wut zu unterdrücken, als die Dunkelheit ihn einfing. Er legte sich mit seinem zusammengefalteten Gehrock unter dem Kopf nieder, die Lippen waren vom salzigen Wasser aufgesprungen, Arme und Beine juckten. Im Schlaf suchten ihn Bilder von Annie und dem brennenden Schiff heim, er vernahm die Schreie der Passagiere und der Besatzung. Einmal wachte er im Dunkeln auf und rief nach Annie in der Erwartung, sie läge neben ihm, bis seine Hand über die raue Oberfläche fuhr, auf der er lag, und ihm wieder einfiel, wo er sich befand. Der furchtbare Schmerz, der ihn bei der Erkenntnis seines Verlusts traf, hatte nichts mit seinem leeren Magen oder seinen salzverkrusteten Lippen zu tun.

Jonathan wachte auf. Ein Schwarzer stand vor ihm und schaute auf ihn herab. Erschrocken richtete er sich auf. Sein erster Gedanke war, dass die Piraten zurückgekehrt waren, um ihn zu töten. Er entdeckte ein primitives offenes Boot, dass an einen Mangrovenbaum gebunden war. Er stand auf, schaute dem Fremden fest in die Augen und versuchte zu beurteilen, ob es einer der Piraten war. Der Mann trug nur ein schmutziges Lendentuch im Gegensatz zu den Arabern in ihren wehenden Gewändern. Seine Haut war dunkler, und seine Haare waren kurz und lockig. Jonathan wurde klar, dass es ein Afrikaner sein musste, der ihn unschuldig und neugierig betrachtete.

Der Mann hatte einen Pfahl bei sich und wies damit auf die Tiere. Er deutete mit Gesten auf sein Boot und redete erwartungsvoll auf Jonathan ein. Jonathan war nicht klar, ob er die Tiere kaufen oder nur retten wollte, doch er schlug offenbar vor, sie in sein Boot zu schaffen. Jonathan entspannte sich und beschloss, dem Mann zu vertrauen. Was blieb ihm sonst auch übrig? Er nickte zustimmend. Eilig zog er seine Schuhe an, die er neben sich aufgestellt hatte, falls es regnen sollte.

Sie trieben die Schafe ins Wasser, während der Afrikaner ohne Unterlass plauderte. Er brachte sein Boot näher ans Ufer. Jonathan half ihm, die Schafe über das Dollbord zu heben, wobei sich seine Schuhe voll Wasser sogen. Bedauernd schaute er auf seine ruinierten Schuhe, doch er konnte nicht ohne sie über die scharfen Korallen im Meer laufen. Die Kühe und Pegasus banden sie an eine lange Leine und schoben sie ins Wasser. Jonathan nahm seinen Gehrock und sein Hemd von den Büschen und stieg ins Boot.

Der Afrikaner setzte sich ins Heck, um die Ruderpinne und die Schoten für das Lateinsegel zu bedienen. Während die Schafe im Boot umherliefen, versuchte er mit den angebundenen Tieren, die hinterdrein zogen, in den Wind zu drehen. Jonathan setzte sich auf eine primitive Kreuzstrebe am Dollbord auf Backbordseite und versuchte, die Schafe so zu dirigieren, dass sie das Boot nicht aus dem Gleichgewicht brachten. Verblüfft stellte er fest, dass bereits ein paar Hühner im Laderaum waren, die wie die Zwerghühner vom Schiff aussahen. Vielleicht hatte der Afrikaner deshalb nach ihnen gesucht, dachte er. Er musste die Hühner im Treibgut gefunden haben, als er zum Fischen hinausgefahren war.

Der Afrikaner warf ihm einen Lederbeutel mit einem Seilgriff und einem Stöpsel an einem Ende zu. Jonathan zog den Holzstopfen heraus und trank gierig einen Schluck Wasser, das leicht ölig schmeckte. Er wandte sich an den Afrikaner. »Ich heiße Jonathan«, sagte er dankbar und klopfte sich auf die Brust. »Wie heißt du?«

Der Afrikaner strahlte. »Ana Ismael«, sagte er und zeigte auf sich. »Jona … Jona.« Er deutete auf Jonathan.

»Ja, das ist richtig. Ismael!«

Ismael lächelte und redete weiter, ohne darauf zu achten, dass Jonathan kein Wort verstand. Sie schlängelten sich zwischen den Inseln hindurch und blieben in Ufernähe. Das Boot war aus grob behauenem Holz erbaut und trug keine sichtbaren Spuren von Farbe. In einem großen Holzfass mit Meerwasser schwammen Fische, und auf den Planken lagen weitmaschige Netze aufgehäuft.

Jonathan sah wie gebannt zu, wie Ismael mit einer Hand das große dreieckige Segel bediente, das an den Bug gebunden war, geführt von langen Schoten, die am Heck endeten. Obwohl er darüber gelesen hatte, war Jonathan noch nie in die Nähe eines Bootes mit Lateinsegel gekommen. Die Wendigkeit des Bootes beeindruckte ihn. Das Segel war an einem langen Baum am Hauptmast festgezurrt, länger als der Mast selbst. Das Segel blähte sich elegant im Wind.

Ismael schaute immer wieder über die Schulter, um sicherzugehen, dass die größeren Tiere noch im Schlepptau waren. Für Jonathan fuhr er mit der Hand vor und zurück, den Daumen aufrecht wie eine Rückenflosse. Entsetzt erkannte Jonathan, dass er damit einen Hai imitierte. Ismael sorgte sich, dass ein Hai die Tiere angreifen könnte! Jonathan wurde klar, dass er tags zuvor in seinem Schrecken über das versunkene Schiff nicht einmal an Haie gedacht hatte. Daraufhin suchte er die Meeresoberfläche in der Nähe des Bootes auf der Suche nach Rückenflossen ab.

Annie würde mir nie verzeihen, wenn Pegasus etwas zustieße, dachte er in Panik. Dann tauchten plötzlich mit schrecklicher Deutlichkeit die Szene auf dem Schiff und sein letzter Blick auf Annie vor ihm auf, und ihm wurde bewusst, dass Annie verschwunden war. Wogen der Qual schlugen über ihm zusammen. Ihm war übel vor Sehnsucht und Verzweiflung.

»Vielleicht hat ein anderer Fischer sie aufgenommen«, dachte er plötzlich. »Wenn wir an Land gehen, werde ich sie wiedersehen«, entschied er in freudiger Erregung. Dann sagte ihm seine Vernunft, dass so etwas unmöglich wäre. Ein schmerzhafter Stoß traf ihn in die Brust, eine schreckliche Last legte sich erdrückend auf ihn, sodass er kaum atmen konnte. Erinnerungen an Annie gingen ihm blitzartig durch den Kopf und erfüllten ihn mit einer entsetzlichen Sehnsucht. Mein ganzer Körper will nicht wahrhaben, was mein Verstand längst erkannt hat, dachte Jonathan niedergeschlagen. Unglücklich hockte er am Dollbord und zwang sich, nicht in Tränen auszubrechen.

Nach mehreren Stunden, in denen Jonathan das nicht mehr frische Wasser im Lederbeutel zunehmend zu schätzen wusste, fuhren sie um eine niedrige, von Mangroven bewachsene Landspitze herum und sahen am Ufer eine Gruppe runder Strohhütten. Ein Sandstrand ermöglichte es ihnen, das Boot an Land zu ziehen und die Tiere abzusetzen. Als sie die Sambuk auf den Strand zogen, tauchte eine lachende Kinderschar auf, die an Jonathans durchweichtem Anzug zerrte. Ismael schrie die Kinder an, die Schafe zusammenzutreiben. Ismael zeigte auf jedes einzelne Schaf und hielt für Jonathan sieben Finger hoch. Dann ging er in eine Hütte in der Nähe und kam kurz darauf mit ein paar Rupien wieder, die er in Jonathans Hände zählte. Jonathan, der nicht erkannte, dass man ihn für die Tiere bezahlte, begann zu protestieren, bis ihm klar wurde, dass er das Geld tatsächlich gebrauchen könnte, wenn er seine Reise fortsetzen wollte. Als Pegasus mühsam an Land kam, banden sie ihn los, und Ismael begann zu feilschen. Jonathan schüttelte die Hand über Pegasus, um anzuzeigen, dass er nicht zu verkaufen war. Enttäuscht bezahlte ihm Ismael die drei Kühe und führte sie in eine Umzäunung aus Mangrovenwurzeln hinter seiner Hütte.

Jonathan stand am Strand inmitten der Kinder, orientierungslos und durchnässt, und hatte keinen blassen Schimmer, was er tun sollte. Kurz darauf tauchte Ismael wieder auf und bat Jonathan in seine Hütte. Unter dem schützenden Dach aus Palmwedeln warfen sie sich auf Matten, die eine offene Stelle in der Mitte umgaben. Wenig später betrat eine Frau, die Jonathan für Ismaels Frau hielt, die Hütte. Sie trug ein weißes Gewand aus Musselin, das ihren ganzen Körper bedeckte, bis auf die Haare, die zu winzigen, mit Perlen geschmückten Zöpfen geflochten waren. Sie stellte ein großes rundes geflochtenes Tablett in die Mitte, von dem ein verführerisches Aroma aufstieg.

Ein Currygericht mit Fisch, gebratenes Gemüse und ein Berg aus dampfendem Reis auf einem großen, lockeren Brotfladen; Ismael zeigte, wie man ein Stück Brot benutzte, um den Reis und das Currygericht aufzunehmen. Jonathan war erstaunt, wie groß sein Hunger war, trotz seiner Mutlosigkeit. Nach dem Essen verschliefen die Männer die Hitze des Tages und traten erst bei Sonnenuntergang aus der Hütte.

Als die Sonne am zinnoberroten Himmel im Westen versank, wandte Jonathan sich an Ismael und zeigte gen Norden. Er klopfte sich auf die Brust und zeigte noch einmal. Dann deutete er auf Ismaels Boot und hob fragend die Augenbrauen. Er nahm einige der Rupien, die Ismael ihm in die Hand gedrückt hatte, und winkte mit ihnen nach Norden.

Ismael folgte seinen Bewegungen, und als die Geldscheine zum Vorschein kamen, grinste er von einem Ohr zum anderen.

»Aiwa, aiwa«, erwiderte er und zeigte auf die Sonne. »Bokra!«, sagte er, womit er den nächsten Tag zu verstehen gab.

Jonathan hoffte, dass er richtig verstanden hatte, als er wiederholte: »Bokra.«

Ismael nickte, hoch erfreut über Jonathans erstes arabisches Wort. »Bokra!«, sagte er lachend.

An jenem Abend unterhielten die Männer des Dorfes Jonathan bei einem Festessen an der zentralen Feuerstelle. Nur die Männer saßen um das Feuer herum, während die Frauen ihnen große runde Fladen reichten, diesmal mit einem Lammgericht. Sie aßen mit den Fingern, zupften am Brot und tunkten die Soße auf. Jonathan fragte sich, ob sie wohl ein Schaf von der *Oriental* geschlachtet hatten. Ismael reichte Jonathan einen Messingbecher mit starkem Arrak und brach in schallendes Gelächter aus, als Jonathan den Becher in einem Zug leerte. Die anderen Männer aus dem Dorf, die Ismael als Mohammed, Achmed und Yussuf vorstellte, füllten den Becher nach und tranken herzhaft. Ein paar Musikanten begannen zu trommeln.

Nach einfachen Trommelschlägen spielte ein junger Mann in einer gestreiften Galabeya auf einer einfachen Flöte eine betörende Melodie.

Annie würde das gefallen, dachte Jonathan, bevor der Schmerz über das gesunkene Schiff ihn erneut überkam. Es kann einfach nicht sein. Sie kann nicht verschwunden sein. Er trank noch einen Arrak in der Hoffnung, seinen Schmerz zu betäuben.

Jonathans Wollanzug war steif vor Salz; in der Hitze und der Feuchtigkeit juckte es ihn überall. Nach dem Essen versuchte er Ismael zu erklären, dass er eine gestreifte Galabeya kaufen wollte, wie der Flötenspieler sie getragen hatte. Bevor er es verhindern konnte, schnauzte Ismael den Flötenspieler an, der sogleich aufstand und seine Galabeya auszog. Jonathan versuchte ihnen zu sagen, dass eine andere es auch tun würde, dass er den armen Jungen nicht entblößen wollte, doch sie bestanden darauf, ihm das Kleidungsstück zu überreichen. Als Jonathan kurz darauf in der Galabeya aus der Hütte trat, murmelten die Männer anerkennend vor sich hin, und als Jonathan versuchte, dem Jungen ein paar Rupien in die Hand zu drücken, wurde er abgewiesen. Später jedoch, als das Fest zu Ende war, nahm Ismael die Geldscheine von ihm und gab sie dem Jungen.

Jonathan trank bis tief in die Nacht Arrak und schlief am Ende auf der Stelle ein. Als ihn die Morgensonne weckte, schlug er verkatert die Augen auf und sah eine Strandkrabbe nur wenige Zentimeter von seinem Gesicht entfernt. Sie starrte ihn an. Er fuhr auf, und die Krabbe rannte quer über den Strand davon und verschwand in einer kegelförmigen Sandburg. Es dauerte nicht lange, und ihm fielen der Verlust von Annie und seine trostlose Lage wieder ein. Wenigstens hatte ihm der Arrak eine traumlose Nacht geschenkt, dachte er jämmerlich, als er sich Wasser aus einem hohen Keramikkrug auf einem Metallständer ins Gesicht spritzte und seine Hände an der Galabeya abwischte.

Ismaels Frau brachte ihm starken Kaffee in einem kleinen Metallbehälter und schimpfte mit ihm. War sie enttäuscht über sein unordentliches Äußeres oder seine Trunkenheit, fragte sich Jonathan und rieb sich mit der Hand über das unrasierte Kinn. Eine Stunde später tauchte Ismael aus seiner Hütte auf und wirkte ähnlich desorientiert. Er ließ sich Wasser aus dem Lederbeutel über den Kopf rinnen. Er schüttelte die Nachwirkungen des Arrak ab, setzte sich mit Jonathan ans Feuer und trank aus einer anderen kleinen Tasse starken Kaffee. Schließlich deutete er auf einen kleinen Fleck weiter oben an der Küste.

»Katira! Katira gayiin!«, rief Ismael und lockte damit eine schnatternde Kinderschar an. Der kleine Fleck wuchs zum Mast eines Sambuk an, das etwas größer war als Ismaels und auf den Strand zuhielt.

Drei Männer in Galabeyas saßen in dem Boot. Auch sie waren unrasiert, sodass sich Jonathan nicht mehr ganz so deplatziert vorkam. Die Kinder begrüßten das Sambuk und halfen, Mehlsäcke und andere Vorräte in Jutebeuteln auszuladen. Dann holten Ismael und die anderen Männer geflochtene Körbe mit Fisch hervor, die hinter einer Hütte gelagert hatten, und reichten sie der Besatzung des Bootes. Das muss das wöchentliche Versorgungsboot sein, dachte Jonathan, während er dem Tausch zusah.

Bei einem Kaffee am Strand führte Ismael ein ausführliches Gespräch mit dem älteren der drei Bootsleute, wobei er häufig auf Jonathan zeigte. Schließlich bedeutete Ismael Jonathan durch Gesten, sich an der Diskussion zu beteiligen. Er stellte die Seeleute als Yussuf, Isaak und Ibrahim vor. Jonathan hatte das Gefühl, in guten Händen zu sein, wenn die Bibel überhaupt etwas damit zu tun hatte.

»Ehna arrouha al Massaua«, sagte Ismael und zeigte nach Norden. »Massaua – Massaua.«

Jonathan hatte die Geographie der Gegend nur vage im Kopf, doch er wusste, dass er sich weiter nach Norden orientieren musste, nickte also zustimmend.

»Pegasus?«, fragte er und zeigte auf das Pferd, das hinten an einer Hütte angebunden war.

»Aiwa«, stimmte Ismael zu, als die Männer nickten. »Ishneen rupees?«

Jonathan schüttelte den Kopf, um zu zeigen, dass er ihn nicht verstanden hatte.

»Rupien?«, fragte Ismael und hob die Hände zweimal, um zwanzig anzudeuten.

»Zwanzig Rupien?«, fragte Jonathan und wiederholte die Geste.

Die Männer grinsten und nickten zufrieden, dass er sie verstanden hatte. Jonathan hatte noch zwölf Rupien übrig vom Verkauf der Tiere und noch weitere in seinem Geldgurt. Er zögerte jedoch, die Besatzung wissen zu lassen, dass er eine ansehnliche Summe am Körper trug. Er ging wieder in die Hütte, um seine Kleidung zu holen und überlegte, ob er nicht etwas besaß, das er gegen zehn Rupien tauschen könnte. Seine Uhr vielleicht? Zu wertvoll, falls sie nach dem Aufenthalt im Wasser noch funktionierte. Sein silbernes Taschenmesser. Womöglich brauchte er es noch. Seine Schuhe? Nein, die wären auf jeden Fall vonnöten, sobald er in die Zivilisation käme. Dann fielen ihm seine goldenen Manschettenknöpfe mit Onyx ein, das Geschenk einer entfernten Tante. Er holte sie aus der Wamstasche, in die er sie am Tag zuvor gesteckt hatte. Doch diese Herren hatten vielleicht keine Verwendung für Manschettenknöpfe. Er würde es jedenfalls versuchen.

Er kehrte wieder zu Ismael und der Besatzung des Sambuk zurück, bot ihnen zehn Rupien an und hielt ihnen mit verschmitztem Lächeln die goldenen Manschettenknöpfe zur genaueren Ansicht hin. Der ältere Mann, Yussuf, streckte seine lederne Hand aus und untersuchte die Goldstücke sorgfältig. Die anderen hielten sich respektvoll zurück, während er sie drehte und wendete und vorsichtig an den goldenen Stielen knabberte. Schließlich hielt er sie sich an die Ohren, wie Ohrringe, und lächelte breit. Jonathan hatte den Eindruck, dass sie offensichtlich ihren Zweck erfüllten. Im Stillen schickte er eine Dankesbotschaft an seine Tante Edith und richtete sich auf seine nächste Reiseetappe ein.

Ismaels Frau brachte Jonathan einen sauberen Jutesack und gab ihm zu verstehen, seinen Wollanzug und seine Schuhe hineinzustecken. Nachdem die Besatzung ihren Kaffee getrunken und etwas Brot gegessen hatte, bedeuteten sie Jonathan durch Gesten, er solle Pegasus ins Boot laden. Jonathan führte das verängstigte Tier ans Ufer, wo die Besatzung eine provisorische Rampe am Dollbord befestigt hatte. Mit Hilfe der Einwohner des Dorfes gelang es ihnen, Pegasus die Rampe hinauf und ins Boot zu schieben, ohne ihm Verletzungen zuzufügen, und ihn am Mast festzubinden.

Jonathan wandte sich an Ismael und bot ihm die restlichen zwei Rupien vom Verkauf der Tiere an. Doch Ismael schob seine Hand beiseite.

»Ma'a salaama, ma'a salaama«, sagte Ismael und legte seine Rechte auf das Herz.

Jonathan erkannte die Worte und wiederholte sie, an Ismael und die Dorfbewohner gerichtet. »Geht mit Gott«, sagte er, als das Schiff in See stach.

Die Fahrt nach Massaua in der offenen Katira dauerte drei Tage. Jeden Abend legten sie in kleinen Dörfern an, ähnlich wie dem Ismaels, und rollten sich am Strand zusammen. In jedem Dorf fügten sie ihrer Ladung Körbe voll Fisch hinzu, der mit der Zeit einen entsetzlichen Geruch verbreitete. Die Besatzung kochte den Fisch abends über offenem Feuer und trug den gekochten Fisch an Bord, den sie, eingewickelt in ein Stück Brot, an Bord verzehrten. Der Himmel blieb klar, wofür Jonathan dankbar war.

Auf der gesamten Fahrt hielt sich ihr Einmaster in Sichtweite des Ufers, und das aufgeblähte Segel zog an vielen niedrigen Mangroveninseln vorbei. Zwischen den Wurzeln der Bäume wimmelten Schwärme von weißem Milchfisch, die zuweilen in

Gruppen aus dem Wasser schossen. Garnelen und Krabben bevölkerten die Untiefen in den Korallen.

Schließlich wichen die niedrigen Mangroveninseln weißen Sandstränden, die in scharfem Kontrast zum Blau des Meeres und des Himmels standen. Schwärme großer weißer Vögel mit gelber Brust und großem schwarzen Schnabel wateten auf spindeldürren dunklen Beinen am Ufer entlang. Aus der Form ihrer abgerundeten Schnäbel schloss Jonathan, dass es Löffelreiher waren.

Er versuchte sich auf die Fische, die Vögel, das Wetter und den Himmel zu konzentrieren, auf alles, nur um nicht an die Schrecken der letzten Tage zu denken. Sein Herz leugnete auch weiterhin, dass Annie tot war, während sein Verstand ihn mit den Szenen des Untergangs peinigte. Erdrückende Schuldgefühle überfielen ihn mit der Erkenntnis, dass es ihm nicht gelungen war, das Leben zu schützen, das ihm anvertraut war, das seiner schönen Frau, mit der er erst seit zwei Jahren verheiratet war. Die Schicksalsgöttinnen hatten ihm eine perfekte Frau geschenkt, und er hatte sie sterben lassen. Bestimmt hätte er ihr helfen können, dachte er, wobei sich die Szene an Bord immer wieder vor seinem geistigen Auge abspielte. Wäre er doch nur nicht unter Deck gegangen … Hätte er doch nur versucht, vom Mitteldeck wieder ans Oberdeck zu kommen, statt sich selbst zu retten … Seine unerbittliche Qual ließ ihm keine Ruhe. Ihr Lachen und die Erinnerung an ihre weiche Haut verfolgten ihn. Wenn er die Flora und Fauna betrachtete, konnte er seine Verzweiflung eine Weile beiseite schieben. Dann hatte er wieder die Szenen des Brandes an Bord des sinkenden Schiffes vor Augen, hörte die schrecklichen Schreie der Passagiere und durchlebte den Schmerz und das Entsetzen von neuem. Bei Anbruch der Dunkelheit sank er in den Schlaf der Erschöpfung, unterbrochen von wirren, dräuenden Albträumen. Immer wieder sah er sich durch das Schiff laufen und nach Annie rufen. Aber er erreichte sie nie. In seinem Schmerz glaubte er wahnsinnig zu werden.

Am dritten Tag lavierte sich das Boot durch unzählige, verstreute Untiefen. In der Ferne erblickte Jonathan Minarette, dann tauchten am Ufer die Mauern zinnenbewehrter Gebäude auf. Das muss Massaua sein, dachte Jonathan, entledigte sich seiner Galabeya, um den Wollanzug anzuziehen und die Schuhe zuzubinden, die vom Salzwasser eingelaufen waren und dringend der Politur bedurften. Aufgeregt stand Jonathan am Dollbord, als sie in einen großen Hafen einliefen, der durch den Kanal zwischen Festland und zwei großen Inseln gebildet wurde.

»Tualud«, sagte Isaak und zeigte auf die erste Insel.

»Al Casr Gibi!«, rief Ibrahim, als sie weiter in den Hafen fuhren.

»Was heißt das?«, fragte Jonathan.

»Gibi, Gibi«, wiederholte Ibrahim ungeduldig, als sie die Landspitze umsegelten, auf der ein lang gestreckter, zweistöckiger weißer Palast mit reich verzierten Zinnen stand. Hinter der Insel lag eine weitere, von den Männern »Batse« genannt. Sie bot Schutz für Scharen von Booten wie dem ihren sowie einigen Dampfschiffen. Der Hafen erstreckte sich entlang der gesamten Meerenge, an der ein Gewirr aus niedrigen Handelsschuppen stand, unterbrochen von Minaretten und wichtigen Gebäuden.

»Massaua! Massaua!«, rief Yussuf stolz und grinste von einem Ohr zum anderen, während sie das Boot auf den Kai zusteuerten, auf dem emsiges Treiben herrschte.

Kapitel drei

Da blinkt erhellt die magische Laterne,
Die uns verzaubert zu den Schatten schickt.
Die Nähe scheint zu nah, es scheint zu fern die Ferne,
Und nur der weise Wunsche beglückt.

Als Annie an Deck der arabischen Dhau landete, griffen Hände nach ihr, um sie zu stützen und das Tau zu lösen, mit dem sie noch an der Reling der *Oriental* hing. Dann wurde das Seil, mit dem ihre Arme an den Körper gebunden waren, aufgeschnürt, und man fesselte ihr die Hände stattdessen vor dem Körper. Ein junger Mann in langem, schmutzigem Hemd und zerfetztem Turban führte sie in eine Ecke des Bootes, befestigte ihre Handfessel an der Reling und drückte sie auf die Planken.

Der schwarze, in Qualm verhüllte Rumpf der *Oriental* ragte über der Dhau auf. Der massige Araber, der sie hatte herausholen lassen, stieg langsam über das Fallreep an der Seite herab. Seine schwerfällige Gestalt wirkte zu schwer für die Holzlatten, die von dicken, an den Seiten verknüpften Tauen gehalten wurden, doch obwohl es mächtig knarrte, hielt das Fallreep seinem Gewicht stand. Er kam immer weiter herab, während die Schreie und das Weinen der Kinder an Deck Annies Entsetzen nur verstärkten. Hinter ihm kletterte ein junger Mann herunter, die Galabeya um die Hüften geschlungen. Er trug eine Geldkassette aus Metall. Sobald die beiden Männer an Deck gelandet waren, wurde das Fallreep herabgelassen und die Dhau von der Bordwand des Schiffes abgestoßen. Annie sah, wie Gestalten mit Turban die anderen Strickleitern herabkletterten, und kurz darauf hatten auch die anderen beiden Dhaus vom Schiff abgelegt.

Der große Araber brüllte den anderen sieben Männern an Bord Befehle zu und tupfte sich das Gesicht mit einem Taschentuch ab. Er trampelte zu Annie und lehnte sich gegen den Mast, um das Gleichgewicht nicht zu verlieren. Dann sprach er sie an.

»Hamdilillah! Gott sein Dank, es ist geschafft. Ich werde zu alt für diese Leiter.«

Erschrocken stellte Annie fest, dass sie den Mann schon einmal gesehen hatte. Es war Abdullah bin Karim, der berüchtigte Sklavenhändler, der den Zusammenstoß mit der Dhau im Hafen in die Wege geleitet hatte. Er hatte diese Zerstörung verursacht? Zorn wallte in ihr auf. Das Schiff, auf dem ihr Mann und ihre Freunde waren, stand in Flammen, und der Mann klagte über seine Unannehmlichkeiten! Ihr Entsetzen wich der Wut, und sie zerrte an ihren Fesseln, denn sie hätte ihn am liebsten geschlagen.

»Wie können Sie es wagen, Gott zu danken, nachdem Sie das Leben meines Mannes, meiner Freunde und der Besatzung aufs Spiel gesetzt haben? Binden Sie mich sofort los!«

»Das geht nicht, Madame. Wissen Sie, Sie könnten nirgendwo hin. In wenigen Minuten wird das Schiff sinken, und was würden Sie dann machen?«, fragte er grinsend.

Während er sprach, erschütterte die nächste heftige Explosion das Schiff. Flammen schossen aus einem Spalt in den Eisenplatten des Rumpfes am Bug, und der Lärm kreischenden und stöhnenden Metalls wurde lauter. Annie sah, wie das Schiff Schlagseite bekam, als Wasser in das Loch auf der Seite hineinströmte. Mein ganzes Herz ist auf dem Boot, schrie sie innerlich auf. Alles, was ihr im Leben noch blieb, saß unrettbar verloren auf dem brennenden Schiff im Roten Meer.

»Bitte, bitte, können Sie sie denn nicht retten? Warum tun Sie so etwas Unsägliches?«, kreischte sie, und Tränen rannen ihr über die Wangen.

»Madame, ich habe mich noch nicht vorgestellt. Ich bin Abdullah bin Karim. Das Leben von ein paar Ungläubigen bedeutet mir nichts. Sie zu finden, hat mir einen Ausflug nach Istanbul erspart, und dafür bin ich Allah dankbar.«

»Was soll das heißen?«, erkundigte sich Annie, den Blick fest auf das sinkende Schiff gerichtet.

»Sie werden meinem Freund und wichtigsten Kunden vorgestellt, Bey Hassan in Dschidda, Inschallah. Sie so schnell gefunden zu haben, war ein Wunder Gottes.«

Er ragte über ihr auf. Der Rauch, der aus dem krängenden Schiff stieg, bildete den rechten Hintergrund für seine Worte, die keinen Sinn ergaben. Seine Rede wirkte wie ein Traum.

»Was meinen Sie damit?«

»Habe ich die Wünsche des Beys für seine Familie nicht gekannt? Und bringen nicht alle wichtigen Familien sie aus Istanbul mit? Oder aus Frankreich? Allah hat Sie gesandt, dass ich Sie meinem Gönner darbieten kann, alhamdulilah. Wird er sich nicht über das Geschenk freuen?«

»Wünsche für seine Familie? Worüber quasseln Sie da? Helfen Sie ihnen, so helfen Sie doch«, schrie Annie. Das Schiff verschwand in der Ferne, das Heck hoch über der Wasseroberfläche aufragend.

»Genug geredet. Schweigen Sie. Habe ich Ihnen nicht gesagt, der Bey sei ein wichtiger Mann? Es wird Ihnen eine Ehre sein, für seine Familie zu arbeiten. Still jetzt.«

»Für seine Familie arbeiten? Sind Sie denn vollkommen von Sinnen?«

»Sie werden natürlich Lehrerin für die Töchter des Beys sein. Sind Sie denn keine Lehrerin? Bin ich nicht klug, eine Lehrerin so nah bei Aden gefunden zu haben? Der Bey wird sehr zufrieden sein, inschallah.«

Annie begriff endlich. Ihr fiel wieder ein, wo sie das Gesicht des Mannes schon einmal gesehen hatte. Er hatte am Nachbartisch auf der Veranda des Hôtel de l'Europe gesessen. Und sie hatte mit Priscilla über die Arbeit als Gouvernante geredet, ohne zu merken, dass sie belauscht wurde. Waren all diese Gräueltaten nur aufgrund von ein paar schlichten Sätzen beim Lunch verübt worden? Annie stieß einen Schrei aus, als der schwarze Rumpf der *Oriental* in den Wellen verschwand. Sie barg das Gesicht in den Händen und schluchzte.

Annie saß an Deck in ihrer Ecke und betrachtete die öde Küste. Es kam ihr wie eine Ewigkeit vor. Jonathan, ihr Jonathan, und Pegasus. Sie waren nicht mehr da. Wie konnten sie so mir nichts, dir nichts verschwinden? Welcher schreckliche Fluch hatte sie heimgesucht, dass sie die Vernichtung ihrer Lieben mit ansehen musste? Sie war wie betäubt, und abgerissenes Schluchzen drang aus den Tiefen ihrer Brust. Sie wollte sterben. Hätte sie diese Qual noch einmal vor sich, dachte sie, würde sie lieber sterben.

Als die Sonne sich dem Horizont näherte, liefen die Dhaus in einen kleinen, schäbigen Hafen ein. Am fernen Ufer tauchten ein paar niedrige Gebäude und ein Minarett auf. Sobald sie in Ufernähe kamen, warf Abdullah ihr ein schwarzes Gewand und einen Schal zu. »Bedecken Sie sich!«

Wie betäubt fragte sich Annie, wie sie es wohl schaffen sollte, den Umhang mit gefesselten Händen überzuziehen, doch eine kühle Brise hatte sich aufgetan, also drapierte sie sich stumm das kratzige Gewand, das nach ranzigem Öl und Rauch roch, um ihr Kleid. Als Abdullah ihr über die Schulter einen Blick zuwarf, sagte er: »Das Gesicht, das Gesicht!«, und zeigte auf den Gazeschal, den er ihr zugeworfen hatte.

»Nein, ich werde mein Gesicht nicht bedecken«, erwiderte Annie.

»Haben Sie denn gar keine Scham? Sich das Gesicht vor Fremden nicht zu verhüllen?«, wollte bin Karim wissen, stolzierte an die Reling und baute sich vor ihr auf.

»Warum soll ich mein Gesicht verhüllen?« Wütend schaute sie zu ihm hoch. Lodernder Zorn wallte in ihr auf.

»Weil mein Gott es verlangt«, beharrte bin Karim.

»Meiner nicht. Mein Gott hat mein Gesicht erschaffen und freut sich, wenn er es sieht«, erwiderte Annie bockig.

»Niemand im Hafen soll erfahren, dass ich eine Christin an Bord habe, also werden Sie Ihr Gesicht verhüllen«, sagte er, bückte sich, hob den Schleier auf und ließ ihn über ihre zornig funkelnden Augen fallen. Im Nu war er bis auf ihre Brust gerutscht, aufgefangen von der Brise. Sie ließ den Schleier fallen und betrachtete Abdullah hasserfüllt, als er zurückkam und ihn wieder zurechtrückte. Kurz darauf fiel er erneut herab, doch inzwischen war die Dunkelheit über das an knirschenden Tauen befestigte Boot gesunken, und er ließ ihn liegen.

Bei Sonnenuntergang wehte beklemmend der Gebetsruf vom Minarett über das Wasser; die Seeleute versammelten sich an Deck, um ihr Abendgebet zu verrichten, und warfen sich Richtung Osten zu Boden. Anschließend holten sie Steine an Deck und legten sie kreisförmig aus. Auf diesem Steinbett zündeten sie ein kleines offenes Feuer an und begannen zu kochen. Ein Mann klopfte Kugeln aus feuchtem Mehl zu runden Fladen und warf sie in eine Pfanne, die er mit einem Deckel versah. Als genügend Brot gebacken war, ließ er Zwiebeln aus, deren durchdringender Geruch zu Annie herüberwehte, fügte Wasser, Reis und frischen Fisch hinzu und deckte den Topf ab. Nach einer halben Stunde setzten sich die Männer im Schneidersitz auf das Holzdeck um den Topf und fischten das Gericht mit der rechten Hand aus dem Gemeinschaftstopf. Ein junger Mann stellte einen Teller mit Fischeintopf und einem Stück angebranntem Fladenbrot in Annies Schoß, doch sie hatte keinen Appetit. Außerdem hatte sie nicht vor, ihnen die Befriedigung zu verschaffen, mit ihnen zu kooperieren. Sie würde lieber verhungern, schwor sie sich, als zu tun, was sie von ihr verlangten.

Abdullah, der sie reglos in ihrer Ecke sitzen sah, drängte »Essen, essen!«, aber ohne Erfolg. Er wiederholte seinen Befehl mehrfach – vergeblich. Schließlich zuckte er mit den Schultern und wandte sich wieder dem Topf zu.

Die Nacht schleppte sich dahin, und man ließ Annie in ihrer

Ecke allein. Doch bevor Abdullah sich unter Deck begab, legte er ihr wieder den Schleier über den Kopf und band lose ein Seil um ihren Hals, damit er hielt. Nachdem er seiner Besatzung strenge Befehle ausgeteilt hatte, was Annie betraf, stieg er schweren Schrittes die Leiter in den Laderaum hinunter. Die Seeleute ließen die Köpfe hängen, darauf bedacht, nicht in Annies Richtung zu schauen. Nachdem das Feuer heruntergebrannt war, rollte sich die Besatzung auf Unterlagen zusammen, die für Annie wie Handtücher aussahen, obwohl der Schleier ihre Sicht beeinträchtigte, und schlief an Deck ein. Ihr Hunger, die Unfähigkeit, etwas zu erkennen, und ihre Dumpfheit verliehen der Szene etwas Unwirkliches. Sie hatte das Gefühl, unter dem Schleier zu ersticken, und in der Nacht, nachdem die anderen eingeschlafen waren, riss sie ihn herunter. Sie saß zunächst aufrecht, die Hände noch immer gefesselt, döste immer wieder ein, wurde wach und hoffte, dass alles ein schrecklicher Traum war, nur um festzustellen, dass der Albtraum noch nicht zu Ende war.

Die Morgendämmerung setzte ihren schwachen Schlafversuchen ein Ende. Sie hatte gebetet, dass sie sich beim Aufwachen eingekuschelt in ihrer Koje auf der *Oriental* wiederfinden würde, Jonathan leise schnarchend an ihrer Seite. Doch das Morgenlicht zeigte nur den purpurnen Dunst im Hafen, der sich allmählich hob und um die anderen Dhaus herumwirbelte, deren Lateinsegel aufgerollt waren. In der Ferne lag die öde, weiße Küste. Das Entsetzen vom Tag zuvor stieg wieder in Annie auf. Sie schluchzte und versuchte dabei, leise zu sein. Jonathan, Jonathan, jammerte sie im Stillen, wo bist du? Ich möchte mit dir gehen, wo du auch bist. Bitte lass mich nicht hier, schrie sie stumm in den Himmel in der Hoffnung, Jonathan zu erreichen.

Sie fühlte sich entsetzlich steif, obwohl sie sich in der Nacht auf die Planken gelegt hatte. Die gefesselten Hände waren taub, und ihr Rücken schmerzte von der ungewohnten, verdrehten Lage, die sie eingenommen hatte. Sie richtete sich auf und versuchte, auf die Beine zu kommen. Das Tau war nicht lang genug. Sie wünschte, sie könnte sich über Bord werfen, alles, nur um von Jonathans Mördern fortzukommen. Der Schimmer der Morgensonne, der direkt über den fernen Bergen hinter dem Hafen aufglomm, durchbrach ihre Verzweiflung und zeigte ihr den Osten. Das hieß, sie waren irgendwo am östlichen Ufer des Roten Meeres, überlegte sie und verdrängte ihre Panik. Es würde nichts nützen, wenn sie an diesem gottverlassenen Ort über Bord spränge. Sie musste warten, bis sie genau wusste, wo sie war, um diesem widerlichen Abschaum zu entkommen.

Kurz darauf regte sich die Besatzung. Nachdem die Männer ihre dünnen Decken verstaut hatten, machten sie auf ihrem Feuer Tee und wickelten weißen Käse und Brot vom Abendessen aus, um zu frühstücken, wobei sie geflissentlich vermieden, zu Annie hinüberzuschauen. Sie gossen schwarzen Tee in billige Gläser und gaben reichlich Zucker hinein. Einer der Männer, den Blick niedergeschlagen, stellte einen Zinnteller mit weichem Käse und etwas Brot sowie ein Glas Tee neben Annie, doch sie verweigerte die Nahrungsaufnahme. Obwohl sie entsetzlichen Durst hatte, wollte sie das Essen nicht mit ihnen teilen. Er deutete auf den Schleier, dann auf ihr Gesicht und forderte sie auf, den Schleier wieder anzulegen, wobei er nervöse Blicke auf die Schiffe in ihrer Nähe warf.

Als die schweren Schritte Abdullahs von unten heraufdrangen, kam Bewegung in die Besatzung. Ein Tablett mit Käse, Brot und Tee wurde für ihn bereitgestellt, dann löschten sie das Feuer, traten die Steine in eine Ecke und setzten Segel. Ein Mann steckte die Teegläser in ein Netz und hängte es über Bord. Das nur zur Sauberkeit, dachte sie sarkastisch. Abdullahs massiger Körper schob sich aus der Luke, und er funkelte Annie wütend an. Er kam zu ihr und ließ den Schleier über ihr Gesicht fallen, wobei er auf Arabisch vor sich hin schimpfte. Dann nahm er das ihm angebotene Tablett und schlürfte den süßen Tee. Er stopfte sich Brot und Käse in den Mund, während er das Deck abschritt und Befehle brüllte. Rasch wurde der Anker gelichtet, und sie segelten im Zickzack aus dem Hafen, um Korallenspitzen zu umgehen.

Sobald sie unterwegs waren, baute sich Abdullah vor ihr auf, riss ihr den Schleier vom Kopf und ließ ihn in ihren Schoß fallen. »Essen, essen«, forderte er. »Warum essen Sie nichts? Sie werden Ihren Freunden nicht helfen können, wenn Sie verhungern.«

Annie schaute ihn mit ihrem geballten Hass an.

Er sah es und lachte in sich hinein. »Sie werden sie ohnehin schon bald vergessen«, sagte er frech, drehte sich aber um und versuchte nicht, die Unterhaltung mit ihr fortzusetzen.

Da die Sonne noch immer zu ihrer Rechten stand, nahm Annie an, dass sie an der arabischen Küste entlang nach Norden segelten. Sie hielten sich weit vom Ufer entfernt und mieden die lang gestreckten Schaumkronen, vermutlich ein Zeichen für Riffe, dachte Annie. Bis auf einen öden weißen Sandstreifen im Osten sah sie nur die nebligen grauen Berge hinter der Küstenebene. Zu ihrer Linken war das offene Meer, aus dem gelegentlich eine Gruppe Delphine schoss. Nach ein paar Stunden brannte die Sonne auf sie hernieder, und Abdullah ließ ihr die Handfesseln entfernen.

»Gehen Sie unter Deck. Waschen Sie sich, machen Sie sich hübsch. Gegen Mittag werden wir in Dschidda eintreffen, wenn der Wind anhält.«

Annie begrüßte die Möglichkeit, aufzustehen und ihre Gliedmaßen zu entkrampfen. Das schwarze Gewand fiel von ihr ab, als sie aufstand. Sie stieg die Stufen hinunter in den offenen Laderaum, in dem ringsum ein Brett in Sitzhöhe angebracht war. Darunter waren Taue und Gerätschaften verstaut, und am Heck verbreiterte es sich bis auf eine Tiefe von vier Fuß. Da muss Abdullah schlafen, dachte Annie angewidert. Keine andere Stelle war breit genug. Ein Mann brachte ihr eine Schüssel mit abgestandenem Wasser und einem kleinen Tuch, damit sie sich waschen konnte, und zeigte auf ein dreckiges Nachtgeschirr unter dem Brett. Nachdem er gegangen war, zog Annie sich aus und schrubbte sich mit dem Tuch. Als ihre Hände auf die Smaragde am Hals und die Ohrringe trafen, wunderte sie sich, dass man sie ihr nicht gestohlen hatte. Sie legte sie ab und steckte sie in die Geldbörse, die an Schnüren unter ihrem Reifrock baumelte. Sie zählte ihr Geld – dreihundert Rupien, ein kleines Vermögen. Dankbar atmete sie auf. Vielleicht reichte es, sich aus ihrer derzeitigen misslichen Lage freizukaufen.

Ihr blieb nichts anderes übrig, als das ekelhafte Nachtgeschirr zu benutzten, das sie so wenig wie möglich anfasste. Dann wusch sie sich erneut die Hände, zog ihre Kleider wieder an und glättete ihr Haar, so gut es ging. Sie stieg auf das Brett, streckte die verkrampften Gliedmaßen und beschloss, sich dort im Schatten des Laderaums ein wenig auszuruhen.

Als Annie ein paar Stunden später aufwachte, wendete die Dhau scharf leewärts, begleitet von lauten Rufen der Besatzung. Sie schrak auf, sprang vom Brett und stieg die Leiter hinauf. Auf dem brennend heißen Deck ging sie wieder an ihren Platz und schaute sich um. Die Szene hatte sich verändert.

Die Dhau fuhr durch einen schmalen, sich windenden Kanal zwischen Korallenriffen hindurch, wobei sie auf dem hellgrünen Wasser hin und her pendelte. Zwei weiße Pfosten vor ihnen markierten wohl die Einfahrt zu einem Hafen, wie Annie annehmen musste, obwohl sie vom Ufer noch recht weit entfernt waren. Drei Reihen tosender Brandung kennzeichneten die Riffe zwischen der Dhau und dem Ufer. Zu ihrer Überraschung erblickte Annie in der Ferne die Umrisse von Minaretten und hohen Gebäuden an der Küste. Von dem türkisblauen Meer, den grellweißen Stränden und dem azurblauen Himmel hoben sich die Silhouetten der elfenbeinfarbenen Fassaden deutlich ab – ein verblüffender Anblick. Annie fragte sich, ob sie eine Stadt sah, die auf einem fliegenden Zauberteppich schwebte, das verwunschene Land des grünen Ingwer.

Als sie sich dem Ufer näherten, sah Annie, dass die Häuser in der Tat recht hoch waren, einige sogar fünf oder sechs Stockwerke. Sie waren mit weißem Stuck überzogen und mit geschnitzten Holzbalkonen und Gitterwerk vor den Fenstern verziert, ganz ähnlich den Holzarbeiten, die sie aus Indien kannte. Endlich ein zivilisierter Hafen, in dem sie Hilfe finden konnte, dachte sie. Sobald sie ihre Lage geschildert hätte, könnte sie Hilfe zum Schiff schicken, damit Jonathan und die anderen Überlebenden gerettet würden. Endlich würde sie frei sein.

Die Besatzung legte die Dhau zwischen einer Gruppe großer Schiffe im äußeren Hafenbecken vor Anker und zitierte ein kleines Boot herbei, das sie an Land bringen sollte. Annie schaute über den Bootsrand und sah, dass der weiße Sandboden mit schwankenden Pflanzenknäueln übersät war, die auf dem Meeresgrund wie Tupfer wirkten. Annie staunte über die geringe Wassertiefe so weit vom Ufer entfernt. Abdullah schaute zu ihr hin und zeigte auf das schwarze Gewand, das zusammengeknüllt an Deck lag.

»Verhüllen Sie sich, los. Auch das Gesicht. Aber schnell!«, sagte er und holte mit der Hand aus. Widerwillig zog sich Annie das schwarze Kleidungsstück über den Kopf, und obwohl es ihr oben zu weit war, reichte es für den Reifrock kaum aus. Ihre Volants schauten darunter hervor. Sie bedeckte ihren Kopf mit dem Schleier und verschlang die unteren Enden, damit er nicht herabrutschte.

»Was soll das?«, fragte Abdullah, als er über die Schulter einen Blick auf sie warf. »Haben Sie denn keinen Anstand?« Er trat auf sie zu und zeigte auf die grünen Seidenvolants. »Müssen wir die abschneiden?«

»Nein, nein, ich mache sie fest«, sagte Annie schroff, zwängte sich aus dem Schleier, der ihr die Sicht raubte, und stieg wieder in den Laderaum. Sie zog das schwarze Gewand und ihre Röcke hoch und entfernte das Gestell aus Metall und Gewebe, das die Schwierigkeiten verursachte, sorgfältig darauf achtend, dass sie ihre Geldbörse bei sich hielt. Sie strich ihr Seidenkleid glatt und ließ die Robe wieder darübergleiten. Wehmütig machte sie sich klar, dass sie ihren Reifrock aufgeben musste. Wenigstens konnte sie die Krinoline behalten. Seufzend erinnerte sie sich an »Smithson« in Kalkutta, den Laden, in dem Jonathan ihr bei der Auswahl ihrer Kleidung für Assam geholfen hatte. Sie dachte daran, wie schockiert die indischen Verkäuferinnen gewesen waren. Als ihr das Bild ihres Mannes vor Augen stand, sank sie hemmungslos schluchzend zu Boden.

Kurz darauf steckte Abdullah seinen Kopf durch die Luke.

»Das Sambuk ist da. Kommen Sie herauf.«

Annie wischte sich die Tränen ab und versuchte, nicht mehr zu weinen, wurde jedoch immer wieder von schwerem Schluchzen geschüttelt. Sie stieg die Leiter hinauf und verhüllte ihr Gesicht mit dem dichten Schleier. So ist er doch wenigstens für etwas gut, dachte sie. Annie näherte sich dem Heck und ließ sich in das wartende Boot heben. Abdullah hievte sich über die Seite und setzte sich in die Mitte, damit das Sambuk nicht kenterte. Annie rückte einen Platz weiter, um nicht neben ihm zu sitzen.

Das Segel des Sambuk wurde gehisst, und es schlängelte sich durch ein Gewirr von Dampf- und Segelschiffen aus Liverpool, Marseille und Bombay hindurch, bevor es geschickt über die Riffe auf das Ufer zuhielt. Annie fasste neuen Mut. Wenn Schiffe aus Europa Dschidda anliefen, würde sie bestimmt Hilfe bekommen. Sie musste dem Bey einfach nur erklären, dass sie keine bezahlte Kraft sei, dann ließ er sie frei. Sie könnte den britischen Konsul aufsuchen und Hilfe für Jonathan und die anderen bekommen. Das Entsetzen des vergangenen Tages wäre umsonst gewesen, dachte sie mit Wut und Erleichterung zugleich, wobei sie sogar dem Atem des grotesken Mannes hinter ihr auswich. Alles umsonst …

Das Boot machte einen Satz über das letzte Riff, womit Annie wieder in die Gegenwart zurückgestoßen wurde und am Strand südlich des größten Anlegers flache Strohhütten erblickte, die von Afrikanern bewohnt waren. Das Sambuk hielt auf eine

Art Steinmole zu, deren Ende von einem runden Gebäude beherrscht wurde. Auf den Stufen der Mole lungerten grün uniformierte türkische Soldaten herum, Zigaretten im Mund, die Gewehre neben sich.

Am Fuß der Stufen rief Annie den Soldaten etwas zu, doch als hätte er es geahnt, stieg Abdullah als Erster aus und steckte einer der Wachen etwas zu. Zwei Seeleute hoben Annie aus dem Boot und führten sie eilig die Treppe hinauf. Im Vorübergehen sprach sie die Wachen erneut an, doch sie schauten beflissen in die andere Richtung. Ein paar Schritte weiter, und sie versuchte, einen Beamten auf sich aufmerksam zu machen, der stolz blitzende Epauletten und einen roten Fez zur Schau trug, aber Abdullah drückte dem Zollbeamten eine Geldnote in die Hand, sodass er Annies Rufen gegenüber taub war, und wieder wurde sie vorbeigescheucht, die Arme fest an den Körper gefesselt. Bin ich denn unsichtbar?, fragte sie sich, als man sie rasch in eine vierrädrige Kutsche vor dem Zollgebäude steckte. Abdullah zog sie kurz darauf in das Gefährt, die kleine Geldkassette in Händen, die sie vom Schiff gestohlen hatten, und sie fuhren ab.

Was ist das nur für ein Ort, fragte Annie sich verärgert, in dem eine Frau offenbar unter Zwang irgendwohin befördert wird und niemand ihr zur Hilfe kommt? Besorgt schaute sie sich nach einer Frau um, an die sie sich wenden könnte, doch die einzigen Frauen hockten in Läden unter Steinbögen, schwarz verhüllte, verhutzelte afrikanische Frauen. Sonst gab es nur Männer. Die Stadt war vollständig von einer Mauer umgeben, soweit Annie es überblicken konnte, eine primitive, zwanzig Fuß hohe Steinmauer. Die Steinbarriere zur Seeseite hin diente als Rückwand für kleine Läden, deren Sonnensegel aus buntem Webstoff von Pfosten gestützt wurden. Ein offenes Rechteck auf dem Markplatz hatte eine erhobene Steinplattform in der Mitte; dahinter verbargen die hohen, mit Zinnen bewehrten Mauern der Moschee eine Einfriedung, aus der ein Minarett herausragte. Doch Frauen, die ihr hätten helfen können, sah sie nicht.

Das Pferd trappelte durch die Sandstraßen und bog in eine schmale Gasse ein, die in den Schatten zwischen den Gebäuden führte. Die Kutsche fuhr an hohen Häusern vorüber mit verzierten Säulen am Eingang und reich geschnitzten Türen. Annie versuchte sich die Windungen einzuprägen, die sie wieder an den Anleger zurückführen würden, doch schon bald musste sie feststellen, dass sie sich vom Labyrinth der Gassen hatte verwirren lassen.

Offene Fenster gab es nicht. Stattdessen waren sie an allen Häusern mit Gitterwerk versehen, manche in schlichten, geraden Mustern, andere kunstvoll verschnörkelt. Manche Schnitzereien bedeckten die ganze Seite eines Hauses; andere wiederum verkleideten nur die wenigen, unregelmäßig angeordneten Fenster. Bei einigen Häusern war das Gitterwerk aus dunklem Holz, während es bei anderen hellblau oder grün, ockerfarben oder rot angestrichen war als Kontrast zu den weißen Stuckmauern. An Stellen, an denen der Stuck abgeblättert war, sah Annie, dass die Häuser aus einer Art weichem Stein erbaut und im Abstand von vier oder fünf Fuß durch waagerechte Holzstreben verstärkt waren.

In der sengenden Nachmittagssonne wurde der Kontrast zwischen hellem Sand, weißem Stuck und dem wolkenlosen, azurblauen Himmel durch keinerlei Bäume oder Rasenflächen gemindert. Nach der Üppigkeit von Indien wirkte die Stadt starr und kahl, bis auf die bunt bemalten, geschnitzten Holzbalkone. Der von den hohen Gebäuden gespendete Schatten war eine Erleichterung nach dem grellen Licht, doch es war nach wie vor sehr heiß. Annie erstickte beinahe unter ihrem Schleier; Hitze und Hunger brachten sie einer Ohnmacht nahe.

Schließlich hielt die Kutsche vor einem großen Haus an, dessen Steintreppe zu einer geschnitzten Holztür mit schweren Eisenscharnieren hinaufführte. Ein einzelner Baum, der einzige grüne Tupfer, den Annie in ganz Dschidda gesehen hatte, stand auf dem kleinen, rechteckigen Platz vor dem Haus. Über jedem der sechs Stockwerke war ein Band aus zartem Maßwerk in den

Stuck eingedrückt. Hier war offenbar eine wichtige Persönlichkeit zu Hause, dachte Annie, nicht wie der Wahnsinnige, der sie vom Schiff entführt hatte. Abdullah stieg aus der Kutsche, dass sie quietschte, und hätte sie dabei fast umgeworfen. Die beiden Seeleute packten Annie wieder an den Armen. Wütend schüttelte sie die beiden ab und ging hinter Abdullah die Treppe zum Haus hinauf. Bestimmt würde man ihr freistellen zu gehen, sobald sie dem Besitzer des Hauses den schrecklichen Irrtum erklärt hätte. Sie musste dringend zur Untergangsstelle des Schiffes zurückkehren und Hilfe finden, um sich zu vergewissern, dass Jonathan überlebt hatte.

Nachdem sie über die hohe Holzschwelle in die Eingangshalle getreten war, stellte Annie erleichtert fest, wie kühl es im Innern war. Der weiträumige Korridor, mindestens zwanzig Fuß lang, war gesäumt von wartenden Männern in weißen Gewändern, die an den Wänden lehnten oder auf Holzbänken saßen. Sie drehten sich zu ihr um, als Abdullah ihre schwarz verschleierte Gestalt durch den Tunnel mit den hohen Wänden in einen Warteraum zur Rechten führte.

Kaum waren sie eingetreten, drückte Abdullah sie auf den breiten Fenstersitz, ging wieder hinaus und riegelte die Tür hinter sich ab. Annie legte ihren verhassten Schleier ab und schaute sich um. Der Fensterplatz, auf dem sie saß, war mit einem Teppich ausgelegt und mit Metallgittern versehen, obwohl das Fenster von außen phantasievoll geschnitzte Läden hatte. Die Wände waren aus weißem Stuck mit einem Fries aus geometrischen Formen in Grün- und Blautönen, der sich direkt unter der Decke um den ganzen Raum zog. Die Holzdecke hatte in der Mitte ein kunstvoll geschnitztes Rund, von dem ein klotziger Kandelaber mit hohen Glaszylindern über Öllichtern herabhing. Auf den großen Steinfliesen lag ein türkischer Teppich. Bis auf ein paar kleine, geschnitzte Holzregale an den Wänden und einige niedrige Tische und Kissen gab es in dem Raum fast keine Möbel. Warum hatte man sie hierhergebracht?

Kurz nachdem Abdullah hinausgegangen war, quietschte die Tür. Herein kam ein dunkelhäutiger Mann mit Turban und langem, weißem Hemd, der ein Messingtablett in Händen trug. Den Blick fest auf den Boden gerichtet, bot er Annie ein Glas rubinfarbenen Saft mit darin schwimmenden Fruchtstücken an, die so einladend aussahen, dass Annie nicht widerstehen konnte. Der Mann drehte sich um, ohne sie anzusehen, und ließ Annie wieder allein. Einen Tag lang hatte sie nichts gegessen, und der kühle Fruchtsaft sah aus wie das Leben selbst. Sie führte das Glas an die Lippen und trank den süßen Nektar.

Danach konnte Annie sich nicht erinnern, wie lange sie im Vorzimmer gewartet und dem unaufhörlichen Surren von Fliegen, den Straßengeräuschen, bellenden Hunden und schreienden Eseln zugehört hatte. Hin und wieder ging jemand unter ihrem Fenster vorbei, in gutturalem Arabisch redend. Eine Mücke schwirrte ständig um sie herum, Schweißtropfen liefen unter dem dicken Wollgewand zwischen ihren Brüsten herab. Wut und Empörung überschwemmten sie in Wogen, unterbrochen von Bildern des Schiffsrumpfs der *Oriental*, wie er ins Meer glitt, und ihren letzten Erinnerungen an Jonathan. »Tu, was sie dir sagen«, hatte er gesagt, die Augen voller Liebe. Wenn er nur um die Lächerlichkeit wüsste, die sie von ihr verlangten.

Das Zimmer wurde wärmer, als die Nachmittagssonne durch die Fensterläden drang und zarte Muster auf den Steinboden warf. Plötzlich knarrten die Eisenscharniere, und ein kleiner, hellhäutiger Mann mit rotem Fez und reich verziertem Gewand betrat den Raum. Annie schrak auf. Endlich sollte sich ihre missliche Lage lösen.

»Mrs. Tremayne, mein Name ist Hassan Bey«, sagte der Mann mit den scharfen Gesichtszügen und reichte ihr die Hand.

Annie ergriff sie, überrascht von seinem schwachen Händedruck. Vielleicht war er nicht daran gewöhnt, Hände zu schütteln, fuhr es ihr durch den Kopf. Zumindest nicht die einer Frau …

»Freut mich, Sie kennenzulernen«, erwiderte sie und erhob sich. Sie konnte ihre Verärgerung kaum zügeln.

»Alhamdilillah. Ich hoffe, es geht Ihnen nach Ihrer ermüdenden Reise gut?«

»Soweit es unter den gegebenen Umständen möglich ist«, entgegnete Annie förmlich.

»Ich freue mich sehr, dass Sie gekommen sind. Bin Karim hat mir gesagt, Sie seien als Gouvernante für meine Töchter hier. Ich hatte daran gedacht, mir aus Konstantinopel eine ausgebildete Lehrerin kommen zu lassen, und hätte nicht im Traum damit gerechnet, dass gleich in Aden eine zur Hand wäre.« Hassan strahlte.

»Ich fürchte, da liegt ein schrecklicher Irrtum vor. Ich hatte nicht die Absicht, eine Stelle als Lehrerin anzutreten. Ich war unterwegs nach ...«, begann Annie.

»Ja, ja, und jetzt sind Sie auf einmal hier bei uns. Es ist ein Wunder Allahs, nicht wahr? Ich bin sicher, wir können Ihren Aufenthalt bei uns so angenehm wie möglich gestalten. Ich bin begeistert, dass Sie Ihre Pläne geändert haben, und ich bezweifle nicht, dass Sie Ihr neues Leben hier in Dschidda genießen werden«, sagte Hassan, weiter strahlend.

Sein Lächeln machte Annie wütend. Wenn er ihr doch nur zuhörte! »Es geht hier nicht um geänderte Pläne. Ich wurde mit Gewalt von meinem Schiff geholt, mein Mann und meine Freunde sind ertrunken, während ich auf dem Weg nach England war. Ich habe nicht die Absicht ...«, sagte Annie mit Nachdruck.

»Alhamdilillah, Sie wurden doch verschont, Mrs. Tremayne, oder? Es tut mir leid, wenn bin Karim ein wenig grob auf Sie wirkte. Viele Jahre lang war er hier in Dschidda im Sklavenhandel tätig, müssen Sie wissen. Seine Methoden sind etwas derb, das muss ich zugeben. Er hat eine raue Schale, würden Sie wohl sagen, nicht wahr? Aber jetzt, da Sie hier bei uns gut aufgehoben sind, bin ich sicher, dass mein Haushalt Sie herzlich in Empfang nimmt und Sie uns mit der Zeit als Ihre Familie betrachten.«

Annie fehlten die Worte. Sie wollte sich den Mann nicht zum Feind machen, den sie brauchte, um wieder in die Freiheit zu kommen, doch er schien sie nicht zu verstehen.

»Mr. Hassan, ich muss nach Aden zurückkehren, um herauszufinden, was mit meinem Mann passiert ist, und dann fahre ich zu meiner Familie nach England. Ich habe nicht die Absicht, hier in Dschidda zu bleiben. Ich muss umgehend mit dem britischen Botschafter reden«, sagte Annie so langsam und deutlich wie möglich, ohne unhöflich zu erscheinen.

»Sie sind erschöpft. Lassen Sie uns später über diese Angelegenheiten sprechen. Wenn Sie uns nach einiger Zeit verlassen wollen, dann wird selbstverständlich dafür gesorgt. Niemand ist gegen seinen Willen hier in unserer schönen Stadt. Zunächst einmal möchte ich Sie aber zu meiner Frau hinaufschicken, die sich um Sie kümmern wird, damit Sie sich nach Ihrer ermüdenden Fahrt wohlfühlen«, sagte er gönnerhaft. Mit diesen Worten schritt er zur Tür, ging hinaus und machte hinter sich zu.

Annie war sprachlos vor Wut. Er hatte ihren Beschwerden nicht die geringste Beachtung geschenkt, und anscheinend hatte er auch nicht gemerkt, wie sehnlich ihr Wunsch war abzureisen. Der Mann macht mich rasend, schäumte sie. Ihre Geduld war am Ende. Sie ging zur Tür und öffnete sie. Im Flur herrschte nach wie vor geschäftiges Treiben. Männer mit Fez trugen Papierstapel in die Räume hinein und heraus, dunkelhäutige Diener mit Tabletts voll Tee und Saft wanden sich durch die Menge, und an den Wänden standen noch immer Männer in einer Reihe, die aus kleinen Tassen tranken und auf eine Audienz warteten. Als Annie aus dem Raum schritt, drehten sich alle Köpfe in stummem Erstaunen ruckartig zu ihr um. Sie merkte plötzlich, dass sie den Schleier nicht wieder angelegt hatte, mit dem sie hereingekommen war. Was kümmert es mich, dachte Annie, während sie sich nach dem besten Weg nach draußen umsah. Aus einer Gruppe am Boden hockender, plaudernder Männer erhob sich Abdullah, trat schnell auf sie zu und packte wütend ihren Arm.

»Haben Sie keinen Anstand? Was fällt Ihnen ein, mit unverhülltem Gesicht vor all diesen Männern zu erscheinen?«, zischte er und versuchte, sie wieder in das Zimmer zu zerren.

»Lassen Sie mich los! Ich bin Ihnen keine Antwort schuldig! Lassen Sie mich ...«, entgegnete Annie wütend und riss sich von ihm los. Sie wirbelte herum und rannte durch den Korridor auf die massiven Holztüren zu. Bin Karim rief den Wachen am Eingang etwas zu, woraufhin sie die Türen vor ihrer Nase zuschlugen. Wütend trommelte sie mit den Fäusten dagegen, was die wartenden Männer offenbar amüsierte. Keiner rührte einen Finger, um ihr zu helfen. Sie war eine Gefangene.

Plötzlich tauchte eine große, schwarzhäutige Frau neben ihr auf, deren untere Gesichtshälfte verhüllt war.

»Madame? Mein Name ist Gemiya. Würden Sie bitte mit mir kommen?«, fragte die Frau ruhig. Die Augen über dem Schleier waren riesig, das glänzende, tiefe Braun voller Mitgefühl. »Sie haben hier nichts zu suchen.«

Erschöpfung und Hunger machten sich bei Annie bemerkbar. Sie war matt und verzweifelt, und ihr wurde klar, dass man ihr nicht erlauben würde, durch jene Tür hinauszugehen. Niedergeschlagen, aber erleichtert, Englisch aus dem Mund der Frau zu hören, trat sie den Spießrutenlauf durch die gaffenden Araber an und folgte der afrikanischen Frau durch eine Tür in ein Treppenhaus unter einem hohen Gewölbe, ohne Abdullah noch eines Blickes zu würdigen. Das Treppenhaus war kühl und dunkel und lag in der Mitte des Hauses. Annie sah unten, ein halbes Stockwerk unter sich, einen Lichtschimmer, der von außen kam. Das Gebäude ist doch keine Festung, dachte sie. Da unten gibt es einen Weg ins Freie, den ich später untersuchen muss. Wenn keine Wachen da sind ...

Sie folgte der schlanken Frau die breite Treppe hinauf, die nur vom gesprenkelten Licht erhellt wurde, das durch die geschnitzten Holzläden auf den Treppenabsätzen drang. Gemiya trug einen langen Staubmantel in lebhaftem Muster aus Grün und Orange über einer hellgrünen Pluderhose und einen langen, glatten Schleier. Ihr Haar war zu dünnen Zöpfen geflochten, die unter dem farblich abgestimmten Turban verschwanden, dessen Enden in unglaublichen Winkeln abstanden. Sie stiegen die niedrigen, sich windenden Steinstufen mit Holzkanten nach oben. In jeden Stockwerk war das Treppenhaus von Türen umschlossen, doch im zweiten Stock standen die Türen zum Teil offen und gaben den Blick in ein Gewirr aus Fluren und Räumen frei, dunkel und kühl.

»Madame, wie heißen Sie?«, fragte die Frau schüchtern.

»Ich heiße Annie Tremayne«, antwortete Annie ein wenig außer Atem.

»Annie Tre… darf ich ›Miss Annie‹ zu Ihnen sagen?«, fragte Gemiya.

»Ja, ich würde mich freuen, Gemiya. Tremayne ist ein Zungenbrecher. Aber ich bin verheiratet, keine Miss«, stellte Annie fest.

»Dann soll es ›Madame Annie‹ heißen«, erwiderte Gemiya.

»Wie kommt es, dass du so gut Englisch sprichst, Gemiya?«, fragte Annie.

»Ich habe in Kairo gelernt, Madame. Vorher habe ich Mr. Hassan Beys Bruder gehört, Mr. Ali Hassan in Kairo. Als er nach Istanbul zurückgegangen ist, hat er mich auf einem seiner Boote hierher nach Dschidda geschickt.«

»Wie lange warst du in Kairo?«, erkundigte sich Annie.

»Ich bin zu Ali Bey gekommen, als ich so an die acht Jahre war, glaube ich. Ich bin zehn Jahre bei ihm gewesen.«

»Acht Jahre alt? Woher kommst du?«

»Aus Afrika.«

Betrübt fiel Annie nur die Frage ein: »Und was hältst du von Dschidda?«

»Es ist zu heiß. Und nichts zu tun. Zu still. Nicht wie Kairo«, erwiderte Gemiya kopfschüttelnd.

»Wie lange bist du hier?«, fragte Annie.

»Fast ein Jahr«, antwortete Gemiya, als sie den dritten Stock erreichten. Hier blieb sie stehen und öffnete Annie die große, holzgetäfelte Tür, deren Eisenscharniere quietschten.

»Dann sind wir beide ungefähr gleich alt«, stellte Annie außer Atem fest.

Gemiya lächelte. »Ich stelle Sie der Sitti Kabeera vor. Sie ist für diese Familie verantwortlich.«

Annie trat über die hohe Holzschwelle in einen dunklen Flur. Als Gemiya sie an vielen Türen vorbeiführte, von denen einige in kleine, von den dahinterliegenden Räumen erhellte Vorzimmer gingen, vernahm sie Kinderstimmen. »Wer ist die Sitti Kabeera?«, fragte sie Gemiya.

»Sie ist die erste Frau des Herrn. In Kairo war die Sitti Kabeera die Mama des Herrn, aber hier gibt es keine Mama, also ist die erste Frau verantwortlich.«

»Wie viele Frauen hat dein Herr?«, fragte Annie und warf einen Blick auf die grün angestrichenen Schränke in einer Wohnung, an der sie vorbeikamen.

»Der Herr hat drei Frauen. Manchmal vier, aber jetzt nur drei.«

»Und wie viele Kinder?«

»Es sind wohl sechzehn«, sagte Gemiya stolz, als sie Annie bedeutete, die Schuhe auszuziehen und zu einem Haufen Pantoffeln neben einer mächtigen Tür am Ende des Flurs zu stellen. Gemiya schob einen großen Eisenriegel an der Doppeltür zurück und ließ Annie eintreten.

Annie, nach dem dunklen Flur vom Licht geblendet, vernahm zuerst brabbelnde Kinderstimmen. Als sie eintrat, legte sich Stille über die Gruppe, und als sich ihre Augen an das Licht gewöhnten, nahm sie den großen Raum wahr, der sich über die Rückseite des Hauses erstreckte, die hohen Fenster und tiefe Steinsitze, auf denen Polster und Teppiche lagen. Am anderen Ende des Raums lief das breite Sims weiter und bot Platz für eine Schar plappernder Kinder, die heruntersprangen und sich bei einem Brettspiel abwechselten, das mit gemeißelten Steinfiguren gespielt wurde. Alle Gesichter wandten sich ihr zu, während es still wurde. Zu ihrer Linken erhob sich eine große Frau mit den ausdrucksvollsten Augen, die Annie je gesehen hatte, um sie zu begrüßen. Zöpfe aus grauem, mit roten Strähnen durchsetztem Haar waren mit Bändern verwoben und unter einer Spitzenhaube hinten zusammengehalten. Sie trug eine weiße Pluderhose aus Gaze, darüber ein langes, rosa Seidengewand, von einer kleinen Kette am Hals zusammengehalten. Sie schenkte Annie ein trauriges Lächeln und streckte ihr beide Hände entgegen.

Annie schüttelte ihr eine Hand, was die Dame zu wundern schien, die sich jedoch rasch wieder fing und Annie zum tiefen Fenstersitz am Ende des Raums führte, gegenüber dem Kinderbereich. Zwei andere Frauen rekelten sich auf dem Diwan wie Katzen in der Nachmittagssonne, die Füße in die Pluderhosen gesteckt, und beäugten Annie oberflächlich. Sie wurden ihr als Mala und Imam vorgestellt, Frauen von Hassan Bey. Mala war groß und schlaksig mit scharfen Gesichtszügen unter dem dunklen Haar und schnellen, fahrigen Handbewegungen. Imam dagegen wirkte recht jung und unschuldig, obwohl Gemiya sagte, sie sei neunzehn und habe zwei kleine Kinder. Das blonde Haar lockte sich über großen blauen Augen, die harmlos und nett in die Welt schauten. Annie grüßte lächelnd und setzte sich steif auf den Rand des Sitzes, da ihr langes englisches Kleid eine entspanntere Haltung ausschloss. Sie betrachteten sie neugierig und nahmen jede Einzelheit ihrer staubigen Erscheinung in sich auf.

Die Kinder waren noch immer still und gespannt, obwohl die Sitti Kabeera kurz mit ihnen sprach und mit der Hand winkte. Sie hatte eine tiefe, melodiöse Stimme und redete ruhig mit Annie, wobei sie auf den Samowar deutete, der auf einem niedrigen Tisch vor dem Diwan vor sich hin blubberte. Annie nickte. Gemiya goss Tee in ein Glas mit silberner Einfassung. Bevor Annie ablehnen konnte, hatte sie schon drei Teelöffel voll brauner Zuckerstückchen hinzugefügt. Annie nahm das Glas am Silbergriff und trank einen Schluck von dem süßen Tee. Als sie der Sitti Kabeera ein dankbares Lächeln schenkte, seufzten die Damen und die Kinder auf der anderen Seite des Raums auf. Sie lächelte den Kindern zu, die zunächst nervös kicherten, um dann in den freundlichen Lärm überzugehen, den Annie unterbrochen hatte.

Die Sitti Kabeera nahm im Schneidersitz auf dem Diwan Platz und steckte die Füße unter sich. Während sie redete, übersetzte Gemiya.

»Willkommen in unserem Haus«, sagte sie. »Ich hoffe, es geht Ihnen gut?«

»Danke, ja, Madame, ich muss Sie um etwas bitten«, begann Annie, doch Gemiya schnitt ihr das Wort ab und hob zu einer Litanei arabischer Antworten an. »Gemiya, du musst warten, bis ich rede.«

»Oh, Madame Annie, Sie dürfen nicht so schnell sein. Die Sitti Kabeera wird Sie für unhöflich halten.«

Verblüfft überließ Annie ihr das Wort und fragte sich, was sie wohl sagte. Dann wandte sich Gemiya wieder an sie: »Sie sagt, sie ist froh, dass Sie in diesem Haus zu Gast sind und dass Sie eine geehrte Lehrerin für ihre Töchter sind, die arme, unwissende Kinder sind, sehr hässlich.«

Annie schaute zu den reizvollen Kindern hinüber und wunderte sich, wie man sie als hässlich bezeichnen konnte. Doch sie musste das Missverständnis über ihre Anwesenheit im Haus so schnell wie möglich ausräumen.

»Sitti Kabeera, wenn ich Sie so nennen darf, ich muss Ihnen mitteilen, dass ich mit Gewalt hierhergebracht wurde, gegen meinen Willen, und nicht die Absicht habe, Ihre Kinder oder andere zu unterrichten.«

Gemiya schaute beschämt zu Boden. »Das kann ich ihr nicht sagen. Das ist nicht höflich.«

»Gemiya, du musst ihr meine Worte genau übersetzen, bitte.

Es ist mir furchtbar wichtig, ihr begreiflich zu machen, dass ich aufgrund eines Fehlers hier bin.«

»Das kann ich ihr nicht sagen. Es wird ihr nicht gefallen, und dann ist sie wütend auf mich.« Sie brach an dieser Stelle ab, um eine Frage der Sitti Kabeera zu beantworten, deren Stirn sich in sorgenvolle Falten gelegt hatte. Sie lächelte dann jedoch wieder, als sie Gemiyas Antwort hörte.

»Ich habe ihr gesagt, dass Sie sehr müde sind und sich ausruhen wollen. Das andere erzähle ich ihr beim nächsten Mal, ja?«

»Nein, Gemiya, bitte, du musst ihr von dem Fehler berichten. Ich brauche Hilfe, um Kontakt zu den englischen Behörden aufzunehmen, bitte«, flehte Annie sie an.

Die Sitti Kabeera erhob sich und sprach mit Gemiya. »Ich bringe Sie jetzt in Ihr Zimmer. Morgen früh nach dem Frühstück zeigt sie Ihnen die Mädchen für den Unterricht. Sie sagt, sie ist so froh, dass Sie hier sind.«

»Oh, Gemiya, bitte sagen Sie ihr, dass ich gehen muss, dass ich nicht bleiben werde, um ihre Kinder zu unterrichten.«

»Kommen Sie, Madame Annie. Ich bringe Sie in Ihr Zimmer. Um all die anderen Dinge kümmern wir uns morgen.«

»Ach, Gemiya …«, platzte Annie heraus, doch ihr Gespräch war beendet, und man führte sie aus dem Raum, während die Sitti Kabeera ihr in freundlichem Arabisch einen guten Abend wünschte.

Wie benommen ging Annie hinter Gemiya durch den dunklen, gewundenen Flur, durch das runde, abgeschlossene Treppenhaus bis ans andere Ende des Hauses. Im Korridor stand ein großer, nach unten spitz zulaufender Tontopf in einem eisernen Dreifuß. Obenauf lag ein schmückender Metalldeckel.

»Das ist Trinkwasser, Madame Annie«, sagte Gemiya. »Das Wasser direkt aus den Zisternen sollte man nicht trinken.«

Gleich dahinter drückte Gemiya eine getäfelte Holztür auf,

um den Blick in ein dunkles Vorzimmer freizugeben. Geradeaus sah man einen großen ockerfarbenen Schrank, der die Wohnung in einen Ankleide- und einen Schlafbereich aufteilte. In einer Nische zur Rechten ragte ein einzelner Messinghahn knapp zwei Fuß über dem Boden aus der Wand; eine Messingschale und ein Eimer sowie ein großer Samowar, der aussah wie eine Messingurne, standen daneben. Eine hölzerne Schwingtür führte in eine Toilette; es war nur ein Loch im Boden, zu dem vom Wasserhahn aus ein Kanal geleitet wurde. Gemiya ging an dem Schrank vorbei und führte Annie ans hellere Ende der Wohnung. Wie in den anderen Räumen, die sie gesehen hatte, gab es auch hier einen tiefen Fenstersitz mit einem türkischen Teppich, einen kleinen Tisch mit Öllampe und ein paar kleine Holzregale an den Wänden. Der Fenstersitz war auf drei Seiten von geschnitzten, festen Holzläden eingefasst. Gemiya öffnete den ockerfarbenen Schrank und deutete auf einen Stapel Kissen und Decken und ein paar dicke weiße Handtücher.

»Fühlen Sie sich geehrt, Madame Annie. Das ist eines der besten Gästezimmer für Damen. Für gewöhnlich wohnt die Schwester des Herrn hier, wenn sie kommt. Das sind ihre Handtücher, die Sie benutzen können. Vielleicht genügt Ihnen heute Abend der Wasserhahn, und morgen bringe ich Sie ins Hammam oben, damit Sie sich gründlich reinigen können.«

»Was ist ein Hammam, Gemiya?«

»Das Bad. Dieses Haus hat sein eigenes Hammam, da es ein sehr großes Haus ist. In Kairo gibt es Hammams für alle, aber man muss aus dem Haus gehen und eins suchen. Morgen zeige ich es Ihnen. Jetzt zünde ich die Öllampe hier im Wassererhitzer an, und Sie können sich im Eimer notdürftig waschen.« Schon kniete sie nieder, holte ein paar Schwefelhölzer aus einer tiefen Tasche und zündete den Docht unter dem samowarähnlichen Messingbehälter an, der vermutlich mit Wasser gefüllt war.

»Es dauert nicht lange, bis das Wasser heiß ist. Dann benutzen Sie ein kleines Tuch, um sich zu waschen. Ich sage der Dienstmagd Bescheid, dass sie Ihnen etwas zu essen bringt. Die Familie hat heute Abend ein Festessen, weil Master Khalid Geburtstag hat. Deshalb, meint die Sitti Kabeera, ist es besser, wenn Sie heute Abend in ihrem Zimmer essen.«

»Wer ist Master Khalid, Gemiya?« Annie wollte nicht gern allein in dem fremden Zimmer bleiben; sie war darauf aus, sich möglichst lange mit Gemiya zu unterhalten.

»Er ist der älteste Sohn, der Sohn von der Sitti Kabeera und dem Herrn. Er wird heute fünfundzwanzig. Die Sitti Kabeera liebt den Jungen über alles, Madame Annie. Sie ist ja so stolz auf ihn.«

»Was macht er?«, fragte Annie.

»Er arbeitet mit dem Herrn und lernt Kaufmann. In dieser Familie sind alle Kaufleute. Master Hassan Bey, Master Ali Bey in Kairo, ihr Vater in Istanbul, Mammoud Pascha. Der junge Master Khalid hat fünf Jahre in Istanbul verbracht, hat dort gelernt und bei seinem Großvater gearbeitet, dem Pascha, jetzt ist er wieder hier, um seinem Vater zu helfen. Die Sitti Kabeera ist so glücklich, dass er wieder da ist, er hat ihr so gefehlt.

Ich schicke die Magd mit dem Tablett, Madame Annie. Ich muss jetzt bei den Vorbereitungen zum Fest helfen.«

»Danke, Gemiya. Und danke, dass du mir alles erklärt hast. Aber ich werde morgen deine Hilfe benötigen, um der Sitti Kabeera meine Lage zu erläutern.«

»Oh, dafür haben wir noch reichlich Zeit, Madame Annie. Sie bleiben noch lange hier, hoffe ich.«

Annie riss verwundert die Augen auf. Als sich die Tür knirschend hinter Gemiya schloss, schüttelte sie den Kopf. Nein, dachte sie grimmig, ich werde hier nicht länger bleiben als unbedingt notwendig. Diese Menschen haben nicht das Recht, mich hier zu behalten. Vorläufig werde ich mitspielen, aber ich werde mit dem ersten Schiff von diesem gottverlassenen Ort abreisen, schwor sie sich.

Annie berührte die Messingurne, die allmählich warm wurde, und war erstaunt, wie angenehm es war. Sie verglich es mit ihrem Haus in Assam, in dem Wasser von Dienern in die Bäder getragen und mit Hilfe eines Holzfeuers in einem großen Wasserboiler erhitzt wurde, wenn man es brauchte. Sie trat an die andere Seite des Schranks, um sich ein Handtuch zu holen. Der dicke, flauschige Stoff erinnerte sie an die Handtücher an Bord der *Oriental*, und tiefer Kummer überkam sie, als sie sich die winzige Duschkabine vergegenwärtigte. Sie vernahm Jonathans Stimme im angrenzenden Raum, gedämpft durch die Tür, und vergrub ihr Gesicht im Handtuch. Von Sehnsucht und Verzweiflung verzehrt brach sie bei der Erkenntnis, dass er wahrscheinlich für immer verschwunden war, auf dem kalten Steinboden zusammen.

Ihr Kummer löste sich in Wut auf, als ihr Schluchzen nachließ. Sie kam wieder auf die Beine, fest entschlossen, zu essen und zu schlafen und alles Notwendige zu tun, um bei Kräften zu bleiben, damit sie entkommen konnte. Am Morgen schon würde sie den ersten Versuch unternehmen. Es musste einen Weg aus diesem Haus und aus dieser Stadt geben; sie würde ihn finden oder sterben, versprach sie sich.

Mit frischem Mut ließ sie Wasser aus dem Erhitzer in den Eimer laufen und benutzte ein kleines Handtuch, um Staub und Salz von anderthalb Tagen Gefangenschaft abzuwaschen. Ihre Lippen waren trocken und gesprungen, und ihre Hände fühlten sich ohne die gewohnte tropische Feuchtigkeit wie dünnes Tuch an. Sie würde Gemiya um Creme bitten müssen.

Ein Klopfen an der Tür kündigte eine andere afrikanische Dienstmagd an; sie war nicht älter als zehn und brachte ihr auf einem Tablett das Abendessen. Sie stellte es auf den kleinen Tisch neben dem Fenstersitz, murmelte etwas auf Arabisch vor sich hin und zog sich zurück. Annie lächelte dankbar, setzte sich auf die mit einem rauen Teppich belegte Bank und aß. Im Nu tauchten wie aus dem Nichts Fliegen auf und ließen sich auf den Gerichten nieder. Annie verscheuchte sie, hob das Tablett auf den Steinsitz, zog das Moskitonetz herunter, das über dem Diwan hing, und vertrieb die restlichen Nachzügler. Als sie ihre Aufmerksamkeit schließlich dem Tablett widmen konnte, stellte sie fest, dass Fleischpasteten, gefüllte Paprika und Auberginen, ein öliger grüner Salat, weißer Streichkäse, ein paar Oliven, ein Teller schwarze Datteln und etwas Reis darauf angerichtet waren. Außerdem gab es Weintrauben und Kuchen, der aus dünnen Schichten bestand, durchsetzt mit Pistazienkernen und Honig. Annie war erleichtert, dass sie beschlossen hatte, ihren Hungerstreik aufzugeben, und verschlang die Gerichte.

Die letzten Sonnenstrahlen waren von der holzgeschnitzten Einfassung verschwunden, als sie ihre Mahlzeit beendete. Von der Straße unten hallten abendliche Geräusche zu ihr herauf: Straßenhändler auf Eselkarren ratterten vorüber und priesen lautstark ihre Waren an, Stimmen von Männern, die in Gruppen vorbeischlenderten, und der letzte Ruf zum Gebet schwebte über die Steingebäude. Annie war in der Dämmerung eingenickt, bequem an die Polster auf dem Diwan gelehnt, als die kleine Magd wiederkam, um das Tablett zu holen und ihr das Bett zu richten. Sie zündete die Öllampe am Bett an und stellte sie auf ein geschnitztes Holzregal an der Wand. Dann zog sie mühsam eine dünne Matratze aus dem Schrank und legte sie auf den steinernen Fenstersitz, bedeckte ihn mit einer dünnen Baumwollmatte und verstreute Decken und Kissen darüber. Schließlich legte sie ein sorgfältig zusammengelegtes Hemd aus Baumwollbatist in die Mitte des Bettes und verließ den Raum, wobei sie sich tief vor Annie verbeugte.

Annie hängte ihr Seidenkleid, abgetragen und staubig von der Reise, an einen Haken im Schrank. Ich würde mich gerade zum Dinner umziehen, dachte sie wehmütig, wenn wir noch auf dem Schiff wären. Sie sah Jonathan in seinem feinen Smoking und rief sich den glatten Wollstoff in Erinnerung, den sie unter den Händen spürte, wenn sie ihm die Krawatte gerade zog und die Rockaufschläge glättete. Er kann nicht verschwunden sein, dachte sie, einsam und verzweifelt. Er ist zu jung, zu lebhaft, um zu sterben. Er muss irgendwo noch leben, betete sie. Er muss.

Sie beendete ihre Waschung mit dem inzwischen heißen Wasser und zog das Baumwollhemd an. Vorsichtig blies sie die Flammen unter dem Wassererhitzer und in der Lampe aus. Ausgelaugt und allein stieg sie in das Nest aus Decken und Polstern auf dem Diwan, zog das Moskitonetz herunter und weinte sich erschöpft in den Schlaf.

Kapitel vier

Wir sind nicht Schatten mehr. Wir wurden zu Gestalten,
Der Töpfer knetet uns aus Ton.
Er meißelt in die Stirn uns dürre Falten
Und stellt uns auf den Markt für Hundelohn.

Jonathan stieg auf den Kai, der in der Mittagshitze dampfte. Als er auf die groben, von der Sonne ausgebleichten Bohlen trat, stieg ihm der Geruch nach fauligem Fisch, verschimmeltem Hanf und schwitzenden Leibern unangenehm in die Nase. Doch seine Freude darüber, in einer gewissen Zivilisation angekommen zu sein, verlieh seiner Laune einen solchen Auftrieb, dass er den Gestank in seiner Erregung kaum wahrnahm.

Yussuf hatte Jonathan in Zeichensprache zu verstehen gegeben, er werde Pegasus ausladen und zum Hotel Central bringen. Jonathan machte sich auf, um das Hotel zu suchen und dafür zu sorgen, dass Pegasus in einen Stall kam. Ohne Kopfbedeckung und sonnenverbrannt nach Tagen im offenen Boot merkte Jonathan, dass er ein ungewöhnliches Bild abgab, doch die Horde Jungen am Kai sah offenbar über sein Äußeres hinweg in ihrem Bestreben, ihm zu helfen.

»Mister! Mister! Sie wollen ins Hotel? Ich bringe Sie hin!«, riefen sie und wetteiferten um seine Aufmerksamkeit. Er deutete auf einen helläugigen Burschen in einer gestreiften Galabeya, der ihm als Führer dienen sollte. Sogleich packte der Junge Jonathans erbärmlichen Jutesack und machte sich in die Richtung auf, in der das Hotel lag, wie Jonathan hoffte.

Der Bursche führte Jonathan durch eine schmale Gasse auf eine breitere Straße, die mehr oder weniger parallel zum Kai verlief. Über Taurollen und Hühnerkörbe steigend versuchte Jonathan mit dem hüpfenden Jungen Schritt zu halten. Sie gelangten in eine Arkade mit Ständen, in denen verführerische Mangos feilgeboten wurden, und atmeten das Aroma eines Gewürzladens ein, dessen offene Beutel mit Gewürznelken, Zimt und Cashewnüssen Jonathan zeigten, wie ausgehungert er war. Er hoffte, sein kragenloses Hemd und sein verknitterter Anzug würden ihn nicht daran hindern, sich den Freuden des Hotelrestaurants hinzugeben.

Doch er hätte sich keine Sorgen machen müssen. Denn als sie die breite Treppe vor dem Hotel Central erreichten, verlieh die Ansammlung von Kleidungsstücken, die dort zu sehen war, Jonathan das Gefühl, geradezu gut angezogen zu sein. Wachen, die stolz einen roten Fez und ein schwarzes Wams über einer weißen Pluderhose zur Schau trugen, bewachten die Türen. Männer in Turban und Galabeya standen neben Afrikanern, die nur mit einem Lendentuch bekleidet waren. Ein indischer Herr in einer weißen Kurta ging durch die Tür, während einer Kutsche eine Horde schwarz verhüllter Frauen entstieg, deren Schleier bis zu den Knien reichten, angetrieben von einem älteren Araber in weißem Gewand und karierter Kopfbedeckung. Der Junge, der Jonathan geführt hatte, stand auf der Treppe, die Hand nach Bakschisch ausgestreckt. Jonathan reichte ihm eine der Annas, die Ismael ihm gegeben hatte. Dann wurde er ins Hotel geleitet.

Die verdunkelte Eingangshalle, angefüllt mit kleinen Palmen in Messingtöpfen und niedrigen Stühlen mit abgenutzten grünen Samtpolstern, war nach der Mittagshitze draußen eine willkommene Erleichterung. Jonathan begab sich an die marmorne Empfangstheke und fragte den Empfangschef in rotem Fez und schwarzem Wams nach einem Zimmer und einem Stall für Pegasus. Der junge Mann schenkte seinem durchnässten, rußgeschwärzten Hemd oder der fehlenden Equipage kaum Beachtung, sondern reichte sogleich einen schweren Zimmerschlüssel aus Messing an einen Pagen.

Jonathan folgte dem Jungen über eine großartige, korallenrote Treppe durch einen breiten Flur im oberen Stockwerk bis zu Zimmer Nummer zwölf. Der Page schloss die Tür auf und zeigte ihm ein schlicht, aber funktional eingerichtetes Zimmer mit Balkon, der über den Hafen blickte. Darauf standen Rohrstühle, doch die Möbel im Innenraum, ein Stuhl und das Bett, waren mit schwerem, schmuddeligem Jacquardstoff bezogen. Jonathan warf sich in voller Montur auf das Bett und schlief sofort erschöpft ein.

Nagender Hunger weckte ihn am späten Nachmittag, als die Sonne im dunklen Kontinent auf der anderen Seite des Hafens versank. Mit Schrecken wurde Jonathan klar, dass er die Gelegenheit verpassen könnte, noch am selben Tag eine weitere Schiffspassage zu buchen, und nachdem er sich rasch etwas Wasser in das stoppelige Gesicht und an den Hals gespritzt hatte, eilte er zum Empfang, um nach dem Weg zur britischen Handelsniederlassung zu fragen.

Der junge Mann hinter dem Empfang schaute ihn fragend an. »Mr. Plowden ist der britische Konsul hier. Schon seit dreißig Jahren. Sie finden ihn genau drei Häuser weiter auf der Central Street.«

»Vielen Dank. Ist er um diese Uhrzeit wohl im Büro?«

Der Junge warf einen Blick auf die große Messinguhr, die in der Eingangshalle hing. »Er sollte von seiner Mittagspause zurück sein, aber wenn nicht, dann klopfen Sie einfach an die Tür gegenüber. Dort wohnt er.«

Er begab sich auf den Weg durch die dunkler werdende Straße, vorbei an Cafés und Stoffläden, die gerade ihre Lampen für den Abend anzündeten, zu einem Gebäude, das durch ein Messingschild als britisches Konsulat zu erkennen war. Er tastete sich durch das düstere Treppenhaus, das noch nicht dunkel genug für Gaslampen war, und klopfte an die Tür im zweiten Stock, an der ein entsprechendes Messingschild hing. Wie der Mann im Hotel vorausgesagt hatte, machte niemand auf, also versuchte es Jonathan mit dem Messingklopfer an der Tür gegenüber. Kurz darauf öffnete ein Diener in türkischer Kleidung die polierte Holztür und bat Jonathan in die Diele. Jonathan nannte ihm seinen Namen und wartete, bis der Mann zurückkehrte und ihn in den Salon bat. Die hohen Fenster der Wohnung schauten über den Hafen. Vor den letzten tiefroten Flammen der untergehenden Sonne hob sich die Silhouette der Masten und herabhängenden Segel der großen und kleinen Dhaus ab, die im Hafen lagen.

»Guten Abend«, vernahm Jonathan hinter sich. Er drehte sich um und erblickte einen kleinen, stämmigen Mann mit roter Nase über einem breiten Schnurrbart, der ihm die Hand reichte.

Jonathan schüttelte ihm die Hand und erwiderte: »Guten Abend, Sir. Mein Name ist Jonathan Tremayne.«

»Ihre äußere Erscheinung straft die Tatsache zwar Lügen, aber ich erkenne den Akzent eines waschechten Engländers. Mein Name ist Alexander Plowden«, sagte der Mann entgegenkommend. »Womit kann ich Ihnen dienen?«

»Mr. Plowden, bitte verzeihen Sie meinen ungepflegten Aufzug und mein Eindringen in Ihre Privatsphäre, aber ich brauche Ihre Hilfe«, antwortete Jonathan.

»Ich stehe Ihnen zur Verfügung, Mr. Tremayne. Aber darf ich Ihnen zunächst etwas zu trinken anbieten? Einen Whisky?«

»Danke, das wäre sehr nett.«

Der Konsul führte Jonathan zu einem Brokatsofa und bat ihn, Platz zu nehmen. Nachdem der Diener mit dem Auftrag entlassen wurde, Getränke zu besorgen, setzte Jonathan zu seiner Geschichte an.

»Mr. Plowden, ich komme gerade aus dem Süden, nach drei Tagen in einem offenen Boot. Ich hatte Glück, nach dem Untergang der *Oriental* am Sonntag von Fischern aufgenommen zu werden.«

»Gute Güte«, unterbrach ihn Plowden, »Sie waren an Bord der *Oriental*! Man sagte mir, es habe keine Überlebenden gegeben.«

Jonathan zuckte zusammen und dachte an Annie. »Ich weiß nicht, ob noch jemand überlebt hat«, gab er zögernd zu, kaum imstande, die Worte auszusprechen. »Das Schiff ging sehr schnell unter, nachdem die arabischen Piraten es gesprengt hatten.«

»Es wurde versenkt, nicht wahr? Das habe ich mich schon gefragt. Das letzte P&O-Schiff, das versank, war in einem schweren Sturm auf die Riffe geworfen worden«, sagte er. »Aber worauf waren sie aus? Mir war nicht bewusst, dass etwas Wertvolles an Bord war.«

»Gerüchten zufolge hatten wir eine Ladung Diamanten in Bombay aufgenommen«, sagte Jonathan kopfschüttelnd.

»Selbst wenn es nicht stimmte, so war es für die Piraten wahrscheinlich Anreiz genug. Und sie haben anscheinend oft jemanden in ihren Diensten, der sie zu der Beute führt. Piraterie bleibt ein Hauptproblem hier im Roten Meer. Der Sultan hat nicht genügend Schiffe, um die Schiffsrouten zu schützen, und der Khedive in Ägypten unternimmt keinen Versuch, etwas anderes als seinen kostbaren Kanal zu bewachen«, sagte der Konsul kläglich. »Was kann ich für Sie tun?«

»Ich muss meiner Familie in England telegrafieren. Sie werden von dem Untergang gelesen haben, und ich muss ihnen mitteilen, dass wenigstens ich am Leben bin.«

»Wenigstens Sie …?«

»Meine Frau … sie haben die Frauen an Deck gelassen … Aber es war keine Spur von ihr zu sehen, nachdem das Schiff gesunken war«, erwiderte Jonathan mit erstickter Stimme.

»Das tut mir entsetzlich leid, junger Mann … Trinken Sie einen Schluck. Sie haben viel durchgemacht, nicht wahr?«

Diese mitfühlenden Worte gingen Jonathan durch und durch. Zum ersten Mal seit ihrem Tod hatte er von Annie gesprochen. Das Entsetzen und das Gefühl der eigenen Unzulänglichkeit stiegen wieder in ihm auf. Er nickte nur, denn er fürchtete, die Beherrschung zu verlieren, wenn er spräche.

»Haben Sie die Piraten gesehen, als sie das Schiff verließen?«, erkundigte sich der Konsul nach einer Weile.

»Nein«, antwortete Jonathan nachdenklich und versuchte, seine Gesichtszüge unter Kontrolle zu bekommen. »Sie haben sich über das ganze Schiff verteilt und dann die Männer nach unten geschickt. Ich sah, wie sich ihre Masten vom Schiff entfernten, sobald sie die Luken geschlossen hatten.«

»Sie sagten, die Frauen ließen sie an Deck?«

»Ja. Sie hielten sie mit Waffen in Schach, als sie mich zwangen, nach unten zu gehen.«

»Vielleicht haben sie die Frauen als Geiseln genommen?«

Jonathans Herz tat einen Sprung angesichts der Möglichkeit, dass Annie noch irgendwo leben könnte. »Wäre das denkbar?«

»Es ist in den dreißig Jahren, die ich hier in Massaua bin, noch nicht vorgekommen. Aber man weiß nie. In den vergangenen fünf Jahren war der britische Druck auf die Piraten im Roten Meer ziemlich stark. Unsere Kanonenboote haben ein richtiges Loch in ihren Handel geschlagen. Vielleicht hat einer von ihnen beschlossen, leichtes Geld zu machen?«, überlegte Plowden.

»Wenn das doch nur stimmte«, seufzte Jonathan. Doch als er sich die Schnelligkeit des Angriffs ins Gedächtnis rief, zwang er sich, Vernunft walten zu lassen. »Aber sie hätten gar nicht so viel Zeit gehabt, alle Frauen von Bord zu holen. Die Dhaus waren schon weg, als ich das Mitteldeck erreichte.«

»Es war auch nur so ein Gedanke. Sie müssen einen Mann an Bord gehabt haben, der ihnen die Diamanten ausgeliefert hat, sonst wären sie nicht so schnell fertig gewesen«, vermutete der Konsul. »Mit der Sprengung des Schiffes hofften sie, den Diebstahl zu vertuschen. Aber es kann sein, dass sie auch eine oder zwei Damen gestohlen haben.«

»Ich kann nur hoffen, dass es so ist.«

»Junger Mann, wenn sie nur die hübschen jungen mitgenommen haben, wollen Sie vielleicht nicht, dass sie überlebt hat.«

»Wie kommen Sie darauf?«, fragte Jonathan verwirrt.

»Weil sie vielleicht vorhaben, sie in einen Harem zu verkaufen. Und dann …«

Jonathan sah ihn beunruhigt an. »Das doch nicht?«

»Nein, man mag gar nicht daran denken. Wahrscheinlicher ist, dass sie Lösegeld fordern … Vielleicht werden sie in ein paar Tagen Kontakt mit uns aufnehmen. Die Aussichten sind gering, ich warne Sie, aber eine Chance gibt es immer.«

»Ich frage mich, ob ich lieber noch ein paar Tage hier in Massaua bleiben und warten soll? Wenn auch nur die Möglichkeit besteht …«

»Das würde ich an Ihrer Stelle nicht machen, Tremayne. Zum einen habe ich bis auf das Postboot keine Gelegenheit, Kontakt mit Ihrer Familie aufzunehmen. Die Telegrafenleitung von hier funktioniert nicht. Hat sie noch nie.«

»Aber soweit ich informiert bin, haben wir Leitungen bis in alle Welt!«, sagte Jonathan überrascht und bestürzt.

»O ja, eine Leitung haben wir auch. Vor zwanzig Jahren wurde ein Kabel im Roten Meer verlegt in dem Versuch, Aden und Indien zu erreichen. Doch das vermaledeite Ding ist kaputtgegangen. Ein paar Jahre später wurde es ersetzt, aber es gab dieselben Probleme. Am Ende kamen sie zu dem Schluss, dass das Rote Meer wohl doch viel tiefer sein musste als angenommen. Man musste ein Überlandkabel durch Persien verlegen, um eine Verbindung mit Indien herzustellen. Wir sind hier also am Ende der Leitung. Wir müssen noch immer mit dem Postboot nach Al Kusair, dem letzten Abschnitt des Kabels, der noch funktioniert, um mit London Kontakt aufzunehmen.«

»Mir war gar nicht klar, dass dieser Teil von Afrika so abgeschnitten ist. Immerhin sind wir hier so gut wie in Ägypten.«

»Nicht ganz, junger Mann. Das ist ein himmelweiter Unterschied. Die ägyptische Regierung hat kein Interesse daran, Wohlstand im Sudan zu entwickeln. Warum sollten sie auch wollen, dass vier Millionen Sudanesen das Wasser des Nils aufbrauchen, es trinken und ihre Felder mit dem kostbaren Nass bewässern?

Nein, Ägypten ist daran interessiert, dieses Gebiet möglichst rückständig zu halten. Sie besteuern die Menschen, dass sie arm werden, und investieren nichts.«

»Das war mir nicht bekannt.«

»Ich würde Ihnen also vorschlagen, dass Sie bis Ägypten weiterreisen. Sie werden den Unterschied feststellen, sobald Sie dort eintreffen. Nachrichtenübermittlung, Handel – alle Merkmale der Zivilisation sind bis Ägypten vorgedrungen. Und jetzt, da der Suezkanal eröffnet wurde, ist es zum Angelpunkt der Welt geworden.«

»Das würde ich mir gern ansehen. Ich habe mich auf den Teil unserer Heimreise gefreut, muss ich sagen, aber jetzt …«

Mr. Plowden schaute Jonathan mitfühlend an.

»Ich werde dafür sorgen, dass Sie mit dem Postboot nach Suakin fahren. Es ist ein schnelles Dampfschiff, dass die Strecke in nur sechsunddreißig Stunden zurücklegt. Danach können Sie nach Al Kusair weiterreisen und über Land durch Ägypten nach Kairo, oder sie gehen auf ein anderes P&O-Schiff in Suez, das Sie nach England zurückbringt.«

»Das ist sehr nett von Ihnen, Sir. Wann fährt das Postboot denn ab?«

»Es sollte morgen hier sein und am Tag darauf ablegen. Wenn Lösegeldforderungen bei uns eingehen, werde ich Sie selbstverständlich umgehend in Kenntnis setzen«, sagte Plowden.

Jonathans Augen hellten sich kurz auf, wurden aber wieder trübe. »Ja, natürlich, Sir. Aber ich sollte die Hoffnung darauf begraben. Es war einfach nicht genug Zeit … Ich muss einfach die Verantwortung übernehmen und weitermachen, Sir.«

»Verantwortung übernehmen?«

»Ja, dafür, dass ich meine Frau nicht beschützt habe.«

»Oh, mein lieber junger Mann. Ihnen ist doch wohl hoffentlich klar, dass diese schreckliche Tragödie nicht Ihre Schuld war?«

Jonathan erhob sich, um zu gehen, sein Elend stand ihm ins Gesicht geschrieben. Auf dem Weg zur Tür drehte er sich noch einmal um und streckte die Hand aus. »Vielen Dank, Sir, für Ihre Hilfe. Ich weiß es sehr zu schätzen, dass Sie meine Weiterreise in die Wege leiten. Die Wahrheit ist aber, dass ich meine Frau, mit der ich erst seit zwei Jahren verheiratet war, sterben ließ …«

»Ach, Mr. Tremayne, bitte nehmen Sie es sich nicht so sehr zu Herzen«, sagte Plowden kopfschüttelnd und hielt ihm die Tür auf.

»Ich kann nicht anders«, sagte Jonathan, überquerte den Treppenabsatz und machte sich auf den Weg die Treppe hinunter auf die Straße.

Jonathan ging die paar Häuserblocks zum Hotel unter den gewölbten Kolonnaden zurück. Auf der Straße, erleuchtet von den Laternen der Cafés und Restaurants, pulsierte das Leben anscheinend noch mehr als am Tage. Farbenprächtige Eselkarren mit läutenden Glöckchen wetteiferten mit Pferdekutschen um mehr Platz. Ein Kamel, mit herrlichen roten und blauen Wollstoffen behängt, stapfte majestätisch vorüber, geführt von einem kleinen Jungen in einer Galabeya. Ein paar britische Seeleute, betrunken vom ortsüblichen Arrak, lärmten ausgelassen und schubsten sich gegenseitig die Straße entlang.

Er kam an einem Barbier vorbei und stellte erfreut fest, dass noch geöffnet war. Der Laden hatte einen einzigen Stuhl, erhellt von einer hängenden Öllampe. Der mit einer Galabeya bekleidete Barbier lag in dem Stuhl und schlief. Jonathan räusperte sich, um den Mann zu wecken, und nahm auf dem zersprungenen Ledersitz Platz. Er überließ sich den Händen des Barbiers und nickte ein, während der Mann ihn rasierte und seinen Kopf in ein dampfendes, parfümiertes Handtuch schlug.

Nach der Rasur ging es Jonathan besser, und er überquerte die Straße vor seinem Hotel, vorsichtig einer Kutsche mit farbenprächtig gekleideten weißen Frauen ausweichend. Er fragte sich, ob ihre Kleidung für Damen ohne Begleitung nicht ein wenig zu farbenfroh war. Vor der Hoteltür trat er für eine Gruppe großer

Afrikaner mit bunten Turbanen zur Seite, die aus dem Hotel schritten. Was für eine Vielfalt, dachte er, traurig den Kopf schüttelnd, Annie hätte dieser Ort gefallen. Und nun würde er nie mehr etwas mit ihr gemeinsam erleben.

Im Hotel fragte er nach dem Weg zu den Ställen und wurde von einem Jungen durch den Hintereingang in den Stallhof geführt. Dort kaute Pegasus zufrieden sein Heu, und nachdem Jonathan ihn sorgfältig nach Verletzungen abgeklopft hatte, bat er darum, das Pferd zu striegeln und zu säubern. Zögernd ließ er Pegasus über Nacht allein; er trennte sich nur ungern von ihm. Er hatte beinahe das Gefühl, als wäre das Pferd seine letzte Verbindung zu Annie.

Dann kehrte er in sein Zimmer zurück, um sich auf das Dinner vorzubereiten. Er läutete nach dem Pagen und leerte sorgfältig seine Taschen, bevor er seinen Anzug, sein Hemd und seine Unterwäsche zum Waschen schickte. Auf das Bett legte er seinen Geldgürtel, in dem noch dreißig Annas von Ismaels Geld übrig waren, seine Ledertasche, deren Ränder sich vom Salzwasser nach oben wölbten, und das kleine Buch mit Fitzgeralds *Rubaiyat*, das er an Deck gelesen hatte, als die Piraten sie überfielen. Er hatte ganz vergessen, dass das Buch noch in seiner Brusttasche steckte. Die Seiten klebten an den Rändern zusammen, da sie nass geworden waren, doch ansonsten hatte das Buch seinen Tauchgang überlebt.

Als der Page kam, um die Kleidung abzuholen, bat Jonathan darum, man möge das Bad füllen, eine alte Kupferwanne ohne Wasserversorgung. Sobald er in das warme Wasser sank, schlief er erschöpft ein. Sein Traum, dass er wieder auf der *Oriental* war, ging alsbald in einen Albtraum über, in dem er auf dem Schiff in der Falle saß, das Wasser ihm bis an den Hals stieg, während er immer wieder nach Annie rief. In Panik geraten wurde er wach, um festzustellen, dass er allein in einer fremden, dampfenden Wanne saß und das Wasser ihm bis ans Kinn reichte. Dann gingen ihm blitzartig die Szenen der vergangenen drei Tage durch den Kopf, und ihm fiel ein, wo er war. Er fragte sich, ob er jemals wieder schlafen könnte, ohne dass ihn das Entsetzen über den Untergang des Schiffes heimsuchte. Wenn er nicht einmal richtig durchschliefe, würde er wahnsinnig.

Ein Klopfen an der Zimmertür riss ihn aus seiner Träumerei, und er ging hinüber, um seine Sachen vom Pagen entgegenzunehmen.

Der Junge war jedoch ein anderer als der, der seinen Anzug mitgenommen hatte. Dieser hielt ihm ein in Papier eingewickeltes Paket hin, an dem eine Notiz hing. Es klirrte darin, als Jonathan das schwere Paket entgegennahm. Jonathan bedankte sich bei dem Pagen und nahm das Paket mit ins Zimmer.

Er setzte sich und las die Notiz.

»Ich hoffe, damit haben Sie eine angenehme Nacht. Kommen Sie doch bitte morgen Abend um acht zum Essen zu mir. Mit besten Grüßen, Alex Plowden.«

Jonathan öffnete das Paket und entdeckte darin eine Flasche Glenmorangie Whisky. Grundsätzlich mied er starke Alkoholika, denn er legte keinen Wert darauf, die Kontrolle über sich zu verlieren. Doch die Gelegenheit, die Bilder abzuschwächen, die ihm immer wieder durch den Kopf gingen, die Chance, für ein paar Stunden vergessen zu können, erschien ihm plötzlich sehr reizvoll. Wie freundlich, dachte er und holte den Zahnbecher aus dem Bad, um sich einen Schluck zu gönnen. Wie ausgesprochen nett, dachte er und trank den samtweichen Scotch in Erwartung der brennenden Wärme in seiner Kehle. Er nahm seinen Becher mit auf den Balkon, und als seine Kleidung zurückgebracht wurde, hatte sich seine Laune erheblich gebessert.

Das Dinner unten im Speisesaal verging in angenehmem Nebel. Danach konnte sich Jonathan an einen ausgezeichneten Krabbencocktail erinnern, eine Mulligatawny-Suppe, ein entsetzlich zähes Rinderfilet, dem sich ein süßer Milchpudding mit Rosinen und orientalischer Kuchen mit Honig und Pistazienkernen anschloss. Neben ihm saßen vier englische Missionarinnen aus Eritrea auf der Lederbank. Zerstreut lauschte er ihrer Unterhaltung darüber, wie sehr sie die kühle Luft des äthiopischen Hochlands vermissten. Nach dem Dinner saß er auf dem Balkon und trank Whisky aus seinem Zahnbecher, bis die Altstadt zur Ruhe kam. Dann fiel er auf sein Bett und sank in einen benebelten, aber ungestörten Schlaf.

Am nächsten Morgen weckte ihn der Zimmerjunge, der ein Tablett mit Porridge und Rührei auf den Rohrtisch des Balkons stellte. Nachdem er gegangen war, schlüpfte Jonathan in seine Galabeya und trat auf den Balkon hinaus in die gleißende Sonne. Sein Kopf pochte, und seine Zunge fühlte sich pelzig an, doch er hatte die Nacht durchgeschlafen, ohne einen weiteren schrecklichen Albtraum, dachte er und kippte ein Glas glitzernden Erdbeersaft hinunter. Nachdem er etwas gegessen und den ausgezeichneten Kaffee getrunken hatte, fühlte er sich wieder etwas zivilisierter. Aber er brauchte ein paar Hemden, wenn er am Abend mit Mr. Plowden dinieren sollte.

Er nahm ein Bad und zog sich an, um seinen Streifzug durch die Basare von Massaua zu beginnen. Am Empfang erkundigte er sich, wo man Hemden bekäme, und wurde an einen Schneider direkt um die Ecke verwiesen, der schnell Kleidungsstücke besorgen könne. Daraufhin wagte sich Jonathan in die grelle Morgensonne hinaus. Er verfolgte seinen Weg zurück zum Barbier. Dann entdeckte er auf dem Weg zum Schneider eine Drogerie, die ihm Bürsten aus Wildschweinborsten für Haar, Rasur und Zähne verkaufte sowie Rasierseife in einem zugeschraubten Metallbecher.

Den Schneider fand er in einer kleinen Nebenstraße ein paar Häuserblocks weiter. Eine staubige Treppe führte ins erste Stockwerk, und die Ansammlung alter Zuckerrohrstängel und Bananenschalen, die er auf dem Treppenabsatz vorfand, wirkte nicht gerade vertrauenerweckend, doch nachdem er den Laden des Schneiders betreten hatte, musste er feststellen, dass es dort erstaunlich sauber war. Der kleine, verschrumpelte Mann,

Mr. Amin, hatte hellbraune Haut, in scharfem Kontrast zu seinem weißen Haar und dem weißen Bart. Es stellte sich heraus, dass er ein Inder aus Lucknow war. Sie tauschten ein paar Bemerkungen über Indien aus, während der Mann bei Jonathan Maß für seine Hemden nahm. Der Schneider hatte auch Khakistoff, den er bis zum frühen Abend zu Hosen und Hemden verarbeiten könne, wie er Jonathan versicherte. Jonathan gab sechs weiße Hemden und zwei Khakikombinationen in Auftrag, wieder einmal erleichtert, dass sein Geldgurt mit ihm gereist war.

Jonathan trat wieder ins Freie. Die starke Hitze des Tages strahlte vom Bürgersteig ab, und sein Kopf pochte. Hinter sich vernahm er das Bimmeln von Glöckchen, und als er sich umdrehte, sah er Kamele bedeckt mit gestreiften Tüchern und silberbeschlagenen Sätteln, die hintereinander hochmütig durch die Straße schritten. Sie glucksten kehlig, als sie vorbeikamen. Ein paar Männer in gestreiften Galabeyas und mit weißen Turbanen drängten sich an ihm vorbei. Sie sprachen Arabisch. Jonathan dachte zunächst, dass sie sich stritten, so heftig war ihre Diskussion, erkannte aber an ihren lächelnden Gesichtern, dass es nur der raue Ton ihrer Sprache war, die ihm den Eindruck vermittelte.

Schließlich erblickte er das Schild von Simpsons Kurzwarenhandlung über dem Bürgersteig. Dankbar drückte er die Tür zum kühlen Innenraum auf. Auf reich verzierten Holzregalen lagen Herrenhüte aufgereiht, daneben Reiterschleifen und Krawatten und ein Glaskasten mit feinen Leinentaschentüchern. Jonathan kam sich ohne Hemdkragen und Krawatte plötzlich nackt vor. Mr. Simpson, dessen lederne Haut einen zu langen Aufenthalt in der Sonne oder eurasische Abstammung verriet, musterte Jonathans Aufzug, während er sich herablassend vorstellte. Nachdem Jonathan allerdings eine Bestellung über zahlreiche Kragen, Krawatten, Taschentücher und Unterwäsche, Gürtel, zwei Paar Schuhe, einen Filzhut und einen Tropenhelm aufgegeben hatte, dem er nicht widerstehen konnte, war Mr. Simpson entschieden entgegenkommender. Er versprach, Jonathan das Paket am Nachmittag ins Hotel zu schicken.

Jonathan trat in die mittägliche Hitze hinaus und kehrte ins Hotel zurück. Den ganzen Morgen hatte er sich wie ein Automat verhalten, der mechanisch durch das Leben geht. Er hielt sich unter den Arkaden und bemerkte plötzlich, dass die Säulen nicht aus Stein waren, wie er angenommen hatte, sondern aus Blöcken eines porösen Materials, alle vier bis fünf Fuß von Holzbalken verstärkt. Er blieb stehen und untersuchte eine Säule genauer. Dabei stellte er fest, dass das Baumaterial tatsächlich aus behauenen Korallenstücken bestand, ähnlich dem Korallenriff, auf dem er gestrandet war. Er schaute sich um und kam zu dem Schluss, dass alle Gebäude aus Korallenblöcken bestanden, ebenso wie die verzierten Zinnen auf den Dächern.

Jonathan zog sich in sein Zimmer zurück. Der Page hatte die hölzernen Fensterläden geschlossen, um die Mittagssonne auszuschließen. Jonathan ruhte sich eine Weile aus und verbrachte dann eine Stunde damit, die Seiten der vom Wasser beschädigten *Rubaiyat* mit dem Taschenmesser voneinander zu lösen. Er dachte an den Tag in Aden zurück, als er mit Annie zusammen das Buch entdeckt hatte, und ihm fiel ein, wie sehr sie es genossen hatte, als er ihr an Deck daraus vorlas. Das Bild ihrer dunklen, in der Nachmittagssonne glitzernden Haare, ihrer funkelnden blauen Augen, die immer lachten, wenn er etwas sagte, ließ ihn nicht los, und erneut erschien ihm der Schmerz über den Verlust unerträglich. Er langte nach der Whiskyflasche und schenkte sich etwas ein in dem Versuch, die schreckliche, schmachtende Hilflosigkeit zu verdrängen, die er empfand, weil er seine schöne Annie hatte sterben lassen. Das nächste Glas half, seine Verzweiflung zu lindern, und er sank in einen traumlosen Schlaf, der fast den ganzen Nachmittag dauerte.

Um sieben weckte ihn der Zimmerjunge, der ihm die Pakete ablieferte. Er badete rasch, zog sich ein neues Hemd und eine Krawatte zu seinem Anzug an und trat auf die dunkler werdende

Straße hinaus, um einen Reisekoffer für seine Abreise am nächsten Morgen zu kaufen. Am Ende der Arkade entdeckte er ein Ledergeschäft, voll mit Handtaschen und verzierten Koffern in allen Größen. Er wählte eine weiche Reisetasche mit braunem Griff aus und ließ sie in sein Hotel liefern, während er zwei Häuserblocks weiter zum Konsul ging.

Im Salon von Mr. Plowdens Wohnung fielen ihm zum ersten Mal ein Spiegel und zwei eigenartige Klappstühle mit Intarsien aus winzigen Holz- und Elfenbeinstücken auf. Als er sich bückte, um sich die komplizierten Einlegearbeiten genauer anzusehen, trat Plowden in den Salon.

»Sie sind aus Damaskus. Die besten Intarsien im ganzen Orient«, sagte Plowden und schüttelte Jonathan die Hand. »Wie geht es Ihnen? Sie sehen etwas besser aus als gestern, möchte ich sagen.«

»Ja, ich freue mich, Sie zu sehen, Sir. Und wenn ich besser aussehe, dann habe ich es Ihrem großzügigen Geschenk zu verdanken, das ich Ihnen nie vergessen werde.«

»Sie sahen aus, als könnten Sie eine ungestörte Nachtruhe gebrauchen.«

»Es war eine willkommene Erleichterung, muss ich gestehen.«

»Sehr schön. Sie trinken noch einen mit mir, vermute ich?«

»Auf jeden Fall, Sir«, sagte Jonathan lächelnd.

Plowden ging voran auf den Balkon vor dem Esszimmer und führte Jonathan an einen Rohrstuhl, bevor er ihre Getränke bestellte. Der Blick vom Balkon ging nach Süden auf die andere Insel, die zur Kolonie von Massaua gehörte. Jonathan fiel ein großer weißer Palast auf, dessen Flachdach von einer Reihe durchbohrter, spatenförmiger Verzierungen gesäumt war und der die Insel im Süden beherrschte.

»Das ist der Gibi-Palast, der Herrscherpalast, der für den Gouverneur erbaut wurde. Vor drei Jahren wurde er endlich fertiggestellt. Sehen Sie die Sphinxlöwen rechts und links vom

Eingang? Der Khedive hat sie zur Amtseinführung aus Assuan herübergeschickt.«

»Der Khedive, Sir?«, fragte Jonathan, froh, einen Moment noch die Frage hinauszögern zu können, deren Antwort er so fürchtete.

»Das ist der Name für den Vizekönig in Ägypten. Wir werden von Kairo aus verwaltet.«

Ihre Getränke wurden gereicht, und Jonathan erkundigte sich, ob das Postboot planmäßig an jenem Tag eingelaufen sei. Dann holte er Luft.

»Ich vermute, Sie haben nichts gehört …?«

»Nein, keine Nachricht, junger Mann. Tut mir wirklich leid. Ich habe allerdings eine Kabine für Sie gebucht, Abfahrt ist morgen um zehn Uhr. Ich habe die Fahrkarte hier.«

»Das ist wirklich sehr nett von Ihnen, Sir. Ich werde Ihnen das Geld dafür natürlich erstatten.«

»Ich hatte schon vor, Sie zu fragen, ob Sie Bargeld benötigen. Aber ich sehe an Ihrer neuen Krawatte, dass Sie ein paar Einkäufe haben tätigen können.«

»Ja, zum Glück trug ich meinen Geldgurt bei mir, als die Piraten angriffen. Ich habe sogar noch die P&O-Quittung für unsere Schiffspassage.« Jonathan lächelte wehmütig.

»Dann sollten Sie die unbedingt in deren Büro vorlegen. Sie müssten für Ihre Reisekosten nach Port Said entschädigt werden. P&O ist bei Lloyd gegen solche Katastrophen versichert.«

Versichert, ging es Jonathan durch den Kopf. Wie versicherte man sich gegen den Verlust der geliebten Ehefrau?

Der Diener kündigte das Essen an, und die Männer sprachen bei Vichyssoise, gegrilltem Meerbarsch, gebratenem Lamm und Zitronenpudding über Politik und Handel. Beim Kaffee auf dem Balkon redete der Konsul Jonathan gut zu, sich auf seinem Heimweg Ägypten anzusehen.

»Es hat keinen Sinn, überstürzt nach Hause zu eilen, wenn Sie die Möglichkeit haben, Ägypten zu erkunden. Gönnen Sie sich eine Pause. Schauen Sie sich den Nil und die Tempel an. So etwas gibt es auf der Welt nur einmal«, schwärmte Plowden mit ausladender Geste.

»Sie haben natürlich recht, Sir. Aber ich war auf dem Rückweg, um eine Stellung in der Firma meines Vaters in Cornwall anzutreten. Mein Schwager ist kürzlich verstorben und hat eine Lücke gerissen.«

»Cornwall läuft nicht weg, junger Mann. Es wird noch da sein, wenn Sie nach Hause zurückkehren. Erlauben Sie mir, Ihnen einen Rat zu geben. Sie haben einen üblen Schock erlitten, und Sie sollten sich eine Pause genehmigen.«

»Sobald ich meine Eltern in Kenntnis gesetzt habe, werde ich es mir überlegen, Sir.«

Er erhob sich, um sich zu verabschieden, und kehrte ins Hotel zurück. Mit Hilfe einiger weiterer Whiskys gelang es Jonathan einzuschlafen, sodass er am nächsten Morgen mäßig erfrischt aufbrechen konnte.

Er warf seine neuen Errungenschaften in die Reisetasche und wickelte dabei seine kostbare Whiskyflasche sorgfältig ein. Dann bezahlte er und fragte nach dem Weg zur Anlegestelle des Postboots. Der Mann am Empfang gab einem Jungen ein Zeichen, und Jonathan folgte ihm durch die engen Straßen. Am Hafen fand er das kleine schwarze Dampfschiff aus Al Kusair mit dem Namen *Holloway*, das nach Suakin fahren sollte, und ging an Bord.

Er sah zu, wie der Kran große Paletten mit Säcken in den Laderaum abließ, auf denen »Kaffee« stand. Ein Offizier in Uniform beaufsichtigte das Verstauen von Postbeuteln aus versiegeltem Leder und Leinen in ein besonderes Schott über der Wasserlinie. Jonathan suchte sich einen Weg durch die Körbe mit Obst und Gemüse, die an Deck verstreut waren, um Pegasus zu suchen, der gerade vom Stalljungen aus dem Hotel über die Gangway in den Laderaum geführt wurde. Jonathan ging unter Deck, um das Pferd unterzubringen; der vertraute Anblick seiner großen traurigen Augen und seiner samtigen Ohren munterte Jonathan derart auf, dass er dem Stalljungen ein großzügiges Trinkgeld gab. Nachdem er das Pferd beruhigend getätschelt und sich vergewissert hatte, dass Pegasus Futter und Wasser bekam, suchte er sich eine ruhige Ecke an Deck, von wo aus er zum ersten Mal das Festland betrachtete.

Der Hafen brummte vor Betriebsamkeit. Rustikale, mit Säcken beladene größere und kleinere Dhaus, angefüllt mit Hühnern und Reissäcken, verstopften den Hafen. Jonathan hielt nach Ibrahims Boot Ausschau in der Hoffnung, noch einen kurzen Blick auf den lächelnden alten Mann und seine Söhne zu ergattern, doch er fand es nicht. Wahrscheinlich waren sie schon auf halbem Weg zu Isaacs Insel, dachte er und besann sich wieder auf seine Tage in dem offenen Boot. Die Zeit seit dem Untergang des Schiffes hatte etwas so Unwirkliches, dass er nur mit Mühe die tatsächlichen Ereignisse von seinen Albträumen zu unterscheiden vermochte. Seit Annies Tod hatte alles um ihn eine eigenartige, bleierne Melancholie angenommen.

Die Mannschaft legte um Punkt zehn Uhr vom Pier ab und manövrierte das Schiff durch ein Gewirr aus kleinen Booten ins offene Meer. Die Korallenminarette und Paläste von Massaua verschwanden in weißem Dunst, als das Schiff an der unfruchtbaren afrikanischen Küste entlang nach Norden fuhr. Jonathan beobachtete hin und wieder einen Schwarm weißer Pelikane und entdeckte einmal vor dem tiefblauen Himmel rote Flamingos im Flug, doch ansonsten war die Fahrt ereignislos.

Er saß an der Reling und trank den Kaffee, der ihm nach dem Ablegen serviert worden war. Jonathan wünschte sich von ganzem Herzen, dass Annie neben ihm säße und mit ihm gemeinsam die afrikanische Küste betrachtete. Ihr hatte jeder neue Hafen gefallen, den sie erforscht hatten, immer gespannt auf neue Erfahrungen. Entsetzliche Schuldgefühle stiegen in ihm auf, als er daran dachte, dass seine wunderbare Frau gestorben war. Wie hatte er zulassen können, dass ihr etwas passierte? Er, der die

Aufgabe hatte, Annie zu lieben und zu beschützen, hatte versagt. Wie sollte er das ertragen?

Das Leben erschien ihm leer. Was tat er hier? Er konnte die radikalen Veränderungen kaum begreifen, die dazu geführt hatten, dass er gemächlich in einem Postboot ohne Annie über das Rote Meer gen Norden tuckerte, statt es mit ihr an seiner Seite auf dem P&O-Schiff zu durchfahren. Seine Pläne für die Zukunft, für ihre gemeinsame Zukunft, waren mit ihr auf den Grund des Roten Meeres gesunken. Wozu hatte er noch zu leben, fragte er sich. Was sollte er jetzt mit sich anfangen? Hatte er überhaupt das Recht, am Leben zu sein, wo Annie doch tot war? Ein unheimlicher Gedanke stieg in ihm auf, unheimlich und verführerisch zugleich. Er nahm seinen Becher Kaffee mit in die Kabine und goss kräftig Whisky hinein in der Hoffnung, seine überwältigende Verzweiflung damit einzudämmen.

Den nächsten Tag verbrachte er in einem rauschartigen Nebel des Vergessens und kam sich äußerst verloren vor. Er schlief, als sie gegen Mitternacht in den Hafen von Swakin einliefen.

Kapitel fünf

Du fragtest nicht nach meinem Leid und Glück,
Und ob ich alles dies erdulden möchte.
Du stießest in den Urwald mich zurück,
Dass ich aus Palmenfasern mir mein Lager flöchte.

»Allahu Akbar, Allahu Akbar.« Der Ruf zum Morgengebet schallte durch Annies Zimmer. Die Morgensonne strömte durch das Gitterwerk herein und schuf tanzende Lichtmuster auf dem Boden und an den Wänden. Sie drehte sich auf der dünnen Matratze um und nahm dabei einen Wirbel aus glänzenden farbigen Satinstoffen wahr, die wie Juwelen im Licht funkelten. Noch benommen vom Schlaf, glaubte sie den gemusterten Axminsterteppich in ihrer Kabine an Bord der *Oriental* vor sich zu sehen. Die letzten beiden Tage waren nur ein schrecklicher Albtraum gewesen, schrie ihr Verstand erleichtert auf. Jonathan liegt neben mir, und alles ist wieder so, wie es war. Dann schaute sie näher hin: Drei Steppdecken waren von der Matratze gerutscht und hatten über Nacht einen vibrierenden Haufen auf dem kalten Steinboden gebildet. Dieser Boden befand sich in einem Haus in Dschidda, irgendwo an den Gestaden Arabiens. Dieser Boden gehörte zu ihrem Gefängnis. Der unverwechselbare Ruf draußen vor ihrem Schlafzimmerfenster war an Bord der *Oriental* nie zu hören gewesen. Die Tatsache, dass Jonathan tot und sie von der Außenwelt abgeschnitten war, drückte sie erneut wie ein Bleigewicht nieder, und die Qualen der letzten beiden Tage wurden wieder lebendig.

Kurz darauf quietschte die Tür zum Vorzimmer. Die kleine Dienstmagd, deren schwarze Korkenzieherlocken wirr vom

Kopf abstanden, kam herein. Sie lächelte Annie scheu an und zeigte sich besorgt, als sie ihre Tränen sah. Vorsichtig streckte sie einen Finger aus und berührte eine Träne auf Annies Wange. »La, la«, gurrte sie und redete leise in arabischer Sprache auf Annie ein. Mit einem Blick in die weichen braunen Augen der Magd wurde Annie klar, dass auch sie hier eine Gefangene war. Sie verbrachte fast ihr ganzes Leben in diesem Turm am Ufer des Roten Meeres, weit entfernt von ihrer Familie. Annie schämte sich und versuchte, der kleinen jungen Frau ein Lächeln zu schenken. Als die Magd sah, dass Annies Miene sich aufhellte, begann sie munter draufloszuplappern. Sie bückte sich, um das Feuer unter dem Wassererhitzer anzuzünden, und legte dann verschiedene Kleidungsstücke in den ockerfarbenen Schrank. Sie leerte den Wassereimer, legte ein frisches Handtuch aus und huschte aus der Tür.

Matt und keiner Gefühlsregung mehr fähig stand Annie auf. Ihr wurde übel und ganz leicht im Kopf, als sie versuchte, gerade zu stehen. Sie lehnte sich an die kalte Steinbank, bis der Schwindelanfall vorüber war. Die Anstrengungen der letzten beiden Tage mussten sie erschöpft haben, dachte sie und stand wieder auf, um sich zu waschen.

Ihr buntes Seidenkleid hing im Schrank. Es war staubig und roch nach den Ausdünstungen der Angst, eine Mahnung an die Wirklichkeit. Zögernd betrachtete Annie die frische Kleidung. Es waren eine weiße, hauchdünne Pluderhose, eine gelbe Seidenbluse und ein langer Mantel aus blauem Brokat. Daneben lagen eine Spitzenhaube und weiche, buttergelbe Lederhalbschuhe mit weißen Nähten. Die Pluderhose war riesig, groß genug für zwei, dachte Annie, aber man konnte sie an der Taille zuschnüren. Annie zog sie an und vergewisserte sich, dass ihr Geldgurt unsichtbar blieb. Sie knöpfte die gelbe Seidenbluse zu, die über dem Busen spannte. Dann zog sie den blauen Mantel über, den sie mit einer Kette zwischen zwei Messingköpfen am Kragen schloss. Sie schlüpfte in die Schuhe, die an beiden Füßen gleichermaßen zu passen schienen, ähnlich wie die indischen Jutis, doch zarter gearbeitet und aus weicherem, gefälligerem Leder. Sie suchte nach einem Spiegel, um ihr Haar in Ordnung zu bringen, und fand ein kleines, mit Perlmutt verziertes Glas an einem Haken an der Wand. Halbherzig versuchte sie, ihre widerspenstigen Locken ohne Bürste zu bändigen, und versteckte sie unter der Spitzenhaube.

Wieder knarrte die Tür, und herein kam Gemiya. Klopft in diesem Land denn niemand an?, fragte sich Annie. Gemiyas bunter langer Mantel und die Kopfbedeckung aus Spitze mit ihren lebhaften Grün- und Orangetönen standen in scharfem Kontrast zu Annies hellem Blau und Gelb.

»Sabah el-kheir, Madame Annie. Wie geht es Ihnen?«

»Was heißt das, Gemiya?«

»Das heißt, ›Morgen der Güte‹, Madame Annie. Und Sie antworten dann ›Sabah el-nûr‹.«

»Und was heißt das?«

»Morgen des Lichts.«

»Sabah el-nûr, Gemiya«, antwortete Annie sarkastisch.

»Dann sage ich ›Essay-ik?‹«, fuhr Gemiya fort, der Annies Tonfall nicht auffiel.

»Und das heißt?«

»Wie geht es Ihnen?«

»Und was sage ich?«

»Sie sagen ›alhamdilillah‹.«

»Was heißt das?«

»Allah sei Dank.«

»Alhamdilillah.«

»Dann sagen Sie ›Essay-ik?‹ zu mir, und ich sage wieder ›alhamdilaylah‹ zu Ihnen.«

»Hast du das gestern zur Sitti Kabeera gesagt, was so viel Zeit in Anspruch nahm?«

»Ja, das ist die höfliche Form der Anrede.« Gemiya lächelte.

»Vielen Dank, Gemiya, für meine erste Arabischlektion. Ich

muss viel lernen. Wer war wohl so freundlich, mir diese neuen Sachen zu schicken?«

»Oh, das war Sitti Iman. Sie ist im Haushalt für die Garderobe zuständig. Sie trägt die Verantwortung für die Kleidung der gesamten Familie. Sie sucht gern die besten Farben für jeden aus. Gefällt Ihnen das Gelb und das Blau?«

Annie nickte.

»Madame Imam hat gesagt, sie hat versucht, das Blau Ihrer Augen zu treffen.«

Annie fiel ein, wie kurz sie Imam vorgestellt worden war, und sie war beeindruckt von ihrer Beobachtungsgabe. »Das ist sehr nett von ihr. Worum kümmern sich die anderen Damen?«

»Sitti Kabeera ist verantwortlich für die Küche und die Mahlzeiten. Und Sitti Mala sieht nach den Kindern.«

»Sorgt Mala für alle Kinder oder nur für ihre eigenen?«, fragte Annie.

»Für alle Kinder des Herrn. Die Kinder gehören hier dem Herrn, nicht den Müttern.«

»Was soll das heißen?«

»In diesem Haus besitzt der Vater die Kinder, so wie er mich und die anderen Sklaven besitzt. Die Mütter behalten die Kinder nur, wenn sie hierbleiben. Wenn sie gehen, verlassen sie die Kinder. So wie Madame Sherine. Sie ist die vierte Frau des Herrn. Aber sie war hier nicht glücklich. Deshalb hat sie das Haus verlassen, aber sie musste auch das Kind hier zurücklassen. Sie werden sehen – Miss Noora, eine der Schülerinnen, die Sie heute kennenlernen, ist eine Tochter von Madame Sherine. Aber weil sie sieben Jahre alt ist, blieb sie hier, als Madame Sherine wieder nach Hause zu ihren Eltern ging.«

Annie war schockiert. Hindus und Engländer trennten sich schließlich so gut wie nie, sodass sich die Situation selten ergab. Aber sie wusste, dass die Kinder in dem Fall bei der Mutter bleiben würden. Wie eigenartig, dachte sie.

»Aber Sitti Kabeera bittet darum, dass Sie zum Frühstück

kommen und die Kinder kennenlernen. Dann können Sie mit dem Unterricht beginnen.«

»Aber Gemiya, du hast mir doch versprochen, Sitti Kabeera zu sagen, dass ich nur aus Versehen hier bin, dass ich die britischen Behörden aufsuchen und Kontakt zu meiner Familie in England aufnehmen muss.«

»Ich habe gestern beim Abendessen gehört, wie der Herr Sitti Kabeera gesagt hat, er habe Abdullah bin Karim, der Sie gefunden hat, Geld bezahlt, also müssen Sie hierbleiben. Er sagt, Sie sind eine Sklavin wie ich, nur muss man Sie nett behandeln, weil Sie eine hochrangige Sklavin sind.«

»Wie kann er es wagen, Gemiya? Ich bin keine Sklavin«, hob sie indigniert an, hielt dann aber inne, als ihr klar wurde, welche Wirkung ihre Worte auf Gemiya haben könnten. Doch Gemiya schien ihren Ausbruch als selbstverständlich hinzunehmen. Eine Sklavin!, dachte sie empört. Dann fiel ihr ein, was jemand an Bord des Schiffes gesagt hatte – Sklaverei sei im Hedschas legal, und schiffbrüchige Gefangene und Seeleute brauchten zuweilen Jahre, um nach Hause zu kommen, wenn überhaupt. Was sollte aus ihr werden? Stand ihr ein solches Schicksal bevor? Annie unterdrückte ihre aufsteigende Panik, als ihr das volle Ausmaß ihrer Lage schließlich dämmerte. Eine Sklavin!

»Aber Hassan Bey hat gestern gesagt, er würde mich hier nicht gegen meinen Willen festhalten, und es stünde mir frei zu gehen«, beharrte Annie, die Stimme ängstlich erhoben.

»Er hat Ihnen nur nach dem Mund geredet, um höflich zu sein. Die Türken sagen niemals nein zu jemandem. Auch wenn sie es meinen«, sagte Gemiya und führte Annie zur Tür hinaus in den dunklen Korridor.

Schweigend setzten sie ihren Weg durch den Flur fort, vorbei an den vielen Holztüren wieder in den Salon, den sie am Nachmittag zuvor betreten hatten. Annie dachte über die Neuigkeiten nach, die Gemiya weitergegeben hatte. Eine Sklavin! Man hielt sie für eine Sklavin. Alles, was mit diesem Wort zusammenhing, ging ihr durch den Kopf. Ein Bild elender Kreaturen in Ketten, mit Peitschen gefügig gemacht, misshandelt, vernachlässigt, entstand vor ihrem inneren Auge. Obwohl ihre körperliche Verfassung eine andere war, hatte sie doch das Gefühl, als zögen sich eiserne Ketten um ihren Hals zu. Diese Menschen glaubten Annie zu besitzen und meinten, das Geld, das sie bin Karim gezahlt hatten, gebe ihnen das Recht, sich ihr Leben anzueignen. Ihr Leben. Und Jonathans Leben auch. Mit welchem Recht konnte ein Mensch jemals einen anderen besitzen? Wut auf ihre Verletzlichkeit überkam sie. Noch zwei Tage zuvor war sie eine freie Frau gewesen, und heute war sie auf einmal Sklavin. Heute war sie ein Körper, ohne Rechte, ohne Freiheit.

Nein, sie durfte ihr Vorgehen nicht von der beschämenden Rolle beeinflussen lassen, die man ihr aufzwingen wollte. Sie durfte ihren Verstand nicht in diese Fesseln legen lassen. Sie musste sich höflich verhalten, entschied sie schließlich, und ihre Rolle als Lehrerin dem Schein nach annehmen, um sie in Sicherheit zu wiegen. Doch sie würde ihren Plan, aus diesem bizarren Land zu entkommen, auch weiterhin verfolgen.

Gemiya führte sie durch den Aufenthaltsraum, in dem sie am Abend zuvor die Familie kennengelernt hatte, in ein angrenzendes Esszimmer. Als die schwere Tür quietschend aufging, sah Annie die Frauen und Kinder auf den von Teppichen ausgelegten Fenstersitzen und auf Bodenkissen. Sie bedienten sich von kleinen Tischen, auf denen das Frühstück angerichtet war. Es bestand aus Fladenbrot, Marmelade, Oliven und rundem weißen Käse. Ein kleiner Samowar mit einem Teetopf blubberte auf einem niedrigen Tisch in der Ecke vor sich hin.

Es gelang Annie, Sitti Kabeera und den anderen ein steifes Lächeln zu schenken. Man winkte sie zu einem Platz auf dem Steindiwan und reichte ihr einen Teller Oliven. Annie hatte noch nie Oliven zum Frühstück gegessen, daher versuchte sie, den Teller dem Kind zu ihrer Linken weiterzureichen. Doch Mala bestand mit amüsiertem Augenzwinkern darauf, dass sie eine probierte. Zögernd biss Annie hinein und erschrak über den würzigen Geschmack. Rasch schaute sie sich nach einem Stück Brot um, um den Geschmack zu neutralisieren. Als sie aufblickte, sah sie, dass die Aufmerksamkeit der Kinder und Erwachsenen auf sie gerichtet war, und als sie die Olive schluckte und den Kern ausspuckte, brach der Raum in Kichern aus. Sie hatte ihre Miene wohl nicht genügend beherrscht, dachte sie beschämt. Sie musste es besser machen!

Die Kinder schwätzten wieder weiter, als Sitti Kabeera Annie eine Tasse Tee reichte. Während sie den Olivengeschmack aus dem Mund spülte, betrachtete Annie die Kinder genauer. Sie waren nicht diejenigen, die sie zur Sklavin gemacht hatten, rief sie sich ins Gedächtnis. Es war nicht ihre Schuld, dass sie hier war, und in den nächsten Tagen würde sie versuchen, als ihre Lehrerin aufzutreten. Sie blickte kurz zu Gemiya, die neben ihr stand, und fragte nach den Namen der Kinder.

»Das älteste Mädchen ist Sitti Kabeeras Tochter – sie heißt Fatima. Fatima, komm, sag Madame Annie guten Tag«, befahl Gemiya.

Ein adrettes, gedrungenes, etwa dreizehn Jahre altes Mädchen, unter dessen Spitzenhaube rötliche Locken hervorlugten, stellte sich Annie vor. Ihre grünen Augen sahen Annie abschätzend an, während sie die Fingerspitzen beider Hände zum Gruß darbot. Annie schaute Gemiya hilfesuchend an.

»Sie müssen die Finger an die des Mädchens legen und dann Ihren Zeigefinger küssen, so«, sagte sie und hob ihren Zeigefinger an die Lippen. Annie wandte sich wieder an das Mädchen, streckte beide Hände aus, berührte ihre Fingerspitzen und küsste dann ihren eigenen Zeigefinger. Ein Seufzen der Erleichterung lief durch den Raum, und plötzlich scharten sich alle Kinder um Fatima, um die Fingerspitzen der neuen Lehrerin oder *ustâsa*, wie Gemiya sie nannte, zu berühren.

Annie lernte Malas ältere Tochter Isma kennen, die mit ihren elf Jahren größer war als Fatima, aber einen verschlagenen Ausdruck in den braunen Augen hatte. Das dunkle Haar war mit einer schlichten Haube bedeckt, an der bunte Perlen hingen. Gemiya wies auf Hamida hin, Sitti Kabeeras zweite Tochter, die weiche, wachsame grüne Augen hatte und eine Puppe aus bunten Stoffteilen bei sich trug. Malas zweite Tochter, neun Jahre alt, war fast genauso alt wie Hamida, aber dick, und hatte einen düsteren Blick. Ihre letzte Schülerin war Noora, die siebenjährige Tochter der geschiedenen Mutter Sherine. Noora war dunkel und verschmitzt und lächelte schelmisch.

Außer den älteren Mädchen gab es noch vier Kleinkinder, zwei blonde Jungen von Iman und zwei dunkelhaarige Mädchen von Mala. Gemiya erzählte Annie, Sitti Kabeera habe fünf Jungen, die älter waren und zur Schule gingen oder für ihren Vater arbeiteten. Obwohl sie ihm immerhin sieben Kinder geschenkt hatte, dachte Annie sarkastisch, hatte Hassan Bey seine erste Frau damit belohnt, dass er sich drei weitere Frauen und neun weitere Kinder zulegte. Kein Wunder, dass sie so traurige Augen hat, dachte Annie.

Nach dem Frühstück führte Gemiya Annie wieder über den langen Korridor zurück in ihr Zimmer.

»Ich dachte, ich sollte heute Morgen mit dem Unterricht anfangen«, bemerkte sie gegenüber Gemiya, froh, ihren Pflichten entronnen zu sein.

»Der Scheich kommt nach dem Frühstück, um die Kinder zu unterrichten. Wenn er fertig ist, hole ich Sie wieder, und dann fangen Sie an.«

»Es gibt schon einen Lehrer hier? Warum werde ich dann hier festgehalten?«

»Der Scheich unterrichtet nur, was im Koran steht. Die Kinder lernen die Suren aus dem Koran und wie man den Koran liest. Für gewöhnlich ist das alles, was die Mädchen der Familie lernen. Aber Hassan Bey sagt, er will, dass die Mädchen Französisch und Englisch und Rechnen lernen, sonst will sie am Ende niemand heiraten. Er sagt, alle Mädchen aus gutem Hause in Istanbul können inzwischen Französisch.«

»Sitti Kabeera und die anderen Frauen können also Französisch? Kann ich mit ihnen reden?«

»Nein, nur Sitti Mala kann ein bisschen Französisch. Sie ist in Istanbul kurz zur Schule gegangen, bevor sie Hassan Bey heiratete. Deshalb ist sie auch für die Erziehung der Kinder zuständig. Sitti Kabeera kennt nur den Koran. Sie sagt, mehr müssen Mädchen nicht wissen. Sie versteht nicht, warum der Herr Sie überhaupt gekauft hat.«

Zwei Stunden später wurde sie wieder in den Speisebereich geführt. Sitti Kabeera brachte sie in einen angrenzenden Raum. Das Schulzimmer ging auf das Meer hinaus mit der üblichen ins Fenster eingebauten Bank oder *Carawitas*, wie Gemiya sie nannte. Kissen und kleine Buchständer aus Holz in X-Form waren noch vom Morgen auf dem Steinboden verteilt, als der Scheich hier gewesen war. Annie wurde an ein niedriges Pult mit einem Sitzkissen geführt, sodass sie vor den Mädchen saß. Mit einem Blick durch das Gitterwerk der Fenster erkundigte sich Annie bei Gemiya, aus welcher Art Stein das Haus gebaut sei.

»Es besteht aus Steinen aus dem Meer, Madame Annie«, erwiderte Gemiya.

»Steine aus dem Meer?«

»Man schneidet die Steinblöcke aus den Riffen im Meer«, sagte Gemiya. »Ich weiß nicht, wie dieser Stein heißt.«

»Oh, du meinst, Korallen? Dieses Haus ist aus Korallenblöcken gebaut?«

»Ja, das ist der Name. Es ist ein Korallenhaus.«

»Auch die Böden sind aus Korallen?«

»Ich glaube, ja. Die ganze Stadt besteht aus Korallen, die hohen Mauern, die Moschee, der Sklavenblock auf dem Marktplatz. Alles ist aus Korallen.« Gemiya deutete mit einer weit ausholenden Bewegung über die Stadt zwischen ihnen und dem Meer, das durch das Gitterwerk am Fenster funkelte.

Annie wandte sich wieder den Kindern zu und stellte fest, dass Sitti Kabeera sie an die kleinen Buchständer gesetzt hatte. Alle Augen waren auf sie gerichtet. Nach allem, was passiert war, hatte sie natürlich keinen Unterricht vorbereitet. Sie suchte nach Stoff, den sie ihnen beibringen könnte, etwas Leichtes für jemanden, der des Englischen nicht mächtig war, das aber trotzdem die Botschaft vermitteln würde, die sie weitergeben wollte. Fangen wir also mit dem Aufsagen von Gedichten an, entschied sie.

Während Gemiya übersetzte, wies Annie die Mädchen an, ihre Namen aufzuschreiben. Sie zerteilte das Blatt Papier, das jede Schülerin bekommen hatte, und half ihnen, ihre Namen auf Englisch zu schreiben. Anschließend steckte sie die Namensschilder mit Messingnadeln an. Die Mädchen schauten stolz auf die Zettel an ihrer Brust.

»Und jetzt, Mädchen, werde ich euch einen Vers von Cato beibringen:

›Ein Tag, eine Stunde rechtschaffener Freiheit
wiegt eine Ewigkeit in Knechtschaft auf.‹«

Sie hatte mit Jonathan an Deck der *Oriental* gesessen und so manchen Nachmittag damit verbracht, diese Zeilen und andere bekannte Zitate aufzusagen. Sie hoffte nur, dass sie die Worte noch richtig in Erinnerung hatte, und wenn nicht, so wäre die Bedeutung dennoch klar. Sie würde ihren Schülerinnen etwas über Unterwerfung und Freiheit beibringen.

Fatima saß auf dem Sitzkissen ganz vorn, gerade aufgerichtet und sehr aufmerksam. Sie ging als die Älteste mit gutem Beispiel voran. Isma lümmelte auf ihrem Kissen und rutschte unruhig hin und her. Hamida hatte ihre Augen fest auf Annie gerichtet, sodass ihr keine Geste entging. Hala hingegen, die genauso alt war, wirkte mürrisch und gelangweilt und schaute die meiste Zeit aus dem Fenster. Die Mädchen wiederholten die Worte, die Annie ihnen vorgesagt hatte, ohne deren Bedeutung zu kennen, bis sie den Text auswendig konnten. Es dauerte über eine Stunde, doch Annie war entschlossen, den Kindern nichts Wertvolles beizubringen, solange sie sich unter Zwang in diesem Haus aufhielt.

»Mehr sollen sie nicht lernen?«, fragte Gemiya bestürzt. »Was ist mit Rechnen und Französisch?«

»Das reicht vorerst, Gemiya. Sie können nicht länger stillsitzen.«

»Der Herr muss sich dazu äußern«, sagte Gemiya stirnrunzelnd. »Der Imam, der sie im Koran unterweist, hat hier zwei Stunden verbracht.«

»Er wird für seine Dienste wahrscheinlich auch belohnt. Er hätte mich fragen sollen, bevor er mich zur Lehrerin erklärt. Ich hätte ihm vielleicht sogar eine freiwillige Lehrerin empfehlen können. Nach Lage der Dinge bekommt er das, was ich zu geben habe, und das wird nicht viel sein«, entgegnete Annie gereizt.

Dann sagte sie: »Gemiya, ich möchte heute Nachtmittag einen Spaziergang machen. Könntest du mich mitnehmen?«

Gemiya riss verwundert die großen braunen Augen auf. »Oh, Sie können dieses Haus nicht verlassen, Madame Annie.«

»Was soll das heißen, ich kann nicht hinausgehen?«, wollte Annie wissen. »Bin ich nun außer Sklavin auch noch eine Gefangene?«

»Keine Frau verlässt hier das Haus. Frauen gehen hier nicht auf die Straße.«

»Die Damen des Haushalts gehen nie nach draußen?«, fragte Annie erstaunt.

»Manchmal gehen sie zu Damenkränzchen in andere Häuser, aber dann fahren sie mit der Kutsche. Mit dem Fahrer, der sie beschützt. Keine Frau geht hier auf die Straße.«

Das war ja schlimmer als in Indien, überlegte Annie. Dort zumindest war es den meisten Frauen erlaubt, mit einem Tschador auszugehen, der das Gesicht und die Kleidung verbarg. Einige der Frauen, die noch sehr an alten Traditionen hingen, hatten

Purdah gehalten und ihr Haus nur selten verlassen, doch die Sitte starb aus.

»Willst du damit sagen, dass du auch nie ausgehst?«, erkundigte sich Annie.

»Ich soll nicht allzu oft weggehen, weil ich dieser Familie gehöre. Aber ich bin es aus Kairo gewohnt, das Haus zu verlassen, deshalb ziehe ich manchmal die Abaja an …«

»Was ist das?«

»Das ist der schwarze Mantel, den die Frauen hier tragen. Dann schleiche ich hinaus, als wäre ich eine Marktfrau mit einem Stand oder so. Ich glaube, der Herr weiß es, weil der Junge, der die Einkäufe tätigt, mich einmal auf dem Markt gesehen hat, aber der Herr hat nie ein Wort darüber verloren. Er weiß, dass ich immer wiederkomme. Außerdem sind die Stadttore bei Tag und Nacht bewacht. Keine Frau darf hinaus, aber sie hätte ohnehin nichts als Wüste vor sich«, erwiderte Gemiya.

»Vielleicht kann ich einmal mit dir gehen, Gemiya?«

»O nein, Madame Annie. Ich bekomme schrecklichen Ärger, wenn Sie ausgehen«, erwiderte Gemiya entsetzt.

»Das wird sich finden, Gemiya.«

»Und jetzt kommen Sie, Madame Annie, ich habe versprochen, Sie heute ins Hamam im obersten Stockwerk zu führen. Ans Weggehen dürfen Sie nicht einmal denken. Hier gibt es eine Menge für Sie zu tun.«

Gemiya führte Annie wieder ins dunkle Treppenhaus, das nur von dem durch das geschnitzte Gitterwerk gefilterte Licht erhellt wurde, und ging ihr voran die flachen Stufen hinauf zum Dach. Jede Korallenstufe war mit Holz eingefasst. Sehnsüchtig schaute Annie durch die Mitte des Treppenhauses auf das Tageslicht ganz unten. Irgendwie, dachte sie, werde ich hier herauskommen. Sie ging weiter über die ermüdend flachen Stufen, die zwar einen halben Meter tief, aber nur etwa zehn Zentimeter hoch waren.

»Warum sind diese Stufen so flach, Gemiya?«, fragte sie schließlich.

»Flach, Madame?«

»Ja, so niedrig, Gemiya. In der Regel sind Stufen doch viel höher«, sagte sie.

»Ach, das ist für die Tiere«, antwortete Gemiya.

»Welche Tiere?«, fragte Annie und sah sich um.

»Die Kamele, die das Essen in die Küche im obersten Stockwerk tragen, und die Esel, die das Wasserrad antreiben. Die müssen all diese Stufen hinaufgehen«, antwortete sie ruhig.

»Kamele und Esel? Das ist doch ein Witz, Gemiya!«

»Nein, Madame Annie. Sie werden schon sehen. Ich zeige Ihnen die Esel, obwohl das Kamel draußen lebt«, erwiderte Gemiya.

Am oberen Ende der Treppe führte eine Tür ins Sonnenlicht, das Annie nach dem düsteren Treppenhaus blendete. Bis zu vier Fuß hohes Gitterwerk umgab den weiträumigen Dachgarten, doch da ihr Haus zu den höchsten in der Stadt gehörte, hatte Annie den Eindruck, auf alle Nachbargebäude hinunterschauen zu können, ohne selbst gesehen zu werden. Nachdem sich ihre Augen an die Helligkeit gewöhnt hatten, stellte sie fest, dass sie über die Dächer hinweg bis zum Roten Meer schauen konnte, das sich in hellem Türkis vom weißen Strand abhob. Sie erschrak, wie nah es schien, und schaute sehnsüchtig auf das Wasser und die Großsegler, die weit vom Ufer entfernt auf Reede lagen. Sie war sicher, dass die Rettung in dieser Richtung liegen würde.

Gemiya lenkte Annies Aufmerksamkeit auf das Kochhaus hinter ihnen, in dem alle Mahlzeiten zubereitet wurden. In ein Sims waren zwei Feuerstellen eingelassen, die mit Holzkohle beheizt wurden. Im rechten Winkel dazu standen Regale voller Gewürze und Getreidesäcke. Gemiya wies auf den kuppelförmigen Backofen nebenan hin, der nur drei Fuß hoch war; in ihm wurde jeden Morgen das Fladenbrot gebacken.

Hinter dem Kochschuppen drehte der an ein Wasserrad gebundene Esel seine endlosen Runden; sein Kopf war mit einem Sack verhängt, damit er nicht abgelenkt wurde. Nachdem er eine halbe Runde hinter sich hatte, wurde der Esel langsamer und schien das Interesse an seiner Arbeit zu verlieren. Sofort wurde er von einem Jungen in langem, schmutzigem weißen Gewand angetrieben, dessen einzige Aufgabe darin bestand, den Esel in Bewegung zu halten. Nach einer weiteren Runde wurde der Esel langsamer, bis der lange Ast ihn erneut traf und er zu einer neuen Umrundung ansetzte. Das auf diese Weise angetriebene Wasserrad kippte einen Schwall Wasser aus, der in einen offenen, in einen Vorratstank mündenden Kanal floss. Bäder am Nachmittag, sagte Gemiya, erforderten eine Menge Wasser, sodass der kleine Esel hart arbeiten müsse.

»Woher kommt das Wasser?«, fragte Annie.

»Unter dem Haus ist ein großer Raum, in dem das Wasser bleiben kann«, antwortete Gemiya.

»Kommt das Wasser aus einem Brunnen unter dem Haus?«

»Nein, nein, in Dschidda gibt es keine Brunnen. Das Wasser kommt aus den Bergen außerhalb von Dschidda. Es legt den langen Weg auf dem Rücken von Kamelen zurück, und die kippen das Wasser in den Raum unter dem Haus«, erwiderte Gemiya. »Ein Mann hat gesagt, er baut eine Maschine, um mit Feuer Wasser aus dem Meer zu holen, aber die Maschine ist noch nicht fertig. In Dschidda ist Wasser sehr rar.«

Hinter dem Vorratstank leuchtete eine Reihe großer, kuppelförmiger, an einen qualmenden Schornstein angeschlossener Bauten in der brennenden Sonne. In die Dächer waren kleine runde Glasscheiben in allen Farben eingelassen. Gemiya erklärte, die weißen Kuppeln seien das Dach des Hamam. Sie führte Annie wieder zurück über die Treppe ins darunterliegende Stockwerk und ins Hamam, in dem die kleinen Oberlichter bunte Farben auf die weißen Kacheln warfen. Der erste Kuppelbau war eine Art Empfangsbereich; an einer Wand befand sich eine erhöhte, mit Kissen ausgelegte Plattform, unter der Platz für ein

Feuer war. Jetzt zur Sommerzeit wurde kein Feuer gebraucht, doch Annie stellte sich vor, wie anheimelnd es im Winter sein musste. Gegenüber der Plattform waren zwei Umkleidekabinen. Gemiya bat Annie, ihr Kleid aufzuhängen und sich in ein kleines Handtuch zu wickeln. Gemiya nahm Seife und einen Luffaschwamm mit, den Annie aus Indien kannte, und geleitete sie in den nächsten Kuppelbau, der an den Wänden mit Nischen und reichen Stuckverzierungen in Form von Blättern und Ranken versehen war. Über einem Wasserhahn aus Messing an der gegenüberliegenden Wand stieg Dampf auf; daneben glitzerten ein paar Messingeimer und ein Messingbecher am Boden. Annie schaute sich vergeblich nach einer Badewanne um, während Gemiya sie anwies, auf einem kleinen Holzhocker Platz zu nehmen, der in der Mitte des gekachelten Bodens stand. Dann füllte sie einen Eimer mit heißem Wasser aus dem Hahn. Annie hörte das Blubbern des Wassers hinter der dampfenden Wand, hielt das Ganze jedoch für ein merkwürdiges Vorspiel zu einem Bad. Nachdem sie das heiße mit kaltem Wasser aus den anderen Eimern vermischt hatte, ließ Gemiya im Nu Annies Handtuch verschwinden und begann sie einzuseifen, mit dem Schwamm zu rubbeln und aus der Schöpfkelle mit Wasser abzuspülen. Annie wurde vollständig abgerieben und konnte vor lauter Dampf und Wasser fast nichts sehen. Dann puderte Gemiya sie ein und besprenkelte sie mit Duftwasser, schlug sie in ein trockenes Handtuch ein und führte sie wieder in den ersten Raum. Erleichtert, weiterer Fürsorge entronnen zu sein, ließ Annie sich auf den bunten Polstern nieder und trank eine Tasse Kaffee aus einem Messingtopf. Bevor sie einnickte, fragte sie sich, was aus der Badewanne geworden war.

Nachdem Annie aufgewacht war und sich angezogen hatte, gingen sie wieder auf das Dach. Die Sonne verwandelte den Himmel im Westen in eine feurige Mischung aus Karneol und Topas. Auch die Häuser der Stadt nahmen diese Farben an, und die

Holzschnitzereien auf den Balkonen standen förmlich in Flammen. Annie vernahm Vogelgezwitscher. Sie schaute vom Dach herunter, sah aber keine Bäume, bis auf den einsamen Granatapfelbaum im Hof von Hassan Bey.

»Gemiya, hier gibt es keine Bäume. Wo leben die Vögel?«

»In Dschidda gibt es nur den einen Baum, Madame Annie«, sagte sie und zeigte in den Innenhof. »Aber alle Welt hat Vögel.«

Gemiya führte sie zu einem hohen, konischen Kuppelbau hinter dem Hamam, der vorn viele Reihen kleiner runder Öffnungen hatte. Es war ein Taubenschlag, in dem es nur so wimmelte. Annie war überrascht, ihre neue Schülerin Fatima neben dem großen Kuppelbau zu sehen. Sie streichelte eine weiße Taube. Gemiya sagte, Fatima sei den Tieren besonders verbunden und verbringe jeden Nachmittag damit, sich um das Futter und die Reinigung zu kümmern. Kleine Granatapfelbäume und blühende Pflanzen in Töpfen säumten den Taubenschlag, Bänke und kleine Tische waren aufgestellt, um den Eindruck eines Gartens zu vermitteln. In einem Steintrog wuchsen neben kleinen Rosmarinbüschen noch andere grüne Kräuter. Selbst ein Bienenstock, den Annie noch nie gesehen hatte, nahm eine Ecke des Dachgartens ein.

»Einen schönen Nachmittag, Fatima.«

»Einen schönen Nachmittag, Madame Annie«, erwiderte Fatima.

»Weißt du noch, was ihr heute gelernt habt, Fatima?«, fragte Annie, und Gemiya übersetzte.

»Ein Tag, eine Stunde rechtschaffener Freiheit wiegt eine ganze Ewigkeit in Knechtschaft auf«, zitierte Fatima stolz mit schwerem Akzent.

»Sehr gut, Fatima«, sagte Annie. »Du musst es unbedingt deinem Vater aufsagen, ja?«

Gemiya warf Annie einen misstrauischen Blick zu, übersetzte jedoch annähernd, was Annie gesagt hatte, meinte sie. Fatima nickte ihr ernst zu. Annie konnte Hassan Beys Reaktion kaum erwarten.

Das Hufgetrappel des kleinen Esels hatte aufgehört, als Annie zurück zum Treppenhaus ging, und sie stellte erleichtert fest, dass der Esel, dem man dem Sack vom Kopf genommen hatte, aus einer kleinen Futtertraufe hinter dem Kochhaus, wo sein Zuhause war, Stroh fraß. Was für ein Dasein, überlegte Annie und dachte an die vielen Jahre, die der Esel im Kreis würde laufen müssen. Nie mehr würde er frei umherlaufen, nie wieder frisches Gras und ein Blatt von einem Baum fressen. Ein merkwürdiges Land.

Beim Anblick des Esels stiegen Erinnerungen an Pegasus in ihr auf. Wie lange schien es her zu sein, seit sie ihr Pferd zum letzten Mal gesehen hatte. Vielleicht war es ihm gelungen, an Land zu schwimmen, hoffte sie inständig, denn eine Welt ohne ihn konnte sie sich nicht vorstellen. Bestimmt lag er nicht tot im Laderaum des gesunkenen Schiffes. Sie würde es spüren, wenn Pegasus tot wäre, dessen war sie sicher. Und Jonathan, wie sie sich nach Jonathan sehnte …

Als sie auf der Schwelle zum Treppenhaus standen, erhoben sich die unverwechselbaren Rufe zum Abendgebet in den dunkler werdenden Himmel. Wie schön, dachte Annie, und doch auch traurig, wenn man an die vielen Frauen dachte, die in den Türmen der Stadt gefangen waren und diesen Ruf vernahmen. Mit den Gedanken in weiter Ferne stieg Annie im schwindenden Tageslicht die Korallenstufen hinab und ging zurück ins vierte Stockwerk.

»Wo wohnst du, Gemiya?«, fragte Annie auf dem Weg nach unten.

»In der großen Halle unter dem Hamam sind die Zimmer der Dienerinnen.«

»Und die anderen? Wo schlafen die Männer?«

»Die Diener, der Koch und die Kutscher schlafen im dritten

Stock über den Räumen von Hassan Bey und den Jungen im zweiten Stock. Sie haben auch noch einen großen Raum im zweiten Stockwerk, bunt bemalt und mit einem großen Springbrunnen, wo die Männer ihre großen Feste feiern.«

Im vierten Stock teilte Gemiya ihr mit, das Abendessen werde in ein paar Stunden aufgetragen, und ließ sie vor ihrer Zimmertür stehen. Annie betrat ihre Räumlichkeiten, um sich anzuziehen. Sie stellte fest, dass im Schrank frisches Leinenzeug lag, das ihre Oberbekleidung aus blauer und gelber Seide ersetzte.

Da sie nach dem Hamam kurz eingenickt war, fühlte Annie sich zu frisch, um sich auszuruhen. Immer wieder wanderten ihre Gedanken zu Jonathan und Pegasus. Wo sie auch sein mochten, dachte sie schuldbewusst, sie kamen nicht in den Genuss eines Dampfbades. Wild entschlossen, das Labyrinth dieses Hauses zu erforschen und einen Weg ins Freie zu finden, stellte sie sich auf den Fenstersitz und untersuchte sorgfältig das hölzerne Gitterwerk; es hatte jedoch keinerlei Öffnung. Sie drückte das Gesicht daran und versuchte, einen Blick auf die Straße zu werfen, sah aber nur die vergitterten Balkone des knapp zehn Meter entfernten Nachbarhauses. Die grüne Farbe war vor dem grellen Weiß des Putzes auf den Korallenblöcken zu einem weichen Minzgrün verblasst. Erneut fielen Annie die langen Holzstücke auf, die alle vier bis fünf Fuß vom Boden horizontal eingelassen waren. Offenbar verbanden sie die Korallenblöcke miteinander, dachte sie, fasziniert von der ungewöhnlichen Bauweise.

Wenn sie den Hals nach rechts verrenkte, konnte sie eine Ecke des Nachbarhauses im Osten ausmachen. Auch dieses Gebäude war etwa zehn Meter entfernt, aber kleiner als Hassan Beys. Ockerfarbenes Gitterwerk an den Fenstern und in den weißen Putz eingebettete Muster verzierten die Ecke, die sie sehen konnte. Das Haus verstellte ihr die Sicht auf das Rote Meer, obwohl sie wusste, dass sich dahinter noch weitere Häuserreihen verbargen. Wie sollte sie nur aus diesem Irrgarten hinausfinden?

Sie schlich zur Tür und öffnete sie nur wenige Zentimeter, um zu vermeiden, dass sie quietschte. Barfuß huschte sie zurück ins Treppenhaus und stieg die Wendeltreppe vier Stockwerke bis ins Erdgeschoss hinab. Hier kam man durch den von einem riesigen Deckenlüster erhellten Korridor nach hinten zur großen Türöffnung in den Bürobereich oder zum Verbindungsgang nach draußen, durch den die Kamele und Esel hereinkamen. Langsam schob sie sich um eine Ecke des Korridors, schlich fünf Stufen hinunter bis auf das Straßenniveau und ging weiter in die Richtung, aus der sie am Tag zuvor Licht hatte eindringen sehen. Da die Sonne inzwischen untergegangen war, beleuchtete eine kleine Öllampe auf einem Wandbrett den Korridor. Als sie sich dem Ausgang näherte, vernahm sie gedämpfte Stimmen. Auf den letzten Stufen blieb sie stehen. Sie drückte sich an die Wand, schob sich vor und spähte vorsichtig um die Ecke.

An der Hauswand stand eine grobe Holzbank. Darauf saß im Schneidersitz ein Mann in weißem Gewand und trank Tee aus einem Glas; seine Sandalen lagen daneben auf dem Boden. Ein zweiter, ähnlich gekleideter Mann, mit dem Rücken zu Annie, hockte sich an ein Kohlebecken, goss sich Tee ein und redete leise mit seinem Gefährten. Annie zog sich schnell zurück, um nicht gesehen zu werden.

Der Ausgang war also gut bewacht. Vielleicht ließen die Wachen mitten in der Nacht in ihrer Aufmerksamkeit nach, sodass sie an ihnen vorbeischlüpfen könnte, überlegte sie. Lieber wollte sie sich jedoch nach einem anderen Fluchtweg umsehen, wenn sie sicher sein wollte zu entkommen. Entmutigt ging sie über die Wendeltreppe wieder in ihr Zimmer. Sie war bestimmt nicht die erste Frau, die aus diesem Haus fliehen wollte.

Zwei Stunden später kam die kleine afrikanische Magd, um Annie zum Essen zu holen. Ihre weichen Schuhe glitten förmlich über die leichte Sandschicht, die im Laufe des Tages in den Flur geweht war. Am Ende des spärlich beleuchteten Korridors erblickte sie den strahlend hellen Frauensalon und vernahm Kinderstimmen.

Als Annie eintrat, war sie überrascht, auch Männerstimmen herauszuhören. Sie drehte sich abrupt um und sah Hassan Bey und zwei gut aussehende jüngere Männer, die den Speiseraum gerade verließen. Sie trugen weiche, bestickte Kappen und Jacketts mit niedrigem Kragen, die ihr schon bei einigen Männern am ersten Nachmittag aufgefallen waren. Hassan Bey warf einen kurzen Blick in ihre Richtung und drehte ihr dann demonstrativ den Rücken zu. Sie fragte sich, ob er bereits Fatimas Zitat gehört hatte. Die jungen Männer, größer als ihr Vater, warfen ihr neugierige Blicke zu, als sie auf den breiten Bogengang zuhielten, der in einen mit Sitzkissen und eigenartigen Messinggeräten mit Schläuchen ausgestatteten Raum führte. Diener brachten Eimer mit glühenden Kohlen, die sie oben auf die bunt bemalten Messingständer legten. Die Männer ließen sich auf den Sitzkissen nieder, und die Vorhänge zwischen den Räumen wurden herabgelassen. Annie gesellte sich zu einer Gruppe von Frauen und Kindern am gegenüberliegenden Ende des Salons.

Der Raum funkelte luxuriös im Schein der roten Glaslüster. Dicke rote und blaue türkische Teppiche bedeckten den Boden, Messingleuchter schimmerten an den Wänden. Spitzenvorhänge an den Fenstern waren von schwerem Seidenbrokat gerahmt. Die Hitze und das flackernde Licht ließen den Raum flimmern; aus dem angrenzenden Esszimmer drangen würzige Gerüche.

Annie nickte lächelnd, obwohl sie die Unterhaltung nicht verstand. Die kleineren Kinder hängten sich an ihre Hände und zwitscherten auf Arabisch auf sie ein. Annie schaute sich nach Gemiya um, ihre zuverlässige Führerin und Dolmetscherin, und merkte, wie verloren sie sich unter diesen vielen Menschen vorkam. Gemiya half beim Abräumen des Tisches im Speisezimmer und wies eine ganze Armee afrikanischer Mägde an, zusätzliche kleine Mahlzeiten und Teller mit Fladenbrot aufzudecken. Überrascht stellte Annie fest, dass die Männer bereits gegessen und die Frauen sich mit dem zu begnügen hatten, was übrig geblieben war.

Schließlich bemerkte Gemiya ihren flehentlichen Blick und kam zu ihr.

»Gut, dass du hier bist, Gemiya. Ohne dich bin ich verloren.«

»Sie werden schnell Arabisch lernen, Madame Annie. Dann brauchen Sie mich nicht.« Gemiya lächelte.

»Das ist höchst unwahrscheinlich, Gemiya. Dafür werde ich nicht lange genug hier sein, Inschallah!«, flüsterte Annie ungnädig. »Wer sind die jungen Männer bei Hassan Bey?« Sie fragte sich, warum sie so leise redete, obwohl doch niemand in Hörweite Englisch sprach.

»Das sind die Söhne von Hassan Bey – Master Khalil und Master Ibrahim. Master Khalil ist gerade aus Istanbul und Kairo zurückgekommen, um dem Vater zu helfen. Master Ibrahim, das ist ein lieber Junge, er geht nächstes Jahr nach Istanbul zu seinen Brüdern Achmed, Ali und Mohammed. Hüten Sie sich vor Master Khalil. Der hat es mit den Frauen.«

»Wie meinst du das, ich soll mich hüten?«

»Damit will ich sagen, dass Master Khalil immer bekommt, was er will. Die Mutter hat ihn verwöhnt, und der Herr auch. Er ist ein ganz Schlimmer, was Frauen betrifft, das ist alles. Der Mann wird viele Söhne haben«, sagte Gemiya kopfschüttelnd.

Mit einer leisen Bewegung ihrer parfümierten Hand deutete Sitti Kabeera an, dass es Zeit sei zu essen, und die Gruppe der Frauen und Kinder begab sich in das Esszimmer. Der lange Raum war für den Abend mit Öllampen auf hohen Holzregalen und einem riesigen Lüster über dem Tisch erleuchtet. Der Rauch aus den Öllampen und die Düfte der würzigen Speisen verursachten Annie eine leichte Übelkeit. Die geöffneten Fenster erlaubten Fliegen und Mücken, angezogen durch das Licht, freien Zugang. Ihr Summen, dazu im Hintergrund Hundegebell und die klagenden Schreie von Eseln auf der Straße vor dem Haus, wetteiferte mit dem Plappern der Frauen und Kinder, die alle gleichzeitig zu reden schienen.

Annie fand einen Platz fast am Ende des Tisches; sie versuchte, sich in die Nähe von Sitti Kabeera zu setzen. Wenn sie nur mit ihr über ihre Lage sprechen könnte, würde sie bestimmt verstehen, dass es ihr unmöglich war, in Arabien zu bleiben. Sie versuchte es mit ein paar Worten auf Englisch, dann auf Französisch in der Hoffnung, sich tatsächlich mit ihr unterhalten zu können, doch Sitti Kabeera lächelte sie sanft an und aß weiter.

»Sie versteht Sie nicht«, sagte Mala leise in leicht akzentuiertem Französisch.

»Sie sprechen Französisch!« Annie atmete erleichtert auf.

»Selbstverständlich. Alle wohl erzogenen Frauen in Istanbul lernen heutzutage Französisch«, erwiderte Mala hochnäsig.

»Warum haben Sie nicht vorher mit mir geredet?«, fragte Annie.

»Ich hatte Ihnen bisher nichts zu sagen«, antwortete Mala lustlos und schaute auf ihren Teller.

»Dem Himmel sei Dank, dass ich mit Ihnen reden kann. Sie müssen mir sagen, wie ich die Familie davon überzeugen kann, mich gehen zu lassen. Ich wurde auf dem Weg nach England von meinem Schiff entführt, und ich muss zurückkehren, um meinen Mann zu suchen«, erwiderte Annie leise, aber eindringlich.

»Aber die Kinder brauchen Sie. Sie sind die ideale Lösung für unsere Schwierigkeit, eine Lehrerin zu finden. Keine Sorge, Dschidda und meine Familie werden Ihnen gefallen. Warten Sie nur ab«, sagte Mala mit empörender Sicherheit.

»Ich habe nicht die Absicht, Gefallen an Dschidda zu finden. Ich setze meine Fahrt nach England fort, sobald ich von hier wegkomme«, sagte Annie, wütend über Malas Selbstgefälligkeit.

»Sie müssen schon lernen, hier glücklich zu sein. Wir leben in einem der größten Häuser von ganz Dschidda. Sehen Sie denn nicht diesen schönen Esstisch, den uns mein Großvater aus Istanbul geschickt hat? Im ganzen Hedschas gibt es keinen ähnlichen. Wir sind eine sehr bedeutende Familie. Es kann doch sein, dass Sie Teil unserer Familie werden wollen …?« Es war eher eine Unterstellung als eine Frage.

Annie kochte vor Wut. »Vielen Dank, ich habe eigene Pläne. Mit welchem Recht glauben Sie denn, Sie könnten mich hier gegen meinen Willen festhalten?«

»Mit der Zeit wird es Ihnen bestimmt in unserer Familie gefallen. Machen Sie sich keine Sorgen um die Zukunft.«

»Aber wir reden hier über *meine* Zukunft. Habe ich denn nicht das Recht, meine eigene Zukunft zu bestimmen?« Mala schaute sie weiterhin mit glasigem, starrem Blick an. »Hört denn hierzulande keiner zu? Ich weigere mich, hier noch länger zu sitzen«, rief Annie aufgebracht und erhob sich vom Tisch.

Plötzlich wurde es still im Esszimmer. Mit klopfendem Herzen stolzierte sie aus dem Raum und eilte durch den sandigen Flur zurück in ihr Zimmer. Sobald sie die Schwelle überschritten hatte, schlug sie die alte Holztür so fest hinter sich zu, dass sie schon fürchtete, sie aus den Angeln zu heben. Sie lehnte sich mit dem Rücken an die Tür und versuchte, ihren Atem unter Kontrolle zu bekommen. War das klug gewesen? Annie schalt sich dafür, die Geduld verloren zu haben. Das wird sie nur veranlassen, mich noch schärfer zu bewachen, dachte sie. Warum kann ich nicht ein Mal den Mund halten?, fragte sie sich kleinlaut. Die Erinnerung an Malas Gesichtsausdruck jedoch, als sie, Annie, sich vom Tisch erhob, erfüllte sie mit Befriedigung. Mala hatte die halb geschlossenen Augen verwundert aufgerissen, als Annie aufstand. Annie war allerdings nicht klar, dass Mala sich für sie schämte, für ihre Schroffheit und ihre Grobheit, eine Szene aufzuführen, und nicht dafür, sie provoziert zu haben.

Eine Stunde später klopfte es vorsichtig an Annies Tür.

»Wer ist da?«, rief sie leise und fürchtete schon, es könnte Mala sein.

»Ich bin's, Gemiya, Madame Annie«, lautete die gedämpfte Antwort.

Erleichtert durchquerte Annie den Raum und öffnete die Tür. Die protestierenden Scharniere quietschten noch lauter als vorher, und Annie fragte sich, ob sie sie zerstört hatte. Gut, dachte sie verärgert, dann habe ich die Tür eben zerschmettert, bevor ich hier fertig bin.

Gemiya trat mit einem Tablett voll zugedeckter Teller ein. »Wozu haben Sie einen Streit mit der jungen Herrin vom Zaun gebrochen?«, schimpfte Gemiya. »Sie hat ein hitziges Gemüt, und Sie sollten sie lieber nicht ärgern«, sagte sie kopfschüttelnd und stellte das Tablett auf den kleinen Tisch neben dem Diwan.

»Gemiya, ich begreife nicht, wie du diese Menschen erträgst. Sie glauben, wir alle gehören ihnen. Stört es dich nicht, dass sie dich hier als Gefangene halten, genau wie mich, und dass sie in ihrer Arroganz meinen, es mache dir nichts aus?«

»Aber es macht mir nichts aus, Madame Annie. Diese Familie hat mir ein Zuhause gegeben, seit ich acht Jahre alt bin. Sie sind fast die einzige Familie, an die ich mich erinnere.«

»Aber du hattest doch deine Familie in Afrika. Willst du nicht zu denen zurück? Würdest du denn nicht nach Hause gehen, wenn du könntest?«

»Ich kenne den Weg nach Hause nicht; im Übrigen hat fast meine gesamte Familie den Ort verlassen.«

»Woher willst du das wissen? Vielleicht sind sie noch dort, und ich könnte dir helfen, zu ihnen zurückzufinden.«

»Ich erinnere mich an den Tag, an dem die Sklavenhändler kamen«, sagte Gemiya. »Die Männer kamen in mein Dorf, sie hatten Waffen. Sie ließen uns alle in der Mitte des Dorfes in einer Reihe antreten, alle Kinder und Frauen. Sie zeigten mit den Gewehren auf uns. Wir haben das Dorf ohne Nahrung verlassen, ohne alles. Wir gingen viele Tage lang bis Khartum und sind dann flussabwärts nach Kairo gekommen.«

Entsetzt fragte Annie: »Und was ist aus deiner Familie geworden?«

»Das weiß ich nicht«, erwiderte Gemiya nüchtern. »Mein

Vater und meine Brüder haben gekämpft, und dann haben die Sklavenhändler das Dorf niedergebrannt. Ich habe gesehen, wie mein Vater versucht hat, den Brand zu löschen, aber wir bewegten uns im Laufschritt fort, die Sklavenhändler ließen uns laufen. Dann habe ich Schüsse gehört, und mein Vater schrie auf. Meine Mutter hatte ein kleines Kind, meinen Bruder, sie versuchte, ihn zu stillen, und ist so weit gegangen, Tag und Nacht. Am Ende hat sie sich an den Wegrand gesetzt, weil sie zu erschöpft war. Das Kind ist tot, meine Mutter vielleicht auch. Als wir auf den Markt in Assuan kamen, wurde meine große Schwester als Erste verkauft. Die Frauen in Assuan haben sie so schön hergerichtet, ihr die Haare geflochten und mit Perlen verziert. Sie kam in eine Pascha-Familie in Al Kusair. Wenn ich eines Tages einmal nach Al Kusair komme, werde ich sie vielleicht besuchen. Dann, als der Markt zu Ende ging und wir den ganzen Tag in der Hitze gestanden hatten, wurden die kleinen Mädchen wie ich, so ungefähr zehn an der Zahl, nach Kairo in die großen Häuser gegeben. Dann war es gut. Die Mutter von Mr. Ali Bey hat gut für mich gesorgt und mich wie ein Mitglied ihrer Familie behandelt.«

»Aber du musst deine Familie doch schrecklich vermisst haben; du warst noch so jung«, sagte Annie bekümmert.

»Ja, für kurze Zeit. Dann wusste ich, dass ich von Glück sagen konnte, noch zu leben. Viele Menschen sind auf dem Weg von Khartum gestorben. Und ich habe Glück, dass sich eine so gute Familie um mich kümmert. Als die alte Madame vor ungefähr fünf Jahren starb, war mir, als hätte ich meine leibliche Mutter verloren.«

»Aber was soll aus dir werden, wenn du alt bist, Gemiya, wenn du nicht mehr arbeiten kannst? Wirft dich die Familie dann nicht auf die Straße?«, fragte Annie.

»Nein, wenn ich alt bin, kauft der Herr mir eine Hütte am Strand in Nakatu, dem Dorf für Afrikaner, gleich vor den Stadtmauern. Es kann sogar sein, dass er mir einen Stand auf dem Markt kauft, damit ich einen eigenen Laden aufmachen kann, so wie er es bei der alten Yusra getan hat, einer Afrikanerin, die für diese Familie gearbeitet hat. Jedes Jahr kommt sie zum großen Fest, dem Eid el Adha, zu Besuch. Dann schenkt der Herr ihr Geld und Stoff. Nein, im Buch steht, der Herr muss den Sklaven gut behandeln, und er richtet sich danach.«

»Was für ein Buch, Gemiya?«

»Der Koran, mein Buch. Da steht, der Sklave soll von seinem Herrn gut und gerecht behandelt werden. Manche Herren heiraten sogar Sklavinnen.«

»Du sagst ›mein Buch‹. Bist du Muslimin?«

»O ja, ich habe gelernt zu beten, seit ich als kleines Mädchen nach Kairo kam. Im letzten Jahr bin ich sogar mit Sitti Kabeera beim Haddsch gewesen«, sagte Gemiya stolz. »Ich bin Al Haddschi Gemiya.«

»Der Haddsch, Gemiya? Was ist das?«

»Das ist, wenn man nach Mekka geht, um die Kaaba zu sehen, und nach Medina. Und die heiligen Stätten aus dem Buch besucht.«

»Wie weit sind die heiligen Städte von hier entfernt, Gemiya?«

»Oh, wir sind hier ganz dicht dran, Madame Annie. Deshalb heißen die Stadttore hier Bab Mekka und Bab Medina. Die meisten Pilger kommen auf dem Weg vom Schiff zu diesen Orten durch Dschidda. Manche ziehen durch die Wüste, aber das ist ein entsetzlich langer Weg. Wir sind nur etwa zwanzig Meilen von Mekka entfernt. Im nächsten Monat gehe ich wieder zum Haddsch.«

Mekka war so nah? Vielleicht konnte sie nach Mekka gelangen und jemanden finden, der ihr helfen würde, dachte Annie und spürte wieder Hoffnung in sich aufkeimen. Vielleicht könnte ein Pilger aus Indien ihr helfen, auf ein Schiff zu kommen. Sie musste aus Dschidda verschwinden.

»Vielleicht könnte ich Mekka einen Besuch abstatten, wenn es so nah ist«, überlegte sie laut.

»O nein, Madame Annie. Mekka dürfen nur Muslime betreten. Wenn Sie nach Mekka gehen, könnten Sie umgebracht werden. Dort werden Menschen gesteinigt, die unerlaubt nach Mekka gehen. Nein, Sie bleiben einfach hier. Wir kümmern uns um Sie«, sagte Gemiya besänftigend und ging zur Tür.

»Aber ich kann nicht hierbleiben, Gemiya. Diese Menschen glauben, ich gehöre ihnen, so wie du ihnen gehörst.«

»Es gibt Schlimmeres, als jemandem zu gehören, Madame Annie«, sagte Gemiya kopfschüttelnd und schloss leise die Tür.

Kapitel sechs

Dies Lager ist kein Teppich des Gebets.
Der Rücken schmerzt. Es fiebern die Gelenke.
Tönt abendlich der Sang des Minaretts,
Streb ich bezaubert in die Schenke.

Am nächsten Morgen, als Jonathan benommen von der Frühstücksglocke geweckt wurde, schaute er aus seinem Bullauge und sah, dass das Schiff in Suakin angelegt hatte. Arabische Dhaus drängten sich im Hafenbecken, dahinter erhaschte er einen Blick auf Gebäude, die weiß in der Morgensonne leuchteten. Rasch rasierte er sich und zog sich an, packte seine Reisetasche und stieg an Deck, um einen besseren Ausblick auf die Stadt zu bekommen.

Er befand sich in einem Hafen, der nur durch eine kleine Bucht im Osten zu erreichen war. Der ovale Hafen war offensichtlich ein Korallenatoll mit einer kreisrunden Insel in der Mitte, auf der sich eine Gruppe grellweißer Häuser erhob. Wie schon in Massaua bestanden die Gebäude von Suakin ebenso wie die Moscheen und Minarette aus weißen Korallenblöcken. Manche hatten gewölbte Arkaden und zartes Maßwerk, das ihnen einen italienischen Anstrich verlieh, einige schmückten sich mit spatenförmigen Krenelierungen auf den flachen Dächern. Läden aus kunstvoll geschnitztem Holz schützten die Fenster und bildeten abgeschlossene Balkone.

Er eilte in die Kombüse, um Brot und Kaffee zum Frühstück einzunehmen, und fragte die Offiziere nach einer empfehlenswerten Unterkunft. Kapitän Anderson versprach, Pegasus in die Stallungen des einzigen Hotels in Suakin zu schicken. Nachdem

Jonathan sich vom Kapitän und der Mannschaft verabschiedet hatte, ließ er sich an Land rudern. Sambuks und kleine Schiffe aus allen Gegenden um das Rote Meer, von Dschidda bis Aden, füllten den Hafen.

Jonathan stieg vor einem imposanten Gebäude an Land, das ein Schild als »Zollamt« auswies. Er schlenderte über die Uferstraße und stellte fest, dass es keinen einzigen Schatten spendenden Baum gab. Er erreichte das neu gebaute Hotel Europa und schritt durch die Arkaden ins Foyer.

Ein junger Mann aus dem Ort führte Jonathan in ein Zimmer im ersten Stock des Westflügels. Auf einem Waschtisch stand ein Krug mit Wasser in einer Schüssel. Der junge Mann, der Französisch sprach, geleitete Jonathan über den Flur zu dem einzigen Bad für die gesamte Etage.

»Wir möchten Sie bitten, mit dem Wasser umsichtig zu sein, Sir. Hier in Suakin ist das Wasser knapp.«

»Oh, ich verstehe. Sind die Brunnen vor kurzem ausgetrocknet?«

»Nein, Sir. Es hat noch nie Brunnen gegeben. Suakin hat nie Wasser gehabt. Ein kleiner Teil kommt aus unseren Regenzisternen, die von Kanälen auf dem Dach gespeist werden, doch der Rest des Wassers muss auf Booten vom Festland herübergebracht werden.«

»Das ist außergewöhnlich«, sagte Jonathan und gab dem Pagen ein Trinkgeld. An der gegenüberliegenden Wand des Zimmers öffnete er ein Fenster, um etwas Luft hereinzulassen, und trat auf den Balkon hinaus. Von dort hatte er einen fabelhaften Blick über den Hafen und das afrikanische Festland. Jonathan kniff die Augen zusammen und sah am gegenüberliegenden Ufer Dörfer aus Lehmhütten und Parzellen, die mit niedrigen Mauern umgeben waren, sonst aber nichts. Eigenartig, dachte er.

Er zog sich aus und rasierte sich, wobei er möglichst wenig Wasser benutzte. Man stelle sich nur eine Stadt ohne Wasser vor, dachte er. Er fühlte sich in diesem fremden, öden Land dem

Schicksal ausgeliefert. Trotz der Hitze zog er seinen Wollanzug an und ging ins Foyer hinunter, um sich nach dem Weg zum britischen Konsulat zu erkundigen. Er musste unbedingt bald Kontakt zu den Behörden vor Ort aufnehmen.

Draußen in der gleißenden Sonne ging er an den weißen Gebäuden vorbei, von denen die Helligkeit schmerzhaft reflektiert wurde, bis er eine kleine Villa erblickte, etwas zurückgesetzt vom Hafen, vor der die britische Flagge wehte. Fast verließ ihn der Mut, als ihm klar wurde, dass er die Geschichte vom Untergang des Schiffes noch einmal erzählen musste. Zu dem entsetzlichen Verlust kam noch das verheerende Gefühl der Feigheit, seine Frau und all die anderen Passagiere überlebt zu haben. Er hätte auch sterben sollen, dachte er mit innerem Abstand. Ein Teil seiner selbst war gestorben, obwohl man es ihm nicht anmerkte.

In der Villa geleitete ihn ein Sekretär in englischer Kleidung zum Büro des Konsuls. Mr. Wainright, ein hoch aufgeschossener Mann mit Adlernase, trat kurz darauf ein und stellte sich vor. Er bat Jonathan, auf dem Ledersofa in der Ecke Platz zu nehmen, und hörte aufmerksam zu, als Jonathan mit seiner Erzählung begann. Bis auf ein scharfes Einatmen, als Jonathan die *Oriental* erwähnte, blieb Mr. Wainright still, solange Jonathan redete. Als er fertig war, lehnte Wainright sich in seinem Lederstuhl zurück und atmete hörbar aus.

»Das ist ja eine üble Geschichte, junger Mann. Mein herzliches Beileid und Glückwunsch zu Ihrer Rettung.«

»Vielen Dank, Sir. Ich belästige Sie nicht gern mit meinen Schwierigkeiten, aber ich wollte Ihnen unbedingt in allen Einzelheiten schildern, wie die *Oriental* gesunken ist. Außerdem muss ich dringend meiner Familie in England eine Nachricht zukommen lassen.«

»Aber selbstverständlich. Ich weiß Ihre Information zu schätzen. Ich werde sie in meinen Bericht an London aufnehmen. Was rasche Kommunikation betrifft, muss ich Ihnen leider sagen, dass wir noch immer von den Postschiffen nach Al Kusair abhängen. Der Telegraph, obwohl wir hier einen haben, ist ganz und gar unzuverlässig.«

»Das hat man mir in Massaua gesagt. Was für heutige Verhältnisse natürlich außergewöhnlich ist.«

»Da haben Sie ganz recht, junger Mann. Aber ich war bei den letzten Versuchen dabei, die Leitung zu legen, und ich kann Ihnen sagen, das Ausloten hat ergeben, dass das Rote Meer über eine Meile tief ist. Das Tau war zu kurz, sodass man die genaue Tiefe nicht ausloten konnte.«

»Tiefer als eine Meile?«

»Ja, und es fällt direkt von der Küste aus steil ab. Deshalb halten sich die Fischer so nahe am Ufer. Nur dreißig Meter von der Küste entfernt ist es über hundertfünfzig Meter tief.«

»Das ist erstaunlich«, sagte Jonathan. »Könnten Sie mir dann einen Rat geben, wie ich auf dem schnellsten Weg Kontakt zu meiner Familie aufnehmen kann, Sir?«

»Ja, ja, natürlich. Bringen Sie mir doch einfach Ihren Brief, und ich stecke ihn in die Posttasche nach London. Auf diese Weise werden Ihre Eltern etwas von Ihnen hören, bevor offizielle Verlautbarungen sie beunruhigen könnten.«

»Vielen Dank, Sir. Ich weiß das zu schätzen. Ich bringe Ihnen den Brief noch heute Nachmittag vorbei. Wann wird denn das nächste Schiff nach Al Kusair ablegen?«

»Das nächste Postschiff legt in zwei Tagen ab. Damit haben Sie Gelegenheit, ein wenig zu verschnaufen, bevor Sie wieder aufbrechen. Und der Postsack fährt auf diesem Schiff mit, sodass Sie sich nicht beeilen müssen, mir den Brief zu bringen. Morgen reicht auch noch.«

»Vielen Dank, Sir«, sagte Jonathan und erhob sich. »Ich bin Ihnen sehr verbunden, dass Sie sich die Zeit genommen haben, mich zu empfangen.«

»Keine Ursache, junger Mann. Zeit ist das Einzige, was wir hier in Suakin haben.«

Jonathan kehrte in der Mittagshitze ins Hotel zurück und

nahm im leeren Speiseraum ein Lunch zu sich, bevor er sich zu den Stallungen begab. Pegasus stand in einem großen Verschlag hinter dem Hotel und verdrehte nervös die Augen.

»War alles ein bisschen viel, nicht wahr, alter Freund?«, redete Jonathan beruhigend auf das Pferd ein und strich ihm über den Hals. »Dir fehlt sie genauso wie mir, was?«, sagte er. Tränen brannten in seinen Augen. Seit jenem ersten Tag hatte er nicht geweint, doch der Anblick des einsamen, verängstigten Pferdes durchbrach seinen Schutzwall. Er packte Pegasus' Mähne und vergrub das Gesicht an seinem Hals. »Sie sollte nicht fortgehen, nicht wahr, alter Junge? Nein, sie sollte immer bei uns bleiben. Sie sollte uns nicht an einem seltsamen neuen Ort allein lassen, oder? Keine Sorge, Alter. Du wirst in null Komma nichts auf einem felsigen Grund in Cornwall herumtollen, so wie es ihr Wunsch war. Cornwall wird dir gefallen, wart's nur ab«, schluchzte er und schlang die Arme um den Hals des Pferdes. Pegasus wieherte leise und zog sich vor dem eigenartigen Benehmen zurück, Verwirrung in den Augen.

Kurz darauf riss Jonathan sich zusammen und zog sich mit rot umränderten Augen für den Nachmittag auf sein Zimmer zurück. Er streifte den unerträglichen Wollanzug ab und beschloss, ihn erst wieder in London anzuziehen. Dann warf er sich auf das Bett. Nachdem er den Untergang des Schiffes noch einmal durchlebt hatte und angesichts von Pegasus' Einsamkeit, war er zutiefst verstört. Sein letzter Blick auf Annie, Bilder von Flammen und Rauch, die Explosionen und die ängstlichen Schreie der Passagiere gingen ihm immer wieder durch den Kopf und ließen ihn nicht einschlafen. Er griff nach seiner Flasche Glenmorangie und goss einen großen Schluck in sein Wasserglas.

Als er ein paar Stunden später aufwachte, ging die Sonne gerade hinter dem Hafen unter, und die Silhouetten der fernen Berge Afrikas hoben sich vor dem letzten rötlichen Schimmer ab. Jonathan hatte eine pelzige Zunge, und er schritt im Zimmer auf und ab, desorientiert nach dem langen Schlaf. Er zog seine khakifarbene Reisekleidung an und ging hinaus, um die Insel zu erkunden. Er durfte nicht weitergrübeln. Wenn er bei Verstand bleiben wollte, musste er sich unbedingt ablenken.

Als er diesmal das Hotel verließ, wandte er sich nach rechts und folgte der gewundenen Hafenpromenade Richtung Norden. Von zwei Minaretten ertönten die langgezogenen Rufe zum Gebet, der eine das Echo des anderen. Jonathan kam an einer Moschee vorbei, in der hingestreckte Männer gemeinsam beteten. Sein Weg führte ihn weiter an einem riesigen weißen Palast vorbei, dessen breite Eingangstreppe von zwei Löwen flankiert war. Das muss der Palast des Gouverneurs sein, dachte er.

Wenig darauf erpicht, in sein erdrückendes Zimmer zurückzukehren, machte Jonathan sich auf den Weg ins Innere der Insel. Die schmale Straße hinter dem Hotel schimmerte im Licht von Laternen, die vor jedem Laden und jedem Café hingen. Jonathan bemerkte die kleinen Tische eines Cafés im europäischen Stil, die unter einer Arkade standen. Darüber hing ein Schild »Chez Louis«. Vielleicht sollte er etwas trinken, dachte er und setzte sich an einen Tisch. Als er sich nach einem Kellner umschaute, fiel ihm ein sommersprossiger Europäer in Khakihemd auf, das dem seinen nicht unähnlich war. Er steckte die Nase in ein Buch. Traurig dachte Jonathan an die Bücher, die er auf dem Schiff verloren hatte. In diesem Augenblick schaute der Mann auf und begegnete seinem Blick.

»Guten Abend«, sagte der Fremde. »Sie müssen neu hier sein.«

»Woher wissen Sie das? Ich bin gerade heute Morgen mit dem Postschiff eingetroffen!«

»Glauben Sie mir, nach ein paar Wochen in Suakin kennt man hier jeden. Gestatten Sie, dass ich mich vorstelle. Mein Name ist Peter Thatcher«, sagte der Mann fröhlich, zog einen Stuhl unter seinem Tisch hervor und winkte Jonathan zu sich.

»Danke, freut mich, Sie kennenzulernen. Mein Name ist Jonathan Tremayne«, erwiderte Jonathan, schüttelte dem Mann die Hand und zog auf den angebotenen Stuhl um. Peter Thatcher hatte lockiges, rötliches Haar und ein rot angelaufenes Gesicht, das von einer dicken Brille beherrscht wurde. Er war klein gewachsen und rundlich; ein Fernglas hing an einem Lederband um seinen Hals. Sie riefen einen Kellner herbei und bestellten Jonathan einen Scotch. Thatcher bat um Gin mit Zitrone.

»Ich bin hier, um ein Buch über die Fauna Nordafrikas zusammenzustellen. Ich muss schon sagen, rings um das Rote Meer gibt es ein paar sehr interessante Arten. Allerdings stehe ich kurz davor, an einen gastlicheren Ort umzuziehen. Was führt Sie nach Suakin, wenn ich fragen darf?« Thatcher klemmte ein Lesezeichen in sein Buch und legte es beiseite.

»Ich komme aus Massaua. Aus dem Süden …«, antwortete Jonathan zögernd. Der Kellner brachte ihre Getränke, machte sich an ihrem Tisch zu schaffen und zündete die Kerze an.

»Und was hat Sie nach Massaua geführt?«, hakte Thatcher nach, sobald der Kellner verschwunden war.

Jonathan sah ein, dass er angesichts der Fragen des Mannes früher oder später eine Erklärung schuldig war. Also konnte er es ebenso gut gleich hinter sich bringen.

»Ich wurde nach dem Untergang der *Oriental* südlich von Massaua an Land gespült. Wir wurden von Piraten versenkt, und wie es aussieht, bin ich der einzige Überlebende«, sagte Jonathan rasch, trank einen Schluck und hoffte, Thatchers Neugier zufrieden gestellt zu haben.

»Großer Gott, was Sie nicht sagen! Außer Ihnen mit Mann und Maus untergegangen? Was für eine Rettung. Sie müssen sich ziemlich glücklich schätzen.«

»Eher nicht«, sagte Jonathan angespannt und trank noch einen Schluck Scotch.

»Aber den Untergang eines Schiffes überlebt zu haben, um davon berichten zu können! Man wird Sie monatelang zum Essen einladen, mein Bester«, sagte Thatcher jovial.

Jonathan musste unbedingt das Thema wechseln. Der Scotch hatte ihn noch nicht so weit betäubt, dass er sich auf ein Gespräch in dieser Richtung eingelassen hätte.

»Mir sind südlich von Massaua ein paar interessante Vögel aufgefallen, die Silberreihern ähnlich sahen. Sie hatten große, abgerundete Schnäbel. Ich habe mich gefragt, wie man sie nennt«, sagte er.

Thatcher war verblüfft über den plötzlichen Themenwechsel, merkte aber, dass er sich wohl auf heikles Terrain begeben hatte, und ging höflich darauf ein.

»Ich kann mir vorstellen, dass es Löffelreiher waren. Europäische Löffelreiher, *platalea leucordia*. Sie nisten in der Gegend der Dahlak-Inseln, südlich von Massaua. Haben Sie die Pelikane gesehen?«, fragte Thatcher.

»Ja, und große Schwärme von hellrosa Stelzvögeln mit schwarzen Flügeln«, antwortete Jonathan.

»Das müssen die großen Flamingos gewesen sein. Hatten sie auch rote Beine? Ja, ein grandioser Anblick«, sagte Thatcher. Eine Weile tranken sie schweigend.

»Mir liegen Berichte über einen Nistplatz von Fischadlern hier in der Nähe vor, im Norden. Habe mir überlegt, ihn mir morgen einmal anzusehen. Ihre Nester sind recht beeindruckend, müssen Sie wissen. Hätten Sie nicht Lust, einen Tagesausflug zu unternehmen, um sie zu sehen?«, fragte Thatcher.

Jonathan schaute von seinem Glas auf in die freundlichen Augen des Mannes. Er hatte sich für den nächsten Tag auf dem erstickenden baumlosen Atoll nichts vorgenommen. Lächelnd erwiderte er: »Ja, gern.«

»Gut. Wo wohnen Sie?«

»Im Europa«, antwortete Jonathan.

»Ich hole Sie um sechs Uhr morgen früh am Kai vor dem Hotel ab. Wir müssen aufbrechen, bevor die Tageshitze einsetzt, verstehen Sie«, sagte Thatcher.

»Ich werde zur Stelle sein«, versicherte Jonathan. Er erhob

sich, legte ein paar Rupiennoten auf den Tisch und lächelte Thatcher zu. »Es war mir ein Vergnügen, Ihre Bekanntschaft zu machen. Ich freue mich schon auf morgen.«

»Ganz meinerseits«, sagte Thatcher, ebenfalls lächelnd.

Wieder im Hotel, ging Jonathan zu Bett und versuchte, sich auszuruhen. Er lag auf den Laken und schwitzte in der schwülen Luft, ohne einzuschlafen. Seine Gedanken kreisten immer wieder um den Untergang. Hätte er doch nur, dachte er … Was? Was hätte er noch tun können?, schaltete sich die Stimme der Vernunft ein. Wenn er vielleicht an der Außenwand des Schiffes an Deck geklettert wäre. Aber es war doch keine Leiter da, sagte die Stimme. Wäre er doch nur beharrlicher gegenüber der Besatzung gewesen, an der er vorbeigekommen war. Hätte er mehr Männer gehabt, dann hätte er … Was? Die Luke aufbrechen können?, hakte die Stimme nach. Er durchlebte die Szene immer wieder, doch die Alternativen, die ihm einfielen, änderten nichts an dem schrecklichen Ausgang oder an seinem bohrenden Verlustgefühl. Die Stimmen und Bilder verfolgten ihn. Schließlich zündete er die Lampe wieder an und beschloss, den Brief an seine Eltern zu schreiben, der morgen für den Postsack fertig sein musste.

Die Einzelheiten des Untergangs zu Papier zu bringen, verlieh ihnen einen Hauch von Realität, von Endgültigkeit. Er sollte dankbar sein, überlebt zu haben, dachte er distanziert. Wenigstens seine Eltern wären erleichtert zu erfahren, dass er noch lebte. Doch Annies Tod in wenigen Sätzen zusammenzufassen tat furchtbar weh. Tränen rannen ihm über die Wangen, als ihm klar wurde, dass seine Eltern Annie nie kennenlernen würden. Sie würden nie erfahren, wie lebhaft und schön sie gewesen war, wie sich in allem, was sie machte, ihre Energie und Entschlossenheit gezeigt hatten. Sie würden nie erleben, wie jeder Raum heller wurde, den sie betrat, wie glücklich er gewesen war, sie einfach strahlen zu lassen und sich in ihrem Glanz zu sonnen.

Sie würden nie erfahren, wie sehr er sie geliebt hatte ... Die Ungerechtigkeit ihres frühen, gewaltsamen Todes war beinahe nicht zu ertragen. Er griff nach seinem Glas und goss sich noch etwas ein. Die Flasche Glenmorangie war leer. Hoffentlich finde ich noch eine neue, dachte er niedergeschlagen.

Als ihn im Morgengrauen der Ruf zum Gebet weckte, merkte er, dass er am Ende wohl doch eingeschlafen war. Die ersten Sonnenstrahlen berührten die Schiffe im Hafen, als »Allahu Akbar! Allahu Akbar!« durch sein Zimmer schallte. Jonathan stand auf und zog sich an, adressierte seinen für den Postsack bestimmten Brief und bereitete sich auf die bevorstehende Vogelbeobachtung vor. Er frühstückte und war eine Viertelstunde zu früh am Anleger, um auf Thatchers Boot zu warten.

Die scharfe Morgenluft mit einem Hauch Feuchtigkeit, die sich in Suakins glühender Hitze schon bald auflösen würde, löste ein Pochen in seinem Kopf aus. Er war müde und erschöpft. Was mache ich eigentlich hier?, fragte er sich verzweifelt. Wie hatte sein Leben eine so bizarre Wendung nehmen können? Warum stand er auf einer Insel vor der afrikanischen Küste, meilenweit von jeglicher Zivilisation entfernt? Er nahm den Tropenhelm ab in der Hoffnung, seine Kopfschmerzen würden nachlassen, und trank einen Schluck Wasser aus der leeren Whiskyflasche, die er ausgespült und als Feldflasche mitgenommen hatte. Er wünschte, es wäre Scotch.

Kurz darauf bog Peter Thatcher in einer offenen Dhau um die Landspitze in den Hafen. Er trug einen breitrandigen Lederhut und winkte Jonathan zu. Zwei einheimische Bootsleute hasteten auf bloßen Füßen am hölzernen Dollbord der Dhau entlang und legten geschickt am Hotelkai an. Jonathan sprang an Bord und begrüßte Thatcher.

»Guten Morgen! Willkommen an Bord«, erwiderte Thatcher munter. »Ich freue mich sehr, dass Sie mitkommen. Wissen Sie, dass in Suakin sonst niemand auch nur das geringste Interesse an Fischreihern hat?«

Jonathan lächelte, und seine Laune besserte sich ein wenig. »Ich schließe mich Ihnen gern an. In Indien hatte ich es bei meiner Vogelbeobachtung bereits auf zweihundertsechsunddreißig Arten gebracht.«

»Nein, ist nicht wahr!«

»Doch. Aber ich muss Sie fragen, wann wir heute ungefähr zurückkommen.«

»Wir werden wahrscheinlich nicht vor dem späten Nachmittag wieder hier sein.«

»Wäre es dann möglich, dass wir kurz am britischen Konsulat anhalten? Wainright sagte mir, ich könne einen Brief im Potsack mitschicken, und schlug vor, dass ich ihn heute vorbeibringe.«

»Sicher«, sagte Thatcher und wies die Bootsmänner entsprechend auf Arabisch an. Nachdem Jonathan wieder ins Boot gestiegen war, setzte die Dhau rasch über den Hafen und hielt auf die Bucht zu.

Die beiden Männer stellten schon bald fest, dass sie viele gemeinsame Interessen hatten. Von der Vogelwelt kamen sie auf Fische, die Flora und die Geographie der Region zu sprechen. Thatcher wies auf die Korallenriffe hin, die direkt unter der Wasseroberfläche lagen und einer Menge Schwämmen Halt boten. Als sie die schmale Hafeneinfahrt passierten, verschwanden alle Zeichen von Zivilisation. Nur der azurblaue Himmel und das Meer existierten, getrennt von einem winzigen Band aus weißem Sandstrand.

Die Dhau hielt sich eng an der flachen afrikanischen Küste und umfuhr vorsichtig die tückischen Untiefen Richtung Norden. Nach einer Stunde Fahrt erblickten die Männer ein paar verwahrlost wirkende Haufengebilde auf dem flachen Sandstrand. Sie sprangen aus dem Boot, um die verlassenen Fischreihernester zu untersuchen, große Anhäufungen aus Treibholz, Zweigen und getrocknetem Seetang, die ihnen fast bis an die Schultern reichten. Thatcher zückte sogleich sein Notizbuch und skizzierte die erstaunlichen Konstruktionen. Jonathan wunderte sich, dass die Nester die höchsten Erhebungen im Umkreis von vielen Meilen waren. Die frische Luft und die Ablenkung hatten seine Laune allmählich verbessert.

Sie kehrten zur Dhau zurück. Die Bootsleute hatten unterdessen ein paar stachelige Hummer vom Riff gefangen und über einem offenen Feuer am Strand gegrillt. Jonathan hatte aus dem Hotel Bananen mitgebracht, die sie ebenfalls rösteten und in Zucker wälzten. Nach der Mahlzeit tranken die Männer Tee und dösten im Schatten des Segels, wobei sie die Riffreiher beobachteten und hofften, einen Fischadler zu entdecken. Jonathan schaute in das kristallklare Wasser und sah einen Schwarm leuchtend blauer und gelber Engelbarsche, die vorsichtig an den Korallen nippten. Er erblickte einen Adlerrochen, der still am Riff seine Runden drehte. Am späten Nachmittag sahen sie ein paar große, Seehunden ähnliche Geschöpfe, die sich scheu den Untiefen näherten. Die Bootsmänner, die sie zuerst erblickten, nannten sie »arûs el-bahr« – »Bräute des Meeres«. Thatcher nannte sie Seekühe und wusste zu berichten, dass sie nachts auf Futtersuche gingen.

Nachdem sie den Anker gelichtet hatten und das Riff hinter sich ließen, entdeckten sie schließlich zwei Fischadler, die über dem Strand kreisten. Die riesigen Vögel, die wie eine Kreuzung aus Falken und Adlern aussahen, zogen über den Strand, stiegen bis auf hundert Fuß auf, segelten dann auf den Luftströmungen in Spiralen hinab und flogen im Gleitflug über den Strand. Jonathan und Peter sahen zu, wie das Paar nach dem Eindringen der Menschen seinen Nistplatz wieder in Besitz nahm.

Die Dhau schoss über die Wellen, um noch vor Sonnenuntergang wieder in Suakin zu sein. Im Dunkeln zu fahren, war aufgrund der Riffe im Roten Meer gefährlich, und alle kleinen Boote suchten die Sicherheit des Hafens auf, sobald es Abend wurde.

Jonathan stand am Bug und betrachtete die Wolkenstreifen in allen Rottönen, die sich über den Bergen von Afrika bildeten.

Die Ablenkung an diesem Tag hatte er begrüßt, da er durch sie endlich für ein paar Stunden das nagende Schuldgefühl und die Trauer vergessen konnte. Die dunklen Berge zogen ihn an. Vielleicht lag dahinter Vergessen, dachte er düster. Der Reiz des Unbekannten, die Rätsel Ägyptens, die Chance der Auslöschung …

Er hatte immer getan, was man von ihm erwartete. Er war der perfekte Sohn gewesen, hatte sich im zarten Alter von sieben Jahren ins Internat nach Wiltshire schicken lassen, weit entfernt von seiner Familie, ohne sich zu beklagen. Um den Traum seiner Eltern von einem Sohn im diplomatischen Dienst zu erfüllen, hatte er in Oxford sein Examen gemacht. Ohne zu murren hatte er einen langweiligen Posten in Assam angenommen. Die erste Abweichung von den Erwartungen seiner Eltern war seine Heirat mit Annie gewesen, deren Herkunft Wohlstand und Vornehmheit vermissen ließen. Jetzt war sie tot. Nun hatten seine Eltern ihn nach England zurückgerufen und darauf bestanden, dass er seine Karriere aufgab, um die Firma der Familie zu übernehmen. Würde er immer nach ihrer Pfeife tanzen? Sollte er gar kein Eigenleben haben? Immer kam er den Erwartungen nach, die man an ihn stellte, verhielt sich wie ein feiner Herr, trank nie zuviel, fluchte nie. Er hatte sich immer beherrscht.

Annie hatte ihn einen Spießer genannt, hatte ihn mit seinem konventionellen Verhalten und seiner mangelnden Spontaneität aufgezogen. Sich zu beherrschen war ihm jedoch stets wichtiger gewesen, als seinen Spaß zu haben. Doch was hatten ihm das gute Betragen, die Selbstbeherrschung eingebracht? Seine ganze Welt war zusammengebrochen. Vor der Küste von Afrika hatte er Schiffbruch erlitten. Er hatte seine Frau und alles verloren, was ihm wichtig war. Er musste einen neuen Weg einschlagen. Er würde den vorsichtigen, spießigen Jonathan hinter sich lassen. Und wenn er die Reise nicht überlebte, was kümmerte es ihn? Sein Leben, so wie er es geplant hatte, war dahin. Er hatte schon immer über Afrika und Ägypten gelesen. Nun bot sich ihm eine Chance. Mr. Plowdens Rat zu reisen, fiel ihm ein. Er war so nah dran.

»Wie sehen Ihre Pläne für den Rest Ihrer Forschungen aus, Thatcher?«, fragte Jonathan plötzlich.

»Ich habe vor, über Land nach Abu Hamed am Ufer des Nils zu gehen und dann flussabwärts nach Ägypten zu fahren. Ich warte hier nun schon seit Wochen auf einen Kollegen, einen Geografen, der mich begleiten wollte, aber seine Ankunft hat sich verzögert. Daher habe ich beschlossen, allein aufzubrechen. Wollen Sie mitkommen?«, fragte Thatcher beiläufig.

»Wie lange wird die Reise dauern?«, fragte Jonathan ernst.

»Etwa zwei Wochen bis Abu Hamed, dann eine Woche flussabwärts nach Ägypten. Sobald ich in Ägypten bin, brauche ich einen Monat, um nach Kairo zu gelangen. Sie denken doch nicht ernsthaft daran, mich zu begleiten, oder?« Peter schaute ihn lächelnd an. »Ich muss Sie warnen. Es ist ein gefährliches Unterfangen. Die Wüste in dieser Jahreszeit zu durchqueren, wird nicht leicht. Ich habe mir nicht die Touristenstrecke ausgesucht«, fügte Thatcher hinzu.

Jonathan wog seine Möglichkeiten ab. Jetzt auf einem Schiff der P&O nach Hause zu fahren, wäre eine Qual, weil ihn alles an Annie erinnern würde. Er hatte nicht das Verlangen, ohne sie nach England zurückzukehren. Wie leer und sinnlos würde sein Leben auf dem Familienanwesen in Cornwall sein, allein in jenem feuchten alten Haus? Er konnte sich dem nicht stellen. Allein der Gedanke erfüllte ihn mit Grauen. Das Leben, die Zukunft, die er für sie beide geplant hatte, wären jetzt nur noch eine leere Schale für ihn.

Er musste fort, um mit den Verwüstungen seines Lebens fertig zu werden. Er fühlte sich vom Landesinnern angezogen, von der Ablenkung, der Gefahr … Und falls er nicht zurückkehren sollte, wen würde es schmerzen? Sein Leben, seine Annie waren ausgelöscht. Er hatte nichts mehr, wofür sich zu leben lohnte.

Laut sagte er: »Ich habe meine Familie benachrichtigt. Ich

habe keine Verpflichtungen mehr. Ja, ich meine es ernst. Ich will mit Ihnen nach Ägypten reisen, wenn Sie mich mitnehmen.«

Sobald sie im Hafen waren, verabredeten sie sich für den nächsten Tag, um über die Vorbereitungen zu sprechen, und Jonathan stieg am Hotelkai aus. Nach einem leichten Abendessen im Speisesaal bat er in der Bar um eine Flasche Glenmorangie und war zufrieden, als der Barkeeper sie ihm auf die Rechnung schreiben konnte. Er würde noch zwei Flaschen auf die Reise mitnehmen, beschloss er, doch wenigstens heute Abend würde er schlafen.

Er ging noch kurz zu Pegasus in den Stall. Das Pferd rieb das Maul an seiner Hand und nahm die Möhre, die er heimlich vom Essen mitgenommen hatte, dankbar an. Es wirkte ruhiger. Jonathan hatte mit dem Empfangschef vereinbart, das Pferd am nächsten Tag nach Al Kusair zu verschiffen. Er würde eine Nachricht mitschicken, Pegasus nach England zu verfrachten, sollte Jonathan unterwegs etwas zustoßen, sodass er nicht zur Stelle wäre. Das zumindest könnte er für Annie tun, dachte er betrübt.

Er stand am nächsten Tag früh auf und führte Pegasus an den Anleger zum Postschiff. Auf dem Weg durch die gewundenen Gassen, in denen das Klappern der Hufe von den Korallenhäusern zu beiden Seiten widerhallte, legte sich entsetzliche Trauer über Jonathan. Er verlor seine letzte Verbindung zu Annie. Das Pferd schien der Inbegriff des Lebens und der Freude zu sein, die sie für ihn gewesen war. Wie konnte er nur das letzte Bindeglied an seine junge Frau durchtrennen? Das Pferd scheute und rollte mit den Augen, als Jonathan die Zügel wie benebelt einem jungen Stewart übergab und zusah, wie Pegasus über die hölzerne Gangway trottete. Er schluckte, als das Pferd im Laderaum verschwand.

Am Mittag, noch immer in melancholischer Stimmung, traf er sich mit Thatcher zum Essen im Chez Louis. Er überflog die Listen mit Verpflegung und Ausrüstung, die sie benötigten; vieles hatte Thatcher bereits gekauft, während er auf seinen Begleiter gewartet hatte, der nie aufgetaucht war. Er hatte Zelte und eine tragbare Wanne aus Leinenstoff erworben, die man zum Reisen sauber zusammenfalten konnte. Moskitonetze, Beutel aus Ölzeug und Satteltaschen warteten darauf, dass die Reise losging. Seiner Schätzung nach würden sie für jeden Mann zwei Kamele benötigen, eins für den Mann und eins für die beiden Wasserfässer, die jeder brauchen würde. Zusätzlich würde jeder noch zehn Wasserschläuche aus Ziegenleder bei sich tragen. Fleisch, Mehl, Öl, alles musste eingepackt werden, da die Wüste, die sie durchquerten, eine der unwirtlichsten in Afrika war. Nur an zwei Stellen entlang der Route gab es abgestandene Brunnen, und in bestimmten Gegenden war kaum Vegetation vorhanden, um die Tiere zu nähren. Zwei Kamelladungen Futter sowie Wasser für jedes Kamel waren erforderlich. Sie hatten vor, in zwei Tagen auf das Festland umzuziehen, um Vorratszelte und Kamele bei dem Scheich zu kaufen, der solche Expeditionen ausrüstete.

Jonathan täuschte Interesse an den Einzelheiten vor, obwohl es ihm in Wirklichkeit einerlei war. Er war immer so geordnet gewesen, dachte er düster, doch er hatte alles auf dem Schiff verloren. Seine Bücher, seine Notizhefte, sein Fernglas … Annie. Sein ganzes Leben, alles, woran er hing, war mit der *Oriental* untergegangen. Nichts spielte mehr eine Rolle.

Am nächsten Tag raffte er sich auf und schlenderte über den Markt, um ein paar Vorräte zu kaufen. Unversehens befand er sich zwischen Ständen, die Lebensmittel aus dem ganzen Orient verkauften. Hellgelbes Kumin, Linsen und Basmatireis brachten ihm die Düfte Indiens wieder nah und weckten damit eine Flut von Erinnerungen an Annie. Die Straßen von Kalkutta funkelten, weil er sie an seiner Seite hatte, der Markt in Guwahati, durch den sie auf ihrem Weg in den Klub ritten. Sein Leben schien mit ihr begonnen und aufgehört zu haben.

Nur mit Mühe konzentrierte er sich auf seine Umgebung. Bulgur und Mehl aus Ägypten, Datteln und Honig aus Arabien und

Mandeln und Pistazien aus Damaskus quollen aus Säcken, die auf der sandigen Straße standen; ihre Ränder waren heruntergerollt, um den Inhalt darzubieten. Annie hätte diesen Markt geliebt, dachte er. Jonathan entdeckte einen Mann, der schöne, in Leder gebundene Bücher aus Ägypten ausstellte, und suchte sich eins davon als Ersatz für sein verlorenes Notizheft aus. Dann kaufte er ein paar Stücke Kautschuk aus dem Binnenland, die ihm als Radiergummi dienen sollten. Sein Blick fiel auf eine grüne Feldflasche aus Metall, und er kaufte ein paar Meter weiße Baumwolle, die er als Laken verwenden wollte.

Als Jonathan um eine Ecke auf einen überfüllten offenen Platz bog, war er schockiert, als er sah, wie kleine Kinder und junge Mädchen, geölt und geschmückt, auf einen Auktionsblock in der Mitte gehoben wurden. Die Afrikanerinnen waren entblößt für die Menge von Arabern in wehenden Gewändern und schwarzen, gelockten Haartrachten, die anscheinend die Hauptbietenden waren. Die Atmosphäre auf dem Platz war beinahe festlich – die Mädchen tanzten für die Bietenden, und alle, die noch im Lagerhaus waren, winkten fröhlich aus einem offenen Fenster im ersten Stock. Jonathan war verblüfft, zufällig auf einen Sklavenmarkt geraten zu sein, hatte er doch angenommen, dass der offene Sklavenhandel vor Jahren bereits abgeschafft worden war. Ihm fiel die Wut des Kapitäns an Bord der *Oriental* wieder ein, der sich darüber beklagt hatte, wie vergeblich seine Bemühungen waren, den Handel einzudämmen. Was hätte Annie wohl getan, wenn sie die Auktion gesehen hätte?, fragte er sich. Wahrscheinlich wäre sie zum Auktionator gegangen und hätte ihn aufgefordert, seine Gefangenen freizulassen, dachte er lächelnd. Er war beinahe dankbar, dass sie nicht bei ihm war und das mit ansehen musste.

An jenem Nachmittag schrieb Jonathan einen weiteren Brief an seine Eltern, in dem er ihnen erklärte, warum sich seine Heimkehr verzögerte. Er machte sie darauf aufmerksam, Pegasus werde in Al Kusair warten mit der Anweisung, ihn weiter zu transportieren, falls Jonathan sich unerwartet verspäten sollte. Er versprach, ihnen in etwa einem Monat von Ägypten aus zu telegraphieren, obwohl diese Möglichkeit so fern schien, dass sie schon fast unwirklich war. Er bat den Empfangschef, den Brief für den Postsack in der kommenden Woche ans britische Konsulat zu schicken. Dann ging er in die Bar, um noch zwei Flaschen Glenmorangie zu kaufen. Er hoffte, dass die drei Flaschen, die er mitnehmen wollte, so lange reichten, bis er am Nil wieder in die Zivilisation kam.

Am nächsten Morgen wurde er um sechs wach und packte seinen spärlichen Vorrat an Kleidung und Proviant ein. Nachdem er seine Hotelrechnung bezahlt hatte, ging er hinaus an den Kai, wo er auf Thatcher wartete, der möglichst früh ein Lager auf dem Festland aufschlagen wollte. Belebt durch die Aussicht auf ein neues Ziel wartete Jonathan ungeduldig auf die Barkasse. Er warf einen Blick auf das Festland: Die Berge in der Ferne leuchteten in der Morgensonne vor dem harten, saphirblauen Himmel wie Amethyste. In wenigen Tagen, dachte er, würde er diese Berge überqueren und ins Unbekannte vordringen. Er würde die leere Hülse seines Lebens an der Küste zurücklassen für das, was immer in der afrikanischen Wüste aus ihm werden mochte.

Thatcher traf in der Barkasse ein und sah angestrengt aus. Er entschuldigte sich für die Verspätung seiner Mannschaft. Als sie sich dem Festland näherten, ließ Jonathan den Blick über das Ufer schweifen. Er sah ein paar einstöckige Blockhäuser inmitten von Durrah- und Gemüseplantagen. Thatcher erklärte ihm, den Türken gehörten die Marktgärten auf der Insel. Ein paar versprengte Eingeborenendörfer lagen an der Küste. Die meisten Häuser bestanden aus geflochtenen Wänden mit der Art von Kuppel- oder Runddächern, die er auf der Insel gesehen hatte.

»Warum haben sich die ursprünglichen Bewohner auf dem wasserlosen Atoll niedergelassen, wenn sie ihre Stadt hier genauso leicht hätten errichten können? Sehen Sie nur, wie ergiebig der Boden hier ist«, sagte Jonathan.

»Aus reinem Schutz«, antwortete Thatcher. »Als Ibn Battuta im Jahre 1330 zu Besuch war, stellte er dieselbe Frage und erhielt als Antwort, dass die Banu Bashir, die Nomaden an diesem Teil der Küste, ständig die Siedlungen überfielen. Man holte lieber das gesamte Trinkwasser vom Festland herüber, war dafür aber vor den Angriffen sicher. Doch Suakin war damals eine florierende Hafenstadt. Jetzt ersticken die Korallen den Hafen. In fünfzig Jahren sind sie unpassierbar.«

Sie gingen in der Nähe eines der von Lehmmauern umgebenen Dörfer an Land und luden ihre Ausrüstung aus. Dann ließen sie einen Bootsmann als Wache zurück und machten sich auf die Suche nach dem Emir. Der Mann mit diesem beeindruckenden Titel war Erbe des Scheichtums der Kamele, einer nützlichen Ware am Ende der Karawanenstraße.

Als der Emir schließlich auftauchte, hatte er es anscheinend nicht eilig, Treiber und Kamele zu besorgen. Zwei Tage Feilschen waren erforderlich, bis die notwendigen Kamele und Wasserfässer zur Stelle waren. In dieser Zeit trafen mehrere Bootsladungen mit Vorräten ein, und die drei Kameltreiber Hamid, Abdullah und Achmed sorgten dafür, dass die Ausrüstung verstaut und die richtigen Tiere ausgesucht wurden. Am Ende brauchten die fünf Männer fünfzehn Kamele für sich, die Fässer und die Vorräte. Man warnte sie, dass sie zu dieser Jahreszeit bei der extremen Hitze damit zu rechnen hatten, ein paar Kamele zu verlieren, weshalb sie dementsprechend planten. Das Leben war nichts wert, rief Jonathan sich verbittert ins Gedächtnis, als ihm die Gefahren ihrer bevorstehenden Reise bewusst wurden. Beinahe waren sie ihm jedoch willkommen …

Am dritten Tag schließlich setzte sich die kleine Karawane in Bewegung. Hamid ritt voraus. Jonathan lernte, wie er sich zuerst nach hinten lehnen, dann nach vorn beugen musste, wenn sein Kamel auf die Füße kam, und gewöhnte sich rasch an den schwankenden Gang. Thatcher hatte die direkteste, wenn auch die schwierigste Route gewählt, durch die Berge gen Westen nach Derr al Berber. Sie strebten den hohen Gebirgspass zwischen Djebel Waratab und Djebel Mikailot an, doch nach vier Stunden erblickte Hamid ein Feld mit kleinen grünen Pflanzen, ließ die Karawane für den Rest des Tages haltmachen und trieb die Kamele auf die Weide. Jonathan und Thatcher sahen ein, dass die Sorge des Treibers um ihre Kamele letzten Endes zu ihrem Vorteil gereichte, unterdrückten den Wunsch, sich zu beklagen, und gingen spazieren. Die kahle Schönheit der zerklüfteten, baumlosen Berge, die sich vor ihnen erhoben, stand in Kontrast zu der flachen Steinwüste dahinter. Ihre Welt bestand nur aus Ocker- und Grautönen, kaum ein grüner Fleck, der den eintönigen Anblick durchbrach.

Achmed bereitete ihnen eine Mahlzeit aus Suppe und Flughuhn mit Reis zu. Nachdem sie abschließend Käse, Kaffee und eine Zigarre sowie ein paar Schlucke Glenmorangie genommen hatten, schlief Jonathan die ganze Nacht tief und fest.

Die nächsten Tage folgten einem ähnlichen Muster, obwohl sie nach dem Aufstieg durch das Tal zwischen den beiden Schieferbergen auf der öden Ebene in den Mittagsstunden ruhten und nur am frühen Morgen und dann wieder am Abend weiterzogen. Während sie durch die Wüste trotteten, sang Abdullah endlose Beduinenlieder. Anfangs erinnerte Jonathan der Gesang an Annie, die immer ein Lied auf den Lippen hatte, und seine Trauer überwog die Freude an der Musik. Nach ein paar Tagen jedoch begannen die Melodien ihn zu beruhigen, da sie der unwirtlichen Wüste ringsum einen Hauch Zivilisation verliehen – eine Mahnung daran, wie vorsichtig sie sein mussten. Sonnengebleichte Kamelknochen säumten ihren Weg. Sobald Futter vorhanden war, hielt die Karawane an und sorgte für die Tage vor, an denen es für die Kamele weder etwas zu fressen noch Wasser geben würde.

Am späten Abend entwickelten die Männer eine gesellige Routine, versammelten sich zum Abendessen am Lagerfeuer, sprachen über den Tag oder tauschten ihre Eindrücke aus; anschließend rauchten sie schweigend ihre Zigarren, während Peter seine Tagebücher aktualisierte und die neuesten Funde skizzierte. Jonathan durchforschte Peters ausgiebige Bibliothek aus Pflanzen- und Vogelführern und erfreute sich an den Diagrammen und Illustrationen. Er stellte fest, dass er sich noch nicht auf den Text konzentrieren konnte, ohne in düstere Träumerei über Annie zu verfallen. Doch er schaute sich Bilder an und hielt hin und wieder eine Beobachtung in seinem neuen Notizbuch fest, während er still an seinem Glenmorangie nippte.

Schließlich erzählte er Peter doch vom Untergang der *Oriental* und dem tragischen Verlust von Annie.

»Auch ich«, sagte Peter, »habe vor vielen Jahren meine Frau Sarah verloren. Sie ist bei der Geburt unseres ersten Kindes gestorben. Auch den Jungen haben wir verloren. Es war, kurz nachdem ich aus Oxford kam, und ich weiß noch, dass ich ein paar Monate später zu einem meiner Tutoren zurückkehrte. Der Mann war nie verheiratet gewesen, und in dem Versuch, mich zu trösten, denn ich war beinahe außer mir vor Kummer, sagte er: ›Männer sind gestorben, und Würmer haben ihr Fleisch gefressen, aber nicht aus Liebe.‹ Es traf mich zutiefst, dass er nicht nachvollziehen konnte, wie es mir ging, denn wenn ich gekonnt hätte, wäre ich liebend gern für beide gestorben.«

»Wie lange haben Sie gebraucht, um darüber hinwegzukommen?«, fragte Jonathan leise.

»Ich glaube, das schafft man nie. In den letzten zehn Jahren bin ich durch Nordafrika gezogen, und es sieht nicht so aus, als würde ich jemals wieder Wurzeln schlagen«, sagte Peter kopfschüttelnd. »Die Schwester eines meiner besten Freunde bot mir an, den Haushalt für mich zu machen, nachdem es passiert war. Ich sah förmlich, wohin das hätte führen können, und aus Loyalität zu meiner Frau habe ich abgelehnt. Heute weiß ich jedoch, dass ich sie hätte heiraten sollen. Es ist keine Frage der Treue. Das Gefühl, das man für einen Menschen hat, verschwindet nie. Man bleibt allein, obwohl ich wusste, meine Frau hätte nicht gewollt, dass ich einsam wäre. Sie sagt mir die ganze Zeit, dass ich ein verdammter Narr bin.« Peter lächelte ihn wehmütig an. »Warten Sie nicht zu lange, bis Sie wieder anfangen zu leben.«

Vielleicht hatte die ihnen gemeinsame Tragödie sie in Suakin zueinander geführt, überlegte Jonathan. Peters entschlossene Fröhlichkeit aber gab ihnen Auftrieb und Optimismus, während sie sich durch die entsetzliche Hitze der Wüste quälten.

Am vierten Tag erreichten sie das Dorf Sinkat, eine ärmliche, von einer Lehmmauer umzäunte Ansiedlung mit einem abgestandenen Brunnen. Ein paar Beduinenfamilien fristeten ihr Dasein damit, dass sie den Karawanen halfen und Schafe züchteten, die Kinder jedoch waren aschfahl und wirkten dehydriert. Dort trafen sie auf eine große, gelbliche Spinne, Mygale genannt, deren Körper über fünf Zentimeter lang war. Die Beduinen erzählten ihnen, diese Spinne sei äußerst gefährlich; sie sei giftig und so stark, dass sie kleine Nagetiere und Eidechsen forttragen könne, und ihre Kiefer seien so hart, dass sie ein kratzendes Geräusch machten, wenn man ihr einen Eisenstab hinhalte. Gegen Jonathans Rat bestand Peter darauf, die Spinne in einem Glas zu fangen, in dem sie allmählich aufhörte zu krabbeln, sodass man sie der Sammlung hinzufügen konnte.

Zwei Tage später kamen sie nach Haya und konnten vor ihrer letzten Etappe zum Nil noch einmal ihre Wasserfässer auffüllen. In Haya trafen sie auf eine bewaffnete Sklavenkarawane auf dem Weg nach Suakin. Die Treiber erzählten ihnen, die Sklaven seien über einen Monat durch die Wüste gelaufen. Viele von ihnen sahen aus, als würden sie Suakin nicht mehr lebend erreichen. Die Kinder, bis auf einen Lederschurz um die Hüfte nackt, waren infolge des Wassermangels ausgezehrt und abgemagert. Jonathan war entsetzt, als er eine Frau sah, die ein totes Kleinkind auf dem Arm hatte und sich weigerte, es herzugeben. Ein paar Kamele trugen Sänften mit rotgesichtigen Jungen; Peter sagte ihm, sie seien erst vor kurzem kastriert worden, um als Eunuchen verkauft zu werden; die Hälfte von ihnen werde an Sepsis sterben.

Jonathan sah ein, dass er nicht der Einzige war, der eine Tragödie erlebte.

Für Thatcher war die Wüste voller Leben. Abend für Abend trafen sie auf Eidechsen, Käfer und Hundertfüßler, die alle sorgfältig in Thatchers Notizbuch festgehalten wurden. Er fing ein Exemplar Cimex, eine Bettwanze mit schwarzen Flügeln, deren Biss schmerzhafter und nicht weniger giftig ist als der eines Skorpions. Eines Nachmittags trafen sie auf eine aufgescheuchte Schar Straußenvögel, die in steifbeinigem Trott davonliefen. Jonathan hatte seinen Spaß daran, denn er kannte diese Vögel bisher nur aus Büchern. Thatcher erzählte ihm, man nenne sie *Struthio camelus*, eine Bezeichnung, die Jonathan besonders treffend fand. Oft vernahm er das Heulen von Hyänen, das die Nacht durchdrang, wenn er in seinem Zelt schlief. Eines Morgens wachten sie auf und stellten fest, dass das Lager von Skorpionen umzingelt war, die jedoch davonstoben, als die Treiber auf den Boden schlugen.

Je stärker die Küstenvegetation von der Wüste verdrängt wurde, umso weniger fanden die Kamele zu fressen. Am siebten Tag fraßen sie nur noch Durrah, das die Treiber in riesigen struppigen Bündeln auf dem Rücken zweier Kamele festgezurrt hatten. Die Treiber legten große Ledermatten in den Sand als Unterlage für die langen grünen Stengel, aus denen sich die Kamele das Beste heraussuchten. Wasser wurde sorgsam rationiert. Nur fünf der schmierigen Wasserschläuche aus Ziegenleder blieben ihnen noch für die letzten drei Tage; langsam sickerten sie in der Wüstenhitze aus.

Am nächsten Tag lagerten sie neben einer Baumart, an deren Ästen bei näherem Hinsehen Aloepflanzen sprossen. Die Kamele fraßen die großen Beeren, während Thatcher die Pflanze in seinem Notizbuch skizzierte. Als Geier über ihrer kleinen Karawane kreisten, stöhnte Thatcher, es seien ja nur gewöhnliche ägyptische Geier und nicht die selteneren Mönchsgeier, *aegypius monachus*, die er so gern beobachtet hätte. Jonathan behagte der

Anblick ihrer bedrohlichen Wachsamkeit ganz und gar nicht, während sie weiter durch die sengende, schier endlose Wüste trotteten.

Obwohl sie nur am frühen Morgen und am späten Abend weiterzogen, war die Reise bei der Temperatur beinahe unerträglich. Eine so starke Hitze hatte Jonathan noch nie erlebt. Der bernsteinfarbene Sand schimmerte im Sonnenlicht und blendete seine unbeschatteten Augen. Seine trockenen, aufgeplatzten Lippen begannen zu bluten. Selbst die Radiergummis, die er in Suakin gefunden hatte, begannen sich in seinem Etui in Gummilachen aufzulösen.

Am zwölften Tag entdeckten sie eine Schar ägyptischer Regenpfeifer.

»Der Nil!«, rief Peter fröhlich. »Wir sind nur noch eine Tagesreise von Wasser entfernt. Diese Vögel entfernen sich nie weit vom Fluss.«

Am nächsten Tag glaubten sie am dunstigen Horizont eine Stadt zu sehen. Thatcher warnte davor, es könne eine Fata Morgana sein, doch gegen Abend hatten sie die dicken Lehmmauern von Derr al Berber erreicht. Die Wüste reichte bis dicht an die Stadtmauern, in deren Schatten sie ihr Nachtlager aufschlugen. Schon bald ertönte der Ruf zum Gebet von den beiden mit Runddächern versehenen Minaretten von Derr. Trotz der zunehmenden Dunkelheit eilte Jonathan durch den Bogengang in der Stadtmauer, um einen ersten kurzen Blick auf den Nil zu werfen, bevor die Stadttore geschossen wurden. Er ging durch die gewundenen engen Gassen, bis er schließlich an den Kai kam.

Der Nil zog in schlammigen Wirbeln vorüber. Der mächtige Fluss war schmaler, als er erwartet hatte, und in gewisser Weise stiller, doch die Kraft seines ewigen Stroms, der Leben in die öde Wüste an seinen Ufern brachte, erfüllte ihn mit Ehrfurcht. Ihm wurde bewusst, dass er eigentlich nicht damit gerechnet hatte, den Fluss zu erreichen. Ein Teil seiner selbst hatte sich danach gesehnt, in dem Ödland zu sterben, das er gerade durchquert hatte. Ein anderer Teil hingegen hatte weitergedrängt, hin zum Leben. Wenn doch nur Annie bei ihm sein könnte …

Wieder im Lager, gönnte Jonathan sich nach zwei Wochen Reise durch die Wüste den Luxus eines Bades in Thatchers tragbarer Wanne. Noch nie hatte ein Bad so gutgetan. Er schmierte sich Aloe vom Markt auf die gesprungenen Lippen und merkte, dass er an den vergangenen beiden Abenden keinen Scotch gebraucht hatte, um einzuschlafen.

»Männer sind gestorben, und Würmer haben ihr Fleisch gefressen, aber nicht aus Liebe«, zitierte er leise vor sich hin. Woher kam der Lebenswille, der ihn weiter atmen und essen ließ, obwohl er doch in seinem Herzen sterben wollte? Welche Kraft hatte ihn unerbittlich weitergetrieben, während sein Verstand aufgegeben hatte? In gewisser Weise hatte die Nähe zum Tod, der Anblick des Todes ringsum, ihn gezwungen, eine Wahl zu treffen, und er hatte sich für das Leben entschieden.

Am nächsten Tag stellten sie zu ihrer Überraschung fest, wie enttäuschend erbärmlich die Basare waren, gemessen an der bedeutenden Lage dieses Ortes an der Karawanenstraße und am Nil, doch sie konnten ihre Wasserfässer für die zweitägige Etappe nach Abu Hamed auffüllen und ihren Vorrat an Kamelfutter ergänzen.

Einen Tag später brachen sie nach Abu Hamed auf. Sie folgten dem Nil in nördlicher Richtung, vorbei am fünften Katarakt, angesichts dessen eine Fahrt auf dem Fluss undenkbar war. Jonathan fielen kreideweiße Schlieren auf der schlammigen, strudelnden Wasseroberfläche auf. Thatcher betonte, der Weiße Nil führe Kalkablagerungen mit, die sich mit dem Blauen Nil nicht vermischten, wenn sich die beiden Flüsse hundert Meilen weiter südlich bei Khartum trafen. Jonathan wusste nicht, ob er ihm glauben sollte. Er meinte ein Krokodil zu sehen, das dunkel in den Fluss glitt, doch als er Thatcher darauf aufmerksam machte, war die schwarze Gestalt unter Wasser verschwunden. Geknickt sagte Peter, sie seien sehr selten, da man sie aufgrund ihrer Haut beinahe ausgerottet habe.

Sie nahmen ihren Weg unter Dattelpalmen und Akazien, die den Nil säumten, und staunten, wie schmal der Grüngürtel war, der den Fluss von der Wüste trennte. Nur ein geringer Teil der Landschaft, durch die sie kamen, war kultiviert, was Jonathan überraschte. Neben den einfachen, von Lehmmauern umgebenen Dörfern, auf die sie trafen, entdeckten sie nur ein paar von Eseln angetriebene Wasserräder, *saquia*, die Wasser auf die Felder kippten, auf denen Rizinus und Hibiskus angebaut wurden. Thatcher erklärte, die türkische Verwaltung in Kairo erhebe eine Steuer auf jedes Wasserrad und belege auch Kamele mit einer Abgabe. Die Steuererhebung habe zu einem enormen Rückgang der Bewässerung geführt; die armen Nubier seien gezwungen gewesen, an den Stellen Getreide anzubauen, an denen es auf natürliche Weise vom Nil bewässert wurde. Offenbar unternahm Ägypten, das sich vor einem starken Nubien im Süden fürchtete, alles Erdenkliche, um den Fortschritt des Landes zu hemmen.

Jonathan erstaunte die Dominanz Ägyptens über den Rest von Afrika. Das Land, durch das er reiste, war augenscheinlich nur ein Abglanz des Landes im Norden. Seine Erregung stieg an, als er sich vorstellte, das Land zu sehen, über das er seit seiner Kindheit gelesen hatte. Schon bald würde er die prächtigen Denkmäler und Tempel Ägyptens mit eigenen Augen sehen. Auf halbem Weg nach Abu Hamed hielten sie in einem Palmenhain am Grab eines Engländers an, der dort in den fünfziger Jahren des neunzehnten Jahrhunderts gestorben war. Jonathan fragte sich, wie lange und zu welchem Preis es seine Landsleute in ihrer Faszination von Ägypten wohl schon an diese unwirtlichen Gestade gezogen hatte.

Nach zwei weiteren Tagen in der brennenden Sonne erreichten sie schließlich Abu Hamed, das zwischen dem vierten und fünften Katarakt lag. Hier wimmelte der Fluss von grauen Reihern und Kuhreihern, dem weißen Ibis von Ägypten. Das schlichte Lehmhüttendorf würde ihr Ausgangspunkt für ihre Reise nilabwärts sein. Als Thatcher seine Pläne bekannt gab und Anstalten machte, ein offenes Boot, eine Feluke, zu mieten, erhielt er beunruhigende Warnungen über den Zustand der Katarakte. Doch die Männer ließen sich von ihrem Plan, auf dem Wasser weiterzureisen, nicht abbringen. Sie hatten kein Verlangen, die Wanderung durch die Wüste fortzusetzen. Sie waren entschlossen, auf dem Nil nach Ägypten zu fahren.

Kapitel sieben

Der Mond wird oft noch über den Syringen
Der Schwermut blasse Kerze nachts entzünden,
Gleich einem Diener dir den Leuchter bringen –
Er wird dich suchen und dich nicht mehr finden …

Tag für Tag verbrachte Annie im schattigen Dunkel des großen Korallenhauses und sah die Sonne nur, wenn sie auf den Dachgarten kam. Das getüpfelte Licht der geschnitzten Holzläden warf tanzende Muster in die tiefen Fensternischen mit ihren reich gemusterten Teppichen. Die tiefen Blau- und Rottöne der geometrischen Figuren auf den Teppichen, die Sitzkissen, Polster und Böden bedeckten, waren beinahe das einzig Sanfte in ihrer tristen, vor der Sonne abgeschirmten Umgebung. Die Holzbalken, Fensterstürze und geschnitzten Schlagläden seien aus indischem Teakholz, hatte Gemiya ihr erzählt. Auch sie milderten die kalten Korallenblöcke ab, und ihr phantasiereiches Schnitzwerk zeugte von indischen Matrosen, die sich monatelang die Zeit vertrieben hatten, bevor ihre mit Pilgern voll beladenen Schiffe nach Indien zurückkehrten. Solche Verbindungen mit Indien dienten jedoch nur dazu, sie an ihr sonniges Zuhause zu erinnern, weit entfernt von ihrem eingesperrten Dasein an der Küste Arabiens.

Zwei Wochen vergingen, bis Annie sich scheinbar in die Routine des Haushalts gefügt hatte. Sie wachte auf, wenn der durchdringende Morgenruf zum Gebet die Morgendämmerung ankündigte. Nach dem Frühstück kehrte sie in ihr Zimmer zurück und versuchte sich neue Gedichte zu überlegen, die sie ihren »Schülerinnen« aufbürden könnte. Nach den Koranstunden war sie eine Stunde mit ihnen zusammen, um ihnen Englisch beizubringen. Nach einem schweren, öligen Lunch im Teeraum zogen sich alle Frauen zu einem Nickerchen während der heißesten Tageszeit in ihre Gemächer zurück. Später nahm man ein Bad und ging im Granatapfelgarten auf dem Dach spazieren; gegen Abend jedoch kam Annie sich derart eingesperrt vor, dass sie am liebsten geschrien hätte. Ihre körperliche und sprachliche Isolation war so vollkommen, dass sie es nicht mehr länger zu ertragen glaubte.

Ein Tag folgte dem nächsten, eingeteilt nur von den fünf Rufen zum Gebet. Die anderen Frauen gingen still ihrer Arbeit nach. Sitti Kabeera überwachte das Einteilen der Vorräte, ihre Lagerung und Zubereitung. Iman bestellte Stoff und arbeitete mit den Näherinnen. Mala war selten vor Mittag zu sehen, da sie anscheinend den größten Teil des Tages in ihrem Zimmer verbrachte. Bei Sonnenuntergang jedoch war sie verantwortlich für die Festlegung des richtigen Zeitpunkts, damit die nächsten Gebete im korrekten Abstand gesprochen wurden. Die Zeiten für Gebete und Mahlzeiten verschoben sich täglich mit dem Sonnenuntergang, sodass sie nie zur selben Zeit aßen wie am Tag zuvor. Annie erinnerte sich an die Uhrensammlung ihres Großvaters, die einen genauen Zeitplan für den Haushalt festgelegt hatte. Auf sie wirkte diese Zeitverschiebung beunruhigend. Doch vom Sonnenuntergang aus gerechnet, entfalteten die Frauen in der Morgendämmerung, am Vormittag, am Mittag und am Nachmittag ihre Gebetsteppiche, um sich zu verneigen und zum Gebet niederzuknien. Der Rhythmus der Rufe zum Gebet verlieh ihren eintönigen Tagen eine Struktur und einen gewissen Sinn.

An Freitagen war es noch schlimmer, da Arbeiten nicht erlaubt war. Die Männer gingen mittags in die Moschee, und die Frauen durften in dem kleinen Zimmer neben dem Esszimmer beten. Selbst die Kinder schienen lustlos und gelangweilt, da sie nur den Dachgarten und ein paar Spiele im Teeraum zu ihrer Unterhaltung hatten. Beim Gedanken an ihre aktive Kindheit mit Jagen, Reiten und endlosen Beschäftigungen im Freien tat es Annie weh, diese Einengung mit anzusehen.

Die Anspannung und Wut, unter denen sie litt, schien sie außerdem krank zu machen. Sobald sie morgens aufstand, um sich anzukleiden, stieg ihr die Galle hoch. In der Hitze hatte sie das Gefühl, jeden Moment in Ohnmacht zu fallen. Die öligen Speisen, die aufgetragen wurden, verursachten ihr Übelkeit. Sie aß nur Brot mit dunklem Honig, was sie anscheinend ein wenig beruhigte, doch sie wurde blass und matt.

Ihre kleinen Schülerinnen hatten pflichtgemäß zehn weitere Verse gelernt, die sich ausnahmslos mit Freiheit befassten. Doch Annie gingen die Ideen aus. Sie beschloss, einen neuen Kurs einzuschlagen und zu Französisch überzugehen. Dann betrat sie am Morgen ihres fünfzehnten Tages in Gefangenschaft den Frühstücksraum.

Wie gewöhnlich erreichte sie das Stimmengewirr noch ehe sie die Tür öffnete. Die hohen Kinderstimmen vereinigten sich zu Willkommensrufen, als sie sich um sie scharten. Wie es sich gehörte, begrüßte sie Sitti Kabeera, Mala und die liebliche Iman, bevor ihr eine neue Frau auffiel, die auf dem breiten Diwan unter dem Fenster hockte. Während Annie das dunkle, ordentlich unter einen Satinturban geflochtene Haar, die wachen Augen und das weite Gewand aus burgunderroter Seide in sich aufnahm, ergriff die kleine Noora ihre Hand.

»Madame Annie, min fadlik, bitte sehr«, sagte Noora und zog sie zum Fenstersitz. Annie ließ sich zu der fremden Frau führen, neugierig auf Nooras Mutter.

»Es freut mich, Sie kennenzulernen«, sagte die Frau träge. »Noora redet den ganzen Morgen von nichts anderem, als von ihrer neuen ustâsa.«

Verblüfft über das fehlerfreie Englisch, erwiderte Annie eifrig: »Wie schön, Nooras Mutter kennenzulernen. Sie sind Madame Sherine, nicht wahr?«

»Ja, ich bin Sherine. Sherine die Böse, Sherine die Hure.

Sherine die persona non grata …«, sagte sie mit wegwerfender Handbewegung.

»Ich freue mich sehr, Sie zu sehen. Es ist so lange her, dass ich mit jemanden geredet habe, der so gut Englisch spricht«, erwiderte Annie und setzte sich auf den Rand des Diwans.

»Warum sollte ich auch nicht gut Englisch sprechen? Ich wurde in Kairo geboren, eine Engländerin hat mich unterrichtet, und ich bin nach Europa gereist. Ich habe vieles gemacht, bis ich an Hassan Bey in die Sklaverei verkauft wurde«, sagte sie trotzig.

Sitti Kabeera sprach leise auf Arabisch mit Sherine. Sherine murmelte ein paar beruhigende Worte und wandte sich wieder an Annie.

»Sie haben Angst, ich könnte Familiengeheimnisse preisgeben«, sagte Sherine sarkastisch. »Ich bin lieber folgsam, sonst entzieht man mir meine Besuchsrechte.«

»Bitte, sprechen Sie mit mir«, bat Annie eindringlich. »Ich muss wissen, wie ich eine Nachricht an meine Familie nach draußen bekomme. Vielleicht können Sie mir helfen?«

Sherine warf Mala einen flüchtigen Blick zu, die zwar ganz in ihrer Nähe auf einem niedrigen Sitzkissen saß, jedoch entschlossen in eine andere Richtung schaute. Sie senkte die Stimme und redete schneller. »Tut mir leid. Ich darf Noora nur unter stillschweigender Duldung sehen. Ich hänge hier in Dschidda fest, weil Hassan Bey mir die Gunst einräumt, in der Nähe meiner Tochter zu sein. Wenn es sie nicht gäbe, wäre ich zu meiner Familie nach Kairo zurückgekehrt. Doch dann hätte ich sie nie wiedergesehen. Es ist gefährlich für mich, mit Ihnen zu reden. Es kann sein, dass Mala mehr Englisch versteht, als sie zu erkennen gibt«, flüsterte Sherine. »Sie sehen also, dass ich Ihnen nicht helfen kann«, sagte sie laut, hob absichtlich die Stimme und richtete sich auf.

Annie lehnte sich enttäuscht zurück. »Es ist trotzdem schön, Sie kennenzulernen … Noora ist ein feines Mädchen. Sie lernt schnell Englisch.«

Sherine schenkte Noora einen liebevollen Blick. »Sie wird es schon schaffen. Sie dürfen sie nicht loben, wissen Sie. Sonst fordern Sie den bösen Blick heraus«, erwiderte sie augenzwinkernd.

Annie schob sich vom Diwan, um sich etwas zum Frühstück zu holen. »Verzeihen Sie. Das wusste ich nicht. Soll ich Ihnen etwas mitbringen? Hätten Sie Lust auf Tee?«

»Danke«, erwiderte Sherine etwas freundlicher. »Nett von Ihnen.«

Annie holte vom Samowar Tee für sie beide und kehrte mit einem Stück Fladenbrot und Honig zu ihrem Sitz zurück. »Bevor ich hierher kam, hatte ich noch nie etwas von dunklem Honig gehört«, sagte sie umgänglich, um das Gespräch im Fluss zu halten. »Er schmeckt recht gut.«

»Der schwarze Honig kommt aus dem Hadramaut im Süden des Jemen. Er wird hier in Arabien hoch geschätzt, und wenn ich nach Kairo fahre, nehme ich für gewöhnlich ein paar Gläser mit.«

»Bienenzucht ist mir neu«, sagte Annie. »Ich glaube nicht, dass die Inder wissen, wie man Honig erntet.«

»Man sagte mir, Sie seien Engländerin. Was haben Sie in Indien gemacht und wie kommt es, dass Sie hier sind?«, fragte Sherine, ihrer Neugier nachgebend.

»Das versuche ich noch immer herauszufinden«, erwiderte Annie und schüttelte matt den Kopf. »Ich bin in Indien aufgewachsen und fuhr mit meinem Mann zurück in seine Heimat nach England. Wir waren gerade ins Rote Meer eingelaufen, als ein paar Sklavenhändler unser Schiff kaperten und mich entführten. Ich glaube, sie haben mich in Aden belauscht, als ich erwähnte, dass ich in Indien an einer Mädchenschule unterrichtet habe. Sie haben das Schiff in die Luft gejagt, und mein Mann …« Tränen schossen Annie in die Augen, und sie verstummte.

Mitleid schlich sich in Sherines Blick. »Das tut mir sehr leid. Die arabischen Sklavenhändler haben keine Achtung vor dem

Leben. Und diese Türken – das sind grausame, harte Kerle. Vor allem, wenn es um Frauen geht.«

»Aber ich dachte, es wären Araber?«

»Nein, diese Familie hier und die anderen wohlhabenden Kaufmannsfamilien in Dschidda sind türkisch. Die einheimischen Araber waren hauptsächlich entweder Nomaden, Beduinen oder Fischer an der Küste. Nur wenige Stadtbewohner in Mekka und Medina waren Händler. Als die Küstenstädte infolge der Pilgerströme an Bedeutung gewonnen, siedelten sich die türkischen Händler hier an. Am Ende übernahm das türkische Reich unter den Osmanen die Herrschaft über den Küstenstreifen, den Hedschas, wo wir jetzt sind. Doch sie können die Kontrolle kaum aufrechterhalten. Die arabischen Stammeskrieger hassen das strenge türkische Regime, und eines Tages werden sie sie hinauswerfen. Mein Volk, die Ägypter, ist ganz anders.« Sie seufzte.

»Wie anders?«, fragte Annie, die sich dankbar von ihren Sorgen um Jonathan ablenken ließ.

»Oh, wir tanzen und singen und essen gern, vor allem essen wir gern. Ägypter lächeln und scherzen gern. Kairo ist ein sehr fröhlicher Ort, nicht so wie dieses Mausoleum hier«, erwiderte Sherine verbittert. »In Kairo tragen nur die Fellachen, die Bauern auf dem Land, diese schwarzen Gewänder.« Mit einer geringschätzigen Handbewegung deutete sie auf die staubige Abaja, die zerknüllt auf dem Diwan lag. »Die Damen in der Stadt sind in festliche Farben gekleidet und schützen ihr Schamgefühl unter einem duftigen Schleier. Wir sind verführerisch und keine Trauerklöße. Und ich hatte als junges Mädchen die Freiheiten der Stadt. Solange ich eine Anstandsdame hatte, konnte ich gehen, wohin ich wollte, konnte einkaufen und durch den Park spazieren. Hier darf eine Frau der Oberschicht nie nach draußen, es sei denn, sie will Frauen einer anderen Familie besuchen, die ebenso eingesperrt sind wie wir. Wussten Sie, dass sogar die Einkäufe von Männern getätigt werden? Wir sollen uns mit dem zufriedengeben, was sie für uns auf dem Markt aussuchen. Woher wollen sie denn wissen, was mir gefällt?« Sie seufzte vor Ärger über die Ungerechtigkeit. »Als ich es nicht mehr aushielt, bat ich Hassan Bey, sich von mir scheiden zu lassen, und ich kehrte nach Kairo zurück. Doch ich war mir nicht darüber im Klaren gewesen, wie schwer es mir fallen würde, Noora zu verlassen. Meine Kleine hat mir gefehlt. Deshalb bin ich zurückgekommen und habe ihn angefleht, sie mir zu geben. Er hat so viele andere Kinder, und ich habe nur das eine. Warum konnte er sie mir nicht überlassen? Aber nein, er bestand auf seinem rechtmäßigen Besitz, und ich habe großes Glück, dass ich sie sehen darf.«

Annie war so sehr in ihre Unterhaltung vertieft und freute sich über alle Maßen, nach so langer Zeit wieder Englisch zu hören, dass sie kaum bemerkte, wie Sitti Kabeera sich räusperte. Es wurde still im Raum, und Sherine schaute verlegen auf.

»Ich habe die ustâsa mit Beschlag belegt. Die Sitti Kabeera sagt, der Scheich komme heute nicht, und ob es Ihnen etwas ausmache, sofort mit dem Unterricht zu beginnen? Man wirft mich aus dem Haus, wenn ich mich weiterhin so schlecht benehme. Kann ich an Ihrem Unterricht teilnehmen?«

»Selbstverständlich«, sagte Annie. »Auch ich habe bei der angenehmen Unterhaltung mit Ihnen nicht auf die Zeit geachtet. Bitte kommen Sie mit und sehen Sie sich unser kleines Klassenzimmer an.«

Sie durchquerten den Salon und gingen in das kleine kutab nach nebenan, die kleinen Schülerinnen von Annie im Schlepptau. Die Buchständer wurden auf dem Boden verteilt, und jedes Mädchen legte ein Sitzkissen an seinen Platz, ließ sich nieder und schaute Annie gespannt an. Nur Noora war zum Fenstersitz geschlichen, um neben ihrer Mutter zu sitzen, die sich träge in dem gepolsterten Alkoven ausstreckte.

Annie bat ihre Schülerinnen, ihr Repertoire an Freiheitsgedichten für Sherine aufzusagen. Als ihr das Thema der Gedichte bewusst wurde, weiteten sich Sherines Augen vor Vergnügen, und gegen Ende der Litanei hatte sie gegen einen Lachanfall anzukämpfen. Die Schülerinnen ließen sich durch ihre Reaktion verwirren, denn sie glaubten, Fehler gemacht zu haben, doch Annie ermutigte sie fortzufahren und lobte sie am Ende.

»Heute werden wir anfangen, Französisch zu lernen! Wir beginnen damit, die Marseillaise auswendig zu lernen, ein Lied, das jedem Franzosen sehr am Herzen liegt«, verkündete Annie und ließ schon bald die Silben über Freiheit und Gleichheit auf Französisch nachplappern. Nach einer Stunde entließ sie die Klasse. Die kleinen Mädchen liefen aus dem Raum und sangen »Marchons! Marchons!«

Als Annie sich bückte, um die Sitzkissen zu glätten, lachte Sherine schallend auf. »Was glauben Sie, wie lange Hassan diese Erziehung dulden wird, die Sie seinen Töchtern angedeihen lassen?«

»Er hat sich nicht die Mühe gegeben herauszufinden, was sie lernen, und Mala ist zu ängstlich, ihm zu sagen, was hier vor sich geht. Ich dachte bisher, er würde es erwähnen, aber ich glaube, es findet eine großartige Verschwörung statt, damit er von meinen Bemühungen nichts erfährt«, sagte Annie und schüttelte kleinlaut den Kopf.

»Annie, kommen Sie zu mir auf den Diwan«, sagte Sherine leiste, richtete sich abrupt auf und machte Annie Platz. »Sie müssen sehr vorsichtig sein mit dem, was sie Mala gegenüber sagen. Sie spricht ein bisschen Englisch, und es kann sein, dass sie viel mehr versteht. Ich habe Ihnen gesagt, dass ich Ihnen nicht helfen werde, weil ich wusste, dass sie zuhörte. Aber ich will tun, was ich kann, Sie zu unterstützen. Sie gehören hier nicht hin, und bei Ihrem Verhalten werden Sie nicht lange überleben. Sie gehen ein großes Risiko ein, wenn Sie sich gegen Hassan Bey stellen. Sie wissen doch sicher, dass er Sie an ein Freudenhaus verkaufen kann, wenn Sie ihm missfallen?«

Bei dem Gedanken riss Annie die Augen vor Entsetzen weit auf. Sie hatte aus Trotz gegen Hassan Bey agiert, hatte jedoch nicht geahnt, wie sehr sie durch ihr Verhalten ihre Sicherheit gefährdete. Worauf hatte sie sich nur eingelassen?

Sherine fuhr fort: »Ohne den Rückhalt durch meine Familie hätte ich niemals den Mut gehabt, mich ihm entgegenzustellen, aber Sie haben hier keine Familie, die Sie beschützt. Sie müssen vorsichtig sein. Nächste Woche ist der achte, neunte und zehnte Tag des Monats Dhul-Hijja, dann beginnt der Haddsch, und die ganze Familie samt Dienerschaft wird drei Tage lang nicht da sein. Dschidda ist dann überfüllt mit Pilgern, und wenn alle weg sind, werde ich eine neue Abaja für Sie vorbeibringen und versuchen, Sie aus dem Haus zum britischen Konsul zu schleusen. Vielleicht kann er Ihnen helfen«, sagte Sherine mit hoffnungsfroher Miene.

»Natürlich kann er mir helfen. Vielen, vielen Dank, Sherine. Sie ahnen gar nicht, was es mir bedeutet …« Annie ergriff Sherines Hand.

Sherine tätschelte Annies Hand mit ihrer freien. »Machen Sie sich keine allzu großen Hoffnungen, Annie«, sagte Sherine. »Hassan Bey ist ein mächtiger Mann in Dschidda.«

»Der britische Konsul wird mir helfen, dessen bin ich mir sicher«, sagte Annie begeistert. »Aber gehen Sie denn nicht zum Haddsch?«

»Ich war letztes Jahr dort. Man muss nicht jedes Jahr nach Mekka und Medina pilgern. Jeder Muslim soll die Reise mindestens einmal im Leben unternehmen, wenn es geht. Doch die Menschen in Dschidda gehen im Allgemeinen jedes Jahr, wenn sie dazu in der Lage sind.«

»Und was ist mit der Dienerschaft? Das sind Sklaven. Gehen sie auch?«

»Aber sicher. Sie wurden versklavt, bevor sie Muslime waren – Muslime zu versklaven, ist nicht erlaubt. Nach ihrer Konvertierung muss es ihnen allerdings erlaubt sein, zum Haddsch zu gehen.«

»Aber als Sklaven? Sklaverei ist doch durch Ihre Religion gewiss nicht sanktioniert?«

»Die Sklaverei existiert schon seit Tausenden von Jahren, lange bevor der Islam geboren wurde. Ich kann mich daran erinnern, als Kind einen der letzten Sklavenmärkte in Kairo erlebt zu haben, ganz in der Nähe unseres alten Hauses neben der Hakim Moschee. Afrikanische Kinder, nicht älter als ich, wurden jede Woche verkauft. Zu einer Zeit, da man keine Dame jemals unverschleiert zu Gesicht bekam, war ich schockiert und angewidert, blonde und rothaarige Tscherkessinen zu sehen, die man für die Versteigerung vollkommen entblößt hatte. Alhamdulillah, dieser Markt ist längst geschlossen, da die Osmanen sich dem britischen Druck gefügt haben. Arabien aber – nun, in diesem kargen Land gibt es nicht genügend Menschen, um den Einwohnern in den Städten aufzuwarten. Die hat es nie gegeben. Deshalb werden sie auch weiterhin Sklaven kaufen, die ihnen dienen. Sie legen den Koran so aus, dass er diese Praxis verzeiht und Regeln für die gute Behandlung von Sklaven aufstellt. Selbst die Kaaba, der große Stein in Mekka, wird von zwei schwarzen Eunuchen bewacht, Sklaven, die als Jungen kastriert wurden. Manchmal denke ich sogar, dass ein Sklave noch besser gestellt ist als eine Ehefrau. Sklaven werden in die Familie aufgenommen; ein Herr kann sich nicht von einem Sklaven scheiden lassen.«

Annie schüttelte den Kopf. »Hier gibt es so viele Bräuche, die mir rätselhaft sind. Und der Gedanke, dass mich jemand gekauft hat und glaubt, ich sei eine Sklavin, ist mir unbegreiflich …«

»Wir müssen Sie Ihrem Volk zurückgeben. Ich werde versuchen, Ihnen zu helfen, aber es kann vieles schiefgehen«, gab Sherine zu bedenken.

»Ach, Sherine, was soll schon passieren, jetzt, da ich Sie habe, die mir hilft?«, flüsterte Annie aufgeregt, als Gemiya an der Tür erschien, um sie wieder in ihr Zimmer zu bringen. Sie würde es schon bald erfahren.

An jenem Nachmittag trieb ein unbestimmtes, drängendes Gefühl Annie auf den Dachgarten. Ohne stehenzubleiben, um wie sonst über die glatten grünen Blätter der Granatapfelbäume zu streichen, blickte sie auf den Hafen, in dem mehr Betrieb herrschte als sonst. Sie lehnte sich an das Gitterwerk, von dem das Dach umgeben war, spähte hindurch auf das türkisblaue Meer und betrachtete den dunstigen Horizont. Weit draußen, hinter den drei weißen Brandungslinien über den Riffen, glaubte sie neue dunkle Formen zu sehen, die verschwommen in der Hitze aufragten. In der Gewissheit, dass sich Schiffe im Vorfeld des Haddsch im Hafen drängten, besserte sich Annies Laune zum ersten Mal, seitdem sie eine Gefangene in Dschidda war. Eines dieser Schiffe würde ihre Rettung sein, das wusste sie.

Am nächsten Tag setzten im Haus die Vorbereitungen für die Reise ein. Die Kinder schleppten sich mühsam durch den Unterricht und liefen mit klingelnden Fußkettchen davon, um beim Packen des für den Haddsch notwenigen Bettzeugs und Proviants zuzusehen. Große Weidentruhen wurden bis an den Rand mit Kissen für die Übernachtungen unterwegs gefüllt, und die kleinen Mädchen quengelten so lange, bis ihre Lieblingskissen und Spielzeuge mitkamen. Iman sorgte dafür, dass bei jedem Mädchen Maß genommen wurde für das schlichte weiße Gewand, das sie tragen würden, und arbeitete mit den Näherinnen an der Fertigstellung. Die Mädchen trugen stolz ihre Kopfbedeckung zur Schau, die fest an ihren Gesichtern anlag, um ihr Haar zu verhüllen, das Gesicht aber frei ließ. Selbst Noora mit ihren sieben Jahren tauchte zwei Tage später in ihrem weißen Gewand und der Kopfbedeckung auf. In Annies Augen wirkte sie wie die Miniaturausgabe anglikanischer Missionarinnen, die sie in Indien gesehen hatte.

Sitti Kabeera, das Gesicht in Schweiß gebadet, beaufsichtigte die Zubereitung der Mahlzeiten für die Pilgerfahrt. Aus dem Backofen auf dem Dach stieg Rauch, während stapelweise Fladenbrot für die Reise gebacken wurde. Tonkrüge wurden mit Käse gefüllt; Töpfe mit Honig, in Blättern verpackt und mit Stroh gepolstert, wurden in Weidenkörbe gestellt. Abgekochtes

Trinkwasser wurde in irdene Gefäße geschüttet. Das Gackern von Hühnern tönte durch das Treppenhaus, als ihre Käfige aus Rohrgeflecht auf das Dach hinaufgetragen wurden; am letzten Tag der Vorbereitungen würde man die Tiere über Holzkohle grillen. Bei alldem schien Sitti Kabeera überall gleichzeitig zu sein, in der Küche auf dem Dach, in der Vorratskammer neben dem Teeraum, in den Fluren bei der Überprüfung der Körbe.

Die Einzige, die sich durch die Vorbereitungen anscheinend nicht aus der Ruhe bringen ließ, war Mala. Annie kam mehrfach an der offenen Tür zu ihrem Zimmer vorbei und sah Mala auf ihrem Diwan liegen und eine der sonderbaren Pfeifen rauchen, die sie bei den Männern abends nach dem Essen bemerkt hatte. Malas Schischa, wie Gemiya die Wasserpfeife nannte, war aus Messing mit einem hellroten Schlauch, an dem bunte Troddeln hingen. Mala schaute sie aus halb geschlossenen Augen benommen an, und aus dem Raum drang eine Wolke süßlichen Rauchs.

Gemiya kam mit einem Stapel Decken vorbei, als Annie gerade an Malas geöffneter Tür war. Sie schüttelte traurig den Kopf, als sie die träge Mala erblickte.

»Die Frau sollte aufpassen, dass der Herr sie dabei nicht erwischt!«, flüsterte Gemiya Annie zu, nachdem sie ihren Weg über den Flur fortgesetzt hatten.

»Wobei, Gemiya? Darf sie denn nicht rauchen?«, fragte Annie.

»Sie raucht keinen Tabak; sie raucht Opium, Madame Annie«, sagte Gemiya betrübt. »Zuerst hat sie nur wenig geraucht, aber jetzt macht sie es die ganze Zeit. Der Herr wird sich von ihr trennen, wenn er es herausbekommt.«

»Warum riskiert sie das wohl?«

»Seitdem Madame Iman ins Haus kam, ist sie so«, vertraute Gemiya ihr an. »Es gefällt ihr nicht, dass der Herr nachts nicht mehr zu ihr kommt.«

Arme Mala, die vernachlässigte zweite Ehefrau, dachte Annie.

Wie konnte Hassan Bey diesen Frauen nur so viel Elend zufügen? Sie dachte an Sitti Kabeeras traurige Augen, bar jeglicher Illusionen. Warum fühlte sich Hassan Bey veranlasst, immer wieder neue Frauen ins Haus zu holen, wenn er anscheinend doch keine liebte? Vielweiberei war ihr angesichts ihrer christlichen Erziehung so fremd, ein solches Tabu, dass es Annie anwiderte. Die Frauen schienen sehr benachteiligt. Wenn sie allerdings an die angespannte Ehe ihrer Eltern dachte, musste sie zugeben, dass die Institutionen zur Arterhaltung vielfältig waren.

Annie warf einen Blick zurück auf Malas Eingang. So sah also eine Opiumraucherin aus. Sie erinnerte sich an Männer auf dem Bow Bazar in Kalkutta, die ähnlich betäubt gewirkt hatten. Allmählich wurde ihr klar, warum Mala dem »Unterricht«, den Annie den Mädchen erteilte, so wenig Aufmerksamkeit geschenkt hatte. Mala schien sich für nichts zu interessieren. Annie fragte sich, warum sich Sitti Kabeera und Iman nicht bei Hassan Bey über Malas Verhalten beklagt hatten.

Vom Dach aus war inzwischen deutlich zu sehen, dass der Hafen sich mit Schiffen füllte. Aufgeregt lief Annie mehrmals am Tag die breiten, in Holz eingefassten Stufen hinauf, um festzustellen, dass noch mehr große Schiffe draußen hinter den Riffen lagen. Kleinere Sambuks transportierten die Pilger durch die tückischen Untiefen ans Ufer, wo sie auf dem Strand ihr Lager aufschlugen. Im Laufe der Woche verdunkelten allmählich die Zelte Tausender Besucher das Ufer; der Rauch ihrer Lagerfeuer und ihre Musik stiegen in den nächtlichen Himmel auf.

In der Stadt hallten die Geräusche von Kamelen wider, die gurgelten und knurrten, wenn ihre Treiber sie mit schweren Vorräten und Pilgern beluden. Das durch die Korallentürme ziehende Murren der Kamele drang in Annies Zimmer, auch nachts. Diese Geräusche der Straße, vermischt mit Eselgeschrei und Hundegebell, ließen eine gewisse Vorfreude in Annie aufkeimen. Das Eintreffen der Kamelkarawanen gab Annie Hoffnung.

Schließlich war der achte Tag des Dhul-Hajj angebrochen.

Seit dem Morgengrauen hatten die Diener die Körbe, Krüge und Weidentruhen die breite Treppe hinuntergetragen und beluden die Kamele. Annie schlich die Stufen hinab, um sich die letzten Vorbereitungsphasen vor der Abreise anzusehen. Von ihrer hohen Warte in einer Windung der Treppe schaute sie auf ein scheinbar heilloses Chaos vor der massiven Eingangstür hinab. Die großen, gelbbraunen Kamele, behängt mit bunten Wolldecken, phantasievoll geflochtenen Zügeln und runden Messingglocken, wirbelten herum und stampften verächtlich auf, während ihre Reiter vergeblich versuchten, im Vorhof des Hauses ein wenig Ordnung zu schaffen. Die großen Tiere stöhnten und spuckten, wenn man sie zwang, in die Knie zu gehen und sich riesige Kästen und Körbe aufbürden zu lassen. Ihre roten und blauen Troddeln pendelten hin und her, und ihre Glöckchen klingelten, wenn sie sich unter ihrer enormen Last schwerfällig wieder aufrichteten. Annie sah fasziniert zu, während der Morgen fortschritt und buchstäblich Tonnen von Vorräten auf die widerborstigen Tiere geladen wurden. Trotz des Tumults war die Karawane am späten Vormittag schließlich fertig beladen.

Gemiya verscheuchte Annie von ihrem Aussichtspunkt, als Hassan Bey und seine Söhne in die Eingangshalle hinuntergingen. Sie verbarg sich hinter einer Tür im ersten Stock, bis alle Familienmitglieder sich an der Tür im Erdgeschoss versammelt hatten, bereit zum Aufbruch. Als sie auf ihre Stufe an der Windung der Treppe zurückkehrte, erschrak sie, denn die Männer der Familie waren nackt bis auf ein Handtuch um die Hüfte und ein zweites über den Schultern. An den Füßen trugen sie schlichte Ledersandalen. Die Frauen zumindest trugen die langen weißen Gewänder, die eigens genäht worden waren, und hatten auch das Haar bedeckt. Zu Annies Überraschung waren ihre Gesichter jedoch frei. Wo doch sonst im Allgemeinen so viel Wert auf Verhüllung gelegt wurde, konnte Annie nicht verstehen, warum die Einschränkungen in der Pilgerzeit erleichtert wurden. Bestimmt würden sie unterwegs auf andere Pilger treffen. Vom Garten auf dem hohen Korallenturm aus hatte es in Annies Ohren so geklungen, als wäre ganz Dschidda auf den Beinen; in Mekka würde es von Menschen nur so wimmeln. War denn eine Zeit der Frömmigkeit nicht zugleich auch eine strengere Zeit? Eigenartig, dass die Familie ausgerechnet jetzt die Kleidung ablegte, dachte sie.

Hassan Bey stand draußen vor der Eingangstür, hielt den Koran hoch über den Kopf und betete, während sein Sohn Ibrahim die anderen ins Freie führte. Er stieg auf ein großes Kamel, das noch reicher verziert war als die anderen. Bei seinem Kamel waren Goldfäden in die Zügel gewoben und es hatte einen hübschen Ledersattel mit einem Goldknauf vorn und hinten. Eine lange, mit Troddeln versehene Decke, deren riesige Taschen sich mit Reiseproviant ausbeulten, hing beinahe bis auf den Boden. Dann fiel Annies Blick auf zwei Kamele, zwischen denen ein großer, mit einem Tuch bedeckter Rahmen hing. Sie wurden an ein kleines Holztreppchen geführt. Die Frauen und die älteren Mädchen stiegen die Stufen hinauf in das fröhlich bemalte Behältnis. Sobald die gestreifte Stoffbahn heruntergelassen wurde, waren die Frauen für Fremde unsichtbar.

Gemiya schlappte die Treppe hinunter auf dem Weg zur Kamelkarawane.

»Gemiya, was ist das für ein gestreiftes Ding, in das die Frauen steigen?«, flüsterte Annie ihr hastig zu.

»Madame Annie, Sie dürfen sich nicht hier auf der Treppe aufhalten«, schimpfte Gemiya und eilte mit ihrem Bündel vorbei.

»Bitte, sag es mir, Gemiya«, forderte Annie.

Gemiya blieb einen Augenblick stehen, um Atem zu schöpfen. »Das ist der Shagduf. Die Frauen können darin sitzen, ohne gesehen zu werden«, sagte Gemiya.

»Und du, Gemiya, wirst du auch darin reisen?«, fragte Annie erstaunt.

»Niemand stört sich daran, mein schwarzes Gesicht zu sehen«, lachte Gemiya. »Und das Ding ist pechschwarz und entsetzlich. Nein, ich reite auf einem Kamel, wie es sich gehört, Alhamdulillah.« Lachend wandte sie sich um und ging weiter. »Und jetzt gehen Sie lieber die Treppe hinauf, sonst peitscht der Herr Sie aus.«

Annie blieb noch so lange, bis sie sah, wie ein Mann Gemiya und eine zweite afrikanische Sklavin auf ein kniendes Kamel schob. Dann zog sie sich auf den ersten Treppenabsatz zurück, wo sie in die Hocke gehen und das Geschehen weiter beobachten konnte, ohne von unten bemerkt zu werden. Mägde kamen auch weiterhin die Treppe hinunter, doch niemand ließ eine Bemerkung über ihre ungewöhnliche Position fallen. Der Tumult im Hof vor dem Haupteingang lenkte sie von Annies eigenartigem Verhalten ab.

»Sie sollten mitkommen«, vernahm sie eine männliche Stimme in tadellosem Englisch.

Annie erhob sich und wirbelte herum, verwirrt, wer sie wohl angesprochen hatte. Über ihr auf den Stufen stand Khalil, der älteste Sohn, von dem Annie geglaubt hatte, er sei bereits draußen. Er schaute mit Wohlwollen und einem Lächeln auf den Lippen unter dem hübschen Schnurrbart auf sie herunter.

»Ich fürchte, das geht nicht. Ich bin keine Muslimin, wissen Sie«, stammelte Annie, peinlich berührt, beim Spionieren erwischt worden zu sein.

»Das wäre natürlich leicht zu beheben«, sagte Khalil schlagfertig. Er genoss es, sie in Nöten zu sehen.

»Danke, aber ich habe bereits meine eigene Religion«, entgegnete Annie spitz, da sie sich über seine Großspurigkeit ärgerte.

»Wir würden Ihnen gern helfen, das zu ändern«, bot Khalil ihr an. Annie wurde sich bewusst, dass seine nackte Brust nur ein Stück von ihr entfernt war, und sie wandte sich verlegen ab.

»Nein, danke«, sagte sie, machte einen Bogen um ihn und ging die Treppe weiter hinauf. »Ich wünsche Ihnen viel Spaß auf Ihrer Pilgerreise.« Das letzte Wort betonte sie in der Hoffnung, ihn zu beschämen, doch er lachte nur leise vor sich hin und ging die Treppe hinunter zum Haupteingang.

»Danke. Wir sehen uns, wenn ich zurückkomme«, rief er ihr zu, als er aus der Eingangshalle trat.

»Meinetwegen müssen Sie sich nicht beeilen«, flüsterte Annie vor sich hin. »Ich werde dann nicht mehr hier sein.«

Eine Stunde später war der gesamte Haushalt schließlich aufgeladen, und das letzte Kamel hatte sich mühsam erhoben, um sich der Karawane anzuschließen, die sich bereits schwerfällig Richtung Mekka in Bewegung gesetzt hatte. Eine unheimliche Stille senkte sich über das Haus. Lediglich zwei alten Mägden, die beide kein Englisch sprachen, war aufgetragen worden, bei Annie zu bleiben. Vorbei war das ständige Geplapper der Kinder und das Trappeln der Mägde im Treppenhaus. Selbst die Stadt schien eigenartig ruhig; das Scheppern der Wasserträger und die schreienden Esel der Hausierer waren vorerst verklungen.

Annie streifte unruhig durch die Flure und das leere Treppenhaus. Nun wollte sie auch so schnell wie möglich verschwinden. Sherine hatte nicht gesagt, wann sie kommen würde, doch Annie traf bereits erste Vorkehrungen für ihr Fortgehen. Sie kramte aus dem Stapel im Teeraum eine buksha hervor, ein großes, rechteckiges Tuch, das zu einem Bündel zusammengeknotet wurde. Sie versteckte es unter ihrer Jacke und schlich durch den leeren Flur zurück in ihr Zimmer. Die Mägde waren nicht zu sehen. Sie legte ihr grünes Seidenkleid, die alte Unterwäsche und ihre Schuhe, alles, womit sie hier angekommen war, in die Mitte des Tuches. Sie wollte schon die Ecken zusammenbinden, hielt aber inne und fügte das leichte Batisthemd hinzu, in dem sie geschlafen hatte.

»Das nehme ich als Bezahlung für den Unterricht mit, den ich den Kindern immerhin erteilt habe«, sagte sie zu sich. »Es ist wenig genug, wenn man bedenkt, was die Familie mir angetan hat.« Sie versteckte das Bündel in ihrem Kleiderschrank und hoffte, die Mägde würden ihn nicht durchwühlen. Sie vergewisserte sich, dass ihr Geldgürtel mit dem darin enthaltenen Schmuck sicher zugeschnallt war.

Um ein Uhr war Sherine noch immer nicht da. Eine der Mägde brachte ihr eine Mahlzeit auf einem Tablett, nur kleine Salatschüsseln und ein Stück Brot. Nach dem Essen legte sie sich auf die carawitas und versuchte zu schlafen, doch die unheimliche Stille war erdrückend. Das Licht, das durch das geschnitzte Gitterwerk drang, durchbohrte sie wie heiße Stöße, eine Mücke schwirrte um ihr Ohr, und sogar der nachmittägliche Ruf zum Gebet klang schrill. Eine Stunde später vernahm sie plötzlich huschende Schritte und eilte zur Tür, doch es waren nur die Mägde, die just diesen Augenblick gewählt hatten, um das Treppenhaus und die Flure eimerweise mit Wasser auszuspülen. Sie tauchte ihren Messingbecher in die tönerne Wasserurne auf dem dreibeinigen Eisengestell im Flur, dankbar für die erfrischende Kühle in der schrecklichen Hitze.

Niedergeschlagen ging Annie durch das widerhallende Steinhaus, bis die Sonne so weit untergegangen war, dass sie den Dachgarten aufsuchen konnte. Selbst die Küche dort oben war leer, der Esel war in seinem Verschlag angebunden und kaute auf Stroh.

»Ob Sherine denn gar nicht mehr kommt?«, fragte sie sich ungeduldig und schritt im Garten neben dem Taubenschlag auf und ab. Sie versuchte sich abzulenken und die reifenden Granatäpfel zu betrachten, doch das kräftige Orangerot erinnerte sie nur daran, wie lange sie schon wider Willen in diesem Haus war. »Wenn es hier doch nur Bücher gäbe«, dachte sie und sah zu, wie das Meer vor der untergehenden Sonne dunkler wurde. »Dieses Haus wäre leichter zu ertragen, wenn es etwas zu lesen gäbe. Das einzige Buch, das ich hier gesehen habe, ist der Koran. Wie kann man nur ohne Bücher leben?«, überlegte sie verärgert und dachte an die Bibliothek ihrer Eltern in Kalkutta, die mit staubigen Folianten vollgestopft war. Wie sehr ihr Indien doch fehlte …

Sie hörte die Tür am Ausgang zum Dach knarren, dachte aber, es sei wahrscheinlich die Köchin. Der Himmel leuchtete in allen Schattierungen von Korallenrot bis Kirschrot, während die Sonne im dunkelblauen Meer versank. Als sie Schritte hinter sich vernahm, wirbelte sie herum.

»Annie, ich habe Sie gesucht. Was machen Sie hier oben?«, fragte Sherine, erhitzt vom Aufstieg.

»Oh, ich warte natürlich auf Sie«, antwortete Annie erleichtert. »Ich hatte schon Angst, Sie wären mit den anderen nach Mekka aufgebrochen!«

»Natürlich nicht. Ich habe Ihnen doch gesagt, dass ich hierbleibe«, sagte Sherine streng. »Wir müssen zum Haus des britischen Konsuls laufen, bevor es zu dunkel ist. Kommen Sie.«

Der Ruf zum Gebet stieg in den Abendhimmel auf und verfolgte sie durch die Tür, als sie die Treppe hinuntergehen wollten.

»Nehmen Sie mich mit in Ihr Zimmer. Da ziehen wir die Abaja über.«

Annie ging schweigend voraus. Die Zimmertür knarrte laut, als sie eintraten. Annie hoffte nur, der Ruf zum Gebet habe den Lärm der rostigen Scharniere übertönt und die Mägde würden nicht auftauchen.

»Ich habe nach den Mägden gesehen«, sagte Sherine, die offenbar ihre Gedanken gelesen hatte. »Sie schlafen im Teeraum. Ziehen Sie das über, dann gehen wir.«

»Aber ich kann doch nicht einfach mit Ihnen hinausgehen. Haben die Wachen Sie denn nicht gesehen, als Sie kamen?«

»Sicher. Aber ich bin mit meiner Nichte zum Haupteingang hineingekommen, um einen Becher Wasser zu trinken, und habe sie dann zur Hintertür hinausgelassen unter dem Vorwand, ich hätte oben etwas vergessen. Wenn wir durch den Haupteingang nach draußen gehen, werden die Wachen Sie für meine Nichte halten!«, sagte Sherine und musste über ihre Gerissenheit lächeln.

»Sherine, Sie sind großartig!«, sagte Annie anerkennend.

»Das kann man so sagen«, erwiderte Sherine selbstgefällig. Sie reichte Annie eine schwarze Abaja, ähnlich der, die Abdullah bin Karim ihr aufgezwungen hatte, diese aber war sauber und duftete. Annie streifte sie sich über den Kopf und legte den Schleier über Haare und Gesicht. Sherine zog die Sachen gerade, damit Annie etwas sehen konnte, wenn sie die Vorderseite mit der Hand nach unten hielt.

»Ziehen Sie nicht vor den Wachen daran. Die Frauen hier gehen anmutigen Schrittes in ihren Abajas, fast nach Gefühl. Ich werde Sie die Treppe hinunterführen. Und lassen Sie ihre Hände nicht sehen. Eigentlich müssten Sie Handschuhe tragen.«

»Wohin mit meinem Bündel?«, fragte Annie, denn ihr waren die Sachen im Schrank eingefallen. Sie bückte sich danach.

»Was haben Sie da drin?«

»Meine europäische Kleidung und meine Schuhe. Die brauche ich für die Reise.«

Sherine seufzte. »Ich hätte eine schwangere Nichte mitbringen sollen. Sie müssen es über ihrem Bauch halten, aber versuchen Sie, es ein wenig flach zu drücken. Kommen Sie, bevor es auf den Straßen zu dunkel ist.«

Annie ließ das Bündel unter die Abaja gleiten und stützte es mit einer Hand ab. Sie schlüpfte mit Sherine in den Flur und stöhnte insgeheim auf, als die alte Tür protestierte. Im weiten Treppenhaus war Annie dankbar für die niedrigen Stufen und die Holzeinfassungen, dank derer die Treppe leichter zu bewältigen war. Mit einer Hand an der Wand tastete sie sich Stufe um Stufe nach unten.

»Was Kamele können, kann ich schon lange«, redete sie sich gut zu. Sie wanden sich die drei Stockwerke hinunter, und als sie unten angelangt waren, bat Sherine sie, still zu sein.

»Ich werde auf Arabisch mit Ihnen reden, als wären Sie meine Nichte. Sagen Sie nichts, ganz gleich, was geschieht.«

Annie bedurfte dieser Mahnung nicht. Sie hatte eine Heidenangst, dass die Wachen merkten, wer sie war. Schweigend zogen sie die Tür auf, die das Treppenhaus von der Eingangshalle trennte, und gingen auf den Haupteingang zu.

Annie zitterte nervös, als Sherine munter auf Arabisch zu reden begann. Sie hörte auch nicht auf, als sie an die große Tür klopfte, die von den Wachen geöffnet wurde.

Durch die Abaja spürte Annie, wie Sherine ihren Ellbogen nahm, um sie die Treppe in den Hof hinunterzuführen. Annie hielt den Blick starr geradeaus gerichtet und versuchte nicht zu stolpern, als Sherine zu den Wachen »masa el-kheir« und dann »maa s-salâma« sagte. Vorsichtig Stufe um Stufe nehmend, erreichten sie schließlich den gekiesten Hof. Sherine nahm ihren arabischen Redefluss wieder auf und steuerte Annie sanft am Ellbogen nach links. Annie kam es wie eine Stunde vor, bis sie in den Vorhof kamen und auf die schmale Straße traten, die an der linken Hausseite zwischen zwei großen, dunklen Gebäuden hindurchführte.

Als sie um die Ecke bogen, ließ Sherine Annies zitternden Ellenbogen los.

»Wir haben es geschafft! Sie sind draußen, meine Liebe«, flüsterte Sherine ihr ins Ohr. Aus reiner Vorsicht behielt sie jedoch ihr arabisches Geplauder bei, während sie durch die verwinkelten Straßen gingen, in denen ihre Schritte trotz der Sandschicht unter ihren Füßen widerhallten. Nachdem ihr Zittern aufgehört hatte, konzentrierte sich Annie darauf, so viel wie möglich durch den winzigen Spalt in ihrem Schleier aufzunehmen. Sie kamen an schmalen, von Öllampen beleuchteten Cafés vorbei, in denen sich die Silhouetten von Männern abzeichneten, die an Messingtischen saßen und Kaffee aus Gläsern tranken. Die Männer starrten ihnen nach, als sie über die sandige Straße huschten. Aus einem Laden mit Säcken voll Zimt, Nelken und Kardamom, die bis auf die Straße hinaus standen, wehte ihr der Duft Indiens entgegen. Tierhäute stapelten sich in einem schmuddeligen Laden, über dessen Eingang so etwas wie Antilopenfelle drapiert waren. Ein Junge, der weit hinten auf dem Rücken seines klingelnden Esels saß, kam vorbei, als sie in die Dunkelheit einer Wohnstraße abtauchten, deren Anwohner zum größten Teil zum Haddsch unterwegs waren.

»Wie finden Sie sich hier nur zurecht, Sherine?«, flüsterte Annie in der relativen Sicherheit der dunklen Straße.

»Ich behalte das Minarett der Al-Basha Moschee vorn am Wasser im Auge, wenn es geht. Dann weiß ich immer, wo ich bin. Diese alten Häuser sind so hoch, dass es hier schwieriger ist als in Kairo, wo ich mich immer an den Minaretten orientiert habe, aber ich kenne es nicht anders. Halten Sie sich von den Stadttoren fern, wo die Wachen Sie ausfragen. Das ist das Allerwichtigste. Schhh, wir kommen an den Hauptplatz am Anleger. Wir müssen ihn überqueren, um zum Haus des Konsuls zu gelangen.«

»Ist es denn nicht zu spät für das Konsulat? Wird er denn noch dort sein?«

»Er wohnt direkt über seinen Amtsräumen, so wie es hier offensichtlich üblich ist. Daher ist er für gewöhnlich anzutreffen. Und jetzt Ruhe.«

Sherine verfiel erneut in ihren arabischen Monolog, als sie aus einer Seitenstraße in die Helligkeit des Platzes am Ufer hinaustraten. Eine lange Reihe von Läden lag ihnen gegenüber, dahinter die Stadtmauer. Annie erkannte, dass es die Läden waren, die sie an ihrem ersten Tag in Dschidda passiert hatte. Öllampen an den Markisen warfen einen Schimmer auf die Schmuckstücke und die Stoffe darunter; Perlen und Knöpfe funkelten im schwachen Licht. Die Ladenbesitzer sahen den beiden dunkel verhüllten Frauen misstrauisch nach. Durch die schützende Abaja spürte Annie die düsteren Blicke, ihre Unfreundlichkeit. Sie hoffte nur, diese Menschen niemals um Hilfe angehen zu müssen.

Annie erblickte den Kai, durch dessen Tor sie die Stadt betreten hatte. Monate schienen seither vergangen. Dabei war es erst vor drei Wochen gewesen, rief sie sich in Erinnerung. Rechts und links vom Tor lehnte lässig jeweils ein Wächter der osmanischen Türken in betresster Uniform, das Gewehr wie zufällig neben sich. Eine Rauchwolke stieg über der Zigarette auf, die einem der beiden Soldaten im Mundwinkel hing; der andere hatte sich die Krawatte gelockert, die nun achtlos vom Kragen herabhing. Die Frauen eilten am Anleger vorbei, denn ihnen war nicht daran gelegen, die Soldaten zu Fragen einzuladen.

Eine große steinerne Plattform beherrschte die Mitte des Platzes. Pilger aus der gesamten muslimischen Welt drängten sich auf dem Platz: Turban tragende Inder in ausgebeulten Hosen, Türken mit Fez, Afghanen mit Wollkappen, Araber in langen weißen Gewändern und mit Kopftüchern, die von schwarzen Kordeln festgehalten wurden, schwarze Afrikaner in bunten Gewändern. Auf der anderen Seite des Platzes war die hohe Mauer der Moschee, deren anmutiges Minarett sie durch die Stadt geleitet hatte. Annie fiel auf, dass es sich leicht zu einer Seite neigte.

»Das ist die Al-Basha Moschee, von der ich sprach«, flüsterte Sherine.

»Ist das Minarett schief, oder habe ich das Gleichgewicht verloren?«, wisperte Annie zurück, vor Nervosität kichernd.

»Schh! Eine britische Granate hat das Minarett während des Sklavenaufstands 1858 getroffen. Und dieser Block da ist der Sklavenmarkt«, flüsterte Sherine, ihren arabischen Monolog unterbrechend. »Sie können froh sein, dass Sie nicht dort gelandet sind!«, sagte sie makaber. Annie fiel ein, dass Gemiya die Sklavenauktionen erwähnt hatte, und ein ängstlicher Schauer lief ihr über den Rücken.

Nachdem die Frauen den Platz überquert hatten, tauchten sie erneut in Dunkelheit ab, die nur hier und da von geöffneten Läden durchbrochen wurde. Das Gewirr von Gebäuden rückte noch näher an sie heran, als sie einen überdachten Marktplatz betraten. Stoffhändler, die ihre Läden mit bunten Textilien ausgeschmückt hatten, saßen auf niedrigen Bänken vor ihrer Ware. In einer Metallwerkstatt wurden unter Funkenregen durchbohrte Laternen hergestellt. Aus einem halb gefüllten Café wehte ihnen der Duft nach türkischem Kaffee entgegen. Ob sie das Konsulat erreichen würden, ohne entdeckt zu werden? Was würde mit ihnen geschehen, wenn man sie fand? Annie ergriff nervös Sherines Hand.

Hinter dem Suk gelangten sie in ein Wohnviertel. Nur ihre schlurfenden Schritte auf der sandigen Straße durchbrachen die Stille der Nacht. Die meisten Fensterläden waren an jenem Abend dunkel, nur ein paar kunstvoll geschnitzte Eingänge, an denen sie vorübereilten, wurden von einer Öllampe beleuchtet. Die Haustüren bestanden aus massivem, fein gearbeitetem Holz; manche waren so groß, dass kleinere Pforten darin eingelassen waren. Sie waren mit schweren Eisenscharnieren und Riemen zusammengehalten und mit riesigen Türklopfern versehen. Das Gitterwerk vor den Fenstern, jeweils in einem anderen Muster, reichte an manchen Gebäuden vier oder fünf Stockwerke hoch und ragte in verrücktem Winkel über die Straße.

Die Hitze, ihre Nervosität und ihre Unfähigkeit, etwas zu sehen, machten Annie allmählich zu schaffen. Würden sie denn das Konsulat nie erreichen? In der langen, dunklen Straße musste sie langsamer geworden sein, da Sherine, die offenbar erneut ihre Gedanken las, ihr zuraunte: »Nicht aufgeben! Wir sind gleich da.«

Sie bogen um eine Ecke, und vor ihnen hing der Union Jack. In der zunehmenden Dunkelheit winkten die hellroten und blauen Streifen wie ein Leuchtfeuer der Zivilisation. Annie hatte schon immer eine besondere Hochachtung vor England gehabt, obwohl sie es noch nie gesehen hatte. Ihre Eltern hatten immer von der »Heimat« gesprochen. Und natürlich liebte sie Jane Austen und Charles Dickens, sagte sie sich gern. In jenem Moment aber überkam Annie ein überwältigendes Gefühl der Erlösung.

Annie und Sherine gingen die Treppe zum britischen Konsulat hinauf und gratulierten sich ausgelassen.

»Sie haben nicht geglaubt, dass wir hier ankommen, nicht wahr?«, spottete Sherine.

»O Sherine, Sie sind eine Zauberin. Ich kann Ihnen gar nicht genug dafür danken.«

»Ich hoffe nur, dass Mr. Howard heute Abend hier ist. Wäre doch furchtbar, wenn nicht, oder?«

»Sherine, an diese Möglichkeit dürfen Sie nicht einmal denken!«

Sie standen im Schein der Öllampe, die an der Unterseite des Säuleneingangs hing; Annie hob den schweren Eisenklopfer. Das Geräusch von Eisen auf Eisen hallte unheimlich in dem großen Steinhaus wider. Sie klopften noch einmal. Die massive, eisenbewehrte Tür blieb geschlossen.

Annie begann sich zu sorgen. Wenn der Konsul nun nicht da war? Was sollte sie tun? Als sie den Klopfer zu einem erneuten Versuch hob, wies Sherine sie darauf hin, das Bab Medina, das Tor zum Norden, sei gerade um die Ecke, und sie müssten vorsichtig sein, um die Aufmerksamkeit der Wachen nicht auf sich zu ziehen. Plötzlich ertönte eine Stimme vom verkleideten Balkon über ihnen.

»Wer will denn um diese Uhrzeit noch etwas? Meine Diener sind alle unterwegs zum Haddsch.«

Erleichtert neigte Annie den Kopf und dankte im Stillen für ihre Erlösung.

»Mr. Howard, ich habe hier eine britische Frau, die eine Zuflucht braucht!«, sagte Sherine so leise wie möglich und trat zurück auf die Straße, um mit dem Konsul zu reden.

»Eine britische Staatsangehörige? Wer könnte das sein? Zeigen Sie sie mir!«

Annie ging die Treppe hinunter und stellte sich so, dass Mr. Howard sie sehen konnte. Das Gitterwerk der carawitas verbarg ihn natürlich, und sie kam sich in ihrer Abaja ausgesprochen lächerlich vor. Die Szene wurde noch unwirklicher, als Mr. Howards körperlose Stimme in die Nacht hinaus donnerte: »Wie kann ich Ihnen helfen, Madame?«

»Kann ich mit Ihnen unter vier Augen sprechen, Mr. Howard? Es ist furchtbar wichtig«, flüsterte Annie, so laut sie konnte, denn ihr fielen die Wachen um die Ecke ein.

»Natürlich, Madame, natürlich. Ich komme sofort zu Ihnen«, murmelte Mr. Howard und verließ den Erker. Sie war gerettet!

Kapitel acht

Es blüht in mir der grüne Garten Eden,
Die Hölle speit mich an mit Rauch und Ruß –
Dem Händler gleich in den Arkadenläden
Setz ich auf Teppiche von Qual den Fuß.

In Abu Hamed verabschiedeten sich die Männer nach einer freundlichen Diskussion über Bakschisch von Hamid, Abdullah, Achmed und den Kamelen. Jonathan und Peter verlegten ihre Zelte und die Ausrüstung auf einen Lagerplatz am Ufer des Flusses unter Doumpalmen, um Vorkehrungen für ihre Flussreise zu treffen. Sie fanden die zur Verfügung stehenden Proviantvorräte in Abu Hamed recht dürftig und hofften, sich aus dem Land ernähren zu können, zu angeln und frische Nahrungsmittel in den Dörfern zu kaufen, an denen sie auf ihrer Fahrt nilabwärts vorbeikamen.

Sie legten sich einen Vorrat an Bulgur zu, Weizenmehl, Dosen mit Butterschmalz, Trockenfleisch, geräuchertem Fisch und frischem Obst. Sorgfältig verpackte Notizbücher und Kleidung kamen in wasserdichte Beutel, die sie mitgebracht hatten, und auf dem Markt kauften sie Korallen- und Türkisperlen, die sie an die Dorfbewohner unterwegs verteilen wollten. Nach den gemeinsamen Wochen in der Wüste arbeiteten sie mühelos zusammen, sodass sie kaum sprechen mussten, um zu wissen, was der andere dachte.

Als sie an jenem Tag über den Markt schlenderten, trafen sie eine Gruppe britischer Regierungsbeamter, die von Khartum nach Assuan unterwegs waren, sich aber dafür entschieden hatten, die nächste Etappe nach Korosko über Land zurückzulegen und lieber keine Fahrt auf dem Fluss zu riskieren. Man begegnete sich, als habe man verschollene Freunde wiedergetroffen, wie es in solchen abgelegenen Zwischenstationen offenbar üblich war, und die Engländer luden Peter und Jonathan zu einer *fantasia* ein, die an jenem Abend bei einem ortsansässigen Kaufmann stattfand. Die Männer sagten begeistert zu.

Als sie am Spätnachmittag in ihr Lager unter den Doumpalmen zurückkehrten, vernahmen sie vom Ufer her entsetzliches Wehgeschrei. Beim Näherkommen sahen sie eine große Gruppe Frauen, mit Gold behängt, aber in zerfetzten und schmutzigen schwarzen Kleidern. Sie weinten und klagten, stützten sich gegenseitig ab, Gesicht und Brust mit Schlamm beschmiert, während sie mit großen Tüchern einer Prozession von zehn Booten nachwinkten, die vom Ufer ablegte. Peter erklärte Jonathan, eines der Boote trage einen Sarg, und in den anderen seien Männer, die den verstorbenen Verwandten an seine letzte Ruhestätte auf der anderen Seite des Flusses begleiteten. Jonathan wurde klar, dass sich die Szene, die sich vor ihm abspielte, seit Jahrtausenden nicht verändert hatte; er stellte sich vor, dass er sie immer wieder in den kunstvollen Grabmalereien in Ägypten antreffen würde, über die er gelesen hatte. Während das Wehklagen der Frauen durch ihr Lager schallte, dachte Jonathan an Annie, und das quälende Verlustgefühl überfiel ihn wie am ersten Tag. Peter, der ahnte, was in ihm vorging, reichte ihm die Flasche Glenmorangie.

An jenem Abend gingen Peter und Jonathan, den Wegweisungen der Engländer folgend, durch den Ort zum Haus eines ortsansässigen Kaufmanns, das etwa eine Meile landeinwärts lag. Die weithin klingende Musik der *fantasia* führte sie. Sie betraten den großen Innenhof des Hauses. Der Gastgeber und seine Ehrengäste saßen an drei Seiten des Platzes und sahen Musikern und Sängern zu, die sich vor der vierten Mauer aufgestellt hatten. Die Musikanten hockten auf Matten und spielten Flöte, Trommel und die Rabab, während hinter ihnen eine Reihe verschleierter Frauen zur Musik klatschte und sie mit durchdringenden

Schreien und lautem Gesang untermalte. In der Mitte des Hofes wirbelten ägyptische Tänzer im Kreis um ein loderndes Feuer. Die versammelten männlichen Gäste zogen an Wasserpfeifen, schauten den Tänzern fasziniert zu und raunten hin und wieder vor Bewunderung als Anerkennung für einen besonders schwierigen Schritt. Jonathan fand die endlose Tanzerei allmählich ermüdend, als eine hochgewachsene, schlanke Tänzerin namens Shama allein auftrat und anmutig eine klassische Serie von Figuren darbot, die Jonathans Meinung nach jeder Bühne in London zur Ehre gereicht hätten. Am späten Abend sprang ein Tänzer in den Hof und führte einen Säbeltanz auf. Dabei wirbelte er so nah an den Zuschauern vorbei, dass sie um ihre Nasenspitzen fürchten mussten.

Die Musik spielte den ganzen Abend unaufhörlich. Große Mengen Arrak machten die Runde. Nach Mitternacht wurde in einem angrenzenden Hof ein stattliches Mahl angerichtet. Zwei Hammel drehten sich an Spießen und brutzelten über glühenden Kohlen. Eine lange Tafel bog sich unter Perlhühnern, gefüllt mit Reis, Pasteten aus einem grünen Gemüse, weißem Käse auf einem Püree aus Kichererbsen, Salaten, Linsenkuchen und zwanzig weiteren türkischen Spezialitäten. Honigkuchen und Milchspeisen mit Sultaninen und Nüssen wurden nach den Mahlzeiten gereicht.

Um fünf Uhr morgens half Peter dem betrunkenen Jonathan auf die Beine und steuerte ihn auf das Tor zu, fest entschlossen, noch ein wenig zu schlafen, bevor sie zu ihrer Flussfahrt aufbrachen. Erschöpft vom nicht enden wollenden Fest, schleppten sie sich mühsam zurück durch das Dorf, ohne den Klängen der Musik zu entkommen. Wieder im Lager kämpfte Jonathan gegen Kopfschmerzen an, die ihm der Arrak eingetragen hatte; beim Packen am Morgen wehte der Wind ihnen die ganze Zeit Musik vom Fest herüber. Peter erzählte ihm, die *fantasia* mit Schlemmen, Tanzen und Backgammon könne durchaus ein paar Tage andauern.

Schließlich gingen sie am späten Vormittag an Bord, dankbar, dass die gesamte Ausrüstung verstaut und die Mannschaft vollständig war. Der Anführer, Girgis, hockte vor dem breiten Dollbord am Heck und dirigierte die Feluke auf den Fluss hinaus. Die frische Luft und seine Aufregung über den Beginn ihrer Flussfahrt trugen dazu bei, dass Jonathans angeschlagener Zustand sich besserte, obwohl ein dumpfer Druck hinter den Augen bestehen blieb. Er lehnte sich auf dem groben Holzsitz der Feluke zurück und betrachtete den Fluss.

Kleine Boote durchpflügten das Wasser und setzten Männer und verhüllte Frauen zum Dorf auf der anderen Seite über. Weiße Ibisse strichen über das Ufer. Eine große Feluke aus Khartum, mit Elfenbeinzähnen hoch beladen, rauschte vorüber. Schiffe mit Kautschuk und Straußenfedern, für die Märkte in Assuan bestimmt, segelten vorbei. Auf dem Fluss herrschte geschäftiges Treiben. Jonathan genoss das Gefühl von Abenteuer und Freiheit, während er die dahinschießenden Fluten des großen Flusses betrachtete.

Hinter Abu Hamed nahm die Wüste beide Ufer des Nils ein. Saquias und Schaduffs, die einfachen Bewässerungsgeräte, verschwanden vollends, nur ein verwahrloster Streifen mit Dattelpalmen und Akazien trennte den Sand vom Wasser. Thatcher machte Jonathan aufgeregt auf ein purpurnes Teichhuhn aufmerksam, einen großen, blaugrün schillernden Vogel, der im Schatten watete. Gegen Mittag passierten sie ein kleines Dorf, sahen ansonsten aber nur wenig, was am kahlen Ufer auf Zivilisation hingedeutet hätte.

Am Nachmittag beherrschten knollenartige Granitklippen, die aussahen, als stammten sie aus einem riesigen Blasrohr, die Ufer des Nils. Am vierten Katarakt schoss das Wasser an ihnen vorbei und strömte über Felsbrocken, die ihnen im Weg lagen. Geschickt wich die Mannschaft den gefährlichen Steinen aus und benutzte zuweilen Taue, um das Schiff um eine Flussbiegung und über das steile Kliff zu lenken. Gerade als die Sonne in elfenbeinfarbenem, flammendem Licht über der Wüste im Westen unterging, erreichten sie Merowe.

Während die Mannschaft das Boot an Land zog und zur Bewachung an Bord blieb, stiegen Jonathan und Peter aus, um sich nach dem langen Tag die Beine zu vertreten. Merowe hatte eine stattliche Reihe hell angestrichener Flachdachhäuser zu bieten. Ockerfarbene Häuser mit blauen Türen und Fenstern, lederfarbene Häuser mit geometrischen Mustern an der Fassade und hellblaue Häuser mit gelben Verzierungen lockerten die Monotonie der orangefarbenen Wüste ringsum auf. Die Fensterläden aus dünnem Holzpaneel und die in geometrischen Mustern geschnitzten Holztüren hatten mit dem phantasievollen Gitterwerk an den Balkonen von Massaua und Suakin nichts gemein. Ihre geraden Linien zeugten von Afrika, nicht von Arabien oder Indien.

Die Männer schlenderten, umzingelt von einer Schar schnatternder Kinder, durch das einfache Dorf. Die Kinder drängten sie, ihnen bis an den Rand der Siedlung zu folgen, wo sie zu Jonathans Erstaunen an eine Palastruine gelangten, die einem ägyptischen Tempel ähnelte. »Sanam, Sanam«, riefen die Kinder, als sie die Erregung der Männer bemerkten, und führten sie an kunstvollen Friesen vorbei, damit sie die verfallenen Lagerräume und Friedhöfe erforschen konnten. Sprachlos tappten sie über den mit Sand bedeckten Boden des Tempels und bewunderten seine tief eingekerbten Säulen, die im Licht der untergehenden Sonne leuchteten. Plötzlich wurde Jonathan schwarz vor Augen. Er streckte eine Hand aus, um sich an einer Säule abzustützen, sank aber unweigerlich auf die Knie.

»Ich glaube, ich habe es mit dem Feiern etwas übertrieben«, sagte er, als Peter zu ihm trat und ihm beim Aufstehen half.

»Schluss mit dem Alkohol«, sagte Peter und musterte ihn besorgt.

Jonathans Kopf pochte noch immer, als die beiden Männer zum Boot zurückkehrten und feststellten, dass die Mannschaft eifrig die Zelte aufschlug. Girgis hockte vor einem Feuer und reichte ihnen dampfenden Tee, während die anderen das Essen zubereiteten. Nach einer Mahlzeit aus Lammkebab mit Reis und Linsen rollte sich die Mannschaft in die Decken ein und schlief. Jonathans Kopf dröhnte nach wie vor; er hatte zu viel vom einheimischen Arrak getrunken, schalt er sich. Jonathan und Peter saßen noch kurz am Feuer beisammen und besprachen die Planung für den nächsten Tag, bevor Peter voller Sorge darauf bestand, dass sie sich früh schlafen legten.

Am nächsten Morgen aber hatten sich die Kopfschmerzen verschlimmert. Jonathan hatte das Gefühl, mit dem Kopf in einem Schraubstock zu stecken. Peter befürchtete, dass Jonathan vielleicht ein Fieber eingefangen hatte, und drängte auf einen raschen Aufbruch. Jonathan döste auf seinem Sitz und versuchte den Druck hinter den Augen zu ignorieren. Als sie an jenem Abend in Dongola eintrafen, gleich oberhalb des dritten Katarakts, ging es Jonathan zu schlecht, um den Säulentempel zu erforschen, den er als Silhouette vor der untergehenden Sonne wahrnahm. Er wollte nur noch in sein Zelt kriechen und schlafen.

Jonathan bekam von ihrer Durchfahrt durch den dritten Katarakt am nächsten Tag nicht viel mit. Schüttelfrost und Fieber durchliefen seinen Körper, während er in seine Decke eingewickelt am Boden des Bootes lag. Gelegentlich merkte er, dass Peter sich über ihn beugte, ihm Wasser anbot und ihm die verschwitzte Stirn abtupfte. Seine Zähne klapperten, der Kopf dröhnte, und ihm war, als würden seine Knochen unter den Wellen von Schüttelfrost zerbrechen, die durch seinen Körper wogten.

Am nächsten Morgen weigerte sich Girgis, das Boot noch weiter zu fahren.

»Sir, die nächsten Katarakte sind zu gefährlich. Wir müssen das Boot um die Felsen herumtragen«, beharrte er.

»Das geht auf keinen Fall, Girgis«, rief Peter aus. »Mr. Tremayne ist nicht imstande, die nächsten zehn Meilen zu Fuß zurückzulegen. Wir müssen die Fahrt mit dem Boot fortsetzen.«

»Ich fahre das Boot nicht über die Felsen. Alle hier sagen, dass der Strom gerade jetzt zu reißend ist. Vielleicht warten wir eine Woche?«

»Ich habe nicht die Absicht, hier mitten in der Wildnis zu warten, wenn Mr. Tremayne einen Arzt braucht. Sie können doch bestimmt um die Felsen herumsteuern, wie bisher. Wir müssen weiter.«

»Mish mumkin, geht nicht«, murmelte Girgis.

»Girgis, ich zahle Ihnen das Doppelte, wenn Sie weiterfahren. Es sind dreißig Rupien drin statt fünfzehn, wenn Sie gleich aufbrechen«, drängte Thatcher.

Girgis hielt eine eilige Beratung mit seiner Mannschaft ab. Peter sah, wie ihre Augen aufleuchteten bei der Aussicht auf das zusätzliche Geld. Girgis versuchte anscheinend, es ihnen auszureden, doch er wurde am Ende überstimmt.

»Sie sagen, wir wollen es mit den Stromschnellen versuchen«, sagte er und schüttelte unglücklich den Kopf. »Ich übernehme keine Verantwortung, wenn wir auf die Felsen treffen. Das Wasser ist jetzt zu reißend.«

»Vielen Dank, mein Guter«, sagte Thatcher. »Ich setze volles Vertrauen in Ihr Können. Bitte, bedanken Sie sich in meinem Namen bei den Männern.«

Sie packten ihre Ausrüstung zusammen und bereiteten sich auf die Abfahrt vor. Jonathan hatte begonnen, zwischen den Schüben von Schüttelfrost leise vor sich hin zu reden, und Peter wurde klar, dass er sich dem Delirium näherte. Wenn er ihn nur zu einem Arzt bekäme, dachte er verzweifelt. Der nächste Arzt aber war in Assuan, mindestens noch zwei oder drei Tage nilabwärts. Peter half Jonathan in den Bug und breitete ein Lager aus Decken auf dem Boden aus, damit er sich hinlegen konnte. Er deckte ihn mit einem Tuch zu, das er an den Bootswänden festband, um ihn vor der heißen Sonne zu schützen. Er selbst setzte sich auf den Sitz und fühlte sich hilflos. Die Männer stießen das Boot ab, das sogleich vom Sog des Nils gepackt wurde.

Die Männer arbeiteten unermüdlich, um das Boot durch die Stromschnellen zu steuern. Mühsam schleppten sie sich durch den Tag, stakten durch das wütend schäumende Wasser und warnten sich gegenseitig lautstark vor jeder neuen Gefahr. Hinter Wadi Halfa schien der Fluss sich zu beruhigen, und Peter hoffte inständig, dass sie die schlimmsten Felsen hinter sich hatten. Doch die angespannten Gesichter der Mannschaft zeigten ihm, dass sie noch nicht außer Gefahr waren.

Jonathan schien sich gegen Ende des Nachmittags wieder zu sammeln, nachdem er den Tag über wirr dahergeredet hatte. Er richtete sich unter seinem Sonnenschutz auf und trank selbständig, das Gesicht von Fieber und mangelnder Nahrungsaufnahme gezeichnet. Peter lächelte ihn an, hocherfreut über die Besserung.

»Wie geht es Ihnen?«, fragte er und wartete, bis er ihm den Wasserschlauch abnehmen konnte.

»Es ging mir schon besser«, sagte Jonathan kleinlaut. »Mein Kopf fühlt sich an, als wäre er voll Holz.«

»Tut mir leid, mein Bester. Hier in Ägypten gibt es kein Holz.«

»Sie wollen damit doch nicht etwa sagen, dass wir schon in Ägypten sind?«, fragte Jonathan mit fiebrig glänzenden Augen.

»Vor ein paar Stunden haben wir die Grenze überquert. Gegen Abend sollten wir es bis Ipsambul geschafft haben«, sagte Thatcher, schaute prüfend über das Wasser vor ihnen und bemerkte neue Stromschnellen.

»Habe ich so lange geschlafen?«, fragte Jonathan.

»Fast den ganzen Tag«, erwiderte Thatcher.

Plötzlich lief ein Beben durch das Boot, und es krachte. Panische Rufe ertönten, als die Mannschaft versuchte, den Bug der Feluke zwischen den nächsten beiden Felsen hindurchzusteuern. Die Strömung erwischte das Boot jedoch breitseits und rammte es gegen die nächste Felsformation. Girgis schrie auf, als das Boot, eingefangen zwischen Strömung und Felsen, sich zu neigen begann und Wasser aufnahm. Die Männer bemühten sich nach Kräften, von den Felsen abzustoßen, und bekamen das Boot schließlich frei, sodass sie um die großen Felsen herumstaken konnten.

Doch sobald die Strömung sie wieder packte, schrie Girgis erneut auf. Vor ihnen ragte ein zerklüfteter Felsen auf, und die Mannschaft versuchte hektisch, das Boot auf Abstand zu halten. Dann knallten sie gegen einen anderen Felsblock. Der heftige Aufprall riss einen der Bootsleute vom Bug. Die Feluke ächzte und stöhnte wie ein lebendiges Wesen.

Jonathan, der auf dem Boden saß, hielt sich mit beiden Armen an den Bootsrändern fest. Er vernahm einen Schrei, blickte sich um. Peter war gegen die Reling geschleudert worden. Dann glitt sein entsetztes Gesicht über den Bootsrand hinweg in die tosenden Wellen. Das Boot krängte am Felsenriff; Wasser schoss über die Seiten.

»Peter! Peter!«, rief Jonathan und versuchte mühsam auf die Beine zu kommen. Er konnte kaum glauben, was er gerade gesehen hatte. Doch das stampfende Boot geriet wieder in die Strömung und wurde mitgetrieben. Girgis rief dem einsamen Bootsmann etwas zu, während sie sich bemühten, das Boot in die richtige Lage zu bekommen, zog an der Ruderpinne und den Segeltauen am Heck. Jonathan brüllte Peters Namen über die Wellen, klammerte sich schwach an den Bug und suchte verzweifelt die rollende, weiß schäumende Gischt nach einem Zeichen von Peter ab.

»Haltet das Boot an!«, rief er. »Anhalten! Wir müssen Peter suchen!« Doch die Mannschaft war zu sehr damit beschäftigt, sich das Leben zu retten, um ihm zu antworten. Weitere zwanzig Minuten kämpften sie gegen die Stromschnellen an. In dem verzweifelten Versuch, die schlimmsten Felsen im wirbelnden Mahlstrom zu meiden, stießen sie mit krachenden Planken gegen andere, wobei das Boot vom Bug bis zum Heck erschüttert wurde. Die rasende Fahrt schien kein Ende zu nehmen. Jonathan klammerte sich an die Reling, kniete in der schwappenden Bilge, und die Wellen schlugen über seinem schmerzenden Kopf zusammen. Elend und mit fiebrig zitternden Armen verharrte er in dieser Haltung und hielt nach seinem Freund Ausschau. Peter war nirgends zu sehen. Schließlich ließ er den pochenden Kopf auf die Arme sinken und weinte.

Am Ende öffnete sich die Landschaft, und der Fluss wurde ruhiger. Die granitenen Stromschnellen wichen erneut der friedlichen Wüste. Jonathan suchte den Fluss ab in der Hoffnung, im Fahrwasser einen hüpfenden Kopf zu entdecken. Doch der Fluss blieb still. Jonathan schaute nach unten und sah, dass das Wasser im Boot langsam anstieg. Die wenigen verbliebenen Beutel mit Ausrüstung und Proviant schwappten auf dem Wasser hin und her. Jonathan langte nach einem Sitz und versuchte, sich aufrecht hinzusetzen. Vom Fieber geschwächt und mit schmerzenden Augen brach er auf der groben Spiere zusammen. Während sein Verstand in Finsternis versank, dachte er: »Nicht schon wieder … nicht schon wieder …«

Als er die Augen aufschlug, bot sich ihm ein derart unfassbarer Anblick, dass er schon glaubte, im Delirium zu sein … oder tot. Hoch über ihm ragten drei riesige goldene Steinkolosse auf. Vier, wenn er den einen ohne Kopf mitzählte. Zwei bärtige Steingesichter und ein gesichtsloses Haupt starrten verächtlich auf ihn herab. Sein erster Gedanke war, diese Gestalten seien gekommen, um über ihn zu richten. Die ungeheuren Statuen lehnten an einem Berg, ihre Knie verloren sich im Sand. Er glaubte zu träumen.

Plötzlich vernahm er wie durch einen Nebel Stimmen. Er erkannte Girgis, als sie näherkamen, außerdem meinte er eine Frauenstimme zu hören. Sein Kopf fühlte sich so schwer an. Er wünschte, er könnte ihn heben und sich umschauen. Sein Strafgericht musste wohl warten. Die Stimmen wurden deutlicher, doch er schloss die müden Augen und schlief ein.

Als er sie wieder aufschlug, lag er auf einem schmalen Bett in einem winzigen, holzgetäfelten Raum. Über dem Bett öffnete sich ein kleines, rechteckiges Fenster. Er nahm all seine Kraft zusammen und zog sich am Fensterbrett hoch, um hinauszusehen. Grelles Sonnenlicht, das auf dem Wasser unter dem Fenster funkelte, sagte ihm, dass es wieder Tag war. Zu seiner Rechten ragte einer der sitzenden, an den bernsteinfarbenen Berg lehnenden Richter auf, die er beim letzten Mal gesehen hatte, als er wach wurde. Ihm wurde klar, dass er auf einer Art Boot war, das zu Füßen der Kolosse angelegt hatte. Er befand sich in einer winzigen Kabine an Bord eines Bootes, dachte er erleichtert. Und er lag auf sauberen Laken.

Jonathan legte sich wieder auf seine Koje zurück. Seine Arme zitterten nach der Anstrengung. Ihm war schwindlig, und hinter den Augen pochte der Schmerz. Er schloss sie und versuchte, dem Druck zu entkommen. Seine Beine begannen zu prickeln, als die Kälte von unten in seinen Körper kroch. Die Zähne klapperten. Plötzlich fror er und griff nach dem duftenden Laken, um sich wieder zuzudecken. Stechender Schmerz schoss ihm durch den Arm, als er das Laken hochzog. Erneut versank er in Bewusstlosigkeit.

Am Abend wachte er auf, als er spürte, dass ein kühles, feuchtes Tuch auf seine brennende Stirn gelegt wurde. In den Minuten, die der Körper brauchte, um es zu trocknen, verschaffte es ihm ein wenig Erleichterung. Plötzlich erblickte er eine kleine, mandelfarbene Hand, und das Tuch wurde angehoben. Er versuchte, den Kopf zu drehen, um herauszufinden, wem die Hand gehörte. Die Nerven in seinem Nacken taten unsäglich weh. Neben ihm in der kleinen Kabine saß eine zarte junge Frau, das dunkle Haar im Nacken zu einem Knoten gebunden, und wrang das Tuch über einer Schüssel aus.

Unter Schock stöhnte er auf: »Annie!« Vielleicht war er ja im Himmel, wenn Annie neben ihm saß.

Die junge Frau drehte sich um. Ihre braunen Augen lächelten sanft, als sie sah, dass er wach war.

»Haben Sie gerufen?«, fragte sie mit leiser Stimme. Sie hatte einen leichten Akzent.

Traurig erkannte er, dass es nicht Annie war. Annies Augen waren blau. Und ihre Haut war heller. Er schloss die Augen, niedergeschlagen und enttäuscht. Eine Träne drang unter seinen Lidern hervor.

»Wie geht es Ihnen? Sie sehen besser aus als gestern. Sie sind Mr. Tremayne, nicht wahr?«, fragte die junge Frau freundlich.

»Ja, ich bin Jonathan Tremayne«, lallte Jonathan langsam, überrascht, dass sein Mund nicht richtig zu funktionieren schien. »Wo bin ich, und wer sind Sie?«, fragte er schwach.

»Bitte, versuchen Sie nicht zu sprechen. Sie haben ein schlimmes Fieber. Keine Sorge. Wir haben schon oft mit Fiebererkrankungen zu tun gehabt. Sie befinden sich in Abu Simbel in Ägypten an Bord unserer Dahabije. Und mein Name ist Miriam Bermann.«

Ihre Antworten verwirrten ihn nur noch mehr. Er würde sie später sortieren, dachte er. »Wo ist Peter? Mein Freund, Peter Thatcher, wurde von Bord gespült«, flüsterte er.

Sie wartete kurz. »Wir suchen nach Ihrem Freund. Girgis hat uns von ihm und dem anderen Bootsmann berichtet. Zur Zeit wird gerade nach ihnen gesucht.«

»Gut, gut«, seufzte Jonathan. Hoffentlich werden sie gefunden, dachte er, bevor er erneut das Bewusstsein verlor.

Die nächsten beiden Wochen schwankte Jonathan zwischen Bewusstsein und Ohnmacht; die Schmerzen in seinem Kopf straften ihn, sobald er aufwachte. Stets saß die zarte junge Frau neben ihm und bot ihm einen Schluck Wasser oder eine kalte Kompresse an. Allmählich verließ er sich auf die schlanke Hand, golden im Licht der Kabine, die ihm beistand. Ihre weichen braunen Augen mit bernsteinfarbenen Tupfern schwebten durch seine trüben Träume. Manchmal war sie Annie mit ihren verblüffenden blauen Augen, dann wieder erschien sie ihm wie eine beängstigende Fremde. Immer beruhigte ihn ihre sanfte Stimme und knüpfte einen dünnen Strang der Vernunft, der ihn am Leben hielt.

Schließlich wurde er eines Morgens wach und stellte fest, dass die Schmerzen nachgelassen hatten. Er richtete sich im Bett auf und langte nach dem Holzrand seiner Koje, um sich abzustützen. Ihm war schwindlig, allerdings nicht vor Fieber, sondern vor Schwäche. Kurz darauf legten sich die wirbelnden Lichter in seinem Kopf, und er zog sich am Fenster hoch. Der Anblick, der sich ihm bot, war unverändert: Sonne auf funkelndem Wasser, Sandberge, goldene Riesen. Am Ende hatte er das alles doch nicht geträumt.

Während er auf der Koje kniete und hinausschaute, ging leise die Tür zu seiner Kabine auf. Er wandte sich um, als er das Scharnier knarren hörte. Die braunhaarige junge Frau trat ein. Sie erschien ihm noch zarter als von seiner liegenden Position aus. Ihr Gesicht hellte sich auf, als sie ihn in aufgerichteter Haltung sah.

»Mr. Tremayne! Endlich geht es Ihnen besser!«, sagte sie, und ihre bernsteinfarbenen Augen strahlten.

»Ja«, sagte Jonathan und rieb sich die Stoppeln am Kinn. »Ich fühle mich viel besser, danke.«

»Möchten Sie etwas Suppe essen? Die Köchin hat jeden Tag eine Kraftbrühe gekocht und auf Ihre Genesung gewartet.«

»Ja, ja, Suppe wäre ideal, danke. Ich komme mir ziemlich leer vor. Vielleicht etwas Brot dazu?«, fragte Jonathan unbeholfen.

»Ja, sicher, Suppe und Brot für den Anfang«, sagte Miriam in ihrem singenden Tonfall. »Wir sind so froh, dass Ihre Gesundheit wiederhergestellt ist.«

»Meinen Sie, ich kann ein Bad nehmen? Und der Bart bedarf der Pflege«, bat Jonathan kleinlaut.

»Vielleicht nach der Suppe, wenn Sie sich ein wenig gestärkt haben? Für solche Dinge haben Sie noch genügend Zeit«, sagte Miriam ruhig.

»Ja, natürlich«, antwortete Jonathan und sank wieder auf die Koje. Miriam drehte sich um und ging hinaus. Er lehnte sich an die Kabinenwand und schloss einen Moment die Augen. Sie hatte ja recht. Er musste wieder zu Kräften kommen. Und er musste herausfinden, wo er war und wer sie war.

Kurz darauf kam die junge Frau wieder zur Tür herein und brachte ein Tablett mit einer dampfenden Suppenschüssel und Fladenbrot, frisch aus dem Ofen. Sie stellte es neben ihn auf die Koje und wollte schon gehen.

»Bitte, gehen Sie nicht. Bleiben Sie noch hier und unterhalten sich mit mir«, sagte er. »Ich muss wissen, wo ich bin und was passiert ist.«

»Selbstverständlich«, murmelte sie mitfühlend. »Ich habe es ihnen jeden Tag gesagt, aber Sie erinnern sich nicht daran.«

»Tut mir leid, wenn ich so viel Mühe bereite, aber in meinem Kopf herrscht absolute Leere.«

»Keine Sorge. Das war nicht anders zu erwarten. Sie haben entsetzlich hohes Fieber gehabt. Papa sagte, es könne eine Enzephalitis gewesen sein. Ziemlich ernst. An manchen Tagen dachten wir schon, Sie würden nicht wieder zu uns zurückkehren.«

Wie fürsorglich sie das sagte, dachte er. Dankbar schaute er ihr in die weichen, bernsteinfarbenen Augen. »Papa? Wer ist Papa?«

»Das ist Leopold Bermann, der Archäologe. Er ist in den letzten sechs Jahren in jedem Sommer angereist, um hier in Abu Simbel zu arbeiten. Sie hatten Glück, uns hier anzutreffen. In drei Wochen werden wir flussabwärts nach Assuan fahren und nach Frankfurt zurückkehren, wo Vater Professor der Archäologie an der Universität ist. Wissen Sie nicht mehr, dass ich Miriam bin, Miriam Bermann?«

Miriam, ja, der Name Miriam war durch seine Träume geschwebt, zusammen mit ihren weichen Augen. »Ja, ich erinnere mich, dass Sie es mir gesagt haben. Und wir befinden uns an Bord eines Bootes in Abu Simbel?«

»Ja, jedes Jahr nehmen wir diese Dahabije, um flussaufwärts an die Ausgrabungsstätte zu fahren. An Bord leben wir bequemer als in Zelten, so wie Vater es gemacht hat, bevor ich mitkam.«

»Bevor sie mitkamen?«

»Ja, als ich noch in Frankreich zur Schule ging und die Nonnen mich nicht nach Ägypten reisen ließen. Vor drei Jahren habe ich dort aufgehört, um mich um meinen Vater zu kümmern. Da haben wir auch unsere bezaubernde Dahabije gefunden, auf der wir unsere Sommer verbringen konnten.«

Jonathan glaubte verstanden zu haben. Es war ein wenig verwirrend. Die Suppe aber schmeckte köstlich. »Und Peter? Peter Thatcher? Geht es ihm gut?«

Miriams Gesicht umwölkte sich. »Es tut mir sehr leid, es Ihnen sagen zu müssen. Auch nach langwieriger Suche konnte Mr. Thatcher nicht gefunden werden.«

Nicht gefunden. Gestorben in den Stromschnellen bei dem Versuch, Jonathan zu einem Arzt zu bringen. Jonathan wurde das Herz schwer. Peter, sein Freund. Er sollte ihn nie wieder sehen. Nicht schon wieder …

»Wie lange bin ich schon hier?«, fragte er schließlich matt.

»Seit über zwei Wochen«, antwortete Miriam leise. »Zwei Wochen in dieser winzigen Kabine. Sollen wir nicht versuchen, Sie aus dieser erstickenden Kabine nach oben an Deck zu befördern?«, fragte sie und versuchte, ihn aufzumuntern.

Jonathan schaute an dem weißen Nachthemd hinunter, das er trug. »In diesem Aufzug kann ich nirgendwohin. Vielleicht könnte mir jemand behilflich sein, etwas Schicklicheres anzuziehen. Nachdem ich mich rasiert habe«, sagte er kleinlaut.

»Sind Sie sicher, dass es Ihnen gut genug geht?«, fragte Miriam besorgt. »Sie können einen Morgenmantel überziehen, wenn Sie wollen.«

»Nein, lieber würde ich mich anziehen. Seit der Suppe geht es mir schon viel besser«, sagte er und lächelte die junge Frau schwach an, um ihre Sorgen zu vertreiben.

»Dann werde ich Yussuf rufen, damit er Ihnen beim Bad hilft. Er kümmert sich um uns alle und war sehr besorgt um Sie. Er wird sich freuen, dass unsere Gebete um Ihre Genesung erhört wurden.« Sie schenkte ihm ein freundliches Lächeln, nahm das Tablett mir der leeren Suppenschüssel an sich und ging hinaus.

Später an Deck spürte er, wie seine Stimmung sich besserte. Unter einer blauweiß gestreiften Persenning, die über das gesamte Oberdeck gespannt war, vor der Sonne am späten Nachmittag geschützt, lehnte er sich auf einem Liegestuhl zurück und genoss die kühle Brise vom Wasser. Eine Reling aus blau gestrichenen Geländerpfosten zog sich um das Oberdeck, farblich passend zur Persenning.

Die kleine Waschkammer gegenüber seiner Kabine war höchst sorgfältig ausgestattet, mit einem Stahlbecken und einem Spiegel, vor dem er sich rasieren konnte. Vier kleine Kabinen, eine Waschgelegenheit, eine Duschkabine und eine kleine Kombüse lagen an einem schmalen Gang, der in einen achteckigen Wohnraum mündete, dessen Fenster sich ins darüberliegende Deck öffneten. Hinter dem Wohnraum befand sich eine größere Eignerkabine, die den Bug des Bootes ausfüllte. Türe und Holzverkleidungen waren offenbar aus Teakholz, die Wände in leuchtendem Weiß gestrichen.

In seiner Kabine hatte er festgestellt, dass einer seiner wasserdichten Beutel im leckgeschlagenen Boot überlebt hatte, und einen Khakianzug zutage gefördert. Zum Glück hatte er wie gewöhnlich seinen Geldgurt getragen, sodass er sein Geld und das P&O-Ticket noch besaß. Sein Exemplar von Fitzgeralds *Rubaiyat*, wenn auch vom wiederholten Eintauchen ins Wasser verschrumpelt, war ebenfalls in dem Beutel gewesen. Das Bild von Peter, wie er über den Rand des schwankenden Bootes kippte, ging ihm nicht aus dem Sinn. Er versuchte es zu verdrängen. Wieder einmal, dachte er reumütig, hatte ihn das Schicksal verschont, während es jemanden strafte, der ihm nahe gestanden hatte.

Während er seine Suppe und frisch gebackenes Brot aß, konnte er endlich von der Höhe des schattigen Decks aus einen ausgiebigen Blick auf die prächtigen Tempel werfen, die ihm gegenüber aus dem Berg gehauen worden waren. Eine kleinere Öffnung im Felsen zur Rechten, bewacht von sechs Kolossen, die allein schon mindestens dreißig Fuß hoch waren, schloss sich an den Tempel mit den vier riesigen sitzenden Statuen an. Die atemberaubende Größe der Monumente, so weltfern und fremd in der schwarzen Leere der nubischen Wüste, erschütterte ihn. Er hatte den Eindruck, diese Richter seien Wächter, die das Portal nach Ägypten bewachten und ihm den Zutritt verweigerten. Vielleicht hatte er es nicht verdient, wieder in die Welt der Menschen zurückzukehren.

Als die Sonne über der Wüste im Westen versank, beobachtete er, wie die Arbeiter an der Ausgrabungsstätte ihre Ausrüstung verstauten und sich über den Berg auf den Weg machten. Als auch der Letzte gegangen war, näherten sich zwei Europäer dem Ufer in der Nähe der Dahabije. Ein Bootsmann ruderte in einer kleinen Feluke an Land, um sie aufzunehmen, und kurz darauf vernahm Jonathan ihre leisen Stimmen, als sie unten an Deck kamen. Miriam begrüßte sie dort und sprach Deutsch mit ihrem Vater, den sie zu ihrem Passagier aufs Oberdeck führte. Schon kam Bermann, den Tropenhelm in der Hand, die Treppe hinauf und trat vor, um Jonathan zu begrüßen.

Taumelnd erhob sich Jonathan aus dem Liegestuhl und streckte dem graubärtigen älteren Mann die Hand entgegen. Bermann schüttelte sie fest und bedeutete ihm, wieder Platz zu nehmen.

»Bitte, setzen Sie sich doch, junger Mann. Sie sollten wirklich nicht hier oben sein, nach allem, was Sie durchgemacht haben.«

»Mir geht es schon viel besser, Sir. Ich möchte mich bei Ihnen bedanken, dass sie mich beherbergt und sich meiner angenommen haben. Ich weiß nicht, ob ich je in der Lage sein werde, meine Dankbarkeit zu erweisen für alles, was Sie für mich getan haben.«

»Nicht der Rede wert, mein Junge. Konnte Sie doch nicht wieder in den Fluss werfen, zumal Sie sozusagen auf unsere Türschwelle gespült wurden«, sagte Bermann und zwinkerte mit den blauen Augen unter den struppigen grauen Brauen. »Darf ich Ihnen meinen Assistenten vorstellen, Herr Franz Schneider.«

»Nett, Sie kennenzulernen«, sagte Jonathan und reichte dem blonden Mann die Hand, der sich auf einen anderen Liegestuhl hatte fallen lassen. Er trug eine dick umrahmte Brille, und seine helle Haut war von der Wüstensonne leicht verbrannt. Die beiden Männer waren mit kurzer Khakihose, Arbeitshemd und hohen Khakistrümpfen bekleidet.

»Wie geht es Ihnen heute?«, erkundigte sich Franz. »Wir dachten allmählich schon, Sie könnten am Ende ein Kandidat für einen Mumienkasten sein.« Die beiden Männer lachten.

»Sie müssen Franz seinen Archäologenhumor verzeihen.« Bermann zwinkerte ihm zu. »Wir haben hier draußen so wenig gesellschaftlichen Umgang, dass unsere Manieren einrosten.«

»Was mich betrifft, Sir, sind Ihre Manieren tadellos, und Ihre Gastfreundschaft bisher würde jede Gastgeberin in London beschämen«, erwiderte Jonathan lächelnd.

Just in diesem Augenblick kam Miriam den Niedergang herauf und trat an einen mit staubigen Gegenständen beladenen Tisch am anderen Ende des Decks. Sie nahm ein kleines Stück aus Ton in die Hand und trug es zu den Männern. Alle drei erhoben sich.

»Bitte, meine Herren, bleibt doch sitzen«, sagte sie ruhig auf Englisch und bedeutete ihnen, wieder Platz zu nehmen. Franz zog rasch einen weiteren Liegestuhl für Miriam in den Kreis und hielt ihn fest, als sie sich setzte. Sie hatte einen Zeichenblock mitgebracht und stellte den kleinen tönernen Gegenstand, den

Jonathan für eine Öllampe hielt, auf den vor ihr stehenden Rohrtisch. Die Männer lehnten sich wieder zurück, als Yussuf den Männern Bier und Miriam Zitronensaft brachte.

»Was würden Sie gern trinken, Herr Tremayne?«, fragte Bermann.

»Der junge Herr trinkt heute und an den nächsten drei Tagen Tee«, konstatierte Yussuf mit fester Stimme. Die Gruppe lachte über Yussufs Besorgtheit.

Während die Männer über ihre Arbeit an diesem Tag sprachen, saß Miriam still in ihrem Stuhl und skizzierte die Öllampe. Hin und wieder nahm sie mit einem kleinen Lineal Maß und notierte es auf ihrer Zeichnung. Als sie fertig war, stellte sie die Lampe auf den langen Tisch zurück und kam mit einem anderen Gegenstand wieder. Jonathan sah ihr zu, wie ihr kleiner Kopf mit dem gepflegten Knoten im Nacken sich über den Skizzenblock beugte und genaue, sparsame Zeichnungen der Funde anfertigte. Die hoch geschlossene weiße Bluse aus Streifen feinster Spitze, durchsetzt mit Batist, lag eng an ihrer zarten Figur an. Sie wirkte wie ein Stück aus feinem Porzellan, jedes Detail, von ihren kleinen Händen bis zu den geschwungenen Augenbrauen, perfekt ausgearbeitet. Jonathan fühlte sich von der friedlichen Präzision ihrer Bewegungen angezogen, von dem Gefühl der Ruhe, das sie ausstrahlte. Als er aufschaute, bemerkte er, dass Franz sie ebenso genau betrachtete.

Die feuerrote Sonne versank am westlichen Himmel hinter den sitzenden Riesen von Abu Simbel und warf einen warmen Schein auf die kleine Gruppe unter der Persenning der Dahabije. Yussuf kam den Niedergang herauf und stellte ein Windlicht mit einer Kerze auf den Rohrtisch. Bermanns tiefe Stimme hallte über den stillen Fluss, als er fortfuhr, die Hieroglyphen zu beschreiben, die er gerade übersetzte, und seine Pläne für den nächsten Tag bekanntgab, während die beiden jungen Männer sich von Miriam bezaubern ließen.

Kapitel neun

Und dieser Krug, den ich am Munde halte:
Er ist ein Abbild andrer Krüge nur.
Das Neue wird so ganz und gar das Alte –
Und eine gleicht der andren Wagenspur.

Annie und Sherine warteten unruhig darauf, dass Mr. Howard auftauchte. Annie schmeckte das Salz des Meeres, das mit der Abendbrise hereinwehte. Nervös schaute sie zur Häuserecke. Hoffentlich hatten die türkischen Soldaten nichts gehört.

Schließlich ging die massive, mit Eisenbeschlägen bewehrte Tür quietschend auf, sodass sie in die Eingangshalle treten konnten. »Kommen Sie, kommen Sie herein«, bat Mr. Howard und ging ihnen voran mit einer gläsernen Öllampe, die er hoch in der Hand hielt. »Sie müssen den Mangel an Förmlichkeit entschuldigen«, sagte er über die Schulter. »Hamdi, mein einziger Diener, der noch hier ist, nimmt gerade sein Abendessen ein.« Der Eingangsbereich mit seiner hohen Decke war kleiner als der bei Hassan Bey, doch als Mr. Howard sie zur Treppe führte, kamen sie an Büroräumen vorbei, die wie im Hause Hassan Beys den Flur säumten.

Sie gingen eine breite Treppe hinauf, die wesentlich aufwendiger war als die bei Hassan Bey. Hier wurden die kahlen Korallenblöcke unter ihren Füßen von Wandleuchtern aus Kristall und holzgetäfelten Wänden verziert. Die Treppen waren mit massiven Holzstufen abgerundet, auf denen keine Spur von Esel- oder Kameltritten zu erkennen war. Am oberen Ende der Treppe beleuchteten einige Wandleuchter einen gemütlichen Empfangsbereich, möbliert mit bequemen Sofas und Stühlen.

Mr. Howard stellte die Öllampe auf einen kleinen Tisch und wandte sich ihnen zu, um sie zu begrüßen. Annie hielt ihn für Mitte dreißig; sein rostfarbener Backenbart war leicht ergraut. Er hatte ein blasses, sommersprossiges Gesicht und trug ein marineblaues Smokingjackett. Die Füße steckten in bestickten blauen Hausschuhen.

»Schön, Sie kennenzulernen. Mein Name ist Alan Howard, Repräsentant der britischen Regierung. Kann ich Ihnen mit Ihren Umhängen behilflich sein?«, fragte er und wedelte sichtlich nervös mit den Händen.

Annie und Sherine schälten sich aus ihren Abajas, reichten sie Howard und fuhren sich glättend über das Haar.

»Ich danke Gott, dass wir Sie erreicht haben, Mr. Howard«, sagte Annie und strich über ihre Jacke. »Mein Name ist Mrs. Jonathan Tremayne, und das hier ist Hassan Beys frühere Frau Sherine. Bitte verzeihen Sie unser plötzliches Eindringen heute Abend, Mr. Howard, aber ich brauche dringend Ihre Hilfe. Ich war Passagierin an Bord der *Oriental*, bevor sie versank. Abdullah bin Karim hat mich entführt und als Sklavin an Hassan Bey verkauft.«

Howard riss erstaunt die Augen auf. »Mrs. Tremayne, wir wurden darüber in Kenntnis gesetzt, dass es auf der *Oriental* keine Überlebenden gegeben hat. Das ist ja erschütternd!«

»Keine Überlebenden?«, fragte Annie, deren Magen sich verkrampfte.

»Nein, soweit die britischen Behörden es bestätigen können«, hob Howard an, bemerkte dann Annies Blässe, während sie sich mit der Hand an einer Stuhllehne abstützte. »Oh, Mrs. Tremayne, nehmen Sie doch bitte Platz. Ich bin ein schlechter Gastgeber. Kann ich Ihnen etwas zu trinken anbieten?« Howard deutete auf ein Tablett mit Flaschen unterschiedlicher Größe auf einem Tisch.

»Vielleicht einen Schluck Wasser, wenn es geht«, brachte Annie hervor und tastete nach einer Sitzgelegenheit.

»Madame Sherine? Für Sie auch etwas?«

»Ja, bitte, Mr. Howard.« Sherine sah Annie besorgt an.

»Waren Sie mit anderen Familienangehörigen unterwegs, Mrs. Tremayne?«, erkundigte sich Mr. Howard freundlich und reichte ihr ein Glas Wasser.

»Ja, mit meinem Mann …«, flüsterte Annie und trank einen Schluck. Sie hielt den Blick starr auf das Glas in ihrer Hand gerichtet und gab sich die größte Mühe, die aufsteigenden Tränen zurückzuhalten. Kurz darauf schaute sie ihn mit glühendem Gesicht an.

»Bin Karim hat das Schiff in die Luft gejagt und Hunderte Passagiere umgebracht. Er muss zur Rechenschaft gezogen werden.«

»Das werde ich auf jeden Fall in meinen Bericht an die Regierung Ihrer Majestät aufnehmen«, versicherte Howard ihr. »Wie ist es Ihnen gelungen, vom Schiff zu entkommen?«

»Bin Karim hat den Untergang inszeniert, um etwas vom Schiff zu stehlen. Es gab Gerüchte, dass eine Ladung Diamanten in Bombay an Bord genommen worden war. Vielleicht hat er die in der kleinen Schatulle mitgenommen, die ich bei ihm sah. Er hat die Kaperung benutzt, um auch mich vom Schiff zu entführen. Seine Männer haben mich ergriffen, bevor die *Oriental* unterging. Bin Karim wollte mich an Hassan Bey verkaufen, weil er wusste, dass Hassan eine Lehrerin für seine Kinder suchte.«

»Wie merkwürdig!«, rief Howard aus.

»Jetzt muss ich Kontakt zu unseren Familien in London aufnehmen. Und ich muss eine intensive Suche nach meinem Mann einleiten. Wir befanden uns in Sichtweite der Insel Purim, und Jonathan ist ein guter Schwimmer. Ich kann einfach nicht glauben, dass er verschwunden ist.«

»Die Insel Purim wurde wenige Tage nach dem Untergang des Schiffes abgesucht, und die ägyptische Küste wurde in Alarmbereitschaft versetzt, um nach Überlebenden Ausschau zu halten, doch es wurden keine gemeldet. Tut mir leid, Mrs. Tremayne, es besteht nur wenig Hoffnung, dass er überlebt hat. Es tut mir wirklich sehr leid.«

Annie kämpfte gegen ihre Tränen an. Jetzt, da ihr nach vielen Wochen jemand Mitgefühl entgegenbrachte, geriet ihre Entschlossenheit ins Wanken. Am liebsten wäre sie schluchzend zusammengebrochen und hätte sich auf dem bequemen Chintz-Sofa eingerollt. Aber sie musste stark bleiben, sagte sie sich.

»Dann bleibt mir nur, so schnell wie möglich nach England zu fahren. Mit Hilfe der Familie können wir von dort weitermachen. Zunächst aber muss ich von Hassan Bey und seinem höllischen Haus fortkommen.«

»Leider wird das nicht so einfach sein, wie wir es gern hätten, Mrs. Tremayne«, sagte Howard, wandte sich ab und ging an einen kleinen Tisch, um sich einen ordentlichen Scotch einzuschenken.

Annie schaute ihn besorgt an. »Was soll das heißen?«

»Wie Sie vielleicht wissen, ist die Sklaverei hier im Hedschas legal. Hassan Bey hat sich durchaus im Rahmen der Gesetze bewegt, als er Sie Abdullah bin Karim abkaufte.«

»Aber ...«, begann Annie empört.

»Natürlich ist das, was er getan hat, in unseren Augen eine Gräueltat. Wir werden versuchen, bin Karim für die Zerstörung der *Oriental* gerichtlich zu belangen. Doch Hassan Bey ist ein mächtiger Kaufmann hier und hat von Rechts wegen nichts Falsches getan.«

»Mir ist in dieser Situation einerlei, jemandem Schuld oder Unschuld zuzuschreiben. Ich brauche einfach Ihre Hilfe, um aus Dschidda zu verschwinden und an einen zivilisierten Ort zu kommen, an dem kein Mensch einen anderen besitzt.«

»Wie schon gesagt, Mrs. Tremayne, das wird nicht so einfach sein, wie man es sich wünscht«, sagte Howard, schaute auf sein Glas und trank noch einen Schluck. »Gerade letztes Jahr noch hatte ich einen Fall, bei dem ein Engländer, der jahrelang in Indien gelebt hatte, ein gewisser Mr. Kean, die Einheimischen so gut getäuscht hat, dass er sich als indischer Mohammedaner verkleidete, um am Haddsch teilzunehmen. Er wohnte einige Monate in Mekka und besuchte auch die heilige Stadt Medina. Als er nach Dschidda zurückkehrte und seine Identität als Engländer und Christ preisgab, waren die Ortsansässigen verständlicherweise empört. Er wandte sich an mich um Hilfe, und ich versuchte ihm die Situation zu erklären, doch erst als er sich an alle Schiffskapitäne gewandt hatte und man ihm eine Passage verweigerte, begann er das volle Ausmaß seines Problems zu begreifen. Diese kleine Stadt wird von ein paar mächtigen Kaufleuten beherrscht. Sollte einer der Kapitäne Sie auf seinem Schiff mitnehmen, würde man ihm nie wieder eine Ladung von hier mit auf den Weg geben oder ihm erlauben, in diesem Hafen eine Ladung zu löschen. Niemals.«

»Was ist denn aus Mr. Kean geworden?«, fragte Sherine.

»Mr. Kean sah sich erneut gezwungen, sich als indischer Pilger zu verkleiden und über einen Mittelsmann eine Passage an Bord eines der Haddsch-Schiffe zu buchen, die zurück nach Bombay fuhren. Als der Kapitän nach ein paar Tagen auf See erkannte, dass man ihn genarrt hatte, warf er Kean beinahe über Bord. Kean musste von Bombay nach Southampton fahren und sich vom arabischen Ufer fernhalten. Wäre er zurückgekehrt, hätte man ihn wegen seines Vergehens umgebracht.«

»Der britische Konsul ist doch bestimmt so mächtig, eine Situation wie diese richtig zu stellen. Ich kann nicht glauben, dass man die Macht der Krone nicht geltend machen kann, um in meinem Fall zu intervenieren«, beharrte Annie.

»So sehr ich auch wünschte, dass Sie recht hätten, aber es ist nicht so. Ich bin hier lediglich ein Handelskonsul. Selbst die Macht der osmanischen Türken, die seit Hunderten von Jahren hier sind, hängt nur am seidenen Faden. Die Türken beherrschen lediglich den schmalen Küstenstreifen und können auf den Routen im Inland nach Mekka und Medina kaum die Ordnung aufrecht erhalten. Sie wurden im Aufstand von 1858 sogar fast entmachtet, als sie versuchten, die Sklaverei abzuschaffen. Wir alle sind hier nur geduldet. Das ist eine wilde, gesetzlose Gegend, und leider habe ich hier sehr wenig Macht.«

»Aber was soll ich denn machen? Sie wollen mir doch nicht sagen, dass ich hier als Gefangene bleiben muss?«, fragte Annie schrill.

»Nein, nein, das wäre nicht recht, oder?«, sagte Mr. Howard beflissen. »Ich will damit nur sagen, Sie können nicht erwarten, ein Ticket für eines der Schiffe im Hafen zu kaufen und abzureisen. Es wird eine Weile dauern, bis wir das bewerkstelligt haben.«

»Aber jeder Tag, den ich hier verbringe, vermindert meine Chancen, meinen Mann lebend zu finden. Vielleicht braucht er mich. Ich muss von hier fort.«

»Lassen Sie mich nachdenken, meine liebe Mrs. Tremayne. Lassen Sie mich überlegen … Von der britischen Regierung kann nicht erwartet werden, dass sie Ihnen hilft, aus Dschidda herauszukommen. Hat Ihre Familie womöglich die Mittel, ein Privatboot von Ägypten aus zu schicken, zum Beispiel?«, fragte Mr. Howard vorsichtig an.

»Mittel, wie Sie es nennen, Mr. Howard, sind kein Thema«, sagte Annie ruhig.

»Das ist natürlich eine beträchtliche Hilfe«, erwiderte Howard, sichtlich erfreut. »Das ist ein anderes Paar Schuh, könnte man sagen …« Howard trank noch einen Schluck Whisky, die Stirn in Denkerfalten gelegt. »Ich würde nun vorschlagen, dass wir Ihre Familie in London über die neue Telegraphenverbindung wissen lassen, dass Sie am Leben sind. Sobald wir sie erreichen, werden wir ihnen vorschlagen, dass sie ein Privatboot von Suez aus schicken, das Sie abholt. Das wird natürlich streng vertraulich geschehen müssen. Wenn auch nur der leiseste Hinweis nach außen dringt, wird man dem Boot den Status eines Leichters verweigern und es womöglich angreifen. Wenn das Boot eintrifft, werde ich Ihnen eine Nachricht zukommen lassen, und irgendwie werden wir Sie durch die Wachen am Kai schmuggeln. Man kann sich in aller Regel darauf verlassen, dass sie für einen gewissen Betrag Bakschisch zu haben sind …«

»Die Telegraphenleitung ist bis Dschidda vorgedrungen?« Annie war begeistert.

»Ja, wir sitzen an einem Abzweig der Verbindung mit Aden, die wiederum ein Abzweig der vor drei Jahren in Betrieb genommenen transkaspischen Verbindung ist …« Mr. Howard erwärmte sich offenbar für dieses Thema.

»Wie schnell können wir das Telegramm aufgeben?«, unterbrach Annie ihn nervös.

»O ja. Das Telegraphenamt macht am Morgen auf. Wir wollen eine Botschaft entwerfen, sodass sie morgen als Erstes verschickt werden kann.«

Sie verfassten den Wortlaut für eine Botschaft an Annies Großvater, mit dem sie seit ihrer Kindheit korrespondiert hatte. Darin teilten sie ihm Annies Aufenthaltsort mit und baten ihn, ein Boot von Suez aus zu schicken.

»Wie lange wird es Ihrer Meinung nach dauern, ein solches Boot zu beschaffen?«, fragte Annie.

»Ich denke, es wird mindestens zwei oder drei Wochen erfordern, ein Boot anzuheuern und die notwendigen Gelder telegraphisch anzuweisen, um es zu bezahlen. Dann dauert die Fahrt von Suez nach Dschidda fünf Tage. Ich könnte mir vorstellen, dass Sie in einem Monat unterwegs sind, wenn ich mich nicht irre«, sagte Howard ermutigend.

»Ein Monat!«, sagte Annie und stöhnte innerlich auf. »Kann ich denn den nächsten Monat hier im Konsulat verbringen?«

»Hier? Im Konsulat? Oh, ich fürchte nein, meine Liebe. Das geht nicht«, sagte Howard kopfschüttelnd.

»Aber warum nicht? Bin ich keine britische Staatsangehörige, die eine Zuflucht sucht?«, fragte Annie.

»Außer der Tatsache, dass es unangemessen wäre, wenn eine junge Frau ohne Begleitung hier bei mir, einem Junggesellen, bliebe, wäre meine Position als britischer Repräsentant ernsthaft gefährdet. Wie ich Ihnen bereits erklärte, Mrs. Tremayne, ist die Handelsmission hier nur geduldet. Jede Einmischung in den Handel vor Ort könnte zu internationalen Verwicklungen führen.«

»Aber wo soll ich denn den nächsten Monat über bleiben?«, fragte Annie in Panik.

»Vielleicht könnten Sie bei Madame Sherine wohnen?«, sagte Howard lahm und versuchte, die Last von sich abzuwälzen.

Annie schaute Sherine voller Hoffnung an. »Annie, es tut mir sehr leid. Aber ich bin zu Gast bei meiner Tante, nur zwei Häuser von Hassan Bey entfernt. Innerhalb kürzester Zeit nach Ihrer Ankunft hätten es die Diener in ganz Dschidda verbreitet.«

»Dann würde ich vorschlagen, Sie kehren wieder ins Haus von Hassan Bey zurück, Mrs. Tremayne. Schließlich ist es eine prominente Familie. Ich bin sicher, ihr Ehrenkodex gegenüber Gästen gibt uns die Sicherheit, dass man sich angemessen um Sie kümmert, oder?«, fragte Howard.

Annie starrte den Konsul verzweifelt an. »Mr. Howard, für die bin ich kein Gast. Ich bin dort eine Gefangene, eine Sklavin. Ich bin mit meinen wenigen Habseligkeiten weggegangen in der Hoffnung, nie wieder zurückzukehren. Selbst wenn ich wollte, wie soll ich wieder in das Haus gelangen?«, fragte sie niedergeschlagen.

Sherine schüttelte traurig den Kopf. »Es tut mir so leid, Annie. Keine Sorge. Ich werde mir etwas einfallen lassen … Vielleicht kann ich den Mägden erzählen, dass Sie meine Tante besucht haben, und ihnen etwas geben, das sie schweigen lässt.«

»Auch mir tut es leid, dass ich Ihnen nicht schneller helfen kann, Mrs. Tremayne«, sagte Howard und sah entsprechend zerknirscht aus. »Aber wenn Sie zurückkehren, machen Sie sich am besten gleich auf den Weg. Damen gehen hier im Allgemeinen nicht über die Straße, vor allem nicht abends. Soll ich Sie von meinem Fahrer in der Kutsche bringen lassen? Er könnte sie irgendwo absetzen, nicht zu nah am Haus, damit kein Verdacht aufkommt.« Howard zog in der Ecke des Zimmers an einer Kordel und ging hinaus, um den Kutscher zu holen.

»Sherine, ich möchte nicht, dass Sie mit hineingezogen werden. Sie haben genug riskiert, mich hierherzubringen. Vergessen Sie nicht, man könnte Ihnen Noora für immer wegnehmen.«

»Keine Bange. Wir können Sie in das Haus zurückbringen, Annie. Es tut mir nur leid, dass Sie wieder dorthin müssen. Aber es ist ja nur für kurze Zeit«, meinte Sherine in dem Versuch, Annie aufzumuntern.

»Auch ein Tag als Sklavin in jenem Haus ist zu viel«, sagte Annie ohne jede Hoffnung. »Und jeder Tag ist wieder ein Tag, an dem ich Jonathan nicht suchen kann.« Sherine ließ ihre Hand in Annies gleiten und drückte sie beruhigend.

Als er zurückkam, brachte Mr. Howard die beiden Damen wieder zur Haustür, wo eine Kutsche wartete. Sie zogen ihre Abajas über, bevor sie die Abgeschiedenheit der Eingangshalle verließen, um nicht erkannt zu werden.

»Verzweifeln Sie nicht, Mrs. Tremayne. Ich bin sicher, dass wir schon bald eine Antwort auf unser Telegramm erhalten. Wie soll ich denn Kontakt mit Ihnen aufnehmen?«

Sie beschlossen, Howard solle einen versiegelten Brief an Sherine senden, sobald die telegraphische Nachricht eingetroffen sei. Sherine würde Annie Bescheid geben.

»Vielen Dank für Ihre Hilfe, Mr. Howard. Bitte vergessen Sie nicht, die Regierung über die *Oriental* und Abdullah bin Karim zu unterrichten. Wenn man die Suche nach meinem Mann und den anderen fortsetzen könnte …«

»Seien Sie versichert, dass wir alles in unserer Macht Stehende tun, um Karim zur Rechenschaft zu ziehen … und um Ihren Mann zu finden«, tröstete Howard sie. »Wir wollen vor dem Kutscher nicht reden. Er soll nicht wissen, dass eine Engländerin hier war, sonst spricht ganz Dschidda darüber.«

Die große Holztür protestierte laut, als sie geöffnet wurde, und die salzige Abendbrise drang ins Foyer. Sie gingen die Treppe hinunter, und als Howard den Frauen in die Kutsche half, tätschelte er Annie besänftigend die Schulter. »Nur nicht verzweifeln«, flüsterte er, »Sie hören bald von mir.« Annie nickte wortlos und verschwand, eine dunkel verhüllte Gestalt vor dem schwarzen Innenraum der Kutsche.

Die Frauen fuhren schweigend in Richtung Hassans Haus, beide in Gedanken versunken. Die Kutsche passierte das Bab Medina, das nördliche Stadttor, ein hohes Bogentor, dessen riesige, eisenbeschlagene Tore vor den Gefahren der Nacht verschlossen waren. Auf einer Seite hockten türkische Wachen mit roten Fezen um einen Messingkessel über einem glühenden Kohlebecken.

Dem Tor gegenüber befand sich eine weiträumige, rechteckige Einfriedung, die hohen, mit Zinnen versehenen Mauern der Karawanserei, durchbrochen nur durch einen spitzen Torbogen und winzige Fenster im ersten Stock. Als die Kutsche vorüberfuhr, erhaschte Annie einen Blick auf Männer, die im Torweg und im Innern herumsaßen, unter Bogenarkaden lagerten und sich vor dem Schein kleiner Feuer abhoben. Warum konnte sie nicht in die Karawanserei schlüpfen, fragte sie sich, und in den Massen gesichtsloser Pilger verschwinden, die durch die Stadt schlenderten? Weil ich eine Frau bin, dachte sie. Weil ich meine Präsenz, meine Verwundbarkeit mit diesem schwarzen Schleier verkünde, den ich trage, dachte sie verbittert. Weil ich nicht frei bin.

Ein paar Querstraßen vor dem Haus pochte Sherine auf den Kutschenboden, ein Zeichen für den Fahrer, anzuhalten. Die Frauen stiegen aus und näherten sich auf der mit Sand bedeckten, dunklen Straße geräuschlos der Westseite des Hauses.

»Hier, im Keller«, flüsterte Sherine, als die Hauswand vor ihnen aufragte, »ist die Öffnung für die Wasserzisterne im Keller. Das gesamte Untergeschoss ist ein riesiger Wassertank. Die Kamele, die Wasser von den Brunnen vor Dschidda holen, lassen ihre Ladungen durch diese kleine Tür fallen. Wenn Sie hineinschlüpfen und den Weg zur Leiter in der Mitte finden, kommen Sie in die Eingangshalle am Fuß der Treppe. Hoffentlich hat man die Tür zur Treppe unverschlossen gelassen, so wie es üblich ist. Möchten Sie, dass ich mitkomme?«

»Sie haben schon zu viel getan«, sagte Annie dankbar. »Wie klug von Ihnen, dass Sie sich diesen Zugang ausgedacht haben. Ich bin sicher, ich finde mich allein zurecht.« Annie drehte sich um und umarmte Sherine. »Wie kann ich Ihnen je für die Hilfe danken, die Sie mir heute Abend geleistet haben?«

»Ich habe Ihnen noch nicht viel geholfen. Und es tut mir leid, dass Sie das Abendessen verpasst haben. Sagen Sie den Mägden, sie seien unter einer Bank auf dem Dach eingenickt und hätten verschlafen. Vielleicht können sie Ihnen etwas holen. Und um Ihren Jonathan machen Sie sich keine Sorgen. Sie werden ihn finden, Inschallah«, flüsterte Sherine und erwiderte die Umarmung.

»Danke …« So Gott will.

Mit Sherines Hilfe hob Annie die kleine, aber schwere Tür ins Kellergeschoss an und ließ die Füße durch die Öffnung gleiten. Auf die Hände gestützt, ließ sie sich nach unten in die Dunkelheit ab und sprang den letzten Meter zu Boden. Sie kam platschend im Wasser auf, das ihr bis an die Knie reichte. Annie registrierte dankbar, dass die Zisterne nicht voller war.

»Alles in Ordnung?«, rief Sherine zu ihr hinab und hielt eine Kohlelampe in die Öffnung, damit Annie die Leiter fand.

»Ja, danke, alles klar. Sie können mir mein Bündel zuwerfen«, erwiderte Annie. Das Bündel kam durch die Öffnung, und da die Abaja ihre Sicht und Beweglichkeit einschränkte, ließ Annie es beinahe ins Wasser fallen. Voller Ungeduld zog sie sich die nasse Abaja über den Kopf und legte sie sich über die Schultern. Im dünnen Lichtstrahl, der durch die Luke fiel, sah sie einen ganzen Wald aus Säulen, bestehend aus Korallenblöcken, die das Gewölbe der Zisterne stützten. In der Mitte führte eine

Leiter nach oben. Mühsam kletterte sie über die Eisensprossen, belastet durch die tropfnasse Abaja und ihr Bündel. In diesem Augenblick streifte etwas ihre Beine, und Annie wirbelte in der Dunkelheit herum, ohne etwas zu erkennen. Wahrscheinlich eine Ratte, dachte sie, vor Ekel schaudernd. Rasch erklomm sie die Eisensprossen und kletterte zur Decke hoch in der Hoffnung, dass die Falltür zur Halle nicht verriegelt war. Als sie die Holztür nach oben drückte, quietschten die Scharniere. Sherine fragte: »Alles in Ordnung? Ist die Tür offen?«

»Ja. Danke, Sherine, für alles«, flüsterte Annie zurück.

»Tajjib, maalesch«, erwiderte sie, und die äußere Zisternentür ging knarrend zu.

Nicht der Rede wert?, dachte Annie verwundert. Mir hat es alles bedeutet, dachte sie dankbar.

Sie drückte die Falltür auf und hielt den Eisengriff gut fest, damit sie nicht auf dem Boden aufschlug und die Wachen alarmierte. Sie schob das Bündel vor sich her, legte die Tür sanft auf dem Boden ab und stieg aus. Sie war triefend nass und würde auf der Treppe nach oben eine Spur hinterlassen; hoffentlich würde die trockene Hitze von Dschidda sie bis zum Morgen verschwinden lassen, dachte sie. Fast geräuschlos schloss sie die Falltür wieder und ging die Treppe hinauf. Das Haus war dunkel und still, wie ein Totenhaus, dachte sie.

Still schleppte sie ihre nassen Sachen die Treppe hinauf und durch den Flur im vierten Stock, bis sie an ihre Zimmertür kam, die beim Öffnen gnadenlos quietschte. Hättest du nicht einmal leise sein können?, dachte sie kleinlaut. Schnell hastete sie zur Schranktür und verstaute ihr Bündel, hängte die tropfende Abaja auf und entledigte sich ihrer nassen Kleidung. Sie zog sich gerade ein Baumwollnachthemd über, als die Tür quietschend aufging und eine der alten Mägde mit schriller Stimme nach ihr rief.

Da sie wusste, dass sie sich nicht verbergen konnte, trat Annie um die Ecke in den Vorraum und zeigte sich der Magd. Die Alte brach in eine Tirade auf Arabisch aus, die Annie als Tadel auffasste, dass sie so lange unauffindbar gewesen sei, und als Erleichterung darüber, sie endlich gefunden zu haben. Annie fragte sich, was wohl mit der Magd passiert wäre, wenn sie ihre Pläne an diesem Abend wie erhofft hätte verwirklichen können. Aber so wie es aussah, hatte sie ohnehin fast das Alter erreicht, sich nach Africa Town zurückzuziehen.

»Al fô«, sagte sie laut, um der Strafpredigt Einhalt zu gebieten. »Ana fô.« Auf dem Dach, sagte sie. Ihr waren die Worte eingefallen, die sie von Gemiya gehört hatte.

Die runzlige schwarze Magd hielt abrupt inne. »Al fô?« Misstrauisch beäugte sie Annie und runzelte die ledrige Stirn.

»Al fô«, wiederholte Annie, legte den Kopf auf die Hände und schloss die Augen, um anzudeuten, dass sie eingeschlafen sei.

Die Alte begann zu lächeln. »Maalesch, maalesch …« Sie begann, sich rückwärts aus dem Raum zu bewegen. »Inti aysa humus wa ayisch?«, fragte sie und führte ihre krummen Finger zum Mund, als wolle sie essen.

Annie nickte. »Min fadlik«, erwiderte sie, bitte. Dann konnte sie auch etwas essen, wenn sie noch einen Monat in diesem Haus festsitzen sollte, dachte sie niedergeschlagen. Die Magd lächelte und verließ nickend den Raum.

Annie schlich zur Carawitas und zündete die Öllampe auf dem niedrigen, achteckigen Tisch daneben an. Der Lampenschein füllte die Holznische, deren Gitterwerk die Nacht aussperrte. Um mich hier drinnen gefangen zu halten, sind sie ebenso wirkungsvoll wie Eisenstäbe, dachte sie. Auch als die Magd ihr ein Tablett mit Hummus, Fladenbrot und Nusskuchen gebracht hatte, schöpfte sie keinen neuen Mut. Sie hatte gehofft, diesen Raum nie wieder von innen zu sehen, hatte geplant, längst unterwegs auf der Suche nach Jonathan zu sein. Trotz Sherines Gerissenheit und Risikobereitschaft, ihr bei der Flucht zu helfen, war sie wieder da, wo sie am Morgen aufgebrochen war. Sie legte sich auf die mit dünnen Kissen bedeckte Steinbank und weinte sich in den Schlaf.

An den nächsten beiden Tagen konnte Annie sich nicht aus ihrer Niedergeschlagenheit reißen. Sie schlief lange, und wenn sie wach wurde, wurde ihr von der Hitze und dem Salzgeruch übel, der durch das Gitterwerk drang. Zutiefst verzweifelt schlenderte sie durch das leere, hallende Haus. Ohne die Kinder oder Gemiya, mit der sie reden konnte, war sie vollkommen allein, gefangen in dem verhassten Korallenturm wie ein Rapunzel der Neuzeit, ohne den Zopf. Sie durchlebte noch einmal den Untergang der *Oriental*, ihre unwirkliche Bootsfahrt an der arabischen Küste entlang nach Norden und ihre bizarre Gefangenschaft im Korallenhaus am Roten Meer. Was hätte sie anders machen können, fragte sie sich, um diese Katastrophe zu verhindern? Wie hätte sie ihre gegenwärtige Zwangslage verändern können? Sie ließ die Nacht auf dem offenen Boot wieder an ihrem geistigen Auge vorbeiziehen und fragte sich, warum sie nicht heimlich über Bord gesprungen war. Warum hatte sie nicht laut geschrien, als man sie durch das Tor nach Dschidda hineinscheuchte? Warum hatte sie sich stillschweigend damit abgefunden, dass die Familie sie zur Sklavin nahm unter dem Vorwand, die Kinder zu unterrichten? Warum war sie so schwach gewesen, fragte sie sich immer wieder und vergaß dabei, dass sie vor Kummer wie gelähmt war. Warum hatte sie zugelassen, dass diese Menschen sie beherrschten?, schalt sie sich immer wieder.

Jeden Tag ging sie auf das Dach, um die flammende Sonne im unwahrscheinlich blauen Meer untergehen zu sehen, während der Muezzin auf dem schrägen Minarett am Ufer sang. Traurig schaute sie die Granatapfelbäumchen an, deren Früchte prachtvoll leuchteten. Aber weder ihr Duft noch der Ausblick auf das Wasser vermochten ihr Elend zu lindern. Sie konnte den fernen Booten nicht verzeihen, den Schiffen, die sie so sicher als ihre Rettung angesehen hatte, sie im Stich gelassen zu haben.

Ihre hoch aufragenden grauen Formen, weit draußen hinter der dritten Brandungsreihe, waren jetzt wie ein Fluch für sie. Die Kapitäne dieser Schiffe waren Feiglinge, dachte sie vorwurfsvoll; Feiglinge, jeder einzelne, zu ängstlich, eine Frau aus diesem unwürdigen Gefängnis zu befreien.

Am meisten aber bereiteten ihr Mr. Howards Worte Sorgen. »Keine Überlebenden, keine Überlebenden«, hallte es in ihrem Kopf wider, bis sie den Wunsch hatte, sich vom Dach zu stürzen. Mrs. Blake und Priscilla, Colonel Hawkings, Kapitän Reagan, Mrs. Thompson – die Gesichter aller Passagiere gingen ihr durch den Kopf. Jonathan und Pegasus ... Es konnte nicht wahr sein, stieg es ihr aus tiefster Seele auf, und doch hatte Mr. Howard es gesagt. Sie durchlebte die vergangenen beiden Jahre in Assam noch einmal, den aufregenden Ausflug, den sie in den Dschungel unternommen hatten, um sich mit dem Stamm der Naga zu treffen, ihre Spaziergänge durch die Teegärten an jedem Abend bei Sonnenuntergang, ihre wachsende Gemeinsamkeit auf dem einsamen Posten, weit entfernt von ihren Eltern in Kalkutta. Jonathan war ihr Geliebter und ihr bester Freund geworden. Jetzt war Jonathan verschwunden, und sie wusste nicht, ob sie ohne ihn weiterleben wollte.

Am dritten Tag hatte sie noch immer keine Nachricht von Sherine erhalten, und sie war so mutlos, dass sie sich sogar auf die Rückkehr der Familie freute. Vielleicht würde die erzwungene Tätigkeit als Lehrerin der Kinder sie von ihrem Kummer und ihrer Wut ablenken, dachte sie. Irgendwie würde sie den nächsten Monat überstehen oder die Zeit, die nötig war, aus Dschidda zu entkommen und zurückzukehren, um Jonathan zu suchen, beschloss sie. Wieder einmal stand sie oben auf dem Dachgarten. Sie strich über die glatten Blätter der Bäumchen und spürte plötzlich, wie der Ort ihr Ruhe schenkte. Dies war ihr geheimer Garten, dachte sie. Hier konnte sie Kraft schöpfen. Sie würde diese Menschen nicht gewinnen lassen. Sie würde nicht aufgeben.

Am nächsten Nachmittag kehrten die ersten Kamele aus der Wüste zurück. Die Einwohner von Dschidda kamen in kleinen Gruppen in die Stadt, getragen von klagenden Lasttieren. Das Klappern der Hufe, das Stöhnen und Husten hallte in den Korallenschluchten der Straßen wider.

Annie stellte fest, dass sie einen Blick auf das Bab al Mekka und die zurückkehrenden Karawanen erhaschte, wenn sie durch das Gitterwerk hinter der Küche auf dem Dach spähte. Viele Gläubige hatten die Reise zu Fuß unternommen, und ihre etwas mitgenommenen, weißen, handtuchähnlichen Gewänder hingen ihnen noch immer von den Schultern. Begüterte Pilger kamen auf Kamelen, und Annie erblickte einige der massiven Shagdufs, die schwankend zwischen zwei Kamelen hingen. Ihre bunten Streifen waren die einzigen Farben in der Eintönigkeit von Stein und Wüste.

Als das Murren der Kamele lauter wurde, wusste Annie, dass die Familie schließlich den Vorhof erreicht hatte. Die massive Tür wurde aufgerissen, und selbst vom Dach aus vernahm Annie das Chaos dort unten. Nacheinander wurden die Kamele auf die Knie gezwungen, damit ihre Passagiere absteigen konnten. Dann traf das Shagduf ein. Da Annie es von oben nicht sehen konnte, schlich sie die Treppe hinunter, spähte durch das Geländer und sah zu, wie die Frauen entladen wurden. Die Kinder wurden zuerst herausgereicht. Sie hatten rote Gesichter und waren von Hitze und Enge arg mitgenommen, das Haar klebte ihnen an der Stirn und hing in feuchten Locken über den Rücken. Ihre weißen Gewänder waren beschmutzt und zerknittert, als sie die kleine Treppe hinabstiegen, die eigens für das Shagduf aufgestellt war. Doch die Jungen und Mädchen rannten zusammen die Treppe zum Haus hinauf, froh, wieder frei zu sein. Als sie an Annie vorbeikamen, begrüßten sie sie auf Arabisch, und Noora stimmte die Marseillaise an. Annie war sich ganz und gar nicht sicher, ob das Lied einer Pilgerfahrt angemessen war, doch es brachte sie zum ersten Mal seit vier Tagen wieder zum Lächeln.

Als Noora sie auf der Treppe sitzen sah, stimmte sie einen Singsang an: »Ich habe ein Geschenk für Sie, Ustâsa. Ich habe ein Geschenk für Sie!« Noora stellte ihren Leinenbeutel auf der Stufe ab, dass es schepperte, und kramte zwischen ihren Stoffpuppen nach dem Geschenk. Schließlich reichte sie Annie mit funkelnden Augen einen achteckigen Messingflakon, der mit eingravierten Mustern reich verziert war.

»Schukran, Noora. Eh da?«, fragte Annie. Danke. Was ist das?

»Eh da Zemzemi«, sagte Noora stolz. Eine Zemzemi.

»Eh Zemzemi?«, fragte Annie. Was ist eine Zemzemi?

»Mayya min Zemzem!« Wasser aus dem Zemzem!

»Schukran, Noora, schukran«, erwiderte Annie, noch immer verblüfft.

Unterdessen waren die ersten Frauen aus dem Shagduf gestiegen, offensichtlich ebenso verschwitzt und mitgenommen wie die Kinder. Zuerst ging Sitti Kabeera, den Rand ihres weißen Schals festhaltend, damit er nicht verrutschte, vorsichtig rückwärts die Stufen hinunter. Sie drehte sich um und näherte sich matt dem Haupteingang, wobei sie sich das Gesicht mit einem Taschentuch abtupfte. Dann streckte Iman einen Fuß rückwärts aus dem Shagduf und suchte nach der ersten Stufe. Einer der Treiber führte ihr den Fuß, darauf achtend, dass er sie nicht anschaute, um weder ihr noch sein Schamgefühl zu verletzen. Dann stieg sie hinunter, sich mit beiden Händen festhaltend. Zuletzt schlüpfte die rotgesichtige Mala, deren schwarze Haare unter der weißen Kopfbedeckung hervorquollen, mit den Füßen voran und mit dem Gesicht nach vorn aus dem Shagduf und schob die Hände der Treiber beiseite, die ihr helfen wollten. Hochmütig stieg sie die Stufen hinab, richtete ihr Gewand und ging hoch erhobenen Hauptes ins Haus.

Annie zog sich nach oben zurück, bevor Sitti Kabeera sie erreichte. Sie hoffte nur, die Mägde würden ihr Verschwinden vor vier Tagen nicht berichten; ihr war nicht danach, eine Geschichte zu erfinden, um ihre Abwesenheit zu begründen. Sie hatte festgestellt, dass die Mägde Sitti Kabeera in der Regel nichts erzählten, was der Herrin Ungemach bereiten oder sie selbst in ein schlechtes Licht rücken könnte. Sie hoffte nur, dass ihre kurze Abwesenheit in diese Kategorie fiele.

Das Essen an jenem Abend war eine formlose Sache, bei der Männer und Frauen miteinander auf Teller angerichtetes Bratenfleisch, Kebab und Salate aßen. Als Annie sah, dass die Männer sich an den Tisch setzten und die Frauen sich von den Tellern bedienten, um sich dann in die Carawitas zurückzuziehen und dort zu essen, verließ sie den Raum. Ihre Position als ein Zwischending zwischen Sklavin und Gast ließ sie zögern, an einer so zwanglosen Familienzusammenkunft teilzunehmen. Außerdem hatte sie nicht das Bedürfnis, mit Hassan Bey oder einem seiner Söhne zu reden. Gemiya, die sah, dass sie sich zurückzog, erbot sich, ihr einen Teller zu holen und in ihr Zimmer zu bringen.

Erleichtert kehrte Annie in ihr Zimmer zurück, streifte die Pantoffeln ab und streckte sich auf der Carawitas aus. Ihre düstere Laune hatte sich mit der Ankunft der Familie leicht gebessert, trotzdem fühlte sie sich noch nicht imstande, ihren Kerkermeistern gegenüberzutreten. Die Abendluft schien drückender als sonst, feucht und schwer. Sie drang durch die Fenster, erfüllt von Motten und Moskitos, die vom Licht der Öllampe angezogen wurden.

Nach leisem Anklopfen ging die Tür quietschend auf, und Gemiya kam mit einem beladenen Tablett herein. Sie stellte es auf den Diwan neben Annie und lehnte sich matt an die Steinbank.

»Komm, setz dich, Gemiya. Du siehst mitgenommen aus«, sagte Annie und rückte unter ihrem Moskitonetz zur Seite.

»Ich bin so müde, Madame Annie. Auf der Straße von Mekka war es heute heiß, und so viele Karawanen kehrten alle zur selben Zeit zurück.«

»Hat dir die Pilgerfahrt gefallen?«

»O ja. Es war wie ein riesiger Pilgerstrom. Man war nur ein

Wassertropfen in einem großen Fluss. Dann strömte der Fluss um die Kaaba, den heiligen Block in einem großen schwarzen Haus. Zwei Afrikaner bewachen die Kaaba. Es ist ein ganz besonderer Ort.«

»Man lässt die Kaaba von Afrikanern bewachen?«

»Ja, Madame Annie, und es sind Sklaven wie ich. Allah liebt die Sklaven. Alhamdilullah, der Haddsch war gut. Aber sehr heiß. Jedes Jahr findet der Haddsch zu einer anderen Zeit statt, je nach dem Stand des Mondes, und der Haddsch im Sommer ist schrecklich. Viele Menschen, vor allem die Alten, fallen bei der Hitze in Mekka um. Sechs Menschen wurden zu Tode getrampelt. Die Kinder zu beaufsichtigen und darauf zu achten, dass sie nicht untergehen, hat mich sehr erschöpft«, sagte Gemiya und zog die Füße an, um sich auf der Steinbank in den Schneidersitz zu setzen. Annie fiel auf, dass Gemiyas Füße voll Asche und von der trockenen Wüstenhitze rissig waren. »Sitti Kabeera wird mir Salbe für meine armen Füße geben«, sagte Gemiya, als sie Annies Blick bemerkte. »Sie sind arg aufgesprungen. Aber die Salbe aus der Aloepflanze auf dem Dach heilt sie. Es war eine schöne Zeit.«

»Das freut mich für dich, Gemiya. Du hast es dir verdient.«

»Oh, aber wir werden bald noch eine schöne Zeit haben. Miss Fatima wird verheiratet. Hassan Bey hat mit dem Vater von Fatimas Verlobtem gesprochen, und sie haben beschlossen, die beiden in zwei Wochen zu vermählen.«

»Fatima wird verheiratet?«, fragte Annie ungläubig. »Sie ist doch nicht viel älter als vierzehn!«

»Sie ist gerade dreizehn geworden«, sagte Gemiya. »Sie wurde letztes Jahr verlobt, war zu dem Zeitpunkt aber noch zu jung, um in ihr neues Zuhause umzuziehen, deshalb haben sie mit der Hochzeit gewartet, bis sie dreizehn ist. Wir nähen ihr seit fast einem Jahr neue Kleider und Bettzeug.«

»Wen heiratet sie?«

»Es ist der Sohn eines Freundes von Hassan Bey. Er ist einundzwanzig und sieht sehr gut aus. Und Fatima wird seine erste Frau sein. Es ist also eine sehr gute Verbindung.« Gemiya lächelte matt.

»Aber sie ist doch noch so jung, Gemiya, fast noch ein Kind«, seufzte Annie.

»Miss Sherine hat Hassan Bey geheiratet, als sie sechzehn war, und diese Ehe war keine gute. Wenn das Mädchen zu alt ist, macht sie sich zu viele eigene Gedanken.«

»Und wie alt war Hassan Bey damals?«

»Über vierzig. Und sie war die dritte Frau. Keine gute Verbindung. Hat nicht gut funktioniert.«

»Warum haben Sherines Eltern gewartet, bis sie sechzehn war?«, fragte Annie.

»Ich habe gehört, dass sie gebettelt hat, nicht verheiratet zu werden, und sie war die letzte Tochter in der Familie, sodass man sie nicht gehen lassen wollte. Als sie dann fast zu alt war, um zu heiraten, musste sie sich mit der Position einer dritten Frau begnügen. Nicht gut, wenn man zu lange wartet.«

Nicht gut, wenn man keine unabhängige Frau will, dachte Annie im Stillen.

Annie aß gebratenes Huhn, Lammkebab und Salat, die auf dem Tablett angerichtet waren. Der Hummus hatte etwas Erdiges, Kräftiges, vermischt mit Öl aus Syrien, und vereinte alle Aromen von Wüste und Oase in sich. Die Oliven selbst fand sie noch immer zu scharf im Geschmack, doch das Öl war köstlich. Das Fladenbrot aus dem Ofen auf dem Dach mit einem Hauch Salzluft und Sand war die ideale Ergänzung zum Hummus. Gemiya fügte auch stets ein paar Datteln und ein paar türkische Leckereien hinzu, hergestellt aus Kuchenteig und Pistazien mit Honig in mehreren Schichten.

Gemiya nahm dankend ein Kuchenstück an und lehnte sich seufzend in die Kissen zurück. Sie wartete, bis Annie fertig war. »In der nächsten Woche gibt es sehr viel zu tun. Wir müssen Fatimas Kleidung fertigstellen und ein großes Fest für all die

Gäste vorbereiten. Sieben Tage lang wird gefeiert. Es kommen Musiker, Tänzer und Puppenspieler. Alles Mögliche. Und so viel zu essen. Sie werden sehen, die Festlichkeiten werden Ihnen gefallen.«

»Bestimmt«, sagte Annie. Wenigstens würde damit die Zeit schneller vergehen, bis sie mit der Ankunft ihres Bootes in knapp einem Monat rechnen konnte. Alles, was diese Tage ausfüllte, wäre eine Hilfe.

»Oh, Gemiya, was ist das für ein Geschenk, das Noora mir gemacht hat?«, fragte sie und holte den achteckigen Glasflakon hervor. »Sie hat es Zemzemi genannt.«

»Der ist mit dem geweihten Wasser aus dem heiligen Brunnen Zemzem gefüllt. Wenn jemand aus irgendeinem Grund nicht nach Mekka kommen kann, bringen wir das mit.«

»Das war ein aufmerksames Geschenk, Gemiya. Sag Sitti Kabeera meinen herzlichen Dank.«

Annie wusste, dass Sitti Kabeera alle Ausgaben überwachte. Als Annie ihre Mahlzeit beendet hatte, kroch Gemiya unter dem Netz hervor und nahm das Tablett mit.

»Es ist auf jeden Fall schön, wieder zu Hause zu sein, Madame Annie«, sagte Gemiya. »Sie schlafen jetzt bestimmt auch besser, da Sie nicht mehr allein in diesem großen Haus mit den flüsternden Schlangen sind«, kicherte sie.

»Ich freue mich auch, dass du wieder da bist, Gemiya. Ohne dich war es einsam«, sagte Annie und war selbst erschrocken, dass es stimmte. »Aber was sind flüsternde Schlangen?«

»Oh, Sie erkennen sie, wenn Sie sie hören, Madame Annie. Sie sind in den Wänden, aber im Sommer kommen sie nicht heraus. Warten Sie bis zum Winter, dann hört man sie gut«, erklärte Gemiya lächelnd.

»Gute Nacht, Gemiya«, sagte Annie. Dann werde ich nicht mehr hier sein, schwor sie sich. Ich bin fort, bevor der Winter anbricht.

Am nächsten Morgen huschte Sherine die große Treppe hinauf, um Noora zu besuchen. Annie lud sie ein, zu ihnen in den Kutab zu kommen, damit sie eine Gelegenheit hatten, miteinander zu reden. Es war riskant, im Haus Englisch zu sprechen, wenn Mala und Gemiya in der Nähe waren, doch Annie war begierig zu erfahren, ob schon eine Antwort auf ihr Telegramm eingetroffen sei. Sie ließ die Schülerinnen Zeichnungen von ihrer Pilgerreise anfertigen, sodass sie mit Sherine sprechen konnte.

»Haben Sie schon etwas von Mr. Howard gehört?«, fragte Annie hastig, sobald die Kinder sich über ihre Zeichnungen gebeugt hatten.

»Es kann sein, dass gestern ein Brief angekommen ist, aber ich fürchte, meine Tante hat ihn abgefangen. Sie kann kein Englisch, deshalb dürfte kein Schaden entstanden sein. Aber ich werde versuchen, ihn heute Morgen noch zurückzubekommen«, flüsterte Sherine.

Annies Magen verkrampfte sich bei dem Gedanken, ihr Telegramm könnte in die falschen Hände geraten. Sie wollte unbedingt wissen, ob ihre Familie ihr ein Boot schickte. Jede Stunde, jeder Tag, den sie in dem verfluchten Korallenhaus verbrachte, waren ihr ein Gräuel.

»Hatten Sie neulich Schwierigkeiten, wieder ins Haus Ihrer Tante zu gelangen?«, fragte Annie.

»Sie hat mich argwöhnisch angeschaut, die alte Hexe. Sie lässt mich nicht mehr aus den Augen, nachdem ich sie durch die Scheidung blamiert habe. Sie schüttelt den Kopf, wenn sie mich sieht, und sagt, es sei schwer genug für eine Frau, ins Paradies zu kommen … Und eine Geschiedene hat bestimmt keine Chance, das will sie mir damit sagen. Abergläubische alte Kuh«, sagte Sherine herablassend.

Gemiya kam, um die Kinder abzuholen, bevor sie noch mehr Zeit zum Reden hatten. Annie musste wohl oder übel wieder in ihr Zimmer, ohne etwas über den Inhalt ihres Briefes erfahren zu haben. Als sie an jenem Nachmittag auf das Dach schlenderte, sah sie einen leeren Hafen vor sich. Die Flotte der Großsegler, auf denen Pilger zum Haddsch gekommen waren, hatte abgelegt. Sie hätte sich an Bord eines dieser Schiffe schmuggeln sollen, dachte sie wütend, so wie Mr. Kean. Wie sollte sie jemals von hier wegkommen …

In der Hitze der Abenddämmerung war sie eingeschlafen, als Gemiya mit der Nachricht kam, Hassan Bey wünsche sie im Empfangsraum der Familie zu sehen. Annie war mulmig zumute bei der Vorstellung, was er wohl von ihr wollte. Sie strich sich ihren Brokatumhang glatt und versuchte vergeblich, ihre feuchten Strähnen unter die kleine Spitzenhaube zu stecken.

Als sie den Raum betrat, hob sich des Beys Silhouette vor den Fenstern ab. Er schlug mit einem Telegramm auf seine Handfläche und drehte sich abrupt um, sobald er die Tür quietschen hörte, um Annie zur Rede zu stellen.

»Nun, Mrs. Tremayne«, sagte Hassan Bey. »Wie ich sehe, haben Sie sich mit Mr. Howard, dem britischen Konsul, in Verbindung gesetzt.«

»Ich … ich«, stammelte Annie, so erschrocken, dass sie nicht wusste, was sie sagen sollte. Dann flammte ihre Wut auf. »Es ist mein gutes Recht, Kontakt mit meinem Konsul aufzunehmen, wenn ich es will.«

»Ihr Engländer glaubt viele Rechte zu haben …«, entgegnete Hassan. »Ich möchte Ihnen nur zur Kenntnis geben, Ihr Verhalten und Ihre Ungezogenheit haben zur Folge, dass Sherine Noora nie wiedersehen darf. Da sehen Sie, was Ihre vermeintlichen Rechte in diesem Haus wert sind. Mr. Howard sagt auch, dass Ihre Verwandten ein Boot für Sie von Suez schicken. Leider wird dieses Boot nie die Erlaubnis erhalten, hier in Dschidda anzulegen. Sie können also ruhig anfangen, meinen Töchtern mehr als Gedichte beizubringen, die sie nicht verstehen, und sich an den Gedanken gewöhnen, dass Sie sehr lange hierbleiben werden.«

Annie sah den Türken mit hasserfülltem Blick an. Wütend wandte sie sich von ihm ab und schritt aus dem Raum.

Kapitel zehn

Ich würde weinen, wenn ich Tränen hätte.
Die Grille zirpt. Ein fremder Vogel schreit.
Ich wälze ruhlos mich auf hartem Bette –
Vergänglichkeit – Vergänglichkeit …

Am nächsten Morgen stand Jonathan gestärkt aus seiner Koje auf der Dahabije auf; als seine Füße das Deck berührten, war ihm nicht mehr schwindlig. Er wusch sich in dem winzigen Bad, und da er vor Hunger beinahe umkam, ging er auf der Suche nach Nahrung auf das Oberdeck. Yussuf, der gerade damit beschäftigt war, Tische und Liegestühle mit einem Staubtuch abzuklopfen, ging unter Deck, um ihm das Frühstück zu holen. Miriam war nirgendwo zu sehen.

Der Nil glitzerte im Sonnenlicht; blau hob er sich vor dem orangefarbenen Sand der Wüste ringsum ab. Es hatte fast den Anschein, als wären Fluss und Himmel eins, unterbrochen nur von einem unbedeutenden Sandstreifen. Jonathan schlenderte ans Ende des überdachten Decks, um sich den Tisch näher anzusehen, der mit staubigen Gegenständen bedeckt war. Jonathan hob eine schwarze Basaltschale auf, die mit einer weißen Inschrift versehen war. Die fein ziselierten Figuren marschierten in ordentlichen Reihen über die Oberfläche. Türkisfarbene Tonfiguren sahen aus wie kleine Soldaten. Er hob die alten Figuren ans Sonnenlicht und bewunderte ihren durchscheinenden Glanz.

»Das sind Shabti-Figuren«, vernahm er Miriams weiche Stimme hinter sich. Er drehte sich um und sah sie an Deck kommen. Sie begrüßte ihn mit einem Lächeln. »Es sind die Figuren kleiner

Diener, die mit dem Toten bestattet wurden, damit sie sich im Leben danach um ihn kümmerten.«

»Glauben Sie an ein Leben nach dem Tod, Miriam?«, fragte Jonathan nachdenklich.

»Ja, sicher. Vielleicht nicht so wie die Völker der Urzeit, die einen Ort vor sich sahen, an dem sie Diener und Nahrung und Möbel benötigten, aber an ein Leben nach dem Tod auf jeden Fall«, sagte sie überzeugt. »Glauben Sie denn nicht an einen Himmel?«

»Ich hoffe inständig, dass es einen Himmel gibt. Ich muss glauben, dass die Menschen, die ich geliebt habe, an einen besseren Ort gekommen sind«, sagte Jonathan eifrig, drehte sich um und stellte die Figur wieder auf den langen Tisch.

Yussuf brachte ein Tablett, auf dem sich Teetassen und Teller stapelten. Miriam half ihm, den Rohrtisch mit einem Tuch zu bedecken und Jonathans Frühstück aufzubauen. Als Yussuf verschwunden war, goss Miriam eine Tasse Tee für Jonathan ein und bat ihn, Platz zu nehmen.

Sie ließ ihn eine Weile in Ruhe essen, hocherfreut, dass ihr Patient wieder Appetit hatte. Als sie sich selbst Tee einschenkte, beobachtete Jonathan ihre anmutigen Bewegungen, wie ihre schlanken Finger Tasse und Untertasse leicht umfassten und ihre zarten Gelenke die schwere Teekanne hielten. Sie lehnte sich auf ihrem Leinenstuhl zurück und schloss kurz die Augen. Jonathan dachte schon, sie sei eingeschlafen, so ruhig wirkte sie.

»Haben Sie in letzter Zeit viele Menschen verloren, die Ihnen nahestanden?«, fragte sie, ohne die Augen zu öffnen. »Verzeihen Sie die Frage, aber Sie haben furchtbar unruhig geschlafen, als Sie krank waren.«

Sie schlug ihre bernsteinfarbenen Augen auf und schaute so zärtlich und fürsorglich in die seinen, dass er sich durch das Eindringen in seine Privatsphäre nicht gestört fühlen konnte. Diese Frau hatte ihn zwei Wochen lang gepflegt, rief er sich ins Gedächtnis. Sie hatte ihm das Leben zurückgegeben.

»Ich habe meinen guten Freund Peter Thatcher verloren. Peter ist in den Stromschnellen gestorben, als er versuchte, mich flussabwärts zu einem Arzt zu bringen. Er hätte das Boot umtragen können, aber er wusste, dass ich es nie schaffen würde.«

»Das tut mir sehr leid«, murmelte Miriam.

»Und gerade vor einem Monat … Meine Frau kam beim Untergang unseres Schiffes im Roten Meer ums Leben. All unsere Freunde sind ertrunken. Ich war der einzige Überlebende.«

»Hieß sie Annie?«, fragte Miriam leise.

Jonathan zuckte beim Klang ihres Namens zusammen. Woher wusste sie es? Natürlich, er musste ihn im Delirium vor sich hin gebrabbelt haben. Dennoch kam es ihm so vor, als bohrte sie in einer Wunde, als er ihren Namen ausgesprochen hörte.

»Ja«, sagte Jonathan schwach.

»Wie furchtbar für Sie«, flüsterte sie.

»Nicht für mich! Für sie alle! Denn all die Menschen, die mir etwas bedeuteten, sind tot«, sagte er wütend. »Anscheinend sterben alle, die in meine Nähe kommen.«

»Aber sie ruhen jetzt im Frieden des Herrn. Sie haben keine Schmerzen mehr. Nur Sie tragen diesen schrecklichen Kummer und die Schuld mit sich herum«, beharrte Miriam sanft.

»Wie soll ich mich nicht schuldig fühlen? Sie sind meinetwegen gestorben, es war meine Schuld, dass sie ihr Leben ließen«, erwiderte Jonathan verärgert.

»Glauben Sie, Sie haben den Schiffsuntergang zu verantworten, bei dem Ihre Frau starb?«

»Nein, den habe ich nicht verursacht, aber ich hätte in der Lage sein müssen, sie zu retten … Ich hätte imstande sein müssen, sie zu beschützen … Ich hätte sie nicht sterben lassen dürfen«, sagte Jonathan.

»Aber Sie haben doch alles in Ihrer Macht Stehende getan, um sie zu retten, oder?«

»Ich konnte nichts tun … Ich dachte, sie hätte das Schiff

verlassen können, als es sank. Ich habe gewartet, um sie zu suchen … aber sie war nicht da.«

»Sie haben alles getan, was Sie konnten. Sie sind nicht Gott. Er allein hat die Macht, Leben zu geben und zu nehmen. Sie trifft keine Schuld.«

»Es muss tröstlich sein, wenn man so fest an Gott glaubt. Ich wünschte, ich könnte meine schrecklichen Schuldgefühle loswerden.«

»Aber das müssen Sie! Sonst frisst es Sie von innen auf. Sie müssen auf Gott vertrauen, darauf, dass alles, was passiert ist, einen Grund hatte, wenn Sie ihn auch jetzt nicht verstehen. Sie müssen seinen Plan für Sie annehmen.«

»Sie sind sehr nett. Haben Ihnen die französischen Nonnen das beigebracht? Einen so tiefen, tröstlichen Glauben?«

»Ich habe die Nonnen geliebt. Sie waren für mich die Mutter, die ich nie hatte. Aber ich bin Koptin. Ich bin Erbin der wahren Religion der Alten, der Abkömmlinge Abrahams und Isaaks, wie von Jesu offenbart«, erklärte Miriam.

»Aber ich dachte, Sie wären Deutsche. Wie kommt es, dass Sie Koptin sind?«, fragte Jonathan neugierig.

»Ich bin zur Hälfte deutsch. Aber meine Mutter, die zweite Frau meines Vaters, war Ägypterin. Sie war Koptin«, sagte Miriam.

»Was ist mit Ihrer Mutter geschehen?«

»Mein Vater hat sie eingestellt, damit sie sich nach dem Tod seiner ersten Frau, einer Deutschen, um seinen Sohn kümmerte. Vater kam jedes Jahr nach Ägypten und hat Jakob mitgenommen. Dann haben sie geheiratet, und meine Mutter ist ein paar Monate nach meiner Geburt gestorben.«

»Dann haben Sie einen Halbbruder?«

»Ja, Jakob studiert in Heidelberg. Bald kommt er hierher zur Ausgrabungsstätte, um Vater zu helfen«, sagte Miriam lächelnd.

»Es ist sehr nett von Ihnen, dass Sie mir das erzählen. Sie müssen sich um mich im Übrigen keine Sorgen machen. Es wird schon wieder«, sagte Jonathan achtlos.

»Während Ihrer Krankheit haben Sie die ganze Zeit wie eine arme Seele in der Hölle nach Ihrer Frau gerufen. Wenn ich Ihnen helfen kann, Ihren Seelenfrieden zu finden, dann würde es mich sehr freuen«, sagte Miriam ernst.

»Es tut mir sehr leid, wenn ich Ihnen Kummer bereitet habe. Sie waren so gut, sich all die Wochen meiner anzunehmen, und so habe ich es Ihnen gedankt«, sagte Jonathan traurig.

»Ich möchte keinerlei Dank. Ich möchte nur Ihre Freundin sein.« Miriams Augen waren erfüllt von Unschuld und Zauber, sodass Jonathan vollkommen entwaffnet war. Plötzlich stand sie auf. »Möchten Sie sich heute die Tempel ansehen? Ich kann Sie mit hinübernehmen und Ihnen die Arbeit meines Vaters zeigen.«

»Ja, das würde ich sehr gern«, sagte Jonathan und erhob sich mit zittrigen Knien. Er hatte das Gefühl, von einem leichten Wind getragen zu werden, einem Hauch frischer Luft, als er Miriams raschelndem schwarzen Köperrock die Treppe hinunter auf das Hauptdeck folgte.

Nachdem sie dem am Ufer schlafenden Bootsmann zugerufen hatte, er solle sie holen, verschwand Miriam kurz in einer der Kabinen und kam mit einem Tropenhelm für Jonathan und einem breitrandigen Strohhut für sich wieder. Sobald sie den Schutz des Schattens am Oberdeck verließen, spürte Jonathan die Sonne auf dem Kopf und war dankbar für den Hut. Er stieg in die kleine Feluke und bemerkte den Namen »Edfu« am Heck der Dahabije. Sie segelten die paar Meter ans Ufer und kletterten über eine grobe, gesplissene Palmenrampe hinunter an den Strand, um keine nassen Füße zu bekommen.

Jonathan folgte Miriam um einen hohen Sandberg vor dem Großen Tempel auf der linken Seite des Strandes. Sie erklärte ihm, der Tempel sei voll Treibsand gewesen, bis man ihren Vater im Jahre 1868 gerufen habe. Man hatte ihn gebeten, die Entfernung des Sandes zu beaufsichtigen, die im Vorfeld des Besuchs von Kaiserin Eugenie vorgenommen werden sollte. Sie würde anlässlich der offiziellen Eröffnung des Suezkanals eine königliche Rundreise durch Ägypten machen. Professor Bermann hatte darum gebeten, danach jedes Jahr zurückkehren zu dürfen, um die Säuberung zu vervollständigen und die Hieroglyphen aufzuzeichnen und zu erforschen, die zutage getreten waren, nachdem sie Tausende von Jahren unter dem Sand begraben waren.

Jonathan zeigte sich überrascht, dass die Entfernung des Sandes acht Jahre gedauert hatte und noch immer nicht beendet war, bis er den mühsamen Prozess des Säuberns mit eigenen Augen sah. Professor Bermann ließ innerhalb der Tempel keine Werkzeuge zu, da er fürchtete, die aus Stein gemeißelten und bemalten Reliefs zu beschädigen. Deshalb schaufelten die Arbeiter mit den Händen Körbe voll Sand, die sie dann auf den Schultern an eine zentrale Stelle brachten, wo ein feinmaschiges Drahtgitter aufgebaut war. Der Sand wurde durch das Gitter gesiebt, um kleine Gegenstände zu entdecken, die übersehen wurden. Dann wurde der fertig gesiebte Sand auf Eselkarren hinter den Hügel gefahren. Jahr für Jahr musste das Verfahren wiederholt werden, da das Frühlingshochwasser des Nils eine neue Schicht Treibsand in die Tempel spülte. Jonathan bestaunte die Sisyphusarbeit, ein mühseliger Kampf, den er so noch nie erlebt hatte.

Sobald er im Tempel war, begriff er jedoch die Faszination, die dieser Ort auslöste. Er schritt durch das Halbdunkel der hohen Eingangshalle, gesäumt von jeweils vier riesigen Statuen von Ramses II., und erblickte Professor Bermann auf einem niedrigen Schemel neben einer Laterne im aus dem Fels gehauenen inneren Heiligtum. Seine Silhouette hob sich vor vier sitzenden Statuen im orangefarbenen Schein der Laterne ab. Der Professor arbeitete hochkonzentriert an einer Reihe von Hieroglyphen in Bodennähe. Jonathan und Miriam durchquerten eine kleinere Halle, angefüllt mit Opferständen, um in das Tempelinnere zu gelangen. Als sie sich näherten, legte Professor Bermann seinen Stift beiseite und lehnte sich zurück.

»Wie geht es Ihnen heute, Mr. Tremayne?«, fragte er und fuhr sich zerstreut mit den Fingern durch sein schütteres graues Haar.

»Viel besser, Sir, danke. Und wie geht es Ihnen?«, erwiderte Jonathan.

»Zum ersten Mal, seitdem wir hier arbeiten, kann ich diese bodennahen Hieroglyphen in Angriff nehmen. Diese Wörter zu lesen, die zweitausend Jahre verborgen waren … Ich muss schon sagen, etwas Spannenderes gibt es nicht.« Professor Bermann strahlte sie an.

»Dann wollen wir dich nicht weiter stören, Papa. Ich wollte Mr. Tremayne nur die Tempel zeigen«, sagte Miriam.

»Bis später, meine Kinder«, sagte Bermann und richtete seine Laterne auf die nächste Reihe eingemeißelter Hieroglyphen.

Miriam und Jonathan zündeten eine Lampe an und schlenderten durch die beiden großen äußeren Kammern. Mit Ocker gemalte Szenen bedeckten die Wände, und die Decken waren mit blauschwarzer Ikonographie verziert. Jonathan hatte Schwierigkeiten, den Maßstab des aus dem lebenden Felsen gehauenen Tempels zu begreifen, bis er Miriam vor den riesigen Steinstatuen sah, vor denen sie zwergenhaft wirkte. Als er sich umdrehte und das halbdunkle Innere verließ, stockte ihm der Atem beim Anblick der Dahabije auf dem blauen Nil, umrahmt vom massiven steinernen Eingang. Sie traten in das leuchtende Sonnenlicht hinaus und gingen die Stufen hinab, die sich im Sand verloren.

»Wie Sie sehen, ist nicht einmal diese Treppe vollends gereinigt. Es ist eine nicht enden wollende Aufgabe!«

Sie gingen um den Sandberg herum zum kleineren Tempel, der, wie Miriam erklärte, für die Frau von Ramses II., Königin Neferati, erbaut worden war. Miriam las die tief eingemeißelte Inschrift über dem Eingang vor.

»Ramses, stark im Glauben, Geliebter des Amun, hat diesen geheiligten Wohnsitz für seine königliche Frau Neferati erbaut, die er liebt.«

Sechs riesige Statuen des Königs und seiner Frau, flankiert von ihren Kindern, säumten die Tür zum Tempel. Im Innern folgte einer Reihe von Ramses-Kartuschen die Inschrift:

»Seine königliche Frau, die ihn liebt, Neferati, die von Maat Geliebte, errichtete für ihn diese Wohnstatt im Berg der reinen Wasser.«

Obwohl der Tempel der Göttin Hathor gewidmet war, fanden sich die Namen des Königs und seiner Königin im Tempelinnern untrennbar miteinander verbunden. Jonathan hatte das Gefühl, Zeuge einer Liebe zu sein, die Jahrhunderte lang unverändert existiert hatte.

In der Kühle des inneren Heiligtums saß Franz im Schein einer Laterne auf einer Leiter nahe der Decke, spähte auf die Wandgemälde und machte sich Notizen. Als sie eintraten, sprang er herunter.

»Herzlich willkommen«, sagte er. »Wie geht es Ihnen denn, Herr Tremayne? Wie ich sehe, wieder so gut, um an Land zu kommen, das ist ein großer Sprung nach vorn! Die Rampe, verstehen Sie, ein großer Sprung!«, sagte Schneider vergnügt und lachte über seinen eigenen Witz.

Jonathan schüttelte ihm lächelnd die Hand. »Ja, ein großer Sprung! Dank Ihrem barmherzigen Engel bin ich wie Phoenix aus der Asche gestiegen.«

»Mein barmherziger Engel? Oh, Sie meinen Miriam, natürlich, ja. Ich wünschte nur, sie wäre mein«, murmelte er vor sich hin, drehte sich um und holte seine Laterne.

Miriam wandte den Kopf und zeigte Jonathan ein paar Wandbilder; sie gab vor, Franz' Bemerkung nicht gehört zu haben. Sie zeigte Jonathan das Schnitzwerk, das ihr am besten gefiel, ein Bild der schönen Neferati, die Ramses einen Obstteller reicht. Unwillkürlich verglich Jonathan die anmutigen Arme der knienden Königin mit denen Miriams, die im Lampenschein leuchteten. Die Laterne in der Hand, übernahm Franz nun die Führung und beleuchtete einige seiner neuesten Entdeckungen, deren Bedeutung er Jonathan erläuterte. Die massiven Steinsäulen waren mit Zeichnungen und Kartuschen bedeckt. Franz' Gesicht nahm einen Ausdruck äußerster Konzentration an, sobald er sich in sein Thema vertiefte und die uralten Inschriften übersetzte und auslegte. Jonathan erkannte, dass Franz einen hervorragenden Dozenten abgab, nach dessen überzeugenden Darlegungen Jonathan die Wunder des Tempels begriff und ihren Wert zu schätzen wusste.

»Wir haben Ihre Zeit schon zu sehr in Anspruch genommen, Franz«, sagte Jonathan nach einer Viertelstunde. Seine Kraft begann nachzulassen. »Vielen Dank, dass Sie mir das alles erklärt haben, aber wir müssen Sie wieder an die Arbeit lassen.«

Franz verfiel wieder in seine normale Schüchternheit, setzte die Brille ab und säuberte sie mit einem Zipfel seines Khakihemdes. »Sie sind jederzeit willkommen, Mr. Tremayne. Wir sehen uns um die Mittagszeit auf dem Boot.«

Jonathan und Miriam ließen Franz bei seiner Arbeit zurück und traten wieder ins gleißende Sonnenlicht hinaus. Der Schatten des Tempels hatte Schutz vor der Sonne geboten, doch sobald Jonathan draußen war, sog die Tageshitze ihm die Luft aus der Lunge. Sie eilten über den sengenden Sand zur Barkasse und kehrten so schnell wie möglich in den Schatten am Oberdeck zurück. Yussuf brachte ihnen frisch gepressten Zitronensaft, und sie lehnten sich erleichtert in ihre Liegestühle zurück.

Jonathan schaute nachdenklich auf die Ausgrabungsstätte. Es hatte ihn beeindruckt, wie langsam der Sand entfernt wurde. Er beobachtete den Eselkarren mit der Sandladung, der hinter den Hügel rollte. Vielleicht gab es ja eine Möglichkeit, den Prozess zu beschleunigen, überlegte er. An den mehrstufigen Prozess der Teeverarbeitung auf der Plantage in Assam gewöhnt, neigte er dazu, effizient zu denken. Vielleicht konnte er mit seiner Erfahrung dazu beitragen, den herausragenden Akademikern bei ihrer Arbeit in Abu Simbel zu helfen, dachte er.

Kurze Zeit später kam das Boot mit den beiden Archäologen.

Bermann ließ sich auf seinen Stuhl fallen und tupfte sich die Stirn mit einem roten Taschentuch ab.

»Höchst erfreulich«, sagte er. »Höchst erfreulich. Die Stelle, die ich heute Morgen beschrieben habe, beschäftigte sich mit Ramses II. und seinem Sieg über die Hethiter. Die detaillierte Information ist verblüffend – die Anzahl der eingesetzten Divisionen, wie viele Hethiter getötet und versklavt wurden, die Zahl der konfiszierten Waffen. Ich vermute, es war als Warnung an die Nubier gedacht, gar nicht erst den Versuch zu unternehmen, eine so gut ausgerüstete Armee anzugreifen, doch der Wert für historische Untersuchungen ist unermesslich.«

»Wie spannend, Papa«, sagte Miriam, stolz lächelnd.

»Auf diese Weise zur Vermehrung des Wissens beizutragen, muss sehr befriedigend sein«, sagte Jonathan.

»Das ist wohl wahr. Ich bin so glücklich, dass ich die Gelegenheit hatte zu lesen, was die alten Völker aufgeschrieben und worüber sie nachgedacht haben. Der Welt die Belange einer untergegangenen Zivilisation aufzudecken und zu offenbaren, ist die faszinierendste Forschung überhaupt.« Bermann lächelte glückselig. »Findest du nicht auch, Franz?«

»Ja, ganz ohne Zweifel«, stammelte Franz und warf einen scheuen Blick auf Miriam. Seine Brille war von der Hitze beschlagen.

Zum Lunch blieben sie an Deck sitzen und genossen in der Mittagshitze die leichte Brise vom Fluss. Bermann berichtete weitere Einzelheiten über seine Arbeit am Morgen, und Franz ergriff ein- oder zweimal das Wort. Gegen Ende der Mahlzeit schaltete sich Jonathan ein, um darzulegen, worüber er nachgedacht hatte.

»Die Entfernung des Treibsands von der Ausgrabungsstätte. Es muss doch frustrierend sein, jedes Jahr bei Ihrer Rückkehr wieder von vorn anzufangen.«

»Ja, das ist höchst ärgerlich. Aber was soll ich machen? Der Nil fließt immer, wie es hier heißt.«

»Und der Treibsand ergießt sich immer«, fügte Franz schüchtern hinzu.

»He, Franz, Sie haben gereimt.« Bermann zwinkerte ihm zu. »Noch dazu auf Englisch. Am Ende sehe ich mich noch dazu gezwungen, dich der literarischen Fakultät zu empfehlen und nicht der Archäologie!«, scherzte Bermann.

»Oh, Sir, das würden Sie nicht tun!«, platzte es aus Franz heraus, noch ehe er merkte, dass Bermann ihn neckte. Er errötete und schaute schüchtern zu Miriam hinüber, um zu sehen, ob sie auch über ihn lachte.

»Ich habe mich gefragt, ob es vielleicht eine Möglichkeit gäbe, Sie in Ihren Bemühungen hier zu unterstützen«, sagte Jonathan und versuchte, die Aufmerksamkeit von Franz abzuziehen. »Es könnte sein, dass mir eine effizientere Art des Sandtransports einfällt oder eine Methode, sein Eindringen in die Tempel zu verhindern.«

»Alles, was Sie sich an Verbesserung für die schmerzhaft langsame Art ausdenken können, die wir bisher verfolgen, wäre hilfreich. Franz und ich haben die Arbeiter jahrelang gewähren lassen, aber über ihre eigentliche Aufgabe scheinen sie nicht hinauszukommen. Und wir neigen eher dazu, uns in die Forschung zu vertiefen«, sagte Bermann.

»Selbstverständlich. Ihre Arbeit ist so viel wichtiger, als einen Sandhügel zu versetzen. Ich werde sehen, dass ich mir etwas ausdenke, um Ihnen diese Last abzunehmen.«

»Was machen Sie denn sonst, junger Mann?«, fragte Bermann.

»Nun, ich habe Botanik in Oxford studiert und bin dann in den Kolonialdienst eingetreten. In meiner Zeit in Assam war ich für die gesamte Distriktsverwaltung zuständig, und da gab es von Straßenbau bis zur Schifffahrtsregelung auf dem Bramaputra viel zu organisieren. Vielleicht kann ich ja mit meiner Erfahrung, Dinge zu regulieren, Ihnen ein wenig weiterhelfen.«

»Vielen Dank für Ihr freundliches Angebot«, sagte Bermann.

»Es wäre nur eine kleine Wiedergutmachung dafür, dass Sie mir das Leben gerettet haben, Sir.«

»Kein Wort mehr davon, junger Mann. Das alles liegt jetzt hinter uns«, sagte Bermann lächelnd. »Miriam, wenn der junge Mann mit hilfreichen Ideen aufwartet, hat er meine Erlaubnis zu experimentieren.«

»Ja, Papa«, sagte Miriam und schenkte Jonathan ein Lächeln.

Am nächsten Tag stand Jonathan bei Tagesanbruch auf und fuhr mit den Archäologen, als sie ans Ufer ruderten. Seine Kraft war zwar noch nicht ganz wiederhergestellt, doch sie schien durch die leichte Tätigkeit zuzunehmen. Er schlenderte am Ufer entlang, sah den Arbeitern zu und folgte dem kleinen Eselkarren an die Stelle hinter dem Hügel, an der die Männer den Sand abkippten. Von der Brise am Fluss entfernt, überfielen ihn Fliegen und Hitze. Schockiert stellte er fest, dass nur ein Karren den Treibsand transportierte und die anderen Männer untätig herumstanden, solange die Treiber mit einer Ladung unterwegs waren. Außerdem fasste der niedrige Karren nur eine unbedeutende Menge Sand. Anschließend untersuchte er die Öffnungen der Tempel, bis ihm eine Idee kam.

Am späten Vormittag kehrte Jonathan zum Boot zurück, um seinen Plan zu formulieren. Er fand Miriam auf dem Oberdeck, wo sie gerade das Muster auf einem Stück Gips skizzierte, das von der Wand des großen Tempels gefallen war. Ein paar dunkle Haarsträhnen hatten sich aus ihrem ordentlichen Knoten gelöst, während sie sich über den Skizzenblock beugte. Als sie mit ihren weichen bernsteinfarbenen Augen zu ihm aufschaute, musste er das Bedürfnis unterdrücken, die Strähnen wieder an Ort und Stelle zu stecken.

»Guten Morgen«, sagte er.

»Guten Morgen. Sie sind heute früh aufgestanden«, sagte Miriam freundlich, aber vorwurfsvoll.

»Ja, mir geht es viel besser. Ich muss unbedingt etwas tun.«

»Aber Sie dürfen Ihre Kräfte nicht zu schnell überstrapazieren.«

»Ich passe auf«, sagte Jonathan lächelnd. »Versprochen.«

Miriam lehnte sich auf ihrem Stuhl zurück und erwiderte sein Lächeln. Sobald sie aufhörte, ihn zu tadeln, hellte sich ihre Miene auf.

»Kann ich Ihnen helfen?«

»Ist hier in der Gegend Holz aufzutreiben?«, fragte er.

»Vielleicht gibt es in dem Dorf westlich von hier etwas«, erwiderte Miriam.

»Was hielten Sie davon, wenn ein Karren gebaut wird, dessen Seiten so hoch sind, dass er eine ordentliche Ladung aufnehmen kann? Und könnten wir nicht einen zweiten Karren hinzufügen, damit die Männer nicht die halbe Zeit untätig herumstehen?«

»Das würde die Arbeit beschleunigen, nicht wahr? Aber was wird aus den Karren, wenn wir nicht hier sind? So wie es jetzt ist, mieten wir den Karren vom Treiber für die Zeit unseres Aufenthalts.«

»Mein Plan ist, dass wir zwei Aufsätze für einen Karren bauen, die genau in die Eingänge der Tempel passen und dazu dienen, während der Flut das Eindringen von Treibsand zu verhindern. Man müsste jemanden einstellen, der die Türen zu Beginn des Frühjahrs einbaut. Und stellen Sie sich nur die Freude vor, hierher zurückzukehren und nicht wieder knöcheltiefen Sand im Innern vorzufinden. Nur der Sandhügel draußen würde bleiben, aber mit zwei Karren könnte er in der halben Zeit entfernt werden.«

»Das klingt gut. Und Papa hat gesagt, Sie können organisieren. Wollen wir nicht versuchen, Holz im Dorf zu finden?«, fragte Miriam, stand auf und rief den Bootsmann.

Jonathan kehrte in seine Kabine zurück und schnallte sich den Geldgurt unter das Hemd. Er ging nirgendwo hin, ohne ihn anzulegen, noch wichtiger aber war ihm, das Holz aus eigener Tasche zu bezahlen als kleine Gegenleistung für Bermanns Gastfreundschaft.

Er traf Miriam auf dem Hauptdeck und half ihr ins Boot. Als er ihre zarte Hand berührte, durchfuhr ihn ein elektrischer Schlag, ein Prickeln in seinem Arm, von dem er geglaubt hatte, es sei mit Annie gestorben. Er schaute kurz auf Miriams niedergeschlagene Augen; auch sie hatte es gespürt. War er etwa dabei, sich in sie zu verlieben?, fragte er sich erschrocken.

Im Boot saß er ihr gegenüber und beobachtete, wie der Wind in die lockigen Strähnen um ihr Gesicht fuhr. Ihre mandelfarbene Haut schimmerte im Sonnenlicht, betont noch durch die weiße Bluse. Sie bestand aus kleinen Plisseefalten, unterbrochen von Spitzenstreifen, und lag eng an den Kurven über dem schwarzen Köperrock an. Der Spitzenkragen umgab ihren zarten Hals; unter der seidigen Haut glaubte er eine pulsierende Arterie zu sehen.

Er schaute auf, peinlich berührt, bei seiner Betrachtung erwischt worden zu sein, doch ihr Lächeln enthielt keinen Vorwurf. »Ihre Bluse ist sehr schön. Haben Sie sie in Ägypten anfertigen lassen?«, fragte er und versuchte seine Verwirrung zu überspielen.

»Nein, die Nonnen aus meinem Konvent in Frankreich stellen die Blusen her. Sie klöppeln die feinsten Spitzen auf winzigen Spulen und nähen sie dann in die Baumwolle ein. Baumwollbatist heißt es wohl. Einige meiner Blusen sind gänzlich aus Spitze, aber die sind nur für besondere Anlässe«, antwortete Miriam schlicht und voller Unschuld und lächelte ihn an.

Jonathan hatte eine Bluse aus Spitze vor Augen, unter der die mandelfarbene Haut zu sehen war und die an ihren kleinen Hügeln fest anlag – trotz der trockenen Hitze auf dem Fluss brach ihm der Schweiß aus. Erschrocken zwang er sich, den Blick von der jungen Frau abzuwenden und das andere Ufer des Nils zu betrachten. Was ist mit mir los?, dachte er grimmig. Kaum ist mir Annie genommen, schon hege ich solche Gedanken an eine andere Frau. Das kann nicht sein.

Doch seine Augen wanderten immer wieder zu Miriam, als

wäre sie ein Magnet. Sie war Annie so ähnlich, überlegte er, in vielerlei Hinsicht. Ihr dunkles Haar erinnerte ihn stark an seine Frau. Natürlich hatte sie weder Annies funkelnde Augen noch ihren Witz, doch ihre mandelfarbene Haut und die dunkelbraunen Augen verliehen ihr etwas Exotisches, das ihn anzog. Zudem strahlte sie eine Ruhe aus, eine Reserviertheit, die er als äußerst wohltuend empfand. Er glaubte, sich noch nie mit jemandem, den er erst so kurze Zeit kannte, so entspannt gefühlt zu haben.

Beherrsche dich, Mann, sagte er sich verärgert. Natürlich geht es dir so. Alle Männer verlieben sich in ihre Krankenschwestern. Dein Verhalten ist unziemlich – deine Frau ist erst seit ein paar Wochen verstorben. Doch seine Versuche, rational zu denken, änderten nichts an der Sache. Am liebsten hätte er die Hand ausgestreckt und ihr über das Haar gestreichelt, ihre schmalen Handgelenke mit den Händen umfasst, ihre verbrannten, umbrafarbenen Lippen geschmeckt …

Schließlich gelangten sie ans Ufer. Jonathan sah die dicken Lehmziegelmauern eines nubischen Dorfes, die sich auf dem Hügel über der Flutebene erhoben. Die orangefarbenen Lehmziegel passten sich dem Sand ringsum an, sodass der Übergang zwischen Natur und Mensch kaum wahrzunehmen war. Sie gingen ineinander über, das Dorf entsprang dem Land.

Er half Miriam aus dem Boot, umfasste ihre schmale Taille mit den Händen, um sie an Land zu tragen. Sanft schaute sie ihn an, als er sie absetzte, ihre Augen tiefe Brunnen der Zufriedenheit. Sie sah ihn so vertrauensvoll an, dachte er. Sie hegte keinen Verdacht, wie sich seine Gefühle ihr gegenüber entwickelten. Er durfte es ihr nicht zeigen, durfte ihre gute Meinung über ihn nicht verderben. Doch wie sollte er das anstellen?

Sie gingen den Hügel hinauf zum Dorf und passierten einen Zugang in der Lehmmauer. Eine stabile, mit Holz verschalte Tür stand ihnen offen, geschnitzt in einem von der Sonne verbrannten Muster und mit Überresten hellgelber Farbe. Sogleich umringte sie eine Schar hüpfender Kinder und springender Hunde, während sie sich durch die schmalen Straßen des Dorfes schlängelten, vorbei an den Mauern rings um die Häuser. Ockerfarbene und weiße geometrische Muster zierten viele Mauern. Die Hauptstraße führte durch einen überdachten Tunnel mit Bänken zu beiden Seiten. Ein dunkelhäutiger Mann lag auf einer dieser Bänke lang ausgestreckt und schlief. Schließlich gelangten sie an den Brunnen im Zentrum des Ortes.

Ein paar kleine Stände umringten den Brunnen, und Miriam ging zu einem der Besitzer, um nach Holz zu fragen. Sie sprach ein weiches, flüssiges Arabisch, anders als das harte, kehlige, das Jonathan gewohnt war. Nach längerer Diskussion folgten Miriam und Jonathan dem mit einem weißen Turban bekleideten Kaufmann zu einem Backsteinschuppen im hinteren Teil des Dorfes. Darin war grob behauenes Bauholz an einer Wand aufgestapelt. Es war von eigenartiger Größe, manche Hölzer waren mit feinem weißen Staub bedeckt, sodass sie aussahen, als wären sie allein den Nil hinuntergetrieben. Jonathan wählte ein Dutzend Planken unterschiedlicher Größe aus und zog dabei seine Notizen zurate, um sicherzugehen, dass er genug hatte, und Miriam veranlasste, dass sie noch am selben Nachmittag zur Ausgrabungsstätte geliefert würden. Jonathan wollte schon sein Geld hervorholen, doch Miriam hielt ihn zurück. Sie würden dafür zahlen, wenn die Ware geliefert würde, denn warum sollte sonst überhaupt eine Lieferung erfolgen?

Auf der Rückfahrt hielt Jonathan den Blick fest auf den schmalen Streifen aus Dattelpalmen und Akazien am Ufer gerichtet. Als ihre Feluke nach Abu Simbel zurückkehrte, stellte er überrascht fest, dass eine weitere Dahabije nicht weit entfernt von Bermanns Boot ans Ufer gezogen worden war. Eine beachtliche Gruppe Damen und Herren mit Hüten und Schals eilte über die Rampe an den Strand und machte sich zu Fuß auf den Weg zu den Tempeln.

»Das sind Touristen aus Assuan«, sagte Miriam. »Sie segeln flussaufwärts über den ersten Katarakt, das heißt, eigentlich werden sie hinaufgezogen, um den Tempeln in Philae, Derr, Amada und Abu Simbel einen kurzen Besuch abzustatten. Unterwegs gibt es auch noch eine Reihe kleinerer Tempel«, sagte sie gelassen.

»Ich hatte ganz vergessen, wie nah wir der Zivilisation sind. Die Gegend hier wirkt so abgeschnitten und einsam.«

»Ja«, sagte Miriam, »genau das gefällt mir daran: der Frieden und die Ruhe. Manchmal denke ich, hier könnte ich bleiben, ohne in die Zivilisation zurückkehren zu müssen.«

Sie hatte seine Gedanken genau gelesen. Jonathan fiel unwillkürlich ein, dass Annie sich hier im Schatten der Tempel auf längere Sicht gelangweilt hätte. Sie hätte sich danach gesehnt, an einem Fest teilzunehmen oder ein Hauskonzert zu veranstalten. Miriam war ganz anders, so zufrieden, so heiter, dachte er mit schlechtem Gewissen.

An den nächsten Tagen nahm Jonathan Hitze und Staub auf sich, um den Bau der neuen Karrenaufsätze zu beaufsichtigen. Die hohen Seitenwände würden die drei- bis vierfache Menge fassen, und sobald er die Spalten zwischen den Brettern abgedichtet hatte, würde unterwegs zur Abladestelle kein Sand mehr herausrieseln. Der Fahrer des Karrens hatte einen weiteren Satz Räder sowie eine Achse besorgt und war anscheinend hocherfreut, ihnen einen zweiten Esel mitsamt seinem Bruder als Fahrer zu vermieten. Bermann war etwas skeptisch hinsichtlich der Verwendung der Karren als Barrieren und beharrte darauf, dass die Flut sie entweder überspülen oder mit sich forttragen werde. Er sah jedoch den Nutzen des verbesserten Ablaufs und wusste Jonathans Versuch zu schätzen, ihm die ermüdende Aufgabe zu erleichtern, den Sand zu entfernen.

»Junger Mann, vielen Dank, dass Sie uns bei dieser Aufgabe helfen. Aber ich halte Sie hier nur ungern auf. Wenn Sie mit den Karren fertig sind, dann können Sie, wenn Sie es eilig haben, womöglich auf einer der Touristen-Dahabijes, die hier vorbeikommen, eine Passage nach Assuan buchen«, sagte Bermann.

Jonathan schaute ihn verwundert an. Abu Simbel verlassen? Ihm wurde bewusst, wie sehr er sich den Bermanns zugehörig fühlte. Vor allem einer Bermann ...

»Wenn es Ihnen nichts ausmacht, Sir, bleibe ich noch solange, bis Sie nach Assuan fahren. Ich würde gern sicherstellen, dass die neuen Karren richtig funktionieren«, sagte Jonathan.

»Selbstredend«, sagte Bermann und lächelte Miriam zu. »Sie wissen, dass Sie gern solange bei uns bleiben können, wie Sie wollen.«

»Vielen Dank, Sir. Das weiß ich zu schätzen«, erwiderte Jonathan erleichtert.

Eine Woche danach packten die Archäologen ihre Ausrüstung zusammen und bereiteten sich auf ihre Rückkehr nach Assuan vor. Wieder war eine Saison vorbei, in gut einem Monat wollten sie ihre Vorlesungen an der Universität für einen neuen Studentenjahrgang aufnehmen. Ägypten verblasste zu einem sonnendurchfluteten Traum, und Abu Simbel wäre eine Oase aus Fluss und Dattelpalmen, die sie durch den dunklen deutschen Winter tragen sollte.

Jonathan brachte dem Karrenlenker bei, wie die abmontierten Ladeflächen in die Eingänge der Tempel zu rammen seien, wo sie mit Felsbrocken, die er eigens zu diesem Zweck gesammelt hatte, verkeilt wurden. Er bezahlte ihn im Voraus und brachte ihn dazu, Miriam hoch und heilig zu versprechen, sie vor Einsetzen der Flut anzubringen. Miriam erinnerte ihn freundlich daran, dass sie erkennen würden, wenn er versäumte, sie einzubauen, weil die Tempel bei ihrer Rückkehr wieder voll Sand wären. Seine Augen weiteten sich aus Angst vor dieser Verantwortung, doch er versprach, sich darum zu kümmern, »Inschallah«.

Kapitel elf

Entsetzlichstes der Worte, das erfunden:
O dass ich morgen nicht mehr heute bin!
Ich rausche wie ein Fluss von Stund zu Stunden
Und bin am Ende schon kaum zu Beginn.

In den folgenden beiden Wochen war Annie bemüht, sich ihre Wut und Verzweiflung über die vereitelte Flucht nicht anmerken zu lassen. Es war jedoch fast unnötig, da die Frauen im Haushalt eifrig mit den Vorbereitungen für die Hochzeit beschäftigt waren und jegliche Veränderung an Annie übersahen. Wegen Sherines Verbannung plagten sie entsetzliche Schuldgefühle. Annie wusste, wie viel Noora ihr bedeutete, und konnte sich nur annähernd die Qual vorstellen, die Sherine über den Verlust ihrer Tochter empfinden musste. Sie musste das wieder in Ordnung bringen. Sherine durfte ihre Tochter nicht verlieren, nur weil sie Annie geholfen hatte.

Die Hochzeitsvorbereitungen legten sich wie ein Schleier über die Quartiere der Frauen. Kleider mussten genäht, Gerichte vorbereitet werden, und als der Tag näherrückte, trafen allmählich Geschenke ein: Schmuck und Seide, Glaswaren und Silber. Ein kleines, an den Speiseraum angrenzendes Zimmer wurde bereitgemacht, die Hochzeitsgeschenke auszustellen, und Annie bestaunte die unterschiedlichen Silberbestecke und herrlich ziselierten Kaffeetöpfe und Tabletts aus Messing, die auf den Tischen auftauchten. Ganze Ballen Damaszenerseide glitzerten im Licht, das durch das Gitterwerk drang. Auf einem Tisch stapelte sich in Ägypten gewebtes Leinen. Sagenhafte Schmuckkollektionen, schweres Silber mit Einlegearbeiten aus Lapislazuli und Topas sowie Goldarmbänder und Ketten füllten Samtschatullen. Selbst zwei Kamelsättel mit silberbeschlagenen Knäufen und cremefarben gebeiztem Leder kamen zu der wachsenden Zahl der Geschenke hinzu. Sitti Kabeera leerte die Kommode mit Kleidung und Haushaltswaren, die sie jahrelang für Fatimas Aussteuer gesammelt hatte. Stapel aus Leinen und Brokat füllten die gesamte Länge der Carawitas in dem kleinen Raum aus.

Die Mädchen ihres Kutab waren wieder einmal von den Anforderungen der Schneiderinnen abgelenkt. Iman, für die Garderobe verantwortlich, huschte umher, nahm Maß und wählte die Stoffe für die Frauen des Haushalts aus. Die Mädchen konnten über nichts anderes mehr reden; Annie verzichtete auf das endlose Aufsagen von Freiheitsgedichten und erlaubte ihnen, Bilder von ihren Festkleidern zu malen.

Fatima zeichnete das hauchdünne, mit Münzen bedeckte Gewand, das sie tragen würde. Ihr Haar wäre unter einem Schleier verborgen, der sich über die Nase ziehen ließ, sodass nur ihre Augen zu sehen wären. Der Schleier fiel über ein mit Perlen besticktes Wams, eine reinseidene Bluse und eine weite Hose, alles in Rot. Allein ihre Schuhe waren wochenlang mit winzigen Goldperlen bestickt worden. Der geschenkte Schmuck, unter dem Hals und Arme verschwinden würden, wäre ein wichtiger Teil ihrer Aussteuer. Er würde zeit ihres Lebens ihr gehören, auch wenn ihr Mann sich von ihr trennte.

Die anderen Mädchen malten Bilder der bunten Kleidung, die Iman und die Schneiderinnen für sie entworfen hatten. Die Mädchen sollten wie kleine Schmetterlinge in Blau und Gelb, Grün und Rosa leuchten. Obwohl die jüngeren Mädchen keinen Schleier tragen mussten, wollten alle einen haben – als Symbol für Reife und Koketterie, nahm Annie an, und sie fügten ihn den Zeichnungen unter großen, schwarz umrandeten Augen hinzu. Soweit zur Emanzipation, seufzte Annie.

Noora malte auch ein Bild von zwei fremden Gestalten im Profil vor einem Palast auf der linken und einer Hütte auf der rechten Seite. Als Annie sie fragte, was es sei, schrien alle Kinder gleichzeitig: »Karagöz! Karagöz!«, und der Raum hallte von Lachen und aufgeregtem Geschnatter wider. Annie fragte Gemiya, die auf der Carawitas ruhte, was »Karagöz« zu bedeuten habe.

»Das ist das Schattentheater! Sie kennen Karagöz nicht?«, rief Gemiya verwundert aus. »Das kommt zu allen großen Hochzeiten, und manchmal wird etwas für die ganze Stadt aufgeführt. Das Puppentheater legt zwei-, dreimal im Jahr den ganzen Weg von Istanbul nach Arabien und Damaskus und Ägypten zu Fuß zurück. Ein Fest ohne Karagöz ist kein Fest. Ich habe gehört, wie unser Herr sagte, wir müssen die Hochzeit nächste Woche stattfinden lassen, weil dann das Karagöz in Dschidda ist!«

»Aber was ist das für ein Puppenspiel?«, fragte Annie.

»Oh, da werden Geschichten von Karagöz, dem Arbeiter, und Hacivat, dem Gebildeten, erzählt. Sie geraten in Schwierigkeiten, und immer hat Karagöz am Ende recht. Sie erzählen lustige Geschichten vom Sultan und den Beys, und alle können darüber lachen. Ein paar Geschichten handeln auch vom Umgang mit schlechten Frauen, aber das können alle sehen, auch die Kinder. Es ist mit Musik und Gesang – na, Sie werden das Karagöz schon bald zu sehen bekommen!«

Je näher der Tag der Hochzeit kam, umso mehr rückte Fatima in den Mittelpunkt. Eines Tages kam eine blonde Frau mit bunter Pluderhose unter ihrer schwarzen Abaja ins Haus, um die Zeremonie der Enthaarung vorzunehmen, die Halawa. Auf der Treppe zum Hamam, in dem die feierliche Handlung vollzogen wurde, erfuhr Annie von Gemiya, sie sei eine Tscherkessin, eine ehemalige Sklavin und Angehörige eines Harems in Dschidda, dessen Herr gestorben sei. Ihr habe das Geld gefehlt, um nach Hause in die Berge Zentralasiens zurückzukehren, und sie verdiene sich daher ihren Lebensunterhalt durch Hilfeleistungen bei Hochzeiten. Zunächst bereitete sie eine Mischung aus Honig, Rosenwasser und Zitronensaft vor, die sie in der Küche auf dem Dach aufkochte. Nach einer ausgedehnten Säuberungsaktion im Hamam bedeckte sie Fatimas schlanken Körper mit der warmen, klebrigen Masse und ließ sie eintrocknen. Dann wurde sie abgeschält, wobei Fatimas Körperbehaarung bis auf die Augenbrauen und das Kopfhaar vollständig entfernt wurde, und wenn man nach den Schmerzensschreien urteilte, auch ein wenig Haut. Alle Frauen der Familie, die sich im Vorraum des Hamam genüsslich niedergelassen hatten, rauchten und Kaffee tranken, murmelten und nickten zustimmend, wenn Fatima aufschrie. Mala war über Annies Reaktion offenbar erstaunt, denn sie machte ihr klar, die Prozedur werde ein Leben lang alle vierzig Tage wiederholt.

Als Nächstes wurde ihr Haar mit einer Hennalösung gespült, damit es rötlichen Glanz bekam. Daran anschließend wurden ihre Handflächen und Fußsohlen mit Hennamustern bemalt, so wie Annie es häufig in Indien gesehen hatte.

Annie wunderte sich, als sie an jenem Abend neue Kleidung aus blassblauer Seide auf ihrem Bett vorfand. Ihre Position innerhalb des Haushalts war ihr nach wie vor schleierhaft. Sie war eine Sklavin, ans Haus gefesselt, doch als die Ustâsa konnte sie einen gewissen Respekt erwarten und wurde, zumindest oberflächlich, wie ein Ehrengast behandelt. Sie spürte eine innere Distanz zu dem Leben um sie herum, zum Teil, weil sie so wenig Arabisch konnte, dass sie das meiste nicht verstand, aber auch, weil sie ihren Sklavenhaltern gegenüber vorsichtig war. Daher reagierte sie mit Empörung, wenn ihre Häscher ihr eine besondere Freundlichkeit erwiesen. Ihr verzweifelter Wunsch zu entkommen war stärker denn je, wurde jedoch auf Schritt und Tritt vereitelt, sodass sie sich über jeden Versuch ärgerte, sie mit Geschenken versöhnlich zu stimmen.

Der nächste Tag war der erste der siebentägigen Hochzeitsfeier. Sobald es hell wurde, hatte ein Poltern im großen Treppenhaus eingesetzt, als Lieferanten und Unterhaltungskünstler eintrafen, gefolgt von den Gästen. Die weiblichen Gäste mussten sich vier Treppen hinaufschleppen, und obwohl sie, oben angekommen, außer Atem waren, schienen sie daran gewöhnt, Treppen zu steigen. Annie gesellte sich zu den Frauen der Familie im Empfangszimmer der Frauen. Sie alle waren für den Anlass festlich gekleidet. Obwohl die Hochzeit in einem Privathaus stattfand, hatte sich eine Reihe schwarz gekleideter Frauen aus der Stadt hineingeschmuggelt, wie es Brauch war. Sie durften zusehen und sich am Festmahl bedienen, solange sie die geladenen Gäste nicht belästigten. Zwei Stockwerke tiefer fand ein eigenes Fest für die Männer statt.

Gäste und Zuschauer nahmen ein Frühstück aus Brot, Butter, Sahne, Honig und Früchten ein, während man Fatima zu einem Sitzkissen aus roter Seide am anderen Ende des Raumes führte. Sie war über und über mit Goldschmuck behängt: Fußkettchen, Münzen, Ketten und goldene Gürtel. Sobald sie Platz genommen hatte, bekam sie von jedem Gast einen Kuss, wurde dann aber nicht weiter beachtetet, denn man kehrte an die gedeckten Tische zurück. Sie schaute auf ihre Hände und sagte kaum etwas. Ihre Tanten wechselten sich ab, sie zu füttern, als wäre sie ein Vögelchen, das nicht allein essen kann. Die anderen Frauen redeten weiter, anscheinend alle zugleich, bis der Bräutigam eintraf und der ganze Raum in Heulen und Schreien ausbrach. Der Bräutigam, ein gut aussehender junger Mann mit kleinem Schnauzbart, bekleidet mit schickem rotem Kummerbund und Fez, einer bestickten Weste und schwarzer Pluderhose, wurde zu Fatima geführt, um den Schleier zu lüften. Von Gemiya wusste Annie, dass er das Recht hatte, die Zeremonie an diesem Punkt abzubrechen, wenn ihm nicht gefiel, was unter dem Schleier zum Vorschein kam. Natürlich hatten die beiden als Kinder Gelegenheit gehabt, sich zu sehen, wenn ihre Familien sich gegenseitig besuchten, sodass es in Fatimas Fall unwahrscheinlich war, dass er sie zurückwies. Dennoch hielten alle Gäste die Luft an, als er den quadratischen roten Gazestoff von ihrem Kopf nahm und auf sie herunterschaute. Als er lächelte, ihr die Hand küsste und ihr eine Münze als Zeichen seines Einverständnisses überreichte, seufzten die Gäste hörbar auf. Dann warf er den Rest der Goldmünzen aus seiner kleinen Tasche unter die Gäste.

Erneut setzte Heulen und Schreien ein, als der Bräutigam schleunigst zum Fest der Männer gebracht wurde, von dem er nicht wieder auftauchen würde. Die Musiker spielten auf, und ein paar Frauen erhoben sich und tanzten; die Hände hoch erhoben, drehten sie sich im Rhythmus der Trommel, und selbst die stämmigsten Tänzerinnen bewegten sich mit erstaunlicher Anmut. Dann wurde den Frauen ein großes Mittagessen vorgesetzt: geröstetes Lamm, Reis, Gemüse und Huhn am Spieß. Die Tische bogen sich unter Kebab und Salaten aus Kichererbsen und Petersilie. Anschließend hielten viele Frauen auf den Diwanen an der Wand Mittagsruhe, obwohl die lebhafte Musik während der gesamten Feierlichkeiten nicht aufhörte.

Nach dem Essen legte Noora eine Hand auf Annies Arm.

»El Karagöz, Ustâsa?«, flüsterte sie, da ihr Annies Interesse an ihrem Bild eingefallen war.

»Ja«, antwortete Annie leise, erhob sich und ergriff Nooras Hand. Sie verließen den Raum mit den jüngeren Gästen, die keinerlei Anzeichen von Müdigkeit zeigten, und gingen die Treppe hinunter auf die Galerie des Zimmers zwei Stockwerke tiefer, das eigens für den Puppenspieler hergerichtet worden war. Annie schaute durch das hölzerne Gitterwerk der Galerie hinunter und sah, wie sich die männlichen Gäste vor einem großen, bemalten Musselinschirm versammelten, der von hinten durch eine Öllampe erleuchtet wurde. Der Vorhang war von hellen Farben gesäumt, in der Mitte der oberen Hälfte, worauf die Öllampe gerichtet war, jedoch einfarbig belassen. Plötzlich ertönte ein Pfiff, und zwei Musiker begannen zu spielen. Auf dem Musselinschirm erschienen als Hintergrund Türme auf der einen und ein Dorf auf der anderen Seite. Die Männer setzten sich, um sich das Stück anzuschauen, womit es den Frauen leichter fiel, von oben etwas zu erkennen. Die Aufmerksamkeit aller war auf das Theater gerichtet, bis auf Khalil, den ältesten Sohn des

Haushalts, der statt des Schattenspiels lieber das Gitterwerk der Frauengalerie betrachtete.

Zur großen Freude des Publikums erschienen zwei Gliederpuppen auf dem Schirm. Die eine war ein schwerfälliger, bärtiger Mann mit großen schwarzen Augen in zerfetzter Kleidung. Noora wies ihn als Karagöz aus. Der andere, Hacivat, wirkte schlanker, kultivierter und trug einen Fez. Der Puppenspieler stürzte sich in schnelles Arabisch und ließ Gelenkesel, verschleierte Frauen und Männer mit eigenartigen Hüten auf der Leinwand auftauchen. Obwohl Annie der Handlung nicht folgen konnte, starrten die anderen Zuschauer wie gebannt auf das Spiel und brachen hin und wieder in Gelächter aus. Der Puppenspieler vermochte sein Publikum offenbar zu verzaubern.

Das Schattenspiel ging noch fast zwei Stunden weiter, an manchen Stellen durch Lieder und Tänze pointiert. Annie staunte, wie der Puppenspieler seine Stimme verändern konnte, um die verschiedenen Rollen auseinanderzuhalten, während er alle Puppen geschickt handhabte. Seine Helfer im Orchester lieferten die Lieder und die Musik.

Am Ende der Vorstellung applaudierten und jubelten die Zuschauer begeistert. Nachdem die Öllampe erloschen war, verließen sie nach und nach den Raum. Annie aber, fasziniert von der Aufführung, gab Noora durch ein Zeichen zu verstehen, sie wolle hinuntergehen und sich das Ganze näher ansehen. Noora runzelte die kleine Stirn und dachte angestrengt nach, packte dann Annies Hand und ging mit ihr durch den Flur zu einer kleinen Treppe, die, verborgen hinter einer Holzverkleidung, ins untere Stockwerk führte. Inzwischen waren die Männer wieder zu den Festlichkeiten im großen Empfangsbereich zurückgekehrt, sodass Annie und Noora die Treppe zum Selamlik, dem von Männern bewohnten Teil, hinunterschleichen konnten, um sich das Schattentheater aus der Nähe anzusehen.

Die Musiker packten noch ihre Instrumente ein, und der Puppenspieler, ein bärtiger, türkisch gekleideter Mann mit weichen

Augen, legte seine Puppen vorsichtig in einen Holzkasten. Annie betrachtete interessiert die durchscheinenden Figuren, bemalt, durchbohrt und mit Gelenken versehen. Sie lächelte dem Puppenspieler zu.

»Schukran«, sagte sie und bedankte sich mit den wenigen arabischen Wörtern, die sie gelernt hatte. »Kuayyis, kuayyis auui.« Gut, sehr gut.

Der Puppenspieler musterte Annie; sie war offensichtlich keine Araberin. Er sprach sie auf Französisch an.

»Sprechen Sie Französisch, Mademoiselle?«, fragte er mit ausgezeichnetem Akzent.

»Ja«, antwortete Annie erleichtert. »Es war eine sehr schöne Vorstellung, obwohl ich kein einziges Wort verstanden habe!« Sie lachte.

»In Damaskus gebe ich einige Vorstellungen auf Französisch. Sie müssen hinkommen und mich dort sehen«, entgegnete er augenzwinkernd.

»Das würde ich ja liebend gern«, erwiderte Annie wehmütig. Sie drehte sich um und untersuchte die Figuren, die er in den Holzkasten legte. »Stellen Sie Ihre Puppen selbst her? Woraus bestehen sie?«

»Ich mache sie aus Kamelleder. Zuerst weiche ich die Haut in Kleie auf, trockne sie an der Sonne, und wenn sie trocken ist, kratze ich sie mit einer Glasscherbe, bis sie hauchdünn ist. Dann wird sie mit einem Messer, dem sogenannten Nevegan, durchbohrt, und mit Gedärmen verbinde ich die einzelnen Stücke. Zum Schluss färbe ich sie mit natürlichen Pigmenten aus der Wüste ein.«

»Und die Stöcke zum Führen der Figuren werden seitlich angebracht«, stellte Annie fest.

»Ja, und manchmal benutze ich dies Hyal Agaci, um mehr als zwei Figuren zu halten«, sagte er und zeigte Annie und Noora einen Puppenbaum aus Holz in Form eines Ypsilon. Er nahm die Puppen nacheinander heraus und zeigte sie ihnen. Der Holzkasten enthielt mehr als dreißig Figuren mitsamt Kamelen und Pferden. Jede einzelne Figur war mit der Hand bemalt und trug jeweils ein anderes Kostüm und eine andere Kopfbedeckung. Das Kamelleder war zäh, aber durchscheinend, die Farben weich und natürlich. »Das Leder neigt dazu, sich an den Rändern einzurollen, sodass ich darauf achten muss, sie flach zu verpacken. Ansonsten ist das Kamelleder ein ideales Material. Ich heiße übrigens Ari«, sagte er und reichte ihr die Hand.

»Freut mich, Sie kennenzulernen, Ari. Ich bin Annie, und das hier ist Noora«, sagte Annie und ergriff seine schwielige Hand.

»Ist das Ihre Tochter?«, fragte Ari.

»Nein, Noora ist meine Schülerin«, antwortete Annie.

»Dann sind Sie Lehrerin?«

»Nun ja, man hat mich als Lehrerin hierhergebracht. Ich war auf dem Weg nach England, als Hassan Bey beschloss, dass er eine Lehrerin brauchte, also musste eine Lehrerin her«, sagte Annie sarkastisch und schüttelte den Kopf.

»Dann sind Sie nicht aus freien Stücken hier?«, fragte Ari und senkte die Stimme.

Annie schaute ihn überrascht an. Konnte sie diesem Mann vertrauen?, fragte sie sich. Er stand schließlich in Hassan Beys Diensten, doch seine klaren grauen Augen drückten echte Besorgnis aus.

»Ich wurde von einem Sklavenhändler entführt und an Hassan Bey verkauft. Eigentlich werde ich hier gefangen gehalten«, sagte sie schlicht.

»Sie befinden sich außerhalb der Grenzen der zivilisierten Welt, hier ist Arabien. Ich reise durch das gesamte osmanische Reich, und selbst der Einfluss des Sultans ist hier nur dürftig. Eine Frau wie Sie gehört hier nicht hin.«

»Ich gäbe alles dafür, hier wegzukommen«, seufzte Annie.

Ari schaute sie forschend an. »Es gibt Mittel und Wege …«

Annie sah an ihm vorbei. Hassan Bey trat in den Raum. Rasch drehte sie sich um, ergriff Nooras Hand und steuerte auf die kleine Treppe in der Ecke zu. »Vielen Dank, dass Sie uns Ihre Schattenpuppen gezeigt haben!«, sagte sie laut auf Französisch und verschwand nach oben.

Bei Sonnenuntergang wurde die nächste große Mahlzeit aufgetragen; die Tische bogen sich unter Lamm und Hühnern, Kebab und Kofta. Klebrige Honigkuchen rundeten die Mahlzeit ab, dazu gab es gesüßten Tee mit Milch. Wasserpfeifen in allen Farben blubberten und glänzten neben dem Tisch für die Frauen, denen das Rauchen gefiel. Dann verließen die Damen allmählich den Raum, vereinzelt zunächst, aber dann rauschten sie einem Wirbelsturm gleich durch das hallende Treppenhaus.

Fatima wurde in ihr Zimmer geleitet, wo man ihr beim Ausziehen half. Sie war erschöpft und schlapp wie eine Stoffpuppe. Gemiya zufolge würde sie ihr Zuhause auf dem Höhepunkt der Hochzeit nicht verlassen, um mit ihrem Mann zu gehen; es könnte sogar sein, dass sie bis zu einem Jahr warten würde, bevor sie ihr Vaterhaus verließ. Was war dann Sinn und Zweck der Hochzeit, fragte sich Annie, wenn Braut und Bräutigam nicht zusammenlebten? Ein eigenartiger Brauch, dachte sie sich.

Da sie von den Aufregungen des Tages ermüdet war, zog auch Annie sich in ihr Zimmer zurück. Sie hängte ihre neue Pluderhose und den Mantel auf, bewunderte die feinen Stickereien und klopfte den Staub von ihren perlenbesetzten Pantoffeln, bevor sie sie in den Schrank stellte. Sie streifte ein leichtes Batisthemd über, rollte sich auf der harten, dünnen Matratze in der Carawitas zusammen und blies die Öllampe aus. Durch das Gitterwerk des Fenstersitzes konnte sie sehen, wie der Halbmond am nächtlichen Himmel aufging. Irgendwo, hoffte sie inständig, schaute dieser Mond auf Jonathan herab.

Stunden später, sie konnte nicht sagen, wann, wurde sie vom Quietschen der Scharniere an ihrer Zimmertür geweckt. Die großen Schränke verstellten ihr die Sicht auf den Eingang, daher fragte sie verschlafen: »Gemiya, bist du das?«

»Ja«, sagte eine hohe Stimme, die sie nicht kannte, »ich bin es nur, Gemiya.«

Annie richtete sich mühsam auf und versuchte in ihrem verschlafenen Zustand der Stimme einen Namen zu geben. Gemiya war es auf jeden Fall nicht.

»Wer ist da?«, fragte sie streng.

Im schwachen Licht des Mondes konnte sie die Umrisse einer großen Gestalt erkennen, die sich ihrem Diwan näherte.

»Ich habe doch gesagt, dass ich Gemiya bin«, spöttelte die Stimme.

»Ich weiß, dass Sie nicht Gemiya sind, und Sie geben sich am besten auf der Stelle zu erkennen, sonst schreie ich«, sagte Annie und versuchte zuversichtlicher zu klingen, als sie tatsächlich war. Ihr Herz pochte wild, und ihr Atem ging schnell.

»Wen hätten Sie denn gern?«, fragte der Eindringling, der die Tonlage einer sonoren Männerstimme angenommen hatte.

»Ich möchte von niemandem gestört werden«, entgegnete Annie unnachgiebig und versuchte, ihre Angst zu unterdrücken.

»Ich bin natürlich Khalil«, sagte er und ließ sich neben dem Bett auf die Knie fallen. Er streckte eine Hand aus, um ihr Haar zu berühren. »Ich wollte schon so lange zu Ihnen. Ich weiß, dass Sie es wissen.«

»Ich weiß überhaupt nicht, wovon Sie reden«, antwortete Annie, wandte den Kopf ab und versuchte wütend zu klingen. Khalil? Was machte er hier?

»Ich liebe Sie, seit ich Sie zum ersten Mal gesehen habe.«

»Khalil, seien Sie nicht albern, ich …«, hob Annie an.

»Ich weiß, dass Sie mich auch lieben. Ich habe die Liebe in Ihren Augen gesehen. Ich weiß, Ihr Verlangen ist ebenso stark wie das meine«, flüsterte Khalil.

»Nein, Khalil, da irren Sie sich, ich …« Annie versuchte, dem Gespräch Realität zu verleihen, doch er schnitt ihr erneut das Wort ab.

»Natürlich werde ich zuerst Nhala heiraten müssen. Wir sind

seit unserer Kindheit verlobt, und sie ist eine gute Muslimin. Aber wir beide können kurz darauf heiraten. Sie werden meine zweite Frau, meine geliebte Frau«, gurrte Khalil und versuchte, ihr Haar zu küssen.

»Nein, Khalil, das ist ein großer Irrtum. Ich will weder Sie noch jemand anderen heiraten. Bitte lassen Sie mich in Ruhe«, schrie Annie und versuchte, ihn von sich zu stoßen.

»Sie werden noch lernen, mir zu gehorchen, wenn wir verheiratet sind. Sie werden meine Söhne gebären …«, sagte Khalil. Seine Stimme wurde heiser, als er begann, das leichte Betttuch von ihr zu ziehen.

»Khalil, was machen Sie da? Verschwinden Sie«, zischte sie in zunehmender Panik. »Ich schreie und wecke das ganze Haus«, drohte sie.

Plötzlich schoss Khalils Hand vor, legte sich über ihren Mund und zwang ihren Kopf auf das Kissen zurück. Er war erstaunlich stark. Mit der anderen Hand grapschte er nach dem Saum ihres Hemdes und glitt über ihren Oberschenkel. Annie versuchte zu schreien, doch seine Hand erstickte alle Versuche. Sie wandte sich von ihm ab, stieß gegen seine Arme und versuchte, ihr Hemd, ihren einzigen Schutz, nach unten zu ziehen. Mit seiner freien Hand wand er ihr das Hemd aus der Hand und riss es vom unteren Rand auf. Dann schob er ihr das Knie zwischen die Schenkel. Annie wand sich und versuchte ihm das Gesicht zu zerkratzen, doch er hielt sie auf Abstand.

»Du liebst mich, ich weiß es«, keuchte Khalil. »Ah, du kämpfst wie eine Tigerin! Ich liebe eine leidenschaftliche Frau!«

Annie versuchte weiterhin, sich ihm zu entziehen und ihn zu kratzen, doch er hielt sie fest. Mit seinem Körpergewicht auf ihr, rammte er ihr das andere Knie zwischen die Beine und legte sein Becken auf das ihre. In höchster Panik krallte sie sich an seine Arme und seine Brust und stieß ihn von sich. Sie spürte etwas Hartes zwischen den Beinen, als er an seinem Hosenschlitz fummelte, und sie drehte sich mit dem Oberkörper an den Rand des Diwans, um ihn abzuwerfen. Doch er hielt sich fest, packte ihr Handgelenk und langte nach dem anderen. Annie krallte die freie Hand tief in seine Brust. Fluchend versuchte er, ihre Hand zu packen. Dann spürte sie, wie er in sie drang. Alles in ihr rebellierte dagegen. Jonathan, Jonathan, schrie sie, versuchte sich dem Druck des Angriffs zu entziehen. Dann grunzte er, während ihre Schenkel nass wurden. Er brach auf ihr zusammen, und sein Gewicht nahm ihr beinahe den Atem.

Seine Nähe war beinahe ebenso widerlich wie seine Vergewaltigung; sein Atem roch nach Tabak und Arrak. Mit aller Macht stieß sie ihn von sich und krümmte sich auf dem harten Korallenboden.

»Raus, Sie Schwein«, schrie sie. »Raus aus meinem Zimmer, oder ich bringe Sie um.«

»Du musst dich nicht gegen mich wehren. Ich weiß, dass du einmal verheiratet warst. Beim nächsten Mal kommst du freiwillig zu mir«, sagte Khalil leichthin. Er blieb ausgestreckt auf der Carawitas liegen und genoss seine Mattigkeit.

Annie kam mühsam auf die Beine und rannte zur Tür. »Gemiya, Gemiya«, rief sie. »Hilfe, Gemiya, Hilfe!«

Für gewöhnlich lag eine Magd vor einer Tür im Flur, damit sie zur Hand war, wenn die Kinder etwas brauchten. Heute Abend aber waren die Flure leer. Niemand antwortete auf Annies Rufe.

»Du kannst kreischen, so viel du willst. Keiner wird kommen«, verhöhnte Khalil sie vom Bett aus. »Was glaubst du wohl, wer sich mit dem jungen Herrn anlegen will?«

»Verlassen Sie sofort mein Zimmer und kommen Sie nie wieder«, fuhr Annie ihn vom Eingang her an. »Ich werde ab sofort mit einem Messer unter dem Kissen schlafen, ich warne Sie. Wenn Sie das noch einmal versuchen, werde ich Sie umbringen. Das schwöre ich Ihnen.«

Lässig erhob sich Khalil von ihrem Bett und zog seine Pluderhose an. »Du bist eine Tigerin, eine schöne Tigerin. Das wusste ich. Aber nach unserer Hochzeit werde ich dich zähmen … Das nächste Mal sieh zu, dass du sauber bist. Ich werde den Mägden befehlen, dass sie dich rasieren.« Mit einem letzten Kuss schob er sich an ihr vorbei. Annie wandte den Kopf ab. »Jetzt gehörst du mir, Liebste.«

Das Haus war unheimlich still, als er durch den Flur schlenderte. Angewidert sah Annie den leeren Korridor hinunter. Wo waren die Mägde? Bestimmt hatten alle auf dem Stockwerk sie gehört. Dennoch war ihr niemand zu Hilfe gekommen. Ich werde keine Nacht mehr in diesem Haus schlafen, dachte sie, lieber sterbe ich.

Sie schlug die quietschende Tür zu und verstellte sie von innen mit dem großen Samowar. Sie zerrte sich das zerrissene Hemd vom Leib und schleuderte es in die Ecke. Dann wusch sie sich mit Wasser aus dem Eimer, der im Bad stand. Immer wieder wischte sie sich über die Schenkel. Dann ging sie zum Diwan, dessen Umrisse im Mondlicht sichtbar waren. Sein Geruch, sein Schweiß und Schlimmeres hingen an ihren Laken, sodass sie alles abzog. Sie warf das eklige Bündel in die Ecke hinter der Tür und legte sich auf die rohe Matratze. Obwohl sich ihre Brust noch heftig hob und senkte, versuchte sie zur Ruhe zu kommen und einzuschlafen. Doch ihr Verstand wollte den Überfall, den sie durchgemacht hatte, nicht loslassen. Immer wieder spielte sich die Szene vor ihr ab, während sie mit leerem Blick auf den kalten, grausamen Mond starrte. Sie konnte es anstellen, wie sie wollte, jedes Mal endete es genauso. Genauso …

Sie lag noch wach und zitterte auf der kalten Unterlage, bis der Ruf zum Gebet die Morgendämmerung ankündigte. Die grässliche Szene und ihre Angst, dies könne sich wiederholen, machten es ihr unmöglich einzuschlafen. Um ruhiger zu werden, richtete sie sich auf und wickelte einen Schal um sich. Sie musste sich sammeln, eine Bestandsaufnahme machen. Er hatte sie nicht richtig verletzt, rief sie sich ins Gedächtnis. Ihre Würde hatte größeren Schaden erlitten als ihr Körper. Es war schrecklich, dass er die Kontrolle über sie gewonnen hatte, doch es war kein bleibender Schaden angerichtet, solange sie nicht schwanger wurde, dachte sie entsetzt. Sie versuchte sich mit ihren rationalen Überlegungen zu besänftigen, doch es dauerte Stunden, bis sie den Akt der Gewalt aus dem Kopf bekam. Immer wieder zwang sie sich, ruhig zu überlegen. Wenn sie ihrer Angst freien Lauf ließe, wäre sie verloren. Sie musste sich beherrschen, den Schrecken bändigen.

Annie versuchte sich auf Khalil zu konzentrieren, seine Beweggründe nachzuvollziehen, doch sie waren ihr unbegreiflich.

Er hatte gesagt, er liebe sie, und doch hatte er sich so verhalten? Was für eine Liebe sollte das sein? Was war Liebe, wenn sie nicht erwidert wurde, eine Liebe ohne Zärtlichkeit? Waren es nur leere Worte, reine Oberflächlichkeit? Sie dachte an die Frauen des Hauses: Sitti Kabeera mit ihren traurigen Augen, Mala mit dem bösen Blick und die freundliche Iman, und ihr wurde klar, dass ihnen Liebe fehlte. Hassan Bey liebte sie genauso wenig wie sein Sohn sie, Annie, liebte. Wenigstens Sherine hatte den Mut besessen, die Auflösung einer lieblosen Verbindung zu fordern.

Monate später sollte Annie herausgefunden haben, worin das Problem lag. Diesen Männern fehlte der Mut, mit einer Frau echte Vertrautheit aufzubauen. Ihr Stolz hielt sie davon ab herauszufinden, was eine Frau wirklich war; er schloss Freundschaft mit einer Frau aus. Sie waren wie heranwachsende Jungen, die ein Spiel namens Liebe spielten, ohne das eigentliche Ziel auch nur im Geringsten zu kennen. Weil sie letzten Endes keine Erfüllung in ihren Beziehungen fanden, machten sie ihre Frauen dafür verantwortlich und begaben sich auf eine endlose Suche nach der perfekten Frau. Doch ohne sich auf wahre Vertrautheit mit ihren Frauen einzulassen und ohne die damit verbundene Zärtlichkeit waren sie zum Scheitern verurteilt.

In jenem Augenblick aber, zutiefst erschüttert und mit dem schrecklichen Gefühl der Dringlichkeit, erkannte Annie, dass sie Hassan Beys Haus verlassen musste. Das Entsetzen vor dem Verweilen übertraf ihre Angst vor den Gefahren einer Flucht. Als sich der Himmel mit dem kalten, grauen Licht des Morgens überzog, hatte Annie einen Plan geschmiedet. Es hatte keinen Sinn, auf ein Boot zu warten, das womöglich nie die Erlaubnis erhielte anzulegen. Sie durfte jedoch nicht fliehen, ohne alles in ihrer Macht Stehende zu tun, um Sherine zu helfen. Sobald Annie Hassan Beys Haus verlassen hatte, gab es vielleicht keine Möglichkeit mehr für Sherine, Kontakt mit Noora aufzunehmen. Annie musste einen Fluchtplan für alle drei entwerfen.

Zuerst musste sie mit Sherine reden. Vielleicht konnte Annie ja beim ständigen Kommen und Gehen von Gästen heimlich zum Haus der Tante hinüberschleichen und kurz ein paar Worte mit Sherine wechseln. Sie würde warten, bis die Tante zu den Festlichkeiten am Morgen eingetroffen wäre, und dann zu deren Haus nur zwei Türen weiter schlendern.

Annie stand auf und zog die neuen Kleider vom Tag zuvor an. Sie trödelte im Flur herum, statt sich den anderen zum Frühstück anzuschließen. Endlich traf Sherines Tante ein. Gemiya hatte sie ihr am Vortag gezeigt, nachdem Annie erkannt hatte, dass jemand den abgefangenen Brief an Hassan Bey weitergegeben hatte. Sie war also die Verräterin, dachte Annie. Sie ging wieder in ihr Zimmer und stopfte die schwarze Abaja, die Sherine ihr für ihren Abendspaziergang durch Dschidda gegeben hatte, vorn in ihre Pluderhose. Wie gut, dass sie weit war, dachte sie, als sie die Treppe hinunter zum zweiten Treppenabsatz schlich. Als der Strom der eintreffenden Gäste kurz unterbrochen war, zog sie sich rasch die Abaja über den Kopf und stieg ins Parterre hinunter. Am Geländer zum Kameleingang vorbei schritt sie kühn hinaus, wohl wissend, dass die Wachen sie anhalten konnten. Sie musterten Annie von oben bis unten, stellten sie aber nicht zur Rede, während sie zielstrebig auf das Haus von Sherines Tante zusteuerte. Was können sie mir noch anhaben, nach allem, was sie mir bereits angetan haben, dachte sie trotzig. Lieber würde ich sterben, als noch länger hierbleiben zu müssen.

Allein die Tatsache, dass es ihr gelungen war, aus dem Haus zu kommen, verlieh Annie Flügel. Sie trug den Kopf etwas höher und fühlte sich so frei wie seit Wochen nicht mehr. Trotz der Einschränkung durch die Abaja war sie zutiefst erleichtert, dem Haus entronnen zu sein. Das kann nicht wahr sein, dachte sie. Aber sie wusste, das Gefühl der Leichtigkeit wäre nicht von Dauer, und sie war gezwungen, in den verhassten Korallenturm zurückzukehren.

Sie ging die Stufen vor dem Haus hinauf, das Sherine ihr als das ihrer Tante gezeigt hatte. Der Vorbau war von Säulen gestützt, die messingbeschlagene Eingangstür glänzend poliert. Die Spannbalken aus Teak und das hölzerne Gitterwerk waren olivgrün gestrichen und in Sonne und Wind zu einem weichen Khaki verblasst. Annie hob den Türklopfer, eine Messinghand, die einen Ball umschloss, und klopfte. Minutenlang geschah nichts. Annie hob den Türklopfer, um es noch einmal zu versuchen, und hörte, wie ein Riegel beiseitegeschoben wurde. Dann öffnete sich die Tür unter knarrenden Scharnieren nach innen. Ein Afrikaner in einer weißen Galabeya und mit rotem Fez schaute sie argwöhnisch an, als sie in bestem Arabisch sagte:

»Masa el-kheir« – Morgen des Guten

»Masa el-nûr« – Morgen des Lichts

»Sherine, Hijja hina?«

»Aiua.«

Annie trat ins Halbdunkel der Eingangshalle, um auf Sherine zu warten. Sie würden schnell handeln müssen, bevor Hassan Bey auf Umwegen etwas über ihren Besuch erfuhr. Offensichtlich glaubte Sherines Tante, es sei eher in ihrem Interesse, ihn zu besänftigen, statt ihre Nichte zu unterstützen. Ihre Diener würden ihr zweifellos von Annies Besuch berichten.

Kurz darauf vernahm Annie Schritte auf der Treppe. Sie drehte sich um und erblickte Sherine, deren Gesicht aufgedunsen und gerötet war. Ihre Augen wirkten trübe und finster. Sie blieb stehen, als sie erkannte, dass Annie ihre Besucherin war.

»Schnell, kommen Sie mit in diesen Salon«, sagte sie und deutete auf einen Wohnraum, der von der Diele durch zwei Doppeltüren abgetrennt war. Die Frauen gingen hinein, und Sherine zog die Tür zu. Annie streifte die Abaja über den Kopf.

»Ach, Sherine, ich musste einfach kommen und Ihnen sagen, wie leid es mir tut, Sie in meine Strafe hineingezogen zu haben. Sie waren so gut, mir zu helfen, und jetzt sehen Sie nur, wie man es Ihnen heimgezahlt hat«, sagte Annie, nahm Sherines Hände und führte sie an ihre Lippen.

Sherine zuckte mit den Schultern. »Es ist nicht Ihre Schuld. Ich habe mich ja freiwillig darauf eingelassen. Wie haben Sie es geschafft, aus dem Haus zu kommen?«, fragte Sherine.

»Bei dem Durcheinander der Hochzeit war es leicht. Ich wünschte, ich könnte einfach weitergehen, aber da sind natürlich die Soldaten an den Stadttoren und die Wachen am Kai. Trotzdem möchte ich einen Plan vorschlagen, der vielleicht eine Lösung für uns beide ist.« Als Annie Sherine erzählte, was sie im Sinn hatte, trat ein hoffnungsvoller Glanz in Sherines Augen. Das Funkeln, das Annie so bewundert hatte, als sie Sherine kennenlernte, stellte sich allmählich wieder ein, als Annies Plan in ihrem Kopf Gestalt annahm.

»Halten Sie das für möglich?«, fragte Annie schließlich.

»Ich halte es durchaus für möglich, aber der Plan ist sehr waghalsig. Sie sind noch gar nicht solange hier, und doch verstehen Sie diesen Ort«, wunderte sich Sherine kopfschüttelnd. »Natürlich kann ich nie wieder nach Kairo zurückkehren. Aber wenigstens wird Noora bei mir sein. Ein Mädchen sollte seine Mutter zur Seite haben, meinen Sie nicht?«

»Doch. Hassan Bey sieht seine Kinder so selten. Außerdem hat er mehr, als er braucht. Was kann ihm eine Tochter schon bedeuten, die er kaum kennt? Und Noora hängt so an Ihnen. Es ist kriminell, dass er imstande ist, Sie von Ihrer eigenen Tochter fernzuhalten. Es ist falsch.«

»Ja. Aber so lautet das Gesetz, und niemand stellt es in Frage. Er wäre ein außergewöhnlicher Mann, wenn er sich anders verhielte.«

»Trotzdem ist es falsch.«

»Ja, und weil ich von Herzen daran glaube, werde ich mit Ihnen kommen. Aber meine Haare? Sind Sie sicher, dass es nötig ist?«

»Sie machen sich Sorgen um ein paar Haare? Die werden nachwachsen. Das heißt, wenn wir es überleben!«

»Inschallah.«

Annie und Sherine besprachen die Einzelheiten ihres Plans und gingen immer wieder die möglichen Risiken durch. Dann verließ Sherine kurz den Raum und kam mit zwei Galabeyas unterschiedlicher Größe zurück, die sie aus den Zimmern ihres Neffen geholt hatte, sowie zwei Schals, die man zu Turbanen winden konnte. Sie hatte auch Sandalen dabei, die Annie aber nicht passten, woraufhin Annie ihr versicherte, dass sie im Hause von Hassan Bey welche finden würde. Sherine gab Annie schriftliche Anweisungen für Noora mit, wusste sie doch, dass Annies mangelnde arabische Sprachkenntnisse die Kommunikation erschweren würden. Sie fügte auch einen unbeschriebenen Notizzettel hinzu, eine schlichte Schreibfeder und ein kleines Tintenfass, die Annie benutzen konnte. Sie umarmten sich eilig in der vorderen Eingangshalle, damit Annie möglichst schnell wieder ins Haus zurückkehren konnte, um ihren Fluchtplan in Angriff zu nehmen. Sie verabredeten sich zur Abenddämmerung.

Annie verknotete die Galabeyas, die Schals und die Notizzettel zu einem Bündel und stopfte es sich in die Pluderhose. Dann zog sie die Abaja über ihre Kleidung und begab sich zurück zu Hassan Beys Haus. Der Gedanke, dieses Haus wieder zu betreten, war ihr zuwider, aber sie wusste, sie musste gut vorbereitet sein, falls ihre Flucht gelingen sollte. Sie bummelte über die sandige Straße bis zum Vorhof des Hauses und wartete, bis ein paar Frauen von der Straße in ähnlicher Kleidung wie sie die breite Steintreppe zur Eingangstür hinaufgingen, die von zwei uniformierten Wachen flankiert war. Sie hielt sich hinter den Frauen, während sie über die gewundene Treppe ins vierte Stockwerk stiegen, wo sie über den Flur zu ihrem Zimmer lief.

Sobald sie die Tür geschlossen hatte, zog sie sich die Abaja aus. In aller Ruhe setzte sie sich eine Spitzenhaube auf den Kopf, prüfte ihre äußere Erscheinung im Spiegel und begab sich auf die Suche nach Noora.

Wieder hatte sich die Familie im Empfangsraum der Frauen versammelt, in dem man sich vor lauter Musik und unablässigem Geschnatter kaum verständigen konnte. Annie ließ sich wie zufällig unter den Gästen blicken und drehte eine Runde durch den Raum, bevor sie Noora entdeckte, die unter dem gedeckten Tisch am anderen Ende Verstecken spielte. Annie beugte sich vor, lächelte Noora zu und bat sie durch Handzeichen, zu ihr zu kommen. Langsam steuerte Annie die Tür des Salons an und vergewisserte sich, dass Noora ihr folgte.

Sie setzte ihren Weg durch den Flur zu ihrem Zimmer fort, das Mädchen im Schlepptau, und atmete erleichtert auf, als niemand aus Familie oder Dienerschaft sie in ihrem Zimmer verschwinden sahen. Sobald sie die Tür geschlossen hatte, wandte Annie sich an das Kind.

»Hina, Noora«, sagte Annie. Sie reichte ihr Sherines Notiz. Freudig erregt öffnete das kleine Mädchen sie und las die einfachen arabischen Anweisungen, die Sherine niedergeschrieben hatte, um Noora mitzuteilen, sie solle Annies Anordnungen folgen. Noora zog die Stirn kraus, während sie sich auf die Wörter konzentrierte, die sie mit den Lippen formte. Annie brannte darauf, ihr sagen zu können, was sie beinhalteten, wusste jedoch, dass es sicherer war, wenn sie nicht den gesamten Plan kannte, falls ein Mitglied des Haushalts sie abfangen sollte. Im

Übrigen ließen Annies Sprachkenntnisse leider sehr zu wünschen übrig.

Als Noora zu Ende gelesen hatte, begann Annie eine Notiz auf Französisch an den Puppenspieler zu schreiben, um zu fragen, ob er ihnen helfen würde. Sie hoffte nur, dass er ebenso gut schreiben wie sprechen konnte, um auf ihren Vorschlag zu antworten:

»Verehrter Meister des Puppenspiels,

ich vertrete drei Musiker, einer davon noch sehr jung, die daran interessiert wären, Ihrem Orchester beizutreten. Da wir noch in der Ausbildung sind, ist uns klar, dass wir keine Bezahlung erwarten können, sondern im Gegenteil bereit wären, eine hübsche Summe für das Privileg zu zahlen, in Ihrem vorzüglichen Ensemble zu spielen. Wir würden uns Ihnen gern so bald wie möglich anschließen und sind gern bereit zu reisen.

Hochachtungsvoll, ein Freund.«

Als sie fertig war, reichte sie Noora die Notiz und sagte: »Erragil Karagöz, aiua?« »Für den Karagöz, ja?« Damit ließ sie den Zettel in Nooras Jacke gleiten. In Nooras Augen blitzte der Schalk auf, als sie stumm auf ihre Jackentasche klopfte. »Wi gasmit-el-hadsch.« »Und Schuhe vom Haddsch«, sagte sie lahm in der Hoffnung, Noora würde verstehen, sie solle ihr Sandalen besorgen. Noora krauste verblüfft die Stirn, dann lächelte sie und nickte. Annie küsste das Mädchen auf die Stirn und schaute ihr einen Moment lang direkt in die Augen, bevor sie ihr aufmunternd zulächelte und sie durch den Flur zur Treppe schickte. Annie schaute ihr ängstlich nach, denn sie wusste, dass ihr Schicksal in der Jackentasche eines siebenjährigen Mädchens ruhte.

Sobald Noora das Zimmer verlassen hatte, machte Annie sich auf die Suche nach ein Paar einfachen Schuhen für sich. Weder die Lederhalbschuhe, in denen sie gekommen war, noch die bestickten Pantoffeln, die sie im Haus getragen hatte, wären für die bevorstehenden Tage angemessen, falls es ihnen gelingen sollte, aus dem Haus zu fliehen. Sie überlegte, ob sie in das Zimmer einer

Dienerin im obersten Stockwerk schleichen sollte, wusste jedoch, dass sie auf dem Weg ins Labyrinth der dunklen Zellen unter dem Dach unweigerlich einer Magd begegnen würde. Vielleicht könnte sie es im Dachgarten versuchen. Es war unwahrscheinlich, dass sich jemand zur heißesten Tageszeit dort aufhielte, besonders bei dem herrschenden Durcheinander der Hochzeit.

Annie richtete ihre Spitzenhaube vor dem Spiegel gerade, bevor sie aus dem Zimmer ging. Sie war überrascht, darin einem derart fest entschlossenen Blick zu begegnen, dass es ihr vorkam, als gehörten die Augen einer Fremden, einer Wahnsinnigen. Dann verließ sie den Raum und ging auf das Dach.

Als sie aus dem Dunkel des Flurs in die gleißende Helligkeit des Dachgartens trat, stockte ihr beinahe der Atem. Die Hitze traf sie wie eine Wand. Und doch fühlte sie sich beim Anblick der kleinen Granatapfelbäume in ihren Töpfen ruhiger. Dies war ihr Zufluchtsort. Sie überschattete die Augen und schaute sich um, ob jemand in der Nähe war. Dann schlenderte sie lässig zum Kochschuppen. Die Küche mit den lodernden Feuerstellen war wie ein Schmelzofen. Obwohl der große Kuppelofen kalt war, da das Brot kurz nach dem Morgengrauen gebacken worden war, wurden fortwährend Reis und Gemüse gekocht, um die vielen Gäste unten zu sättigen. Drei Küchenjungen mühten sich ab, die Mahlzeiten vorzubereiten. Sie trugen nicht viel mehr als ihre schmutzigen Galabeyas, die sie bis an die Knie hochgezogen hatten. Annie schaute sich angewidert nach den Sandalen um, sah aber keine. Fast dankbar wandte sie sich ab. Der Gärtner vielleicht …

Dann fiel ihr der Junge beim Esel ein. Er hatte ungefähr ihre Größe. Wie zufällig schlenderte sie hinter das Kochhaus, um einen Blick auf den Esel und seinen Aufpasser zu werfen. Das Tier war angebunden und kaute hin und wieder an Strohhalmen, als Annie auf Zehenspitzen in die Umfriedung um das Wasserrad schlich. Der dunkelhäutige Junge war im Schatten kaum auszumachen. Er hatte alle viere von sich gestreckt und war auf seiner primitiven Bettstelle fest eingeschlafen. Er war Afrikaner und etwa vierzehn Jahre alt, schloss sie aus seiner Körpergröße. Errötend nahm sie seine Nacktheit zur Kenntnis. Als sie sich abwandte, dämmerte ihr, dass etwas fehlte. Sein kleiner Penis baumelte direkt in die leere Leistengegend. Mit Schrecken wurde ihr klar, dass der Junge kastriert war.

Sie schlich um das Wasserrad herum. Da standen die Sandalen des Jungen. Sie schienen die richtige Größe zu haben und relativ neu zu sein, stellte sie erleichtert fest. Sie bückte sich und hob sie auf. Ein armer Eunuchenjunge, dachte sie, und sie stahl ihm die Sandalen. Es ist nicht zu ändern, entschied sie und steckte sie in die tiefe Tasche ihrer Jacke. Sie richtete sich auf, schaute sich um, ob auch niemand sie gesehen hatte, und ging auf direktem Weg wieder ins Treppenhaus.

Eilig huschte sie über die flachen Stufen und kehrte in ihr Zimmer zurück. Die Flure in den Frauenquartieren waren mit Gästen und Dienerinnen derart überfüllt, dass sie sicher war, keine Aufmerksamkeit auf sich gelenkt zu haben. Sie öffnete ihre quietschende Zimmertür, schlüpfte hinein und schob von innen den Riegel vor.

Sie holte die Sandalen aus der Tasche und nahm sie genauer in Augenschein. Nicht schlecht, dachte sie, während sie den Staub abklopfte. Sie tunkte die Ecke eines Handtuchs ins Wasser und fuhr damit über die Sandalen, bevor sie sie anprobierte. Sie waren ein wenig zu lang, ansonsten aber ideal.

Just in diesem Augenblick rappelte der Riegel an der Tür; sie fuhr herum und schloss sorgsam die Schranktür hinter sich. Nooras Kopf tauchte an der Tür auf. Sie grinste schelmisch, und Annie winkte sie hinein. Noora fischte ein Stück Papier aus der Tasche und reichte es Annie. Auf der Rückseite ihrer ursprünglichen Notiz hatte der Puppenspieler auf Französisch gekritzelt:

»Verehrter Freund, ich nehme Ihr Angebot an, mir drei Musiker zu liefern, da mein derzeitiger Flötenspieler mich verlassen will. Zur zweiten Stunde nach Sonnenuntergang, wenn unsere

Vorstellung beendet ist, treffen wir uns an unserem Eselkarren in der Straße an der Nordseite des Hauses. Die Reise gen Norden nach Medina ist lang und mühselig. Bringen Sie Verpflegung mit. Mit herzlichen Grüßen, Ari Gianopoulos.«

Medina, dachte Annie. Sie würden nach Norden reisen müssen, noch weiter ins Landesinnere, bevor sie nach Westen über das Rote Meer nach Ägypten entkommen könnten. Sie versuchte sich eine Landkarte von Arabien zu vergegenwärtigen, brachte jedoch nur undeutliche Umrisse zustande. Sie wusste nicht, welchen Weg sie von Medina aus einschlagen musste. Eine solche Reise würde bestimmt Wochen dauern, sodass sie sich möglichst gut ausrüsten sollten.

Noora stand still neben ihr und schaute mit ängstlichem Blick zu ihr auf. Annie schenkte ihr ein Lächeln und drückte sie rasch an sich, um ihr zu versichern, dass alles in Ordnung war.

»Kuayyis, Noora«, sagte sie, gut. »Gasmit, Noora?« Schuhe?

»Aiua, ustâsa«, antwortete Noora stolz und zog ihre kleinen Sandalen aus der Tasche. Annie nahm sie und stellte sie in den Schrank neben die ihren.

»Kuayyis, Noora. El-leila inti gajja hina«, sagte Annie und versuchte Noora zu erklären, sie solle bei Sonnenuntergang wieder zu ihr kommen. Noora zog die Stirn kraus.

»In-nahâr-da?«, fragte sie. »Heute?«

Zum Glück kannte Annie das Wort. »Aiua, Noora, in-nahâr-da el-leila.«

»Aiua, ustâsa«, erwiderte Noora lächelnd.

»Noora, inti gajja maa ummikel-leila.« Du gehst heute Abend mit deiner Mutter.

»Aiua, ustâsa. Sherine …«, hob Noora zu einem langen Satz an, den Annie nicht verstand, dem sie aber zu entnehmen glaubte, dass Sherine ihr alles über die bevorstehende Reise erklärt hatte. Sie hoffte nur, dass sie Noora auch ermahnt hatte, mit niemandem darüber zu reden.

»Kuayyis, Noora«, sagte Annie und legte den Finger auf die

Lippen, um sie zum Stillschweigen zu verpflichten. Sie hoffte, es war die richtige Geste. Noora lächelte und presste die Lippen zusammen. Anscheinend hatte sie verstanden.

Nachdem Noora über den Flur getrippelt war, um sich der Hochzeitsfeier anzuschließen, setzte Annie sich auf ihre Carawitas und dachte nach. Für eine so lange Reise würden sie Decken und Grundverpflegung brauchen. In Ägypten würde sie ihre europäische Kleidung benötigen. Wie konnte sie das Haus mit einem so großen Bündel verlassen? Außerdem musste sie Sherine Bescheid geben, dass sie am selben Abend noch aufbrechen würden.

Sie wusste, dass sie keiner Dienerin in beiden Häusern trauen konnte, eine Nachricht zu überbringen. Sie musste also auf dieselbe Weise wie zuvor in das andere Haus gelangen. Für den Fall, dass sie nicht mit Sherine sprechen könnte, schrieb sie hastig eine Notiz auf den unteren Rand des Notizzettels und riss sie ab:

»Liebe Sherine,

die Musiker reisen heute Abend zwei Stunden nach Sonnenuntergang auf der Nordseite des Hauses ab. Eine Freundin.«

Falls die Notiz abgefangen würde, dann wäre ihre Bedeutung zumindest zweifelhaft. Annie zog die neuen Sandalen an, um sich den Frauen der Straße anzugleichen, und streifte die Abaja über ihre Kleidung. Diesmal wartete sie oben auf der Treppe, bis eine Gruppe schwarz verhüllter Frauen hinunterging, und folgte ihnen ins Freie. Als sie an den Wachen vorbeisegelte, wunderte sie sich, wie einfach es doch war, trat auf die Straße hinaus und wandte sich nach links. Während sie auf Sherines Haus zusteuerte, hoffte sie, die Tante wäre noch bei der Hochzeit, erkannte aber, dass sie keine andere Möglichkeit hatte. Sie klopfte an die Tür, die wieder von dem alten afrikanischen Diener geöffnet wurde.

»Madame Sherine?«, fragte Annie.

Der Mann musterte sie von oben bis unten. Beim Anblick ihrer einfachen Ledersandalen entschied er, dass ihr Rang es nicht erlaubte, Sherine zu besuchen. Da er sie für eine Bettlerin hielt, wollte er schon die Tür schließen. Wieder sagte Annie mit aufkeimender Panik in der Stimme: »Madame Sherine?«

Gerade als sich die Tür vor ihrer Nase schloss, hörte Annie, wie Sherine die Treppe hinunterkam und fragte, wer da sei. Der Diener antwortete herablassend, doch kurz darauf riss Sherine zu Annies Erleichterung die Tür auf.

»Wer sind Sie?«, fragte Sherine laut auf Arabisch. »Was ist los?«, flüsterte sie auf Englisch.

Annie drückte ihr die Notiz in die Hand und wandte sich mit flüchtigem Lächeln um. Sie verfolgte ihren Weg zu Hassan Beys Haus zurück und wartete, bis sie sich wieder in eine Gruppe schmuggeln konnte. Da sie wie eine arme Frau gekleidet war, zog sie keine Aufmerksamkeit auf sich und kam ungehindert wieder in ihr Zimmer.

Sie zog die Abaja aus und die bestickten Pantoffeln wieder an. Es war eine günstige Zeit, Verpflegung zu besorgen. Ihr Blick fiel auf die Zemzemi, die Noora ihr aus Mekka mitgebracht hatte, und stellte fest, dass sie eine hervorragende Feldflasche wäre. Sie hatte sie an der Kette an die Wand gehängt. Nun nahm sie die Zemzemi herunter in der Hoffnung, dass man das heilige Wasser noch trinken konnte.

Dann ging sie noch einmal zur Hochzeitsfeier, um zu sehen, wie viel Proviant sie einsammeln konnte. Wie sollte sie die Sachen nur aus dem Haus bekommen, fragte sie sich, während sie durch den Raum schlenderte und einen Teller mit Brot und Lammhaxen belud. Ohne Eile schlenderte sie wieder in ihr Zimmer und leerte die Nahrungsmittel in mehrere Kopftücher, kehrte noch ein paar Mal in den Speiseraum zurück, bis sie das Gefühl hatte, genug Verpflegung für ein paar Tage zu haben.

Bei dem allgemeinen Durcheinander und dem Getöse der Feierlichkeiten blieben Annies Vorbereitungen unbemerkt. Der Lärm der Frauen, die alle zugleich versuchten, die Musik zu übertönen, und das Gedränge und Geschiebe an den gedeckten Tischen verursachten ein Chaos, das die perfekte Deckung für Annies Unterfangen bot. Mit frischem Mut schlängelte sie sich durch die Menge zu der kleinen Vorratskammer an einer Seite des Speiseraums, in der die Diener die Mahlzeiten anrichteten, die vom Dach heruntergebracht wurden. Wie sie vermutet hatte, standen die Türen der Wandschränke, die sonst unter Verschluss gehalten wurden, weit offen, und sie konnte mehrere Honigkrüge und Beutel mit Pistazien und Mandeln in ihre Taschen stecken. Gerade als sie gehen wollte, betrat Gemiya die Vorratskammer.

»Oh, Madame Annie, was machen Sie hier drinnen?«, fragte Gemiya aufgeräumt.

»Ich konnte den Lärm einfach nicht mehr ertragen, Gemiya«, sagte Annie; eine bessere Ausrede fiel ihr auf die Schnelle nicht ein. »Das hier ist die einzige ruhige Ecke im ganzen Haus!«

Dann kam ihr eine Idee. Vielleicht wollte Gemiya ja mit ihnen fliehen?

»Gemiya, wenn du eine Möglichkeit hättest fortzugehen, ich meine, aus Dschidda und aus diesem Haus, würdest du sie nutzen?«, flüsterte sie verschwörerisch.

»Ach, Madame Annie. Hier ist jetzt mein Zuhause. Ich will nicht von hier fort. Wohin sollte ich gehen? Hassan Bey, unser Herr, ist ein feiner Mann. Er gibt mir so viel zu essen, wie ich haben will, und nicht allzu viel Arbeit. Und sehen Sie doch nur das schöne Kleid, das ich für die Hochzeitsfeier bekommen habe. Er ist einer der besten Herren in ganz Dschidda … Madame Annie, warum fragen Sie mich?«

»Ach, einfach nur so, Gemiya. Ich war nur neugierig, mehr nicht«, sagte Annie traurig und verließ die Vorratskammer. Niemandem schienen ihre ausgebeulten Taschen aufzufallen, als sie sich einen Weg durch den Speiseraum bahnte. Im Hinausgehen nahm sie noch das schärfste Tafelmesser an sich, das sie finden konnte, und ließ es in ihre Tasche gleiten.

Inzwischen begann das Licht des Nachmittags zu schwinden. Sie unternahm noch einen Gang, diesmal in ihre Abaja gekleidet, zu dem Lagerraum, in dem die Familie die großen Kamelbeutel aus Wolle aufhob, die für den Haddsch mit Proviant vollgepackt wurden. Sie suchte nach einem ohne rote und blaue Troddeln, die nur unnötig Aufmerksamkeit erregt hätten. Am Ende entschied sie sich für einen der dunkelsten und schnitt die Troddeln einfach ab. Sie steckte den Kamelbeutel unter die Abaja und trottete durch den Flur zu ihrem Zimmer zurück.

Während sie ihr smaragdgrünes Seidenkleid, Schuhe, ein Baumwollnachthemd und ihre gesamte Verpflegung in die Kameltasche packte, stellte sie fest, dass sie sich zu sehr zurückhielt. Nach allem, was die Familie ihr angetan hatte, überlegte sie, hatte sie alles verdient, was sie mitnehmen konnte. Daraufhin packte sie noch die Decken aus ihrem Schrank, ein Kissen und zwei Handtücher ein.

Als Nächstes brauchte sie einen Plan, wie sie die umfangreiche Tasche aus dem Haus bekam. Schließlich fiel ihr der Flaschenzug auf dem Dach ein, der dazu verwendet wurde, Strohballen für den Esel und Küchenvorräte heraufzuziehen. Im Schutz der Dunkelheit würde sie ihre dicke Tasche auf diesem Weg in die Straße hinunterbefördern. Sie würde bis eine Stunde nach Sonnenuntergang warten, wenn nach dem Abendessen der Betrieb auf der Treppe nachgelassen hätte, um ihre Last heimlich auf das Dach zu schaffen.

Angst packte sie, als sie daran dachte, mit Noora das Haus zu verlassen. Um ihre Nervosität zu unterdrücken, redete sie sich gut zu, dass sie an jenem Tag schließlich so erfolgreich ein und aus gegangen war und sie sich erst dann Sorgen machen musste, wenn es soweit war.

Als es dunkel wurde, tauchte Nooras Gesicht wieder an der Tür auf. Annie zündete die Öllampe an und ließ Noora auf der Carawitas Platz nehmen.

»Ana âsifa«, sagte sie, tut mir leid, als sie das Tafelmesser herausholte und begann, Nooras herrliche dunkle Locken abzusäbeln. Nooras Augen weiteten sich vor Entsetzen, als sie ihr kostbares Haar zu Boden fallen sah, und ein paar Tränen kullerten über ihre Wangen. Doch sie saß kerzengerade und ließ sich von Annie die Haare abschneiden. Als Annie zurücktrat, um ihr Werk zu betrachten, tastete Noora ihren Kopf ab. Sie schaute Annie bestürzt an.

Annie trat vor den Spiegel, holte tief Luft und unterzog sich derselben Prozedur. Als ihre kastanienbraunen Locken zu Boden fielen, hielt Noora hörbar die Luft an. Nachdem sie fertig war, drehte Annie sich um und sah Noora so wehleidig an, dass sie sich in die Arme sanken und weinten. Ihr Weinen verwandelte sich in Gelächter, als sie ihre Pluderhosen und die dünnen Blusen gegen die rauen Galabeyas und Turbane tauschten, die Sherine besorgt hatte. Mit den Ledersandalen war ihre Verwandlung in junge Männer abgeschlossen.

Kapitel zwölf

Ich geh betäubt zum abendlichen Mahle,
Mit Nebel der Erinnerung bekränzt,
Da naht der Engel mit der klaren Schale,
Der mir den dunklen Trank kredenzt.

Jonathan lehnte an der Reling der »Edfu« und nahm Abschied von Abu Simbel, während die riesigen Statuen in der Ferne verschwanden. In gewisser Weise hatten sie über ihn zu Gericht gesessen und ihn für würdig befunden, nach Ägypten einzureisen. Darüber hinaus hatten sie ihn anscheinend mit der Erlaubnis belohnt, wieder zu lieben. Die sechs Wochen seit Annies Tod und dem Schrecken des Schiffbruchs an der Küste kamen ihm länger vor als sechs Monate. Er hatte das Gefühl, als habe man ihm für seine Rolle beim Tod seines Freundes Peter Thatcher Absolution erteilt. Er hatte gelernt, sich damit abzufinden und den Willen aufzubringen weiterzuleben.

Schuldgefühle und Wut waren verbraucht, und er hatte seinen Frieden in Form einer zarten, mandelhäutigen jungen Frau gefunden. Beim Lesen seines abgenutzten Exemplars des *Rubaiyat* staunte er über Omar Khayyams Verständnis für Liebe und Verlust, den Rausch des Vergessens und Schicksalsergebenheit. Erst durch das Annehmen dieser neuen Liebe war er imstande gewesen, den Verlust seiner Frau zu verschmerzen. Mit Miriam an seiner Seite könnte er weitermachen. Mit ihr in den Armen könnte er sich mit dem Leben wieder anfreunden.

Er warf einen Blick quer über das Deck zu Miriam, die ruhig dort saß und eine weiß gravierte Basaltschüssel skizzierte, die er bewundert hatte. Ihre zarten Hände nahmen die Schale auf und schrieben eine weiße Nummer auf die Unterseite, die mit der Zahl auf ihrer Zeichnung übereinstimmte. Sie schien über dem Deck zu schweben, ohne Masse und Gewicht. Sie war still und ruhig, ein freundlicher, friedlicher Geist, der ihn ins Leben zurückgeholt hatte.

Sie spürte seinen Blick, schaute ihm in die Augen und lächelte. Auch ohne Worte wusste sie, was er für sie empfand. Und sie erwiderte seine Liebe, dessen war er sich sicher, mit einem Vertrauen und einer Arglosigkeit, die ihn mit Staunen erfüllten.

Am ersten Tag ihrer Reise kamen sie an Quasr Ibrim vorbei, etwa dreißig Meilen flussabwärts. Die Ruine einer römischen Festung mit Spuren türkischer und ägyptischer Einflüsse in den Bogengängen und an den Säulen thronte auf einer Klippe hinter der Stadt. Auf der Südseite waren auf einer glatten, unzugänglichen Felswand Grotten und Skulpturen zu sehen.

Am Spätnachmittag legten sie in ed-Derr an, der Hauptstadt Nubiens; die Gefahr, auf einer Sandbank aufzulaufen, hielt sie davon ab, bei Nacht zu fahren. An jenem Abend aßen sie unter der Persenning gefüllte Taube und Nilbarsch. Sie saßen noch lange an Deck und rauchten, während im Hintergrund unablässig Saquias quietschten, Bewässerungsgeräte, mit denen in Tonschalen Wasser aus dem Nil geschöpft wurde, um die Palmenhaine feucht zu halten. Jonathan saß neben Miriam und hätte im Dunkeln am liebsten nach ihrer Hand gegriffen. Später wurde Jonathan vom ewigen Knarren der Räder bis weit in die Nacht wachgehalten. Er lag auf seinem Bett, rauchte eine türkische Zigarette, schwitzte und versuchte, Ordnung in seine Gefühle zu bringen.

An jenem Abend lagen sie vor Korosko, der Marktstadt, die den Endpunkt für die Überlandroute aus dem Sudan markierte. Hier gab es Elfenbein, Kautschuk und Straußenfedern in Hülle und Fülle. Erschöpfte Kamele und elende Sklavenkarawanen rasteten vor den Stadtmauern. Miriam führte Jonathan zum Postamt, dem südlichsten in Ägypten, um Briefe an die Bermanns abzuholen. Jonathan frohlockte, als er zum ersten Mal seit Wochen eine Zeitung kaufen konnte, auch wenn sie zwei Monate alt war. Wieder an Bord las er sie mit einem Anflug von Bedauern, denn er dachte an seine idyllischen Wochen in Abu Simbel, weit entfernt von weltlichen Belangen. Ein Teil von ihm bedauerte seine Rückkehr in die Gesellschaft und die Entscheidungen, die ihm womöglich abverlangt wurden.

Am nächsten Tag segelten sie an den griechisch gestalteten Säulen von Maharraka vorbei, die allein auf einer kahlen Ebene aus brennendem Wüstensand standen. Überall ragten Granitfelsen vulkanischen Ursprungs aus der Landschaft. Ein paar Tamarisken klammerten sich ans Ufer unterhalb des Tempels von Gerf Hussein mit seinem freistehenden Pylon und dem tief in den Fels gehauenen Teil.

Die späte Nachmittagssonne strahlte den kleinen Tempel von Dendera von hinten an, der hoch oben auf dem felsigen Ufer thronte, während sie den Wendekreis des Krebses überquerten, um in Kalabsha zu übernachten. Sie erforschten die große Tempelruine, welche die Gegend beherrschte, und verweilten noch bis tief in die Nacht im Schatten der Klippen. Jonathan wünschte sich, er könnte immer wieder an Miriams Seite den Fluss entlang dahinfahren.

Im Verlauf des letzten Morgens, bevor sie Assuan erreichten, öffnete sich der Fluss wieder. Haine aus Dattelpalmen, die sich unter leuchtend orangefarbenen Früchten bogen, tauchten am Ufer auf, und Frauen in schwarzen Galabeyas mit Wasserkrügen auf dem Kopf zogen spielende Kinder am Ufer hinter sich her. Äcker mit Karkade, der üppigen Hibiskusblüte, die zur Herstellung von Tee in Wasser getaucht wird, Rizinuspflanzen und Linsen zeugten von der Fruchtbarkeit des Schwemmlandes. Die Bootsleute deuteten auf zehn Krokodile, die sich auf einer niedrigen Sandinsel in der Sonne aalten. Wieder tauchten vulkanische Aufwerfungen auf, die den Fluss einengten, sodass sich Stromschnellen bildeten. Am Ende erreichten sie Philae.

In Philae legten sie an, damit die Bootsleute zusätzliche Männer anheuern konnten, um die Dahabije durch den Ersten Katarakt nach Assuan zu bringen. Jonathan und Miriam gingen von Bord, um den Tempel zu erkunden. Eine herrliche Kolonnade aus kunstvoll gemeißelten Säulen führte zu dem großen Pylon des Tempels der Isis mit seinen prächtigen Felsenreliefs und dahinter in einen zweiten, kleineren Pylon. Jonathan fand das Ausmaß des Monuments beachtlich, hatte jedoch das Gefühl, dass es den Reliefs an Spontaneität mangelte, verglichen mit jenen, die er in Abu Simbel gesehen hatte. Dr. Bermann war offenbar hoch erfreut, dass sein Schüler intuitiv die wenig eigenständige Natur des Tempels erkannt hatte, der in der dreißigsten Dynastie erbaut worden war, um die Legitimität eines ausländischen Herrschers zu untermauern. Obwohl einige Teile des Tempels älter seien, erklärte er, sei ein Großteil für die Ptolemäer errichtet worden, Makedonier, die ihre Herrschaft verfestigen wollten.

Jonathan kehrte auf das Boot zurück, stellte sich an die Reling und sah dem vorsichtigen Lavieren der Dahabije durch das Gewirr von massiven Felsbrocken zu, die den Katarakt bildeten. Er klammerte sich fest an die Reling, Schweiß rann ihm über das Gesicht, als ihn Erinnerungen an Peter heimsuchten, den er im zweiten Katarakt verloren hatte. Nach einer Stunde quälender Arbeit hatten sie die Stromschnellen überwunden und konnten am Fuße des felsigen Ostufers von Assuan anlegen. Ringsum pflügten Feluken unter weißen Segeln durch das blaue Wasser zwischen den grünen Inseln und den riesigen Felsbrocken in der Flussbiegung. Schließlich kam Jonathan zur Ruhe und stellte fest, dass er noch nie einen so schönen Ort gesehen hatte.

An jenem Abend feierten sie ihre Ankunft bei Hermann Snelling, einem Kollegen Bermanns, der die Ruinen auf der Insel Elephantine in der Mitte des Flusses ausgrub. Die beiden Archäologen tauschten Geschichten und Neuigkeiten über ihre sommerlichen Tätigkeiten aus. Snelling hatte in Frankfurt bei

Dr. Bermann studiert, und die beiden Männer verband eine tiefe Freundschaft. Miriam hatte während des Abendessens geschwiegen und sich damit zufriedengegeben, dass die Männer sich gegenseitig auf den neuesten Stand brachten. Jonathan staunte wieder einmal, wie geduldig sie war.

Als sie an jenem Abend zur Dahabije zurückkehrten, blieben Jonathan und Miriam noch an Deck, nachdem die anderen sich zurückgezogen hatten. Sie standen an der Reling und schauten zur Insel Elephantine hinüber, die in Dunkelheit verhüllt war; nur die massiven Granitfelsen schimmerten im Mondlicht.

»Ich werde wohl morgen packen und abreisen«, sagte Jonathan und wandte sich der jungen Frau zu. »Ich bin Ihnen und Ihrem Vater nun lange genug zur Last gefallen.«

»Müssen Sie denn wirklich gehen?«, fragte Miriam leise.

Jonathan schaute in ihre bernsteinfarbenen Augen, die im Mondlicht funkelten. Er legte seine Hand über die ihre auf der Reling, und ein erregtes Prickeln durchfuhr ihn. »Würde es Ihnen denn etwas ausmachen, wenn ich ginge?«

»Ja«, flüsterte Miriam. »Ich möchte nicht, dass Sie abreisen.«

Jonathan beugte sich vor und drückte sacht seinen Mund auf ihre weichen, nachgiebigen Lippen. Er legte die Arme um ihren Körper und zog sie sanft an sich, denn er befürchtete, sie in seiner Leidenschaft zu verletzen. Sie schlang die Arme um seinen Hals und schmiegte sich an ihn. Seine Küsse wurden drängender, und sein Körper reagierte, als er ihre Brüste spürte.

Schließlich schob sie ihn behutsam von sich. Sie legte den Kopf an seine Brust. Seine Hände strichen über ihren Rücken und wollten sie gar nicht mehr loslassen.

»Ich möchte nicht ohne dich gehen«, flüsterte Jonathan.

Sie seufzte in seinen Armen. Sein Mund suchte erneut ihre Lippen, doch sie schüttelte den Kopf.

»Nein, nicht hier. Man könnte uns sehen.«

»Dann komm in meine Kabine. Ich möchte bei dir sein«, beharrte Jonathan.

»Nein, das geht nicht. Jemand könnte uns hören«, sagte Miriam außer Atem.

»Ich möchte mit dir allein sein«, sagte er, vergrub das Gesicht in ihrem Haar und bedeckte ihren Kopf mit Küssen.

Sanft entzog sie sich ihm. »Noch nicht … nicht heute Abend. Vorerst müssen wir gute Nacht sagen.«

»Ich möchte nie wieder von dir getrennt sein. Ich möchte nie wieder gute Nacht sagen. Ich liebe dich.«

»Du musst aber, mein Liebling. Nur noch heute Abend.« Sie hielt ihm ihre Lippen hin, strich zärtlich damit über seinen Mund, wandte sich ab und eilte quer über das Deck, um ihm zu entkommen.

Jonathan lehnte sich an die Reling, beobachtete die funkelnden Wirbel des Nils, und ihm wurde klar, dass er Ägypten nun niemals ohne sie verlassen könnte. Es war gesagt. So überstürzt es auch erscheinen mochte, er liebte sie. Er liebte ihre Sanftheit und ihre Liebenswürdigkeit, er mochte ihre Art, wie sie jeden in ihrer Umgebung erstrahlen ließ und nie ihre ruhige Haltung verlor. Er liebte ihre zarte Schönheit.

Zum Henker mit dem Skandal, dachte er trotzig. Seine Familie müsste sich mit dem plötzlichen Wandel in seinem Leben einfach abfinden. Er könnte Miriam heiraten und mit ihr nach Indien zurückkehren, falls seine Familie Schwierigkeiten hätte, ihren Freunden zu erklären, warum er plötzlich, nur knapp drei Monate nach dem Tod seiner ersten Frau, mit einer Halbägypterin ankam. Nach allem, was er durchgemacht hatte, nach dem furchtbaren Verlust von Annie und der Tatsache, dass er selbst dem Tod ins Auge geschaut hatte, spürte er ein wenig überrascht, dass ihm die Meinung anderer gleichgültig war. Er hatte sich verändert.

Jonathan kehrte in seine Kabine zurück und versuchte, die nächsten Wochen zu planen. Er musste seiner Familie ein Telegramm schicken, musste sie wissen lassen, dass er sicher in Ägypten angekommen war. Er hoffte inständig, dass sie seine Briefe aus Suakin inzwischen erhalten hatten, sodass sein Telegramm kein Schock für sie wäre. Dann würde er Professor Bermann um Miriams Hand bitten. Wenn sie eine Hochzeit vor Bermanns Abreise aus Ägypten in die Wege leiten könnten, umso besser. Wie wohl eine koptische Hochzeit aussehen mochte?, fragte er sich. Ich hoffe nur, dass damit nicht ein längerer Aufenthalt in Ägypten verbunden ist. Sie könnten ihre Hochzeitsreise auf dem Schiff nach England verbringen. Jonathans Herz schlug heftig, als ihm die Erinnerung überkam, wie Annies Haare im Mondschein geglänzt hatten, als sie in ihrer Kabine auf der *Oriental* waren. Traurig machte er sich klar, dass die Szenen seiner ersten Ehe ihn immer verfolgen würden.

In jener Nacht fand Jonathan keine Ruhe. Er warf sich hin und her und versuchte für den emotionalen Tumult, den er erlebte, eine Lösung zu finden. Gegen Morgen, als brummende Kamele und schreiende Esel auf dem geschäftigen Kai von Assuan ihn weckten, fühlte er sich noch immer angeschlagen.

Er frühstückte mit Franz und den Bermanns auf dem luftigen Oberdeck, wobei er versuchte, Miriam keine sehnsuchtsvollen Blicke zuzuwerfen. Von ihrem Liegeplatz am Fuß der Klippen konnten sie am Ufer entlang in nördlicher Richtung bis zum Lager der Händler am Fluss schauen. Ballen und Kisten von Kairo nach Khartum waren am Ufer verstreut, jeder Stapel von einem Händler bewacht, der seine Matten und Teppiche ausbreitete und sich vorübergehend dazwischen niederließ. Jonathan beobachtete einen dunklen Sudanesen, der ein paar Felsbrocken auf dem Sand im Kreis aufstellte, damit er seinen Kaffeetopf über ein Feuer stellen konnte. Ein alter, besser gestellter Türke hatte eine Matte zwischen zwei Packkisten gehängt, um seine mit einem Teppich bedeckte Schlafstatt darunter zu schützen. Der Duft nach Kaffee und frisch gebackenem Brot wehte über das Boot. Hellhäutige Abessinier, Beduinen aus den östlichen Wüstengegenden in wehenden Gewändern und schweißglänzende Nubier bildeten eine regelrechte Ortschaft zwischen den Ladungen von Hennablättern und Baumwollballen.

Nach dem Frühstück entschuldigte Jonathan sich und stieg die steilen Stufen vom Anleger zur Hauptstraße von Assuan hinab. Die Straße folgte auf der einen Seite der Biegung des Nils und öffnete sich auf der anderen in kleine Nebenstraßen, die zu den Basaren führten. Jonathan blieb auf der Hauptdurchfahrt, bis er das Telegrafenamt gleich neben der Post und den Banken fand, aus denen das Geschäftszentrum der Stadt bestand. Er betrat das mit dunklem Holz verkleidete Büro und verfasste eine Botschaft, die er an seine Eltern schicken wollte. Er bezahlte und gab seinen Absender mit »Dahabije Edfu« bei Professor Bermann an.

Anschließend ging er bei der Bank vorbei, um mit dem Direktor über eine Möglichkeit zu sprechen, seine Bank in London um Überweisung zusätzlicher Mittel zu bitten. Die Rupien in seinem Geldgurt, ursprünglich für unvorhergesehene Ausgaben während der Heimreise gedacht, waren beinahe verbraucht. Er hatte Girgis für die Benutzung seines Bootes von Abu Hamed nach Abu Simbel bezahlt und Peters Versprechen eingelöst, eine Sonderzahlung für die Überwindung der Stromschnellen am zweiten Katarakt zu leisten. Angesichts ihrer persönlichen Verluste erschienen die zusätzlichen Ausgaben unbedeutend. Ihm wurde klar, dass er noch ein paar Tage in Assuan bleiben musste, um auf die Überweisung zu warten. Er musste mit Professor Bermann über seine Pläne reden, per Schiff nach Kairo zu fahren.

Jonathan schlenderte zum Boot zurück und suchte Miriam. Nachdem er seine Geschäfte erledigt hatte, fühlte er sich belebt, voller Hoffnung auf seine Rückkehr in die Zivilisation. Beim Frühstück hatte sie vorgeschlagen, das alte Kloster in der Wüste auf der anderen Seite des Flusses zu besichtigen. Er fand sie, als sie gerade ein Picknick in der Kombüse der Dahabije zusammenstellte; Yussuf packte Huhn und kalten Tee in einen Korb.

Jonathan legte noch die raue Decke vom Fußende seines Bettes dazu, auf die sie sich setzen konnten.

Sie heuerten eine Feluke an und brachen mit ihrem Korb zum westlichen Nilufer auf. Jonathan beobachtete, wie der Wind die zarten Haare in Miriams Nacken bewegte, und musste an sich halten, um sie nicht zu brühren. Der Bootsmann segelte flussaufwärts um die Spitze der Insel Elephantine, vorbei an gewaltigen, mit pharaonischen Inschriften verzierten Felsen unterhalb der Ruinen eines Säulentempels. Sie passierten die Öffnung zwischen zwei Felsblöcken, in denen der Nil bei Hochwasser die Stufen eines Nilometers erklomm. Miriam zeigte ihm die demotischen und arabischen Zahlensysteme, mit denen die Wasserhöhe gemessen wurde. Sie erklärte ihm, dass die Besteuerung der Bauern in früher Zeit von der am Nilometer abgelesenen Fluthöhe abhing.

Am anderen Ufer der schmalen Schlucht erblickte Jonathan hoch oben auf den Klippen zwischen aus dem Fels gehauenen Höhlen das Grabmal eines Scheichs. Während sie weiter nach Süden segelten, löste die Wüste allmählich die Klippen ab. Dort, wo der Sand auf das Wasser traf, stiegen sie aus dem Boot; Miriam vereinbarte mit dem Bootsmann, er solle auf ihre Rückkehr warten. Dann machten sie sich auf den Weg über die steile Düne in die Wüste.

Der Berg aus bernsteinfarbenem Sand war mit Streifen aus schwarzem Geröll durchsetzt, die in parallel zueinander verlaufenden, wellenförmigen Linien angeordnet waren, als hätte die Hand eines unsichtbaren Riesen sie hineingeharkt. Jonathan und Miriam hielten sich bei ihrem Aufstieg an einen alten Kamelpfad. Oben angekommen, konnten sie die Ruinen des weitläufigen Klosters kaum erkennen, das den Steilabbruch beherrschte. Aus goldgelben Lehmziegeln erbaut, war es von der Wüste ringsum kaum zu unterscheiden; die Grenze zwischen Gottes Schöpfung und des Menschen Werk war nur schwer auszumachen.

Sie näherten sich dem Kloster über den Hügelkamm. Von

dort warfen sie einen Blick zurück und sahen zwischen zwei hohen Dünen den Nil. Sie betraten die Ruinen durch ein Bogentor, dessen altersschwache Holztür vermodert war, und suchten sich vorsichtig einen Weg zwischen herabgefallenen Backsteinen und zerbrochenen Dachziegeln, die auf dem mit Steinplatten ausgelegten Boden herumlagen. Miriam führte Jonathan in die Überreste einer großen Kirche, deren Tonnengewölbe längst herabgefallen war. Die Apsis zeigte beschädigte Bilder der Apostel, deren Farben mit der Zeit verblasst waren.

»Das ist das Simeonkloster«, sagte sie. »Es wurde im sechsten Jahrhundert erbaut und etwa im dreizehnten Jahrhundert verlassen, vermutlich wegen mangelnder Wasserversorgung. Siehst du, wie schön diese Kirche einmal gewesen sein muss, als sie mit Ikonen und Weihrauch gefüllt war? Spürst du nicht den göttlichen Hauch an diesem Ort? Komm, ich zeige dir die antiken Röhren, die das wenige Regenwasser in die Zisternen leiteten – der verzweifelte Versuch der Mönche, ihre Wasservorräte zu strecken.«

Sie schlenderten von Raum zu Raum, untersuchten antike Küchen mit riesigen Schleifsteinen und Weinpressen mit Steinbecken. Die meisten Decken waren eingestürzt, sodass die Tageshitze auf ihre Hüte prallte.

Sie stiegen auf die nächste Ebene und gelangten in eine prächtige Halle mit noch erhaltenem Tonnengewölbe, erhellt nur durch drei kleine Öffnungen in der Mauer am anderen Ende und dem Licht aus den zwanzig oder dreißig kleinen Zellen, die von ihr abzweigten. Die Ziegel in der Decke bildeten einen perfekten Bogen über ihren Köpfen. Im Schatten des Refektoriums war es plötzlich kühl.

»Hier haben die Mönche wohl gelebt, in den kleinen Zellen geschlafen und in dieser großen Halle gegessen. Man kann beinahe ihre Anwesenheit spüren, nicht wahr?«, fragte sie ihn und schaute schüchtern zu ihm auf.

Sie wählten eine Zelle aus, deren Fenster hoch oben an der

Wand auf den Nil hinausging. Sie breiteten die Decke auf dem Boden aus, und Miriam kniete nieder, um den Lunchkorb auszupacken.

Jonathan streckte die Hand nach ihr aus und zog sie an sich. Er drückte ihren zarten Körper an den seinen und suchte drängend nach ihrem Mund. Sie öffnete ihre weichen Lippen, doch als seine Hände über ihren Körper strichen, zog sie sich sanft von ihm zurück.

»Jonathan, das dürfen wir nicht. Die Kirche erlaubt es nicht. Das musst du doch wissen. Obwohl ich mich wie eine Europäerin kleide, bin ich im Herzen Koptin. Als solche kann ich mich nur einem Mann hingeben. Eine Koptin kann nur heiraten, wenn sie Jungfrau ist. Und wenn wir heiraten, dann für ein ganzes Leben.«

»Dann heirate mich«, bat Jonathan heiser und zog sie wieder an sich. »Heirate mich und sei für immer und ewig meine Liebe.«

Sie erlaubte ihm, sie noch einmal zu küssen. »Oh, Jonathan … Oh, Jonathan. Ja, ich will dich heiraten«, sagte sie. »Für immer und ewig.«

Jonathan hob sie vom Boden, erstaunt, wie leicht sie war, und legte sie sanft auf die Decke. Der Reihe nach öffnete er die winzigen Knöpfe ihrer Bluse, sodass Sonnenlicht von hoch oben auf ihre goldene Haut fiel. Sie richtete den scheuen Blick auf seine Augen und beobachtete, wie sich die Wahrnehmung ihrer Schönheit auf seinem Gesicht abzeichnete.

»Ich will dich. Ich will dich jetzt«, murmelte Jonathan und streichelte ihre perfekte Haut.

»Aber ich muss für unsere Hochzeit rein sein, mein Liebster«, sagte sie und vergrub den Kopf an seiner Schulter.

»Das ist mir einerlei. Liebe mich. Lass zu, dass ich dich liebe«, sagte er und fuhr mit den Lippen über ihren Hals und die Schultern.

Sie hielt ihn von sich ab und schaute ihm prüfend in die Augen. »Dann gebe ich mich dir hin, für immer und ewig, hier im Angesicht Gottes, an diesem Ort, der von seinem erhaben Geist durchdrungen ist.«

Jonathan küsste sie feierlich. »Und ich verspreche, dich zu lieben und zu beschützen. Bis in alle Ewigkeit.«

Er küsste sie noch einmal voller Verlangen. Später lagen sie ineinander verschlungen, während der Sonnenstrahl auf einem abwärts gerichteten Bogen durch den Raum wanderte. Als die Sonne auf ihre bernsteinfarbene Haut fiel, bewunderte Jonathan die Schönheit ihrer nackten Schultern und ihrer zarten Brüste. Viel später fütterten sie sich gegenseitig mit Huhn und Bananen, die Yussuf ihnen für ihr Picknick eingepackt hatte, und tranken den kalten Tee. Miriam langte sittsam nach ihrer weißen Bluse; Jonathan zog sie ihr aus der Hand, verzaubert vom Anblick ihrer langen dunklen Haare, die über ihren glühenden Körper fielen.

Als das Sonnenlicht fast von ihrem Fenster verschwunden war, standen sie auf und zogen sich an. Jonathan rieb ein wenig Sand von Miriams Wange und versuchte, ihr beim Flechten des Haars zu helfen. Er nahm sie fest in die Arme und versicherte sie flüsternd seiner Liebe. Sie klammerte sich an ihn und wollte ihn nicht loslassen.

»Wie soll ich jetzt noch meinem Vater unter die Augen treten? Er wird sofort merken, dass ich mich verändert habe«, fragte Miriam bestürzt.

»Man sieht es dir nicht an, Liebste.« Jonathan lächelte. »Du siehst noch genauso aus wie vorher.«

»Aber ich fühle mich so anders. Man muss es sehen!«

»Es ist nur in deinem Herzen anders«, sagte Jonathan. »Genau hier.« Er legte ihr eine Hand auf die rechte Brust.

»Sieh zu, dass du keinen Schmutzfleck hinterlässt, sonst sieht man es doch«, sagte Miriam lachend, drehte sich um und hob die Decke auf.

»Sieh an, Miriam, du hast ja einen Scherz gemacht. Zum ersten Mal hast du mich zum Lächeln gebracht«, sagte Jonathan verwundert.

»Ich möchte dich immer zum Lächeln bringen, Liebster«, sagte sie. »Immer.«

Der Bootsmann runzelte die Stirn, als sie zum Boot zurückkehrten, und flüsterte Miriam etwas auf Arabisch zu. Sie wirbelte zu ihm herum, redete in scharfem Ton auf ihn ein, wie Jonathan es bei ihr noch nicht erlebt hatte, und nahm in der Mitte der Feluke Platz. Jonathan setzte sich ihr gegenüber.

»Was hat er gesagt?«

»Das willst du nicht wissen«, sagte Miriam unglücklich.

»Doch«, entgegnete Jonathan streng.

»Ich sage es dir, sobald wir wieder auf der ›Edfu‹ sind, Liebster«, sagte sie ruhig.

»Warum nicht jetzt?«

»Ich fürchte, du könntest ihn in den Fluss werfen, und wie wollen wir dann zurück zur Dahabije kommen?«, fragte Miriam vernünftig.

Jonathan warf dem Bootsmann einen finsteren Blick zu. Sie hatte natürlich recht. Aber das machte die Sache nicht besser.

Der Sonnenuntergang breitete einen karmesinroten Schleier über ganz Assuan, als sie den Fluss überquerten. Die weißen Segel der Feluken verfärbten sich rosa, und die Ruinen auf der Insel Elephantine glühten in den letzten Sonnenstrahlen auf. Das Kloster St. Simeon verschwand wieder in der goldenen Wüste, und die Lichter auf den Dahabijes und in den Cafés am Ufer glitzerten wie Funken auf dem Wasser. Von Norden her kühlte eine Brise die Hitze der Wüste ab, und der Nil wurde in der zunehmenden Dunkelheit tintenschwarz.

»Würde es dir etwas ausmachen, ein Kopte zu werden?«, fragte Miriam kurz darauf.

»Wie meinst du das, Liebste?«

»Nur Kopten untereinander können heiraten. Kein Priester

hier in Ägypten verheiratet ein Paar, wenn nicht beide Kopten sind.«

»Wie hat denn dein Vater deine Mutter geheiratet? Er ist doch kein Kopte, oder?«

»Er hat ihr zuliebe konvertiert. Er sagt, er sei kein religiöser Mann, deshalb habe es ihn nicht gestört. Er hat es nur ihr zuliebe gemacht.«

Jonathan hatte nicht die Absicht gehabt, zum koptischen Glauben überzutreten – er wusste nichts darüber.

»Warum heiraten wir nicht nach den Regeln der anglikanischen Kirche? Es wäre ein Leichtes für dich zu konvertieren.«

»Aber ich hätte dann nie das Gefühl, das unsere Ehe vor Gott legal wäre, wenn ich nicht in meinem Glauben heirate. Unsere Regeln sind dahingehend ziemlich streng.«

»Liebste, ich bezweifle, dass es in England koptische Kirchen gibt. Bestimmt gibt es keine in Cornwall, obwohl die Kirche in Cornwall sehr alt ist, und das Kreuz ist dem euren sehr ähnlich. Wäre es denn nicht besser, in der Kirche zu heiraten, die wir auch besuchen und die unsere Kinder ihr Leben lang besuchen werden?«

»Aber willst du denn nicht in Ägypten leben? Ich hatte gehofft, wir könnten bei Vater bleiben und ihm bei seiner Arbeit helfen.«

»Ich muss in mein Familienunternehmen zurückkehren, Liebling. Da gehöre ich hin. Keine Bange, England wird dir gefallen. Und für das Problem der Religion werden wir eine Lösung finden. Mach dir keine Sorgen.«

Unterdessen hatten sie die Dahabije erreicht, deren Laternen im Dunkel der Schlucht aufblitzten. An Deck stellten sie fest, dass Professor Bermann und Franz in der Stadt mit Freunden ausgegangen waren. Wenigstens würden sie ihre ausgedehnte Abwesenheit nicht zu erklären haben, dachte Jonathan dankbar. Yussuf indessen schaute Miriam anzüglich an, als er den

Korb vom Bootsmann übernahm, sagte aber nichts. Sie schaute zur Seite und ging hinunter in ihre Kabine, um sich umzuziehen. Genau wie in Indien, dachte Jonathan. Die Diener wussten immer alles. Es war unmöglich, etwas vor ihnen geheim zu halten.

Als Professor Bermann von seinem Umtrunk zurückkam, teilte er ihnen mit, sie seien am Abend in der Residenz des Gouverneurs zum Essen eingeladen. Miriam ging wieder in ihre Kabine, um sich umzuziehen, und Franz lieh Jonathan für den Anlass eine Galabeya mit burgunderroten Streifen aus. Miriam erschien in einem goldbraunen Gewand mit schwarzen Paspeln, das genau zu ihrem glänzenden Haar passte. Jonathan fand, sie habe nie schöner ausgesehen.

Nun alle formeller gekleidet, stiegen sie auf den Anleger und gingen die Treppe zur Straße hinauf, wo sie eine offene Kutsche mieteten. Jonathan saß neben Miriam und versuchte, sich nicht durch die milde Nachtluft und das Mondlicht, das durch die Bäume schien, hinreißen zu lassen, ihre Hand zu nehmen. Die Kutsche setzte sie vor dem Gouverneurspalast ab, einem Häuserblock in türkischem Stil, der vor kurzem mit Steinen aus der alten türkischen Festung und dem Tempel auf Elephantine den letzten Schliff bekommen hatte. Jonathan erwischte Professor Bermann dabei, wie er einen Seitenblick auf die schweren Türschwellen warf, die reichlich mit pharaonischer Inschrift bedeckt waren.

Der Gouverneur, ein hochgewachsener, jüngerer Mann mit dunkler Haut, die von nubischer Herkunft zeugte, stellte sich selbst sowie den Kadi und den Mudir von Assuan vor, ältere Männer arabischer Herkunft. Miriam wurde als der einzigen anwesenden Frau der Platz neben dem Gouverneur zugewiesen. Es gab süßen Zitronensaft. Nach anfänglicher Steifheit, in der man über das Wetter sprach, den Postdienst und das geplante Datum der lang ersehnten Ankunft der Eisenbahn, geriet die Unterhaltung ins Stocken. Professor Bermann erwähnte ihren zweimonatigen Aufenthalt in Abu Simbel und fragte den Gouverneur, woher er komme. Der junge Mann erging sich in einer Beschreibung seines Dorfes ein Stück flussaufwärts von Abu Simbel und seinen Vergleichen mit Assuan. Salate aus Hummus und Tahina, dazu Tameya, kleine frittierte Bällchen aus pürierten Saubohnen, wurden mit den Getränken aufgetragen.

Nach einer endlos langen Mahlzeit, zu der es ein ganzes gebratenes Lamm gab, gefüllt mit Reis und Sultaninen, sowie eine Menge Kebab und gegrilltes Fleisch, kamen die Narguilas, die Wasserpfeifen, zum Vorschein. Miriam lehnte es ab zu rauchen, doch die Männer vertrieben sich den Abend mit dem parfümierten Tabak, mit Kaffee und belanglosen Gesprächen.

Als sie lange nach Mitternacht aufbrachen, war Jonathan sicher, dass Miriam sich beklagen würde. Sie hatte den ganzen Abend das endlose Gerede der Männer schweigend über sich ergehen lassen. Doch sie kehrte zum Boot zurück, ohne auch nur ein Wort zu sagen. Sie war wirklich eine sehr ausgeglichene, geduldige Frau, dachte Jonathan.

Er lag bis in die frühen Morgenstunden wach. Bilder von Miriam in den Sonnenstrahlen an jenem Nachmittag, ihr dunkles, seidiges Haar, das ihre mandelfarbenen Schultern und die perfekten Brüste bedeckte, gingen ihm durch den Kopf. Sie hatte in seinen Armen gelegen und seine Küsse ruhig, passiv erwidert. Schuldbewusst dachte er an Annie, deren einmal entfachte Leidenschaft glühende Höhen erreicht hatte. Er dachte an ihre Hochzeitsnacht, in der ihre raschen Reaktionen sich zu einer wohltuenden Hingabe gesteigert hatten, und sie hatte sich heftig und keuchend an ihn geklammert. Bei Miriam war es nicht so gewesen; sie hatte alles ruhig hingenommen, sich in seine Umarmung gegeben. Vielleicht würde sie mit der Zeit leidenschaftlicher.

Er versuchte sich eine Lösung für ihre religiösen Differenzen einfallen zu lassen. Gern hätte er an jenem Abend bei Professor Bermann um ihre Hand angehalten, doch es hatte sich nicht ergeben. Auch gut, dachte er. Er musste einen Plan für eine Hochzeitszeremonie vorlegen, der sie beide zustimmen konnten. Schließlich gelang es ihm doch einzuschlafen, nachdem er beschlossen hatte, den Professor um Rat zu bitten. Schließlich hatte er vor einem ähnlichen Problem gestanden und es gelöst. Außerdem würde Miriam seine Meinung respektieren.

Als er am nächsten Morgen ziemlich spät aufwachte, hatten der Professor und sein Assistent das Boot bereits verlassen. Sie trafen sich an jenem Morgen mit Hermann Snelling zu einer Besichtigung der Ruinen auf der Insel Elephantine, teilte Miriam ihm mit, als sie ihm an Oberdeck das Frühstück vorsetzte. Sie war noch an Bord geblieben, um zu warten, bis Jonathan wach war, und hatte auf den Ausflug verzichtet.

»Du hättest an meine Tür klopfen sollen, Liebling«, sagte Jonathan. Er wünschte, er hätte sich die Ruinen ansehen können, und hatte ein schlechtes Gewissen, weil er Miriam nun davon abgehalten hatte.

»Nicht nötig. Wir können heute Nachmittag hin, hat Hermann gesagt. Hast du gut geschlafen?«, fragte sie und liebkoste ihn mit den Augen.

»Ich habe kaum geschlafen. Ich habe versucht, eine Lösung für unser religiöses Problem zu finden. Ich habe beschlossen, deinen Vater um Rat zu fragen, wenn ich um deine Hand anhalte. Er wird doch sicher wissen, was zu tun ist?«

»Das ist eine gute Entscheidung, Liebster«, sagte Miriam versonnen. »Papa weiß immer Rat.«

»Schön«, sagte Jonathan erleichtert. »Würdest du mich bitte kurz in meine Kabine begleiten?«

»Du bist ein schrecklicher Mensch, weißt du. Du hast vor den Augen der Dienerschaft meine Ehre aufs Spiel gesetzt und Schande über mich gebracht, und trotzdem empfindest du keine Reue, nicht wahr?«, sagte sie spielerisch, erhob sich und küsste ihn rasch auf die Stirn. »Ich gehe mit Yussuf in die Stadt, um Verpflegung für die Fahrt nach Kairo zu holen. Ich rate dir, Absolution von dem Gott zu erbitten, zu dem du betest, und zwar schnell!«

Jonathan lächelte zu ihr auf. »Ich glaube nicht, dass es helfen würde. Was dich betrifft, so bin ich rettungslos verloren. Ich warte auf deine Rückkehr, mein Liebling. Bleib nicht so lange.« Er küsste sanft ihre Lippen, ohne zu wissen, dass es der letzte Kuss sein würde, den sie je austauschten. Der Kuss war nur angehaucht, eine weiche Berührung der Lippen, die mit dem Wind verwehte. Miriam drehte sich um und ging die Stufen zur Straße hinauf.

Kurz darauf klapperte ein Junge in einer grauen Uniform diese Stufen hinunter. In der Hand hielt er einen Brief und suchte zwischen den Booten nach dem Namen, der auf dem Umschlag stand. Er prüfte das Heck der Dahabije und bat um Erlaubnis, an Bord zu kommen. Jonathan nahm das Telegramm entgegen, gab dem Jungen ein Trinkgeld und setzte sich ruhig hin, um die Antwort seiner Eltern zu lesen. Es war seit drei Monaten der erste Kontakt mit der Heimat. Er riss den Umschlag auf und las:

»Lieber Jonathan,

sind über Deine sichere Ankunft in Ägypten erleichtert. Wunder über Wunder, Annie lebt, wird aber in Dschidda, Arabien, festgehalten. Nimm Kontakt mit dem britischen Konsul in Luxor auf, der Einzelheiten kennt, und mach Dich sofort auf den Weg, sie zu suchen.

Deine Dich liebenden Eltern«

Kapitel dreizehn

Die sieben Tore öffnen ihre Flügel,
Und die Planeten wandeln ihre Bahn.
Schon führt der Morgen sein Gespann am Zügel,
Und hinterm Hause kräht der Hahn.

Bis Annie ihnen beiden die Haare abgeschnitten und sich und Noora die neue Kleidung übergezogen hatte, war es ihrer Schätzung nach seit über einer Stunde dunkel. Vorsichtig sammelte sie die langen Locken ein und verbrannte sie nacheinander über der Kerosinlampe. Es wäre höchst unklug, ihre Maskierung preiszugeben. Annie packte Nooras Sachen in die Kameltasche und machte sich auf, den Raum zu verlassen, hoffentlich zum letzten Mal. Noora, die ihren Vorbereitungen zugesehen hatte, sprang plötzlich auf und machte ihr durch Gesten klar, sie habe ihre Lieblingspuppe vergessen.

Annie versuchte ihr zu sagen, es sei zu spät, sie müssten aufbrechen, doch Noora war untröstlich. Schließlich ließ Annie sie gehen und beharrte in ihrem schlechten Arabisch darauf, es sei höchste Zeit zu gehen.

»Al fo«, gab Annie ihr zu verstehen. Sie gehe auf das Dach. »Ana ayza gayiin al fo.« Ich will auf das Dach, versuchte sie es noch einmal und deutete in Zeichensprache an, dass sie die Tasche am Seil vom Dach herablassen wolle. Noora nickte.

»Ana gayiin al fo«, sagte sie und versprach, auf das Dach zu kommen.

Noora schlich aus der Tür und verschwand im dunklen Flur. Annie schüttelte den Kopf. Sie hoffte nur, dass ihre sorgfältigen Vorbereitungen nicht durch eine vergessene Puppe zunichtegemacht wurden. Sie schaute sich im Flur um, ob niemand in der Nähe war, warf sich die schwere Tasche über die Schulter und ging zum Treppenhaus. Dort wartete sie, bis niemand mehr auf der Treppe war, und schlich dann nach oben, sorgsam darauf achtend, nicht über die lange Galabeya zu stolpern.

Der Abend hatte die Luft abgekühlt, und die Sterne gaben nur einen schwachen Schein ab, doch als Annie die Tür zum Dach einen Spalt breit öffnete, sah sie, dass die Feuer im Küchenschuppen noch immer loderten. Sie wartete, bis die Köche in die andere Richtung schauten, schlüpfte rasch um die Tür herum und steuerte die Winde hinter dem Treppenhaus an. Eine Tür im Gitterwerk ermöglichte den Zugang zu einem Flaschenzug etwa vier Fuß über dem Dach. Annie zog den Haken am Seil zu sich heran und hängte ihre Kameltasche ein, die sie mit einer weiteren Seilschlinge sicherte. Sie begann das Seil herabzulassen und sah zu, wie die Kameltasche nach unten glitt. Jedes Mal, wenn das Rad quietschte, fuhr sie zusammen. Als die Tasche etwa zehn Fuß über dem Boden angekommen war, hielt sie das Seil an, denn sie wollte von unten weiterziehen. Sie schloss die Tür im Gitterwerk.

Von der Straße hallte der Schrei eines Esels zu ihr herauf. Sie hoffte, dass es ein Tier des Puppenspielers war. Noora war noch nicht da, also ging sie um das Treppenhaus herum in den Garten. Hier war ihre einzige Zuflucht gewesen, dachte sie. Die Granatäpfel schienen auch in der Dunkelheit zu leuchten. Sie strich noch einmal über die Blätter und entdeckte einen Sprössling. Spontan steckte sie ihn in die Tasche, denn sie musste an die trockene Wüste denken, die sie durchqueren würden. Plötzlich tauchte das kleine Mädchen aus der Dunkelheit auf.

»Meine Güte, Noora, hast du mich erschreckt«, murmelte sie, als das kleine Mädchen seine Hand in ihre legte. Sie fragte sich noch immer besorgt, wie sie Noora aus dem Haus schleusen sollte, da sie zu klein für eine Abaja war. Sie wünschte, sie hätte sie über den Flaschenzug hinablassen können, doch er hatte keinen

Sitz für Personen. Sie würden sich als Diener verkleiden, um an den Wachen vorbeizukommen.

Schweigend huschten sie um das Treppenhaus und schlichen durch die Tür. Schritt für Schritt glitten sie nach unten, wobei sie versuchten, möglichst ungezwungen zu wirken, sich aber bewusst waren, dass man sie jeden Augenblick entdecken konnte. Sie hielten den Kopf gesenkt und den Blick auf die Stufen gerichtet, während sie die schier endlos scheinenden sechs Stockwerke hinter sich zu bringen versuchten. Just auf dem dritten Stockwerk sah Annie, dass Ibrahim, der jüngste Sohn des Hauses, ins Treppenhaus kam, um nach unten zu gehen. Sie verkrochen sich ängstlich in der Biegung der Treppe, bis er im zweiten Stockwerk verschwand. Dritter Stock, zweiter Stock. Sie kamen gerade an die Biegung zum ersten Stock, als Annie Hassan Beys Stimme über sich vernahm. Rasch schritt er die Stufen hinunter und redete wütend auf einen Mann ein, der neben ihm ging. Annie und Noora waren zu weit, um in den zweiten Stock zurückzukehren, doch Annie wusste auch, dass sie den Eingang nicht erreichen konnten, bevor Hassan Bey sie überholte.

Plötzlich fiel ihr die Falltür im Boden über der Zisterne im Keller ein. Sie packte Noora, rannte die halbe Treppenflucht hinab und stellte das Kind neben die Falltür. Sie hob den Griff, schwang die Tür auf, setzte sich auf die Kante und ließ Noora auf die Leiter hinab. Leise schloss sie die Tür über ihren Köpfen.

Sie duckten sich unter die Tür und hielten sich an der Leiter fest, bis sie Hassan Beys Schritte knapp über ihren Köpfen vorbeigehen hörten. Annie bewunderte Noora, die dieses tödliche Versteckspiel ohne Murren mitmachte. Vielleicht brachte sie ihrem Vater ähnliche Gefühle entgegen wie Sherine, überlegte Annie. Umso besser, dass wir fortkommen.

Jetzt, da sie in der Zisterne waren, hielt Annie diesen Ausgang für den sichersten.

»Fi mayya, Noora«, flüsterte sie und versuchte dem Mädchen zu erklären, dass unter ihnen Wasser war.

»Aiua, ustâsa«, sagte Noora tapfer.

Annie schob sich an ihr vorbei die Leiter hinunter und zog sich die Sandalen aus, bevor sie in das Wasser trat. Sie reichte Noora die Sandalen und nahm das Kind auf den Arm, um es durch die Zisterne zu tragen. Annie hoffte inständig, dass die Zisternentüren nicht von außen verriegelt waren, und überquerte die kalten Steine. Der glitschige Boden und ihre durchnässte Galabeya behinderten ihr Vorankommen, doch die Erinnerung an die Ratte, die sie beim letzten Mal gestreift hatte, trieb sie weiter.

An der Hauswand angekommen, tastete Annie vorsichtig nach den Holztüren und hatte Angst, einen Skorpion oder einen pelzigen Rücken zu berühren. Schließlich trafen ihre Finger auf Holz, und sie sah durch die Nahtstelle der Türen einen Lichtschimmer. Sie trat zurück, und Nooras kleine Finger schoben eine Türhälfte auf, sodass ihnen angenehme frische Luft ins Gesicht wehte. Annie hob Noora so hoch wie möglich und ließ das Kind durch die Öffnung in die dunkle Gasse kriechen. Als Annie sich am steinernen Sims in die Höhe zog, spürte sie einen Zug am Saum ihrer Galabeya. Noch ehe ihr klar wurde, was geschah, krabbelte ihr ein kleines Tier am Rücken hoch über den Kopf und sprang durch die Türöffnung auf die Straße. Übelkeit stieg in ihr auf, und sie klammerte sich am Sims fest, bevor sie in die sandige Straße hinaufkletterte.

Sie blieb kurz in der Hocke, um Atem zu schöpfen. Dann schaute sie auf und erblickte Sherine, in Galabeya und Turban gekleidet, die im Schatten stand und Noora an sich drückte. Annie erkannte sie kaum wieder, so gründlich hatte sich ihr Äußeres verändert. Die beiden halfen ihr auf die Beine und stützten sie. Sie umarmten sich in tiefer Dankbarkeit.

»Ist der Puppenspieler schon da?«, flüsterte Annie schließlich, nachdem ihr Atem sich beruhigt hatte.

»Seine Eselkarawane steht dort«, antwortete Sherine und zeigte auf eine Reihe dunkler Gestalten ein Stück weiter auf der Straße.

»Ich hole die Kameltasche vom Flaschenzug, dann können wir gehen«, sagte Annie und zog sich ihre Sandalen an.

»Ich helfe dir«, sagte Sherine. Sie zogen an dem Seil, das über ihren Köpfen in einer Schlaufe herabhing, und brachten die Tasche in Reichweite. Annie warf sie sich über die Schulter und steuerte auf die Esel zu.

Sherine sprach leise mit einem der Männer, von denen die Karawane des Schattentheaters bewacht wurde. Er führte sie daraufhin an einen mit Segeltuch abgedeckten Karren. Sie warfen ihre Verpflegung hinein und sprangen auf. Plötzlich war Annie erschöpft; die Anspannung der letzten Stunden hatte sie vollkommen ausgelaugt. Sie legte eine ihrer gestohlenen Decken auf die harten Dielen des flachen Karrens und streckte sich darauf aus, um sich einen Augenblick auszuruhen.

Das Schwanken des Eselkarrens kurz nach dem Aufbruch weckte Annie. Sie sah einen Fahrer, dessen Beine vorn über dem Rand des Karrens baumelten, seine Silhouette hob sich vor den Lichtern der Geschäfte ab, an denen sie vorbeikamen. Sherine und Noora saßen neben ihr und lächelten auf sie herab. In die Arme ihrer Mutter gekuschelt, strahlte Noora freudige Erregung aus.

Der Karren rumpelte an Cafés und Läden vorbei, deren schwankende Öllampen die einzige Beleuchtung in der ansonsten dunklen Stadt waren. Über die schmalen Gassen wanden sie sich durch das Labyrinth von Dschidda zurück zum Hauptplatz und am Kai vorbei. Hinter der Moschee und dem überdachten Markt gelangten sie in eine schmale Straße, in der das Klappern der Hufe von den Korallenmauern der Häuser widerhallte, bis sie vor den schwer beschlagenen Toren der Karawanserei gegenüber des Bab al Mekka anhielten.

Sie würden doch nicht noch eine Nacht in Dschidda verbringen, dachte Annie erschrocken. Hier würde Hassan Bey zuerst nach ihnen suchen. Panik stieg in ihr auf, als ihr bewusst wurde, dass man sie hereingelegt hatte. Natürlich, dachte sie, Ari wurde von Hassan Bey bezahlt. Entsetzt fragte sie sich, welche Strafe fortgelaufenen Sklaven und entflohenen Ehefrauen drohte.

Nachdem ein paar gutturale Rufe die Wächter der Karawanserei dazu gebracht hatten, das Tor zu öffnen, vollzog ihr Karren einen weiten Bogen und fuhr durch das massive Portal in den Hof. An der Außenmauer der Karawanserei befanden sich Arkadengänge mit abgeschlossenen Räumen dahinter. Die zweite Ebene der Herberge bestand aus Räumen, erreichbar über eine schmale Galerie, die sich um alle vier Seiten des Innenhofs zog. Die Arkaden unten waren an manchen Stellen von kleinen offenen Feuern erhellt. In ihrem flackernden Schein waren die Gesichter der Reisenden zu erkennen, die dort saßen. Ein Wächter dirigierte ihre Gruppe aus drei Eselkarren in eine Umfriedung an der gegenüberliegenden Seite des Innenhofes. Sobald sie anhielten, sprang Annie ab und suchte nach dem Puppenspieler. Er ordnete gerade an, wie die Eselkarren zu stellen waren, damit sie einen Schutzschild um ihre Umfriedung bildeten.

»Ari«, sagte Annie und suchte in seinen Augen nach Anzeichen von Falschheit. Sie konnte nichts feststellen. »Vielen Dank, dass wir Sie begleiten dürfen.«

»Guten Abend, Madame Annie«, flüsterte Ari aufgeräumt. »Obwohl Sie jetzt nicht mehr wie eine Madame aussehen, muss ich zugeben! Sie haben geschlafen, als ich vorhin Ihre Begleiterin begrüßt habe.«

»Ja«, sagte Annie und berührte ihr kurz geschnittenes Haar unter dem schief sitzenden Turban. Sie hatte vergessen, wie bizarr sie aussehen musste. »Ich war erschöpft. Aber Ari, ist es denn nicht gefährlich, hier Station zu machen? Würde man denn nicht genau an dieser Stelle nach uns suchen?«

»Wir kehren an unserem letzten Abend in Dschidda immer hier ein«, erwiderte Ari mit leiser Stimme. »Wenn wir unseren normalen Ablauf veränderten, würde es die ganze Stadt zur Kenntnis nehmen.«

»Aber hier wird Hassan Bey als Erstes nachsuchen, wenn er entdeckt, dass wir fort sind.«

»Damit rechne ich. Aber allein bei Nacht in die Wüste aufzubrechen, was wir noch nie gemacht haben, wäre noch verdächtiger und auch gefährlich.«

Annie musste ihm recht geben. »Was sollen wir tun?«, fragte sie und nickte.

»Zwei Karren haben einen doppelten Boden. Es ist nicht sehr tief, da der Raum für die Lagerung der Puppen vorgesehen ist, aber Sie sind schlank genug, um hineinzupassen. Heute Abend werden wir die Puppenkisten woanders stapeln. Wenn jemand kommt, um nach Ihnen zu suchen, womit ich rechne, werden Sie so schnell wie möglich in die Karren kriechen, und wir werden die Böden mit Ladung zustellen.«

Annie schaute in seine funkelnden grauen Augen und hatte das Gefühl, ihm trauen zu können. Sein ruhiges Auftreten verriet eine Stärke, die ihr Mut machte.

»Vielleicht sollten wir in den Zwischenräumen schlafen. Wenn sie dann in der Nacht kommen, sind wir bereits im Versteck.«

»Gut. Und geben Sie Acht, dass man Sie nicht Französisch oder Englisch reden hört. Meinen Männern kann ich vertrauen, aber die anderen hier …«

»Wir passen auf«, sagte Annie. »Wir können Ihnen gar nicht genug danken.«

»Ihre Sicherheit ist Dank genug«, sagte er geheimnisvoll und wandte sich den Männern zu, um ihre Arbeit zu überwachen.

Erleichtert kehrte Annie zu Sherine und Noora zurück, um sie in den Plan einzuweihen. Unter der Plane räumten sie den Boden des Karrens frei und entdeckten die losen Bretter, von denen Ari gesprochen hatte. Vorsichtig hoben sie die Puppenkisten heraus und stellten sie auf die Bank in der verschlossenen Umfriedung im hinteren Bereich des Arkadengangs. Dann legten sie eine dünne Decke auf den Boden und probierten die Höhe aus. Annie und Sherine würden sich nicht umdrehen können, doch wenn sie entweder mit dem Gesicht nach oben oder nach unten lagen, blieben ihnen bei geschlossenen Brettern noch ein paar Zentimeter Luftraum. Noora hatte an dem Versteckspiel den größten Spaß.

Sie bereiteten den anderen Karren vor und gesellten sich zu den Männern, die um ein Kohlebecken saßen. Annie nahm ein Glas heißen Tee von Ari entgegen, um sich die Hände in der abendlichen Brise zu wärmen. Sie schaute sich in dem Kreis von Männern um, und Ari stellte sie als Musiker Gregor und Iwan sowie den jungen Eseltreiber Yussuf vor. Die Männer trugen ausgebeulte Pluderhosen und ein kurzes Wams über dem weißen, kragenlosen Hemd. Der rote Kummerbund passte zu ihrem Fez. Die beiden Musiker schienen jüngere Ausgaben von Ari zu sein, funkelnde graue Augen, dichtes, dunkles Haar und ein gewaltiger Schnurrbart. Yussuf trug eine längs gestreifte Galabeya und einen schlichten Turban.

Die Esel standen ganz in der Nähe und wühlten mit der Schnauze in einem Kornsack, der ihnen über die Ohren gehängt war. Noora hatte sich auf Sherines Schoß gelegt und war eingeschlafen. Als sie die im Feuerschein leuchtenden Gesichter betrachtete, war Annie zum ersten Mal nach dem Untergang der *Oriental* wieder leicht ums Herz. Sie hatte ihren ersten Schritt in die Freiheit getan, und sie war in Gesellschaft ehrlicher Menschen.

Annie teilte die Lammkeule aus, die sie von der Hochzeitsfeier abgezweigt hatte, dazu Püree aus Kichererbsen und Salat. Dann half sie Sherine, sich mit Noora unter den Karrenboden zu legen, deckte die beiden ab und tarnte die Stelle mit Proviantbeuteln und Musikinstrumenten. Annie stieg auf den anderen Karren und ließ die Bretter von Yussuf über sich legen. Er passte gerade das letzte ein, als ihr die Kameltasche einfiel. Sie richtete sich noch einmal auf, um die Tasche zu sich in den Laderaum zu ziehen, und Yussuf hatte sie gerade abgedeckt, als am Haupttor der Karawanserei Unruhe entstand.

Lautes Klopfen und Geschrei drang durch die Nacht und schreckte Esel und Kamele auf, die daraufhin in eine Kakophonie aus Schreien und Knurren ausbrachen. Die Wachen hoben den massiven Holzbalken von den eisenbeschlagenen Toren und schwenkten sie weit auf, um einen erzürnten Hassan Bey nebst Khalil und einigen Männern einzulassen, deren Stimmen Annie nicht kannte. Die Männer stürmten in die Karawanserei unter lauten Rufen und wurden zum Lagerfeuer des Puppenspielers geführt. Annie lag angespannt in ihrem Versteck, während die Männer, die alle zur gleichen Zeit redeten, Ari verhörten. Annie vernahm seine ruhige Stimme; sie merkte, dass er sich erhoben hatte, um die Männer zu begrüßen, aber dicht bei seinen Leuten geblieben war. In anklagendem Ton hielten die Eindringlinge dem Puppenspieler und seinen Männern lange Vorträge, bis deren gelassene Antworten sie allmählich überzeugten und ihr Tonfall etwas ruhiger wurde. Dann vernahm Annie schiebende und klopfende Geräusche, als die Männer die Umfriedung und den verschlossenen Raum dahinter durchsuchten. Schließlich näherten sie sich den Karren.

Annie hielt die Luft an, als einer von Hassans Männern das Segeltuch beiseiteschob, um die Körbe und Säcke über ihrem Versteck zu durchwühlen. Sand rieselte ihr auf das Gesicht; sie schloss die Augen und versuchte, nicht zu niesen. Sie hoffte inständig, dass Noora in dem anderen Karren bei Sherine nicht vor Angst aufschreien würde. Nach einer hastigen Suche versammelten sich die Männer am Feuer. Sie waren beträchtlich ruhiger. Hassan murmelte einen Abschiedsgruß, dem Annie entnahm, dass er weiterhin Verdacht hegte. Dann zogen sich die Männer murrend wie eine verstimmte Kamelherde zurück. Schließlich fiel der Holzbalken wieder in seine Position am Haupttor, und Annie war klar, dass sie fort waren. Erleichtert aufatmend wurde ihr bewusst, dass die zweite Hürde überwunden war. Todmüde von der durchlebten Angst schlief sie in dem staubigen Karren ein.

Am nächsten Morgen wachte die Truppe des Puppenspielers auf, um sich auf die erste Etappe ihrer Reise nach Medina zu begeben. Ari pochte auf die Bretter über Annies Kopf und schlug vor, die Frauen sollten in ihren Verstecken bleiben, bis sie die Stadttore hinter sich hatten, da Hassan Beys Männer womöglich die Wachen in Alarmbereitschaft versetzt hatten, nach ihnen Ausschau zu halten. Annie blieb still liegen, ihr Mund war ausgetrocknet und die Lage unbequem. Unterdessen beluden die Männer die Karren und rumpelten aus der Karawanserei über die Straße zum Bab al Mekka. An den Toren wurden die Karren angehalten und erneut durchsucht, bevor man ihnen gestattete, knarrend aus der Stadt zu fahren. Ari führte die Karawane ein paar hundert Meter, bis sie außer Sichtweite der Wachen waren, und schlug dann die nordöstliche Richtung ein. Unter einer Palmengruppe ließ er die kleine Karawane anhalten, um die Frauen aus ihren Verstecken zu befreien. Annie tauchte staubig, aber lächelnd auf, spritzte sich rasch etwas Wasser auf Gesicht und Hände und trank einen Schluck, bevor sie sich umschaute.

Sie hatten am anderen Ende der Lagune im Norden der Stadt Rast gemacht, gleich neben einer langen Steinumfriedung, die nach Aris Worten angeblich das Grabmal Evas war. Annie lugte über die weiße Steinmauer und sah eine niedrige Grabstätte, beinahe einhundertfünfzig Meter lang mit einem quadratischen, von einer Kuppel gekrönten Turm in der Mitte. Die Umfriedung war mit Dornengestrüpp überwuchert, das Sherine Jiram nannte. Neben Eva waren angeblich mehrere andere Heilige innerhalb der Einfriedung begraben.

Annie warf einen Blick zurück auf das Bab al Mekka mit seinen massiven Türmen zu beiden Seiten der dreispitzigen Bogentore. Ähnlich wie Evas Grab wirkten Dschiddas mit Zinnen versehene Stadtmauern, die hohe Gebäude mit kunstvoll hinter geschnitztem Holzwerk verborgenen Fenstern umgaben, wie aus einem Märchen, dachte sie verwundert. Die vielen Fenstersitze und Balkone sahen so romantisch aus, so phantasievoll. Sie konnte die Zahl der Frauen nur ahnen, die hinter jenen Gitterwerken in lieblosen Ehen gefangen gehalten wurden, ebenso wie die Zahl der versklavten Menschen, die der Aufrechterhaltung des Märchens dienten.

Die Truppe des Puppenspielers stieg auf die Eselkarren und nahm die Fahrt wieder auf. Sie fuhren wieder gen Süden, um auf die Straße nach Mekka zu gelangen und die türkische Garnison zu ihrer Linken zu umgehen. Annie sah innerhalb des ummauerten Lagers im Vorgebirge die Minarette von fünf Moscheen und die Spitzen von sechs Windmühlen. Sherine erklärte ihr, dort seien über tausend Männer stationiert, ein disziplinloser Haufen. Oft enthalte man ihnen sechs Monate lang den Sold vor, und dann müssten sie ihr Besatzungsgeld für die Hälfte des Wertes an die Offiziere zahlen, sodass es nicht weiter überraschend sei, wenn es ihnen am nötigen Truppengeist fehle. Es sei jedoch besser, wenn man sie nicht provozierte. Hassan Bey sei ein wichtiger Türke mit Beziehungen zu den höchsten Rängen. Sie müssten äußerst vorsichtig sein. Es sei unwahrscheinlich, dass er die Suche nach seiner Tochter schon bald aufgäbe, sagte sie kopfschüttelnd.

Sie kamen an zwei großen Beduinenlagern vorbei, und zum ersten Mal sah Annie die langen, tunnelähnlichen schwarzen Behausungen aus Wollstoff, in denen die nomadisierenden Schäfer der Gegend wohnten. Sherine sagte ihr, die langen, schmalen Zelte der Banu Malik seien durch herabhängende Teppiche in Männer- und Frauenquartiere unterteilt. Von Kindern versorgte und von stämmigen Hunden bewachte Schafherden umringten die Zelte. Sherine kicherte beim Anblick der Schafe; die Banu Malik-Beduinen seien notorische Schafdiebe, sagte sie.

Wieder auf der Straße nach Mekka, die sie auf die nördliche Route nach Medina führte, kamen sie am ersten der elf Kaffeehäuser vorbei, die sie auf den vierzig Meilen nach Mekka antreffen sollten. Es war nur ein Schuppen aus Palmenmatten, gestützt von Holzstöcken, dazwischen trockene Zweige als Seitenwände.

Davor stand ein Steinofen, auf dem Kaffee aufgebrüht wurde. Es wimmelte von Pilgern auf dem Weg nach Mekka. Zu beiden Seiten der breiten Straße wurde Proviant verkauft und Schätze von mittellosen Reisenden gekauft. Sherine erzählte Annie, dass viele Pilger Kunstgegenstände aus Persien, Indien oder anderen Herkunftsländern mitbrächten, um damit ihre Reisen zu finanzieren. Die armseligen Hütten der Inder, die sich die Seereise zurück nicht leisten konnten, lehnten an den Ständen, Bettler zogen über die Straße. In der Landschaft verstreut lagen Friedhöfe mit kuppelförmigen Mausoleen. Im Süden bildete eine Reihe niedriger Kalkfelsen eine Barriere gegen die Wüste, die sich bis in den Jemen erstreckte. Im Norden verstellte eine hohe Bergkette den Weg nach Damaskus. Auf ihrer ersten Etappe nach Norden müssten sie diese Berge umgehen.

Am dritten Kaffeehaus vor Mekka, genannt Bejadiah, hielt die kleine Karawane an, um zu frühstücken. Rings um das Kaffeehaus waren Melonenschalen und Dattelkerne verstreut. Während sie darauf warteten, dass ihr Kaffee aufgebrüht wurde, setzte man ihnen Wassermelonen vor, die Annie auf der Zunge zergingen, wenn sie auch zunächst die Fliegen verscheuchen musste, die darauf saßen. Noora begann, die Körner auf die Ameisen zu spucken, die in Scharen über ihre ausgebreiteten Matten liefen. Schließlich wurde ein starker türkischer Kaffee in winzigen Messingtassen serviert sowie das herbe jemenitische Gebräu, das aus den Schalen der Kaffeebohnen hergestellt wurde. Es war das Lieblingsgetränk des Eselführers Yussuf. Annie probierte einen Schluck und hätte ihn beinahe wegen des bitteren Geschmacks wieder ausgespuckt. Sie aßen Fladenbrot mit etwas Honig aus ihren Vorräten und Kugeln aus weißem Käse.

Just in dem Augenblick, als sie wieder auf die Eselkarren stiegen, kam eine Patrouille türkischer Soldaten hoch auf riesigen Omani-Kamelen donnernd vor dem Kaffeehaus zum Halt. Gregor und Iwan zogen sich rasch in den Schuppen zurück und mischten sich unter die Pilger. Sherine und Annie nahmen ihre Plätze im anderen Karren ein. Ari zischelte den Frauen zu, ruhig sitzen zu bleiben, während Yussuf sich Noora schnappte und auf einen Esel neben sich setzte. Mit ihren bäuerlichen Sandalen, der schmutzigen Galabeya und dem kurzen, struppigen Haar hätte sie als ein jüngerer Bruder Yussufs durchgehen können.

Annie packte die Zügel ihres Esels und versuchte möglichst gleichgültig zu wirken. Ein Türke mit bleichem Gesicht, der eine Snider-Rifle bei sich hatte, schlenderte auf ihren Karren zu. Annie starrte fassungslos seine staubige Erscheinung an und dachte dabei, wie wütend ihr Vater gewesen wäre, hätte sie ihre Waffe in einem solchen Zustand gehalten. Der Türke zeigte mit dem Gewehr auf sie, doch sie hielt den Blick gesenkt. Plötzlich riss er ihr den Turban vom Kopf und legte ihr geschorenes Haar bloß. Vor sich hin murmelnd warf er den aufgelösten Turban in ihren Schoß und begann, im Karren herumzustochern.

Sherine auf dem anderen Karren ließ eine ähnliche Überprüfung durch einen Türken in schlampiger Uniform und mit Fez auf dem Kopf über sich ergehen. Nachdem er ihr den Turban heruntergerissen hatte, begann er, an ihrer Brust zu fummeln. Sie knurrte ihn auf Arabisch an und schob seine Hand von sich. Der Türke trat zurück und richtete die Waffe auf sie. Sie funkelte ihn wütend an, als die anderen Soldaten, nachdem sie das Kaffeehaus durchsucht hatten, wieder auf ihre Kamele stiegen und den Suchern zuriefen, sie sollten aufhören. Langsam senkte der Türke sein Gewehr, spuckte beleidigend in den Sand und verzog sich. Sie stiegen wieder auf ihre mächtigen Tiere und trabten auf der Straße nach Dschidda zurück.

»Was hast du ihm gesagt?«, flüsterte Annie, als sie mit Sherine wieder in den Karren stieg.

»Ich habe ihn einen gottlosen Lustknaben genannt!«

»Du hast beinahe einen internationalen Zwischenfall verursacht.« Annie schmunzelte, obwohl sie innerlich noch zitterte.

»Er wurde insgesamt etwas zu persönlich«, sagte Sherine sarkastisch und setzte Noora dicht neben sich auf den Karren. Sie schauten zu Ari hinüber, der ihnen rasch ein Lächeln schenkte.

Gregor und Iwan kehrten wie zufällig an den anderen Karren zurück, und die Gruppe bog eilig wieder in die Straße ein. Yussuf fuhr mit Ari und überließ Annie für eine Weile die Zügel.

Gegen Mittag kamen sie nach Al Hadah, auf halbem Weg nach Mekka, und wandten sich gen Norden, um den abreisenden Pilgern auf ihrem Rückweg nach Damaskus zu folgen. Die Esel trotteten munter ohne Pause weiter, scheinbar unermüdlich. Annie holte ihre Zemzemi hervor und bot Noora und Sherine einen Schluck Wasser an. Noora freute sich, als sie die Flasche sah, die sie Annie geschenkt hatte. Annie bedankte sich noch einmal bei ihr, dass sie ihnen eine so ausgezeichnete Feldflasche zur Verfügung gestellt hatte.

Herden von Schafen und Ziegen waren hier und da am Straßenrand zu sehen, wo sie an den niedrigen Büschen und dem spärlichen Gras knabberten. Sie kamen an einer Ansammlung von Strohhütten vorbei, eingefasst von niedrigen Mauern. Eine einsame Tamariske zierte den Dorfplatz neben einer schlichten Moschee. Hier, erklärte Sherine, hätten die Beduinen Brunnen und wären sesshaft. Sie verkauften Fleisch, Öl und Holzkohle an die vorbeiziehenden Pilger.

Kurz vor dem Abend erreichten sie Wadi Medua, ein ausgetrocknetes Flussbett, das sich zwischen den Ausläufern der Berge hindurchschlängelte. Ari führte die kleine Karawane über ein Stück glatt geschliffener Kiesel an eine Palmengruppe und stellte die drei Karren in U-Form auf. Yussuf spannte die Esel aus und brachte sie mit Nooras Hilfe zu ein paar niedrigen Büschen, an denen sie knabbern konnten. Annie und Sherine boten an, bei der Zubereitung der Mahlzeit zu helfen, wurden aber von Iwan höflich abgewiesen, der nicht nur gut Rabab spielte, sondern auch vorzüglich kochte, wie Ari ihnen versicherte. Froh darüber, dem schwankenden Karren entronnen zu sein, sprangen die beiden Frauen herunter und schlenderten ins Wadi hinaus, um Brennstoff für das Feuer zu sammeln.

Als sie zurückkehrten, stellten sie fest, dass die Leinwand des Puppenspielers zwischen zwei Eselkarren gespannt war. Nach einer raschen Mahlzeit aus gegrilltem Lammkebab in Fladenbrot legte die Gruppe die Puppen aus und stellte ihre Musikinstrumente auf. Noora fand eine Matte und ließ sich vor dem Musselinschirm nieder.

Annie und Sherine schauten sich um; das nächste Lagerfeuer war mehrere hundert Fuß entfernt. Doch als Yussuf die hornartig gebogene Öllampe anzündete, die auf die Musselinwand zeigte, und Iwan seine Rabab stimmte, tauchten wie durch einen Zauber Menschen auf. Annie sah einen Perser mit hoher Mütze und langem Bart, der zwei Kinder bei sich hatte, eine Gruppe Syrer mit einem Schwert über der Schulter, zwei Tartaren, die trotz der Hitze Fellmützen trugen, und aus dem benachbarten Ort ein paar Beduinen in langen Gewändern mit ihren Kindern. Sie alle setzten sich auf Matten vor die Leinwand. Da sie abseits an der Seite standen, fühlte Annie sich sicher genug und bat Sherine flüsternd, ihr die Handlung zu übersetzen. Sherine schaute sich um, ob sie auch keine unnötige Aufmerksamkeit auf sich zögen, und nickte. Das Tamburin begann einen Rhythmus zu schlagen, als Hacivat, der Gebildete, auftauchte und ein Lied anstimmte, das auf das Thema des Stückes anspielte. Dann verneigte er sich zum Gebet. Im Anschluss daran verkündete er, er suche nach einem Begleiter und schloss mit dem Aufschrei: »Oh, hätte ich doch nur ein wenig Unterhaltung!«

Dann kam Karagöz, der ungebildete, gewöhnliche Mann herein, und sie begannen sich zu prügeln. Hacivat zog sich zurück, während Karagöz sich über seine Behandlung beklagte. Als Hacivat zurückkehrte, stürzten sie sich in eine Farce über Karagöz' Versuch, ein Café unter freiem Himmel zu führen. Er wurde zum unfreiwilligen Komplizen von Straßenräubern, die gefangen genommen wurden, nachdem sie mehrere Leute ausgeplündert hatten. Immer lag es an Karagöz' Naivität, dass er in die Bredouille kam. Sherine kommentierte das Stück, schüttelte nur an den Stellen schief lächelnd den Kopf und legte sich eine Hand auf den Mund, wenn sie das Gefühl hatte, dass die Sprache zu obszön war, um sie zu übersetzen.

Das Publikum war von Musik, Wortspielen und Missverständnissen gefesselt, wenn auch hier und da gelacht und geseufzt wurde. Die Männer unter den Zuschauern, die aus unterschiedlichen Ländern und Traditionen kamen, fanden an der Notlage des Karagöz etwas Universelles. Die Vorstellung ging damit zu Ende, dass Hacivat und Karagöz miteinander stritten, bis Hacivat rief: »Du hast den Vorhang ruiniert! Der Besitzer wird traurig sein!«, woraufhin Karagöz entgegnete: »Es wurde nur eine erfundene Geschichte erzählt; verzeiht die Schnitzer, die wir gemacht haben.«

Die Öllampe wurde heruntergedreht, und der Musselinschirm wurde dunkel. Die Zuschauer seufzten gemeinsam auf und erhoben sich von ihren Matten. Die Musiker spielten weiter, während die Männer die Umfriedung verließen, allerdings erst, nachdem Yussuf eine Münze von ihnen eingesammelt hatte. Sherine, Noora und Annie saßen unter dem dunklen Nachthimmel, der mit Sternen gespickt war, und sprachen über die Vorstellung.

»Wer ist der ›Besitzer‹, Mutter?«, fragte Noora. »Am Ende sagt Hacivat immer ›der Besitzer wird traurig sein‹.«

»Mit dem ›Besitzer‹ ist Allah gemeint«, antwortete Sherine.

Danach trat Annie hinter den Musselinschirm, um mit Ari zu reden. Sie entschuldigte sich, der Musik nicht geholfen zu haben, und Ari lachte.

»Wir wollen Ihnen ein paar Tage geben, sich an die Routine zu gewöhnen«, sagte er lächelnd. »Im Übrigen kennen Sie die Melodien noch nicht!«

»Morgen fange ich an, sie zu lernen«, versprach Annie. »Vielleicht darf ich mit Gregor fahren, sodass er es mir beibringen kann.«

»Ich werde es so einrichten, dass Gregor mit auf Ihrem Karren fährt und eine zusätzlich Flöte mitbringt, wenn Sie wollen«, sagte Ari leichthin und legte seine Puppen aus Kamelleder sorgfältig in ihre Kiste. »Aber Sie müssen sich nicht verpflichtet fühlen, die Reise abzuarbeiten. Ich hatte Ihr Angebot musikalischer Dienste für einen Scherz gehalten!«

»Ganz und gar nicht«, sagte Annie. »Abgesehen davon, dass ich die langen Reisestunden füllen möchte, indem ich etwas Neues lerne, wollen wir uns auch nützlich machen. Sie haben uns das Leben gerettet.«

»Gar nichts habe ich gerettet«, sagte Ari kurz angebunden.

»Sie sind ein hohes Risiko eingegangen, als Sie uns bei unserer Flucht halfen. Wir werden Ihren Mut und Ihre Freundlichkeit nie vergessen«, sagte Annie.

»Nicht Mut inspiriert uns, sondern Rache«, sagte Ari mit Nachdruck und schloss den Deckel der Puppenkiste mit einer Entschiedenheit, die Annie von weiteren Fragen Abstand nehmen ließ.

Am nächsten Morgen brachen die Eselkarren in der Morgendämmerung auf, um den kühlsten Teil des Tages zu nutzen. Nicht eine Wolke zeigte sich am azurblauen Himmel. Sie folgten dem ausgetretenen Pfad nach Medina und holten allmählich den Strom der Pilger ein, die zu Fuß in ihre Heimat zurückkehrten. Annie bewunderte die Hingabe, die erforderlich war, um mitten im Sommer aus fernen Ländern wie Persien und Syrien eine Reise von zwei oder drei Monaten zu Fuß durch feindliches Land zu unternehmen. Sie konnte sich nicht vorstellen, eine solche Strecke zu laufen.

Gegen Mittag fragte Annie, ob sie sich zu Ari auf den Karren setzen dürfe. Als er zustimmte, sprang sie in den bunt dekorierten Karren und setzte sich auf einen Sack Mehl.

»Wir haben noch nicht darüber gesprochen, wie es weitergehen soll, sobald wir Medina erreichen«, sagte sie und schaute zu seinem Profil auf, während er die Straße vor ihnen betrachtete. »Was meinen Sie, wie kommen wir von dort aus weiter?«

»Der schnellste Weg nach Ägypten wäre auf dem Schiff von Yanbu an der Küste westlich von Medina nach Suez. Unsere Route führt uns leider nach Norden über Land nach Damaskus mit den Pilgern, die mit dem Darb el Haddsch nach Hause zurückkehren. Wir werden Sie an eine Karawane weiterreichen, die von Medina aus nach Westen zieht, und ich gebe Ihnen einen Brief an einen Kapitän mit, von dem ich weiß, dass er Ihnen helfen wird«, sagte Ari. »Haben Sie genügend Geld für die Überfahrt? Wir können Ihnen aushelfen, falls sie etwas brauchen.«

»Vielen Dank. Ich habe etwa dreihundert Rupien. Reicht das?«

»Ein Leichter nach Suez kostet um die sechzig Rupien, glaube ich, aber Sie werden noch etwas für die Verpflegung und die Reise nach Kairo benötigen. Und wenn Sie einmal in Kairo sind, brauchen Sie Geld für Ihre Rückfahrt nach England. Haben Sie Beziehungen in Ägypten, die Ihnen weiterhelfen können?«

»Meine Familie wird mit der Bank vor Ort eine Vereinbarung treffen, denke ich. Außerdem muss ich sicherstellen, dass Sherine Rücklagen hat. Ich weiß nicht, wie viel sie so kurzfristig hat mitnehmen können. Aber meine Rupien dürften ausreichen, damit wir nach Ägypten kommen.« Annie holte etwas nervös Luft.

»Verzeihen Sie, wenn es schroff klingt, aber ich muss es wissen. Ihre Freundlichkeit uns gegenüber war überwältigend. Ich weiß nicht, was ich gemacht hätte, wenn Sie uns nicht erlaubt hätten mitzukommen. Wie kommt es, dass Sie uns zuliebe ein solches Risiko auf sich nehmen? Wir haben in Dschidda kaum miteinander gesprochen, und doch haben Sie sich in ernste Gefahr begeben, um uns zu helfen.«

Ari betrachtete Annie nachdenklich. Er drehte sich wieder um, schaute starr über den Esel und die felsige Straße vor ihnen und schwieg eine Weile. Schließlich sagte er, ohne sich umzudrehen: »Vor Jahren kamen jedes Jahr Gruppen türkischer Soldaten in unsere Heimat Mazedonien und sammelten Mädchen ein, die sie an Harems in Konstantinopel verkauften. Viele der armen Bergbewohner verkauften ihre Kinder an die Soldaten in der Hoffnung, dass sie dann ein besseres Leben hätten, behaupteten sie. Dieser Handel ist jetzt ungesetzlich, seitdem die Briten den Sultan unter Druck gesetzt haben, die Sklaverei zu verbieten. Vor Jahren aber, als sie kamen, nahmen sie unsere Schwester Natalie mit. Gregor, Iwan und ich sind Brüder. Unsere schöne kleine Natalie, die erst dreizehn war, wurde praktisch auf der Türschwelle meines Elternhauses gestohlen. Wir sind den Truppen bis nach Istanbul gefolgt, aber sie hatten sie irgendwo versteckt und verkauft, noch ehe wir sie fanden. Die Trauer über Natalies Verlust hat meine Mutter umgebracht, und ohne sie verging mein Vater schon bald vor Gram. Wir Brüder beschlossen, Puppenspieler zu werden, um Zugang zu den Harems zu bekommen und Natalie auf eigene Faust zu suchen. Das war vor siebzehn Jahren.«

»Wie furchtbar«, hauchte Annie.

»Seither haben wir beinahe in jedem Jahr auf unserem Weg andere Frauen getroffen, die gegen ihren Willen festgehalten wurden. Wir haben es uns zur Aufgabe gemacht, nach solchen Frauen zu suchen und sie wissen zu lassen, dass wir ihnen helfen können. Aus ihren Augen sprechen Furcht und Verzweiflung – ein Ausdruck, den wir schon so oft gesehen haben. Die meisten Frauen in den Harems wagen nicht einmal den Versuch zu entkommen. Sie wissen, die Strafe ist Tod durch Ertrinken. In Konstantinopel steckt man sie in einen mit Steinen gefüllten Sack. Im Hedschas würden sie zu Tode gesteinigt. Aber wenn sie das Risiko eingehen wollen, dann sind wir auch dazu bereit.«

»Aber die Behörden dürften doch inzwischen wissen, was Sie machen? Wir kommt es, dass man Ihnen noch nicht das Handwerk gelegt hat?«, fragte Annie.

»Wir reisen von Konstantinopel Richtung Marokko an der Berberküste entlang und dann den ganzen Weg nach Mekka und Damaskus – Jahr für Jahr mit Tausenden von Pilgern. Was sind schon fünfzehn Frauen? Sie sind wie ein paar Wassertropfen im Meer. Nein, man hat uns nie festgenommen. Natürlich werden wir beim nächsten Mal, wenn wir in Hassan Beys Haus auftreten, von dort keine Flucht planen. Das wäre gefährlich. Aber es gibt im ganzen Reich keinen Beweis gegen uns, und die wenigen Menschen, denen wir vertrauen und die uns helfen, würden lieber sterben, als uns zu verraten.«

»Dem Herrn sei Dank, dass wir Sie gefunden haben«, flüsterte Annie.

»Alhamdilullah«, stimmte Ari ihr zu.

Ihre drei Eselkarren wanden sich durch das Vorgebirge des Dschebel Kara, folgten den Wadis alter Flüsse und den in Jahrhunderten von Schafen und Ziegen ausgetretenen Pfaden. Sie kamen an Turkmenen vorbei mit riesigen, pilzförmigen Kappen aus astrachanischer Wolle, an Kaukasiern aus Zentralasien mit wattierten Käppchen; sie führten zottige Kamele am Zügel. Eine Gruppe hochgewachsener Kurden aus den Bergen westlich von Persien verhüllte die dunklen Gesichter mit einer Kufiya. Annie hatte angenommen, dass ihr Fluchtweg einsam sein würde, stellte aber fest, dass sie sich einem Strom von Pilgern angeschlossen hatten, der aus dem gesamten Orient gespeist wurde.

Die meisten Beduinen in wallenden schwarzen Gewändern ritten auf Kamelen oder Eseln, die mit kunstvollen schwarzen Ornamenten geschmückt waren. Annie erschrak, als sie erkannte, dass die Symbole mit Brenneisen in die Haut der Tiere eingebrannt waren. Offensichtlich legten die Beduinen großen Wert auf die äußere Erscheinung ihrer Tiere und legten ihnen Decken mit bunten Troddeln über.

Als sie wieder bei Noora und Sherine im Karren saß, blickte Annie liebevoll auf die Rücken der drei willigen Esel, die ihre

Last mühelos über den felsigen Grund zogen. Es waren kräftige Tiere, fast so groß wie Pferde, weiß mit deutlichen schwarzen Zeichen; sie konnten ihre Wagen am Tag zwanzig oder dreißig Meilen weit ziehen und brauchten nur wenig Wasser. Ari nannte sie Abu, Zeinab und Binti – Großvater, Großmutter und Tochter –, da sie aus derselben Eselfamilie in Medina stammten, aus der er seit Jahren seine Tiere bezog.

Gregor gesellte sich zu den drei Frauen und spielte ihnen etwas auf der Flöte vor. Gegen Mittag hatte Annie trotz des rumpelnden Karrens die Melodien von drei Liedern gelernt. Annies Flötenstunden an Bord der *Oriental* zahlten sich am Ende doch aus. Sie freute sich auf die Vorstellung an jenem Abend, sodass sie ihre neuen Stücke üben konnte.

Gegen Mittag zwang die sengende Sonne sie zu einem Halt. Sie suchten Schutz unter einem Felsüberhang. Dort ruhten sie sich aus und füllten ihre Wasserkrüge und Feldflaschen mit dem Brackwasservorrat ganz in der Nähe.

Nach einem leichten Mittagessen aus Fladenbrot mit Honig nahm die Truppe am Nachmittag ihren Weg nach Medina wieder auf. Annie und Sherine saßen vorn auf dem Eselkarren, während Noora die Nachmittagshitze auf den weichen Proviantsäcken hinten im Karren verschlief.

Annie nutzte die Gelegenheit, eine Frage zu stellen, die sie beschäftigt hatte. »Sherine, wenn dir das Thema zu persönlich ist, musst du es bitte sagen, aber ich habe mich gefragt, woher du den Mut hattest, Hassan Bey zu verlassen? Dschidda zu verabscheuen, ist das eine, aber eine Scheidung wird sich auf dein ganzes Leben auswirken, oder nicht?«

»Ich musste einfach gehen. Er war brutal und hatte keinen Respekt vor mir. Ich war für ihn nur Eigentum. Ich war eine moderne Frau, ein gebildetes Mädchen aus Kairo. Aber er scherte sich nicht darum, dass ich mich in Dschidda zu Tode langweilte, dass ich aufgrund meiner Erziehung mehr Abwechslung brauchte als seine anderen Frauen, die nichts anderes als

Kinder, Essen und Kleidung im Kopf hatten. Er konnte seinen Freunden gegenüber damit prahlen, dass seine neue Frau Bildung hatte, aber als ich versuchte, mit ihm über Geschichte oder Politik zu reden, schlug er mich. Er sagte, er wolle nicht mit einer Frau über solche Dinge sprechen! Nach ein paar Jahren hielt ich es nicht mehr aus. Er liebte mich nicht, und ich liebte ihn nicht.«

»Das ist sehr traurig«, murmelte Annie.

»Traurig ist, dass die meisten muslimischen Männer genauso sind. Sie können sich vor einer Frau keine Blöße geben. Der Koran lehrt sie, dass Frauen unterlegen sind und dass sie üble Verführerinnen sind. Wenn sie sich erlaubten, ihren Frauen nahe zu kommen, was würden ihre Freunde sagen? Sie lernen, ihre Frauen wie Gegenstände und nicht wie Menschen zu behandeln, und dann verstehen sie nicht, warum sie bei der nächsten Frau, die sie zu sehen bekommen, wieder nach ›Liebe‹ suchen. Sie werden nie Liebe finden, wenn sie nicht anfangen, Frauen wie Menschen zu behandeln, und zulassen, echte Gefühle für sie zu entwickeln.«

»Aber in Liedern und Gedichten geht es hier doch so oft um Liebe?«, hakte Annie nach.

»Das ist nur leere Sentimentalität – viel Geschwätz und nichts dahinter. ›Liebe‹ ist eine endlose Suche nach etwas, was diese Männer nicht erfahren wollen, weil ihnen der Mut dazu fehlt«, sagte Sherine herablassend.

»Khalil sagte, er liebe mich, bevor er mich überfiel. Wie kam er auf die Idee, mich zu lieben, wenn er mich so behandelte? Liebe ohne Zärtlichkeit habe ich mir nie vorstellen können«, sagte Annie traurig bei dem Gedanken an Jonathans sanfte Berührung.

»Dann hast du Glück, die wahre Liebe gefunden zu haben. Die meisten Musliminnen werden sie nie erleben«, sagte Sherine verbittert.

Gegen Abend hatten sie die Stadt Khulais hoch über der Küstenebene, nur zehn Meilen landeinwärts, erreicht. Den hier lebenden Beduinen ging der Ruf voraus, eine heimtückische Bande zu sein, sodass die Pilger sich im offenen Gelände zusammenkauerten, in sicherer Entfernung von Felsüberhängen, die ein idealer Platz für Angriffe gewesen wären.

Obwohl ein ermüdender Tag hinter ihnen lag, an dem sie über raues Gelände gerumpelt waren, machte die Truppe wieder einmal mobil. Annie, die von der Reise erschöpft war und sich verzweifelt nach einem Bad sehnte, um sich die Salzschicht von Gesicht und Haaren zu waschen, staunte über ihr Durchhaltevermögen. Aber auch sie lebte nach einer kurzen Mahlzeit wieder auf und setzte sich neben die Musiker neben die Leinwand, und die Vorstellung begann. Sie fiel mit ihrer Flöte ein, wenn Melodien gespielt wurden, die sie gelernt hatte.

Wieder begann das Stück mit einem Lied und einem Prolog, dem ein Gebet folgte, begleitet von rhythmischen Tamburinschlägen. Als Karagöz die Bühne betrat, entspann sich ein geistreiches Wortgefecht zwischen Karagöz und Hacivat. Dann tauchte der Trunkenbold Tuzsuz Deli Bekir auf, eine Weinflasche lässig in der Hand, die Sirene Nigar zog auf der Suche nach Männern aufreizend einen Schal hinter sich her. Kanbur Tityaki, der Opiumsüchtige, trat auf, seine Pfeife umklammernd, und der halbgescheite Denyo humpelte an einer Krücke.

Schließlich stürzten sie sich in eine Parodie mit dem Titel »Tamerhane, das Irrenhaus«. Verärgert und um seinen Verstand fürchtend, warf Hacivat seinen Widersacher Karagöz ins Irrenhaus, wo er gegen seinen Willen in Ketten gelegt wurde. Der griechische Arzt, der die Einrichtung leitete und den Patienten absurde Medikamente und Kuren verschrieb, schien noch verrückter als die Insassen. Am Ende wurde Karagöz von Hacivat aus dem Tollhaus gerettet und stellte verwundert fest, dass offenbar kein großer Unterschied bestand zwischen den Menschen drinnen und denen, die frei herumliefen.

Annie machte es Spaß, an jenem Abend neben der Musselinwand zu sitzen statt davor, sodass sie zusehen konnte, wie Ari die Puppen handhabte und die Lieder sang. Auf seinem Gesicht spiegelten sich alle Emotionen seiner Charaktere; sie bewunderte sein Einfühlungsvermögen und seine Vielseitigkeit. Obwohl sie auf dem Musselinschirm nur als Schatten auftauchte, war jede Puppe bunt bemalt und detailliert ausgearbeitet. Das bernsteinfarbene Kamelleder war durchscheinend, sodass die lebhaften Farben der Gesichtszüge und der Kleidung deutlich hervortraten. Ein paar Stunden lang konnte Annie vergessen, dass sie quer durch die Wüste Arabiens auf der Flucht war, ohne ihr Ziel zu kennen, und lachte einfach über die Leichtigkeit und Fröhlichkeit der Puppen.

Am nächsten Morgen wachte Annie mit ausgetrockneter Haut auf, und ihr Mund fühlte sich an, als wäre er mit salziger Baumwolle gefüllt. Sie trank einen Schluck abgestandenes Wasser aus ihrer Feldflasche. Eine Woge der Übelkeit überkam sie. In den vergangenen Wochen war ihr morgens ein metallischer Geschmack im Mund aufgefallen. Es muss die Hitze sein, dachte sie. Hoffentlich bekam sie kein Fieber. Auch nachdem sie sich mit dem Wasser des nahegelegenen Brunnens bespritzt hatte, ließ das Brennen des Salzes auf Gesicht und Händen nicht nach. Ihr kurz geschnittenes Haar war steif vor Sand, und ihre Füße in den groben Sandalen waren wund. Wie gern hätte sie sich in der langen Badewanne ihrer Mutter einweichen oder zumindest in einem Hamam ordentlich abschrubben lassen! Noora und Sherine sahen ähnlich elend aus und versuchten wehmütig, sich den Sand aus den Haaren zu kämmen.

Ringsum bleichten Kamelknochen in der Sonne aus; die Salzkruste auf dem Sand und die weißen Sandklippen leuchteten grell vor dem blauen Himmel. Noch steif vom Schlafen auf dem harten Karrenboden kletterten die Frauen auf ihren Eselkarren und nahmen ihre holprige Reise nach Medina wieder auf, dankbar für den dürftigen Sonnenschutz aus Segeltuch über ihrem Kopf. Viele Meilen rumpelten sie schweigend vor sich hin und lauschten dem endlosen Knarren der Räder. Annie versuchte im hinteren Teil des Karrens zu schlafen, doch die Hitze und das Auf und Ab hielten sie wach.

Ihre Karawane wurde von einer Schar Raubvögel verfolgt, die über die dürftigen, von den Pilgern hinterlassenen Reste herfielen. Adler, Geier, Habichte, Falken, Raben und Krähen bildeten die Phalanx der Aasfresser. Den ganzen Tag umkreisten die Vögel den Zug der Reisenden wie Möwen eine Fischereiflotte. Hin und wieder traf ein scharfäugiger Falke eine Wüstenratte oder eine glücklose Schlange und schoss den anderen voran herunter. Sie vermittelten Annie ein unheimliches Gefühl der Unsicherheit, wusste sie doch, wie schnell die Pilger zur Beute wurden, falls ihre kargen Vorräte zur Neige gingen.

Am späten Nachmittag donnerte es plötzlich hinter ihnen, und eine Patrouille von fünfzig türkischen Soldaten galoppierte auf gewaltigen Omani-Kamelen an ihnen vorbei. Am Abend hielt die Karawane in El Blyar an, einer schäbigen Ansiedlung mehrerer Beduinenlager, überschattet von den hohen Wänden einer Schlucht. Sie mussten feststellen, dass auch die Türken hier biwakierten. Sherine und Annie brachten ihr Entsetzen zum Ausdruck, so nahe beim Feind zu übernachten, doch Ari sagte ihnen, sie sollten dankbar sein. Die hohen Wände der Schlucht boten Dieben und Raufbolden Unterschlupf, und bei seiner letzten Durchreise hätten ein paar marodierende Beduinen auf ihn und seine Begleiter geschossen. Um den osmanischen Truppen für ihren Schutz Dankbarkeit zu erweisen, baute er seine Karagöz-Wand in Hörweite ihrer Lagerfeuer auf und ließ eine größere Umfriedung als sonst für die Soldaten offen.

Sherine und Annie zuckten resigniert mit den Schultern und baten ihn, sich von Noora an jenem Abend hinter dem Musselinschirm helfen zu lassen, damit sie außer Sichtweite war. Dann setzten sie sich zu den Musikern und schauten über die

Soldaten, die sich bei einer Vorführung von »Cazular«, die Hexen, amüsierten. Die Geschichte handelte von zwei Liebenden, Sohn und Tochter zweier rivalisierender Hexen. Nach einem Streit wandten sie sich an die jeweilige Mutter mit der Bitte, ihre Auseinandersetzung beizulegen. Am Ende richteten die Hexen ihre magischen Kräfte in einem Duell gegeneinander. Im nachfolgenden Durcheinander von Geistern und Ungeheuern verwandelten sie versehentlich ein paar Zuschauer in Tiere. Die Freisetzung ihres Zaubers verwickelte Hacivat und Karagöz in einen übermütigen Machtkampf.

Annie gefielen die bunten Farben der Tänzer, Geister und Ungeheuer der Szene. Die Soldaten ließen sich von dem Schauspiel verzaubern und brüllten vor Lachen über die schlüpfrigen Witze. Als die Vorstellung zu Ende war, schlenderte einer der Soldaten hinter den Musselinschirm und tätschelte Noora auf den Rücken. Annie und Sherine hielten die Luft an, als Noora lächelnd zu dem Soldaten aufschaute, sich dann wieder umdrehte und die Puppen sorgfältig in die Kiste packte. Der Soldat kehrte gemütlich zu seinen Freunden zurück, und Annie sank erleichtert auf ihr Lager.

Der nächste Tag schien nicht enden zu wollen, während sie in der Sonne brieten, doch am späten Nachmittag erreichten sie As Sidr, ihren letzten Lagerplatz vor Medina. Da es ein Freitag war, konnten sie an jenem Abend nichts vorführen. Ari und seine Truppe verließen das Lager zum Abendgebet in der kleinen, grünen Kuppelmoschee innerhalb der niedrigen Lehmmauer um die Stadt; Sherine und Noora blieben bei Annie, denn sie wollten ihrer Maskierung in der Enge der Moschee nicht auf die Probe stellen. Annie war erleichtert, dass sie blieben, und bat sie, ihr die richtige Reihenfolge von Verbeugungen und Gesten bei einem Gebet zu zeigen. Während die drei niederknieten und im Schein des Lagerfeuers die Stimmen zum Gebet erhoben, hoffte Annie inständig, dass ihre Verkleidung ausreichte, wenn sie in die heilige Stadt Medina kämen.

Kapitel vierzehn

Ich bin von einer Nacht zum Morgen wieder
Der leichte, lose Junge, der ich war.
Ich trage wie im Tanze meine Glieder,
Und Frühlingswinde rauschen durch mein Haar.

Wie vor den Kopf geschlagen schaute Jonathan vom Telegramm auf. Es war ein Wunder! Sein Herz tat einen Sprung bei dem Gedanken, dass seine Frau noch lebte. Das Bild von Annie mit ihren lebhaften blauen Augen tauchte vor ihm auf. Er war wieder auf der *Oriental*, ringsum fielen Schüsse, und er sah ihr entsetztes Gesicht, als man ihn unter Deck zerrte. Aber das konnte nicht sein! Sie war gestorben! Trotzdem war seine schöne junge Frau wohl noch am Leben.

Dann umwölkten die Szenen seines Nachmittags im Kloster seinen Blick und stießen ihn unsanft wieder in die Gegenwart: Miriams Wärme, ihr Geruch, ihre samtene Haut, ihr weiches Haar – das alles würde er sich aus dem Kopf schlagen müssen, dachte er grimmig. Er konnte sie nicht mehr »meine Liebste« nennen; ab sofort durfte sie ihm nichts mehr bedeuten. Nach dem ersten Ausbruch der Freude darüber, dass seine Frau überlebt hatte, stürzte der Konflikt mit seinen Gefühlen für Miriam über ihn herein. Das kurze Telegramm hatte seine ganze Welt auf den Kopf gestellt.

Was sollte er machen? Er hatte nach allem, was zwischen ihnen geschehen war, Miriam tatsächlich geheiratet. Er hatte ihr seine ewige Liebe geschworen und sie ihrer Jungfräulichkeit beraubt. Ohne es zu wollen, hatte er all ihre Hoffnungen zerstört, jemals mit einem anderen Mann glücklich zu werden. Und das hatte er dem hingebungsvollen Geschöpf angetan, dachte er zutiefst verstört, das ihn gepflegt hatte, als er mit hohem Fieber im Sterben lag.

Wie sollte er es ihr sagen? Sollte er zusehen, wie das Licht in ihren bernsteinfarbenen Augen erlosch, in ihren liebevollen braunen Augen? Sie, die so behütet war, bis er daherkam, die nie Verrat gekannt hatte, wie würde sie mit diesen Neuigkeiten fertig werden? Was konnte er tun, um das, was er getan hatte, wiedergutzumachen?

Wie in einem Albtraum erhob er sich schließlich von seinem Stuhl und hielt sich an der Lehne fest. Zerstreut und wie benommen ging er auf den Niedergang zu, kehrte in seine Kabine zurück und packte. Wenn er ihr gesagt hätte, was er erfahren hatte, würde sie ihn bestimmt nicht mehr sehen wollen. Er würde eine Feluke mieten, die ihn umgehend nach Luxor brachte, noch am selben Abend, damit er ihr aus den Augen wäre. In der Gewissheit, sie nie wieder berühren oder küssen zu können, wollte er nicht mehr in ihrer Nähe sein. Welcher Qual setze ich sie aus?, fragte er sich. Wie konnte all dies geschehen?

Er packte seine paar Habseligkeiten in die einzige wasserdichte Tasche, welche die Stromschnellen überlebt hatte. Die Tätigkeit lenkte ihn von dem unlösbaren Problem ab, dem er sich stellen musste. Als er fertig war, lehnte er sich an die Koje und versuchte an seine nächste Aufgabe zu denken. Die Bank! Ihm fiel ein, dass er fast kein Geld mehr hatte und er die Summe, die seine Bank schickte, umleiten musste. Er würde das Geld nach Luxor anweisen lassen, entschied er, falls es noch nicht eingetroffen war. Er machte sich auf den Weg den Abhang hinauf zur Hauptstraße, um den Leiter der Bank zu sprechen, und versuchte, an nichts anderes zu denken.

Doch als er die Straße entlangging, erinnerte ihn der Anblick des Katarakts mit seinen Inseln und anmutigen Feluken sofort an den zauberhaften Tag, den er mit Miriam verbracht hatte. Sie waren so glücklich gewesen, vollkommen ineinander versunken, als sie den Fluss überquert hatten. Wie sehr hatte er sie begehrt! Nun würde er sie verlassen müssen.

Er betrat die kühle, dunkle Eingangshalle der Bank und ging direkt zum Direktor. Als er zu erklären versuchte, dass er seine Anweisungen nach Luxor umleiten müsse, winkte der Mann stolz mit einem Telegramm, das gerade eingetroffen war und die Bank anwies, das Geld auszuzahlen. Wie betäubt ging Jonathan zur Kasse und sah zu, wie der Bankbeamte einen Stapel englischer Pfundnoten und einen kleineren aus Piastern für die Reise flussabwärts abzählte. Er steckte die Banknoten in seinen mitgenommenen Geldgurt, dessen Ränder sich nach dem langen Aufenthalt im Roten Meer unter einer Salzkruste kräuselten. Er dachte über die bizarre Wendung nach, die sein Leben seit dem Schiffsuntergang genommen hatte, und trat in die Mittagshitze hinaus.

In dem verzweifelten Versuch, seine Rückkehr auf das Boot hinauszuschieben, schlenderte er eine schmale Gasse hinunter und befand sich unversehens auf dem Markt. Sogleich umringten ihn Straßenhändler, die ihm Ledergurte und primitiven Schmuck aus der Wüste anboten. Stände mit Eiern und Federn von Straußenvögeln, Nilpferdhäuten und Leopardenfellen erinnerten an seine kürzliche Reise durch den Sudan. Er entdeckte eine Decke aus rauer brauner Wolle mit hellem, geometrischem Muster, die er sich für seine Reise auf dem Fluss einpacken ließ. Die Nächte auf dem Fluss waren kühl, dachte er dumpf, hin und her gerissen bei dem Gedanken, dass er an jenem Abend den Schutz der Bermann'schen Dahabije würde verlassen müssen, die zu einem zweiten Zuhause für ihn geworden war.

Als er an einem Gewürzverkäufer vorbeiging, dessen Säcke voll Safran und Karkade einen intensiven Duft verbreiteten, erblickte Jonathan einen Schmuckladen. Er blieb stehen und bewunderte die goldenen Kettchen und Ohrringe, die im Fenster ausgestellt waren. Sein Blick fiel auf eine Kette aus Bernsteinperlen, klein und sauber geschliffen, mit einem goldenen Verschluss. Ihre Farbe erinnerte Jonathan an Miriams Augen, und noch ehe er richtig überlegen konnte, hatte er den Perlenstrang gekauft. Er wusste, er würde den Schmerz, den er ihr zufügen würde, nie wiedergutmachen können, doch er wollte Miriam wenigstens ein kleines Unterpfand seiner Liebe dalassen. Was sonst konnte er für dieses wunderbare, verletzliche Wesen tun?

Er kehrte zum Boot zurück und nahm ein spätes Mittagessen an Deck ein. Ängstlich wartete er auf Miriams Rückkehr. Er versuchte zu lesen, konnte sich aber nicht konzentrieren; bei dem Gedanken an das, was er zu tun gedachte, war er wie betäubt. Schließlich kam sie um vier Uhr nachmittags mit Yussuf im Schlepptau zurück.

»Tut mir leid, dass ich erst so spät komme. Die Schneiderin hat so lange gebraucht«, sagte sie und schob ihre Pakete hin und her. »Wollen wir Tee trinken? Yussuf, chai, bitte, wenn es geht.«

»Ja, Tee wäre nicht schlecht, danke«, sagte Jonathan dumpf.

»Ich muss dir die herrlichen Seidenmuster zeigen, die die Schneiderin hatte. Ich kann mich nicht entscheiden, welches ich für mein Hochzeitskleid nehmen soll«, sagte Miriam.

»Miriam«, hob Jonathan an, sein Gesicht war aschfahl.

»Was ist los, mein Liebster. Du siehst krank aus. Ist alles in Ordnung?«, fragte Miriam, als sie ihm schließlich ins Gesicht sah.

»Ja, es geht mir gut. Ich meine, ich muss mit dir reden, über …«

Dann unterbrach Yussuf sie, um ihnen zu sagen, dass Snellings Bootsmann eingetroffen sei und eine Einladung zur Besichtigung der Ruinen auf Elephantine vorbeigebracht habe.

»Oh, Liebster, ich habe die Zeit vergessen! Wir müssen uns sputen, wenn wir die Ruinen noch bei Tageslicht sehen wollen. Yussuf, den chai später. Bitte, richte dem Bootsmann aus, er soll auf uns warten«, sagte Miriam. Sie sprang auf, nahm ihren Schal, und Jonathan stieg ins Boot, um ihr hineinzuhelfen.

Sie saßen sich gegenüber. Der goldene Schimmer der Sonne

lag auf ihrem Profil und zauberte goldene Strahlen in ihre dunklen Haarsträhnen. Sie lächelte ihn ruhig an, wobei die bernsteinfarbenen Tupfer in ihren Augen funkelten.

»Worüber wolltest du mit mir reden, Liebster?«, fragte sie.

Miriam sah so schön aus. Schenk ihr noch ein paar Stunden Glück, dachte er kläglich. »Hier ist nicht der rechte Ort dafür, Liebling. Wir sprechen später darüber«, sagte er, konnte jedoch sein Elend nicht ganz übertünchen.

Eine kleine Falte entstand auf ihrer Stirn, als sie ihm tief in die Augen schaute. Doch sie nahm seine Entscheidung hin und betrachtete ruhig den Fluss, während der Bootsmann die kurze Strecke bis zum Landesteg auf Elephantine zurücklegte.

Snelling begrüßte sie auf dem Steg und zeigte ihnen sogleich die Fortschritte, die er in jenem Sommer zu verzeichnen hatte: Er hatte die Sockel der Säulen und die Tempelwände freigelegt. Bermann und Franz untersuchten gerade ein paar Ornamente, die vor kurzem erst ans Licht gekommen waren. Zu fünft gingen sie über die Klippen der Insel, um ein Gefühl für den Grundriss des Tempels zu bekommen. Miriam deutete auf die steilen Stufen des Nilometers, und Jonathan ging wie im Traum hinunter, um sich die demotischen und arabischen Zahlen anzusehen, die den Wasserstand anzeigten. Algen bedeckten die zerfallenen Stufen; Jonathan rutschte aus und tastete zwischen den Steinen nach einem Halt, um nicht in den Fluss zu stürzen. Snelling zeigte ihnen eine weitere Stufenanordnung, die kaum zu sehen war und ein früheres Nilometer aus Pharaonenzeiten darstellte, das nicht mehr verwendet worden war.

Sie schlenderten an zerfallenen Säulen vorbei über Grasstreifen, die zwischen den Steinplatten gewachsen waren, und begaben sich zurück zu dem Pavillon oberhalb der Landestelle, in dem Snelling seine Notizen schrieb. Er hatte dafür gesorgt, dass das Dinner an jenem Abend in den Ruinen aufgetragen wurde, und eine kleine Musikkapelle engagiert, die sie unterhalten sollte. Jonathan konnte seine innere Unruhe nur mühsam verbergen. Alles um ihn wirkte so schön und romantisch, während er sich wie zerrissen fühlte. Das leise Trommeln und die Klänge einer Flöte erhoben sich über die grüne Insel, während sich die kleine Gruppe setzte und zusah, wie die karneolfarbene Sonne in saphirblauem Rauch über den westlichen Bergen unterging.

»Hier ist die ursprüngliche Ansiedlung von Assuan«, erklärte Snelling, als die Getränke gereicht wurden. »Die steilen Klippen boten Schutz vor Angriffen, und die Insel diente als Lagerplatz für alle Waren, die aus Nubien den Fluss herunterkamen. Das Heiligtum in der Mitte stammt offenbar aus der sechsten Dynastie, ziemlich früh also, aber wir glauben, dass der Tempel, der Göttin Satet gewidmet, erst viel später von Hatschepsut gebaut wurde.«

»Auf jeden Fall ist es eine zerklüftete Gegend. Die Häuser in der Mitte der Insel – wer wohnt da?«, fragte Jonathan, um nicht durch sein Schweigen aufzufallen.

»Das sind nubische Häuser. Ursprünglich waren die Dorfbewohner koptische Familien, aber sie sind vor ein paar hundert Jahren zum Islam übergetreten. Gleichwohl nennen sie ihre Kinder immer noch Girgis und Michael. Wir befinden uns hier an einer jahrtausendealten Kreuzung der Zivilisation.«

Die Männer begannen über die Einzelheiten der archäologischen Funde zu sprechen, die Snelling gemacht hatte, und Jonathans Gedanken wanderten zu seiner bevorstehenden Abreise. Ihm hatte die Gesellschaft dieser Gelehrten so gut gefallen, darunter besonders Professor Bermann. Er hatte gehofft, sein Leben durch Miriam mit dem ihren verknüpfen zu können. Das aber sollte nicht sein. Wieder einmal stürzten alle Pläne für sein Leben in sich zusammen.

Nach dem Essen verweilten die Männer noch bei Kaffee und Zigarren und genossen die milde Nachtluft. Jonathan schlug Miriam vor, noch einen kurzen Spaziergang durch die Ruinen zu machen. Snelling bestand darauf, ihnen einen Diener mit einer Laterne mitzuschicken, und warnte sie vor den Klippen.

Als sie die Gruppe im Pavillon verließen, legte Miriam ihre

Hand in die seine. Er wollte sich schon zurückziehen, hielt dann aber inne. Noch ein paar Minuten, und sie würde ihn nie wieder berühren wollen, dachte er voller Reue.

Sie brachen zum östlichen Rand der Insel auf und setzten sich auf ein herabgestürztes Stück Mauerwerk mit eingemeißelten Ornamenten und schauten über die Lichter von Assuan, die sich im Fluss spiegelten. Der Junge mit der Laterne kauerte sich außer Hörweite auf den Boden.

»Was wolltest du mir sagen, Liebster? Du hast den ganzen Abend so eigenartig ausgesehen«, sagte Miriam, sobald sie Platz genommen hatten.

Jonathan schaute traurig auf sie herunter und wusste nicht, wo er anfangen sollte. Er fing ihren Blick ein und versuchte, die richtigen Worte zu finden.

»Bitte, Jonathan, du machst mir Angst!«, sagte sie beunruhigt.

Er griff in seine Hemdtasche, holte die aufgefädelten Bernsteinperlen heraus und legte sie in ihre Hand.

»Diese einfachen Perlen habe ich auf dem Markt gefunden. Sie haben mich an deine Augen erinnert«, sagte er. »Sie sind nicht annähernd gut genug, aber ich wollte sie dir schenken.«

»Aber sie sind wunderschön!«, sagte Miriam und hielt sie ins Licht der Laterne. »Bitte, leg sie mir um!«

Jonathan hakte den Verschluss der Kette in ihrem Nacken zu. Seine Hände kamen ihm kalt und hölzern vor.

»Danke, Liebster. War es das, was du mir sagen wolltest?«, fragte sie, berührte sanft die Perlen und sah ihn so voller Liebe und Vertrauen an, dass ihm schier das Herz brach.

»Nein, Miriam, das war es nicht«, sagte er und fürchtete sich vor den nächsten Worten. »Ich habe heute ein Telegramm von meinen Eltern bekommen.«

Beim Anblick seines Gesichtsausdrucks runzelte Miriam die Stirn und konzentrierte sich auf seine Augen.

»Sie haben mir etwas Unvorhergesehenes mitgeteilt. Wunderbare, aber vollkommen unerwartete Neuigkeiten«, sagte Jonathan und hasste jedes einzelne Wort, das er zu sagen hatte. »Miriam, du sollst wissen, als ich dich bat, mich zu heiraten, hatte ich die ehrliche Absicht, dich bis in alle Ewigkeit zu lieben.«

Bei seinen Worten erstarrte sie.

»Ich liebe dich und werde dich immer lieben, in einem besonderen Teil meines Herzens. Aber das Telegramm meiner Eltern enthielt die Nachricht, dass meine Frau noch lebt.«

»Sie lebt?«, hauchte sie sprachlos.

»Mehr weiß ich auch nicht. Irgendwie hat sie den Untergang des Schiffes überlebt und wurde nach Arabien gebracht.«

Miriam saß regungslos da und versuchte, seine Worte in sich aufzunehmen. »Aber du hast mir doch gesagt …«

»Ich dachte … ich wusste, dass sie untergegangen war. Ich habe die Stelle abgesucht, an der das Schiff gesunken ist. Sie war nicht im Wasser. Ich war mir sicher, dass sie tot war. Die Piraten, die das Schiff versenkt haben, müssen sie mitgenommen haben. Das ist die einzige Möglichkeit, wie sie überleben konnte.«

Miriam starrte auf die Lichter am anderen Ufer. Sie schwieg lange. Schließlich sagte sie traurig: »Dann bin ich sowohl eine Ehebrecherin als auch eine Hure.«

»Nein, Miriam! Du bist keins von beiden! Was wir getan haben, geschah in der Absicht zu heiraten. Wir haben es uns gelobt.«

»Das ändert nichts. In Gottes Augen haben wir uns gegen sein Gesetz versündigt.«

»Aber wir wussten es nicht, Miriam. Es ist keine Sünde, wenn man nicht erkennt, dass das, was man tut, falsch ist.«

»Ich wusste, dass es falsch war. Wir sind nicht verheiratet. Aber ich liebte dich zu sehr, um nein zu sagen. Jetzt werde ich für meine Sünde bestraft.«

»Ich weiß, wie viel Schmerz ich dir bereite. Es tut mir so entsetzlich leid. Aber mit der Zeit wirst du vergessen. Du wirst weiterleben und einen anderen Mann kennenlernen, der dich liebt und für dich sorgt, wie ich es wollte«, redete Jonathan ihr eindringlich zu.

Miriam aber hielt den Blick starr auf das gegenüberliegende Ufer gerichtet. »Ich kann keinen anderen Mann heiraten, wenn ich deine Metze war.«

Das Wort versetzte ihm einen Stich. Er hatte ihr nie wehtun wollen. So hatte er sie also für alles entlohnt, was sie für ihn getan hatte.

»Nein, Miriam, eine Metze wird nicht geliebt. Eine Hure wird benutzt. Du wurdest geliebt, geliebt, wie eine Frau nur geliebt werden kann. Geschätzt, wie man eine Frau nur schätzen kann.«

»Das ändert nichts. Ich kann jetzt nicht mehr heiraten.«

»Das stimmt nicht. Jeder Mann würde dich liebend gern heiraten. Du hast noch immer die Wahl zwischen allen Männern Europas. Im Übrigen würde Franz dich morgen früh heiraten, wenn du ihn ließest«, sagte Jonathan, verzweifelt darum bemüht, ihr Leid zu mildern.

»Du verstehst das nicht. Ich bin Koptin. Wir heiraten fürs Leben. Und in meinem Herzen habe ich dich geheiratet. Es kann keinen anderen Mann für mich geben.«

»Miriam, bitte. Ich weiß, wie sehr ich dich verletzt habe. Auch ich leide bei dem Gedanken, dich verlassen zu müssen. Aber morgen wirst du die Sache schon anders sehen. Und der Schmerz wird Tag für Tag weniger. Das hast du mir beigebracht. Du hast mir beigebracht, Gottes Willen hinzunehmen«, bat Jonathan inständig. Lange saßen sie schweigend nebeneinander.

Schließlich sagte er: »Komm wieder mit zu den anderen. Es wird kühl.«

»Nein. Nein, ich möchte noch eine Weile hierbleiben«, sagte sie, sah ihn schließlich an, die Augen voller Schmerz. »Mach dir keine Sorgen. Ich habe Gottes Willen angenommen.«

»Ich will dich hier nicht allein lassen, Miriam«, sagte Jonathan und stand nur zögernd auf.

»Ich möchte ein wenig allein sein«, sagte Miriam und strich

mit beiden Händen über ihre neue Bernsteinkette. »Der Junge bleibt bei mir.«

»Miriam, es tut mir so leid. Bitte, verzeih mir. Glaube mir, ich hätte dich niemals wissentlich so verletzt …«, sagte Jonathan und stand auf, um zu gehen.

»Das weiß ich. Ich verzeihe dir, Jonathan«, sagte sie.

Mit ungutem Gefühl kehrte er zu den Männern zurück. Miriams Worte hatten auf unheimliche Weise endgültig geklungen. Sein Herz litt unter dem Schmerz, den er ihr zugefügt hatte. Doch die Lage war für sie beide unhaltbar. Er musste gleich am nächsten Morgen aufbrechen, und sie würde ihn allmählich vergessen.

Er setzte sich zu den anderen, die noch immer über die Tempel redeten, inzwischen auf Deutsch. Er ließ ihre Stimmen über sich hinwegbranden. Bar jeglicher Emotionen schaute er starr auf die Sterne über sich. Auf diesem Breitengrad war nur eine Spitze vom Kreuz des Südens zu sehen. Er war auf dieser Reise weit nach Norden gekommen. Aber er war noch immer Welten von England entfernt. Er fragte sich, ob Annie denselben Himmel über sich sah wie er. Annie, sie lebte noch, seine Frau …

Plötzlich rief der Junge mit der Laterne quer über die Ruinen hinweg etwas auf Arabisch. Die Männer um den Tisch sprangen auf und rannten in seine Richtung. Auf halbem Weg trafen sie ihn. Er hielt die Laterne in die Höhe, am ganzen Leib schlotternd. Franz lief an den Klippenrand, gefolgt von Snelling und Bermann. Jonathan, beunruhigt, überholte den älteren Mann und fragte, was los sei.

»Miriam, es ist etwas mit Miriam«, keuchte Bermann.

Der Junge mit der Laterne führte Franz ans Nilometer. Jonathan rannte hilflos hinter ihnen her.

»Was ist passiert? Wo ist Miriam?«, erkundigte sich Jonathan, als sie an die dunklen Stufen traten, die nach unten führten. Franz kroch bereits die Stufen hinunter und klammerte sich an die Seitenwände, um nicht zu stürzen. Unten angekommen, rief er Miriams Namen – wieder und wieder. Der dunkle Nil wirbelte zu seinen Füßen und leckte an der Stufe unter ihm.

»Miriam!«, rief er. »Miriam!«

Die drei anderen Männer schauten in den dunklen Abgrund. »Was ist passiert?«, fragte Jonathan in höchster Angst. »Was sagt der Junge?«

Snelling wirbelte herum und begab sich zum Anleger. Jonathan folgte ihm.

»Er sagt, Miriam sei die Treppe hinuntergegangen und nicht wiedergekommen. Sie muss ausgerutscht sein. Wir werden den Fluss absuchen. Sie kann nicht weit sein, aber die Strömung wird sie flussabwärts treiben.«

»O mein Gott«, stöhnte Jonathan und rannte auf die Boote zu. Er hätte sie nicht allein lassen dürfen. Er hätte bei ihr bleiben sollen, bis sie den anfänglichen Schock überwunden hatte. Am Boot wartete er auf Snelling, denn er kam sich ohne Arabischkenntnisse nutzlos vor. Er schnappte sich eine der Laternen, stieg ins Boot und rüttelte den Bootsmann wach. Dann kam Snelling, und sie stießen vom Anleger ab, fuhren flussabwärts, die Laternen hoch erhoben, und riefen nach Miriam.

Sie suchten die ganze Nacht, überprüften jede Insel und jede Sandbank, hielten nach einem Zeichen von ihr am Ufer Ausschau. Nachdem sie meilenweit flussabwärts gefahren waren, fürchtete Jonathan, das Boot könnte sie im Dunkeln überholt haben. Als die graue Morgendämmerung das Flusstal überzog und noch immer nichts von ihr zu sehen war, beschlossen sie zurückzufahren. Sie waren eine kleine Strecke flussaufwärts Richtung Assuan gesegelt, als sie im hohen Gras am östlichen Ufer ein dunkles Knäuel entdeckten. Jonathan hielt den Atem an und betete, es möge nicht Miriam sein, und wenn, dann sollte sie noch leben.

Als sie sich dem Ufer näherten, sah Jonathan die bernsteinfarbenen Perlen an ihrem Hals in den Strahlen der frühen Morgensonne aufblitzen. Ihr schönes Haar lag wirr um Kopf und

Schultern und verdeckte ihr Gesicht. Jonathan sprang über Bord ins seichte Wasser, um zu ihr zu gelangen. Doch es war nicht ihr Gesicht, das sie unter sich verbargen. Es war der Hinterkopf. Sie hatte mit dem Gesicht nach unten im Fluss gelegen. Als Jonathan ihren Kopf aus dem Wasser zog, tropfte schwarzer Schlick aus ihrem Mund. Ihre fahle Haut fühlte sich hart an; sie sah aus wie eine Wachspuppe und nicht wie seine weiche, geschmeidige Miriam. Er hob sie auf die Arme und reichte Snelling ihren steifen, kalten Körper. Tränen rannen ihm über das Gesicht.

Später konnte er sich nicht daran erinnern, wie er über die Reling der Feluke ins Boot gelangt war. Zitternd saß er im kalten grauen Licht hinter Snelling, dessen Gesicht in ähnlicher Weise versteinert war. Er war am Boden zerstört über die Katastrophe, die sein Verhalten ausgelöst hatte. Es ist nicht wahr, dachte er, sie kann nicht tot sein. Doch Miriam lag schlaff auf dem Boden des Bootes, bedeckt mit einem alten Stück Segeltuch. Ein- oder zweimal kniete er nieder, um ihr Gesicht aufzudecken, da er einfach nicht glauben konnte, dass sie wirklich tot war. Doch ihr kalter, lebloser Körper starrte ihn an.

Wäre ich doch nur bei ihr geblieben, dachte er, dann wäre das nicht geschehen. Warum habe ich es ihr nicht schonender beigebracht? Warum habe ich mit ihr geschlafen, bevor wir verheiratet waren? Endlose Beschuldigungen verfolgten ihn, die wie Todesvögel durch seinen Kopf kreisten. Vielleicht ist sie ja nur bewusstlos, gab ihm eine innere Stimme ein. Nein, sie ist tot, und du hast sie umgebracht, hielt ihm seine realistische Seite entgegen. Du bist schuld. Schließlich nickte er erschöpft auf seinem Sitz ein, von Albträumen heimgesucht, in denen ihre glasigen, bernsteinfarbenen Augen ihn noch im Tod anklagten.

Als sie zum Boot kamen, wartete Yussuf an der Reling auf sie. Er sprang in die Feluke und bestand darauf, die Leiche seiner jungen Herrin auf die Dahabije zu tragen, wo er mit ihr in ihrer Kabine verschwand. Bermann saß zusammengesunken unter einer Decke in einem der Liegestühle. Nach einem Blick auf ihr wirres Haar stöhnte er auf, legte den Kopf auf die verschränkten Arme auf dem Tisch und schluchzte leise. Franz versuchte Yussuf mit der Leiche zu helfen und folgte ihm unter Deck.

Vollkommen niedergeschlagen ging Jonathan an Bord und kletterte den Niedergang hinunter in seine Kabine. Er riss sich die nassen Sachen vom Leib, kroch unter die Decke in seiner Koje und streckte die Hand aus, um in seiner Tasche nach der Flasche Glenmorangie zu kramen, die ihn seit Suakin begleitet hatte. Wochenlang hatte er keinen Alkohol getrunken; es war nicht nötig gewesen. Mit Miriam war das anders geworden. Nun nahm er einen tiefen Schluck der weichen, goldgelben Flüssigkeit zu sich und genoss das Brennen in seiner Kehle. Er wollte nur noch vergessen.

Als er wach wurde, stand die Sonne bereits tief am nachmittäglichen Himmel. Er hatte starkes Herzklopfen, und seine Zunge fühlte sich dick an. An Deck über sich vernahm er Stimmen, leise, raue Stimmen, die er nicht kannte. Er zog sich trockene Kleidung über und stieg hinauf an Deck.

Professor Bermann saß noch auf demselben Stuhl wie am Morgen. Zwei bärtige Männer in langen Soutanen und mit den kunstvoll gearbeiteten flachen Hüten koptischer Priester saßen rechts und links von ihm. Sie sprachen mit leiser Stimme, einer nach dem anderen. Bermann wirkte wie betäubt und erschöpft. Er schaute auf, als Jonathan ans Oberdeck kam, und sein Gesicht hellte sich auf, als er ihn erkannte.

»Setzen Sie sich, junger Mann. Pater Girgis und Pater Joseph sind gekommen, um mir bei der Ausrichtung eines Gottesdienstes zu helfen für ...« Seine Stimme brach, und Tränen stiegen ihm in die Augen. Jonathan kamen ebenfalls die Tränen, sowohl aus Mitleid mit dem Schmerz des Mannes als auch mit sich selbst. Er nahm etwas abseits Platz und überließ es den Priestern, Professor Bermann zu trösten.

»Die Messe wird morgen früh bei Tagesanbruch stattfinden«, sagte Pater Girgis. »Wir werden die Speisung der Armen in die

Wege leiten und ein Grab für Ihre Tochter richten lassen. Würden Sie sie gern an einer besonderen Stelle beisetzen?«, fragte er.

»Gibt es auf dem Friedhof einen Platz, von dem sie den Fluss sehen könnte?«, fragte Bermann. »Sie hat den Fluss immer geliebt«, fügte er hinzu, bevor ihm einfiel, dass der Fluss sie ihm genommen hatte. Er fuhr zusammen und sagte schließlich: »Es ist mir einerlei. Vielleicht in der Nähe der Kirche, die sie über alles liebte.«

Jonathan fühlte sich verantwortlich und unendlich verabscheuenswürdig für das, was er ausgerechnet dem Mann angetan hatte, vor dem er die höchste Achtung entwickelt hatte. Dem Mann, der ihm das Leben gerettet hatte, einen solchen Schmerz zu bereiten, schien unverzeihlich.

Als sich die Abenddämmerung über den Fluss senkte, tauchten Franz und Hermann an Deck auf. Yussuf brachte mit Trauermiene ein Tablett mit Gläsern und Alkoholika für die Männer. Als er ein Glas vor Professor Bermann stellte, streckte der Mann die Hand aus und legte sie auf Yussufs Hand. Die beiden Männer schauten sich mitfühlend an; Yussuf wandte sich ab und schluchzte in das herabhängende Ende seines weißen Turbans.

Die Priester nahmen jeweils ein Glas Wein und redeten in leisem Ton weiter, auch später, als eine Mahlzeit auf dem Tisch erschien. Den Männern war nicht nach Essen zumute, doch die Anwesenheit der Priester hielt sie davon ab, die Fassung vollständig zu verlieren. Jonathan kam sich ausgeschlossen vor, gefangen in seiner Schuld, doch die anderen Männer machten ihn für Miriams Tod anscheinend nicht verantwortlich. Bermann sprach von einem »schrecklichen Unfall«. Sie nehmen offenbar an, dass sie ausgerutscht und zufällig gestürzt war; sie wussten nicht, dass sie Selbstmord begangen hatte. Jonathan hielt es für das Beste, es dabei zu belassen. Wenigstens würde sie auf geweihtem Boden beigesetzt, stellte er mit Erleichterung fest.

Allein Yussuf wich seinem Blick aus. Er vermutete offenbar, was geschehen war, und wusste, dass Jonathan und der Tag beim

Kloster dafür verantwortlich waren. Doch Yussuf schwieg, ging mit gesenktem Blick seinen Aufgaben nach und tupfte sich hin und wieder mit seinem weißen Tuch die Augen ab.

Die Priester gingen nach dem Abendessen, und die Männer zogen sich kurz darauf zurück, erschöpft von den emotionalen und körperlichen Anstrengungen des Tages. Irgendwo, vermutlich in ihrer Kabine, lag Miriams Leiche still in der Nacht. Jonathan wälzte sich im Bett und war nicht imstande einzuschlafen, solange seine Gedanken um sie kreisten. Ihre zarte Gestalt tanzte ihm durch den Kopf, ihr goldener Körper, der im Sonnenlicht des Klosters unter dem seinen lag.

Um drei, als er glaubte, dass alle anderen schliefen, schlich er in ihre Kabine. Miriam war mit einem hauchzarten Tuch bedeckt; das Mondlicht fiel auf ihr Gesicht, das so schön aussah wie im Leben. Sie hätte schlafen können, so friedlich wirkte sie. Die Bernsteinperlen an ihrem Hals glitzerten im Licht wie Katzenaugen. Jonathan stand da und betrachtete sie, beugte sich dann über das Bett und drückte ihr durch das dünne Leichentuch einen letzten Kuss auf die Lippen. Erst als er sich umdrehte, erkannte er, dass Bermann in der Ecke saß und still zusah.

»Sie haben sie geliebt, junger Mann«, sagte er. Es war eine Feststellung, keine Frage.

»Ja. Ich habe sie sehr geliebt«, antwortete Jonathan schlicht.

»Und sie hat Sie auch geliebt. Ich konnte es ihr ansehen … Dann bin ich froh, dass sie Liebe immerhin kennengelernt hat. Jung zu sterben, ohne geliebt zu haben, wäre zu grausam.«

Jonathan hätte Bermann nur zu gern die Wahrheit gesagt. Aber das durfte er auf keinen Fall tun. Was würde es nützen, wenn er sein schlechtes Gewissen erleichterte und damit den Seelenfrieden des Vaters störte? Er war egoistisch genug gewesen. Er wollte die Liste seiner Untaten nicht noch dadurch verlängern, dass er Bermann den letzten Trost raubte, den er noch hatte. Hin und her gerissen zwischen Ehrerbietung und Mitgefühl, sagte er nur: »Es tut mir so leid«, und verließ die Kabine. Früh am nächsten Morgen kamen die Priester mit einer Prozession Trauernder, um die Leiche zu holen. Miriams schlichter Sarg ruhte auf den Schultern der Männer, die ihn hügelaufwärts zur Kirche trugen, gefolgt von einem klagenden Strom schwarz verhüllter Frauen. Jonathan hatte das Gefühl, als sei mit ihrer Seele das Leben vom Boot gegangen. Er zog sich rasch an und folgte Bermann und den Männern hinauf zur schlichten Kuppelkirche. Gedrungene koptische Kreuze krönten die fünf Kuppeln und Tonnengewölbe des Lehmziegelbaus. Im Innern funkelten vergoldete Gemälde von Heiligen mit weit aufgerissenen Augen an den rau verputzten Wänden. Die Männer saßen auf einer Seite des Mittelgangs, die Klageweiber auf der anderen; die meisten hatten Miriam gar nicht gekannt. Weihrauchdunst breitete sich in der Kirche aus, während die Priester hereinkamen, um die dreistündige Messe zu beginnen. Manchmal sprachen sie auf Arabisch, dann wieder stimmten sie griechische Gesänge an und redeten in einer Sprache, von der Jonathan annahm, dass es Koptisch war. In der Apsis war kein Altar; die Priester standen während der Zeremonie vor der Gemeinde und beteten mit nach oben gerichteten Handflächen für Miriams Seele.

Anschließend zog die Trauerprozession auf den Friedhof neben der Kirche. Die Priester hatten für Miriam eine Stelle auf dem Hügelkamm ausgesucht. Von dort aus, stellte Jonathan erleichtert fest, würde sie immer einen Blick auf den Nil und die im Wind schwankenden Dattelpalmen auf den Inseln haben. Er glaubte ein Stück vom Turm des Simeonklosters auf dem gegenüberliegenden Ufer zu erkennen. Jonathan hoffte, ihre Seele würde hoch über der Flussbiegung Frieden finden, umgeben vom Land und den Menschen, die sie geliebt hatte.

Ein Lamm wurde geopfert und für die Armen gegrillt, dazu gab es Brot, Obst und gebratenen Fisch. Am späten Nachmittag überreichte Bermann der Kirche eine großzügige Spende, und die vier Männer begaben sich, niedergeschlagen nach den seelischen Belastungen des Tages, hügelabwärts zum Boot. Jonathan war vor Müdigkeit und Schuldgefühlen wie betäubt. Er hatte beinahe das Gefühl, als betrachte er die Ereignisse des Tages losgelöst von seinem matten Körper. Die letzten beiden Tage waren in einem Schleier der Unwirklichkeit vergangen, sodass er seinen Körper nicht mehr spürte.

Ohne Miriam schien die Dahabije einsam und verlassen. Ihre ruhige, fröhliche Gegenwart hatte dem Haushalt an Bord Leben eingehaucht. Ohne sie waren sie nur vier unglückliche, einsame Männer, die schweigend unter der Persenning saßen. Die Leere war förmlich greifbar.

Sie saßen bis tief in die Nacht zusammen, tranken und rauchten und redeten nur wenig. Um Mitternacht erhob sich Snelling, um sich zu verabschieden. Er hielt Bermanns Hand eine Weile fest und wandte sich dann still ab. Jonathan begleitete ihn an die Reling und fragte ihn, ob er ihm ein Boot besorgen könne, das ihn am nächsten Tag flussabwärts bringen sollte. Er erklärte, er habe ein Telegramm von seiner Familie erhalten, die ihn nach Luxor berief. Snelling nickte und versprach, ihm am nächsten Morgen ein zuverlässiges Boot zu mieten, mit dem er die dreitägige Reise unternehmen könne, und stieg in seine wartende Feluke, um in sein Haus auf Elephantine zurückzukehren.

Franz zog sich kurz darauf zurück, und Jonathan blieb noch bei Professor Bermann sitzen. Von Schuldgefühlen zermartert, wusste Jonathan, dass er nicht gehen konnte, ohne Bermann die Wahrheit zu sagen. Ungeachtet dessen, was er danach von ihm halten mochte, musste er den Vater über den Tod seiner Tochter aufklären. Als sie allein waren, wandte Jonathan sich an den älteren Mann.

»Professor Bermann, ich werde morgen nach Luxor fahren. Ich habe ein Telegramm von meiner Familie erhalten, in dem sie mir mitteilen, dass meine Frau, von der ich glaubte, sie sei mit der *Oriental* untergegangen, tatsächlich noch am Leben ist.«

»Wusste Miriam, dass Sie abreisen würden?«, fragte der Mann, dessen Augen im Schimmer seiner Zigarre aufglommen.

»Ja. Ich habe es ihr gleich nach dem Abendessen auf Elephantine gesagt.«

»Und sie war außer sich?«

»Ich hatte sie gefragt, ob sie mich heiraten wollte. Am folgenden Tag hatte ich vor, Sie um ihre Hand zu bitten. Wir waren beide bestürzt.«

Bermann schwieg eine Zeit lang.

»Warum haben Sie mir das jetzt gesagt, junger Mann?«

»Sie sollten wissen, dass es meine Schuld war. Sie würde noch leben, wäre ich nicht gewesen«, sagte Jonathan mit belegter Stimme. »Sie mussten die Wahrheit erfahren.«

Bermann paffte eine Weile an seiner Zigarre. Die Glut an der Spitze warf ein unheimliches Licht auf sein hartes, regloses Gesicht.

»Nun, ich weiß zu schätzen, dass Sie es mir erst mitgeteilt haben, nachdem sie beigesetzt wurde. Ich hätte mich womöglich verpflichtet gefühlt, es den Priestern zu sagen, die sie nicht dort begraben hätten, wo sie jetzt liegt.«

»Es tut mir schrecklich leid«, sagte Jonathan und brach schluchzend zusammen.

»Ich weiß, junger Mann. Ich weiß.« Bermann nickte traurig, während ihm die Tränen über die gefurchten Wangen rannen.

Jonathan wachte am nächsten Morgen früh auf, von Kummer ausgelaugt und erschöpft, und bereitete sich darauf vor, das einzige Zuhause, das er im vergangenen Monat gekannt hatte, zu verlassen und sich allein auf den Weg zu machen, um sein Leben wieder Stück für Stück zusammenzufügen. Wie sollte er nur mit seiner Schuld leben? Traurig verabschiedete er sich von Bermann, Franz und Yussuf. Snellings Bootsmann kam mit einem Vetter namens Ali, der Jonathan nach Luxor fahren wollte. Jonathan warf seine Decke und seine Tasche in Alis offene Feluke und stieg an Bord, der »Edfu« einen letzten Gruß zuwinkend.

Kapitel fünfzehn

Der Engel der Verheißung naht dir dann
Mit blauen Flügeln, die dich leicht beschweren.
Er lehrt dich Wolke sein und Sonnenmann
Und Mohn und Rade unter edlen Ähren.

Nach einem weiteren Tag unter sengender Sonne in einem Meer aus salzverkrustetem Sand schien der Abstieg von As Sidr nach Medina wie der Übergang aus einer öden Hölle ins Paradies. Die salzigen Felsen, der verbrannte Pfad, die zerklüftete Gebirgskette an der Küste, die sich deutlich gegen den gnadenlos blauen Himmel abzeichneten, wichen einer üppigen grünen Oase voller Gärten und Obsthaine. Von der Höhe des letzten Bergzugs schaute Annie auf das grüne Tal hinab und dankte allen Göttern, die sie kannte, für ihre Rettung.

Vom Steilabbruch im Südwesten der Stadt hatten sie einen genauen Überblick. Eine halb zerfallene äußere Mauer aus Lehmziegeln umfasste die Vororte Medinas, das von einem inneren Ring aus Granit- und Lavamauern geschützt war. Der in türkischem Stil erbaute Pavillon des Gouverneurspalasts beherrschte den nördlichen Teil der Stadt. Dahinter erstreckten sich Plantagen mit Dattelpalmen und die Ruinen eines alten Sabil oder Brunnens. Im Nordwesten der Stadt erhob sich die große, weiß getünchte Festung aus dem massiven Fels, an dem die äußeren Stadtmauern strahlenförmig ansetzten. Innerhalb der Mauern ragten die Kuppeln und Minarette von fünf neuen Moscheen auf. Im Osten, in der eigentlichen Stadt, stand die schillernde grüne Kuppel der Moschee des Propheten, umgeben von den kleinen, kuppelförmigen Mausoleen auf dem Friedhof El Bakia.

Im Süden schließlich lagen die zahlreichen Palmenhaine, genannt die Bäume von El Medina.

Sie zogen zwischen vielen schwarzen Felsbrocken hindurch den Steilhang hinunter auf das Ambari-Tor zu. Als sie sich dem hohen, rechteckigen Torweg näherten, sah Annie, dass die angrenzenden Mauern an verschiedenen Stellen eingebrochen waren. Hinter dem Tor lungerten schludrige türkische Soldaten an den bröckelnden Mauern. Als ihre Karawane sich durch die Straßen wand, an denen gepflegte Gärten und zweistöckige Flachdachhäuser standen, erhaschte Annie durch schmiedeeiserne Tore einen Blick auf Innenhöfe mit Springbrunnen. Ihre kleine Karawane strebte eine niedrige Reihe weiß getünchter Gebäude im westlichen Teil der Vorstädte an, die Karawanserei für Pilger und Reisende. Um dorthin zu kommen, überquerten sie einen großen offenen Platz, von Ari Barr al Manakhah genannt, den »Platz zum Niederknien«, auf dem die Kamele ihre Reiter und Lasten entluden. Die Karawanserei, im oberen Teil mit kleinen, rechteckigen Fenstern versehen, war zwar sauber, aber primitiver als die Herberge in Dschidda.

Sobald sie in der Karawanserei waren, führte sie ein freundlicher älterer Bewohner Medinas namens Machmud an einen Stellplatz für die Karren mit einem Raum darüber zum Übernachten. Während die Männer abluden, nahm Ari Annie und Sherine zur Seite.

»Der Aufenthalt in Medina ist Ungläubigen untersagt, versteht ihr? Wir hätten es vermieden, wenn es möglich gewesen wäre, doch die Karawanen zum Darb al Haddsch ziehen von hier aus los. Wir müssen die Eselkarren verlassen und auf Kamelen durch die Wüste nach Norden reiten. Wir konnten also auf diesen Halt hier nicht verzichten. Die Pilger und die religiösen Männer hier sind jedoch fanatisch. Es ist sehr gefährlich«, sagte Ari und runzelte besorgt die Stirn.

»Was sollen wir denn Ihrer Meinung nach tun?«, fragte Annie.

»Können Sie die Rolle eines Taubstummen übernehmen, solange wir in Medina sind?«, fragte Ari.

»Ein tauber Flötenspieler?«, fragte Annie lächelnd.

»Na gut, dann ein Stummer, nicht taub, aber stumm. Und wenn wir in der Öffentlichkeit sind, sollten Sie mit uns anderen beten.«

»Natürlich, das kann ich. Das sind meine letzten Worte. Sherine, meinst du, du kannst Noora erklären, dass wir ein Spiel spielen, in dem ich nicht sprechen kann?«, fragte Annie.

»Ich glaube, Noora ist so verwirrt, dass sie alles hinnimmt, was wir ihr sagen, die Ärmste. Ihr ganzes Leben ist auf den Kopf gestellt.« Sherine lächelte traurig.

»Ich glaube nicht, dass sie verwirrt ist, ich halte sie für mutig. Sie hat sich vom ersten Abend an eingefügt«, sagte Annie.

»Ich dachte, das wären Ihre letzten Worte gewesen, Annie. Ich sehe schon, die Rolle eines Stummen wird eine Herausforderung für Sie.« Ari funkelte sie mit gespieltem Missfallen an.

Annie grinste, hielt jedoch den Mund fest verschlossen und kletterte die Leiter zum Dachboden hinauf. Die Matten der Frauen und ihre Kameltasche waren in einer Ecke des Raumes gestapelt, und sie versuchte ein wenig Ordnung in ihre Sachen zu bringen. Der Gedanke, dass sie in der Heiligen Stadt war, umgeben von Gefahren, erregte sie. Als Noora ihr auf der Leiter folgte, hob Annie den Finger an die Lippen und lächelte. Noora grinste verschwörerisch zurück und sagte nichts.

An jenem Abend sollte die Karagöz-Truppe im Haus eines wohlhabenden Kaufmanns von Medina spielen, sodass Annie und Sherine lieber mit Noora in der Karawanserei blieben. Sie schafften das Kohlebecken auf den Dachboden, erhitzten einen Topf Wasser und wuschen sich in diesem provisorischen Hamam gegenseitig das Salz und den Sand der Wüste ab. Annies Haare fühlten sich so sauber an, dass sie beinahe wieder die Alte war, bis sie einen kurzen Blick in einen kleinen Handspiegel warf, den Sherine mitgebracht hatte. Zum ersten Mal seit der Nacht ihrer Flucht aus Dschidda bekam sie ihr kurz geschnittenes Haar zu sehen, und die Veränderung ihrer äußeren Erscheinung verblüffte sie. Sie hatte sich an Sherines und Nooras jungenhafte Verkleidung gewöhnt und in der Härte der Wüstenwanderung ihre eigene vergessen. Jetzt entfuhr ihr ein tiefer Seufzer des Bedauerns über ihre verlorenen kastanienbraunen Locken.

Sie breiteten ihre Matten auf dem Holzboden der Karawanserei aus und legten sich auf ihre Decken, Noora zwischen sich. Unter einem Dach zu schlafen, ganz gleich unter welchem, war ein enormer Fortschritt gegenüber ihren Lagerstätten in der Wüste, und Mutter und Tochter schliefen auf der Stelle ein. Auch Annie war von der Reise erschöpft, konnte aber ihre Gedanken nicht verscheuchen.

Wehmütig tastete sie über ihren kurz geschorenen Kopf. Sie war beinahe froh, dass Jonathan sie so nicht sehen konnte. Aber auch nur beinahe. Denn im Hinterkopf vernahm sie immer seine Stimme: »Ich liebe dich und werde dich immer lieben.«

Obwohl ihre gegenwärtige Reise die Entfernung zu dem Ort vergrößerte, an dem er womöglich noch war, schien es ihr, als bringe sie jeder Schritt näher zu ihm. Wenn sie doch nur sicher wüsste, dass es ihm gut ging!

Eines bereitete ihr jedoch langsam Sorgen. Fünf Wochen waren seit dem Untergang der *Oriental* vergangen, und sie fürchtete, schwanger zu sein. Vielleicht hatten der Kummer oder die Aufregung über die Reise ihren normalen Rhythmus durcheinandergebracht, doch in Verbindung mit der Übelkeit, die sie morgens empfand, fing dieser Umstand an, ihr Sorgen zu bereiten. Denn wenn es Jonathans Kind wäre, was könnte schöner sein, als ihn auf diese Weise weiterleben zu lassen. Doch wenn auch nur die geringste Chance bestand, dass es das Kind des anderen sein könnte …? Das Entsetzen jener düsteren Nacht kam erneut über sie. Das schreckliche Ringen mit ihm, dann der Druck … Bestimmt war er nicht weit genug in sie eingedrungen … Doch wie sollte sie sich jemals sicher sein?

Sorgfältig zwang sie sich, das Datum der Vergewaltigung auszurechnen, ehe die verstreichende Zeit es erschwerte. Sie war mindestens vier Wochen in Dschidda gewesen, bevor Khalil sie überfallen hatte. Vielleicht konnte ein Arzt den Zeitpunkt der Zeugung genau feststellen, sobald das Kind geboren war. Sie wusste es nicht. Sie prägte sich die in Frage kommenden Daten ein und legte das Ganze vorläufig in die Hände der Götter. Da sie in der Heiligen Stadt Medina war, beschloss sie, sich in dieser Sache Allah anzuvertrauen. Als die Karagöz-Truppe die Leiter zum Dachboden hinaufschlich, war sie eingeschlafen.

Im Gegensatz zu den meisten Pilgern, mit denen sie gereist waren, interessierte sich die Karagöz-Truppe nicht für die Heiligen Stätten, sondern sorgte an den Abenden für Unterhaltung und bereitete sich auf ihren langen Marsch gen Norden nach Damaskus vor. Es gab Nächte, in denen sie erst zwei oder drei Stunden nach Mitternacht zurückkamen. Dann schliefen sie bis mittags und verbrachten die Nachmittage mit Vorbereitungen oder kauften Verpflegung für den Kamelritt. Annie und Sherine blieben in der Karawanserei, so weit es möglich war, damit sie nicht entdeckt wurden. Annie kam sich vor wie eine nutzlose Abhängige; sie versuchte, Ari ein Bündel Rupien in die Hand zu drücken, um für ihren Unterhalt aufzukommen, doch er gab es ihr zurück.

»Behalten Sie es«, sagte er leise. »Sie können es vielleicht noch gebrauchen. Bestimmt werden Sie es für Ihre Seereise benötigen.«

»Aber ich bin sicher, dass ich genug habe. Bitte, lassen Sie mich helfen«, bettelte Annie.

»Die Reichen von Medina haben unsere Taschen gut gefüllt.« Ari lachte. »Wir haben vorerst genügend Geld in den Truhen, danke.«

Für die Frauen wurden Vereinbarungen getroffen, dass sie in zwei Tagen nach Yanbu aufbrechen konnten. Sie begannen, die Verpflegung und das Wasser zu packen, das sie für eine Übernachtung in der Wüste brauchten. Annie und Sherine stülpten einen schweren Topf über das Kohlebecken, um in diesem provisorischen Ofen Stapel von Fladenbrot für ihre Reise und für die Männer zu backen. Annie erlangte einiges Geschick beim Rollen des Teigs zu Kugeln, bevor sie ihn auf die Oberfläche des heißen Topfs schlug und backen ließ. Sie legten das Brot zum Auskühlen auf eine Bank und beauftragten Noora, die kleinköpfigen Katzen, die zu den Fenstern herein- und wieder hinausschlüpften, in Schach zu halten. Nachdem das Brot abgekühlt war, verpackten sie es in Säcke, die an die Kamele gehängt wurden.

Am nächsten Tag waren sie ihr Gefängnis leid und schlichen hinaus, um die Basare aufzusuchen. Die Straßen von Medina waren lang, dunkel und schmal; festgetretene schwarze Erde, die nass gespritzt wurde, um den Staub zu bannen. Die Häuser, an denen sie vorbeikamen, hatten zwar nur zwei Stockwerke, gleichwohl ein paar mit Gitterwerk versehene Balkone, wie Annie sie in Dschidda bewundert hatte. Die Fenster anderer Häuser waren nur primitive, mit Bretterverschlägen verschlossene Löcher in den Wänden. Die Vielfalt von Nationalitäten, die ihnen auf dem Basar begegneten, erstaunte Annie. Freigelassene afrikanische Sklaven kümmerten sich um viele Stände, an denen billige Kleidung und Baumwolle für Turbane verkauft wurden. Sorgsam darauf achtend, dass Sherine das Sprechen übernahm, kauften sie vier zusätzliche Galabeyas und zwei kleine für Noora bei einer runzligen schwarzen Frau in schwarzer Abaja. Sie fanden Nadeln und Fingerhüte, angeboten von einem helläugigen Syrer, der ein Steinrad zum Schärfen von Messern und Schleifklingen bediente. Ungewaschene Nordafrikaner, als Heiler und Magier gekleidet, schlenderten umher. Riesige Tartaren in ranzig riechender Wollkleidung, deren Wangen von der Hitze rot gefärbt waren, feilschten um Schmuck. Gut gekleidete Perser gingen hochmütig über den Basar. Die wenigen Beduinen, die über den Markt schlichen, wirkten finster und fehl am Platz.

Annie verwendete ein paar Rupien für den Kauf von Honig, Beuteln mit Kichererbsen und kleinen Krügen Olivenöl aus Beirut. Sie bestaunte die Vielfalt an getrockneten Datteln im Angebot. Gelbe, rote, braune und schwarze Datteln waren wie farbenfrohe Räder auf Tabletts angeordnet. Sie kauften Eier und Käse, Limonen, Granatäpfel und Trauben.

Läden, aus denen der Duft nach Moschus und Ambra wehte, nach Rosenöl, Jasminöl, Aloe und Zimtextrakt, stellten Parfüms in zarten vergoldeten Glasflaschen aus Ägypten aus. Annie fielen einige wohlhabende Inder auf, die Medikamente verkauften; ihre Läden waren voll mit pflanzlichen Heilmitteln aus ihrer fernen Heimat Indien.

Als sie an jenem Abend in die Karawanserei zurückkehrten, herrschte wilder Aufruhr. Eine Gruppe türkischer Soldaten habe die Räumlichkeiten nach »zwei Frauen und einem Kind« durchsucht, erklärte ihnen der freundliche alte Machmud, der das Haus führte. Sie durchforsteten alle Gasthäuser und Herbergen, und jeder, der die Straße nach Yanbu benutzte, würde angehalten. Der alte Mann sah sie forschend an, sagte aber nichts. Annie begann sich zu sorgen.

Ari nahm sie mit nach oben, als er bei Sonnenuntergang zurückkam.

»Hassan Bey gibt die Suche nach Ihnen nicht auf«, warnte er Annie und Sherine. »Ich habe erfahren, dass die Strecke nach Yanbu bewacht wird, und sie durchsuchen alle Schiffe im Hafen. Ich glaube nicht, dass es sicher ist, wenn Sie diesen Weg einschlagen«, stellte Ari nüchtern fest.

»Welchen anderen Weg gäbe es denn?«, fragte Annie beunruhigt.

»Sie sollten mit uns nach Damaskus gehen«, erwiderte Ari lächelnd.

»Aber das sind einundzwanzig Tage in der Wüste! Die fünf Tage von Mekka aus waren schon eine Ewigkeit«, sagte Annie, wenig begeistert.

»Die Reise auf Kamelen ist weitaus bequemer. Außerdem werden wir mit der Damaskus-Karawane reisen. Das sind über fünftausend Menschen. Es ist, als würde eine Stadt umziehen. Es gibt Verkäufer und Zauberer, und jeden Abend finden Karagöz-Vorführungen statt – es ist ein regelrechter Wanderzirkus«, sagte er augenzwinkernd. Dann wurde er wieder ernst. »Ich glaube, Ihnen bleibt gar nichts anderes übrig. Die Straße nach Yanbu ist zu gefährlich. Und bei der Überfahrt über das Rote Meer wären Sie erst in Sicherheit, wenn Sie Ägypten erreicht haben. In Damaskus ist der britische Konsul ziemlich mächtig; er wird Sie beschützen können ...«

Annie wirkte niedergeschlagen, doch Sherines Miene hellte sich auf.

»Ich habe eine Tante in Damaskus«, schwärmte sie. »Tante Asma. Vielleicht können Noora und ich bei ihr bleiben ... Und sie würde dich bestimmt gern kennenlernen, Annie. Sie spricht ausgezeichnet Französisch.«

Die Entscheidung war getroffen. Einundzwanzig Tage unter sengender Sonne waren vorzubereiten, Zirkus hin oder her, dachte Annie. Ari hatte ein zusätzliches Zelt, in dem sie übernachten konnten, und eine ausreichende Anzahl Matten für den Boden. Am nächsten Tag gingen sie noch einmal auf den Basar und suchten nach zwei Shagduf, großen, von Segeltuchplanen abgeschirmten Tragekörben, die sie auf dem Rücken ihrer Kamele vor der Sonne schützen würden. Statt eine große Sänfte zwischen zwei Kamele zu hängen, entschieden sie sich dafür, jeweils einen Tragekorb für sich zu nehmen. Sie mussten jeweils achtzig Piaster bezahlen und gaben noch dreißig Piaster für zwei Schibrijas aus, einfache Bettstellen. Für jeweils einen halben Piaster erstanden sie gefüllte Wasserschläuche aus Ziegenleder. Sobald sie in der Wüste wären, hatte Ari sie gewarnt, würde sich der Preis verdoppeln und später verdreifachen. Fleisch würden sie von Beduinen kaufen, die dem Haddsch mit ihren Schafherden folgten, oder von Bewohnern der Dörfer, an denen sie vorbeikämen. Frischfleisch für drei Wochen mitzunehmen, war unmöglich, sodass ein paar Männer unterwegs Wild und Vögel erlegten.

Als sie mit ihren Einkäufen in die Karawanserei zurückkamen, sprach Ari gerade mit einem alten Beduinen und dessen Sohn. Dem Scheich gehörte die Eselfamilie, die Ari gemietet hatte; von ihm bekam er auch immer Kamele für die Weiterreise. Sein dunkles Gesicht war gezeichnet von Jahren unter der Wüstensonne. Misstrauisch beäugte er Annie, Sherine, Noora und ihren wachsenden Berg an Vorräten. Er bestand darauf, dass jeweils sie ein Kamel für sich und noch eins zusätzlich für die Verpflegung brauchten. Anschließend äußerte sich Annie besorgt gegenüber Ari, dass der Scheich wohl Verdacht geschöpft habe und ihre Anwesenheit den Türken melden könne. Ari lachte und sagte, der Scheich würde eher eins seiner eigenen Kinder umbringen, als einem Türken zu helfen.

Am nächsten Tag sah Annie traurig zu, wie die Karawane nach Yanbu sich im Barr al Manakhah sammelte. Mit wehem Herzen machte sie sich klar, dass ihre Reise einen Monat länger dauern würde, weil sie sich dieser Karawane nicht anschließen konnte. Doch als die Karawane durch die schmale Straße zog, bemerkte sie ein Kommando türkischer Soldaten auf Kamelen, das rasch die Verfolgung der Gruppe aufnahm. Dieser Weg wäre nicht sicher gewesen, doch sich nach Norden Richtung Damaskus zu begeben, erschien ihr ein schrecklicher Umweg. Ob sie jemals nach Hause käme?, fragte sie sich. Und was gäbe es jetzt dort noch für sie? Wo war ihr geliebter Jonathan?

Einen Tag später kam der Sohn des Scheichs mit zehn Kamelen für ihre Reise nach Norden. Yussuf verbrachte einen Großteil des Tages damit, die Shagdufs zusammenzubauen und die Verpflegung zu verteilen. Sobald die Shagdufs bereit waren, steckten sie ihre Feldflaschen, die Kleidung und den Proviant in die geräumigen innenliegenden Taschen. Die Shagdufs würden kurz vor dem Aufbruch auf die Kamele geschnallt.

Als es Abend wurde, verbreitete sich das Gerücht, die Karawane werde sich am nächsten Tag auf den Weg machen. Alle mussten fertig sein, sobald der Schuss zum Aufbruch ertönte.

Ari und seine Brüder kehrten nach Mitternacht von ihrer letzten Vorstellung bei der Hochzeit eines türkischen Kaufmanns in die Karawanserei zurück. Annie saß noch da und nähte bei Kerzenlicht zusätzliche Taschen an die Shagduf. Ari hockte sich neben sie, um ihr zu erzählen, was er am Abend aufgeschnappt hatte.

»Die Männer auf der Hochzeit sprachen darüber, dass Hassan Bey außer sich vor Wut über das Verschwinden seiner Tochter und ihrer Lehrerin ist. Sherine wird anscheinend nicht erwähnt, da sie eine geschiedene Frau ist. Aber er gibt Ihnen die Schuld, einer entlaufenen Sklavin, für die er viel Geld bezahlt hat, dass Sie seine Tochter entführt haben. Für Ihre Ergreifung ist eine beträchtliche Summe ausgesetzt, und Sie sind zum Tode verurteilt worden. Die Häfen von Dschidda und Yanbu sind abgeriegelt; jedes einzelne Schiff wird durchsucht. Ich weiß, Sie sind enttäuscht über die Zeit, die es dauern wird, doch es war ein weiser Entschluss, mit uns nach Norden zu gehen. Das ist die einzige Chance für Sie zu entkommen.«

»Man wirft mir Entführung vor? Ich habe niemanden entführt. Ich habe nur eine Mutter begleitet, die ihre eigene Tochter mitgenommen hat. Oh, Ari, ich hoffe nur, wir haben Sie nicht in dieses heillose Durcheinander hineingezogen«, seufzte Annie und bemühte sich, ihren Schrecken über die Nachrichten zu verbergen.

»Machen Sie sich um uns keine Sorgen. Und um sich selbst auch nicht. In ein paar Wochen werden Sie in Syrien sein, außerhalb der Reichweite dieses rachsüchtigen Mannes. Ich habe es Ihnen nur gesagt, damit Sie nicht unvorsichtig werden. Behalten Sie ihre Verkleidung bei und sprechen Sie in der Karawane mit niemandem. Und warnen Sie auch Sherine und Noora.«

»Wir werden doppelt aufpassen, Ari. Und vielen Dank«, fügte Annie hinzu und schaute in seine zwinkernden grauen Augen.

»Sie müssen sich nicht bei mir bedanken. Ich bekomme die Dienste eines neuen Flötenspielers für meine Mühen«, sagte er. »Und Ihre blitzenden blauen Augen hätten mir gefehlt«, flüsterte er, drehte sich um und stieg die Leiter zum Schlafraum hinauf.

Später, nachdem sie mit ihrer Näharbeit fertig war, kroch Annie in ihre Decken, um zu schlafen. Sie war Ari unendlich dankbar – ein Todesurteil war gegen sie ergangen, dachte sie wütend. Entführung! Kannte Hassan Beys Arroganz denn keine Grenzen?

Am nächsten Morgen standen sie früh auf, um ihre letzten Vorbereitungen für den langen Marsch zu treffen. Nachdem die Männer nach unten geklettert waren, erzählte Annie der erschrockenen Sherine, was Ari ihr am Abend zuvor berichtet hatte. Sherine riss besorgt die Augen auf und schüttelte den Kopf, als sie vernahm, dass Annie zum Tode verurteilt worden war. Sie banden sich jeweils ein Turbantuch fest um die Brust, bevor sie sich ihre Galabeyas überzogen, um sicherzustellen, dass man sie nicht entdeckte. Annie rieb ein wenig Schmutz auf Nooras Wangen, damit sie nicht zu weiblich wirkte. Der Kontrast betonte am Ende nur das Leuchten ihrer hellen Augen, dachte Annie seufzend.

Sie stiegen die Leiter hinunter, um beim Beladen der Kamele zu helfen, und traten dann aus der Karawanserei hinaus. Über Nacht hatte sich der Barr al Manakhah von einem leeren, staubigen Platz in ein brodelndes Lager verwandelt, gefüllt mit den Zelten der Pilger, die sich auf die Rückkehr in ihre Heimat im Norden vorbereiteten. Zelte aller Größen und Formen waren über den Platz verstreut, runde, eckige und längliche, vom kunstvollen, mit Tüchern ausgekleideten Pavillon mit goldener Spitze, der einem reisenden Pascha gehörte, bis hin zu dem schäbigen grünen Segeltuch des Obstverkäufers. Klingende Glöckchen an knurrenden Kamelen, schreiende Jungen, die über Zeltleinen stolperten, Verkäufer von Wasser, Tabak und Obst, die lauthals ihre Waren feilboten, vermischten sich zu einem veritablen Getöse. Verhüllte Haddschas in hübschen Sänften, die zwischen Maultieren hingen, schrien Kinder an, die zwischen den Beinen riesiger Kamele herumliefen. Knurrende Hunde streunten auf der Jagd nach Essensresten durch die Menge. Kleine Herden aus Schafen und Ziegen blökten und meckerten nach ihren Beduinenhirten.

Annie machten der Lärm und das Durcheinander Spaß. Es war vergleichbar mit dem Chaos, als sie in Kalkutta an Bord der *Oriental* gingen, dachte sie und erinnerte sich wieder an die Farbenvielfalt und die Geschäftigkeit an jenem Tag. Doch damals war Jonathan an ihrer Seite gewesen. Inbrünstig wünschte sie sich, Jonathan wäre bei ihr und würde sie auf der Expedition begleiten. Wie sehr ihm das alles gefallen hätte, seufzte sie.

Schließlich war es an der Zeit, die Kamele zu besteigen. Annies Kamel Aiysha wurde in die Knie gezwungen und knurrte. Annie kletterte in den wackligen Schutz des Shagduf und klammerte sich an den Knauf des Ledersattels, als das Kamel mit einem Ruck aufstand. Sie lehnte sich aus ihrem Schutz, um zu sehen, wie Noora und Sherine ihre Kamele bestiegen, und schaute dann in die Runde, um sich zu vergewissern, dass Wasserflasche und Verpflegung nicht umgefallen waren. Die zusätzlichen Taschen, die sie an das Segeltuch genähte hatte, enthielten ihre Feldflasche, Fladenbrote und Datteln. Außerdem hatte sie sich einen kleinen Vorrat an Toilettenartikeln für die Reise zugelegt: Aloe und Hautcreme, eine billige Haarbürste und einen kleinen Spiegel, den sie beim syrischen Kurzwarenhändler auf dem Markt erstanden hatte. Verschiedene große Baumwolltücher standen ihr zur Verfügung, die sie bei Sandstürmen tragen oder zur Reinigung des Gesichts benutzen konnte. In ihrem Shagduf war es recht gemütlich, obwohl ihr der Turban, ein notwendiger Teil ihrer Verkleidung, immer wieder von den Verstrebungen vom Kopf geschoben wurde.

Yussuf erklärte ihr, sie solle das Kamel in einer Reihe mit den anderen laufen lassen und dabei »Yaaa! Yaaa!« rufen, um es anzutreiben, und »Hai! Hai«, damit es langsamer lief. Er warnte sie auch vor den Beduinen, die der Scheich als Kameljungen mitgeschickt hatte. Sie seien notorische Wasserdiebe, und sie solle ihre Wasserschläuche vor sich an den Sattel hängen, wo sie ihre Öffnungen im Auge habe, und nicht hinter sich, am unteren Ende aufgehängt, wie es üblich sei. Die Kameljungen schubsten Aiysha in die Reihe; Annie nahm die Zügel in die Hand und begann unter lautem »Yaaa! Yaaa!« Gregors Kamel zu folgen.

Annie gewöhnte sich rasch an den schwankenden Gang des Kamels und freute sich über ihren erhöhten Aussichtspunkt. Das Kamel trottete zum ägyptischen Tor und seinen horizontal rot und weiß gestreiften Türmen. Als sie nacheinander durch das Portal ritten, donnerte eine Herde ungestümer junger Kamele hindurch, die Annies Shagduf beinahe umwarfen. Sie überquerten die kleine Bogenbrücke des El Sayh, des Flusses, der durch Medina mäanderte, und hielten sich dicht an der südlichen Stadtmauer.

Dann verkündete ein quietschendes Wasserrad, dass sie eine bewässerte Plantage von Dattelpalmen erreicht hatten. Ein Esel mit verbundenen Augen, angetrieben von einem Jungen in Galabeya, drehte das Wasserrad, aus dem ein Schwall Wasser in die Holztröge geschüttet wurde, von denen die kleinen Gräben gespeist wurden. Das monotone Knirschen erinnerte Annie plötzlich an das Korallenhaus in Dschidda. Trotz der vielen Geräusche in dem höhlenartigen Haus hatte man im Hintergrund immer die Vibration sowie das unablässige Knirschen des Wasserrads auf dem Dach gehört. Unwillkürlich spannte Annie sich an, als sie an ihre Verzweiflung und Angst denken musste. Beim Anblick des kleinen Eseljungen auf dem Feld dachte sie an den armen Eunuchen, dessen Sandalen sie trug. Sie fragte sich, wem man wohl die Schuld am Diebstahl dieser Schuhe gegeben hatte und wann Hassan Bey seine Suche nach den Entlaufenen einstellen würde.

Annie schüttelte ihre Sorgen ab und konzentrierte sich erneut auf die Plantage, an der sie vorüberritten. Im Schatten der großen Dattelpalmen lagen von einer Mauer umgebene Ansammlungen einstöckiger Häuser mit Innenhöfen. Ihre stabilen Holztüren schützten das Milchvieh, das darin gehalten wurde. Außerhalb der niedrigen Mauern spross in Gemüsegärten, eingerahmt von kleinen Erhebungen, die das Wasser kanalisierten, das üppige Grün von Auberginen und Molokhia, dem ortsüblichen, spinatähnlichen Blattgemüse, sowie Zwiebeln und Möhren, Lauch und Bohnen. Maisfelder, mit Gerste und Weizen durchsetzt, gediehen in der Sonne. Ein paar hochgewachsene, hagere Bauern schlenderten über die Felder, begleitet von einer schnatternden Kinderschar. Die Kamele schlängelten sich durch Obsthaine mit Limonenbäumen, Bananenstauden und Jujube, einer braunroten, dattelähnlichen Frucht. Annie entdeckte auch ein paar Apfel- und Feigenbäume.

Dann schwenkte ihre Route nach Norden ab, entlang der östlichen Stadtmauer durch ausgedehnte Palmenplantagen. Annie wurde klar, warum Medina für seine Datteln bekannt war. Die stattlichen Stämme erhoben sich höher als alle Bäume, die sie je gesehen hatte. Da die Erntezeit nahe war, hingen die Datteln, rote, gelbe und schwarze, in riesigen Büscheln direkt unter den grünen Palmwedeln an hellgelben Stängeln. Der Rhythmus, in dem sich die farbigen Bündel bewegten, verzauberte Annie, die schätzte, dass einige Bäume mehr als fünfzig Pfund Früchte trugen.

Sie kamen durch Gärten, die hohe Zäune aus Schilfrohr von den Wegen trennten. Auf anmutigen Tamarisken und den glänzenden Blättern der Rinzinuspflanze perlte noch der in der Sonne glitzernde Tau. Jenseits des fruchtbaren Tals lag der trockene, kahle Berg Ohud, ein ständiger Mahner an die öde Wüste, die vor Annie lag. Gierig nahm sie das kühle Grün der Gärten auf und versuchte, ihre Frische für die vor ihr liegenden Wochen zu speichern.

Als sie aus den Plantagen herauskamen, lag eine weite, offene Ebene vor ihnen, auf der sich die Pilger für ihre Reise nach Damaskus sammelten. In der Mitte erhob sich der Pavillon des Emirs El Haddsch, des Führers der Karawane, in strahlend grüner Pracht. Sein gewaltiges Zelt mit vielen Räumen hatte ein Vordach, unter dem gespeist wurde. Neben seinem Zelt, von einer niedrigen Zeltwand umgeben, stand seine vergoldete Sänfte. Um diesen zentralen Punkt herum waren die kunstvoll gestreiften und mit Troddeln versehenen Zelte der Offiziere des Pilgerzugs und verschiedener Adliger aufgestellt, deren Rang sie in den inneren Kreis der Angesehenen erhob. Überall waren Brunnen und Zisternen zu sehen, eigens dafür gebaut, den Pilgerzug mit Wasser zu versorgen. Am äußeren Rand der Ebene waren türkische Soldaten zum Schutz aufgestellt.

Ari führte ihre kleine Kamelreihe in die nordöstliche Ecke der Ebene unter ein paar Dattelpalmen. Der Beduine schlug auf die Beine der Kamele, wobei er »Ikh! Ikh!« schrie, um sie dazu zu bringen, auf die Knie zu fallen. Da ihr Aufenthalt nur kurz sein würde, legten alle Matten auf den Boden rings um das Kohlebecken und ließen die Zelte verpackt auf den Kamelen. Iwan brühte Tee auf, und sie nahmen ein spätes Frühstück aus weißem Käse, Oliven und Fladenbrot zu sich. Annie holte einen kleinen Topf schwarzen Honig hervor als Aufstrich für das Brot. Dann machten sie es sich bequem und warteten auf das Zeichen zum Aufbruch.

Am Nachmittag hatte sich die Ebene mit Pilgergruppen gefüllt, die sich der Karawane nach Norden anschlossen. Die Soldaten hielten einen Durchgang für den Emir und die Offiziere frei, doch der Rest der Ebene wurde zu einem brodelnden Schmelztiegel aus Reisenden und ihren Tieren. Eine Gruppe vornehmer Perser lagerte neben Aris Truppe; ihre kleinen Esel sahen aus, als wären sie dem langen Marsch, der vor ihnen lag, nicht gewachsen. Truppen kurdischer und türkischer Soldaten schauten finster von großen weißen syrischen Dromedaren herab, neben denen die Kamele aus dem Hedschas wie Zwerge wirkten. Ihr Knurren hallte über die ganze Ebene. Dick verhüllte Hajjas in einem vergoldeten roten Tachtrawan, einer Sänfte zwischen Maultieren, baten darum, abgesetzt zu werden. Khannâdschis, die ortsansässigen Verkäufer von Obstsäften, und Tabakhändler schlängelten sich bereits durch die Menge und boten ihre Waren feil. Hunde streunten durch die Lager, Kinder folgten ihnen, stolperten über Zeltleinen, und Mütter riefen nach ihren Kindern.

Eine Gruppe fein geschmückter Kamele tauchte auf, die Scheichs in langen Gewändern aus dem Beduinenstamm Bani Hamida auf dem Rücken trugen. Die Wolltroddeln in Dunkelblau und Rot hingen fast bis auf den Boden. Vor ihnen her sprangen ihre bunt gekleideten Stammesangehörigen, die den Arza vorführten, eine Art Kriegstanz, wobei sie Schwerter schwangen, Lanzen mit Straußenfedern in die Luft warfen, ohne darauf zu achten, wohin sie fielen, und mit alten Musketen schossen.

Als die Sonne unterging, wurden Kanonen auf der Zitadelle abgefeuert; Chaos brach aus, und die Pilger sprangen auf, um ihre Habseligkeiten für den Aufbruch einzusammeln. Doch die Kanonen waren nur falscher Alarm, und das Lager fand sich damit ab, weiter zu warten. Annie döste ein, an ihre grob gewebte Kameltasche gelehnt. Schließlich ertönte zwei Stunden nach Mitternacht der Schuss zum Aufbruch. Annie erwachte von einer Kakophonie aus Knurren und Stöhnen, als die Esel, Maultiere und Kamele aufgescheucht und beladen wurden. Verschlafen und steif sammelte Annie ihre Siebensachen zusammen, steckte sie in die Kameltasche und versuchte mit zusammengekniffenen Augen in der Dunkelheit festzustellen, ob sie etwas liegengelassen hatte. Aiysha gurgelte mit Abscheu in die kühle Nachtluft, als man sie in die Knie zwang, um Annie in ihr Shagduf steigen zu lassen. Sobald alles aufgeladen war, galoppierte ihre Gruppe los, um einen möglichst guten Platz im Zug zu ergattern. Annie hoffte inständig, die Kameljungen würden sie beisammenhalten, während sie im Dunkeln über die Ebene jagten.

Allmählich nahm das Meer von Pilgern Form an und setzte sich wie eine feste Einheit in Bewegung. Die Karagöz-Truppe fand eine Position fast in der Mitte der Karawane, um Zuschauer für ihre Vorstellungen anzulocken. Türkische Kavallerie patrouillierte an den Rändern der Gruppe entlang; sie trugen Papierlaternen, hielten nach Verirrten Ausschau und schützten die Pilger vor plündernden Beduinen und wilden Tieren. Die Karawane zog aus der Ebene in eine Schlucht der Ohud-Berge, die sie nach Norden führen würde.

Annie, erschöpft vom langen, fruchtlosen Warten, hatte Schwierigkeiten, wach zu bleiben. Nachdem sich die anfängliche Aufregung gelegt hatte und der Anblick der im Dunkeln auf und ab hüpfenden Laternen, die sie in die Wüste führten, den Reiz des Neuen verloren hatte, wollte sie nur noch schlafen. Sie kuschelte sich in ihr Shagduf, schob sich ein Kissen unter den Kopf und war bald unter dem einlullenden Schwanken des Kamels in tiefen Schlaf gesunken.

Nach drei Stunden ertönte ein Schuss, und die Karawane kam in den Ausläufern des Gebirges zum Halt, als sich gerade eine rosige Morgendämmerung über der kargen Landschaft zeigte. Annie wachte auf, zerschlagen und verkrampft durch den unterbrochenen Schlaf.

»Stimmt etwas nicht? Warum halten wir an?«, flüsterte Annie, als Ari sie vom Kamel hob.

»Wir ziehen nur bei Nacht weiter«, sagte Ari augenzwinkernd.

»Aber bei der Geschwindigkeit kommen wir nirgendwo an!«

»Wieder diese blitzenden Augen! Das passiert immer zu Anfang des Haddsch. Jetzt haben alle ihren Platz gefunden und sind so müde, dass wir den heißesten Teil des Tages verschlafen werden. Am Nachmittag geben wir eine Vorstellung und reisen dann im Dunklen. Holen Sie sich möglichst viel Schlaf. Ich werde Sie heute Abend als Flötenspieler brauchen. Auch Noora und Sherine müssen helfen, sonst werden sich die Pilger allmählich wundern, warum Sie bei uns sind. Wir müssen versuchen zu verhindern, dass Gerüchte um Sie entstehen. So ein Haddsch ist wie eine kleine Stadt. Über alles wird getratscht.«

Am späten Nachmittag hatten Hunger und Langeweile die Frauen aus dem Zelt in den Kreis um ihr Kohlebecken getrieben. Sie nahmen ein spätes Mittagessen aus Fladenbrot, Käse und Datteln zu sich und bereiteten sich auf die Abendvorstellung vor. Das Musselintuch wurde zwischen zwei Zelte gehängt, mit der Vorderseite nach außen, und die Kisten mit den Puppen aus Kamelleder wurden bereitgestellt. Annie holte ihre Flöte und das kleine Tamburin für Noora hervor. Sherine sollte an jenem Abend hinter der Leinwand aushelfen.

Bei Sonnenuntergang blies Gregor in die Nareke, die Holzpfeife, mit der für gewöhnlich das Publikum gerufen wurde, und die Musiker schlugen auf den Tamburinen einen Rhythmus an. Rasch hatte sich eine Menge außerhalb des Zeltkreises versammelt und ließ sich auf den mitgebrachten Matten nieder. Sherine zündete die Hornlampe an und stellte den Gostermelik auf, das Leinwandornament voll persischer Muster, begleitet vom Seufzen des Publikums. Ari stürzte sich in den Mukaddine, den Prolog, bei dem Hacivat im Kreis über die Bühne geht und über das bevorstehende Stück singt. Dann tauchte Karagöz auf, und sie begannen mit ihrer Redeschlacht.

Nach einer Reihe von Scherzen, die Annie nicht verstand, die jedoch viel Gelächter im Publikum hervorriefen, legte Ari mit dem Fasil los, dem Hauptteil des Stückes. Diesmal ging es um Agalik, einen reichen Herrn aus Persien, den Karagöz um sein gesamtes Geld betrog. Annie versuchte, so gut wie möglich mit den Musikern mitzuhalten; sie spielten persische Melodien, die sie noch nie gehört hatte. Nach einem kurzen Augenblick des Triumphs begann Karagöz großartige Pläne für sein neues Leben in Saus und Braus zu schmieden. Doch schon bald war er von Freunden und Verwandten belagert, die ihn um Almosen und Beschäftigung angingen. Da ihn die Verantwortung überforderte, gab er schließlich das Geld angewidert zurück und lebte weiter in Bescheidenheit. Annie lächelte, als Sherine ihr hinterher die Handlung erzählte, da ihr die Anzahl der wohlhabenden Perser einfiel, die mit ihnen reisten. Je besser sie ihn kennenlernte, umso mehr wusste sie Aris feinen Sinn für Humor zu schätzen. Seine Zuschauer belustigten ihn ebenso wie er sie!

Während sie vor dem Musselinschirm saß, die Vielfalt der Gesichter und Kleidungsstücke im Publikum vor sich bewunderte und sich nach Kräften bemühte, sich nicht zu verspielen, damit ihre Maskerade nicht aufflog, grauste Annie vor dem Augenblick, in dem die Hornlampe erlosch und die Leinwand dunkel wurde. Sie seufzte mit den anderen, die sich traurig von ihren Matten erhoben und in der Dunkelheit verschwanden. Das Kind in ihr mochte die Spiegelfechterei hinter dem Musselinschirm, und dem erwachsenen Teil in ihr machte es Spaß, dass die albernen Moralstücke die Herzen der Menschen aus so vielen verschiedenen Ländern und von so unterschiedlichem sozialen Rang anzurühren vermochten. Für ein paar Stunden konnte sie ihre Ängste vergessen.

Zwei Stunden vor Mitternacht ertönte der Schuss, der den Beginn des nächtlichen Marsches ankündigte. Inmitten des Lärms von knurrenden Tieren und schreienden Pilgern stieg ihre kleine Truppe auf. Annie kroch dankbar in ihr Shagduf und wusste, sie schliefe, ob durchgerüttelt oder nicht. Sie prüfte nach, ob ihre Wasserschläuche an Ort und Stelle waren, verteilte ihren Kamelbeutel und die Vorräte auf die anderen Tragetaschen, sodass sie nicht zu einer Seite kippte, und drängte Aiysha mit lautem »Yaaa! Yaaa!« ins Dunkle hinter die anderen. Sie waren schon so lange unterwegs, dachte sie seufzend. Und doch wusste sie, dass sie erst am Anfang standen.

Kapitel sechzehn

Ich rannte kreuz und quer durch dieses Leben,
Ich sah zur Sonne und zum Mond.
Ich klebte fliegenklein in Spinnenweben
Und hab in Höhlen krötenfeucht gewohnt.

Bevor sie Assuan verließen, bat Jonathan Ali, mit der Feluke am nördlichen Anleger anzuhalten, damit er die Vorräte, insbesondere den Whisky, auffüllen konnte. Er befürchtete, die Albträume, die ihn nach Miriams Tod verfolgt hatten, könnten wieder einsetzen. Er kannte nur eine Möglichkeit, sie im Zaum zu halten, und er wollte nicht ohne sie den Fluss hinab weiterfahren.

Als er Ali die Flasche Glenmorangie zeigte, verzog Ali das Gesicht, wehrte die Flasche ab, als könne sie ihm Schaden zufügen, und sagte, er habe keine Ahnung. Als Jonathan nachhakte, rief er einem anderen Mann auf dem Anleger auf Arabisch etwas zu. Der Mann antwortete ihm und zeigte nach links. Ali führte Jonathan die Straße hinauf und deutete auf einen Laden in einer Seitenstraße. Da er als guter Muslim Alkohol verschmähte, weigerte Ali sich, den Laden zu betreten. Der Ladenbesitzer holte zwei Flaschen Arrak hervor und behauptete beharrlich, es sei dasselbe wie Glenmorangie. Jonathan kaufte sie angewidert.

Anschließend schlenderten sie über den Markt und erstanden Brot, Fleisch, Tee und Kaffee für die Reise. Ali erklärte barsch, Eier, Gemüse und frisches Brot bekämen sie unterwegs in den Dörfern, sodass sie Leichtverderbliches nur für einen Tag brauchten. Jonathan kaufte einen Kessel und einen Tonkrug, in dem abgekochtes Wasser zum Trinken aufbewahrt werden sollte. Dann kehrten sie zu ihrem Boot zurück, um ihre Reise anzutreten.

Auf ihrer morgendlichen Fahrt floss der Nil an steilen Felsnasen vorbei und durch schmale Schluchten. Die Strecke seiner wilden Bootsfahrt nilabwärts auf der Suche nach Miriam noch einmal zurückzulegen, war für Jonathan schier unerträglich. Das Bild ihres zerschlagenen Körpers, verborgen im Schilfrohr, tauchte jedes Mal wieder vor seinem inneren Auge auf, sobald sie an hohem Röhricht vorbeikamen. Während der Fahrt saß er wie betäubt da, trank Arrak aus dem Krug und versuchte, Schmerz und Schuldgefühle damit zu tilgen.

Am späten Nachmittag landeten sie vor einem großen Tempel. »Kom Ombo«, murmelte Ali und begann, ihre Ausrüstung in den Innenhof der Ruinen zu tragen. Im Schutz des von zerfallenen Säulen umgebenen Platzes schlugen sie ihr Lager auf und bereiteten sich ein einfaches Abendessen zu.

Während der schweigsame Ali kochte, schwankte Jonathan im letzten Sonnenlicht betrunken durch den Tempel. In den inneren Einfassungen wurde es bereits dunkel, obwohl über einem Großteil des Tempels ein Dach fehlte. Zwei große heilige Brunnen nahmen den äußeren Bereich ein, und auf einer Seite stieß Jonathan auf einen kleinen Hathor-Tempel, der mit Krokodilbildern bemalt war. Wieder im Innenhof, der jetzt von der Feuerstelle erhellt war, fielen Jonathan die herrlichen Farbtönungen in Ocker und Blau auf, die noch immer einige der tief eingeritzten Figuren zierten. Miriam hätte es gefallen, dachte er traurig beim Gedanken an die Hochzeitsreise flussabwärts, die sie geplant hatten.

Nach dem Essen saßen sie noch am Feuer, Ali rauchte seine Schischa, während Jonathan den bitteren Arrak trank. Als er genug zu sich genommen hatte, um die hartnäckigen Bilder von Miriam in seinem Kopf zu ertränken, legte er sich auf seine Decke und schlief ein.

Am nächsten Morgen wurde Jonathan mit stechendem Kopfschmerz wach. Seine Knie zitterten, als er wieder in die Feluke stieg. Am westlichen Ufer traf der orangefarbene Wüstensand auf den Fluss, und kaum eine Palme oder Akazie markierten die Grenze. Ein schmaler Gürtel bebauten Landes zog sich am Ostufer entlang mit ein paar Dörfern, zurückgesetzt hinter der Flutebene. Wie dürftig war doch des Menschen Halt am Leben, stellte Jonathan düster fest.

Bei Gebel el Silsila segelten sie durch die Untiefen, die durch die Sandsteinriffe entstanden waren, und wären fast auf eine Sandbank aufgelaufen. Die in den Felsen gehauene, mit kunstvollen Reliefs ausgestattete Kapelle des Haremhab, umringt von Grabstätten, zierte die Klippen. Hinter dem natürlichen Sandsteintor öffnete sich das Gelände auf üppige Felder, auf denen Baumwolle, Zuckerrohr und Mais angebaut wurde.

In jener Nacht legten sie in Edfu an, einem großen Ort, der von den doppelten Pylonen eines gut erhaltenen Tempels über der Ebene beherrscht wurde. Während Ari aufbrach, um Proviant zu kaufen, schlenderte Jonathan durch den beeindruckenden Kolonnadenhof mit einer Menge riesiger Papyrussäulen, die ihm das Gefühl verliehen, durch eine urzeitliche Marsch zu gehen. Wie gern hätte Miriam ihm das alles gezeigt, dachte er traurig. Wie sollte er jemals die Erinnerung an das sanfte Mädchen aus seinen Gedanken löschen?, fragte er sich. Die Schuld drückte ihn nieder.

Am nächsten Tag fuhren sie weiter durch das fruchtbare Tal, vorbei an nubischen Häusern mit leuchtend blauen Türen und Fensterrahmen und flachen Dächern. Taubenschläge auf den Dächern bildeten eigene kleine Pylone, durchbrochen von Bogengängen. Ordentliche, rechteckige Felder, auf denen Rizinus und Linsen angebaut wurden, lagen zu beiden Seiten des Flusses. Er versuchte sich zu zerstreuen und hielt Anmerkungen über die Landschaft in seinem Tagebuch fest, doch die Gesichter seiner toten Freunde tauchten immer wieder vor ihm auf. Zuerst verfolgte ihn Miriam, dann Peter. Und Annie? Noch immer schien ihm ganz unwirklich, dass sie am Leben sein sollte.

Er versuchte, Ali über Vögel und Enten auszufragen, auf die sie trafen, doch Ali zuckte nur verständnislos mit den Schultern. Das nur zu den Englischkenntnissen, dachte Jonathan.

Lange nach Einbruch der Dunkelheit machten sie am Anleger in Esna fest. Der nächste Tag wäre ihr letzter auf dem Fluss.

Der Marktflecken Esna umgab einen halb verschütteten Tempel, Zeugnis der Schichten alljährlich angeschwemmter Erde. Die Basare wimmelten von Käufern; aus den Cafés drang laute Musik auf die von ihren Laternen erhellten Straßen. Auf dem größten Platz, dem Postamt gegenüber, setzte sich Jonathan in ein Café unter freiem Himmel, in dem ein paar türkische Soldaten lässig an einem Tisch saßen und tranken. Während er sich das unrasierte Kinn rieb, überlegte er, wie viele Tage vergangen waren, seitdem er zum letzten Mal mit jemandem außer dem schweigsamen Ali geredet hatte.

Während er vor seinem Glas Arrak saß, trat eine dünne, verschleierte Frau zu ihm. Ihre bemalten Augen wirkten riesig über dem hauchzarten Schleier. Sie flüsterte ihm etwas zu, und als sie merkte, dass er sie nicht verstand, bat sie ihn durch Handzeichen, ihr ins Innere des Gebäudes zu folgen. Er warf einen Blick über die Schulter auf die Soldaten und war sicher, dass ihm mit den Wachen in nächster Nähe nichts zustoßen konnte; er nahm sein Glas und folgte der Frau.

Im Café saßen zwei ältere Männer, die auf einer zweisaitigen Rabab trommelten und spielten. Nachdem Jonathan Platz genommen hatte, tauchte hinter einem dicken Vorhang eine massige, elegante hellhäutige Frau auf und begann zu tanzen. Sie trug eine Kette aus Goldmünzen, die zu klingen begannen, als sie sich sinnlich zu den Klängen der Musik bewegte. Ihre enge, sichtlich durchgeschwitzte Jacke hob ihre üppigen Brüste hervor, und während des Tanzes entfernte sie einen Schal und entblößte damit ihre Taille über der lockeren, pyjamaähnlichen Hose. Sie tanzte mit kleinen, gezierten Schritten und fliegenden Armen, die Jonathan an Tänzerinnen auf griechischen Vasen erinnerten.

Sie schien aus einer fernen Zeit zu stammen, über Jahrhunderte hinweg, ein urzeitlicher Geist.

Nach einem weiteren Glas Arrak hielt er sie für die erstaunlichste Tänzerin, die er je gesehen hatte. Die verschleierte Frau, die ihn hineingelockt hatte, kam mit ausgestreckter Hand auf ihn zu. Anscheinend bat sie um Geld, das die Tänzerin nach Jonathans Dafürhalten durchaus verdient hatte, sodass er eine Pfundnote herausholte. Sogleich veränderte sich der Stil des Tanzes. Die verschleierte Frau verband den Musikern die Augen, und die Tänzerin verschwand, um kurz darauf in Schleiern verhüllt wieder aufzutauchen. In der Hand hielt sie einen Fächer, mit dem sie sich gegen eine imaginäre Biene wehrte, wobei sie ihre Schleier nach und nach abwarf. Schließlich stand sie nackt da, ihre Haut schimmerte im Laternenschein; nur an ihrer Taille glänzte eine goldene Kette, die Biene hatte sie in der Hand. Jonathan hielt den Atem an, eine solche Zurschaustellung hatte er nicht erwartet; er war von ihren schönen Brüsten und Schenkeln wie gebannt. Sie verschwand hinter dem Vorhang und tauchte kurz darauf wieder in Jacke und Hose auf.

Nachdem man den Musikern die Augenbinden entfernt hatte, spielten sie eine ruhigere Melodie, und die Tänzerin näherte sich Jonathans Tisch. Sie ließ sich ihm gegenüber auf den Stuhl fallen und sprach ihn auf Französisch an.

»Hat Ihnen mein Tanz gefallen? Er heißt ›Kampf mit der Biene‹«, erklärte sie und schaute ihn unter halb geschlossenen Lidern an.

»Ich fand den Tanz ausgezeichnet«, sagte er nervös. »Vielen Dank. Sie sehen nicht aus wie eine Nubierin. Woher kommen Sie, wenn ich fragen darf?«

Sie lachte heiser. »Allerdings nicht aus Nubien! Ich bin aus Kairo. Möchten Sie, dass ich noch einmal tanze? Oder wollen Sie heute Abend mit zu mir kommen?«

Unter ihren schweren Augenlidern waren durchscheinende graugrüne Augen zu erkennen, umrahmt von dunklen, mit Kajal betonten Wimpern. Ihr Blick glitt zwischen der Tür und den Musikern hin und her, stets auf der Hut. Ihre Brüste quollen verlockend aus dem engen Wams. In Selbstmitleid schwelgend, dachte Jonathan, wie einfach es doch wäre, sich nur für eine Nacht in ihren Armen zu verlieren. Was wäre schon dabei, wenn er den Sünden des Ehebruchs und des Mordes, die er bereits begangen hatte, eine zufällige Mesalliance hinzufügen würde?

Durchdringender Schweißgeruch, vermischt mit dem widerlichen Aroma ihres Parfüms, hüllte ihn ein, als sie sich zu ihm herüberbeugte. Eine plötzliche Woge des Abscheus überkam ihn. Annie roch immer so gut: ihr frisch gewaschenes Haar, ihre sauberen Leinenkleider, das fruchtige Aroma ihrer Wangen, wenn er sie küsste. Er rückte vom Tisch ab.

Was machst du hier?, rief ihm sein Verstand zu. Er war kein schlechter Mann, auch wenn er sich so fühlte. Seine Schuldgefühle gegenüber Peter, seine Affäre mit Miriam und ihr schrecklicher Tod trieben ihn in die Selbstzerstörung. Seine geliebte Frau lebte noch, und wenn er zuließe, dass sein Schwelgen in Kummer, sein Sichgehenlassen ihn zerstörte, würde er auch sie verletzen. Er musste aufhören, sich selbst zu bemitleiden, und Annie suchen. Wenn er imstande sein wollte, Annie mit einer gewissen Ehre im Herzen in die Augen zu schauen, dann müsste er sich ins Gedächtnis rufen, dass er keinen Ehebruch beabsichtigt hatte. Seine Affäre mit Miriam war zwar mit tiefen Empfindungen verbunden, aber ein tragischer Fehler gewesen. Er hatte nicht vorgehabt, auch nur eine von ihnen zu verletzen.

Nachdem er zu einem Entschluss gekommen war, erhob er sich, stützte sich auf dem Tisch ab und verabschiedete sich von der Tänzerin.

»Vielen Dank. Ich habe Ihren Tanz zu schätzen gewusst«, lallte er. »Aber ich glaube, ich gehe heute Abend früh zu Bett. Bon soir.« Sie zuckte mit den Schultern, als er eine weitere Pfundnote auf den Tisch legte und steifbeinig das Café verließ.

Er kehrte an den Anleger zurück und stellte fest, dass Ali sich im Boot zusammengerollt hatte. Jonathan war vom Arrak derart betäubt, dass er es genauso machte und sich in seine Decke einwickelte, ohne auf die rauen Dielen und die schwappende Bilge zu achten.

Am nächsten Tag, noch steif von seiner Nacht in der Feluke, kam Jonathan gegen Mittag in Luxor an. Das breite, von fernen Bergen umringte Tal, in dem Zuckerrohr angebaut wurde, wich einer langgestreckten Stadt mit beeindruckenden Gebäuden, die sich am Ufer entlangzog. Dahabijes unter britischer, deutscher, amerikanischer, französischer und belgischer Flagge dümpelten munter an der Hauptanlegestelle auf und ab. Eine breite Treppe führte zur Straße hinauf, und gegenüber stand ein gelbliches Herrenhaus in italienischem Stil mit Blumengirlanden aus Putz unter dem flachen Dach. Da er sich schmutzig fühlte und dringend einer Rasur bedurfte, erkundigte sich Jonathan bei Ali, wo er wohl den britischen Konsul fände. Ali deutete auf das gelbe Gebäude und nuschelte den Namen »Mustafa Aga« vor sich hin.

Er zahlte Ali die vereinbarte Summe für die Passage und fügte noch etwas für seine Ehrlichkeit hinzu. Er war zwar kein Gesprächspartner gewesen, doch Zuverlässigkeit war ausschlaggebend, entschied Jonathan. Dann schnappte er sich seinen Beutel aus Ölzeug und machte sich auf den Weg zum britischen Konsul.

Er stieg das steile Ufer hinauf, überquerte die Straße und klopfte an die Tür des Hauses. Kleinlaut rieb er sich über seinen Stoppelbart und fühlte sich für die Begegnung mit dem britischen Konsul unpassend gekleidet, doch daran war nichts zu ändern. Lautes Hundegebell setzte ein, als ein barfüßiger Diener in gestreifter Galabeya mit einem großen weißen Turban ihm die Tür öffnete. Der Diener fragte ihn nach seinem Namen und verschwand im Haus, wobei er Jonathan allein in der leeren Eingangshalle stehen ließ. Durch die Fenster des Foyers sah Jonathan Kinder und Hunde im Garten spielen, und jenseits der Gartenmauer erblickte er die Spitze eines Obelisken und die Pylone eines großen Pharaonentempels. Der Diener kehrte zurück und geleitete ihn in ein Empfangszimmer, das bis auf einen Diwan, der an drei Wänden entlanglief, leer war. Er nahm Platz und wartete auf den Konsul.

Kurz darauf stürmte ein großer Mann in wallendem Gewand und Seidenturban in den Raum.

»Mr. Tremayne?«, fragte er und schüttelte Jonathan vehement die Hand. »Mein Name ist Mustafa Aga. Ich habe Ihre Ankunft bereits erwartet!«

»Freut mich, Sie kennenzulernen«, erwiderte Jonathan, überrascht über den warmherzigen Empfang. »Unglücklicherweise wurde ich in Assuan aufgehalten.«

»Ja«, sagte er. »Vor einem Monat haben wir erfahren, dass Ihre Frau den Untergang der *Oriental* überlebt hat, aber da waren Sie schon in Afrika verschwunden. Ihre Familie hat mich mit Telegrammen geradezu bombardiert, muss ich gestehen«, sagte er kopfschüttelnd.

Jonathan überhörte den leisen Vorwurf, denn er hatte sich inzwischen an die ständige Schuldzuweisung gewöhnt, die den Ägyptern offenbar angeboren war. »Ihr Telegramm an mich hat mir nur knapp ihre Situation geschildert. Vielleicht können Sie mich aufklären?«

»Selbstverständlich. Kommen Sie, nehmen Sie Platz«, sagte Mustafa und klatschte in die Hände, woraufhin im Nu der Diener zur Stelle war. »Haben Sie schon gefrühstückt?«, fragte er mit einem Blick auf Jonathans unrasiertes Kinn.

»Nein, ich bin gleich nach meiner Ankunft in Luxor hierhergekommen«, erwiderte Jonathan, der merkte, wie hungrig er sich fühlte.

»Achmed«, sagte Mustafa und wandte sich an den Diener, »Chai, libna, aisch …«, und bestellte auf Arabisch eine Reihe Gerichte.

Sie ließen sich auf dem behaglichen Diwan nieder, Mustafa im Schneidersitz, die Füße unter das Gewand gesteckt. Jonathan war erstaunt über die Beweglichkeit des stämmigen Mannes.

»Mr. Howard, der Konsul in Dschidda, hat nach London berichtet, Ihre Frau habe sich an ihn gewandt. Sie habe ihm erzählt, sie sei als Gouvernante an die Familie eines reichen türkischen Kaufmanns verkauft worden. Hassan Bey habe sie Abdullah bin Karim abgekauft, einem Sklavenhändler aus Aden, nachdem er Ihr P&O-Schiff versenkt habe. Sie hatte gehofft, an die Untergangsstelle zurückkehren zu können, um nach Ihnen zu suchen, doch Howard sagte ihr, dass kein Schiff sie mitnehmen würde. Sie solle zu Hassan Bey zurückkehren, bis ihre Familie eine Überfahrt für sie in die Wege leiten könne. Das hat sie auch gemacht.«

»Er hat sie gezwungen, zu ihren Entführern zurückzukehren?«

»Hassan Bey hat sie ja nicht entführt. Er hat sie lediglich von Abdullah bin Karim gekauft«, wiederholte Mustafa geduldig.

»Das läuft doch auf dasselbe hinaus! Warum hat er ihr denn keinen Unterschlupf gewährt?«

»Unsere Position im Hedschas ist am besten beschrieben mit ›vorsichtiger Duldung‹. Man hätte Howard aus Dschidda vertrieben, wenn herausgekommen wäre, dass er eine entlaufene Sklavin bei sich versteckte.«

Jonathan hatte größte Mühe, sich mit Mustafas Beschreibung von Annie als entlaufener Sklavin zurechtzufinden. »Sie ist also noch bei Hassan Bey?«, fragte er vollkommen verwirrt.

»Howard berichtet, dass sie mit Hassans früherer Frau und seiner Tochter verschwand, bevor Ihre Familie einen privaten Transport für sie in die Wege leiten konnte. Hassan Bey hat ganz Dschidda und alle Häfen durchsuchen lassen, sie aber, laut Howard, noch nicht gefunden.«

Jonathan war verblüfft. »Aber wie können wir sicher sein, dass sie nicht mehr in seinem Haus ist? Er könnte eine Geschichte in die Welt setzen, um die britischen Behörden in die Irre zu führen.«

»Howard sagte, die gesamte türkische Garnison sei mobilisiert worden, um nach ihnen zu suchen, daher ist es eher unwahrscheinlich, dass es nur ein Trick ist. Er hat das Gefühl, dass sie sich entweder als indischer Pilger verkleidet und ein Schiff zurück nach Bombay genommen hat, oder sie hat versucht, durch die Wüste zu entkommen. Da wir nichts von ihr aus den britischen Besitzungen in Indien gehört haben, obwohl sie reichlich Zeit hatte, dorthin zu gelangen, ist die erste Variante auszuschließen«, sagte er mitfühlend.

»Wollen Sie damit sagen, sie ist sehr wahrscheinlich in der Wüste?«, fragte Jonathan.

»Ja.«

»Aber würde sie denn nicht auffallen? Ich meine, zwei Frauen und ein Kind allein in der Wüste? Wäre sie da nicht leicht zu finden?«, hakte Jonathan nach und dachte an seine wochenlange Reise über Land mit Thatcher.

»Arabien ist voll mit reisenden Pilgern. Man ist kaum ›allein‹ dort in der Wüste. Wenn sie sich gut maskiert hat, könnte sie sich einfügen, vor allem mit Hilfe von Hassan Beys Frau, die natürlich Arabisch spricht.«

Jonathan wurde schwindlig bei der Vorstellung, dass Annie sich in der Augusthitze durch die Wüste schlug. »Wie lange ist das her, und wo könnte sie jetzt sein?«, fragte er barsch.

»Sie verschwand vor über einem Monat. Und wo sie sein könnte, nun ja, Persien, Palästina, Syrien, auf dem Weg durch den Sinai … sie könnte überall sein, muss ich leider zugeben«, antwortete Mustafa geduldig.

Jonathan biss in ein Brot mit Käse und trank nachdenklich einen Schluck Tee. »Welchen Weg nehmen die Pilger? Wenn sie dabei ist, dann kann ich sie vielleicht irgendwo abfangen. Wenn sie vielleicht erfährt, dass ich nach ihr suche …«

»Ein Großteil des Haddsch von Damaskus ist vor etwa drei

Wochen in Medina aufgebrochen. Vermutlich ist sie dabei. Doch sobald sie den Abzweig für den ägyptischen Haddsch erreicht haben, können Sie unmöglich in Erfahrung bringen, welche Strecke sie gewählt hat. Am besten reisen Sie nach Kairo und bleiben in der Nähe des Telegraphenamts und des britischen Konsulats. Dann werden Sie in der Lage sein, sie zu treffen, wann immer sie auftaucht. Wenn Sie wieder in die Wüste gehen, finden Sie sie vielleicht nie.«

»Aber ich kann nicht einfach tatenlos in Kairo herumsitzen. Ich würde verrückt bei dem Gedanken, dass sie da draußen irgendwo ist und mich braucht. Haben Sie Landkarten von der Haddsch-Route? Wenn ich ihnen folgte ...«, sagte Jonathan.

»Wider besseres Wissen werde ich Ihnen Kopien der Landkarten geben, die wir haben. Wenn Sie etwa nach Akaba segeln, könnten Sie den Haddsch abfangen, bevor die Ägypter sich vom Großteil der Pilger lösen. Da sie wahrscheinlich versuchen wird, nach Kairo zu gelangen, wenn sie nach England will, könnten Sie Ihre Frau vielleicht finden, wenn Sie dem ägyptischen Haddsch über die Sinai-Halbinsel nach Suez folgen. Kommen Sie, ich will es Ihnen zeigen ...«

Der stämmige Mann erhob sich und ging Jonathan voran in sein Büro. Obwohl sein Schreibtisch mit Papieren überladen war, fand er sofort eine Karte vom Roten Meer, auf der Mustafa Aga für Jonathan die Routen des Haddsch nachzog. Sie stimmten darin überein, dass er, falls er die Karawane in Akaba esh Shamiyeh nördlich von Medawara abfinge, sie mit eigenen Augen sehen und zumindest die Möglichkeit ausschließen könnte, dass Annie dabei war.

»Sie wissen jedoch, dass mehr als fünftausend Pilger am Haddsch teilnehmen, die es nicht gerade freundlich aufnehmen werden, wenn Sie unter ihren Frauen nach einem blinden Passagier suchen«, warnte Mustafa ihn.

»Ich weiß, es ist riskant, aber irgendwo muss ich doch anfangen ...«, erwiderte Jonathan.

»Dann werde ich einen Führer besorgen, der Sie morgen nach Al Kusair bringt. Von dort aus können Sie nach Akaba segeln«, bot Mustafa an, als sie zur Tür gingen. »Halten Sie sich noch an Bord Ihrer Dahabije auf, oder brauchen Sie eine Übernachtungsmöglichkeit?«

»Ich bin von Assuan auf einer offenen Feluke hierhergefahren, nicht auf einer Dahabije. Dass es primitiv war, versteht sich von selbst. Ich würde mich sehr freuen, wenn Sie mir eine Unterkunft empfehlen könnten, vielen Dank«, erwiderte Jonathan.

»Dann, mein armer Junge, müssen Sie bei uns bleiben. Es wäre mir eine große Ehre, wenn Sie diese Nacht unsere Gästezimmer benutzten. Und Sie müssen mit mir zu Abend essen. Ich erwarte um halb neun ein paar Herren. Ich rechne mit Ihnen«, sagte Mustafa herzlich.

»Vielen Dank, das ist wirklich sehr nett von Ihnen«, sagte Jonathan und wandte sich zum Gehen.

»Geben Sie Ihre Tasche einfach Achmed«, sage Mustafa und deutete auf seinen Diener. »Er wird Sie in Ihr Zimmer bringen. Außerdem schicke ich Ihnen einen Führer, der Ihnen die Ruinen von Karnak zeigt und Sie mit hinübernimmt, damit Sie sich die Grabstätten im Tal der Könige ansehen können, wenn Sie wollen. Jeder, der nach Luxor kommt, muss sie sehen. Sie können nicht sagen, Sie seien in Luxor gewesen, ohne unsere Schätze gesehen zu haben!«

Jonathan lächelte. »Das ist sehr großzügig von Ihnen. Vielen Dank. Aber eigentlich brauche ich dringend einen Schneider. Ich habe die meisten Kleidungsstücke beim Untergang des Schiffes verloren.«

»Das lässt sich leicht beheben. Ich werde den Fremdenführer veranlassen, Sie heute Vormittag zu meinem Schneider zu bringen.«

»Vielen Dank, Mustafa Aga, Sie sind sehr entgegenkommend«, sagte Jonathan.

»Bis heute Abend«, sagte Mustafa Aga und legte die rechte Hand auf sein Herz.

»Ja, bis heute Abend«, erwiderte Jonathan, ahmte die Geste seines Gastgebers nach und folgte dem Diener aus dem Raum.

Während Jonathan alles, was er gehört hatte, zu verstehen versuchte, führte Achmed ihn über eine breite Treppe zu einer Suite hinauf, die sich über die gesamte rechte Seite des Hauses zog. Sie war mit nur einem Bett und niedrigen Tischen und Diwanen spärlich möbliert, und die Fenster gingen zu den Gärten nach hinten und zur Seite sowie vorn zum Nil hinaus. Jonathan sah die Masten der Dahabijen, deren Fahnen munter in der Brise flatterten, und glaubte das aufgerollte Segel von Alis Feluke zu sehen. Über den breiten Nil hinweg machte er das gegenüberliegende sandige Ufer und die kahlen Berge des Tals der Könige dahinter aus.

Jonathan bat Achmed um heißes Wasser und wurde in ein mit Marmor gekacheltes Bad mit Waschbecken und Wanne geführt. Achmed sagte, er wolle den Heißwasserboiler auf dem Dach einschalten; er werde eine Weile zum Aufwärmen brauchen. Während er darauf wartete, bis das Wasser warm war, hängte Jonathan seine Khakianzüge in einen verzierten Schrank. Er legte sich auf den Diwan, von dem aus er die Ruinen hinter dem Haus sah, und dachte über die Informationen nach, die Mustafa Aga ihm gegeben hatte.

Abdullah bin Karim habe das Schiff mit Absicht versenkt, hatte Mustafa gesagt, und Annie geraubt. Wo hatte er den Namen schon einmal gehört? Dann fiel ihm die Verwirrung an Bord der *Oriental* ein, als sie in Aden mit der arabischen Dhau zusammenstieß. Hieß der große Mann, der an Bord kam, nicht Abdullah bin Karim? Jonathan glaubte sich an den Namen zu erinnern. Er hatte also bei dem Überfall, als er die an Bord befindlichen Diamanten gestohlen hatte, Annie entdeckt und entführt.

Wie mochte sie sich gefühlt haben, als sie plötzlich in die

Sklaverei verkauft wurde?, fragte er sich. Er konnte sich nicht vorstellen, dass sich seine schöne, eigensinnige Frau kampflos gefügt hatte. Er hoffte inständig, dass man sie nicht misshandelt hatte. Ihr plötzliches Verschwinden bedeutete, dass sie verzweifelt versucht hatte zu entkommen. Wie war es möglich, dass Howard als britischer Konsul sie nicht beschützt hatte?, dachte er wütend. Warum hatte er sie nicht einfach auf ein Schiff nach Ägypten gesetzt?

Panik stieg in Jonathan auf bei dem Gedanken an Annie, die wieder ins Leben zurückgekehrt war, nur um erneut zu verschwinden. Welchen Gefahren begegnete sie? Daran zu denken, wie sie durch die Hitze der Wüste zog, flößte ihm heilloses Entsetzen ein. Er wusste, welche Risiken allein die Hitze mit sich brachte. Er musste sie rasch finden, schwor er sich, er musste …

Nachdem er ein warmes Bad genommen und frische Sachen angezogen hatte, ging es ihm besser. Morgen würde er sich auf den Weg machen, sie zu suchen, schwor er sich. Und er würde sie finden.

Zu aufgeregt, um in seinem Zimmer zu bleiben, ging Jonathan hinunter in den Hauptkorridor, wo er den Fremdenführer und das Beförderungsmittel vorfand, die Mustafa ihm versprochen hatte. Er hörte, wie sein Name gerufen wurde, und ging zum Eingang, um seinen Führer zu treffen. In einigermaßen verständlichem Englisch erklärte ihm Hamid, er wolle ihn durch die Tempelruinen führen, und war zerknirscht, als Jonathan ihm vorschlug, dass sie sich zunächst auf die Suche nach einem Schneider begeben sollten. Die Stadt erstreckte sich entlang des Nils, und mit wenigen Schritten waren sie auf den Basaren, die zwar kleiner und weniger exotisch wirkten als die in Assuan, gleichwohl aber von Kaufleuten überquollen. Eine kleine Treppe führte zu einem Schneider hinauf, der versprach, bis zum nächsten Morgen ein paar Hemden und Anzüge für ihn fertig zu haben. Als Jonathan nach Schuhen fragte, schickte der

Schneider ihn zu einem Schuhmacher ganz in der Nähe auf dem Basar, wo Jonathan sich zwei Paar Schuhe und einen Lederkoffer anfertigen ließ. Seine Haare, die ihm seit seinem Aufenthalt in Massaua über den Kragen gewachsen waren, ließ er sich von einem Barbier schneiden, bei dem er zufällig vorbeikam.

Zufrieden, dass er sich um seine weltlichen Sachen gekümmert hatte, setzte sich Jonathan entspannt in einen offenen Landauer und ließ Hamid auf sich einquasseln. Hamid war das genaue Gegenteil des schweigsamen Ali und erklärte die Geschichte des antiken Theben, so wie er sie verstand, und sprach über die Tempel von Karnak und Luxor. Ihre Kutsche schlängelte sich durch den koptischen Teil der Stadt. Drei geschminkte Tanzmädchen, erschreckend anzusehen mit ihren grellbunten Kleidern und schwarz umrandeten Augen, lungerten in einem Eingang. Bei ihrem Anblick fiel Jonathan sein Abend in Esna ein, den er in benebeltem Zustand verbracht hatte, und ein Schauer lief ihm über den Rücken bei dem Gedanken, wie diese Tänzerin mit den dunklen Augen wohl im kalten Morgenlicht ausgesehen hätte. Hamid deutete auf die Allee der Sphinxe, die unter später entstandenen Gebäuden verschwand und ursprünglich zwei Meilen von Karnak zum Tempel in Luxor geführt haben dürfte. Er bat darum, sie ihm zeigen zu dürfen. Trotz seiner Bitten bestand Jonathan darauf, zum Konsulat zurückzukehren, damit er sich auf die Abreise am nächsten Morgen vorbereiten konnte.

Sie fuhren über die Allee der Spinxe zurück zum Konsulat, und Jonathan verabschiedete sich von Hamid. Von seinem Zimmer im ersten Stockwerk schaute er über die Promenade auf den Nil und suchte nach Alis Boot, sah es aber nicht. Vielleicht hatte er die Rückfahrt nach Assuan bereits angetreten, dachte Jonathan mit wehem Herzen. Assuan mit seinen Stromschnellen und der Biegung des tiefen, blauen Flusses, mit seinen Feluken und Palmen, die vor dem türkisblauen Himmel neben dem goldenen Sand der Wüste im Wind schwankten, war schon in weite Ferne gerückt.

Und Miriam, die dunkelhaarige Schönheit, die für kurze Zeit ihm gehört hatte. Wo war sie jetzt? Ihm kamen die Tränen, als er an ihre bernsteinfarbenen Augen dachte – fort, aus dem Leben getreten, weil er sie geliebt hatte. Er hatte das Gefühl, als läge ein Fluch auf seinem Leben. Sehnsüchtig blickte er nach Süden, stromaufwärts, während die Strömung ihn nach Norden spülte, immer weiter. Er musste seine Erinnerungen an Assuan hinter sich lassen, gestand er sich zögernd ein und ließ sich von der Strömung tragen, die ihn zurück zu Annie brachte. Seufzend legte er sich auf das Bett, um sich auszuruhen; Erschöpfung holte ihn ein.

Pünktlich um halb neun ging er ins Foyer hinunter und begab sich zum Empfangsraum, der leer war. Jonathan lehnte sich an den Diwan, und kurz darauf stürmte Mustafa Aga zur Tür herein. Er klatschte in die Hände nach Achmed, begrüßte Jonathan und bot ihm Limonade an. Dann kündigte er eine Reihe kleiner Gerichte an, Hummus und gewürfelte Leber, kleine, mit Käse gefüllte Pasteten und Kebab. Jonathan fragte ihn nach seinen bemerkenswerten Englischkenntnissen, ob er in England zur Schule gegangen sei. Mustafa freute sich und gab zu, er habe eine Missionsschule besucht. Stolz gab er Geschichten über seine Reisen durch Europa und den kürzlichen Besuch des Prinzen und der Prinzessin von Wales zum Besten.

Gegen halb zehn war der Leiter des Telegraphenamts von Luxor mit dem Repräsentanten des Reiseunternehmens Thomas Cook eingetroffen. Um zehn durchschritten sie einen Korridor, in dem Diener ihnen aus Krügen Wasser über die Hände in Schalen gossen und ihnen dann flauschige türkische Handtücher reichten, um sich abzutrocknen. Die Handtücher behielten sie während des Essens als Servietten. Sie betraten einen Speiseraum, der im Schein eines Lüsters aus rotem, mundgeblasenem Glas aus Italien funkelte, und nahmen auf zusammengelegten Teppichen an einem großen Messingtablett Platz. Mustafa verkündete, an diesem Abend wollten sie Araber sein: Sie würden das Wasser des Nils trinken und mit den Fingern essen.

Sie labten sich an gebratenem Nilbarsch und gefüllten Tauben, dazu gab es Molokhia, Reis und Dal; Kofta und Kebab, Tomaten und Truthahn wurden mit den Fingern gegessen, wobei Mustafa den Braten zerrupfte und jedem ein zartes Stück zuwarf. Pilaf-Reis mit Sultaninen schloss das Mahl ab. Zum Nachtisch gab es Aprikosen und Om Aly, einen Milchpudding, der mit dem Löffel gegessen wurde, dazu Kunafa und andere süße Honigkuchen.

Im Korridor spielten während des Essens Musiker, und die Unterhaltung drehte sich um Tourismus und einen kürzlich ausgegrabenen Schatz, der ins Museum nach Bulaq geschickt worden war. Die Gäste fragten Jonathan aus, denn sie waren neugierig, welche Rolle er beim Untergang der *Oriental* gespielt hatte und welchen Weg er anschließend gegangen war. Er vermied es, übe Annie und seinen Plan, sie zu suchen, zu sprechen. Auch über seine Zeit in Assuan sagte er nur wenig. Stattdessen konzentrierte er sich auf die Speisen, griff mit den Fingern zu und schaufelte das Essen in sich hinein. Am Ende der Mahlzeit war er bis über die Handgelenke mit Fett beschmiert und erleichtert, als die Diener mit ihren Wasserkrügen kamen, damit er sich die Hände reinigen konnte, bevor er sich wieder in den Empfangsraum zurückzog.

Nach dem Essen rauchten sie Wasserpfeife und tranken Kaffee auf den Diwanen. Die anderen steckten fachmännisch die Füße unter sich, doch Jonathan blieb aufrecht sitzen. Schließlich trafen noch mehr Gäste in langen seidenen Galabeyas und dicken Turbanen ein. Jonathan vermutete, dass sie wahrscheinlich nicht Englisch sprachen und daher nicht an der Mahlzeit teilgenommen hatten.

Am nächsten Morgen machte sich Jonathan früh zum Schneider und zum Schuhmacher auf, um seine Einkäufe anzuprobieren. Er drängte sich durch ein Meer von Straßenhändlern zum Basar.

Aus Stein gemeißelte Horusköpfe, gold bemalte Ibisse, sorgfältig auf alt getrimmte Skarabäen wurden Jonathan auf seinem Weg durch die schmalen Gassen entgegengestreckt; außerdem versprach man ihm Mumien. Ein bunt bemalter Eselkarren, auf dem ein runzliger alter Mann saß, dessen Gesicht wie gegerbtes Leder wirkte, und ein hochnäsiges Kamel mit einem Beduinen in schwarzem Gewand kamen an ihm vorbei. Die beiden Läden waren zu seiner Enttäuschung jedoch noch geschlossen, sodass er ins Konsulat zurückkehrte. Er saß auf seinem Balkon über den Tempelruinen von Luxor, trank Tee, aß Tameya und wartete ungeduldig darauf, dass die Läden öffneten. Die Gärten wimmelten von Wiedehopfen, die auf der Suche nach Insekten im Rasen pickten. Ihre leuchtend rot, schwarz und weißen Schöpfe hüpften auf und ab, als sich die Katze der Familie näherte.

Gegen zehn Uhr wurden die Fensterläden der Geschäfte allmählich geöffnet, sodass er sich wieder auf den Basar begab. Die Anzüge bedurften einiger zusätzlicher Änderungen, die Schuhe konnte er jedoch mit ins Konsulat nehmen. In seinem Zimmer packte er seine paar Habseligkeiten in seinen neuen Lederkoffer und wartete auf das Eintreffen der fertigen Anzüge, bevor er ihn von Achmed ins Foyer bringen ließ.

Er traf Mustafa Aga beim Tee im Speisezimmer an und erhaschte noch einen Blick auf eine Frau in einem rosa Seidenmantel, die sich bei seinem Eintreten davonmachte. Das muss Mrs. Mustafa sein, oder eine von mehreren Mrs. Mustafa, dachte er plötzlich, als ihm klar wurde, dass der Mann mehr als eine Frau haben könnte. Vielleicht wäre das Leben leichter, wenn wir mehr als eine haben dürften, überlegte er und versuchte sich vorzustellen, wie er Annie seine neue Frau Miriam vorstellte. Er schüttelte den Kopf. Das hätte nie funktioniert, dachte er traurig. Schade, wirklich schade.

Er bedankte sich beim Konsul für seine liebenswerte Gastfreundschaft. Mustafa geleitete ihn zur Haustür, verabschiedete sich von ihm und beauftragte Hamid, sich um ihn zu kümmern.

Die beiden Männer stiegen auf Pferde. Hamid hatte zwei berittene Bewaffnete und ein fünftes Pferd für das Gepäck angeheuert, stellte Jonathan erleichtert fest, denn Mustafa war vor gelegentlichen Überfällen durch Beduinen aus der Wüste gewarnt worden. Die kleine Gruppe brach Richtung Norden auf. Die Straße nach Al Kusair führte um die Berge im Osten von Luxor vorbei, schwenkte bei Koft ab und verlief weiter Richtung Osten zur Küste. Jonathan und Hamid hatten gehofft, die dreißig Meilen an einem Tag zurückzulegen, um eine Übernachtung in der Wüste zu vermeiden, doch Jonathan fürchtete, dass sie zu spät aufgebrochen waren. »Maalesch, maalesch«, sagte Hamid, als Jonathan ihn auf die Verspätung ansprach. »Keine Bange, keine Bange«, sagte er.

Sie ritten durch die glühende Hitze, vorbei an den römischen und arabischen Beobachtungstürmen, die seit Jahrhunderten die Straße schützten. Nur einer der Türme war von einer Abteilung türkischer Soldaten bemannt, die in der Wüste schmachteten. Sie hielten kurz an diesem namenlosen Ort an, um den Pferden Wasser zu geben und ein schnelles Mittagessen im Schatten des Beobachtungsturms einzunehmen. Der Pfad war gut ausgetreten, rechts und links Buschwerk, in dem hin und wieder ein wildes Kamel nach Futter suchte. Sie kamen schnell voran. Als die Sonne unterging, hätte Jonathan schwören können, dass er den melodiösen Ruf zum Gebet vernahm, und eine Viertelstunde später erblickten sie in der Ferne die Minarette und die Ruinen der Festung über den Stadtmauern von Al Kusair.

Kapitel siebzehn

Es schmilzt der Schnee, es schmilzt der Gram der Berge
Im Sonnenkuss des Frühlings liebend hin.
Wir aber sind wie steingeformte Zwerge,
Entbunden einer Träumerin.

Der Menschenstrom, der den Haddsch ausmachte, floss nach Norden durch das öde Buschland Arabiens. Die Karawane folgte dem alten Dar el Haddsch im Osten des Hedschas entlang des Küstengebirges am Roten Meer. Annie kam sich vor wie ein bloßer Tropfen in der Menge der Männer, Frauen, Kinder und Kamele, die sich durch Schluchten und Wadis schoben, um nach Hause zu kommen. Der Ritt durch die Kühle der Nacht verlieh ihrer Reise eine schaurige Unwirklichkeit, während sie durch das Dämmerlicht der Wüste stetig nach Norden strömten.

Der zweite Tag glich nach dem Anhalten der Karawane in der Morgendämmerung mehr oder weniger dem ersten. Ihre zehn Kamele, geführt von den kleinen Beduinenjungen, knieten nieder, damit die erschöpften Reisenden absteigen und sie von ihren Lasten befreien konnten. Dann wurden die Kamele aus dem Lager herausgeführt, um Weidegrund zu suchen. Belagert von Jungen, die Wasser feilboten, und von Brotverkäufern, halfen alle beim Aufbauen der Zelte und dem Verstauen der Ausrüstung, während Iwan ein leichtes Frühstück zubereitete. Dann legten sie sich in die Zelte, um die Hitze des Tages zu verschlafen.

Rings um das Lager stellten die türkischen Soldaten im Abstand von etwa fünfzig Metern ihre Zelte auf und hielten Wache über die Pilger. Nachdem es dunkel war, hängten sie Papierlaternen vor ihre Zelte und lehnten sich lässig auf ihre Gewehre, nach marodierenden Beduinen Ausschau haltend. Annie wusste nicht, ob sie für ihre Anwesenheit dankbar sein oder sich durch ihre Verbindung zu Hassan Bey bedroht fühlen sollte.

Am späten Nachmittag hatte sie die Nachricht erreicht, dass der nächtliche Marsch bei Sonnenuntergang beginnen sollte, sodass sie gegen Morgen die relative Sicherheit von Al Buwair mit seiner türkischen Garnison erreicht hätten. Nach einer Mahlzeit am Nachmittag packte die Karagöz-Truppe zusammen und bereitete den Aufbruch vor.

»Kommen Sie, reiten Sie voran und schauen Sie sich die Prozession an«, forderte Ari sie auf, als sie Annies Kameltaschen ins Shagduf luden. »Sie müssen sie sich von oben ansehen, um das enorme Ausmaß des Haddsch zu begreifen. Die anderen werden Ihr Kamel hinter sich herziehen. Sie können auf meinem reiten.«

Annie stimmte rasch zu. Als die Karawane sich im gewohnten Schritttempo auf den Weg machte, hob Ari sie in seinen Sattel und stieg hinter ihr auf. Als sie den Druck seiner Beine um sich spürte, fühlte Annie sich eigenartig sicher. Er trieb die beladenen Kamele einen Abhang aus Schiefergestein hinauf. Von oben sahen sie zu, wie die Prozession unten Form annahm.

Der Karawane voraus marschierte eine Gruppe wilder, zerzauster Männer zu Fuß. Sie wirbelten und tanzten vor der Kolonne her. Ari beugte sich vor und flüsterte Annie ins Ohr:

»Das sind die tanzenden Derwische. Fanatische, aber freundliche Seelen. Aber versuchen Sie nie, die Brunnen nach ihnen zu benutzen. Sie haben die Angewohnheit, im Trinkwasser zu baden.« Er lachte.

Mit den Derwischen zogen ein Afghane mit blauem Turban und ein schlanker Junge, der aus einer Schriftrolle las. Ein paar Männer begleiteten sie, die lederne Wasserschläuche für die Waschungen vor den Gebeten bei sich trugen. Sie alle sangen oder beteten mit hoch erhobenem Kopf.

Direkt dahinter ritt eine Gruppe Standartenträger auf riesigen

Kamelen mit dem Berak, dem rotgrünen Banner des Haddsch. Dann kam der Emir al Haddsch in prächtiger Kleidung; obwohl er keine Schuhe trug, ritt er ein reichlich aufgeputztes Kamel, dessen grüne und rote Troddeln über den Boden schleiften. Hinter ihm folgte ein Sklave, der eine mit Wimpeln verzierte Lanze mit silberner Spitze trug. Der Emir selbst war ein schwarzer Sklave namens Ambar; er gehörte Ibn Raschid, dem Beduinenkönig der Region.

Hinter dem Emir versammelten sich die wohlhabendsten Pilger. Hellhäutige Perser in schmieriger Filzkleidung, Kaufleute aus Beirut und Damaskus mit ihren Familien folgten in Sänften, die über zwei Kamele gehängt waren, oder in Shagdufs. Die Reichsten schliefen in gestreiften Tachtirwans, überdachten Sänften, die hintereinander getragen wurden, damit ihre Insassen sich im Schlaf ausstrecken konnten. Davor oder dahinter gingen Diener mit Verpflegung. Annie sah auch einen, der die Wasserpfeife seines Herrn trug.

Anschließend folgte die Masse der Pilger, zuweilen zu zweit auf einem bereits mit Paketen beladenen Kamel. Manche ritten, andere gingen zu Fuß, während Kinder zwischen den Beinen der großen Tiere herumtollten und die Kameljungen der Beduinen versuchten, Wasser oder Vorräte zu verhökern. Zwanzig Minuten lang ließen Annie und Ari den vier Meilen langen Menschenstrom an sich vorüberziehen. Ari schätzte mindestens fünftausend Menschen und siebentausend Kamele.

Als sie kehrtmachten, um sich der Karawane wieder anzuschließen, führte Ari das Kamel an ein paar in den Felsen eingeritzten Vögeln, Steinböcken und Gazellen vorbei. Die abgeflachten Reliefs schimmerten in der untergehenden Sonne, Zeugnis für die vielen Seelen, die vor ihnen bereits hier waren.

»Lange bevor es die Pilgerreise gab, folgten Händler aus Hadramaut schon diesem Weg, um Ägypter und Römer mit Weihrauch zu versorgen. Seit über tausend Jahren haben Menschen ihre Waren über diese uralten Handelsrouten gebracht«, sagte

Ari. Als Annie die Hand ausstreckte, um der Form des Felsreliefs zu folgen, legte Ari seine Hand über die ihre. Sie schaute ihn überrascht an. Sein Blick war von einer Intensität, der ihr vorher nicht aufgefallen war.

»Bitte nicht, Ari«, sagte sie leise und entzog ihm ihre Hand. Sie war ihm in Dankbarkeit zugetan, mehr nicht.

»Ich kann warten«, sagte Ari sanft, »bis Sie bereit sind.«

»Nein, Ari, warten Sie nicht auf mich«, sagte Annie und schüttelte traurig den Kopf.

Sie stiegen über den Nordhang ab, eine Staubwolke hinter sich aufwirbelnd, und schlossen sich wieder ihrer Truppe an. Die Karawane zog in gemächlichem Tempo weiter, um sich den vielen Pilgern zu Fuß anzupassen, sodass Ari keine Schwierigkeiten hatte, nach vorn zu galoppieren und sich wieder in die Kolonne einzureihen. Annie schlüpfte in ihr Shagduf, verwirrt und besorgt über Ari. Wie war es möglich, dass er ihre Gefühle für ihn falsch ausgelegt hatte? Sie hätte vorsichtiger sein sollen, als sie ihre Dankbarkeit zum Ausdruck brachte, dachte sie kleinlaut. Ari war schließlich auch nur ein Mann. Ob sie sich vor seinen Avancen fürchten musste? Sie war ihm vollkommen ausgeliefert.

Am nächsten Tag im Morgengrauen nach einem Marsch von zehn Stunden schleppte sich die Karawane in eine breite Schlucht, die von den Türmen einer osmanischen Festung in Al Buwair überragt wurde. Sie schlugen ihr Lager im trockenen Flussbett auf und fielen in ihre Zelte, dankbar, sich nach dem unablässigen Schwanken der Kamele auf festem Boden ausstrecken zu können. Als sie wach wurden, stellten sie fest, dass sie neben einer Gruppe wohlhabender Perser lagerten, die ihren Tee aus einem Messingsamowar im Schatten ihres hübsch ausstaffierten blauen Zeltes einnahmen. Die Perser in ihren Filztuniken und Käppchen saßen im Schneidersitz auf feinen Teppichen.

An jenem Abend, als der Emir anscheinend gar nicht daran dachte, früh aufzubrechen, blies Gregor die Flöte, um den Beginn der Karagöz-Vorstellung anzuzeigen. Beim Klang der Nareke beeilte sich Annie, ihre Flöte zu holen und ließ sich still in der Ecke hinter dem Musselinschirm nieder, damit Sherine für sie übersetzen konnte. Nach dem Prolog und der Redeschlacht zwischen Karagöz und Hacivat begann Ari mit der Erzählung vom »Lügner«. Celebi, ein Dandy und alter Freund von Karagöz, der ein kleines Vermögen geerbt hatte, trank eines Abends zu viel und schlug der Tischrunde eine ansehnliche Belohnung für die größte Lüge vor. Karagöz behauptete, Celebis Vater habe sich eine große Geldsumme von Karagöz' Vater geliehen, auf deren Rückzahlung sie noch immer warteten. Celebi konnte seine Anschuldigung nicht leugnen, ohne ihn für die Lüge zu belohnen, und er war gezwungen zu zahlen, was Karagöz verlangte. Als Annie sich später im Publikum umsah, merkte sie, dass einige Männer schon früh am Abend begonnen hatten, Arrak zu trinken, und Ari machte sich auf ihre Kosten lustig.

Nach der Vorstellung saß die Truppe am Lagerfeuer und wartete auf das Zeichen zum Aufbruch. Als Annie, die Aris Blick auszuweichen versuchte, ihr Teeglas neben sich in den Sand stellte, erblickte sie eine Tarantel, so groß wie ihre Hand, die gemächlich auf sie zu kam. Sie sprang auf und fing sich gerade noch rechtzeitig, um nicht spitz aufzuschreien, was ihre männliche Verkleidung Lügen gestraft hätte. Iwan setzte hinter der Spinne her und fing sie in einem Korb. Noora sah fasziniert zu, wie er die riesige Spinne an seinem Arm hochkrabbeln ließ. Annie hatte noch nie ein so gewaltiges Tier gesehen, und sie war erleichtert, als der Schuss zum Aufbruch ertönte und Iwan sein Spielzeug laufen lassen musste. Danach schwor sie sich, ihre Sandalen und ihre Kleidung sorgfältig auf Spinnen und Skorpione zu untersuchen, die in der Wüste auch auftraten.

Sie stiegen wieder für einen weiteren schwankenden Ritt durch die Dunkelheit auf die Kamele. Die Monotonie der Reise begann an Annie zu zehren. Lieber wäre sie tagsüber unterwegs gewesen, um sich trotz der starken Hitze die Landschaft anzusehen. Bei Nacht konnte sie nur hin und wieder einen hoch aufragenden Berg erkennen, obwohl sie einmal glaubte, einen Blick auf zwei glühende Augen im Gebüsch erhascht zu haben, vermutlich eine Hyäne.

Annie hatte angenommen, die Route des Haddsch würde durch eine brennend heiße Wüste führen, stellte jedoch fest, dass die Karawane sich in der Nähe der Ausläufer des Küstengebirges hielt. Gregor erklärte ihr, die großen Sandmeere der Nefud und der Rub al Khali im Innern Arabiens seien aufgrund mangelnder Weideplätze unpassierbar.

Zwei Tage später erreichten sie Mudaraj, eine kleine Ansiedlung aus niedrigen Lehmhäusern und ein paar dürftigen Läden. Eine Gruppe Männer aus der Karawane brach auf Pferden auf, um auf die Jagd zu gehen, und kam mit ein paar Hasen und einigen Gazellen wieder, die sie für teures Geld verkauften. Annie und Sherine füllten ihre Wasserschläuche und Flaschen an einem der tiefen Brunnen aus Ziegelsteinen. Zum Glück reichte die Verpflegung aus, die sie in Medina gekauft hatten, sowie das Brot, das sie gebacken hatten, wenn es auch hart und zäh war.

Nach einer weiteren Nacht, die sie verkrampft in ihrem Shagduf verbrachte, freute sich Annie, als sie erfuhr, dass sie sich Madain Salih näherten, einer antiken, verlassenen Stadt, wo sie einen Tag lang rasten würden. Am nächsten Morgen in der Dämmerung kamen sie an einer schmalen Schlucht am Wadi al Ula vorbei und zogen durch eine Oase mit Dattelpalmen. Auf der anderen Seite des Flussbettes stand eine primitive, ummauerte Stadt mit zwei Toren, geschützt durch uralte Palmholztüren. Sie bestand aus etwa fünfhundert Häusern und war der größte bewohnte Außenposten, den sie seit einer Woche gesehen hatten. Hinter der Stadt passierten sie Umm Daraj, die Mutter der Stufen, einen Opferaltar aus präislamischer Zeit, überragt von einer verwitterten Treppe, die den Berg hinaufführte. Dann kamen sie in eine breite Schlucht, umgeben von Bergen und hohen Felswänden. Als das Signal ankündigte, dass sie hier haltmachen würden, sah Annie mit Erstaunen kunstvoll bearbeitete Höhleneingänge in den Wänden der Schlucht, manche an die zehn Meter hoch. Sie stellten geflügelte Löwen mit menschlichen Köpfen dar und hatten abgestufte Kapitelle. Das gesamte Gebiet war menschenleer, bis auf ein paar Beduinenkinder, die geschlachtete Hühner zum Verkauf anboten. Die Karawane breitete sich in der Morgensonne aus, und Annie war, von ehrfürchtigem Staunen erfüllt, fest entschlossen, einen Erkundungsgang zu unternehmen, bevor die Hitze zu stark wurde.

Ari jedoch, den sie als ihren Führer zu gewinnen suchte, hatte andere Pläne und überzeugte sie, mit der Erforschung der Höhlen bis zum Abend zu warten. Die Augustsonne brannte bereits auf die Reisenden hernieder, die eilends den Schutz ihrer Zelte aufsuchten. Annie schloss einen Kompromiss und überredete Noora und Sherine, sie mit ihrem Bettzeug in eine der Höhlen zu begleiten. Sie würden im Schatten schlafen.

Sie wählten die Höhle aus, die ihrem Lager am nächsten lag, und stiegen die wuchtigen Stufen hinauf. Der Innenraum war schlichter als die kunstvoll abgestuften Kapitelle an der Fassade. Ein paar Nischen waren in den Fels gehauen; ansonsten fehlte jeglicher Schmuck, bis auf den Ruß uralter und neuerer Lagerfeuer an der Decke. Der Fels, in den die Höhle geschlagen war, bestand jedoch aus verschiedenfarbigen Kalkschichten in Rot-, Schwarz- und Gelbtönen, die den Innenraum mit Mustern versahen, wie es keine von Menschenhand gestaltete Zeichnung vermocht hätte. Die Frauen schlugen ihre Bettstelle in der Mitte auf und legten sich schlafen, Noora zwischen sich.

Stunden später, als Annie die Augen aufschlug, glühte der vielfarbige Fels ringsum im Licht der Nachmittagssonne. Sherine lag schlafend auf ihrer Matte, den Mund leicht geöffnet. Noora jedoch war fort. Annie erhob sich leise von ihrer Matte und trat an die Höhlenöffnung, um nach ihr zu suchen. Die Karagöz-

Truppe lagerte draußen vor der Höhle, doch von Noora war dort nichts zu sehen. Annie stieg die riesigen Felsblöcke vor der Höhle hinab und begab sich auf die Suche nach ihr.

Sie zögerte noch, sich allein auf den Weg zu machen, denn ihre mangelnden Arabischkenntnisse könnten Verdacht erregen, falls jemand sie anspräche. Sie beschloss, sich dicht an das Lager zu halten und das Kind zu suchen, ohne Sherine zu alarmieren. Sie hatte erst zwei oder drei Höhlen überprüft, über denen jeweils eine andere Inschrift prangte und deren Kapitelle unterschiedlich gestaltet waren, als sie Kindergelächter vernahm. In der nächsten Höhle traf sie mit Erschrecken einen Kreis von lachenden Beduinenkindern an, die auf etwas zeigten. Noora stand mit tränenüberströmtem Gesicht in ihrer Mitte, während einer der größeren Jungen ihre Galabeya hochzog. Sie wirbelte herum, als Annie hereinkam und rief sie beim Namen, wand sich aus der Gruppe und lief zu ihr. Annie funkelte die Beduinenkinder wütend an, als sie johlend aus der Höhle rannten, auf Noora zeigten und riefen: »Bint! Bint!« Entsetzt wurde Annie klar, was sie meinten. »Ein Mädchen! Sie ist ein Mädchen!«

Annie hielt Noora fest in den Armen, bis ihr Weinkrampf nachgelassen hatte, beugte sich dann herab und wischte ihr mit einem Zipfel ihrer Galabeya die Tränen ab. Langsam gingen sie zur Höhle zurück, in der Sherine noch schlief. Annie hoffte inständig, dass die Kinder sie nicht verrieten. Sie waren so weit gekommen, dachte sie unglücklich, zu weit, um jetzt noch umzukehren.

Sherine richtete sich auf, als sie in die Höhle kamen, und Noora warf sich auf ihren Schoß. Sherine wiegte sie leise, während Noora unter Schluchzen ihre Geschichte erzählte. Sie habe mit den einheimischen Kindern spielen wollen, sei ihnen in eine Höhle gefolgt und schließlich als Mädchen bloßgestellt worden. Noora war am Boden zerstört, dass man sie und ihr Geheimnis auf diese Weise aufgedeckt hatte. Sie hatte die Rolle eines Jungen nun seit vielen Wochen genossen, und wollte nicht, dass ihr Abenteuer zu Ende war. Sherine tröstete sie und sagte ihr, es werde keine Folgen haben, warf Annie aber besorgte Blicke zu.

Annie machte sich auf die Suche nach Ari und erzählte ihm, was geschehen war.

»Die Kinder werden es aller Wahrscheinlichkeit für sich behalten«, sagte Ari, doch seine Augen straften seine Worte Lügen. Annie sah ihm an, dass er sich Sorgen machte. Gerüchte verbreiteten sich wie ein Lauffeuer unter den Pilgern, und sie waren umgeben von türkischen Truppen, die sie beschützten. Wenn die Türken erführen, wer sie waren ... »Warten wir ab, ob etwas passiert.«

Sie bereiteten eine leichte Mahlzeit für die Truppe zu, und Ari versicherte Noora, als sie wieder da war, sie habe die Rolle als Junge phantastisch gespielt. Sie lächelte traurig, noch immer in Aufruhr über ihren unbeabsichtigten Verrat, aber fest entschlossen, ihre Rolle beizubehalten. Annie wurde erschreckt klar, dass sie sich die Haare schneiden mussten, wenn sie den Schein aufrechterhalten wollten, und holte die Schere.

Nach dem Essen brachen sie auf, um die Höhlen von Madain Salih zu erkunden. Sie gingen nach Norden, am Fuß des Gebirges entlang, und kamen in ein Gebiet mit tiefen Brunnen. Annie zählte über fünfzig, womit dieser Halt der wichtigste an der alten Handelsroute war, die später zum Pilgerpfad wurde. Hinter den Brunnen waren eine Reihe kunstvoll bearbeiteter Höhlen zu sehen, verziert mit Nabatäer-Mustern, wie Ari sie nannte, einer Reihe von fünf Quadraten, die zum dritten anstiegen und dann wieder abstiegen. Dieses Stufenmotiv zierte viele der schlichteren Höhlen.

Eine türkische Festung bewachte das nördliche Ende der Schlucht; die Gruppe wandte sich nach Osten und betrat einen schmalen Hohlweg zwischen zwei blanken Felswänden, Siq genannt. Sie kamen an ein paar kleineren Nischen vorbei, dann war ein riesiger Alkoven aus dem blanken Fels gehauen, groß genug für eine Menschenmenge. Eine Wasserrinne war aus dem Fels gekehlt, und am anderen Ende befand sich ein natürliches Amphitheater, umgeben von ungewöhnlichen Felsformationen. Sie wandten sich wieder gen Süden, um zu ihrem Lager zurückzukehren, und passierten dabei weitere Grabstätten. Schließlich fanden sie die spektakulärste von allen – eine riesige Höhle, aus einer alleinstehenden Felsnadel herausgearbeitet, die aus dem Talboden herausragte. Hier bildete das stufenförmige Muster ein grandioses V über schlicht gestalteten Simsen und ionischen Säulen, und eine kleine Tür, verziert mit drei Urnen, durchbrach die Fassade. Sie standen in dem kunstvoll gestalteten Eingang, beobachteten den Sonnenuntergang über der Schlucht und sahen staunend zu, wie die Schatten auf den antiken Portalen dramatische Lichteffekte schufen, während das Meer aus gestreiften und vielfarbigen Zelten zu ihren Füßen lag. Annie schaute zu Ari auf und stellte fest, dass er sie beobachtete und auf ihre Reaktion wartete. Sie lächelte in der Hoffnung, damit ihre Dankbarkeit zum Ausdruck zu bringen.

»Das ist die Schwesterstadt von Petra, einer anderen Stadt der Nabatäer im Norden. In einer Woche werden wir in Petra sein«, sagte Ari.

»Ist es dort auch so schön wie hier?«, fragte Annie und betrachtete die Reliefs der Höhleneingänge, die sich im Licht der untergehenden Sonne rot färbten.

»Manche behaupten, Petra sei noch schöner. Es liegt versteckt in einem schmalen Hohlweg, der die Stadt tausend Jahre lang nicht preisgegeben hat«, sagte Ari und kam näher. Annie wandte sich zum Gehen, denn sie fürchtete, er könnte versuchen, sie in den Arm zu nehmen.

Wenn doch nur Jonathan bei mir wäre, dachte sie untröstlich und stieg von der Höhle ins Tal. Wo war er? Ging es ihm gut? Bei dem Gedanken an ihn fragte sie sich, wie weit sie inzwischen von ihrem ursprünglichen Kurs abgekommen war. Sie befand sich, als Mann verkleidet, mitten in der arabischen Wüste, war vermutlich schwanger und unterwegs nach Damaskus. Noch vor wenigen Wochen hätte das – mit ihm an ihrer Seite – absurd geklungen. Sie wischte sich den Schweiß vom Gesicht und dachte, wenn sie es bis zum Ende schaffte und dem Kind nichts zustieße, wäre es ein Wunder. Wenigstens hatte sie die berühmte Stadt Madain Salih gesehen, die ihr beinahe ebenso fehl am Platz vorkam, wie sie sich selbst.

An jenem Abend führte die Karagöz-Truppe das Stück »Die falsche Braut« auf. Iwan spielte schöne griechische und armenische Hochzeitslieder auf der Rabab, mit denen er die Geschichte begleitete, in der es um Matiz, einen armenischen Geldwechsler, ging, der ein Säufer war. Ohne auf die Ratschläge seiner Freunde zu achten, trank er ohne jedes Maß. Um ihm eine Lektion zu erteilen, leiteten seine Freunde eine Hochzeit mit Karagöz als Braut in die Wege. Die Überraschung in seiner Hochzeitsnacht war ihm eine Lehre. Die Zuschauermenge aus Syrern und Persern brüllte vor Lachen, als sich herausstellte, dass Karagöz die Braut war. Ari hoffte wohl, Noora damit deutlich gemacht zu haben, dass sie für eine gute Sache in Verlegenheit geraten war.

Gesang und Tanz setzten sich bis weit in die Nacht fort, und es hallte von den Wänden der Schlucht wider, bis Annie schon dachte, dass sie gar nicht mehr schlafen würden. Schließlich, als der Himmel über dem Hohlweg hell wurde, kam das Lager zur Ruhe. Durstig und hungrig wachte Annie am Nachmittag auf.

Nachdem sie weißen Käse und altbackenes Brot zu sich genommen hatten, führte Ari sie auf den Basar, der zu Füßen der türkischen Festung von den Beduinen aus Al Ula aufgebaut worden war. Dort wollten sie Nahrungsmittel kaufen. Er warnte sie, dass es noch eine weitere Woche dauern würde, bis sie einen vergleichbaren Markt in Tabuk erreichten.

Annie half Ari bei der Auswahl von Kamelfleisch und verschrumpelten Paprikaschoten für den Eintopf. Die Datteln, frisch vom Baum, sahen köstlich aus, und sie kauften ein paar

Limonen als besonderen Schmaus. Sie füllten ihre Holzkohlenvorräte auf, und Annie konnte einem Teller mit Honigkuchen aus Pistazien und Haselnüssen nicht widerstehen.

Die einheimischen Beduinenfrauen, die Obst und Gemüse feilboten, trugen kunstvoll bestickte schwarze Kleider. Die Männer protzten mit langen Borten. Annie stellte verwundert fest, dass anscheinend jede Stadt, die sie besuchten, eine eigene Art der Stickerei und Kleidung entwickelt hatte.

Als sie kurz vor Sonnenuntergang ins Lager zurückkehrten, saß ein türkischer Soldat an ihrem Kohlebecken. Annie blieb das Herz stehen, als ihr klar wurde, dass er wahrscheinlich gekommen war, um die seltsame »bint« zu untersuchen, die vorgab, ein Junge zu sein. Ari redete kaum hörbar mit Sherine, die Noora sofort mit ins Zelt nahm. Er trat zu dem Türken und sprach ihn in einer Sprache an, die Annie nicht kannte. Annie versuchte nach außen hin die Ruhe zu bewahren und gesellte sich zu Noora, als Sherine gerade das Zelt verließ. Sie hielt etwas fest in der geschlossenen Hand.

Iwan heizte das Kohlebecken an und setzte Tee auf. Die Männer sprachen fast eine Stunde miteinander, doch der Tonfall war so versöhnlich, dass Annies Sorgen verflogen. Wie viele Sprachen Ari doch beherrschte! Ihre Achtung vor ihm wurde immer größer. Die vielen Jahre des Umherziehens hatten ihn in ein Chamäleon verwandelt. Gab es denn nichts im Nahen Osten, mit dem er nicht fertig wurde? Annie wartete bei Noora, neugierig zu erfahren, was das Gespräch ergeben hatte.

Als der Soldat schließlich ging, krochen Annie und Noora aus dem Zelt, um das Urteil in Empfang zu nehmen.

»Was wollte er?«, fragte Annie und setzte sich ans Feuer.

»Wie wir schon vermutet hatten, sind die Kinder direkt zur Festung gegangen, um von dem verkleideten Mädchen zu berichten und Bakschisch zu fordern. Der Offizier wurde beauftragt, eine Untersuchung einzuleiten«, erzählte Ari.

»Und was haben Sie ihm gesagt?«, wollte Annie wissen.

»Es geht nicht darum, was ich ihm gesagt habe, sondern wie«, stellte Ari augenzwinkernd fest.

»Was soll das heißen?«, fragte Annie.

»Ich sah auf Anhieb, dass er aus Dagestan kam. Und Türken und Dagestaner können sich nicht ausstehen. Er war vermutlich als junger Mann in den Dienst des Sultans verkauft worden. Ich habe ihn also auf Dagestanisch angesprochen und ihm erklärt, wir kämen aus den Bergen seiner Heimat und wollten nicht, dass unsere Tochter während der Reise belästigt wird, weshalb wir sie als Jungen verkleidet haben«, sagte Ari.

»Und?«, hakte Annie nach.

»Niemand, der bei klarem Verstand ist, würde diese Geschichte glauben, aber weil wir aus der Nähe seiner Heimat kommen und Sherine mir einen sehr schönen Perlenanhänger für seine Frau gegeben hat, versicherte er mir, dass der Fall damit abgeschlossen sei«, sagte Ari zufrieden.

»Und Sie glauben ihm?«, fragte Annie.

»Selbstverständlich. Er ist ein Landsmann«, sagte Ari indigniert.

»Ich wusste gar nicht, dass Sie aus Dagestan kommen …«, sagte Annie verwirrt.

»Das stimmt auch nicht, aber er weiß es nicht«, antwortete Ari, über ihre Verwirrung lächelnd.

Annie schüttelte den Kopf. Das alles war ihr zu orientalisch. Wieder einmal musste sie sich bei Ari für ihre Sicherheit bedanken.

Sie gingen an die Brunnen, um ihre Wasserschläuche zu füllen, die Zemzemi und die Flaschen. Aus einem Brunnen sprudelte das Wasser wie aus einer Quelle in ein großes Becken, vermutlich schon seit Jahrtausenden. Die Frauen konnten sogar mit dem übrig gebliebenen Wasser ein kurzes Bad in ihrem Zelt genießen. Zwei Stunden nach Sonnenuntergang hallte das Zeichen zum Aufbruch von den Wänden der Schlucht wider. Annie verließ die Schlucht mit den herrlich ausgemeißelten, wie für ein Riesengeschlecht entworfenen Eingängen nur ungern. Und es mussten Riesen gewesen sein, dachte sie, die eine Zivilisation in diesem verlassenen Teil Arabiens aus dem blanken Fels gehauen hatten. Dass sie sich wieder in die Wüste hinauswagten und den Schutz von Madain Salih hinter sich ließen, behagte ihr ganz und gar nicht.

Die Landschaft ringsum war übersät mit gewaltigen, nackt zutage liegenden Felsen, als hätte vor langer Zeit ein Meer die Erde hinweggespült. Die roten Schluchtwände, die sie hinter sich ließen, ragten über den kleinen Ansiedlungen der Beduinen empor, an denen sie vorbeikamen. Die schwarzen Zelte aus Webstoff lagen wie Schlangen zu Füßen der rotbeinigen Riesen. Hin und wieder kamen sie an einem einzelnen Stein vorbei oder einmal an einer Gruppe von fünf Stalaktiten, die aus dem Wüstenboden emporschossen. Im Dunkeln wirkten sie wie vergessene Reisende, allein gelassen, um in ihren flehentlichen Bitten an den Himmel zu versteinern.

Sie zogen drei Nächte lang weiter, bis sie an die nächste türkische Festung kamen, die nur wenig mehr als eine Anhäufung von Lehmziegeln war. Das Wasser in den Brunnen unterhalb der Festung war brackig; es schmeckte warm und salzig. Annie dachte sehnsüchtig an die Brunnen von Madain Salih.

Zwei Tage darauf tauchte im Morgengrauen die Stadt Tabuk am Horizont auf. Ein matter Glanz tanzte über dem Ort, und Annie fragte sich schon, ob es nur eine Fata Morgana sei. Verkrampft und staubig von den langen Stunden im Shagduf, sehnte Annie sich nach einem Bad und einer Möglichkeit, die Beine auszustrecken. Sie hoffte nur, dass das Wasser gut wäre. Die Pilger hielten vor den niedrigen Lehmmauern der Stadt an. Die Karagöz-Truppe ergatterte ausnahmsweise einmal einen Platz im Schatten der überhängenden Felswand. Sie schlugen ihr Lager auf und schickten die Kamele auf Futtersuche, während sie nach der nächtlichen Reise ausschliefen. Annie fiel auf, dass Ayishas Rippen allmählich hervortraten. Sie verstand nicht, wieso in dem öden roten Land genügend Futter für ihre vielen tausend Kamele wuchs. Bis auf eine Akazie hier und da und seltenen niedrigen Büschen gab es kaum Vegetation.

Nachdem sie sich ausgeruht hatten, gingen sie hinaus, um ihre Wasserschläuche zu füllen, doch das Wasser war so knapp, dass es hinter Eisentüren verschlossen war, die von Soldaten bewacht wurden. Die Soldaten teilten Ari mit, der Wasserstand sei außergewöhnlich niedrig für die Jahreszeit, und die Plantagen litten darunter. Annie wurde klar, dass aus einem Bad in Tabuk wohl nichts würde.

Im mickrigen Basar kauften sie mit Fliegen bedecktes Kamelfleisch und ein paar Beutel Datteln. Ari sagte, die vor ihnen liegende Strecke sei der schwierigste Teil der Reise, worauf sie sich einzustellen hatten.

Annie kam an einer Beduinenfrau vorbei, die in einem niedrigen Zelt Brot backte. Sie verarbeitete ihre Teigkugeln zu einer großen Platte und legte sie auf die Unterseite eines gewaltigen Eisentopfs, der über das offene Feuer gestülpt wackelig auf drei Steinen stand. Das große Fladenbrot wurde gefaltet und verstaut, bis es schließlich gegessen wurde. Annie kaufte ein paar Brote, die noch warm waren, um die Truppe damit satt zu bekommen.

Die Frauen von Tabuk waren offenbar weniger darum bemüht, ihr Gesicht zu bedecken, als die Frauen in Medina. Im Allgemeinen hatten sie sich einen schwarzen Schal um den Kopf gelegt, der ihre Haare, nicht aber ihre Gesichtszüge bedeckte. Annie war aufgefallen, dass die für die Kamele zuständigen Beduinenjungen nur selten ihr Gezänk unterbrachen, um zu beten, und dass den Pilgern anscheinend mehr daran gelegen war, die Moscheen der kleinen Orte, in denen sie haltgemacht hatten, aufzusuchen, als dem Emir selbst. Vielleicht ließ der Einfluss des Islam nach, je weiter sie das Herz Arabiens hinter sich ließen, und wurde von den Arabern in den Ortschaften eher gepflegt als von den nomadisierenden Beduinen.

Am darauffolgenden Tag kampierten sie in einem offenen Wadi ohne Wasser oder Schatten spendende Bäume. Die Sonne brannte gnadenlos hernieder, und Annie, in Schweiß gebadet, hatte Mitleid mit den Pilgern, die ohne Zelt reisten. Als der Sonnenuntergang sich näherte, fiel ihr auf, dass sich allmählich eine Dunstschicht über die Landschaft legte.

»Sherine, sieht es heute Abend so aus, als würde es früher dunkel als sonst?«, fragte Annie vom Zelteingang her.

Sherines Stirn legte sich in Sorgenfalten, als sie neben Annie trat und beobachtete, wie der Dunst rasch einen orangefarbenen Schimmer annahm, der die Berge in der Ferne verdunkelte. Eine plötzliche Brise kam auf.

»Das ist nicht die anbrechende Dunkelheit. Da kommt ein Sandsturm!«, schrie sie und eilte hinaus, um Noora zu suchen.

Im Nu entstand im Lager ein Tumult aus rufenden, umherlaufenden Menschen. Annie rannte ans Lagerfeuer, um Iwan und Gregor beim Zusammenpacken der Ausrüstung behilflich zu sein. Die Kameljungen liefen fort, um die Kamele einzusammeln und die Tiere mit den Zügeln an die Transportkisten zu binden. Ringsum schossen Mütter hinter ihren Kindern her, und Pilger duckten sich unter einen Schutz, als der Wind aufheulte und Staub emporwirbelte.

Annie konnte bald nicht mehr über das Lager der Truppe hinausschauen, da spürte sie plötzlich, wie jemand sie fest am Handgelenk packte und in Aris Zelt zog. Er schob sie zur Seite und beeilte sich, die Zeltbahnen am Eingang zusammenzubinden, die der Wind ihm aus den Händen zu reißen versuchte. Annie bemühte sich, eine Öllampe gegen die absolute Finsternis im Zelt anzuzünden. Der heulende Sand schlug über eine Stunde gegen das Zelt, rann durch die Ritzen zwischen den Zeltbahnen, drang unter dem Eingang her und bildete eine kleine Düne. Ari legte den Arm um sie, und Annie lehnte sich erschöpft an ihn, dankbar für seine Gegenwart. Sie schaute in sein mit einem Staubfilm bedecktes Gesicht. Als sie ihn anlächelte, denn bestimmt sah sie ebenso eigenartig aus wie er, nahm er ihren Kopf zärtlich zwischen seine Hände und küsste sie. Seine weichen Lippen liebkosten die ihren trotz des Sandes in ihren Mündern. Wie sehr hatten ihr männliche Lippen auf ihrem Mund gefehlt, dachte sie, wie hatte sie sich nach Zärtlichkeit gesehnt. Doch es fühlte sich falsch an.

»Das darfst du nicht, Ari. Ich bin noch immer Jonathans Frau«, flüsterte Annie.

»Es gibt ihn nicht mehr, Annie. Du weißt, dass er tot ist.«

»Das glaube ich nicht. Ich müsste es spüren, wenn es so wäre. Ich wüsste es«, erwiderte Annie. »Ari, mein Freund, ich liebe dich wie einen Bruder, aber ich bin noch immer mit Jonathan verheiratet.«

Sie drehte den Kopf und verbarg ihr Gesicht an seiner Schulter, bis der Wind nachließ. Dann rückte sie von ihm ab, und Ari staubte ihr das Gesicht sanft mit einem Turbanzipfel ab. Er schaute sie seltsam an, sagte aber nichts. Schweigend schenkte sie ihm ein dankbares Lächeln. Die Luft schmeckte nach Erde und Metall.

Nachdem der Wind sich gänzlich gelegt hatte, band Annie die Zeltbahnen auseinander und erblickte eine vollkommen veränderte Szene. Ihr Kohlebecken war unter einer dicken Staubschicht verschwunden. Sandwehen, so hoch wie die Firststangen, bedeckten alle Zelte im Lager. Die Kamele drängten sich kläglich zusammen; ihre Augen waren blinzelnde Löcher in ihrem staubbedeckten Fell. Die wenigen Pilger, die versucht hatten, den Sturm im Freien durchzustehen, waren begraben. Ihre gedämpften Schreie machten Freunde und Mitpilger auf die Stelle aufmerksam, an der sie lagen. Vier Derwische waren tot, bis man sie schließlich fand, steif und versandet. Ihre Begleiter trugen sie in die Wüste, um sie in nicht gekennzeichneten Gräbern beizusetzen, während das Lager Vorbereitungen für einen elenden Marsch durch die Nacht unternahm. Der Sandsturm war in Annies Augen eine Metapher für ihr Leben: ein einziges, umwälzendes Ereignis, das die Landschaft ihres Lebens auslöschte. Würde sie denn niemals Tod und Zerstörung entkommen?

Mühsam schleppten sie sich weiter nach Sat ul Hadsch, das zwar nur über ein paar Lehmhäuser und Beduinenzelte verfügte, aber zum Glück genügend Brunnen für die Karawane hatte. Annie und Sherine trugen so viel Wasser in ihr Zelt, dass sie sich die Sandkruste abwaschen konnten, die in jede Spalte und Hautfalte eingedrungen war. Der Emir ließ die Karawane bei Sonnenuntergang weiterziehen, fest entschlossen, bis zum Morgengrauen die Brunnen bei Mudawarra zu erreichen. Der erzwungene Marsch war hart für die Pilger, doch jede Verzögerung konnte nun eine Katastrophe herbeiführen. Die Kamele wurden sichtbar dünner und brauchten bald Weidegrund. Gegen Morgen kamen sie von Arabien nach Palästina und waren am späten Vormittag in Mudawarra.

Die reisemüde Karagöz-Truppe saß um ihr Kohlebecken, trank Tee und aß Datteln und den letzten Rest des weißen Käses, den sie in Medina erstanden hatten. Sie waren mit einer leichten Staubschicht bedeckt, die wohl einfach zu der Reise gehörte, und so müde, dass kaum jemand redete. Selbst Noora war diesmal still. Schließlich erklärte Ari, der nächste Halt der Karawane sei am nächsten Morgen bei Akaba.

»Dort werden die Pilger mit Ziel Kairo die Karawane verlassen«, sagte er. »Der Weg über den Sinai wird zu dieser Jahreszeit nicht leicht sein, aber sie werden Kairo ein paar Tage früher erreichen als wir Damaskus. Wenn ihr mit ihnen gehen wollt, können wir die Vorräte und die Kamele aufteilen. Was meint ihr?«

Annie dachte kurz nach. Sie hatte nicht überlegt, ob sie versuchen sollte, nach Kairo zu kommen, nachdem ihre Flucht per Schiff über Yanbu vereitelt worden war. Da sie auf Damaskus fixiert war, hatte sie geplant, von dort eine Überfahrt nach Ägypten zu buchen, sobald sie den britischen Konsul in Syrien aufgesucht hatte. Vielleicht sollte sie direkt nach Kairo reisen? Sie wartete auf Sherines Antwort.

»Wenn ich nach Kairo zurückkehre, wird meine Familie Noora wieder zu ihrem Vater schicken. Seine Familie besitzt in Ägypten ziemlich viel Einfluss, und ich werde mein Kind ein für alle Mal verlieren. In Damaskus kann ich vielleicht bei meiner Tante wohnen. Sie ist meine einzige Verwandte, die sich dem Druck von Hassans Familie vermutlich nicht beugen wird. Sie ist vor langer Zeit aus einer solchen Familie geflüchtet und hat seitdem unabhängig gelebt. Ich hoffe, sie wird uns helfen zusammenzubleiben. Können wir bitte weiter mit der Truppe reisen, Ari?«, fragte Sherine.

Ari schaute Annie an. Sie hatte nicht die Absicht, allein zu reisen, ohne Arabischkenntnisse und ohne ihre Freunde. Kopfnickend gab sie ihr Einverständnis mit Damaskus kund.

»Ich freue mich, dass wir uns weiterhin eurer Gesellschaft erfreuen können. Für meine Puppen wurde schon seit vielen Jahren nicht mehr so gut gesorgt«, sagte er und lächelte auf Noora herab, die das Kompliment strahlend zur Kenntnis nahm. Unter seinen schweren Augenbrauen schoss er Annie einen dankbaren Blick zu. Er hofft, dass ich mich entschlossen habe, bei ihm zu bleiben, dachte sie unglücklich, aber ich habe mich nur entschieden, die Reise mit Sherine und Noora fortzusetzen.

Die Pilger krochen matt in ihre Zelte und verschliefen die Hitze des Tages. Bei Sonnenuntergang brachen sie erneut auf und zogen über den Darb al Haddsch weiter nach Akaba.

Kapitel achtzehn

Auf Tafeln ist das Sein uns vorgeschrieben,
Sodass uns nur der Weg des Rhythmus blieb.
Das andere heißt: hassen oder lieben,
Weil Gott die Zeile »du« schon längst zu Ende schrieb.

Al Kusair erinnerte Jonathan auf beunruhigende Weise an Massaua. Als er aus dem Fenster des Gästehauses auf die schmalen Straßen schaute, die gedrungenen Minarette und die Gebäude aus Korallenblöcken mit ihren phantasievoll arabesk abgeschirmten Balkonen vor dem Hintergrund des glitzernden Roten Meeres, konnte er beinahe die Zeit bis zu seiner Ankunft an der afrikanischen Küste zurückdrehen. Die lässigen türkischen Soldaten, die in Eingängen und Cafés lungerten, die indischen Händler mit ihren Frauen in Saris, die Araber in langen, weiten Gewändern und karierten Kopftüchern riefen Erinnerungen an die Korallenstadt in ihm wach, die am Anfang seiner jetzigen Reise stand.

Ach, könnte er die Zeit doch nur zurückdrehen, dachte er betrübt. Könnte er doch nur auslöschen, was er Miriam angetan hatte! Ihr zartes Gesicht tauchte mit der Zeit immer seltener vor ihm auf, doch die Erinnerung an ihr gutes Herz würde ihn ewig verfolgen.

Mustafa Aga hatte telegraphisch eine Anfrage an den britischen Konsul gerichtet, ob er für Jonathan eine Reise nach Akaba in die Wege leiten könne. Nachdem er Hamid und seine berittenen Begleiter aus Luxor ausgezahlt hatte, war Jonathan auf direktem Weg ins Konsulat gegangen, dessen Büroräume über dem Postamt lagen. Al Kusair lag unterhalb der Ruinen eines alten türkischen Forts, im sechzehnten Jahrhundert von Sultan Selim erbaut. Aus den Ruinen stammten die Korallenblöcke für das Zollgebäude und das Postamt. Jonathan stieg die Treppe zum höher gelegenen Portal des Konsulats empor und bewunderte die ausgewaschenen Korallenblöcke mit ihren weichen, porösen Oberflächen.

Der britische Konsul, ein gewisser Mr. Stanley, lief unter seinem orangefarbenen Haar rot an, als Jonathan sein Büro betrat.

»Wir haben in den letzten Monaten so viel über Ihren Fall gehört«, sagte er nervös. »Es ist mir eine Ehre, Sie endlich kennenzulernen.«

»Wie nett von Ihnen, ein solches Interesse zu zeigen, Mr. Stanley«, sagte Jonathan. »Ich hoffe, wir haben Ihnen nicht zu viel Unannehmlichkeiten bereitet.«

»Keineswegs, das kann ich Ihnen versichern. Jahrelang haben wir keine solche Aufregung erlebt. Das letzte Mal, als ein Schiff der P&O an einem Riff nördlich von hier sank, gelang es, hundert Passagiere zu retten. Wenn ich mir überlege, dass nur Sie beide überlebt haben, Sie und Ihre Frau! Es ist einfach so romantisch – durch das Meer getrennt, die Gewissheit zu haben, dass der andere tot ist –, das ist fast wie ›Was ihr wollt‹, nicht wahr?«, schwatzte er begeistert.

»Auf den Gedanken bin ich noch gar nicht gekommen. Ich vermute …«

»Und dann wird Ihre Frau als Sklavin verkauft, gute Güte, das könnte ich nicht ertragen!«, verhaspelte sich Mr. Stanley.

»Ich bin mir sicher, dass Mrs. Tremayne die Situation nicht gerade sehr romantisch findet …«, murmelte Jonathan ungeduldig vor sich hin. »Können Sie mir sagen, ob meine Überfahrt nach Akaba in die Wege geleitet wurde? Ich möchte mich umgehend auf den Weg machen.«

»Oh, oh, selbstverständlich. Es muss natürlich entsetzlich für sie gewesen sein, aber Sklavenhändler …!«

»Mr. Stanley«, unterbrach Jonathan ihn.

»Oh, natürlich«, sagte Stanley und wühlte auf seinem Schreibtisch herum. »Wo habe ich denn nur Ihren Ordner hingelegt …? Hier. Ja, Ihre Fahrkarte ist da. Sie fahren mit dem nächsten Postschiff nach Akaba. Es legt morgen früh um neun Uhr ab. Sie können heute im Gästehaus des britischen Konsulats übernachten. Ihr Pferd befindet sich inzwischen seit mehreren Wochen in unserem Stall. Wir sind ja so froh, dass Sie sicher angekommen sind«, sagte Stanley mit hochrotem Kopf.

»Vielen Dank, Mr. Stanley. Ich weiß es sehr zu schätzen, dass Sie diese Vorkehrungen getroffen haben. Wie viel schulde ich Ihnen für die Fahrkarte und die Unterbringung des Pferdes?«, fragte Jonathan, darauf bedacht fortzukommen.

»Würden Sie mir die Ehre erweisen, heute Abend mit mir zu speisen? Ich würde einfach gern mehr über Ihre Abenteuer erfahren …«, bat Stanley.

»Danke, Mr. Stanley. Aber ich glaube, ich werde früh zu Bett gehen. Der Ritt von Luxor hierher war anstrengend, und morgen möchte ich gern frisch sein«, sagte Jonathan und zählte die geschuldete Summe ab.

»Oh, das kann ich gut verstehen. Sie werden mich aber über die Geschehnisse auf dem Laufenden halten, ja? Ich werde wie auf glühenden Kohlen sitzen, bis ich erfahre, ob Mrs. Tremayne in Sicherheit ist.«

»Ja, natürlich, Mr. Stanley, ich werde Sie informieren«, sagte Jonathan und ging. Nachdem er sich den Weg zum Gästehaus und zu den Stallungen hatte beschreiben lassen, eilte er die Treppe hinunter, um weiteren Gesprächen aus dem Weg zu gehen.

Eilends machte er sich auf den Weg zu den Ställen. Eigentlich hatte er nicht damit gerechnet, das Pferd nach so vielen Wochen wiederzusehen. Nach Annies vermeintlichem Tod war er mit Peter Thatcher nach Afrika gegangen in der vagen Hoffnung zu sterben. Obwohl er dem Schicksal dankbar war, dass es ihn verschont hatte, um Annie lebend wiederzufinden, war der Verlust von Peter und Miriam ein zu hoher Preis für sein elendes Leben gewesen. Für den Rest seiner Tage würde er sich am Tod dieser beiden Menschen schuldig fühlen.

Als er Pegasus sah, der in seinem Stall munter auf Stroh kaute, hob sich Jonathans Laune zusehends. Er näherte sich dem Tier und streckte eine Hand aus, woraufhin Pegasus wieherte und mit dem Fuß stampfte. Das Pferd hatte ihn wiedererkannt.

»Da bist du also, alter Junge. Na, na …«, sagte er und streichelte seinen Hals. »Siehst du, ich bin wiedergekommen! Und auch Annie kommt wieder. Du wirst sehen, ich bringe sie gesund und munter zu dir zurück, mein Alter. Wir dachten schon, wir hätten sie verloren, was? Aber sie lebt, und ich werde sie für dich finden, das verspreche ich dir.« Pegasus' Ohren zuckten, als verstünde er jedes Wort. Jonathan kamen die Tränen, als er den treuen Blick des Pferdes sah. Er hatte das Gefühl, nach der Tragödie, die er verursacht hatte, nicht einmal die Bewunderung des Tieres zu verdienen.

Anschließend suchte er das Gästehaus auf, um sein Gepäck loszuwerden, bevor er wieder hinausging, weil er sich Lektüre für die Reise kaufen wollte. Auf der Suche nach einer Buchhandlung schlenderte er durch die schmalen, gewundenen Straßen. Hier wimmelte es von Händlern und Pilgern, die zu den heiligen Städten von Arabien unterwegs waren. Jonathan entdeckte einen kleinen Buchladen in der Nähe der Moschee, der jedoch nur religiöse Texte mit Goldschnitt hatte. Schließlich fand er eine Buchhandlung am zentralen Platz, die ein Baedeker-Exemplar über Ägypten und ein paar neuere Ausgaben von Collins, Dickens und Thackeray anbot. Er weinte beinahe bei dem Gedanken, etwas anderes als seinen *Rubaiyat* zu lesen.

Die Lichter der Cafés glitzerten wie Funken in der Dämmerung, während die rote Sonne über der Wüste im Westen versank. Er fand einen Tisch auf dem zentralen Platz, an dem er den Klängen der Musik lauschte und die kühle Brise vom Meer genoss. Ein geisterhafter Mond und der Schatten der Venus standen am Himmel, bereit für den Abend. Irgendwo beobachtet

Annie, wie diese Sonne untergeht, sieht die Sterne am Himmel aufgehen. Bitte, sei in Sicherheit, Liebste, dachte er. Ich komme. Ich komme zu dir.

Er ging früh zu Bett und stand im Morgengrauen auf, um rechtzeitig beim Postschiff zu sein. Ein Träger ging ihm mit seinem Koffer voran und geleitete ihn zur *Flamingo*, die an Dock zehn vertäut war.

An Bord des Dampfschiffes wurde er sogleich unter Deck in seine Kabine geführt, die der auf dem Boot nach Suakin ähnlich war, nur etwas sauberer. Vielleicht waren seine Ansprüche inzwischen auch geringer, überlegte er sarkastisch und dachte an die Nächte, die er in den vergangenen beiden Monaten in offenen Booten zugebracht hatte. Das Postschiff würde fünf Tage bis Dschidda benötigen, wie der Stewart ihm mitteilte. Zum Glück hatte er Lesestoff dabei, dachte er, streckte sich auf der harten Koje aus und schlief im Nu ein.

Gegen Mittag wurde er wach und suchte die Kombüse, wo er anscheinend einer von nur drei Passagieren an Bord war. Ein junger Mann, Gerald Tailor, war britischer Konsulatsassistent, nach zwei Jahren in Kairo bereit zum Wechsel und unterwegs nach Akaba, um in der Gesandtschaft in Amman anzufangen. Der andere, ein kleiner, untersetzter Mann namens Michael Dagmar, erklärte, er sei von der Finanzverwaltung geschickt, um im Konsulat in Amman eine Rechnungsprüfung durchzuführen. Er fahre regelmäßig kreuz und quer durch die britischen Besitzungen in Indien und im Orient und prüfe die Bücher.

Jonathan, der ursprünglich nach dem Mittagessen in die Kabine zurückkehren wollte, um zu lesen, ließ sich von Dagmars Reiseberichten einfangen. Der Mann war überall herumgekommen, und nach einem oder zwei Gläsern Stout erzählte er spannende Geschichten über seine Reisen, denen Jonathan und Gerald gebannt folgten. Jonathan und Gerald hörten gebannt zu, wie er mit den osmanischen Türken und den Arabern, denen sie bald begegenen würden, Geschäfte machte. Einmal habe er sich heimlich in Mekka und Medina eingeschlichen, erzählte er und beschrieb die berühmten Städte, die für Ungläubige gesperrt waren.

Als Jonathan schließlich auf die Uhr schaute, war es beinahe Zeit für den Tee. Die Männer suchten ihre Kabinen auf, um sich rasch umzuziehen und trafen sich dann wieder auf einen Drink an Oberdeck. Die Küste Afrikas war längst verschwunden; der blaue Himmel und das türkisfarbene Meer hatten sie verschlungen. Nach dem Abendessen rauchten die Männer und tranken unter dem nächtlichen Sternenhimmel türkischen Mokka. Jonathan hatte sich entspannt und erzählte die Geschichte vom Untergang der *Oriental*, von seiner Reise über Land nach Luxor und seiner Suche nach Annie, wobei er Miriam unerwähnt ließ. Mitternacht war lange vorbei, als er seine neuen Begleiter verließ und sich in seine Kabine unter Deck zurückzog.

Die folgenden vier Tage vergingen ebenso schnell wie der erste. Michael Dagmar schienen die Abenteuergeschichten nie auszugehen, und die drei Männer verbrachten ihre Tage mit lockerer Konversation. Jonathan war froh, sich so von seiner Ungeduld, Annie zu finden, abzulenken. So konnte er auch weniger über die Gefahren nachdenken, in denen sie sich befinden mochte. Als sie in den schmalen Golf von Akaba einliefen, wurden die Männer von schweren Winden und aufschäumender See in die Kombüse getrieben, in der sie sich den ganzen Tag angeregt unterhielten, ohne auf das Schwanken des Schiffes zu achten. Jonathans neu erworbene Bücher lagen ungeöffnet neben seiner Koje. Am Ende der Reise hatten die drei Freundschaft geschlossen, und Gerald und Michael versprachen, alles zu tun, um Jonathan bei seiner Suche nach Annie zu unterstützen.

Am Morgen ihres sechsten Tages stellte Jonathan nach dem Aufwachen fest, dass das Schiff bereits im Hafen von Akaba angelegt hatte. Ein paar niedrige Lagerhäuser säumten den Anleger. Über der schmalen, sandigen Küstenebene erhoben sich kahle Berge. Hierher kommen nur zähe Pilger oder hartnäckige Eindringlinge, dachte er.

Er ging unter Deck, um fertig zu packen, und traf eine Stunde später die anderen an Deck, als ein Sambuk seitlich am Dampfschiff anlegte, um sie durch die Riffe zu bringen. Er verabschiedete sich von der Mannschaft, ließ seinen Koffer in das Boot ab und kletterte am Fallreep hinunter in die schwankende Nussschale. Gerald und Michael folgten, und sie klammerten sich an die Bootswand, während das Boot sich durch die heimtückischen Korallenriffe wand. Hinter dem Riffgürtel dümpelten nur einheimische Boote und Feluken auf den Wellen, die sich am Kai brachen.

Gerald stieg als Erster aus dem Boot und reichte seine Reiseunterlagen einem dicken Zollbeamten mit Fez, der sie kurz überflog, bevor er sie abstempelte und ihm erlaubte, an Land zu gehen. Michael sprang als Nächster an den Kai, half Jonathan aus dem Boot und reichte ihn an den Beamten weiter. Nachdem seine Papiere abgestempelt waren, wartete er gleich hinter der Zollschranke auf Jonathan. Dieser legte seine Papiere vor und wartete. Der Beamte überflog seine Empfehlungsschreiben und die Ausweispapiere und wandte sich dann an einen anderen Beamten. Finster schaute er zu Jonathan auf und sagte ihm, er solle warten. Er erhob sich von seinem Stuhl. In diesem Augenblick stieß Michael einen gutturalen Befehl aus. Der Beamte hielt in der Bewegung inne und drehte sich überrascht zu Michael um, dem er respektvoll auf Türkisch antwortete. Kurz darauf nahm er wieder Platz, warf Jonathan einen ehrfürchtigen Blick zu und stempelte seine Papiere ab.

Jonathan folgte Michael auf den offenen Platz hinter dem Zollschuppen.

»Was hast du ihm gesagt?«, fragte Jonathan, als sie in die offene Kutsche stiegen, die Gerald besorgt hatte.

»Ich habe ihm gesagt, du seist in offizieller Mission hier«, antwortete Michael.

»Vielen Dank. Ich bin froh, dass du da warst«, sagte Jonathan.

»Keine Ursache«, erwiderte Michael.

Sie fuhren über die Hauptzufahrt hinter den primitiven Anlegern und Lagerhäusern in die Stadt. Ob Annie in der Nähe war?, fragte sich Jonathan. Ob sie auf eigene Faust so weit in den Norden gekommen war? Er hoffte inständig, sie rasch zu finden.

Die Kutsche blieb vor einem unfertigen Gebäude aus Korallenblöcken stehen, vor dem die britische Flagge gehisst war. Sie stiegen aus der Kutsche und betraten das Konsulat, wo sie auf Mr. Cobbett trafen, den stellvertretenden Konsul von Palästina, der aus Amman gekommen war, um sie kennenzulernen. Er stellte sie Mr. Howard vor, dem Konsul aus Dschidda, der nach Akaba gereist war, um zu berichten, was er über Annie wusste. Jonathan schlug das Herz höher, als er dem Mann die Hand schüttelte, der Annie zuletzt gesehen hatte. Hier war der lebende Beweis, dass Annie nicht im Wrack der *Oriental* umgekommen war, dachte er und schaute in Howards leicht wässrige, blaue Augen.

»Freut mich, Sie kennenzulernen, Mr. Howard«, sagte Jonathan und reichte ihm die Hand.

»Ganz meinerseits, Mr. Tremayne. Ich habe mich schon so auf unsere Begegnung gefreut«, antwortete Mr. Howard. »Kommen Sie, wir wollen einen Kaffee trinken. Ich bin mir sicher, dass Sie viele Fragen auf dem Herzen haben.«

»Wie Sie sich vorstellen können, war ich schrecklich in Sorge, nachdem ich erst vor zehn Tagen erfuhr, dass Annie noch lebt. War sie wohlauf? Wie hat man sie behandelt? Welchen Eindruck machte sie auf Sie?«, sprudelte es aus Jonathan heraus, der sich nicht beherrschen konnte.

»Anscheinend war alles in Ordnung, sie war vollkommen gesund, Mr. Tremayne. Sie wollte es nicht hinnehmen, als ich ihr erklärte, es habe beim Untergang des Schiffes keine Überlebenden gegeben. Sie wollte unbedingt zurück nach Afrika und

Sie suchen. Sie war wütend und wild entschlossen, sich aus ihrer Lage zu befreien, aber man hat sie offenbar nicht misshandelt«, erwiderte Howard.

»Gott sei Dank«, seufzte Jonathan. »Wieso sind Sie so sicher, dass sie nicht mehr in Hassan Beys Haus gefangen gehalten wird?«

»Ich habe seitdem mehrfach zu ›gesellschaftlichen Anlässen‹ dort vorbeigeschaut, um etwas herauszubekommen, habe aber nichts von ihr gesehen. Das heißt natürlich nicht viel, wenn man bedenkt, dass sie die Frauen absondern. Wir haben daher eine Frau hingeschickt, eine Spionin, wenn Sie so wollen, die sich als Freundin ausgab, um die Frauen des Haushalts auszufragen. Und auch sie berichteten, sie sei fort. Trotzdem …«

»Trotzdem?«, fragte Jonathan besorgt.

»Trotzdem gibt es Gerüchte über einen Überfall, dass Mrs. Tremayne überfallen wurde …«

»Was soll das heißen, überfallen?«, hakte Jonathan nach.

»Mehr wollten die Frauen nicht preisgeben; anscheinend ist der älteste Sohn über sie hergefallen, und am nächsten Tag war sie verschwunden.«

Jonathans Miene wurde starr. »Wollen Sie damit andeuten, er könnte sie bei dem Überfall umgebracht haben?«

»Nein, am Morgen nach dem Überfall war sie noch da, aber während der Hochzeitsfeierlichkeiten, die im Haus stattfanden, ist es ihr gelungen zu fliehen«, stellte Howard klar.

»Dem Himmel sei Dank dafür«, sagte Jonathan, vor Erleichterung und Wut bebend.

»Und die Befehle, die Hassan Bey den türkischen Truppen erteilt hat, sowie das Kopfgeld, das er auf sie ausgesetzt hat, weil sie seine Tochter entführt hat, sind ein sicheres Zeichen dafür, dass sie noch am Leben ist. Ich glaube nicht, dass er sich nur meinetwegen eine so ausgeklügelte List ausgedacht hätte. Das brauchte er nicht. Ich bin ihm gegenüber machtlos«, sagte Howard schlicht.

»Wo ist sie denn? Warum ist sie nicht aufgetaucht? Sie hätte in den sechs Wochen seit ihrem Verschwinden zu Fuß nach Ägypten reisen können«, sagte Jonathan ängstlich.

»Hassan Bey hat den Befehl gegeben, alle Grenzen zu überwachen; alle Frauen, die den Sinai auf dem ägyptischen Haddsch überqueren, sind befragt worden. Aber ich weiß, sie hatte den verzweifelten Wunsch, nach Afrika zurückzukehren, um nach Ihnen zu suchen. Vielleicht hat sie einen Bootsmann überredet, sie wieder an die Küste zu bringen, wo Sie gewesen sind, und ist Ihrer Spur gefolgt?«, sagte Howard.

Michael schaltete sich ein. »Die Behörden in Massaua und Suakin halten seit Wochen Ausschau nach ihr und haben keine Spur von ihr gefunden. Wir müssen annehmen, dass sie mit den Pilgern zieht. Nur so kann sie sich in Arabien fortbewegen, ohne aufzufallen. Wo ist die Karawane jetzt?«

»Der Haddsch nach Damaskus wird morgen oder übermorgen etwa in Akaba esh Shamiyeh haltmachen. Unsere Kundschafter haben die Karawane verfolgt und werden uns Bescheid geben. Aber was werden Sie tun, wenn Sie sie finden? Sie können nicht das gesamte Lager durchsuchen. Es müssen mehr als fünftausend Pilger beim Haddsch sein«, unterbrach Cobbett.

»Wenn Jonathan ihr seine Anwesenheit signalisieren kann, ist seine Frau vielleicht in der Lage, sich bemerkbar zu machen«, antwortete Michael.

»Es würde mich sehr überraschen, wenn die türkischen Wachen Sie auch nur in die Nähe der Karawane ließen. Und wenn Mrs. Tremayne sich zu erkennen gäbe, würde sie auf der Stelle verhaftet«, sagte Cobbett mit ernster Miene. »Ich fürchte, diese ganze Sache ist Zeitverschwendung.«

»Wir müssen versuchen, sie zu finden. Wir können sie nicht allein weiterziehen lassen, wenn es auch nur die kleinste Möglichkeit gibt, sie zu retten«, sagte Jonathan, froh darüber, überhaupt einen Anhaltspunkt zu haben.

Cobbett schüttelte den Kopf. »Ich werde Sie mit Pferden und

Reitern versorgen, aber passen Sie auf, dass Sie nicht allesamt getötet werden.«

Er brachte die Männer im oberen Stock der Niederlassung unter und wies jedem ein gemütliches Zimmer zu. In den folgenden anderthalb Tagen unterhielten sich die Männer über Politik und Handel; für kurze Zeit versuchten sie dem rätselhaften Verschwinden von Annie aus dem Weg zu gehen. Schließlich kehrte am übernächsten Tag noch spät ein Kundschafter zurück mit der Nachricht, die Karawane sei gesichtet worden.

Jonathan wäre am liebsten gleich aufgebrochen, um den Haddsch anzuhalten, doch die anderen überredeten ihn, noch bis zum nächsten Morgen zu warten, bevor er versuchte, sich der Kolonne zu nähern. Nach einer schlaflosen Nacht wachte er im Morgengrauen auf, begierig, seine Suche nach Annie zu beginnen. Michael, von dem er inzwischen glaubte, dass er mehr als nur ein Buchhalter war, bestand darauf, er solle einen langen Wollmantel über der Hose tragen und seinen Kopf mit einem Arabertuch umwickeln.

»Wie soll Annie mich denn darin erkennen?«, fragte Jonathan bestürzt.

»Als Engländer werden Sie nicht an den türkischen Wachen vorbeikommen«, erklärte Michael und ging mit langen Schritten hinaus, um Reiter zu beschaffen. Jonathan folgte ihm in den Kutschenhof hinter dem Konsulat, wo sich Pferde und Reiter sammelten. Als Jonathan sein Pferd bestieg, das mit Troddeln behängt war, drückte ihm Michael ein Gewehr in die Hand.

»Ich hoffe, Sie können damit umgehen«, sagte er schroff und drehte sich zu seinem Pferd um.

»Ich war in der Schule ein As im Schießen«, versicherte Jonathan ihm, klemmte sich das Gewehr in die Armbeuge in der Hoffnung, zuversichtlicher zu wirken als er war.

Als Michael die Gruppe, bestehend aus einem Dutzend Reiter, auf die Straße führte und sich nach Osten wandte, ritt Jonathan neben ihn, aufgeregt, endlich unterwegs zu sein. Lächelnd betrachtete er Michael in seinem Turban.

»Hatten Sie mir nicht gesagt, Sie seien Buchhalter? Sie sehen mir nicht so aus.«

Michael grinste. »Kairo erhielt ein frostiges Telegramm aus London, und ich wurde abgestellt, hierherzukommen und Sie aus Schwierigkeiten herauszuhalten. Anscheinend kennt Ihr Vater jemanden im Innenministerium.«

»Warum haben Sie mir das nicht früher gesagt? Wozu die ganze Scharade?«

Michael zuckte wegwerfend mit den Schultern.

»Jedenfalls bin ich froh, dass Sie hier sind«, sagte Jonathan und richtete den Blick besorgt nach vorn.

Sie ritten durch eine schmale Schlucht zwischen zwei schwarzen Bergen und kamen in eine öde, von Felsen übersäte Wüste. Drei Stunden lang donnerten sie über die antike römische Straße an den Ausläufern des Schera-Gebirges, bis sie die Marktstadt Dhaur erreichten, in der sie kurz anhielten, um den Pferden Wasser zu geben und rasch etwas zu Mittag zu essen. In Dhaur trafen sie zum ersten Mal auf bummelnde Pilger, die unterwegs nach Akaba und zur Wüstenstrecke durch den Sinai nach Ägypten waren. Jonathan machte sich Sorgen, der Hauptteil der Karawane könne schon den Marsch nach Norden fortgesetzt haben, doch Michaels Kundschafter versicherten ihm, die Kolonne ziehe erst wieder bei Anbruch der Dunkelheit weiter.

Schließlich ritten sie am Nachmittag auf die Anhöhe über Akaba esh Shamiyeh und erblickten die gehissten Flaggen und Banner, die den Anfang der Karawane markierten. Jonathan traf die überwältigende Größe des Haddsch unvorbereitet. Die Lager der Pilger erstreckten sich über viele Meilen, wie ein Strom verwahrloster, von der Wüste ausgezehrter Seelen. Von seinem Standpunkt auf der Anhöhe konnte er das Ende der Kolonne nicht einmal sehen. Endlich wurde ihm das Ausmaß seiner Kühnheit bewusst, in diesem Menschenmeer nach Annie zu suchen, falls sie überhaupt dort war. Niemals würde er sie finden, dachte er mutlos.

Er schaute Michael an, der neben ihm die Kolonne überblickte, und schüttelte den Kopf.

»Wie wollen wir sie da jemals finden?«, fragte er.

»Ich habe keinen blassen Schimmer«, erwiderte Michael, den das Problem ebenso einschüchterte.

»Wenn ich doch nur eine Möglichkeit hätte, ihr zu signalisieren …«, überlegte Jonathan.

»Wir können nichts unternehmen, was die Aufmerksamkeit der Wachen auf uns zieht. Wir können nicht mit einer Fahne oder Ähnlichem winken, sonst sind sie im Nu bei uns.«

»Viell…«, hob Jonathan an, dem eine Idee gekommen war, gerade als ein lautes Horn ertönte. Das Echo des Hörnerklangs erfüllte das Tal, und plötzlich begann sich die gesamte Pilgerschar zu rühren. Kamele stöhnten und grunzten, als sie beladen wurden, Frauen riefen nach ihren Kindern, kehlige Befehle wurden lauthals durch die Kolonne weitergegeben. Der Haddsch setzte sich in Bewegung.

»Was wir auch tun, es sollte schnell geschehen, weil wir sie sonst verlieren«, sagte Michael stirnrunzelnd.

»Wenn wir an der Kolonne entlangreiten und ich ein Lied singe, das nur Annie kennt, vielleicht gibt sie sich uns zu erkennen«, sagte Jonathan, verzweifelt um eine Lösung ringend.

»Singen Sie nur nichts auf Englisch – sie sind sofort hinter uns her«, warnte Michael ihn.

»Wie wäre es mit Deutsch?«, fragte Jonathan.

»Etwas Besseres fällt mir auch nicht ein«, sagte Michael kläglich. »Los.«

Sie ritten Richtung Süden an der Kolonne entlang und versuchten, sich von den uniformierten Wachen fernzuhalten. Jonathan trällerte »Liebestraum«. So laut er konnte, versuchte er den Lärm der Karawane mit dem Lied zu übertönen, das Annie immer so gut gefallen hatte. Er kam sich vor wie ein Irrer, der hoch zu Ross aus voller Kehle Liszt sang, während sein arabisches Gewand hinter ihm flatterte und er die Masse nach einem bekannten Gesicht absuchte.

Sie waren bis zur Mitte der Karawane gekommen; Jonathan glaubte ein Ende des Pilgerstroms zu erkennen, während er noch immer lauthals sang. Plötzlich fegten ein paar türkische Wachen von hinten auf sie zu. Die hinteren Reiter ihrer Gruppe wirbelten herum und stellten sich dem näher kommenden Trupp entgegen.

Jonathan und Michael setzten ihren irren Spurt an der Kolonne entlang fort und sangen aus vollem Hals. Jonathan suchte unter den Pilgern nach dem Gesicht seiner Liebsten; er spürte ihre Nähe, vermochte sie aber nicht zu erreichen. Dann erblickte er auf der anderen Seite der Kolonne jemanden, der sich aus einem gestreiften Shagduf lehnte und lauschte. Dieses Gesicht hatte etwas, dachte er flüchtig, der Schwung der Wange, die kleine Nase. Dann sah er, wie der junge Mann sich umdrehte und von seinem Kamel zu Boden sprang. Das konnte unmöglich Annie sein, entschied er, dieser geschmeidige junge Mann in schmutziger Kleidung. Er ritt schnell weiter.

Im selben Augenblick ertönten Schüsse über seinem Kopf, und Michael und Jonathan wirbelten herum, um sich der Gefahr zu stellen. Sie hoben ihre Gewehre, um zu feuern, aber angesichts der Pilger in unmittelbarer Nähe konnten sie nichts tun. Sie rissen die Pferde herum, galoppierten einen Abhang hinauf und entfernten sich von der Karawane, verfolgt von den Wachen. Oben angekommen, warfen sie sich von den Pferden, um hinter ein paar Steinbrocken in Deckung zu gehen, und erwiderten das Feuer. Kugeln prallten von den Felsen ab, während sie auf die Wachen in ihren bunten Uniformen schossen. Jonathan vernahm einen Schrei und dachte, er habe einen der Soldaten mit seinem Schuss verletzt. Er drehte sich gerade zu Michael um, weil er ihm etwas zurufen wollte, als sich ein brennender Schmerz in seinem linken Arm ausbreitete. Er fasste sich an den Oberarm und stellte fest, dass seine rechte Hand blutig war. Eine warme, hellrote Flüssigkeit drang durch seinen Ärmel. Er drückte seinen Arm noch einmal, doch es gelang ihm nicht, den Blutfluss zu stoppen. Er rief nach Michael. Sorge zeichnete sich auf Michaels Gesicht ab, als er merkte, was geschehen war; er riss einen Stoffstreifen von seinem Gewand, den er um Jonathans Arm band. Der Druck milderte das Brennen, und Jonathan griff erneut zu seiner Waffe.

Mit ihrem kleinen Trupp waren sie in der Lage, die Türken abzuwehren, bis die Soldaten schließlich entmutigt zur Kolonne zurückkehrten. Michael warnte davor, dass die Wachen mit Verstärkung wiederkommen würden und sie verschwinden sollten, solange es möglich war. Schwach und am ganzen Leib zitternd hievte Jonathan sich in seinen Sattel, drehte entmutigt sein Pferd um, zurück zur Küste. Geschlagen und entmutigt entfernte er sich von der Karawane.

Kapitel neunzehn

Ich trage ein Gestirn an meinem Ringe,
Das fiel vom Himmel als ein Edelstein.
An meinen Schultern glänzt Libellenschwinge,
Ich ströme selig über Au und Rain.

Bei Akaba esh Shamiyeh trennten sich mehrere Hundert reisemüder Ägypter, angeführt von drei Soldaten des Emirs, von dem Großteil des Haddsch und zogen gen Westen. Annie war froh, dass sie sich nicht der Kamelreihe anschlossen, die in die Wüste wanderte. Aris Truppe zu verlassen, die inzwischen wie eine zweite Familie für sie war, wäre sehr schmerzlich gewesen.

Nach ihrer Ruhepause am Morgen ertönte am späten Nachmittag Hörnerschall, der den Beginn ihres langen Abendmarsches ankündigte. Überrascht über den frühen Aufbruch packte Annie eilends ihre Sachen in das Shagduf. Als sie ihr aufgerolltes Bettzeug unter das schützende Dach hob, vernahm sie auf der Westseite der Kolonne einen merkwürdigen Klang. Eine Melodie schallte über die Wüste zu ihr hinüber. Sie streckte den Kopf aus dem Shagduf und lauschte. Ja, eine fröhliche Melodie, kein arabisches Lied, sondern ein europäisches, das anscheinend von einem arabischen Reiter gesungen wurde, der an der Kolonne entlanggaloppierte. Sie konnte die Klänge kaum erkennen, doch dann, ja, es war »Liebestraum«, was er lauthals sang! Konnte es sein? Ja, sie hörte genau die Melodie ihres Lieblingsliedes, das über die Karawane gebrüllt wurde. Wer mochte das sein?, dachte sie aufgeregt und sprang vom Kamel.

»Ari! Ari!«, rief sie. »Kannst du sehen, wer sich der Karawane nähert? Siehst du die beiden Reiter?«

Ari schaute auf und sah, dass die türkischen Wachen auf die Fremden schossen. »Geh zurück in den Shagduf. Los!«, befahl er.

Annie kletterte wieder auf das Kamel, als die Masse aus Tieren und Menschen sich in Bewegung setzte. Sie verrenkte sich den Hals, sah aber nur noch, wie die Sänger einen steilen Abhang nach Westen hinaufritten und sich eine Schießerei mit den türkischen Wachen lieferten. Wer könnte es sein?, dachte sie. Wer außer Jonathan kannte den »Liebestraum«?

»Ari, ich muss zurück! Das ist vielleicht mein Mann gewesen!«, zischte Annie ihm aus ihrem Shagduf zu.

»Falls er es ist, kann er von Glück sagen, wenn er den Türken entkommt«, sagte Ari und verfolgte die Schießerei.

»Ich muss ihm helfen!«, schrie Annie und wollte schon vom Kamel steigen.

»Rühr dich nicht von der Stelle!«, befahl Ari. »Was glaubst du denn, was die Soldaten mit dir machen, wenn du dich zu erkennen gibst? Wir befinden uns noch in einem Gebiet unter osmanischer Herrschaft. Du würdest auf der Stelle zu Hassan Bey zurückgeschickt.«

Widerwillig richtete sich Annie wieder auf ihrem Kamel ein und versuchte mitzubekommen, was aus den Eindringlingen wurde, die sich mit den Türken eine Schießerei lieferten. Schließlich kehrten die Wachen wieder zur Kolonne zurück, und Annie sah die Reiter auf dem Abhang in den Bergen im Westen verschwinden. Sie würde nie erfahren, wer diese Männer waren und ob sie nach ihr suchten, doch es gab ihr Hoffnung, dass Jonathan vielleicht noch lebte.

Sie ritten durch die Nacht nach Ma'an, einer riesigen, offenen Schlucht, umringt von Brunnen, wo sie sich einen Tag lang aufhalten wollten, um neue Vorräte zu besorgen und sich von der Woche verschärfter Märsche auszuruhen. Sie waren ins Land der Anazeh Bedu gekommen, eines wohlhabenden Stammes, der viele Schafe und Kamele besaß. Außerhalb der Stadt stand eine Unzahl langer schwarzer Beduinenzelte.

Ari teilte ihnen mit, sie könnten das nahegelegene Petra besichtigen, bevor die Sonne zu heiß wurde. Sie ritten auf die roten Schera-Berge im Westen zu; rechter Hand erstreckte sich endloses Buschland bis nach Persien hin. Ari führte Annie, Sherine und Noora durch ein Wadi, vorbei an einigen freistehenden Mausoleen, die aus dem blanken Fels gehauen waren. Das Wadi schien an einer Felswand zu enden, bis Annie schließlich einen schmalen Hohlweg entdeckte, der ins Zentrum führte, als wäre der ganze Berg von der Axt eines Riesen gespalten worden. Die Kamele betraten den Durchgang zwischen den Steilwänden, die sich zwanzig Meter über ihren Köpfen erhoben. Das Tappen der Kamele hallte von den Felswänden wider, ein Echo in der Stille der Morgendämmerung. Etwa drei Fuß über dem Boden war auf einer Seite des Siq eine Rinne aus dem Stein gehauen. Plötzlich wurde am Ende des Durchgangs die Vorderseite eines griechischen Säulentempels von der Morgensonne beleuchtet.

Als sie den Schutz des Hohlwegs verließen, erkannte Annie, dass es kein Tempel war, sondern ein weiterer verzierter Höhleneingang, denen ähnlich, die sie schon in Madain Salih gesehen hatte. Diese Fassade aber war noch kunstvoller gestaltet. Der Eingang, flankiert von einer Reihe korinthischer Säulen, die einen Giebelarchitrav stützten, war gänzlich aus dem Fels herausgearbeitet. An allen ebenen Stellen befanden sich Flachreliefs mit zerfallenen römischen Figuren. Die gewaltige klassische Tempelfassade schien mitten in der Wüste eigenartig fehl am Platz, versteckt in dieser Schlucht.

Ehrfürchtig trat Annie ins Innere der Höhle, das wie bei den Höhlen in Madain Salih bis auf ein paar Nischen nicht verziert war. Sie vernahm Schritte hinter sich.

»Sieh dir die Gesteinsschichten an«, sagte Ari mit leiser Stimme, legte einen Arm um sie und deutete auf die schwarzen, gelben und roten Streifen.

Annie schüttelte seinen Arm ab. Seit dem Vortag war sie von dem Gefühl erfüllt, dass Jonathan in der Nähe war. Seine Gegenwart war überall spürbar.

»Nicht, Ari«, sagte sie und wandte sich ab.

»Annie …«, bat Ari und folgte ihr.

»Nein, Ari. Ich weiß, dass mein Mann lebt. Ich kann es fühlen.«

»Annie, wie kannst du das glauben? Du weißt, dass er tot ist.«

»Und wer hat dann gestern den ›Liebestraum‹ gesungen? Ich weiß, dass er hier ist und mich sucht. Er lebt, ich weiß es.«

»Noch nie habe ich eine Frau wie dich erlebt«, sagte Ari langsam. »Ich werde auf dich warten, Annie. Bis du sicher bist, dass er tot ist, werde ich warten. Ich bin ein geduldiger Mensch.«

»Ich weiß, Ari. Ich bin dir so dankbar für alles, was du für uns getan hast. Und dafür liebe ich dich«, sagte Annie und drehte sich zum Eingang um.

»Und ich liebe dich, Annie«, sagte Ari und folgte ihr aus der Höhle, »aber auf andere Art und Weise.«

Sie gingen hinunter ins Tal und entdeckten noch mehr Höhlen, von denen manche die nabatäischen Stufenmuster aufwiesen, die sie in Madain Salih gesehen hatten. Ein großes Amphitheater, ein Marktplatz und die Ruinen einer byzantinischen Kirche füllten das Tal aus. Die in den Fels gemeißelten Eingangsfassaden vieler hundert Höhlen zogen sich bis weit hinauf in die rosa Schlucht. Als die Sonne schließlich hoch am Himmel stand und sie der Hitze entkommen und ins Lager zurückkehren mussten, hatten sie nur wenige Höhlen erforschen können.

Ergriffen von der Schönheit der Stätte fragte Annie sich, wer die rätselhaften Nabatäer gewesen sein mochten, die ihre Städte aus dem Stein herausgemeißelt hatten. Niemand wisse anscheinend genau, woher sie kamen, sagte Ari. Manche hielten sie für Nomaden aus den nördlichen Wüsten Arabiens, die zu Wohlstand gekommen waren, da sie die vorbeiziehenden Karawanen der frühen Weihrauch- und Seidenstraßen beschützten, die in diesem Gebiet zusammenliefen. Annie fragte sich, ob sie wohl die Nachkommen der Assyrer waren, welche die Außenposten des babylonischen Reichs bewacht hatten und hier gestrandet waren, nachdem das vorzeitliche Babylon geplündert und ihre Zivilisation zerstört worden war.

Als sie ins Lager zurückkehrten, hatten ihr die Hitze des Tages und die mangelnde Nahrungsaufnahme so zugesetzt, dass ihr übel wurde. Langsam trank sie aus ihrer Zemzemi, und sobald sie vom Kamel gestiegen war, ging es ihr besser, doch die Übelkeit zeigte ihr wieder einmal, dass sie schwanger war. Ihre Brüste begannen, sich gegen das Turbantuch zu wehren, mit dem sie umwickelt waren, und spannten jeden Tag mehr. Sie konnte es kaum erwarten, in Damaskus einen Arzt aufzusuchen, und hoffte, die Anstrengungen der Reise würden Jonathans Samenkorn, das sie in ihrem Körper trug, nicht zerstören.

Den Rest des Nachmittags verbrachten sie in ihren Zelten. Annie, in Gedanken bei ihrem Empfang in Damaskus, fragte Sherine nach ihrer Tante Asma.

»Sherine, du hast erwähnt, dass deine Tante einer Familie wie der von Hassan Bey entkommen sei. Wie hat sie das angestellt?«

»Oh, Tante Asma war eine große Schönheit. Ich weiß noch, als sie meine Familie in Kairo besuchte. Da war ich noch ein Kind. Sie hatte ganz zauberhafte grüne Augen. Ihre Familie hat sie im Alter von sechzehn Jahren an einen älteren Mann mit einer alten Frau verheiratet, der in Kairo wohnte, aber Geschäftsinteressen in Damaskus hatte. Sie bekam eine gewaltige Mitgift von ihrem Vater, da sie sein einziges Kind war, und deshalb war sie für ihren neuen Ehemann eine besondere Belohnung. Die erste Frau nun, die keine Kinder hatte, war so eifersüchtig, dass sie versuchte, Asma zu vergiften. Asma war fast tot, als ihre Familie sie aus dem Haus ihres Mannes rettete. Sie hatte ihr hübsches Haar zum großen Teil verloren, und ihre Nägel waren von kleinen Giftbeigaben über lange Zeit schwarz geworden. Asmas Familie machte viel Einfluss geltend, und sie forderten, dass er ein zweites Haus für sie in Kairo errichten oder ihre Mitgift zurückzahlen sollte. Der Mann wollte nicht das ganze Geld verlieren, und er wusste, dass er seiner ersten Frau nicht trauen konnte, weshalb er Asma das Haus in Damaskus als Ausgleich für ihre Mitgift schenkte. Er wollte sie auf seinen Reisen nach Syrien besuchen, doch als er vor zehn Jahren starb, war es Asma freigestellt, weiter in Damaskus zu wohnen, und die erste Frau konnte ihr das Haus nicht wegnehmen.«

»Das ist ja eine entsetzliche Geschichte!«, seufzte Annie.

»O nein, sie hat Glück, dass sie überlebt hat, und sie konnte unabhängig in ihrem Besitz leben. Sie hatten auch keine Kinder, sodass das Haus an die Familie des Mannes zurückgefallen wäre, wenn ihre Familie nicht für den Ausgleich gesorgt hätte. Nein, sie hatte großes Glück!«

Annie schüttelte nur den Kopf und packte ihre Ausrüstung wieder für den nächtlichen Marsch ein. Sie würden entlang der Ostseite des Schera-Gebirges weiterziehen, auf dessen anderer Seite das Tote Meer lag. Annie prüfte nach, ob ihre Wasserschläuche aufgefüllt worden waren und ob das Oberteil ihrer Zemzemi fest verschraubt war. Nachdem sie den Rest von Iwans Hammeleintopf gegessen hatten, saßen sie noch am Kohlebecken, tranken Tee und sprachen über den Aufbruch am Abend.

Ari erklärte, die Rastplätze für Karawanen lägen in Palästina nur zwanzig Meilen auseinander, im Gegensatz zu den langen Märschen von dreißig Meilen in Arabien. Und die Brunnen im ganzen Heiligen Land seien gut, selbst den Sommer über. Er versicherte ihnen, der schlimmste Teil ihrer Reise liege hinter ihnen, und die neun Tage bis Damaskus wären leichter als die letzten neun.

»Hamdilillah!«, seufzte Sherine. Gott sei Dank.

»Auf nach Damaskus!«, riefen sie und hoben ihre Teegläser.

»Inschallah!«, fügte Annie hinzu, so Gott will.

Ari hatte recht. Die nächsten neun Tage waren für die Karawane, die Hitze und Staub von Arabien überstanden hatte, wie eine Reise bergab. Ihr kurzer Marsch nach Kulat Aneyzeh war nur bemerkenswert wegen des riesigen Lagers aus schwarzen Zelten, an dem sie im Morgengrauen vorbeikamen. Annie schätzte, dass über tausend schlangenähnlicher Zelte in der Wüste versammelt waren; daneben gewaltige Kamel- und Schafherden. In zwei Tagen erreichten sie die Stadt Katrana vor dem Morgengrauen. Katranas Basar, mit vielen Kaffeehäusern und Händlern für Obst und Gemüse, war wie der Himmel auf Erden. Sie zogen weiter nach Um er Russas, einen kleinen Ort mit nur wenigen Ständen, bevor sie mit einem letzten Gewaltmarsch von über fünfundzwanzig Meilen nach Amman kamen.

Amman, eine Stadt mit einhunderttausend Einwohnern, nahm die Pilger mit offenen Armen auf: Kaffeehäuser, Läden aller Art säumten die Straße ins Zentrum der Stadt. Die Karawane schlug ihr Lager in der Ebene östlich von Amman auf. Annie schaute aus der Ferne sehnsüchtig auf die Stadt, ihr erster Blick auf Zivilisation seit Medina.

Sie füllten ihre Vorräte für die letzte Strecke bis Damaskus auf. Annie fiel auf, dass die Zahl der Pilger allmählich abnahm, da sich die Palästinenser verabschiedeten, die nach Hause zurückkehrten. Bei vielen kam das Reiseende für ihre ausgemergelten Kamele gerade rechtzeitig. Die Karawane kam nach Zarka, dann nach Umm al Jimal, eine mittelgroße Stadt an der Kreuzung mit der Route nach Bagdad. Weitere Pilger von der Küste und aus den Wüstengegenden verließen die Karawane, obwohl die meisten Pilger, die in Bagdad wohnten, eher den persischen Weg genommen hatten, direkt von Medina aus, wie sie von Ari erfuhren.

Schließlich kamen sie in Bosra an, wo ihre türkischen Wachen sie verließen. Ein Großteil der Stadt lag in Ruinen, doch die Türken hatten eine Burg innerhalb der Stadtmauern für eine Garnison besetzt. Die Karawane hatte das Land der Beduinen verlassen und war wieder auf osmanisch beherrschtem Gebiet. Annies Laune hob sich, als ihre Wachen abzogen.

In Mezarib Jerdah brachte eine Schar Beduinen Ersatzkamele und Verpflegung aus Damaskus für die erschöpften Pilger und ihre Tiere. Ari und Annie kauften ein paar große, eiförmige Kugeln, Aliek genannt, eine Mischung aus Bohnen, Mehl und Wasser, die in Damaskus als Kamelfutter verwendet wurde. Die arme Aiysha fraß sechs Kugeln, bevor Annie ihr Einhalt gebot; ihr Bauch unter den vorstehenden Rippen blähte sich bereits. Viele erschöpfte Kamele wurden zurückgelassen und starben; sie wurden durch kräftige Tiere ersetzt. Für die ärmsten Pilger wurden Almosen – Nahrungsmittel und Wasser – bereitgestellt.

Hinter Mezarib kamen sie in ein Gebiet, das Hauran genannt wurde. Der Boden hier war übersät mit glitzernden schwarzen Basaltfelsen. Selbst die Häuser der Bewohner waren aus dem glänzenden schwarzen Stein erbaut, was den Dörfern im Mondlicht ein unheimliches Aussehen verlieh. Felder mit Weizen und Gerste winkten in der Nacht, ein Zeugnis für die Fruchtbarkeit des vulkanischen Bodens. Der Zug des Haddsch kreuzte immer wieder die gepflasterten römischen Straßen, welche die Gegend zerteilten.

Schließlich stiegen sie auf die niedrige Hügelkette, die Damaskus einfasste. Der erste Blick auf das Tal im Licht der Morgendämmerung verschlug Annie den Atem. Die Stadt selbst schmiegte sich an einen Fluss, der an der nördlichen Stadtmauer entlang nach Osten floss. Im Süden und Osten lagen Obsthaine und grüne Felder. Von der Anhöhe aus sah sie Grünflächen innerhalb der ummauerten Stadt, hervorgehoben durch Minarette. Sie strebten das Endziel des Haddsch an, den Maidan im Süden der Stadtmauer, wobei sie durch Obsthaine und bewässerte, von kleinen Steinbrücken überspannte Felder kamen. Ari, der strahlend neben ihr ritt, teilte ihr mit, sie würden ihr Lager direkt vor dem Bawabat Allah, dem Tor Allahs, aufschlagen und sich dann zerstreuen. Er streckte den Arm aus und ergriff jubelnd ihre Hand. Annie ließ es zu. Sie konnte kaum glauben, dass sie tatsächlich angekommen waren und dass die Pilgerreise schließlich ein Ende hatte. Sie hatte Hassan Bey und die Wüste besiegt und war endlich in Sicherheit.

Der lange Marsch durch die Nacht hielt die Karawane nicht davon ab, sich so schnell wie möglich aufzulösen. Die Kameljungen luden ihre Tiere ab, ließen die Last unsanft zu Boden fallen und führten ihre ausgemergelten Schutzbefohlenen an den Fluss, der an der Ostseite des Lagers vorbeiströmte. Einige Kamele knieten zum letzten Mal nieder, unfähig, sich zu erheben, nachdem ihnen die Bürde genommen war, und starben auf der Stelle. Viele erreichten den Fluss, um dort am Ufer zusammenzubrechen, nachdem sie genug getrunken hatten. Annie verabschiedete sich flüsternd von Aiysha mit den langen Augenwimpern, als sie, knochig aber munter, ans Wasser geführt wurde. Annie hatte das Gefühl, das Tier würde überleben.

Eine Gruppe bunt geschmückter Eselkarren aus Damaskus verteilte sich in der Menge; die Kamellasten wurden aufgeladen. Ari mietete zwei Karren für ihr Gepäck, schenkte die Vorräte und Wasserschläuche den Beduinenjungen, die sie geführt hatten. Es dauerte nicht lange, und die Karagöz-Truppe schlängelte sich zu Fuß hinter ihren Karren her durch das Pilgerlager auf die Stadttore zu. Annie suchte sich ihren Weg durch die Masse staubiger, lauthals rufender Reisender, stieg über Zeltbahnen, eingerolltes Bettzeug und kleine Kinder und staunte über das geordnete Chaos. Irgendwie hatten sie den Haddsch durch Arabien unter der glühenden Augustsonne überlebt. Sie konnte es noch immer kaum glauben, dass sie ihr Ziel erreicht hatten.

Als die Truppe nacheinander durch das Tor Allahs schritt, angerempelt von anderen ungeduldigen Reisenden und Straßenhändlern mit Wasser und Essbarem, ging Annie schneller, um die anderen nicht zu verlieren. Sie betrachtete die massiven Steintürme und die großen, mit reich verziertem Messing beschlagenen Holztore. Die Stadtmauer war aus Schichten roter, schwarzer und gelber Steine errichtet und oben mit abgerundeten Zinnen versehen. Ein paar türkische Soldaten mit rotem Fez lehnten auf ihren Gewehren und beobachteten, wie der Emir des Haddsch auf seinem gewaltigen, mit Troddeln behängten Kamel vorankam, das durch das Tor tänzelte, begleitet von seiner Wache. Annie drückte sich an eine Seite des Durchgangs, um nicht überrannt zu werden.

Sobald sie in der Stadt waren, führte Ari sie über die gewundene Straße bis zur Hauptschlagader der Stadt. Ari erklärte, man nenne sie »die Gerade«, obwohl sie kaum geradeaus verlief, wie Annie feststellte. Ein paar Häuser weiter bog er in eine Herberge ab, ging in den Innenhof eines vielstöckigen Steingebäudes in dem deutlichen Streifenmuster, das Annie allmählich als typisch für Damaskus erkannte. Ihre Karren rumpelten in den Hof, in dem Abbas, ein freundlicher Herr in weißem Gewand mit rotem Fez und dickem Schnurrbart, sie begrüßte und Ari begeistert in die Arme schloss.

Abbas klatschte in die Hände, und ein paar Jungen kamen herunter, um die Eselkarren zu entladen. Annie schnappte sich ihre Kameltasche aus dem Gepäckstapel und musste mit einem der Jungen darum ringen, sie selbst zu tragen. Sie zeigte dem Jungen Sherines und Nooras Tasche und folgte Sherine, die eine erschöpfte Noora auf der Schulter trug, in die Herberge. Sie überquerten eine breite, überdachte, mit Teppichen ausgelegte Veranda, auf der Wasserpfeifen standen, und kamen in ein kleines Foyer. Von dort führte eine gewundene Holztreppe zu einem kleinen Gemach über dem Hof. Die Jungen brachten ihnen Tee und Fladenbrot mit Honig, an dem sie knabberten, bevor sie auf den gepolsterten Bänken an der Fensterwand tief und fest einschliefen.

Annie wurde vom heißen, staubigen Geruch des Nachmittags wach. Sie stellte fest, dass sie allein im Zimmer war. Eine Nische hinter der Tür enthielt einen Wassertank und einen schlichten

Abfluss im Boden. Sie warf ihre staubige Galabeya ab und wusch sich rasch mit dem Schwamm ab. Sie zog eine frische Galabeya an, bürstete sich das Haar, das noch immer steif vom Wüstensand war, und machte sich auf die Suche nach etwas Trinkbarem.

Sobald sie aus dem Zimmer trat, vernahm sie Stimmen von unten. Sie folgte dem Geräusch, ging die Treppe hinunter und gelangte in den mit einem Holzdach versehenen Liwan, in dem die Truppe auf Sitzkissen Platz genommen hatte, Wasserpfeifen rauchte und sich mit ihrem Gastgeber unterhielt. Noora bot ihr Zitronensaft an, und Sherine rückte auf einer Matte ein Stück für sie zur Seite.

»Ah, Annie«, sagte Ari schließlich und unterbrach seine arabische Unterhaltung, um sie auf Französisch anzusprechen. »Endlich bist du wach. Wir haben auf dich gewartet, damit wir alle zusammen ins Hamam gehen können. Bist du bereit für eine gute Abreibung?«

Annie wollte schon zustimmen, bis ihr klar wurde, dass er ein öffentliches Hamam meinte. Sie schaute zu Sherine hinüber und schmunzelte.

»Ich fürchte, die Herren von Damaskus würden einen schönen Schock bekommen, wenn wir drei dich ins Männerbad begleiteten! Meinst du nicht, es ist an der Zeit, dass wir uns wieder als Frauen zu erkennen geben?«

»Sherine und ich haben gerade darüber gesprochen. Ich glaube, in Damaskus bist du sicher. Der britische Konsul ist hier ziemlich einflussreich und hat die alleinige Rechtsprechung über die Christen und Juden in Damaskus. Die Türken erkennen seine Autorität an, sodass die Kaufleute von Dschidda hier keine Macht haben. Und Sherine würde sich gern säubern, bevor sie ihre Tante aufsucht. Wir haben jemanden geschickt, der euch neue Kleider holt.«

Annie schaute Ari an und deutete mit hochgezogenen Augenbrauen auf Abbas, den Wirt. »Mach dir um den keine Sorgen«, sagte Ari. »Wir kennen ihn schon seit vielen Jahren. Vor sechs

Jahren hat er uns sogar geholfen, eine junge Frau zu verstecken, die wir auf dem Haddsch kennengelernt hatten und die vor ihrem Mann fliehen wollte. Abbas ist über jeden Zweifel erhaben.«

Annie lächelte erleichtert. Sie ging mit Sherine wieder in ihr Zimmer und sammelte die wenigen Toilettensachen ein, die sie mit ins Hamam nehmen wollten. Die Gruppe verließ die Herberge und wagte sich wieder auf die »Gerade«.

Ein paar Häuserblocks weiter gingen sie auf einen niedrigen, aber kunstvoll herausgemeißelten Eingang in der schlichten Fassade eines Gebäudes zu. Hinter dem Eingang winkte ein schwammiger Mann auf einem Hocker sie zu einer Tür auf der rechten Seite. Nach einer hitzigen Diskussion mit dem Mann führte Ari die drei Frauen zur Tür auf der linken Seite. Sie kamen in einen langen Korridor mit hoher Decke, dessen Boden gefliest war und der in einen runden Sitzbereich unter einer Kuppel führte. Frauen saßen in Gruppen auf erhöhten, mit Kissen ausgelegten Diwanen am Rand des Raumes und tranken Kaffee. Eine weiß gewandete Dienerin versuchte sie hinauszuscheuchen, doch als sie sich Sherines Erklärung angehört hatte, zeigte sie ihnen schließlich einen Umkleideraum mit Körben für ihre Kleidung. Nachdem sie sich in dicke Handtücher gewickelt hatten, kam eine andere Dienerin mit Massagehandschuhen und Seife, parfümiertem rotem Pulver und schwarzen Bimssteinen sowie Holzpantinen mit drei Zentimeter hohen Blöcken unter den Sohlen.

Die Frauen zogen die Holzpantinen an und stapften durch einen gekachelten Flur, in dem ihnen Dampf entgegenkam, in den Waschraum. Frauen in unterschiedlichen Stadien des Waschvorgangs unterhielten sich laut; das von den gefliesten Wänden und Böden abprallende Echo verursachte einen entsetzlichen Lärm. Nach Wochen der Stille in der Wüste konnte Annie es kaum ertragen.

Die kuppelförmige Decke war mit runden, bunten Glasscheiben verziert, die Annie an das viel kleinere Hamam in Dschidda erinnerten. Das Licht, das durch die Decke fiel, warf farbige Strahlen auf die Badenden. Eine ältere Frau rieb sich rotes Henna ins Haar. Der rötliche Schlamm rann in kleinen Strömen über ihren Rücken herab. Eine junge Frau, die fast zu Tode abgerieben wurde, protestierte heftig, umringt von einer Gruppe älterer Frauen. Abseits in einer Nische saß eine Frau, die über und über mit einer gelben, stark nach Schwefel riechenden Paste beschmiert war. Schweiß rann ihr über das Gesicht, während sie ungeduldig darauf wartete, dass der Schlamm abgespült wurde. Erinnerungen an Dschidda kamen in Annie auf, doch sie redete sich immer wieder gut zu, dass sie nun in Sicherheit war, dass ihr niemand aus Dschidda mehr etwas anhaben konnte.

Um die äußere Mauer boten niedrige Waschbecken mit Messinghähnen dampfendes Wasser an. Die Helferinnen setzten Annie, Sherine und Noora auf Holzhocker neben ein solches Waschbecken und begannen sie mit heißem Wasser aus Tassen einzuweichen. Zunächst wurden sie schamponiert, am ganzen Körper mit der erdigen Seife und einem Waschlappen abgerieben und dann gründlich abgespült. Die Helferin murmelte vor sich hin, sie seien aber dreckig und so viel Sand wie in ihren Haaren habe sie noch nie gesehen. Die drei kicherten vor Vergnügen, als sie mit Seife und einer Bürste geschrubbt und dann wieder abgespült wurden. Schließlich wurden sie mit dem Massagehandschuh bearbeitet und anschließend abgewaschen, bis Annie das Gefühl hatte, keine Luft mehr zu bekommen. Zuletzt rieb man ihnen duftenden roten Puder auf Gesicht, Hals und Arme und reichte ihnen trockene Tücher. Dann durften sie in den Sitzbereich zurückkehren.

»Worüber haben sich die Frauen so laut unerhalten?«, wollte Annie von Sherine wissen, als sie sich auf eine Ecke des Diwans gesetzt hatten. Sie fühlten sich wunderbar gereinigt.

»Die junge Frau heiratet. Ihre Tanten gaben ihr Ratschläge, alle gleichzeitig!« Sherine lächelte.

»Und die Frau mit dem gelben Schlamm am ganzen Körper?«

»Sie wurde nach der Geburt ihres Kindes gereinigt. In der Regel haben wir das ›Bad der Trennung‹ etwa zwei Wochen nach der Geburt.«

Eine Helferin reichte ihnen süße Kuchen, Wassermelone und ein Lakritzgetränk namens Arqsus, das Abbas aus dem Gasthaus herübergeschickt hatte. Sie rekelten sich auf dem mit Kissen übersäten Diwan und genossen das Gefühl, nach sechs Wochen in Hitze und Staub wieder sauber zu sein. Der Dampf, das Echo aus dem angrenzenden Waschraum und das köstliche Aroma des Kaffees verliehen dem Haman etwas Traumhaftes. Der Kontrast zum Haddsch, den sie an jenem Morgen gerade hinter sich gelassen hatten, war beinahe überwältigend.

Schließlich zogen sie sich an, bezahlten für ihr Bad und kehrten ins Gasthaus zurück. Die Nachmittagssonne hatte nachgelassen, und die Läden an der »Geraden« erwachten zu neuem Leben; Laternen gingen an, und Kaffeehäuser wurden geöffnet für die Männer, die ihr Tagewerk beendet hatten. Die Frauen, noch immer als Männer verkleidet, konnten auf ihrem Rückweg einen ungestörten Blick ins Innere der Kaffeehäuser und Kioske werfen. Bald würden sie wieder Frauen sein mit allen damit verbundenen Einschränkungen.

Als sie im Gasthaus ankamen, wandte Sherine sich an Abbas mit der Frage, wie sie ihre Tante finden sollte. Sie war noch ein Kind gewesen, als sie sich zum letzten Mal sahen, und sie wusste nur, dass ihre Tante Asma hieß und beim Dahdah Palast wohnte, ein Name, der sich ihr eingeprägt hatte. Abbas vermutete, Sherine könne Asma Chelibi meinen, die wohlhabende frühere Frau eines Kaufmanns aus Beirut, der vor Jahren gestorben war und ihr einen Teil seines Vermögens hinterlassen hatte. Sie wohnte neben dem Dahdah, glaubte er. Sie verfassten eine Nachricht, die sie ihr durch Boten zukommen ließen, und die Frauen warteten ängstlich auf eine Antwort.

Unterdessen machten sie es sich im Liwan unter leuchtenden Laternen bequem, aßen kleine Salate aus Hummus, gehackter Petersilie und Tomaten. Im Hintergrund spielte Gregor leise auf der Rabab, und es war, als bade die kühle, angenehme Luft von Damaskus ihre Körper in Frische. Der anschließende Lammbraten, auf einem duftenden Reisbett serviert, schmeckte köstlich. Nach monatelangen Entbehrungen erwachte Annie wieder zum Leben.

Nach dem Essen brachte Sherine ihre Tochter, die auf ihrem Schoß eingeschlafen war, hinauf in ihr Zimmer. Ari bat Annie, ihn in den Hof zu begleiten, wo er sie auf den Rand des Springbrunnens setzte. Sie wappnete sich für das, was unweigerlich kommen würde.

»Annie, für uns wird es Zeit, nach Mazedonien zurückzukehren. Meine Brüder und ich sind lange genug durch das Reich gestromert. Wir müssen uns eingestehen, dass wir unsere Schwester nicht gefunden haben und wieder nach Hause gehen. Ich habe dort einen Bauernhof, den mir mein Vater hinterlassen hat. Es ist nicht viel, aber es gibt ein Steinhaus mit einem schönen Schornstein und genügend Land, das für unseren Unterhalt reicht … Annie, ich möchte dich fragen, ob du als meine Frau mit mir nach Hause gehst.«

»Ari«, sagte sie, nahm seine raue Hand zwischen die ihren und schaute in seine schönen grauen Augen. »Dein Antrag ehrt mich sehr. Und du weißt, dass ich dir mein Leben verdanke, weil du mich aus Dschidda gerettet hast. Aber ich bin mehr denn je entschlossen, Jonathan zu suchen. Ich weiß, dass er noch lebt …«

»Das habe ich schon befürchtet. Es ist noch zu früh. Ich werde warten, Annie, so lange es nötig ist. In ein paar Monaten wirst du vielleicht zu mir kommen.«

»Nein, Ari. Ich habe mir etwas vorgenommen, so wie du. Ich muss zurückkehren und herausfinden, was meinem Mann zugestoßen ist. Und ich habe eine Familie in England, die auf mich wartet, eine Familie, die ich nie kennengelernt habe. Bitte, warte nicht auf mich.«

Er nahm ihre Hand zwischen die seinen und schaute traurig auf sie herab. »Ich werde immer auf dich warten. Das sollst du wissen, wo du auch bist, ich warte.«

»Nein, Ari, ich werde dich immer als meinen guten, engen Freund lieben, aber warte nicht auf mich.« Sie entzog ihm sanft ihre Hand, küsste ihn leicht auf die Wange und ging traurig wieder zurück in den Liwan.

Um elf kam der Bote, der Sherines Tante hatte suchen sollen, mit einer Nachricht zurück. Sie war in der Tat Tante Asma und verlangte, Sherine solle auf schnellstem Wege zu ihr kommen, denn sie sei nicht bereit, sie noch eine Nacht unter einem anderen Dach wohnen zu lassen. Annie und Sherine hielten es beide für das Beste, zogen rasch die sauberen Pluderhosen an, die Ari fürsorglich hatte besorgen lassen, streiften ihre Überkleider aus Dschidda über und schlangen lange Seidenschals wie einen Turban um ihre geschorenen Haare. Noch einmal packten sie ihre Kameltaschen, bedankten sich bei Abbas und verließen das Gasthaus in einer Kutsche, die Ari begleitete.

Unterwegs versuchte Sherine mit Engelszungen, Ari dazu zu überreden, für die Dauer seines Aufenthalts in Damaskus zu ihrer Tante zu ziehen, doch er lehnte ab. Es sei, wie er sagte, ein Haus von Frauen, und es gehöre sich nicht, wenn er und seine Brüder sich dort aufhielten. Er willigte allerdings ein, eine Karagöz-Vorstellung für ihre Tante zu geben, bevor er Damaskus verließ, und sie vereinbarten Tag und Uhrzeit.

Sie schlängelten sich durch die kleinen Nebenstraßen, bis sie vor den hohen Holztoren eines Hauses mit schmucklosen Mauern kamen, die nur von wenigen, vergitterten Fenstern durchbrochen waren. Ein uralter Mann hielt eine Laterne hoch, öffnete die Tore für sie und geleitete sie in den Kutschenhof des Hauses. Sherine bestand darauf, dass Ari noch blieb, um ihre

Tante kennenzulernen. Sie stiegen also alle aus und wanden sich durch einen engen Durchgang in den nächsten Innenhof, in dem ein Springbrunnen plätscherte. Überall standen Bäume, und über dem gekachelten Springbrunnen baumelten Blumen. Im anmutigen Liwan, der in eine Hauswand gearbeitet war, erblickte Annie eine kleine, rundliche Frau; sie hob sich vor dem Lampenlicht ab, als sie die Treppe in den Hof hinunterkam.

»Sherine«, rief sie auf Französisch. »Bist du es wirklich?«

Sherine lief auf sie zu und versank in der Umarmung der kleinen Frau. Sie redeten beide zugleich, traten dann lachend zurück und umarmten sich noch einmal. Dann drehte Sherine sich um und stellte Annie, Ari und zuletzt Noora vor.

Erneut fielen sie sich in die Arme, als Asma klar wurde, dass nicht nur ihre Nichte, sondern auch ihre Großnichte den weiten Weg von Dschidda zu ihr gefunden hatte. Überschwänglich bedankte sie sich bei Ari und stimmte der geplanten Karagöz-Vorstellung zu, wobei sie die Einladung für ihn und seine Brüder wiederholte, bei ihr zu wohnen. Sie hieß Annie als ein Mitglied der Familie willkommen und bestand darauf, ihnen Tee und Süßigkeiten auf dem Liwan vorzusetzen, und niemand hatte den Mut, ihr zu sagen, dass sie bereits den ganzen Tag lang gegessen hatten. Sie versanken im Luxus der Plüschkissen und der handgewebten Teppiche, mit denen der Liwan ausgekleidet war, und genossen den Zitronenduft im Innenhof.

Kurz darauf, nachdem sie Ari eine gute Nacht gewünscht und ihm das Versprechen abgenommen hatten, in drei Tagen wiederzukommen, folgte Annie den Frauen die Treppe hinauf in die Schlafquartiere. Tante Asma ging ihnen voran durch das schmale Treppenhaus und über einen gewundenen Korridor in zwei miteinander verbundene Räume über dem Innenhof. Im schwachen Licht der Öllampe sah Annie, dass ihr Zimmer eine angenehme Größe hatte und mit einem eingebauten Kleiderschrank an einer Wand und einem breiten Diwan unter dem Fenster eingerichtet war. Wände und Decke waren reich verziert. Annie hatte noch nie eine solche Fülle von Mustern auf reich lackierten Wänden und Deckenbalken gesehen. Die Farben im Hintergrund waren dunkles Pflaumenblau und Grün, sodass die verschiedenen Blumenmuster in Gold und Rot vorteilhaft zur Geltung kamen. Annie zählte sieben unterschiedliche Motive, die auf dem Täfelholz, den Simsen, Schränken, holzverkleideten oberen Wandteilen, den Kanten, Decken und Balken verwendet worden waren, doch sie waren perfekt aufeinander abgestimmt.

Trotz der spärlichen Möblierung strahlte der Raum aufgrund der üppigen Verzierung eine gewisse Pracht aus. Auf dem gepolsterten Diwan lag eine schlichte Seidendecke, und in der gegenüberliegenden Ecke stand ein Waschtisch mit Wasserschüssel. Ein dicker türkischer Teppich in Pflaumenblau und Grün bedeckte die breiten Bodendielen, und ein kunstvoller Kandelaber aus braunem Glas sowie dazu passende Wandleuchter verliehen dem Ganzen einen besonderen Glanz. Annie kam sich vor wie in einer hübsch gemusterten Schmuckdose.

Sie trat durch eine kleine Tür in der Wandtäfelung. Auch Sherine und Noora bestaunten ihr Zimmer. Es war in dunklem Meerblau und Pflaumenblau gehalten und erinnerte an das Gefieder eines Pfaus. Die auf den dunklen Lack gemalten, goldenen Muster schimmerten im Lampenlicht und schufen dramatische Höhepunkte. Sie waren von Tante Asmas Haus wie verzaubert.

Annie hatte das Gefühl, als könnte sie eine Woche durchschlafen. Doch als sie wieder in ihrem Zimmer war und zwischen die weißen Seidenlaken schlüpfte, beschloss sie, am nächsten Morgen als Erstes den britischen Konsul aufzusuchen. Endlich hatte sie ihr Schicksal wieder in der Hand. Kurz vor dem Einschlafen fragte sie sich noch, ob sie wohl ein Geschenk für Ari fände. Sie kam sich so schlecht vor, da sie seinen Heiratsantrag hatte ablehnen müssen, so undankbar. Ohne ihn säße sie womöglich noch in Dschidda gefangen. Die Einsamkeit, die sie in den langen Stunden auf dem Dach, in dem Granatapfelgarten, empfunden hatte, war wie ein bitterer Geschmack in ihrem Mund. Nichts, was sie ihm geben konnte, war eine ausreichende Bezahlung für das, was sie ihm schuldete, nichts …

Am nächsten Morgen traf Annie die Familie beim Frühstück im offenen Liwan über dem Innenhof an. Der Geruch von Limonen und Jasmin begrüßte sie, als sie die Treppe hinunterging. Nachdem sie Tante Asma und Sherine auf französische Art begrüßt und sie auf beide Wangen geküsst hatte, tätschelte sie Noora sanft den Kopf, ließ sich auf einem Sitzkissen nieder und aß Käse, Honig und Brot zum Frühstück. Der Springbrunnen unten im Hof plätscherte fröhlich, und die Sonne schien auf die Fülle von Blumen, die am Abend zuvor im Dunkeln kaum zu erkennen gewesen waren. Annie entdeckte im Garten zwei große Granatapfelbäume und begrüßte sie innerlich als vertraute Verbündete. Wie herrlich sie hier ihr üppiges Grün entfalten konnten. Es war wirklich himmlisch, dachte sie.

»Haben Sie gut geschlafen, meine Liebe?«, erkundigte sich Tante Asma.

»Ja, und wie«, seufzte Annie. »Ich habe das Gefühl, als könnte ich hier ewig weiterschlafen. Sie haben so ein herrliches Haus! Es ist wie im Garten Eden, nachdem wir so lange in der Wüste waren.«

»Vielen Dank, meine Liebe. In Damaskus verbringen die Frauen viel Zeit im Haus, weshalb sie sich ihr Zuhause so schön wie möglich einrichten. Wie Sie gesehen haben, ist das Gesicht, das wir der Straße zuwenden, schlicht, doch dahinter liegt Schönheit verborgen.«

»Tante Asma«, fragte Annie, »wo haben Sie so gut Französisch gelernt?«

»Zu Hause in Kairo hatte ich eine französische Gouvernante, und nachdem ich meinen Mann verlassen hatte, bin ich nach Frankreich gereist und habe ein paar Jahre dort verbracht. Aber meine Wahlheimat Syrien hat mir gefehlt, und deshalb bin ich vor fast zwanzig Jahren wieder zurückgekehrt. Viele Menschen hier und in Beirut sprechen Französisch. Ich treffe mich gelegentlich mit Freunden, die gern regelmäßig ihre Französischkenntnisse praktizieren.«

»Es ist für mich eine große Erleichterung, mit Ihnen reden zu können. Nur Sherine und Ari konnten sich in den vergangenen sechs Wochen mit mir unterhalten«, sagte Annie.

»Wie kam es dazu, dass Sie mit Monsieur Ari gereist sind?«, fragte Tante Asma. »Es ist doch sehr verwunderlich, dass Sie mit einer Karagöz-Truppe unterwegs sind!«

Eine Stunde lang unterhielten sie Tante Asma mit der Geschichte über Annies Entführung, ihre Begegnung mit Ari und ihre Flucht aus Dschidda. Bei der Beschreibung der Übel im Hause Hassan Bey ließen sie nichts aus. Tante Asma murmelte mitfühlend vor sich hin, als Sherine ihr erzählte, er habe ihr verboten, Noora jemals wiederzusehen. Ihre Augen leuchteten, als sie von der Nacht erfuhr, die sie im Versteck der Eselkarren verbracht hatten.

»Was für ein Abenteuer habt ihr hinter euch! Ich bin so froh, dass ihr heil hier angekommen seid. Die Wüste im Hochsommer zu durchqueren … nicht auszudenken!«, sagte Tante Asma kopfschüttelnd. »Aber jetzt bist du hier bei mir in Sicherheit.«

»Ich fürchte, die Familie könnte Noora bei unserer Rückkehr nach Kairo wieder zu ihrem Vater schicken, und dann sähe ich sie nie wieder. Hältst du es für möglich, dass Noora und ich bei dir bleiben, Tante Asma?«, fragte Sherine.

»Ihr Lieben, ihr habt die Sonne in mein Haus gebracht. Ich denke nicht im Traum daran, euch gehen zu lassen. Und auch Annie darf so lange hierbleiben, wie sie will. Ich kann mir nichts Schöneres vorstellen, als euch junge Leute hier zu haben, die mir das Alter versüßen.«

»Es ist sehr freundlich von Ihnen, mich hier wohnen zu lassen«, sagte Annie, »aber ich muss sofort Kontakt mit den britischen Behörden aufnehmen und herausfinden, welche Schritte bisher unternommen wurden, meinen Mann zu finden.«

»Das britische Konsulat ist nur ein paar Straßen entfernt. Ich werde dafür sorgen, dass man Sie heute Morgen hinbringt. Einstweilen aber wollen wir nicht mehr über Abschied reden.

Ich freue mich schon auf die Karagöz-Vorstellung, die ihr in die Wege geleitet habt. Seit meiner Kindheit habe ich so etwas nicht mehr gesehen. Aber eines verstehe ich immer noch nicht. Wie konntet ihr Monsieur Ari dazu überreden, euch heimlich hinauszuschleusen? Warum sollte er ein solches Risiko eingehen?«

Annie erzählte Asma die Geschichte über die Entführung seiner Schwester Natalie, die sie von Ari gehört hatte. »Und seither sucht er nach ihr«, schloss sie ihre Ausführungen traurig ab. »Ich bin Ari so dankbar. Was können wir nur tun, um uns dafür erkenntlich zu zeigen, dass er uns bei der Flucht geholfen hat? Ich würde ihm gern ein besonderes Geschenk machen«, sagte sie und schaute die anderen fragend an. Sherine schüttelte den Kopf.

»Wir müssen uns nur etwas ausdenken«, sagte Tante Asma ruhig.

Eine Stunde später hatte Tante Asma ihre offene Kutsche im äußeren Hof vorfahren lassen. Annie war in ihrem etwas verknautschten smaragdgrünen Seidenkleid passend gekleidet. Sie hatte sich in türkischem Stil einen grünen Seidenschal um ihr kurzgeschorenes Haar geschlungen und mit der Smaragdbrosche ihrer Mutter festgesteckt. Der alte Kutscher ließ die Pferde ein paar Straßen weiter vor dem Nizam-Palast, dem Haus des britischen Konsuls, anhalten. Annie stieg vor dem Säuleneingang aus und sprach die Wache an, diesmal auf Englisch. Zu ihrer Überraschung konnte er nur ein paar Brocken Englisch, führte sie aber rasch durch einen gewaltigen Innenhof um ein großes, gefliestes Becken herum mit vier kleinen Springbrunnen in den Ecken. Sie betraten einen kunstvoll bemalten Salon, der im Gegensatz zum hellen Innenhof plötzlich dunkel wirkte, und die

Wache bedeutete Annie durch Zeichen, sie solle auf einem der Diwane an der Wand Platz nehmen. Allein gelassen, betrachtete Annie die dick lackierten Wände und stellte fest, dass sie mit geprägtem Leder bezogen waren, das den Mustern in Gold und Grün Tiefe verlieh. An den Deckenbalken schimmerten verschnörkelte Ranken, und an der Decke zwischen den Balken prangte ein nächtlicher Sternenhimmel.

Annie vernahm sich nähernde Schritte, und ein Teil der Wandtäfelung öffnete sich. Herein trat ein kleiner Engländer in Morgenrock und rotem Fez. Rasch durchquerte er den Raum, sobald er Annie auf dem Diwan entdeckt hatte.

»Es freut mich, Sie kennenzulernen. Ich bin Andrew Collins. Verzeihen Sie, aber Hassan hat Ihren Namen nicht richtig verstanden. Er sagte nur, Sie seien Engländerin«, meinte der Konsul flüchtig und betrachtete ihren Aufzug.

Annie erhob sich und schüttelte ihm die ausgestreckte Hand. »Die Freude ist ganz meinerseits. Ich bin Mrs. Annie Tremayne. Ich komme gerade aus Dschidda und möchte mich als britische Staatsangehörige unter Ihren Schutz stellen.«

»Aus Dschidda, sagen Sie? Über Beirut?«, fragte er verwirrt.

»Nein, ich bin über den Dar al Haddsch gekommen. Über Medina«, sagte Annie und freute sich über seine Verwunderung.

»Das kann doch nicht sein«, sagte er. »In der Sommerhitze? Durch die Wüste? Wie war das möglich?«

»Ich fürchte, es ist eine lange Geschichte«, sagte sie lächelnd.

»Bitte, so nehmen Sie doch Platz und erzählen Sie«, erwiderte Collins. »Darf ich Ihnen Tee anbieten?« Collins zog an einer Kordel mit Troddeln, die neben ihm hing, und ließ sich auf dem Diwan nieder. Annie fuhr fort mit dem Bericht über den Untergang der *Oriental*, ihre Entführung durch Abdullah bin Karim, ihren erzwungenen Aufenthalt bei Hassan Bey und ihren Weg auf dem Haddsch, um durch die Wüste nach Norden zu entkommen. Ein Diener in Pluderhose und rotem Fez goss ihnen

Tee ein, den sie dankbar trank. Sie ließ nur die Rollen aus, die Sherine und Noora sowie Ari und seine Truppe gespielt hatten.

»Und der Konsul in Dschidda, Howard? Er konnte Ihnen nicht helfen?«, fragte Collins entsetzt.

»Er hat meinem Großvater in London ein Telegramm geschickt, damit wenigstens er wusste, dass ich noch am Leben war. Aber er konnte nicht dafür garantieren, dass ein von meiner Familie beauftragtes Boot die Erlaubnis bekommen würde, im Hafen von Dschidda anzulegen. Die türkischen Kaufleute üben dort eine gewaltige Macht aus.«

»Der Hedschas ist noch immer ein Gesetz für sich, fürchte ich. Aber wieso durften Sie denn mit dem Haddsch fortgehen? Man hätte sie umbringen können.«

»Ich stand unter dem Schutz sehr guter Freunde, die ich zu ihrer eigenen Sicherheit nicht beim Namen nennen möchte. Und ich habe mich als Mann verkleidet«, fügte Annie hinzu.

»Nein wirklich?«, sagte Collins verwundert.

»Das ist in diesem Teil der Welt die einzige Möglichkeit zu reisen, ist mir klar geworden. Frauen haben hier so wenig Freiheit«, sagte sie forsch.

Collins schüttelte den Kopf. »Was kann ich denn jetzt für Sie tun? Haben Sie eine Unterkunft? Brauchen Sie Bargeld?«

»Im Moment bin ich versorgt, danke. Aber wenn Sie eine Möglichkeit sähen, etwas über meinen Mann herauszufinden, wäre ich ihnen sehr verbunden. In Dschidda sagte man mir, es habe keine Überlebenden bei dem Untergang des Schiffes gegeben, aber das kann ich nicht glauben. Ich würde gern mit dem Schiff über das Rote Meer zurückfahren und ihn suchen, wenn auch nur die geringste Chance besteht, dass er noch in der Gegend ist«, sagte Annie.

»Leider hatte auch ich den Eindruck, dass es keine Überlebenden auf der *Oriental* gegeben hat. Und jetzt sind Sie hier! Ich möchte Ihnen nur wenig Hoffnung in Aussicht stellen, aber vielleicht ist er aufgetaucht. Geben Sie mir doch bitte die Personalien Ihrer Familie, dann werden wir sofort telegraphieren. Wie groß wird ihre Freude sein, wenn sie erfahren, dass Sie in Sicherheit sind!«, überlegte er glücklich und zog noch einmal an der Kordel.

Nachdem sie ihm die Adresse ihres Großvaters in London gegeben hatte, begleitete Annie den Konsul über den Hof zu einem Außentor.

»Das Haus ist sehr schön«, murmelte Annie anerkennend und betrachtete den mit Säulen versehenen Liwan und die Fenster mit zartem Maßwerk.

»Ja, nicht wahr? Es ist ein osmanischer Palast aus dem achtzehnten Jahrhundert und gehörte einst dem Nizam von Damaskus. Meiner Frau und mir gefällt es ausnehmend gut. Sie ist zur Zeit in England, aber wenn sie zurückkommt, weiß ich, dass sie entzückt wäre, Sie kennenzulernen«, sagte Collins.

»Danke, es wäre mir ein Vergnügen«, erwiderte Annie.

»Ja, die Burtons, Sie erinnern sich vielleicht, er war ein paar Jahre vor uns Konsul, zogen in einen alten Palast vor den Stadtmauern. Sie führten riesige Stallungen und eine ansehnliche Menagerie. Ich habe gehört, dass sie mehr als fünfzig Straßenhunde gleichzeitig adoptierten! Aber als wir im Jahre '71 hier eintrafen, zogen wir wieder in die Stadt, um in der Nähe der Suks und unserer Freunde zu sein, versteht sich«, sagte Collins.

»Gibt es viele Briten hier in Damaskus? Mir fiel auf, dass Ihr Türwächter ziemlich überrascht war, als er auf Englisch angesprochen wurde.«

»Es ist tatsächlich nur eine kleine Gruppe. Im Moment sind nur etwa dreißig Briten hier. Aber es gibt eine ansehnliche Zahl Franzosen und ein paar andere Europäer, sodass wir es uns hier ganz behaglich machen. Sie müssen mit mir dinieren und einige von ihnen kennenlernen, wenn Sie wollen.«

»Vielen Dank«, sagte Annie und fragte sich, was sie dann anziehen sollte. Sie musste sich rasch ein paar Kleidungsstücke besorgen.

»Ja, Lady Jane Digby wird Ihnen gefallen. Sie ist eine Lokalgröße und hat viel Zeit in der Wüste verbracht«, sagte er lächelnd.

»Danke, das wäre sehr nett von Ihnen. Ich lasse den Fahrer morgen noch einmal nachfragen, ob eine Nachricht eingetroffen ist, falls Sie glauben, dass wir bis dahin etwas gehört haben könnten.«

»Ja, schicken Sie ihn vorbei, und ich werde Sie über einen Abend in Kenntnis setzen, an dem Sie ein paar Leute kennenlernen können«, sagte Collins und half ihr in die Kutsche.

»Nochmals vielen Dank für Ihre Freundlichkeit«, sagte sie und winkte ihm zu, als die Kutsche im Innenhof wendete. Merkwürdig, wieder Englisch zu reden, dachte sie, fast so, als wäre sie eine andere Person. Und was sollte sie tragen?, dachte sie erschrocken, als ihr klar wurde, dass sie in eine andere Welt eintauchte.

Sie kehrte zu Tante Asmas Haus zurück, das nur eine kleinere Ausgabe des Konsulats war. Die Frauen des Hauses brachen gerade zu einer Rundfahrt durch die Suks auf. Annie bat Asma um Hilfe, die ihr einen langen Mantel mit Gürtel zur Verfügung stellte, der am Hals mit einer Kette versehen und mit feiner Stickerei umrandet war. Den konnte sie über die Pluderhosen vom Vortag ziehen. Sie lieh ihr auch ein Paar graue, nach vorn spitz zulaufende Lederschuhe, die etwas stabiler waren als die Hausschuhe, die sie aus Dschidda mitgebracht hatte. Auf dem Kopf trug sie einen hellblauen Turban, und da Tante Asma schockiert war, dass die Mädchen sich die Haare abgeschnitten hatten, befestigte sie ein falsches Haarteil, etwas dunkler als Annies natürliche Haare, hinten am Turban. Über allem trug Annie einen hauchzarten weißen Schleier, etwa drei Meter lang, sowie einen weiteren um ihre Schultern, der in zwei Strängen über ihren Rücken herabhing.

Annie, Asma und Sherine, alle ähnlich gekleidet, bestiegen die offene Kutsche. Der alte Kutscher fuhr auf der »Geraden« bis ans Ende, dann aus dem Stadttor hinaus und hielt sich an der alten Mauer, bis die Zitadelle in Sicht kam. Der gewaltige, mit Zinnen versehene Bau sei noch aus der Römerzeit, teilte Tante Asma ihnen mit, und beherberge derzeit die türkische Garnison.

Sie stiegen an den alten Steinwänden aus der Kutsche und betraten den größten Markt, der sich an die Südmauer duckte. Tante Asma, stolz auf den frisch rekonstruierten Suk, deutete auf das Eisendach, zwei Stockwerke hoch und mit Löchern für das Sonnenlicht durchbohrt. Annie glaubte noch nie einen beeindruckenderen Markt als den Hamidiye Suk gesehen zu haben. Der überdachte Suk schmiegte sich an die Mauer der Zitadelle, soweit das Auge reichte, und der Gang innen zwischen den ordentlichen Läden zu beiden Seiten war breit wie ein Boulevard. In den Geschäften gab es Seide und Leinen, Wollstoffe und Rosenöl, Gewürze und Seifen, Kaffee und Tee, Schmuck und Goldmünzen. Makellos sauber und frisch duftend, quoll der Suk über mit Gegenständen aus allen Ecken des Orients. Männer und verschleierte Frauen schlenderten über den Markt. Der Singsang des Arqsus-Mannes übertönte den allgemeinen Lärm; er hatte eine bauchige Messingurne an Schulterriemen hängen und schenkte sein nach Anis schmeckendes Getränk für die Käufer in einem polierten Messingbecher aus. Kaffeehäuser mit kleinen Messingtischen und Stühlen boten Erholung vom Einkauf und lockten mit ihren bunten Wasserpfeifen Raucher an.

Die Frauen machten sich auf die Suche nach Stoffen, aus denen sie neue Frauenkleider schneidern lassen konnten. Feines, handgewebtes Leinen und gemusterte Seidenstoffe in allen Regenbogenfarben hingen in den Läden. Sherine und Annie fiel es schwer, sich zwischen den hübschen Stoffen zu entscheiden. Seit Indien hatte Annie nicht mehr eine solche Auswahl und Qualität gesehen, wie sie der Suk zu bieten hatte. War sie wirklich noch vor ein paar Tagen in Männergewändern durch die Wüste gereist?

Dann machten sie sich auf den Weg zu Tante Asmas Schneider, einem älteren Juden, dessen Laden über ein paar schmale Stufen vom Suk aus zu erreichen war. Nachdem sie des Langen und Breiten über Sherines und Nooras Damaskus-Garderobe gesprochen hatten, holte er ein Buch mit europäischen Schnittmustern hervor, um Annie bei ihrer Wahl zu helfen. Sie bestellte mehrere Nachmittagskostüme in französischem Stil aus Leinen und ließ sich zu drei Abendgewändern aus Seide hinreißen. Der freundliche Mr. Levy, der ein Maßband um den Hals trug, notierte sich ihren Bedarf und reichte die Stoffballen an seinen Assistenten weiter, der die Arbeiter im hinteren Teil des Ladens beaufsichtigte. Annie nahm ihn beiseite und gab ihm flüsternd ihre Schwangerschaft bekannt. Sie bat ihn, in den neuen Kleidern entsprechende Einsatzstreifen vorzusehen in Erwartung ihrer zukünftigen Bedürfnisse. Er tätschelte ihr die Hand und gratulierte ihr lächelnd.

In Hochstimmung kehrten die Frauen in ein kleines Café im Suk auf einen Fruchtsaft ein. Verführerisch standen Säfte aus Limonen, Hibiskus, Mango, Datteln, Äpfeln und Orangen in Glasurnen vor ihnen. Der Erdbeersaft, für den sich Annie entschied, schmeckte wie flüssiger Sommer, überlegte sie; die Hitze des Dar al Haddsch erschien ihr wie eine ferne Erinnerung.

Dann besuchten sie den Leder-Suk, um Schuhe in Auftrag zu geben. Annie bestellte mehrere Paare von den in europäischem Stil ausgestellten Schuhen, die nach Maß angefertigt wurden, und fügte noch einen ledernen Handkoffer hinzu. Ihre Kameltaschen würden nicht mehr ausreichen, wenn sie erst einmal wieder Engländerin war.

Am nächsten Tag bat Annie Tante Asma, den Fahrer zum Palast des Konsuls zu schicken, um zu fragen, ob Nachrichten für sie eingetroffen seien. Mr. Collins schickte ihr eine Notiz zurück und ließ sie wissen, dass noch keine Antwort auf sein Telegramm gekommen sei, doch in Anbetracht der Übermittlungszeiten werde es höchstwahrscheinlich einen oder zwei Tage länger dauern. Er lud sie jedoch zu einer Dinnerparty bei einem nach Damaskus ausgewanderten englischen Staatsangehörigen am darauffolgenden Abend ein. Er werde sie um acht Uhr bei Madame Chelibi abholen. Annie nahm die Einladung schriftlich an. Ihr war klar, dass er natürlich in einer so kleinen Gemeinschaft erfahren hatte, wo sie sich aufhielt. Sie hoffte nur, dass bis dahin eins ihrer Kleider fertig wäre. Mit dem grünseidenen war kein Staat mehr zu machen.

Einen Tag später beschlossen Annie und Sherine, ihr Gesicht zu verschleiern und zu Fuß zu den Suks zu gehen. Zu ihrer Rechten sahen sie den Eingang einer großen Moschee. Sherine schaute Annie kurz an, die ordentlich verschleiert war, nahm sie beim Arm und führte sie wie selbstverständlich durch den Eingang. Die Frauen nahmen die Schuhe in die Hand und liefen über die kalten Steine unter den Säulen. Decke und Wände der Kolonnade waren mit prächtigen goldenen und bunten Mosaiken verziert, auf denen Gärten, Pfauen und Szenen aus dem alten Damaskus dargestellt waren. Annie hatte noch nie vergleichbar schöne Mosaiken gesehen. Eine Seite der Kolonnade war eine byzantinische Kirche gewesen, bevor sie zu einer Moschee wurde. Zunächst war hier ein römischer Tempel, dann eine Kirche, dann eine Moschee errichtet worden. Diese Stätte musste einfach heilig sein. Annie und Sherine überquerten den Innenhof der Moschee, überwältigt von seiner Schönheit, und gingen zum gewaltigen römischen Tor auf der gegenüberliegenden Seite.

Nach dem Besuch beim Schneider versuchte Annie Sherine zu überreden, sie am Abend mit Mr. Collins zum Dinner zu begleiten, doch Sherine lehnte ab. Sie wolle möglichst wenig Aufmerksamkeit auf ihre Anwesenheit lenken, seufzte sie, denn sie wisse, wie schnell sich in dieser Stadt Gerüchte verbreiteten. Da sie Muslimin war, rief sie Annie ins Gedächtnis, konnte Mr. Collins sie nicht beschützen, und sie wollte nicht das Risiko eingehen, Noora zu verlieren. Annie stimmte ihr nur ungern zu und bereitete sich auf den Abend vor. Sie trug ein gelbes Seidenkleid und nahm einen besonders langen, farblich abgestimmten Seidenschal mit, den sie sich um den Kopf schlang, ergänzt durch Tante Asmas zusätzlichen Haarschopf. Sie hoffte, niemand würde auf die Idee kommen, dass sie darunter kurz geschorene Haare hatte; wenigstens ihr Pony war echt, dachte sie schmunzelnd.

Pünktlich um acht Uhr fuhr Mr. Collins' Kutsche vor, und Annie eilte hinaus. Er schien enttäuscht, dass man ihn nicht ins Haus gebeten hatte, um Asma kennenzulernen, doch Annie tat so, als fiele es ihr nicht auf. Und schon schlängelten sie sich durch die Serpentinen von Damaskus, bis sie das christliche Wohnviertel erreichten. Die Häuser prunkten mit ordentlich gestrichenen Türen, und ihnen fehlten die durchhängenden Balkone, wie sie in den Straßen um Tante Asmas Haus zu sehen waren.

»Sind die Häuser hier neueren Datums als die übrigen in der Stadt?«, erkundigte sich Annie.

»Ja«, antwortete Mr. Collins. »Sie wurden nach dem Blutbad an Christen im Jahre 1860 erbaut. Damals wurde ein Großteil des Christenviertels niedergebrannt.«

»Ich wusste nicht, dass es ein Blutbad gegeben hat«, erwiderte Annie.

»Ja, man ist hier noch sehr empfindlich, was die Angelegenheit betrifft. Wir sitzen hier wie auf einem Pulverfass, das ist mein Eindruck. Burton hat sich damals in den Siebzigern mit einem Haufen von Sufis angelegt, die zum Christentum konvertieren wollten und einen Mordswirbel veranstaltet haben. Er wurde für seine Mühen entlassen«, sagte Collins kopfschüttelnd.

Sie bogen auf den Vorplatz eines großen Hauses ein und warteten, bis ein Diener die Holztore zu einem weiträumigen Hof öffnete. Sie gingen durch Eisentore in einen Innenhof, in dessen Mitte ein Springbrunnen stand. Überall hingen kleine Laternen an den Bäumen und verbreiteten glitzerndes Licht. Eine Frau, die Collins als Sarah Miller vorstellte, hieß sie am Tor willkommen und stellte Annie ihrem Mann Thomas vor, einem Mann um die vierzig mit Geheimratsecken, der erklärte, er exportiere feine

Stoffe nach London. Sie lernte die Wellsleys kennen, die für die Gemeinde der anglikanischen Kirche vor Ort zuständig waren, und die Hughes, Spediteure für Palmöl und Datteln. Der französische Konsul und seine Frau, Michel und Cathérine Marquet, begrüßten sie warmherzig. Annie lernte die Sterlings kennen, die im Ledergeschäft tätig waren, sowie die Clarks, die eine kleine Privatschule für europäische Kinder leiteten. Die Frauen hatten sich so angezogen, als wären sie in London, stellte Annie fest. Sie hatten Hochfrisuren, trugen tief ausgeschnittene seidene Abendkleider mit Turnüren und fügten sich den örtlichen Gepflogenheiten nur insofern, als sie sich hauchzarte weiße Schleier über Kopf und Schultern drapiert hatten, bis sie im Garten der Millers waren. Sie fühlte sich zurückversetzt in die englische Kolonialgesellschaft, als hätte sie Assam nie verlassen.

Sie war gerade in eine Unterhaltung mit Edwin Lord Weeks vertieft, einem Maler orientalischer Szenen, der Indien bereist hatte, als es plötzlich still wurde und alle Augen sich auf den Eingang richteten. Weeks flüsterte ihr zu, Lady Jane Digby, verheiratet mit einem ortsansässigen Beduinenscheich, sei eingetroffen. Fasziniert betrachtete Annie die hochgewachsene, blonde Engländerin, der die Aufmerksamkeit der Gäste galt. Sie trug prächtige, dicht bestickte Gewänder aus hellblauem Wollstoff über seidener Pluderhose und spitzen Lederpantoffeln. Ihr blondes Haar unter dem weißen Seidenschal hatte graue Strähnen und hing ihr in einem dicken Zopf auf dem Rücken bis über die Taille hinab. An ihrer schweren silbernen Halskette prangte ein Turmalin in der Größe eines Vogeleis, und ihre Armbänder bedeckten ihre nackten Arme von den Handgelenken bis zu den Ellenbogen. Obwohl sie deutlich ein gewisses Alter erreicht hatte, bewegte sich Lady Jane mit der Anmut und aufrechten Haltung einer jüngeren Frau, sodass sie die kleine Versammlung mit ihrer exotischen Erscheinung beherrschte.

Collins tauchte an Annies Seite auf und führte sie zu Lady Jane, um sie ihr vorzustellen. Sie begrüßten sich, und als die ältere Frau von Annies Erfahrungen beim Haddsch erfuhr, löcherte sie die Jüngere mit Fragen. Bald hatte sich eine Gruppe gebildet, die Annies Erzählung über die Flucht aus Dschidda und die Wanderung durch die Wüste hören wollte. Die Gäste setzten der Neuen in ihren Reihen mit Fragen zu, offensichtlich lechzten sie nach Einzelheiten über Abenteuer, die sich jenseits der Stadtgrenze von Damaskus abgespielt hatten. Selbst Lady Janes Ausflüge in die Wüste führten sie kaum über Palmyra und die Zelte ihres Mannes, Scheich Miguel, hinaus, gab sie zu.

Schließlich verkündete ein Butler in rotem Fez, Pluderhose und rotem Wams, das Dinner sei angerichtet, und sie gingen hintereinander in einen Speiseraum, der sich gleich an den Innenhof anschloss. Ein langer Tisch in englischem Stil war mit Silber und Blumen gedeckt, umgeben von einem Dutzend hochlehniger Stühle und mit einem weißen Damasttuch drapiert. Das alles betonte die Opulenz des reich verzierten Raums. Vergoldete Friese und bemalte Holztäfelungen an den Wänden ließen keinen Zoll unberührt von der Kunstfertigkeit des Dekorateurs. Während der gesamten Mahlzeit beantwortete Annie Fragen über ihren Aufenthalt in Dschidda und beschrieb immer wieder den Untergang der *Oriental* und ihre Entführung durch Abdullah bin Karim. Die Gäste priesen ihren Mut, dass sie versucht habe, die Wüste zu durchqueren. Der Abend zog sich dahin; durch die Kerzen und die Leiber der Gäste entstand eine wächserne Enge im Raum, sodass Annie sich nach dem luftigen Liwan bei Tante Asma sehnte.

Es war nach Mitternacht, als die Gesellschaft aufbrach. Andrew Collins begleitete Annie nach Hause und versprach ihr, sie sofort in Kenntnis zu setzen, sobald er etwas aus London höre. Dankbar zog Annie sich in ihr Zimmer zurück. Sie war erschöpft, fand jedoch keinen Schlaf. Es war lange her, seitdem sie derart im Mittelpunkt gestanden hatte. Und die ganze Zeit wartete sie auf Nachrichten von ihrer Familie in England.

Am nächsten Morgen klopfte Tante Asma um neun Uhr bei

Annie an. Ermattet vom Schlafmangel erhob Annie sich müde vom Bett.

»Ja, Tante Asma, was ist?«, fragte sie und öffnete die Tür zum Flur.

»Annie, es tut mir leid, wenn ich Sie so früh wecke, aber der britische Konsul hat einen Boten geschickt, der Sie bittet, gleich mitzukommen. Ich hielt es nicht für richtig, ihn warten zu lassen.«

»Nein, natürlich nicht, Tante Asma, vielen Dank. Ich komme gleich nach unten«, sagte Annie aufgeregt. Andrew Collins musste ein Telegramm aus London erhalten haben. Nervös zog sie sich in aller Eile an und ging hinunter in den Innenhof. Tante Asma stand im Liwan, ein Tablett mit Frühstück neben sich.

»Annie, Sie müssen etwas zu sich nehmen, bevor Sie gehen«, beharrte sie.

»Nein, Tante Asma, ich habe es eilig«, entgegnete Annie.

»Sie verlassen mein Haus nicht mit leerem Magen. So begrüßt man keinen Tag.«

»Na schön«, gab Annie nach, trank eine Tasse Tee und aß etwas Fladenbrot. Obwohl sie sich lieber beeilen wollte, merkte sie, dass ihr ohne etwas zu essen vielleicht wieder schlecht geworden wäre.

Sie drückte Tante Asma einen Kuss auf die Wangen und lief zur wartenden Kutsche. Während sie durch die engen Straßen von Damaskus ratterten, in denen sich die Balkone über ihnen beinahe berührten, rechnete Annie nach, dass es fast sechs Wochen her war, seit sie zuletzt von ihrem Onkel James gehört hatte. Welche Sorgen muss er sich gemacht haben, dachte sie kleinlaut, als sie aus Dschidda verschwunden war.

Andrew Collins ging im Innenhof auf und ab, als sie das Konsulat erreichte.

»Ich dachte schon, Sie kommen gar nicht mehr. London ist auf Empfang für Ihre Antwort, und es hat eine Stunde gedauert, Sie zu finden«, regte Collins sich auf.

»Verzeihen Sie, Mr. Collins. Stimmt etwas nicht zu Hause?«, fragte Annie plötzlich besorgt.

Collins blieb stehen und schaute Annie an.

»Natürlich können Sie es noch nicht wissen, Mrs. Tremayne«, sagte er zerstreut.

»Was weiß ich noch nicht? Bitte, sagen Sie es mir«, bat sie ängstlich. »Was ist los?«

»Mrs. Tremayne«, sagte er förmlich, »Ihr Mann lebt! Er hat den Untergang des Schiffes überlebt, ist durch Ägypten gezogen und nach Akaba gereist, um nach Ihnen zu suchen.«

Annie vernahm seine letzten Worte wie durch Watte. Der Garten verschwand in einem grauen Nebel, und in ihren Ohren dröhnte es. Ohnmächtig brach sie auf den Steinplatten zusammen.

Als sie wieder zu sich kam, fand sie sich sitzend auf einer Eisenbank am Springbrunnen wieder, ein Kissen unter dem Kopf. Collins beugte sich ängstlich über sie und drückte ihr ein kaltes Tuch auf die Stirn. Als er sah, wie ihre Augenlider flatterten, lehnte er sich zurück.

»Oh, Mrs. Tremayne, verzeihen Sie. Ich habe Ihnen einen furchtbaren Schreck eingejagt. Ich hätte daran denken müssen, dass Sie sich angesichts solcher Nachrichten besser hinsetzen sollten«, sagte er voller Selbstvorwürfe.

Annie richtete sich auf und brach in Tränen aus, als ihr seine letzten Worte zu Bewusstsein kamen. Der in den letzten beiden Monaten angestaute Kummer überwältigte sie, und sie vergrub schluchzend ihr Gesicht in den Händen. Während Collins sanft protestierte, ließ Annie ihrer Erleichterung freien Lauf und brachte schließlich stoßweise eine matte Antwort hervor.

»Ich … ich wusste, dass er noch lebte … ich konnte es spüren … Gott sei Dank … Gott sei Dank«, schluchzte sie, ohne auf Collins' flehentliche Bitten zu achten. »Jonathan lebt!«

»Bitte, Mrs. Tremayne … bitte fassen Sie sich. Wir brauchen Sie, um London antworten zu können. Jetzt nehmen Sie sich zusammen … Wollen Sie, dass Ihr Mann mit dem Schiff nach Beirut kommt, um Sie dort zu treffen?«

»Wo ist er jetzt, sagten Sie?«, fragte Annie zerstreut.

»Dem Telegramm zufolge befindet er sich in Akaba. Er wurde in einem Kampf verwundet und erholt sich im Konsulat in Akaba«, erwiderte Collins.

»Dann muss er es doch gewesen sein, der den ›Liebestraum‹ gesungen hat. Aber er wurde verwundet? Geht es ihm gut?«

»Es heißt nur, Jonathan sei am Leben und in Akaba. Was soll das heißen, er hat den ›Liebestraum‹ gesungen?«, fragte Collins verblüfft.

»Das ist eine komplizierte Geschichte. Wie lange braucht er, um nach Beirut zu kommen?«, fragte Annie und versuchte sich zu konzentrieren.

»Etwa sieben Tage, würde ich sagen. Vielleicht kann er eine Überfahrt auf einem P&O-Schiff gleich von Suez aus buchen, was etwa zwei Tagesreisen von Akaba entfernt ist.«

»Ach, wieder in einer Kabine auf einem P&O-Dampfer zu sein, als wären die letzten drei Monate nicht gewesen … Ja, bitte fragen Sie nach, ob man das so arrangieren kann.«

Collins setzte ein Telegramm an Annies Großvater in London auf, dann eins an den Konsul in Akaba, in dem er darum bat, Jonathan auszurichten, sie sei am Leben und werde in Beirut auf ihn warten.

Annie bedankte sich überschwänglich bei Collins und nahm das Angebot an, in seiner Kutsche zu Tante Asma zurückzufahren. Wie durch einen Nebel ging sie zur Kutsche; die Grenzen ihrer Welt schienen zu flimmern und schwer zu greifen. »Jonathan lebt!«, sagte sie sich immer wieder. »Er lebt wirklich!«

Kapitel zwanzig

Wo ist die Traurigkeit der vielen Stunden?
Des Nebels graue Öde ist dahin.
Ich habe mir aus Sonnenstrahlen einen Strauß gebunden
Und diene einer milden Königin.

Unglücklich ritt Jonathan nach Akaba zurück, sein Arm schmerzte, und das Gefühl der Sinnlosigkeit war schier niederschmetternd. Als es dunkel wurde und sie wieder in den Stall hinter dem Konsulat zurückkehrten, sank Jonathan aus dem Sattel in die wartenden Arme der Diener. Sie brachten ihn sogleich ins Bett und ließen einen Arzt rufen, der mit einer dreckigen Pinzette in der Wunde an seinem Arm herumstocherte und eine Kugel zum Vorschein brachte. Da Jonathan noch immer bewusstlos war, blieb ihm der Schmerz der Untersuchung erspart.

Am nächsten Tag war der Arm um das Doppelte angeschwollen, und Jonathans Temperatur stieg. Sein Gesicht glühte im Fieber, und sein Körper wurde von Schüttelfrost gepackt. Michael war besorgt, stand neben seinem Bett und beaufsichtigte eine Reihe Diener mit kühlenden Handtüchern und heilenden Umschlägen. Am dritten Tag lag Jonathan im Delirium.

In seiner Phantasie durchquerte er einen Dschungel, kämpfte sich durch ein Gewirr aus abstoßenden Bäumen und Ranken und suchte jemanden. Zuweilen erhaschte er einen Blick auf die dunkelhaarige Schönheit vor ihm, gerade außer Hörweite, die hinter den Bäumen verborgen war. Manchmal dachte er, es sei Annie, dann wieder war er sicher, Miriam gesehen zu haben. Immer blieb der anmutige Rücken der schwer zu fassenden Frau außer Reichweite, nie reagierte sie auf seinen Ruf.

Sieben Tage lang war Jonathan ohne Bewusstsein; abwechselnd rief er nach Annie und nach Miriam. Michael fragte sich, wer wohl Miriam war und kam zu dem Schluss, dass es eine Schwester sein musste. Er überwachte das Krankenzimmer, und als am siebten Tag die Krise kam, blieb er die ganze Nacht wach, wechselte Jonathan die Hemden und betete für seine Genesung.

Am Morgen des achten Tages schlug Jonathan, blass, aber lächelnd, die Augen auf. Michael, der auf einem Stuhl in der Ecke schlief, wachte auf und stellte fest, dass sein Freund kein Fieber mehr hatte.

»Endlich! Ich dachte schon, wir kämen hier nie wieder weg!«, sagte Michael scherzhaft.

»Wie lange hat es gedauert?«, fragte Jonathan matt.

»Eine Woche«, antwortete Michael.

»Kein Wunder, dass ich Hunger habe! Kann ich etwas zu essen bekommen?«

Michael klingelte nach einem Diener und zog seinen Stuhl näher ans Bett. »Wer ist denn eigentlich Miriam?«

»Miriam? Wieso fragst du?«, erwiderte Jonathan. Sein Lächeln versiegte.

»Du hast immer wieder nach ihr gerufen, nach ihr und Annie, deshalb«, sagte Michael.

»Oh, Miriam war eine alte Freundin, eine gute Freundin, mehr nicht. Sie ist gestorben«, antwortete Jonathan mit versteinerter Miene.

»Das tut mir leid, mein Alter. Wollte dich nicht aufregen. Bin einfach nur erleichtert, dich wieder gefasst zu sehen, wenn du weißt, was ich meine.«

»Ja, danke, mein Bester. Vielen Dank, dass du hiergeblieben bist.«

»Du bist mein Auftrag. Konnte nicht zulassen, dass dir etwas zustößt«, erwiderte Michael heiter.

Jonathan ging es nach etwas Tee mit Toast besser, er konnte sogar am Nachmittag durch den Steingarten gehen. Er war entschlossen, so schnell wie möglich nach Ägypten zurückzukehren, um den Ort des Versagens und der Sinnlosigkeit schnellstens hinter sich zu lassen. Die anderen hingegen überredeten ihn, sich noch ein paar Tage Ruhe zu gönnen, bevor er die schwierige Reise über Land nach Kairo in Angriff nahm. Er ärgerte sich über seinen Arrest, stimmte jedoch zögerlich zu.

Zwei Tage darauf, als er kurz vor dem Aufbruch seine Sachen packte, kam Cobett an seine Tür.

»Sie haben sie gefunden, Tremayne! Ihre Frau ist in Damaskus aufgetaucht!«

»Was?«, fragte Jonathan und sank auf sein Bett.

»Ihre Frau! Sie ist gesund und munter in Damaskus!«

In diesem Augenblick stürmte Michael ins Zimmer und gratulierte Jonathan, schüttelte dem verblüfften Freund die Hand und schmiedete bereits Pläne.

»Morgen reiten wir nach Suez und suchen uns ein Schiff nach Beirut. Cobett, kann Ihr Stab eine Überfahrt nach Beirut für uns organisieren?«

»Warum sagst du ›für uns‹? Kommst du denn mit nach Beirut?«, fragte Jonathan verdattert.

»Klar. Ich habe dir doch gesagt, du bist mein Auftrag. So einfach wirst du mich nicht los«, sagte Michael grinsend.

Jonathan erwiderte sein Lächeln. »Ach, wieder in einer Kabine auf einem P&O-Dampfer zu sein«, seufzte er, »als wäre das alles nicht geschehen. Ich würde mich jedenfalls über die Begleitung freuen.«

Howard tauchte mit einem Tablett Gläser an der Tür auf.

»Heißt das, ich muss nach Dschidda zurück?«, fragte er und reichte die Gläser herum. »Also dann, auf Mrs. Tremayne!«

»Auf Annie!« Jonathan strahlte.

Später, noch unter Schock über Jonathans Wiederauferstehung, konnte sich Annie nicht an die Rückfahrt zu Tante Asma erinnern. Sobald sie, blass und zitternd, im Haus war, teilte sie die

Neuigkeiten Sherine, Noora und Asma mit, noch immer zu überwältigt, um das Wunder, dass Jonathan nicht umgekommen war, in seinem vollen Ausmaß zu begreifen. Die Frauen freuten sich unbändig für sie, zwangen sie aber auf ein Sitzkissen, besorgt, sie könne wieder in Ohnmacht fallen. Eine Stunde später erhielten sie eine weitere Botschaft von Collins, in der er bestätigte, dass Jonathan in sechs Tagen in Beirut eintreffe, und die Benutzung seiner Kutsche anbot, die sie über das Gebirge bringen würde. Sie schrieb zurück und bedankte sich für seine Freundlichkeit.

Mitten in der Aufregung erinnerte Tante Asma sie daran, dass sie sich allmählich auf die Damen vorbereiten sollten, die sie zur Karagöz-Vorstellung in ihrem Hof an jenem Abend eingeladen hatten. In der Küche herrschte Chaos; Bleche voll Kuchen, jede Menge Kebab und Schüsseln mit Tahina wurden zubereitet. Stühle mussten aufgestellt, Laternen aufgehängt und der Liwan in Ordnung gebracht werden.

Die jungen Frauen wurden schlagartig aktiv und schoben Annies Neuigkeiten vorerst beiseite. Noora lief treppauf, treppab und richtete etwas von Tante Asma aus. Annie und Sherine suchten auf dem Markt nach Kerzen und kleinen Laternen, um den Garten zu erleuchten. Am späten Nachmittag waren alle erschöpft, aber sie hatten genug zu essen, um damit eine Armee satt zu bekommen.

Ari, Iwan und Gregor trafen ein, als die Sonne unterging, und spannten ihren Musselinschirm an einem Ende des Liwan auf, sodass er aus dem Hof unten gut zu sehen war. Die Musiker saßen hinter einem Wandschirm aus geschnitztem Holz über dem Liwan. Annie und Sherine legten ihre Aufgabe als Musiker ab, um die Vorführung zu genießen. Nur Noora war eifrig darauf bedacht, ihre Rolle als Aris Assistentin für die Puppen wieder einzunehmen.

Als es dunkel wurde, trafen die in weiße Schleier gehüllten Damen am Tor ein. Sobald sie drinnen waren, legten sie die Schleier ab und wurden zu einer gackernden Masse, die sich überall im Garten von dem gebratenen Fleisch mit Hummus, angerichtet auf Messingtabletts mit ausklappbaren Beinen, bedienten. Anschließend wurden Süßspeisen und Kuchen gereicht, während die Damen alle durcheinanderredeten und unzählige Tassen Tee und Kaffee tranken.

Sobald das Fest in vollem Gang war, zog Tante Asma Annie und Sherine beiseite.

»Ich möchte, dass ihr einen Augenblick hier bleibt. Ich möchte euch jemandem vorstellen«, sagte Tante Asma geheimnisvoll und verschwand wieder zwischen den Frauen. Sie kam mit einer schönen grauäugigen Frau mit heller Haut und hellbraunem Haar im Schlepptau zurück. Sie hatte etwas, das Annie sogleich vertraut erschien, doch sie hätte nicht sagen können, warum. Sie wusste, dass sie sich noch nie begegnet waren.

»Meine Lieben«, sagte Tante Asma triumphierend. »Darf ich euch Natalie vorstellen? Natalie, dies sind meine Nichte Sherine und ihre Freundin Annie.«

Annie war erstaunt und schaute Sherine fragend an. Natalie? Konnte das wirklich Aris Natalie sein? Wie hatte Tante Asma sie gefunden?

»Sind Sie die Schwester von Ari, Iwan und Gregor?«, platzte es aus Annie heraus, und sie ergriff eine Hand der nichtsahnenden jungen Frau.

»Ja«, sagte das Mädchen, verwirrt die Stirn runzelnd. »Ich habe es Madame Asma erzählt. Ich hatte drei Brüder mit diesen Namen. Aber das ist lange her und weit weg …«, sagte sie traurig, und ein Blick in die Ferne umwölkte ihre Augen.

»Wie kommt es denn, dass Sie in Damaskus sind?«, fragte Annie, die absolut sicher gehen wollte, dass sie richtig lagen, bevor sie Ari das Mädchen präsentierten.

»Türkische Soldaten kamen in unser Bergdorf in Mazedonien. Sie wollten Frauen für den Harem des Sultans kaufen. Einer der Soldaten sah mich im Garten meines Elternhauses spielen und befahl mir mitzukommen. Er ließ mir keine Zeit, mit meiner Mutter zu reden oder meinen Brüdern Bescheid zu geben. Er zeigte nur mit seinem Gewehr auf mich und sagte, ich solle mich in Bewegung setzen. Sie haben alle Mädchen auf Karren geladen und an die Küste gebracht, von wo aus wir in einem Boot nach Istanbul fuhren. Sie haben uns nicht richtig schlecht behandelt. Sie gaben uns zu essen und kümmerten sich um uns. Aber wir haben alle geweint und gebettelt, wieder nach Hause zu kommen. In Istanbul wurde ich dem Mann geschenkt, der gerade zum Gouverneur von Damaskus aufgestiegen war. Er war ein freundlicher alter Herr und brauchte eigentlich keine weitere Frau, aber ich war ein Geschenk des Sultans. Er hat mich hierher mitgenommen und mich eher als Tochter denn als Ehefrau behandelt. Vor ein paar Jahren ist er jedoch gestorben, und ich wurde Eigentum seines Bruders. Er ist kein netter Mann. Zum Glück hat er drei andere Frauen, aber ich hasse ihn, und sein Haus ist kein glückliches Haus«, flüsterte sie und schaute sich schuldbewusst um. »Warum stellen Sie mir all diese Fragen?«

Annie sah Sherine an, und sie nickten sich zu. »Wir kennen jemanden, den Sie treffen müssen. Nach der Karagöz-Vorstellung müssen Sie auf den Liwan hinaufkommen. Meine Tochter Noora und ein Freund von uns möchten Sie unbedingt kennenlernen«, sagte Sherine mit ernster Miene. »Bitte, tun Sie uns den Gefallen.«

»Natürlich, ich freue mich, Ihre Tochter und Ihren Freund kennenzulernen. Darf ich dann einen Blick hinter den Musselinschirm werfen? Ich habe noch nie eine Karagöz-Vorstellung gesehen, obwohl ich davon gehört und mir schon immer gewünscht habe hinzugehen. Mein Mann war so alt, wir haben ihn nie allein gelassen oder sind zu Festen gegangen, bevor er starb. Es wird mir eine Ehre sein«, sagte sie und drehte sich um.

Annie hatte das Gefühl, platzen zu müssen.

»Wie hast du sie gefunden, Tante Asma?«, fragte sie.

»Als ich Ari kennenlernte und in seine klaren grauen Augen

schaute, fühlte ich mich an jemanden erinnert, dem ich einmal begegnet war. Als ihr dann den Namen ›Natalie‹ erwähntet, wusste ich, warum. Ihr erster Mann war ein alter Freund meines Mannes. Ich habe sie vor Jahren kennengelernt, bei sich zu Hause, aber Natalie ging nur selten aus. Ich habe sie lange nicht gesehen, seit dem Tod ihres Mannes. Es sieht nicht so aus, als könnte es ihr schwerfallen, ihren jetzigen Mann zu verlassen, was meint ihr?«, sagte Tante Asma selbstgefällig und zwinkerte mit den Augen.

»Du bist umwerfend«, sagte Sherine mit Tränen in den Augen.

»Ich glaube, du hast das ideale Geschenk für Ari gefunden«, sagte Annie glücklich.

»Und es ist dir gelungen, zugleich ein weiteres Haus zu ruinieren!«, sagte Sherine und grinste unter Tränen.

Die Flöte erklang, die Damen verstummten, und die Lampe hinter dem Musselinschirm beförderte sie in ferne Welten. Nach den einleitenden Liedern und dem Schlagabtausch führte Ari eine Reihe von Liebesgeschichten vor, in denen Karagöz eine Rolle spielte. In »Ferhat und Sirin« stotterte er sich durch die Rolle des Dieners, der versuchte, die Probleme der Liebenden zu lindern. In »Tahir und Zuhre« half er, den wütenden Vater zu besänftigen. Selbst Annie war von dem Stück »Die große Hochzeit« schockiert, in dem Karagöz sich eine neue Frau nahm, stolz, als eine große Prozession ihre Mitgift darbot, nur um dann feststellen zu müssen, dass die Braut in der Hochzeitsnacht ein uneheliches Kind zur Welt brachte. Die anwesenden Damen schütteten sich aus vor Lachen und brachten lautstark ihren Dank zum Ausdruck, als die Vorstellung beendet war.

Annie hatte Natalie in der Menge ausgemacht und behielt sie während der Aufführung im Auge, fest entschlossen, den großartigen Augenblick, den Tante Asma für Ari arrangiert hatte, durch nichts verderben zu lassen.

Als die Lampe hinter dem Musselinschirm erlosch und die

Zuschauerinnen wieder ihre Gespräche aufnahmen, stellte sie erleichtert fest, dass Natalie auf den Liwan zusteuerte. Annie und Sherine folgten ihr und hofften inständig, dass es »seine« Natalie wäre. Sie gingen hinter ihr her die Treppe zum Liwan hinauf und kicherten vor Aufregung.

»Noora«, rief Sherine, »ich möchte, dass du unsere neue Freundin Natalie kennenlernst.«

Noora tauchte hinter dem Musselinschirm auf und begrüßte die junge Frau mit dem langen, hellen Haar.

»Natalie würde sich gern die Puppen ansehen, Noora. Vielleicht kannst du ihr zeigen, woraus sie bestehen?«, soufflierte Sherine. Mit fragendem Lächeln drehte Noora sich um und führte Natalie hinter den Musselinschirm, wo Ari die Puppen aus Kamelleder in die Kisten packte. Annie und Sherine drängten sich hinter sie, denn sie wollten nichts verpassen.

»Ari, das hier ist Natalie. Sie würde sich gern die Puppen ansehen«, sagte Noora und trat zur Seite, damit Natalie und Ari sich sahen.

Ari sah von seiner Arbeit auf in die grauen Augen des Mädchens.

Es wurde ganz still.

»Natalie, sagtest du?«, fragte er bedächtig und erhob sich, ohne den Blick von ihr abzuwenden.

Sie schaute ihm einen Augenblick lang fest in die Augen, die vor Erstaunen immer größer wurden, dann kam ihr die Erleuchtung.

»Ari?«, schrie sie auf. Sie wechselte ins Griechische, warf sich in seine Arme, redete und schluchzte gleichzeitig. Ari breitete die Arme aus und umschlang die junge Frau. Er schloss die Augen, hielt ihren Hinterkopf mit einem Ausdruck von Schmerz und Freude fest, dass Annie und Sherine sich zurückzogen. Sie packten die verblüffte Noora und zogen sie hinter sich her.

»Umma?«, fragte Noora und sah ihre Mutter verwirrt an.

»Das ist Aris Schwester«, erklärte Sherine ihrer Tochter auf

Arabisch, Tränen in den Augen. Ehrfurcht spiegelte sich auf Nooras Gesicht, als sie einen Blick zurück auf die beiden warf. »Geh und suche Iwan und Gregor und bitte sie herunterzukommen.« Noora rannte los, und Annie und Sherine lächelten sich mit tränenverschleierten Augen an. Plötzlich dämmerte Annie die Realität der Situation.

»Sherine, Natalie kann nicht einfach mit Ari verschwinden. Die anderen Frauen nehmen natürlich an, dass sie mit ihr nach Hause gehen«, sagte Annie besorgt. »Außerdem dürfen wir Tante Asma nicht hineinziehen.«

»Du hast recht«, sagte Sherine. »Sie muss ihn morgen treffen, irgendwo auf der Straße.«

Kurz darauf traten Natalie und Ari zurück, um einander anzusehen. Annie und Sherine schoben sie in das dunkle Empfangszimmer, das auf den Liwan hinausging, damit sie nicht entdeckt wurden. Iwan und Gregor, begleitet von Noora, kamen herein, woraufhin sich dieselbe Szene freudigen Wiedersehens wiederholte.

»Die anderen Frauen auf dem Fest dürfen euch vier auf keinen Fall zusammen sehen«, sagte Sherine. »Ihr wisst, wie sie tratschen würden. Natalie, willst du mit deinen Brüdern wieder nach Hause?«

Natalie wandte sich an Ari und redete auf Griechisch mit ihm. Er zog sie erneut an sich und murmelte zustimmend.

»Ja, ja, ich möchte gern von hier weg. Der Bruder meines Mannes ist ein Scheusal. Er behandelt mich sehr schlecht. Ich möchte nach Hause und zu meinen Brüdern zurück. Ist das denn möglich?« Natalie seufzte unter Tränen.

»Für Ari ist nichts unmöglich«, sagte Sherine. Dann erzählte Annie der jungen Frau auf Französisch, wie Ari, Iwan und Gregor ihnen bei der Flucht aus Dschidda geholfen hatten. Am Ende der Geschichte schaute Natalie ihren Bruder hoffnungsvoll an.

»Wenn du den ganzen Weg von Dschidda hierher direkt vor

der Nase der Türken reisen kannst, dann wird es ein Leichtes für dich sein, mich aus Damaskus hinauszuschleusen. Sag mir, was ich tun soll!«, forderte sie.

Ari dachte eine Weile nach und wandte sich dann an Sherine und Annie.

»Könntet ihr euch morgen verschleiern und dann zu einer Kutschenvermietung gehen, die nicht hier in der Nähe ist? Dann lasst ihr euch mit einer Kutsche zu Natalie bringen, holt sie ab und bringt sie in unser Gasthaus. Natalie, darfst du das Haus verlassen, wenn du abgeholt wirst?«

»Vielleicht, aber es ist ungefährlicher für uns alle, wenn ich die beiden im Suk treffe. Ich könnte bei dem jüdischen Schneider über dem Hamidiye Suk vorbeischauen und sie vor seiner Tür treffen. Dann würde ich ihnen zu ihrer Kutsche folgen. Auf diese Weise könnte ich eine größere Tasche mitnehmen, ohne Verdacht zu erregen«, sagte sie. Ihre Gedanken überschlugen sich.

»Die Familie deines Mannes lässt dich allein aus dem Haus?«, fragte Ari.

»Ich lebe hier seit siebzehn Jahren als vorbildliche Ehefrau. Ich gehe nicht oft aus dem Haus, aber solange ich gut verschleiert bin, lässt der Türsteher mich durch. Es wird Stunden dauern, bevor sie auch nur daran denken, mich zu suchen«, sagte Natalie.

»Dann stehen wir auf Abruf bereit und können die Stadt verlassen, sobald du ins Gasthaus kommst. Annie und Sherine haben Männerkleidung, die du anziehen kannst. Wenn wir schnelle Pferde nehmen, werden wir über den Berg sein und auf halbem Wege nach Beirut, bevor sie dich vermissen«, sagte Ari mit leuchtenden Augen.

Alles ging zu schnell, dachte Annie, aber vielleicht gab es am Ende doch eine Art Bestimmung.

»Ich werde in zwei, drei Tagen mit der Kutsche des britischen Konsulats nach Beirut fahren. Warum kommt Natalie nicht mit mir und gibt sich als meine Magd aus?«, schlug Annie vor.

»Das wäre ideal«, sagte Ari. »Dann reist du mit Annie, und wir treffen dich in drei Tagen im Hotel Metropol in Beirut.«

Tante Asma tauchte an der Tür hinter ihnen auf und hatte offensichtlich ihre Pläne belauscht.

»Allah sei Dank, dass sie sich nicht als Mann verkleiden und sich die Haare abschneiden muss«, betonte sie kopfschüttelnd, während die anderen in Gelächter ausbrachen. »Diesmal nicht, nicht ihr wundervolles Haar.«

Drei Tage später brachen Annie und Sherine zum Suk auf, wo sie sich mit Natalie treffen sollten. Sie gingen beim Schuster vorbei, um die Schuhe und die Koffer abzuholen, die sie bestellt hatten. Dann gingen sie die Treppe zu Mr. Levys Laden hinauf. Annie bezahlte ihre neuen Kleidungsstücke mit indischen Rupien, die der Schneider offenbar dankbar entgegennahm. Sie legte die neuen Sachen in den Koffer, und sie fanden zwei junge Männer, die ihnen die zunehmende Last abnahmen. Als Natalie lässig die Treppe hinaufkam, umarmten sie sich wie alte Freundinnen und reichten ihre Reisetasche den wartenden Trägern. Dicht verschleiert verließen die drei Frauen den Suk und stiegen in eine gemietete Kutsche.

Sie kehrten zu Tante Asma zurück und machten es sich im schwindenden Sonnenlicht auf dem Liwan bequem. Sie tranken Tee und knabberten an Honigkuchen, und Annie wusste, dass Damaskus und das schöne Haus mit seinem Garten einen unauslöschlichen Eindruck bei ihr hinterlassen würde. Die alte Stadt hatte sich zu einer der angenehmsten und modernsten Städte entwickelt, die sie sich vorstellen konnte. Wenn sie Sherine und Noora schon verlassen musste, überlegte sie, dann konnte sie sich keine bessere Situation für sie vorstellen, als bei der liebevollen Tante Asma in ihrem schönen Haus in Damaskus zu wohnen.

Die drei gingen zu den Schlafräumen hinauf, um sich auf die Fahrt nach Beirut vorzubereiten. Annie packte ihren Koffer mit der neuen Garderobe, dankbar, dass alles rechtzeitig vor ihrer

Abreise fertig geworden war. Sie gaben Natalie Kleidung zum Wechseln und einen dichten Schleier, damit sie während der Kutschfahrt nicht erkannt wurde, und steckten Annies Galabeya und die Sandalen in ihre Reisetasche, falls sie sich später verkleiden müsste.

Noora brachte eine kleine afrikanische Stoffpuppe, die sie den ganzen Weg aus Dschidda bei sich getragen hatte, und bestand darauf, dass Annie sie als Glücksbringer mitnahm. Sie hatte am Abend ihres Aufbruchs aus Dschidda den Granatapfelgarten auf dem Dach verlassen, um sie zu suchen, und sie wollte, dass sie bei Annie blieb, um sie an Gemiya und die anderen Afrikanerinnen zu erinnern, die sie gekannt hatte. Gerührt schenkte Annie der Kleinen eine Perlenkette aus den Schmuckbeständen ihrer Mutter. Vor allem aber wollte sie sich nicht von Sherine trennen; sie war ihr wie eine Schwester geworden, die sie sich immer gewünscht hatte, und sie schenkte ihr einen schlichten, mit Diamanten eingefassten Saphirring, der sie an Annie erinnern sollte. Die beiden Frauen schluchzten, als der Zeitpunkt näherrückte, an dem die Kutsche des Konsuls eintreffen sollte.

Um acht Uhr kam die Kutsche, und in heilloser Verwirrung und unter viel Lärm wurde ihr Gepäck verstaut. Natalie und Annie umarmten Tante Asma, bedankten sich bei ihr für ihre Rolle, die sie bei der Zusammenführung von Aris Familie gespielt hatte, und Annie verabschiedete sich tränenreich von Noora und Sherine. Noch einmal blickte sie in den Garten mit den Granatapfelbäumen und dachte daran, was für einen langen Weg sie von jenem Dachgarten in Dschidda zurückgelegt hatte. Winkend fuhren sie durch die Tore des kleinen Palasts in die gewundenen schmalen Straßen von Damaskus und steuerten die Bergstraße nach Beirut an.

Annie sah zu, wie der Mond aufging, als sie den Berg erklommen; bis sie oben angekommen waren, hatte der Mond seinen Zenit erreicht. Annie stockte der Atem, als sie zum ersten Mal das Mittelmeer sah, das sich unter ihnen ausbreitete und durch die großen Zedern blinkte, mit denen der Hügel hinunter nach Beirut dicht bewachsen war. Als die Straße aus den Bäumen auftauchte, erblickte sie die schemenhaften Gebäude der Stadt weit unter sich im Schimmer des Mondlichts. Bald würde Jonathans Schiff auf diesem glitzernden Meer auftauchen, dachte sie aufgeregt.

Beim Morgengrauen erreichten sie das Hotel Metropol, in dem Annie und Natalie sich für ein paar Stunden ausruhten. Gegen Mittag rief sie ein Page hinunter in die Lobby. Dort trafen sie Ari. Sie versuchten, ihr Wiedersehen möglichst unauffällig zu gestalten, sodass Annie sich mit ernster Miene von Natalie verabschiedete. Dann drehte sie sich zu Ari um.

Sie drückte Aris Hand und schaute ihm in unausgesprochener Dankbarkeit und Liebe tief in die Augen. Das Herz ging ihr über vor Zärtlichkeit für den Mann, der sie gerettet hatte, der sie in die Freiheit geführt und ihren Glauben an Männer wiederhergestellt hatte. In einer anderen Welt hätte sie ihn vielleicht nie verlassen. Wenigstens konnte sie ihm seine Natalie zurückgeben als Gegenleistung für das, was er ihr geschenkt hatte. Er beugte sich vor und drückte ihr einen Kuss auf die Stirn.

»Dein Jonathan kann sich glücklich schätzen, nicht wahr? Vielen Dank für all dies. Gott sei mit dir.«

»Vielen Dank für alles. Ma'a salaam.«

Tränen stiegen ihr in die Augen, als der Moment des Auseinandergehens Wirklichkeit wurde. Mit verschleiertem Blick sah sie zu, wie Natalie und Ari sich umdrehten und Hand in Hand durch die Tür des Hotels hinausgingen.

An den folgenden drei Tagen ging Annie immer wieder ans Meer und wartete auf das Schiff, das kommen sollte. Sie wagte sich ihre Begegnung mit Jonathan kaum vorzustellen. Mit ihrem gebräunten Gesicht und dem kurzgeschorenen Haar kam sie sich so anderes vor, so verändert. Und was war mit ihrer Figur?, dachte sie nervös. Ihre Taille weitete sich mit der Schwangerschaft, und ihre Brüste waren geschwollen und gespannt. Und ihre Hände erst! Wochenlanges Reiten auf einem Kamel durch die Wüstensonne hatte ihre weichen Hände schwielig und hart werden lassen. Das waren nicht mehr die Hände einer Dame, dachte sie seufzend. Doch tief in ihrem Herzen wusste sie, dass er sie noch lieben würde. Und wenn nicht, dann muss meine Liebe für uns drei reichen, dachte sie trotzig.

Jonathan und Michael Dagmar standen an der Reling der *Peschawar*, als sie in den Hafen von Beirut einfuhr. Ein mit Zedern bewachsener Berg ragte über der bunten Hafenpromenade empor. An gewundenen, von Bäumen gesäumten Straßen, die den Berg hinaufführten, standen elegante Häuser. Jonathan strengte die Augen an und suchte die Menschenmenge ab, die sich zu ihrer Ankunft versammelt hatte. Er war noch zu weit entfernt, um einzelne Gesichter auszumachen, doch er entdeckte niemanden, der Annie glich.

Als sie am Kai anlegten, suchte er vergeblich nach dem kleinen weißen Gesicht und dem dunklen Haar seiner Frau. Besucher und neue Passagiere kamen allmählich über die lange Gangway hinauf, während er unentwegt die Menge absuchte. Vielleicht war sie noch nicht in Beirut eingetroffen. Er würde jedenfalls von Bord gehen und auf ihr Eintreffen warten, beschloss er.

Aus den Augenwinkeln sah er flüchtig eine exotische, dunkelhäutige Frau, gehüllt in graublaue Seide, deren farblich abgestimmter Turban von einer prächtigen Saphirbrosche zusammengehalten wurde. Sie war die Gangway hinaufgekommen und suchte die Menge an der Reling ab. Ach, dachte er zerstreut, die Brosche sieht aus wie die von Annies Mutter. Dann merkte er überrascht, dass die Frau direkt auf ihn zukam. Zwei blaue Augen funkelten in ihrem nussbraunen Gesicht, und als er sich ihr zuwandte, erkannte er jäh, dass die fremd wirkende Frau Annie war. Annie! Seine Annie!

Vor Gott und der Besatzung des Schiffes hob er sie mit beiden Armen hoch und hielt sie fest. Er schaute in ihre lachenden blauen Augen, küsste sanft ihre weichen Lippen und ließ sie nicht wieder los. Schließlich löste Annie sich fröhlich lachend von ihm.

Jonathan konnte den Blick nicht von ihr abwenden. Ihr Äußeres hatte sich so verändert, er hätte sie vielleicht nie erkannt, dachte er. Sie schien sogar zugenommen zu haben, obwohl sie wochenlang durch die Wüste gezogen war.

Hinter sich vernahm er ein Hüsteln. Er drehte sich um und sah Michael, der diskret ans Ufer schaute.

»O Annie, darf ich dir Michael Dagmar vorstellen, meinen Trinkkumpan«, sagte er und grinste Michael an.

»Freut mich, Sie kennenzulernen, Mrs. Tremayne. Sie haben uns in den vergangenen Monaten auf eine ziemlich fröhliche Jagd geführt«, sagte Michael und streckte die Hand aus.

»Trinkkumpan? Seit wann hast du angefangen zu trinken, Jonathan?«, fragte Annie und lächelte zu ihrem Mann auf.

»Seitdem ich dachte, ich hätte dich verloren, Liebling«, erwiderte Jonathan und schaute ihr in die Augen.

»Es war eine schwere Zeit für dich, nicht wahr?«, fragte sie, betrachtete sein Gesicht und zog mit dem Finger eine neue Furche auf seiner Stirn nach. »Tut mir leid, wenn ich euch beiden Sorgen bereitet habe. Offenbar bin ich in letzter Zeit ziemlich viel unterwegs gewesen. Doch auch Jonathan hat mich ziemlich beunruhigt, wie Sie vielleicht wissen«, antwortete sie.

»Wir sind nur froh, wenn wir dienlich sein konnten. Und jetzt, mein liebes junges Paar, wenn ihr mir versprecht, dass ihr an Bord dieses Schiffes bleibt, werde ich euch allein lassen, damit ihr euch neu kennenlernt«, sagte Michael lächelnd.

»Versprochen«, erwiderte Jonathan und blickte auf seine fremde neue Frau herab.

»Dann verabschiede ich mich«, sagte Michael und schüttelte Jonathan die Hand.

»Komm, wir richten dich in der Kabine ein, ja?«, fragte Jonathan und zog Annie noch einmal an sich. Sie nickte und gab dem

Träger, der geduldig neben ihrem Gepäck stand, durch Zeichen zu verstehen, dass er ihnen folgen sollte. Sie gingen die breite Treppe zu ihrer Kabine auf Steuerbordseite des Promenadendecks hinunter.

»Jonathan, wie schick«, murmelte Annie anerkennend, als sie ihre Luxuskabine betraten. Die Suite, diesmal mit zwei Bädern ausgestattet, schien die gesamte Länge des Schiffes einzunehmen.

»Du hättest das Gesicht des Zahlmeisters in Suez sehen sollen, als ich ihm meine zerfledderten Fahrkarten von der *Oriental* vorlegte! Er brachte mich schleunigst zum Kapitän, der darauf bestand, uns die beste Kabine an Bord zu geben. Sie haben wahrscheinlich Angst, dass wir sie verklagen.« Jonathan lachte in sich hinein, gab dem Träger ein Trinkgeld und machte die Tür zu.

»Wenn sie herausfinden, dass die *Oriental* zum Teil meinetwegen versenkt wurde, werden sie uns verklagen«, sagte Annie, durchquerte den Wohnraum, betrat das Schlafzimmer und sank auf das Doppelbett. »Obwohl die Kassette mit den Diamanten vielleicht auch etwas damit zu tun hatte.«

»Ich habe noch eine Überraschung für dich. Pegasus ist in Al Kusair und wartet auf einen Frachter, der ihn nach Brindisi bringt. Wir werden dort an Bord eines anderen Schiffes gehen, um nach Hause zu fahren«, sagte Jonathan und freute sich schon auf ihre freudig überraschte Miene.

»Jonathan, du hast Pegasus gerettet?«, flüsterte sie mit strahlendem Lächeln. »Ich habe ja nicht zu hoffen gewagt …«

»Es ist eher so, dass er mich gerettet hat«, erwiderte Jonathan.

Annie ließ sich nach hinten auf das Bett fallen. »O Jonathan, ich bin so glücklich. Pegasus und du … Und wie oft habe ich in den letzten drei Monaten davon geträumt, wieder in meiner bequemen P&O-Koje zu liegen!«, rief sie und hüpfte ausgelassen auf dem Bett herum.

Jonathan folgte ihr in den Schlafraum und schmunzelte über

ihre Begeisterung. Da ihr Turban verrutscht war, streckte er die Hand aus und hob ihn ihr sanft vom Kopf. Mit Schrecken sah er, dass anstelle ihrer langen dunklen Haare kurze, bernsteinfarbene Locken zum Vorschein kamen.

»Was ist mit deinen Haaren passiert?«, platzte es aus ihm heraus, noch ehe er sich bremsen konnte.

Annie griff nach dem Turban. »Du darfst nicht hinschauen! Ich musste mir die Haare als Teil meiner Verkleidung abschneiden.«

»Deiner Verkleidung?«, fragte Jonathan.

»Ja, ich bin in der Verkleidung eines Flötenspielers mit einer Karagöz-Truppe durch die Wüste gezogen.«

»Einer Karagöz-Truppe?«, fragte Jonathan verblüfft. »Als Flötenspieler? Dann habe ich dich in Akaba esh Shamiyeh doch gesehen? In dreckigen Gewändern wie ein arabischer Junge?«

»Und du warst es, der den ›Liebestraum‹ über die Köpfe der Pilger hinweg geschmettert und die Aufmerksamkeit der gesamten türkischen Garnison auf sich gelenkt hat?«

»Und dafür angeschossen wurde!« Lachend nahm Jonathan sie in die Arme.

»Oh, Liebster, bist du denn jetzt wieder gesund?«, fragte Annie und schaute besorgt zu ihm auf.

»Jetzt, da ich dich wiederhabe, meine Liebste«, antwortete Jonathan und verbarg sein Gesicht in ihren Locken. »Aber was ist ein Karagöz?«

»Das ist eine lange Geschichte, Liebster. Ich werde dir alles erzählen.«

»Wir haben den ganzen Weg nach Southampton«, sagte er und streckte beide Hände nach ihr aus.

»Und meine Hände erst!«, sagte sie und versteckte sie hinter dem Rücken. »Nicht auszudenken, tut mir leid. Ich muss entsetzlich aussehen, braun und kurzgeschoren. Kannst du mich noch lieben?«, fragte Annie wehleidig, die Stirn in Sorgenfalten gelegt.

»Natürlich liebe ich dich noch, du dummes Mädchen. Obwohl du aussiehst wie Puck aus dem ›Sommernachtstraum‹. War Puck eigentlich männlich oder weiblich? Ich weiß es nicht mehr«, sagte er, zog sie an sich und hielt sie fest. »Du bist immer noch eine Frau«, murmelte er und fuhr ihr mit den Händen über die Brüste. »Sogar noch mehr, als ich in Erinnerung habe.«

»Oh, Jonathan«, sagte sie und schob ihn von sich. »Das ist noch eine Überraschung! Wir bekommen ein Kind.« Erwartungsvoll schaute sie ihn an.

Erschrocken trat er zurück. »Bist du sicher?«, fragte er.

»Oh, ich wusste es schon kurz nach dem Untergang des Schiffes. Es muss in jener letzten, mondhellen Nacht nach dem Hauskonzert gewesen sein, meinst du nicht? Das Kind dürfte im März kommen, wenn ich richtig gerechnet habe. Freust du dich nicht?« Sie schaute besorgt zu ihm auf.

Er sah in ihre funkelnden blauen Augen und entdeckte keine Spur von Arg. Ich werde ihr nie sagen, dass ich von dem Überfall weiß, sagte er sich. Sie hat genug durchgemacht. Und wessen Kind es auch ist, ich werde es lieben wie mein eigenes.

»Natürlich freue ich mich«, sagte er, legte sich neben sie auf das Bett und drückte sie fest an sich. »Und wenn es ein Mädchen ist, möchte ich es gern Miriam nennen.«

»Miriam«, sagte sie, »das ist ein schöner Name.«

»Ich liebe dich, Annie«, sagte er heiser.

»Ich liebe dich auch«, sagte sie und küsste ihn leidenschaftlich. »Und, Jonathan, ich werde mich damit zufrieden geben, in Cornwall zu leben und keine Menschenseele zu sehen, wenn das dein Wunsch ist. Geh nur nie wieder fort.«

»Ich habe nicht die Absicht, dich in einen Steinturm zu sperren, mein Liebling! Aber dich zu verlieren, allein der Gedanke, du wärst verschwunden … Ich bin fast verrückt geworden. Ich brauche dich so sehr, Liebste. Ich möchte nie wieder von dir getrennt sein. Nie wieder.«

Danksagungen

An dieser Stelle möchte ich mich bei all den Menschen bedanken, die mir bei der Recherche für dieses Buch geholfen haben. Professor Mona Fadel hat mir an der Amerikanischen Universität von Kairo den Lesepass zur Cresswell Collection of Rare Books besorgt, und die Bibliothekare haben bereitwillig endlose Passagen aus den Büchern der alten Forscher kopiert. Khalid Badrawi und Mohammad Taha halfen mir, ein Touristenvisum für Saudi-Arabien zu bekommen, damit ich Dschidda besuchen konnte. Patrick Werr hat mich an seinen Jahren in Arabien teilhaben lassen und mir eine Reihe Bücher empfohlen. Alta Hartdorn, meine Mutter, hat Korrektur gelesen und lektoriert, ebenso Louise Ducas, meine Agentin. Dr. Cordelia Borchardt, meine Lektorin bei Fischer, hat entscheidende Vorschläge zur Handlung gemacht. Vor allem möchte ich meinem Mann Roderick danken, dessen großzügige Ermutigung und Unterstützung, vom Reisegefährten bis hin zum Lektor, dieses Buch erst ermöglicht haben.

Glossar

Abaja schwarzes Gewand für Frauen
Buksha großes Tragetuch
Carawitas in einem Erker eingebaute, gepolsterte Liege
Dahabije großes Hausboot
Dhau Boot
Feluke ägyptisches Segelboot
Haddsch Pilgerreise nach Mekka
Hummus Kichererbsenpaste
Kutab Gemach
Liwan Eingangshalle
min fadlik bitte
Sambuk leichtes Segelboot
Schaduff Bewässerungsgerät
Shagduf Reisesänfte
Suk überdachte Ladenstraße
Ustâsa Lehrer/in

Katherine Richards

Der Seidenpalast

Roman

Aus dem Amerikanischen von Marion Balkenhol

Band 16132

Die große Indien-Saga

Kalkutta 1857: Überall in Indien lodern die Flammen der Rebellion, dennoch muss die junge Engländerin Lucinda unbedingt zu ihrem Ehemann gelangen. Allein macht sie sich auf den Weg, auf dem ein Raubüberfall sie fast das Leben kostet. In letzter Minute wird sie gerettet – von Ranjit, dem jungen Herrscher von Ramanagar. In seinem Palast begegnet Lucinda dem Glanz und der Pracht Indiens, die den britischen Kolonialherren so fremd ist. Und mit Ranjit begegnet ihr auch zum ersten Mal der Zauber der Liebe. Kann ihre Leidenschaft füreinander alle Schranken überwinden?

»Ein packendes Drama vor bezaubernder Kulisse ...
Schon nach wenigen Seiten ist man Indien so nah, dass man den Duft exotischer Blüten in der Nase hat.«

Für Sie

Fischer Taschenbuch Verlag

fi 16132 / 1